INVINCIBLE SOCRATES

無敵のソクラテス

池田晶子

新潮社

NPO法人 わたくし、つまりNobody 編

METAPHYSICAL ESSAYS BY AKIKO IKEDA

無敵のソクラテス

本書は、『帰ってきたソクラテス』『ソクラテスよ、哲学は悪妻に訊け』『さよならソクラテス』（底本はいずれも新潮文庫）をはじめ、著者の創作したソクラテス対話篇作品のすべてを集成し、執筆年次に沿って再編集したものです。

無敵のソクラテス＊目次

第一章　帰ってきたソクラテス

第二章　悪妻に訊け

第三章　さよならソクラテス

第四章　「対話」はつづく

装幀／新潮社装幀室

初出一覧

第一章の各篇は、「新潮45」1992年8月号〜1994年3月号に連載。

第二章の各篇は、「新潮45」1994年4月号〜1995年11月号に連載。

第三章の「理想を知らずに国家を語るな」までと「ソクラテスの弁明」の各篇は、「新潮45」1996年4月号〜1997年4月号に連載。

その他の各篇は、『さよならソクラテス』（新潮社、1997年12月）所収の書下ろし作品。

第四章の冒頭三篇は、『2001年哲学の旅』（新潮社、2001年3月）所収の書下ろし作品。「あたしは悪妻クサンチッペだ」は、「人間会議」（宣伝会議、2001年春号「4月」）に掲載。

「池田晶子・選　大人のための哲学書案内」は、「本の時間」（毎日新聞社、2006年12月号）に掲載。一部、未発表原稿を含む。

第一章　帰ってきたソクラテス

彼の妻が、「あなたは不当に殺されようとしているのです」と言ったら、
「それならお前は、僕が正当に殺されることを望んでいたのかね」と応じた。
——ディオゲネス・ラエルティオス『ギリシア哲学者列伝』より

自分で死ね【ソクラテスの遺言①】

登場人物
ソクラテス
尊厳死の会会長

時は、ソクラテス処刑の日、牢獄《ろうごく》で

会長　いやとんだことになりましたな、ソクラテス。あなた、死刑ですよ、死刑。裁判の茶番もさることながら、健康に生きている人間をこんなところに閉じ込めて、あとは死ぬまで待っていろとはいよいよひどい。人間の尊厳を何と心得る。われわれは同じ人間として、当然の怒りを禁じ得ません。

さよう、われわれ尊厳死の会は、読んで字の如く人間の尊厳とは死、死のその時にこそ示されるものと認め、活動を続けて参りました。聞くところによれば、あなたは死刑の宣告を受けたとて、何ら普段と変わることなく、悠揚とその時を待っておられるとのこと、これぞわれわれの死のあるべき姿、模範的な死に方です。こんな時に恐縮と言えば恐縮ですが、その後には是非われわれの会の名誉会員になって頂きたいと。

ソクラテス　で、僕に何をしろっていうの。

会長　後に残るわれわれに、尊厳死の範を垂れて頂きたい。

ソクラテス　ほんとに僕でいいのかな。

会長　あなた以外にはあり得ません。

ソクラテス　ひょっとしたら僕の死なんて、全然尊厳じゃないかもしれないぜ。

会長　そんなことはないでしょう。死を前にして、たいていの人間は取乱すものです。なぜ自分が死ななければならないのか、死ぬのはいやだ、生きていたい、一分でも一秒でもいいから長く生きていたいと、まあ極端に言えばそれくらい、人間というのは生に執着するものなのです。そんな中で、惨《みじ》めな生よりは尊厳ある死を選ぶあなたの態度、決して生には執着しないその態度は、稀《まれ》に見るべき人間的なものだ。

ソクラテス　えっ、生に執着するのが人間的な態度なんじゃなかったの。

会長　本来は執着するものなのが、そのときになってから執着しないのが人間的だと言ったのです。

ソクラテス　しかし、本来は執着するような人が、そのときになってから初めて執着しないようになるのは、はたして可能なものだろうか。生きている間はずっと尊厳ある人でなかったような人が、死のときになって初めて尊厳ある人になるというようなことは、はたしてできるものなのだろうか。

会長　私が言っているのは、人間には死を選ぶ権利がある、自分が自分の死を選ぶ権利があるということです。

ソクラテス　すると、きょうび死ぬということは、権利であるわけだ。ただたんに死ぬというわけにはいかないということなのだ。

会長　そうです、その通りです。あなたも御存知でしょう、現代の延命医療や老人介護の倒錯した姿。明らかに助かる見込みもない病人を、チューブにつないで無理矢理生かしておいたりだとか、すっかりボケてしまって何が何だかわからないような老人を、オムツ替え替え世話したりとか、なんだってわれわれの時代はこんなふうになってしまったのか。他でもない、それは、生きているならそれでよい、とにかく長く生きればよいという、あの生命至上主義のせいなのです。人格を無視した生命偏重、これがすべての元凶なのです。行き過ぎた生命偏重の風潮こそ、これから問い質《ただ》してゆかなければならないのです。

ソクラテス　ああ、それなら僕も大賛成だ。

会長　それで、われわれは、人格ある人間として、自ら死を選ぶ権利が人間にはあると、主張しているわけなのです。

ソクラテス　それが僕にはわからない。

会長　どうして。

ソクラテス　どうして死ぬのに権利が必要なのだろうか。

会長　だって、本人が生きていたくないというのに生かされてしまうんだから、これ以上生きていたくないと主張するためには権利が必要になるでしょう。

ソクラテス　すると、これ以上生きていたいと主張するためにも、権利が必要であるわけだ。

会長　むろんです。

ソクラテス　明らかに助かる見込みもない病人でも、ボケて何が何だかわからないような老人でも、これ以上生きていたい、もっともっと生きていたいのだと主張するなら、それは権利として認められるというわけだ。

会長　基本的人権です。

ソクラテス　人が生きるということは、権利であるというわけだ。

会長　言うまでもありません。

ソクラテス　生きているということは、それ自体が権利であるわけだ。

会長　くどいですね。

ソクラテス　それが権利であるのは、それがよいことであるからだ。よくないことを権利として主張するということは、あり得ないことだからね。

会長　そりゃそうですよ。

ソクラテス　すると、生きているということは、それ自体がよいことであるわけだ。

会長　そうですよ。

ソクラテス　生きているならそれでよいわけだ。

会長　ええ。

ソクラテス　よいことなんだから、それはより長い方がよいわけだ。とにかく長く生きればよいことのわけだ。

会長　————。

ソクラテス　これは、さっき君の言った生命至上主義とは違うのかしら。人格を無視した生命偏重、倒錯的現代の元凶としての生命至上偏重主義。

会長　だって、生かされてしまうもの拒否するためには、やっぱり死ぬ権利しかないでしょう。

ソクラテス　そりゃそうだよ、生きていることが権利なんだから。生きていることが権利である以上、死ぬことも権利であるしかないだろう。

会長　われわれには死ぬ権利はないというのですか。

ソクラテス　生きていることを権利にしたのは君たちなんだから。

会長　だけど、現実に、苦痛のあまり死を望む人を生かし続けるしかないというのはひどいじゃないですか。

ソクラテス　生きていることはよいことだと、思い込んで長いからなあ。

会長　だったら、あなたは、生きていることはよいことだと思わないんですか。
ソクラテス　僕？　まさかそんなことないよ。だったら生きてるはずがないもの。
会長　それなら、おとなしく死刑を待ってないで、今すぐ脱獄するべきじゃないですか。
ソクラテス　うーん、でもなあ、何もそこまでしてもなあ。
会長　いったいどっちなんですか。あなたは生きていたいのですか、それとも生きていたくはないのですか。
ソクラテス　なんでみんなは、そういう問いが可能だと思っているのだろう。
会長　えっ？
ソクラテス　なんで普通は、生きていたいと思うものなのだろう。
会長　そりゃ死ぬのがイヤだからに決まってるでしょう。
ソクラテス　なんで死ぬのがイヤなのだろう。
会長　だって、死んだらそれでおしまいですから。
ソクラテス　果たして、それは本当だろうか。
会長　違うというのですか。死後にも生命は続くものだと？
ソクラテス　そんなこと僕が知るわけないじゃないか。だって僕は今生きているんだもの。
会長　それならやっぱり死んだらそれでおしまいかもしれないじゃないですか。
ソクラテス　うん、かもしれない。でも僕は今生きているんだから、やっぱりそれはわからない。
会長　いったいどっちなんですか。死んだらそれでおしまいなのか、そうではないのか。
ソクラテス　なんで君は僕にそんなことを訊《き》くのだ。
会長　最期の日の哲学者なら、答えが出ているだろうと思ったのです。
ソクラテス　すまん、あいにく僕にはわからんね。わからんということだけは、よくわかるがね。
会長　怖いと感じることはないのですか。
ソクラテス　怖い？　まさかそんなことはないよ。だったら、わかってることになっちゃうもの。
会長　もう一度お願いします。
ソクラテス　死ぬことが怖いというなら、死ぬとはどういうことなのかわかっているということになるではないか。
会長　どうしてですか。
ソクラテス　だって、それが何だかわからないものに対して、どうして態度をとることができるかね。
会長　わからないから怖いというのが普通でしょう。
ソクラテス　じゃあ、わかればそれは怖くなくなるんだね。
会長　そりゃそうでしょう。
ソクラテス　じゃあ、君は生きているということをどうわかっているのかね。
会長　そんなのわかりきってるでしょう。生きているということは、このことですよ。
ソクラテス　どのこと？
会長　このこと。今生きてここにいるということ。死んでいないということです。
ソクラテス　死んでいないとはどういうことかね？
会長　生きているということですよ。
ソクラテス　だからその生きているとはどういうことかねと訊いているのだ。
会長　だから死んでいるのでないということだと言っているのです。
ソクラテス　ああ、それなら君は、死んでいるとはどういうことかわかってるわけだ。だって、死んでいるのでないということが生きているということだとわかっているわけだから。だったら、死ぬことが怖いことであるはずもないじゃないか。それがどういうことかわかってるんだから。
会長　もうひとつよくわかりません。
ソクラテス　僕にはさっぱりわからない。
会長　やっぱりそうなんですか。
ソクラテス　うん。なんでみんなわからないことをわかっていると思い込んでいるのか。知りもしない死のことを、知っていることででもあるかのように怖がるのか。
会長　やっぱり怖いと思うから、生きていたいと思うもんなんでしょうねえ。
ソクラテス　そうなんだ、そこなんだ。人が生きていたいと思うのは、死ぬのが怖いからなんだ。死ぬことは生きることよりよくないことだと知っていると思っているのだ。しかし、死ぬことは生きることよりよくないことではないかもしれないのだ。いや、ひょっとしたら、死ぬことは生きることよりよいことかもしれないのだ。だとしたら、それでも人は死ぬのを望まないものだろうか。
会長　いや、そうなるとちょっと話は違いますね。人は生きるより死ぬのを望むようになるでしょうね。
ソクラテス　でも、ひょっとしたら、やっぱり死ぬことは生きることより、うんとよくないことであるかもしれないのだ。だとしたら、それでも人は死ぬことを望むものだろうか。
会長　いや、そうなるとやっぱり死ぬことは望みませんね。
ソクラテス　僕らは、いったいどっちを望むべきなんだろうか。
会長　さあ——。
ソクラテス　苦痛のあまり死を望んでいる人も、本当はどっちを望むべきなんだろうか。
会長　うーむ。
ソクラテス　死ねば楽になるものだと、いったい誰がわかっているのだろうか。
会長　生きている者からはそのように見えるのですが、死んだ本人以外それはわからんのですからなあ。
ソクラテス　だろ？　死んだ本人以外には、死ぬとはどういうことなのか絶対にわからんのだから、生きてる僕らには死を望むことなんぞできないだろ。だって、わからないものを望むことはできないんだから。
会長　「死にたい」とも「死にたくない」とも言えないということになると。
ソクラテス　「生きたい」とも「生きたくない」とも言えないことにもなるね。
会長　困りましたね。
ソクラテス　権利なんてどこにあるのだ。
会長　どうもそのようですね。
ソクラテス　生きていることも死んでいることも、そのことがどういうことなのかさっぱりわからんというのに、わからんものをなんで選べるのだ、権利にすることができるのだ。生きることを権利にするのは、生きることが死ぬことよりよいと思ったからで、死ぬことを権利にするのは、死ぬことが生きることよりよいと思ったからだろう。しかし、本当はどっちがよいことなのだ。人はどっちを権利にするべきなのだ。
会長　いったいどうしたものでしょうねえ。

ソクラテス　生きているということは、それ自体でよいことであるわけではないと、君も今は認めるね。
会長　はい。
ソクラテス　つまり、生きているということと、よいということとは関係がないね。
会長　はい。
ソクラテス　ということは、死ぬということも、よいということとは関係がない。
会長　はい。
ソクラテス　つまり、生命と価値とはじつは関係がないということだ。
会長　ええ。
ソクラテス　すると、生命が価値であるためには、生命とは関係がない価値を知っているのでなければならないね。
会長　いったいそれはなんでしょう。
ソクラテス　価値そのものに決まってるじゃないか。生きるの死ぬのとは関係のない至上の価値とは、価値そのものに決まってるじゃないか。価値そのものを知っているんでなけりゃ、なんで生きるの死ぬのが価値であることができるだろうかね。
会長　ひょっとして、それは、かのイデア、相対界を超越するかの絶対的価値のことではありますまいか。
ソクラテス　ひょっとしなくてもそうなのだ。絶対であるから相対でもあるのだ。
会長　しかし、哲学者でもない凡夫たるわれわれには、そんな難しいことはわかりそうにもありません。
ソクラテス　ちっとも難しいことでないさ。当たり前なことだもの。よく生きているから生きていることはよいことであるなんて、当たり前すぎることだもの。
会長　しかし、よくてもよくなくても生かされてしまうわれわれの時代は、どうも当たり前ではないようなのです。
ソクラテス　ああ大変な時代だねえ。でも誰も生まれた限りは死ぬまでは生きているんだから、早目に考えておいた方がいいよねえ。死のときになっていきなり尊厳的になるなんて、おそらく無理だからねえ。
会長　やはりみんなあなたのように、尊厳的に死にたいと願っているのですが。
ソクラテス　うん、みんなまんまとダマされちゃってるよね。僕の死が尊厳的だなんて、まるで僕が惨《みじ》めな生よりは尊厳ある死を選んだかのように言ってくれるのだ。しかし、本当は決してそういうことではないのだ。だって、知らないものは選べないわけなんだから。自分で自分の死は選べないから、死ぬことになっちゃっただけなんだから。

会長　大した幸運ですよ、ソクラテス。

ソクラテス　ふむ、君はわかってくれるようだね。

会長　せめて最期に一言、尊厳死の会の人々に残してあげて下さいよ。

ソクラテス　つまり遺言をよこせと。

会長　いいでしょう、それくらい。少しくらいはわかること言ってくれても。

ソクラテス　よし、それならよく聞け、しっかりと聞いとけよ。

会長　はいはい聞きます、聞いてます。

ソクラテス　「自分で死ね」

会長　あーっ、最期までこれだ、なんてずるい人だ、どこまで意地の悪い人なんだ！

ソクラテス　なんだ君、君はまだ僕から何かわかることを聞けると思ってたのか。

生きているのは君なのか
【ソクラテスの遺言②】

登場人物
ソクラテス
脳死臨調委員

時は、ソクラテス処刑の前日

委員　あなたが毒杯で脳死状態に陥ることを、移植推進派の連中は待ち望んでるようですよ。臓器を提供してもよいというあなたの意思を確認しない限り、私は反対派として、断固阻止するつもりでおりますからね。

ソクラテス　君も厄介な仕事を引受けたもんだよね。そんなややこしい問題は、僕にはとても手に負えないもの。

委員　何をおっしゃるソクラテス。客観的真理の追究と論理的一貫性の主張こそ、私があなたから学んだ人生の大原則です。私は「ソクラテスの徒」、唯一の哲学者として孤軍奮闘、発言を続けているのだから、当の御本人がそんな弱気なことでは困りますね。

ソクラテス　なに？　僕の徒として？　それは大変だ、それは困る。そういうことならこれは考えねばなるまいて。

委員　そうそう、重大極まる問題なのです。臨調多数派の連中は、何としてでも移植を実現したいものだから、体も温かいうえ、時には出産さえ可能な人間をですよ、脳は死んでいる、すなわち「脳死」であるから死者として認めろと言う。こんなおかしな話はないでしょうに。

ソクラテス　なるほど確かに不気味な話だ。

委員　脳がその人なのだから、脳が死ねば人は死ぬ、こういう不自然極まる考え方の病根が、西洋近代の合理主義です。精神が一切を支配するのであって、肉体は物質としてそれに従属するべきものだという、あの心身二元論、この元凶がデカルトのあの「我思う、ゆえに我あり」だ。私は思惟《しい》するから存在しているのではない。私は長い長い生命の発展の帰結としてここに存在するものなのだ。この思惟することのできる私という人間は、自然の歴史なくしては決して存在することはなかったものだ。ちっぽけな自我などを過信するところから、今日の物質文明による環境破壊が始まっていることも確かでしょう。

ソクラテス　のっけから哲学論議ときたね。よっしゃ引受けた。このまんまじゃ、あいつもあんまり気の毒だからな。

委員　何ですか？

ソクラテス　あ、いやいや、デカルトは哲学者だからなと言ったのだ。

委員　私はデカルト以後の近代の誤謬《ごびゅう》を、一身に引受けて闘う哲学者なのです。

ソクラテス　ん、あそう。それじゃそのデカルトの誤謬なるものを、一緒に考えてみようじゃないの。君は、「私」というものは思惟するから存在するんじゃなくて、生命自然の歴史の帰結として存在すると言う。ところで、その「私」ってのは、そもそも何だい。

委員　私ってのは、私に決まってるじゃないですか。

ソクラテス　だからその「私」ってのは何だい。

委員　私ってのは、他の誰でもないこの私のことですよ。精神も肉体も生命も、全部ひっくるめてこの私という人間なんですよ。

ソクラテス　うん。だからその「私」ってのは何だいと僕は訊《き》いておるのだよ。

委員　だからこれのことだと言ってるのですよ。

ソクラテス　そりゃ君の鼻じゃないか。君の鼻が「私」なのかい。

委員　それならこれと言えばいいんですかね。

ソクラテス　そりゃ君の胸だよね。君の胸が「私」なのかい。

委員　ああ、それならこれだ。これこそが私だ。

ソクラテス　ほう、そりゃ君の脳だ。脳こそが「私」というわけだ。それなら、精神も肉体も生命も全部ひっくるめて「私」だとさっき言ったことと、それは同じことなのかな。「私」とは脳なのだから、脳が死ねば人は死ぬ、だから死者として認めていいということになるのかな。

委員　あれ、おかしいな。

ソクラテス　「私」ってのは何だい。それはどこにあるものなんだい。

委員　どこにと言われても、あるものはあるんだから。

ソクラテス　だろ？　どこにと言われても、あるものはあるだろ。まさにそのことを彼は「我あり」と言ったのじゃないのかね。鼻でもない胸でもない脳でもない、どこにもない、にもかかわらず、ないないと言っているここにだけはある。生命自然の全歴史を夢として疑っても、疑っているここにだけは確実に存在する。いったいこいつは何なんだ、この驚くべき事実を発見して、「我思う、ゆえに我あり」と、そう彼は言ったんじゃないのかな。

委員　するとやっぱり、思惟するから私は存在すると言ったわけですな。

ソクラテス　いや違う、思惟しているそれが「私」だと言ったのだ。思惟していない君が間違うのは当然なのだ。思惟していない哲学者などあまり聞いたことがないのだ。

委員　よろしいでしょう。しかしデカルトは、思惟する精神のみを特別なものとして取上げて、肉体の側をたんなる物質として不当に貶《おとし》めた。このことは事実です。私はこのデカルト的二元論を、未来に向けて止揚するために、心身一如《いちにょ》、一如の哲学をこそ唱えたい。

ソクラテス　う-ん、心身一如ねえ。これはこれでまた難しい問題なんだよねえ。

委員　何が難しいもんですか。心と体が合一してここにあるのは当然のことでしょう。デカルトはこの当然自然のことを、認めようとしなかったのだ。

ソクラテス　そうだ、その通りだ。心と体が合一してここにあるのは当然のことだ。当然自然のことだからこそ、彼はそれを認めようとしなかったのだ。

委員　どうしてですか。

ソクラテス　哲学者だからだよ。哲学者というのは、当然自然のことが認められないからこそ、そこから思惟してゆく人たちなのだ。

委員　不自然じゃないですか。

ソクラテス　ある意味ではね。

委員　自然に考えれば、心と体は別のものではありませんよ。

ソクラテス　足を一本失《な》くしてしまったと想像してごらん。体から足が一本失くなってしまったと。

委員　はい。

ソクラテス　そのとき、心から何かが失くなっているだろうか。

委員　むろん、喪失感は大きいでしょうね。

ソクラテス　うん、むろん喪失感は大きいだろうね。しかし、目で見えて手で触われる足が体から失くなることで、目で見えて手で触われる何かが心から失くなっているだろうか。足を失くした心の喪失感そのものは、目で見えて手で触われるものだろうか。

委員　いや、そんなことはないですね。

ソクラテス　感情や思惟というものは、そもそも目で見えて手で触われるものではないよね。

委員　そりゃそうですね。

ソクラテス　それは、感情や思惟すなわち精神というものは、物質ではないからだ。

委員　そうですね。

ソクラテス　肉体は物質で精神は非物質だ。

委員　ええ。

ソクラテス　したがって、肉体と精神とは別のものだ。

委員　そう。

ソクラテス　別のものが、なぜ合一してここにあるのだろう。
委員　――――。
ソクラテス　不思議だよねえ。自然というのは何て不思議なものなんだろう。哲学者なら、これはもう思惟せざるを得ないよねえ。
委員　しかし、だからと言って、肉体の側を機械か資材みたいにして扱っていい道理はないでしょう。これは明らかに西洋哲学の欠陥です。そういう二元的な考え方は、少なくとも日本人の伝統的な自然観や死生観には絶対に馴染《なじ》まないものなのだ。
ソクラテス　つまり死生観として認められないと。
委員　そうです。とくに日本人は古来、「山川草木悉皆成仏《しっかいじょうぶつ》」、一切の生きとし生けるものに共通の霊があり、霊によってすべての生きとし生けるものは生命を得ると考えてきた。死んだ者はあの世へ行くが、生まれ変わってまたこの世へ戻ってくる、そういう永遠の生命の循環運動を信じてきたのですから。
ソクラテス　ああ自然な考え方だ、これぞ自然そのものだ。ひょっとしたらそうなのかもしれないなあ。
委員　そうでしょう。
ソクラテス　しかし、ひょっとしたらそうではないのかもしれないなあ。
委員　どっちなんです、いったい。
ソクラテス　だって僕は知らないもの、そんなこと。いま生きてるんだから、死後のことなんか言えないもの。生きてる人が言う死後のことは、生きてる人が言う死後のことに決まってるじゃないか。死んでる人が死後のこと言ったためしなんかないじゃないか。
委員　そりゃそうですけど、近代科学やキリスト教以前の古代宗教は、世界中どこも同じような死生観をもってましたよ。
ソクラテス　そりゃそうだろうなあ、やっぱりみんなわからなくなるんだよなあ。死んでることも生きてることも同じようなもんだってわかっちまうと、生きてるだの死んでるだのってことがもうわからなくなっちまうんだよなあ。
委員　ねえ、わからないでしょう。
ソクラテス　うん、わからない。わからないからこそ死生観なのであって、死生観によってわかるなんてことはあるはずがない。だって、そもそもわからないことについて言ってることなんだからな。

委員　そうそう、だからこそ私は、そういう偉大な生命自然に対する畏怖の心を忘れるべきではない、死を人為的にいじるなど絶対にするべきではないと主張しているのですよ。そして、ここでなお私が主張したいのは、「菩薩行《ぼさつぎょう》」、愛の菩薩行としての臓器移植です。なるほど脳死を死として人為的に認めるわけにはゆかないが、それでも人はみな自分の死を受け容《い》れながら死んでゆくものです。だからこそ、そのとき個人があえて意思した臓器提供は、他人の生命の存続を願う自然な心、愛の自己犠牲として認められて然《しか》るべきだと、こう思うわけなのです。

ソクラテス　つまり、他人の生命の存続のために、個人の意思による臓器提供は認められると、君は言うのだね。

委員　そうです。

ソクラテス　すると、個人の死後、個人の意思によって君の心臓や腎臓をもらって生き延びた人たちも、またその死に際して個人の意思で、それぞれの臓器を他人に提供できると。

委員　原理的にはそういうことです。

ソクラテス　提供するということは、それを個人の所有物とするから、提供するということだよね。

委員　はい。

ソクラテス　だから、提供された他人の臓器とは、誰か他人の所有物だったものだ。

委員　ええ。

ソクラテス　すると、たとえばそうやって肉体の全部が他人の所有物でできあがったような人は、今度はどうやって自分の個人を主張するのかな。

委員　まあ、それはその人の脳が主張するんでしょうな。

ソクラテス　おや、脳だけがその人なのではないというのが、君の最初からの主張だったよね。

委員　そうでしたよね。

ソクラテス　さらには、他人の所有物だった臓器を、今度はその人の意思で提供する時には、言わば名義変更しなくちゃならないはずだ。その臓器の所有権は、どの時点でその人のものになったのだろう。

委員　それはですね、その人がそれを自分の所有物だと意思した時でしょうかね。

ソクラテス　しかし、さっき君は、一切の生きとし生けるものは共通の霊によってその生命を得ると言ったね。つまり、生命というのは共通のものであって、個人の所有物ではないと。すると君は、生命は個人のものではないと言いながら、生命は個人のものであると言ってるわけだ。

委員 うーむ。

ソクラテス 生命と個人とは、どういう関係にあるのだろうか。

委員 どういう関係にあるのでしょうか。

ソクラテス どうやらこのふたつのものは、両立しないもののようなのだ。生命のあるところには、個人というものはないということらしいのだ。だから君は、移植するのなら個人の意思など無視しろと言うべきなのだ。

委員 まさかそんなことは言えませんよ。だって臓器移植は菩薩行、近代的個人主義を越える愛の行為なんですから。

ソクラテス 個人主義の否定を唱える人が、個人の意思を掲げるのは、おかしくはないかな。

委員 つまり、移植するなら個人を否定しろと。

ソクラテス そうそう、それがわかりやすい。非常にわかりやすい需給関係だ。だって、きっと欲しい人は愛があろうがなかろうが、大金払っても欲しいんだから、いっそわかりやすい売買関係にすればいいんだ。買ったものだから俺のものだ、売ったものなんだからもう俺のものじゃないとね。

委員 それが所有するということだと。

ソクラテス そう。そうして、誰のものがどこへ行って、誰のどこがすでに死んで、誰のどこかはまだ生きてるが、そうやってそこに生きているのはいったい誰なのやらさっぱりわからなくなったゴチャゴチャ状態、これが永遠の生命の循環運動、「山川草木悉皆成仏」だ。うん、素晴らしい。これぞ自然本来のあるべき姿だ。君の信じてる死生観て、これのことだろ?

委員 おかしいな、そういうことではないはずなんだがな。

ソクラテス どこが違うのかね。

委員 やはりどうも生命と個人、個人という概念とは両立するものではないようですな。個人を生かしめている生命は、だからこそ個人のものではない、誰のものでもないということなんでしょうな。私が本当に言いたかったのは、どうもそういうことだったらしいです。

ソクラテス　なあ、そういうことだろ。いったい誰が自分でこの生命を作ったというのだ。誰が自分でこの生命を手に入れたというのだ。最初から自分のものでもないものを、自分のものだと言おうとするから、おかしなことになるのだよ。

委員　そうですねえ。

ソクラテス　で、君は臨調委員として、今後どうするつもりなのかね。

委員　ああ、これは大変なことだ。臓器さえあれば我が子の命を救うことのできる親の願いを、どうして否定できましょうかね。

ソクラテス　しかし君の死生観によれば、死んだ人はまた生まれて出て来るのだろ。生命は永遠に続くのだろ。同じことじゃないのかね。

委員　つまり死ねと言うべきだと？

ソクラテス　そんなこと決められるわけないじゃないか。だから君は臨調委員なんじゃないか。それで僕は哲学者として、そんな厄介な仕事は絶対にいやだねと言ったのだ。

死ぬのは誰だ【ソクラテスの遺言③】

登場人物

ソクラテス

検死官

時は、ソクラテス処刑の直前

検死官　まあ話には聞いてましたけど、あなたもつくづく変わった人ですよねえ。だって、あなた、冗談でなくこれが本当にあなたの最期なんですよ、あなたはこれから死ぬんですよ。なのに、いや、やはりだからこそと言うべきなのかな、生死についての議論にそんなに熱中するなんて、やっぱり尋常じゃない。いや、たいへん興味深く拝聴しましたがね。

　私はこの職業についてもう随分になります。まあたくさんの人間の、さまざまな死にざまを見届けてきました。祈る者があれば、恨む者がある。ヤケを起こすのがいれば、死を待てずに自ら死ぬ者すらいる。恐れたり信じたり、いろんなことを彼らは言い遺《のこ》しますけれども、やっぱりしょせんは言葉です。頭の中の考えです。だって、死とは何かを考えたって、やっぱりその人は死ぬんですから。確実に死んで、確実に死体となるんですから。考えはなくなっても、死体は残ります。今さら宗教や哲学が何を言おうと、私にはこっちの実在感しかどうしても信じられんのですよ。

　とはいえ、他ならぬあなたですから、この際もう単刀直入にお伺いしておきたい。あなた、死後にも世界は存在するとお考えですか。人間は死んでも魂は残るとお考えなんですか。

ソクラテス　ああなんて根源的かつ本質的な問いなんだろう。これぞまさしくもうあとがありませんってヤツだな。たまらんね。哲学者冥利に尽きるよね。

検死官　そんなに嬉しいんですか。

ソクラテス　ああ嬉しいねえ。僕の哲学ダマシイは、この手の話にゃ、喜びと困惑にうち震えるようなのだ。

検死官　何ですか、その哲学ダマシイってのは。

ソクラテス　ん、考えるのが気持いいってことよ。根源的かつ本質的な問いを考え詰めてゆくと、なんかこう、もう恍惚としてきてしまうのだ。生きながら、もう死んでいるかのような心地なのだ。

検死官　なんだ、あなたも意外と神がかりの人なんですね。ああそう言えば、ソクラテスはダイモンと話をしながら一晩中ボーッしてるとか、報告してる人がいたっけか。脱魂状態だなんて、わけのわからない理屈言ってる人もいたけど、そんな理屈は私にはとても納得できませんねえ。

ソクラテス　ああ、君は科学者だものね。

検死官　実在するものしか信じません。

ソクラテス　なんだい、その実在するものっていうのは。

検死官　物質としての世界、目で見え手で触われ計測可能なこの世界、そして切れば血が出るこの肉体ですよ。

ソクラテス　切れば血が出るこの肉体から、血が出なくなったそれが死体だと。

検死官　そうです。

ソクラテス　死体だけが実在するのであって、魂なんてものは実在しないと。
検死官　そう思います。
ソクラテス　ところで君、訊《き》くけど、死体は実在するけれども、死は実在すると思うかね。
検死官　当然じゃないですか、死が実在するから人は死んで死体になるんですから。死が実在するんでなければ、人が死ぬなんてことは金輪際あるはずがないでしょう。
ソクラテス　うん、まったくその通りだ。死が実在するから人は死体になることができるのだ。すると、その実在する死体のどこに死は実在するのかね。
検死官　これが諸説分かれるところでしてね。例の脳死臨調なんかでも、もめにもめてますよ。心臓の停止をもって死とするか、脳機能の停止をもって死とするか、あるいはその中間をとって脳幹のそれとするか。これがなかなか決められないのですよ。
ソクラテス　ああ、そりゃあ決して決められないだろうよ。
検死官　いずれ科学は結論を出しますよ。
ソクラテス　いやそんなことは無理だろうよ。
検死官　どうしてです。
ソクラテス　心臓が止まれば人は死ぬ。その止まった心臓のどこに死があるのだね。
検死官　その止まった心臓を見れば死んだとわかりますよ。
ソクラテス　だから、その止まった心臓のどこを見れば死があるのだね。
検死官　だから、その止まった心臓を見て、それを死だと言っているのです。
ソクラテス　しかし、見えているのはただの止まった心臓じゃないか。止まった心臓から死を取り出して見ることはできるかね。心臓を解剖して、細かく細かく切り分けて、ほら見つけたこれが死だと、つまみ出して触わることはできるものかね。
検死官　まさか、そんなことはできっこないでしょう。
ソクラテス　すると、死というものは、見たり触わったりできるものではないということになるね。
検死官　そうですね。
ソクラテス　死体は見たり触わったりできるものだけれども、死そのものはそうではない。
検死官　そうですね。

ソクラテス　つまり、死体と死とは同じものではないということだね。
検死官　その意味ではそうですね。
ソクラテス　すると、さっき君は、目で見え手で触われるものだけが実在すると言ったけれども、見えも触われもしない死そのものは、実在すると言えるのだろうか。
検死官　しかし――、死が実在するんでなければ、なんで人は死ぬのです?
ソクラテス　いやまったくもって不思議なことだ。奇妙奇天烈《キテレツ》きわまりない。天網恢々《かいかい》奇々怪々。
検死官　僕はこれから死ぬところだ。
ソクラテス　これは失礼致しました。
検死官　私は真面目なのですけれど。
ソクラテス　実在するということは、存在するということでいいね。物質として実在するのではないけれども、存在する死によって人は死ぬのだと君は認めたのだからね。
検死官　はい。
ソクラテス　ところで、この、「存在する」ということは、いったいどういうことなのだろう。
検死官　存在するということは――存在するということですよ。何かがあるということですよ。
ソクラテス　うん。存在するということは、何かがあるということだ。物質や肉体は、見えて触われるものとして存在するけれども、感情や考えや精神的なもの、そうだなあ、人格なんてのも、見えも触われもしないけれども、確かに存在するものだよね。
検死官　はい。
ソクラテス　つまり、肉体と精神とは、同じ「存在する」でも、違う存在の仕方をしているというわけだ。
検死官　はい。
ソクラテス　ところで、その人が生きているということは、その人が存在するということでいいかしら。
検死官　はい。
ソクラテス　そして、その人が死ぬということは、その人が存在しなくなるということだ。
検死官　はい。
ソクラテス　存在しなくなるということは、いなくなるということだ。
検死官　はい。

ソクラテス　いなくなるということは、無になるということだ。
検死官　はい。
ソクラテス　つまり死とは無になるということだ。
検死官　はい。
ソクラテス　無なんてどこに存在するのだ。
検死官　えっ?
ソクラテス　無が存在したら、それは無ではないではないか。
検死官　ええ。
ソクラテス　それなら無になることとしての死なんてものも、存在しないではないか。
検死官　――ええ。
ソクラテス　死なんか存在しないではないか。
検死官　――――。
ソクラテス　人が死ぬということなんか、ないではないか。
検死官　しかし、現実に人は死ぬじゃないですか。死んで死体になって、その死体は現実に無になるじゃないですか。私は毎日毎日それを見ていますよ。
ソクラテス　そうだろう。君が毎日見ている通り、現実に人は死んで死体になる。死体はやがて灰塵《かいじん》に帰す。しかし君はさっき、肉体と精神とは、同じ「存在する」でも違う存在の仕方をしていると認めた。見えて触われる肉体は、見えも触われもしなくなるけれども、もともと見えも触われもしないところの感情や考えや人格なんかが無になったと、どうしてわかるのだろうか。
検死官　逆に、無にならないと、どうしてわかるのですか。
ソクラテス　無というものは、存在するだろうか。
検死官　ああ――。
ソクラテス　存在するということは、無ではないということなのだ。存在しないということは、存在しないのだ。
検死官　死後の世界は存在すると。
ソクラテス　違う。死がないのだから死後もない。世界はここに存在するのだ。
検死官　やはり世界は生きている間だけ存在すると。
ソクラテス　違う。存在するということは生存するということではない。死がないのだから生もない。
検死官　なんだかさっぱりわかりません。

ソクラテス　僕もまったく同感だ。

検死官　しかしねえ、ソクラテス、私の場合は困るのですよ。だってなにしろ私の仕事は、人の死を決めること、その人は死んだということをこそ判定する仕事なんですから、肉体が死んだからその人は死んだということでないと、絶対に困るのですよ。とくに最近は例の臓器移植で、イキのいい死体の需要が高い。まあ百歩譲って、ひょっとしたら死後だとか魂だとかは存在すると仮定しましょう。しかし、他人が外からどうしてそれを知り得ましょうか。死体は絶対に「俺は死んだぞ」とは言ってくれないのですからね。なのに私はその人は死んだと言わなければならないのですからね。

ソクラテス　いやこれは大変な仕事だね。たぶんこの世では哲学者の次に大変な仕事だね。

検死官　だからこそ科学は、心臓もしくは脳の停止をもって、その人の死を決めているわけです。

ソクラテス　なべてこの世とは約束事だからな。君の仕事が成立するということ自体が、死とはこの世の約束事であるという見事な証拠だからな。

検死官　だから私は死を決める。

ソクラテス　しかしやっぱり決められない。

検死官　どうして。

ソクラテス　だって、無いものをどうやって決めるんだね。それを決めようにもそれが無いというのに、どうやって何を決めることができるんだね。

検死官　――――。

ソクラテス　さっきは尊厳死の会の会長との議論で、自分が死ぬなんてことはないという結論が出たけれども、どうやら他人が死ぬということも、やっぱりないようだね。

検死官　しかし、しかしですよ、私はこれだけは言いたい、いや問いたい。なるほど死はない、死は存在しない、しかし死体は存在するじゃないですか。死体が存在するというこの現実をどう理解すればいいんですか。いったいそこで何が起こったと考えればいいんですか。

ソクラテス　問題はそこだ。

検死官　そうです。

ソクラテス　しかし簡単なのだ。

検死官　どうです？

ソクラテス　何も起こっていないと考えればいいの

だ。
検死官　馬鹿な。
ソクラテス　存在するということは、存在するということだ。さっき君は認めたね。
検死官　はい。
ソクラテス　そして、存在するということは、何かが存在することであると。
検死官　はい。
ソクラテス　すると、何かが存在すると言うためには、その何かというのが存在しなければならないね。
検死官　はい。
ソクラテス　それは何だろう。
検死官　その何かでしょう。
ソクラテス　そうだ。それは何だろう。
検死官　何って、その何かでしょう。
ソクラテス　そうだ。何かを何かと言うためには、何が存在しなければならないだろう。
検死官　何かを何かと言うためのその言葉でしょう。
ソクラテス　そうだ。何かを何かと言うためには、何かというその言葉が存在しなければならないのだ。何かが存在するということは、その言葉が存在するということなのだ。存在とは言葉に他ならないのだ。
検死官　それで？
ソクラテス　生と死というのは、これ自体が言葉であることを認めるね。
検死官　ええ。
ソクラテス　生と死を生と死と言うためには、生と死という言葉が存在しなければならないね。
検死官　ええ。
ソクラテス　生と死という言葉が存在しなければ、生と死と言うことはできないね。
検死官　ええ。
ソクラテス　それなら、生と死とは言葉じゃないか。この言葉がなければ、生と死なんかどこにも存在しないじゃないか。
検死官　しかし、存在しないということは存在しないとも、あなたは言ったじゃないですか。
ソクラテス　そうだ。存在しないということは存在しないのだ。だからやっぱり存在するのだ。存在するということは、存在するということだからだ。ほらみろ、何ひとつ起こっちゃいないじゃないか。生死なんてしょせんは言葉だって、いっとう最初に君が言ってた通りじゃないか。

検死官　いやもう私は何が何やら、うろうろぐるぐる、進んでいるのやら戻っているのやら——。

ソクラテス　うん、それでいいのだ。その通りなんだから。

検死官　やれやれ、参ったな。

ソクラテス　最期の議論は僕の勝ちだな。

検死官　あなたが死ぬのは、私がしっかりと見届けてさしあげますからね。

ソクラテス　えっ、誰？　誰が死ぬんだって？

検死官　あなた、ソクラテスですよ。

ソクラテス　僕？　だって、ソクラテスってのは名前じゃないか。名前が存在しなけりゃ、そんなヤツは存在しないじゃないか。存在しないヤツが死ぬことなんか、いよいよ存在しないじゃないか。

検死官　でも名前が存在すれば、それは存在するんでしょ。

ソクラテス　ふむ、ばれたか。

検死官　まあおとなしくお往《い》きなさいな。

ソクラテス　僕は自分が誰なのだか、さっぱりわかっておらんのだ。

検死官　私にはわかってますから大丈夫ですよ。

ソクラテス　いったい死ぬのは誰なんだろう。

検死官　やっぱり死ぬのはあなたですよ。

ソクラテス　うん。しかし、僕というのは、ひょっとしたら君かもしれない。

検死官　よして下さいよ。

ソクラテス　だって、僕が存在するということは、君が存在するということなんだから。存在するということは、存在するということなんだから。

検死官　こりゃ、ほんとにきりがないや。

ソクラテス　だろ？　だからこそ、僕とはあるいは君なのだよ。

検死官　しかしですねえ——。

ソクラテス　いや聞きたまえ——。

時代はどこにあるのか

登場人物
ソクラテス
ジャーナリスト
評論家

ジャーナリスト　今日はあなたにどうしても意見しようと思って来たのです。いったい呑気《のんき》すぎるとは思いませんか。哲学も思索も結構ですが、もう少し時代に目を向けるべきではないですか。加速する現代は、一日とて同じ日はないのです。万古不易の真理など、もうとうにお笑い種《ぐさ》なんですよ。我々は皆、しっかりと眼前の現実を直視して生きるべきなのです。

評論家　全く同感だ。加えてあなたは自分の意見をもつべきだ。事件の意見を求められても、あなたはいつものらくらとかわして、いいでも悪いでも、どう思うでもない。自分の意見のない人間は、この時代、生き残れませんよ。言論《ロゴス》の始祖が、そんなことでどうするのです。

ソクラテス　ふむ、厳しいね。でも、そう言われても、これは僕のまあ生まれつきみたいなもんだから、今さらどうしようもないのだよ。

ジャーナリスト　いや、そんなことはない。なぜなら、そう言っているあなたも、今のこの現代という時代に生きているということは否定しないでしょう。時代と別に生きられるなんて思うのは、欺瞞《ぎまん》でなければ錯覚だ。不真面目です。だいいちあなたがそんな呑気な考えを持つに至ったのも、他ならぬこの管理社会の統制の結果なのですよ。もっと問題意識をもって、時代の危機を強く認識するべきだ。

ソクラテス　いやー、そんな大変な時代に生きているとは確かにちっとも知らなかったよ。迂闊《うかつ》だったたね。

評論家　哲学なんて無用の長物が、時代に置き去りにされるのも当然ですね。我々は霞《かすみ》を食って生きてるわけじゃないんですから。敏感に時代に対応して、即座に発言できる用意がなければ駄目です。断じて現代的であるべきです。
ソクラテス　よし、それじゃあ、君たちふたりで僕に教えてくれたまえよ。僕は、時代とは何のことやら、じつはよくわかっていないのだ。
ジャーナリスト　しようがない人だな。時代とは、他でもない我々のこの現実、日々移り変わる政治や経済や文化のことです。
ソクラテス　なるほど。で、それはどこにあるんだい。
ジャーナリスト　何ですか。
ソクラテス　君は、時代を見たことがあるのかい。
ジャーナリスト　無論です。私は毎日それに接している。
ソクラテス　それなら今度持ってきて、僕にも見せてくれるかね。どうもうまく実感できなくてね。
ジャーナリスト　雑誌やテレビならお見せできますけども、時代というのは、この日々刻々の現象だというのが正確でしょうね。
ソクラテス　なんだ、人生のことか。それなら僕だって日々それを生きてるから知ってるさ。さっき君は、僕が時代と別に生きてると言ったから、僕の人生とは別に、何かそういうものがどこかにあるのかと思ったよ。
ジャーナリスト　私が言ってるのは、もっと世の中の動きに注意を払うべきだということです。
ソクラテス　ふむ、世の中。それは人間とは別のものかね。
ジャーナリスト　今さら何です。人間によって構成されるのが世の中でしょう。
ソクラテス　では世の中の動きを作るのも人間だね。
ジャーナリスト　当たり前です。
ソクラテス　それは人間の体かね。世の中の動きとは、人間の体の移動のことかね。
ジャーナリスト　ある意味ではそうですが。
ソクラテス　体を動かすものは何かね。
ジャーナリスト　はあ?
ソクラテス　体を動かすのが各部の筋肉だとしたら、それを動かすようにするものは何かね。
ジャーナリスト　――動かそうという考え、でしょうか。
ソクラテス　では世の中の動きとは、体を動かす人間の考えが作るものだね。

ジャーナリスト　そうですね。

ソクラテス　貨幣も物品も、そこに置かれているだけではひとりでに動かない。人間の考えが、それを動かすんだね。

ジャーナリスト　ええ。

ソクラテス　ところで僕は、人間の考えについて考えるのが仕事なんだが、これは世の中を考えるのとは別のことかね。

評論家　しかしあなたは何もなさらないじゃないですか。考えているだけでは駄目、現実的でなければ駄目です。逆に時代に動かされてしまう。

ソクラテス　しかし僕は、自分とは別のどこかに時代なんてものがあると思ったことがないから、それを動かすもそれに動かされるもないんだがね。僕は、ただ僕として居るだけなんだがね。

評論家　それが駄目なんです。はっきり態度を表明するために、しっかり時代を見据えなければ。

ソクラテス　そう、だから見るから、持ってきてくれと僕は言ったよ。ないものは、見られないじゃないか。君の言う時代ってのは、空気中にあるような何かなのかい。そんなわけのわからないものに何かを言ったり何かをしたりすることが、現実的ということなのかい。

評論家　しかし、じじつ世の中は移り変わってるじゃないですか。

ソクラテス　世の中を構成するのは、具体的な人間だと君も同意するね。

評論家　ええ。

ソクラテス　その人間の考えの移り変わりが、時代の動きだね。

評論家　ええ。

ソクラテス　それなら、具体的な人間の考え以外に、時代なんて抽象物があると思って右往左往することの方が、時代に動かされてることにならんかね。

評論家　そんなことはないと思いますけど――。

ソクラテス　原因がなければあり得ない結果と、結果がなくてもそれだけであり得る原因と、どっちが現実的と思うかね。

評論家　はあ?

ソクラテス　種がなければ咲かない花と、花がなくてもそこにある種とでは、どっちがより現実的であると思うかね。

評論家　そりゃ後者の方でしょう。
ソクラテス　人を行動に導くものは何だね。
評論家　そりゃその人の考えでしょう。
ソクラテス　すると、人の行動の原因としての考えについて考えるのと、結果としての行動だけをするのとでは、どっちが現実的かね。考えるということは、最高に現実的な行動だとは思わないかね。
ジャーナリスト　違う違う。考えることが現実だなんて、うそっぱちだ、逃げでしかない。行動もせず意見もしない時代がどんなだったか、あなたも御存知のはずだ。だからこそ我々の使命は、常に社会の木鐸《ぼくたく》として時代に対峙《たいじ》することにあるのです。
ソクラテス　しかし君はさっき、時代とは日々のこの現象のことだと言ったね。日々の現象とは君が生きている君の人生以外の何だい？　人はそれを生きながら、同時にそれから逃げたり対峙したりできるものかね。時代と君の人生とはどういう関係にあるんだね。君はいったい何をしたいんだね。
ジャーナリスト　私は、私と人々の人生を権力の悪から守るために——。
ソクラテス　なるほど、権力ね。しかし、権力をつくるのも、人々の考えだと君は認めるね。機関の名前や建物それ自体が権力なんじゃない。すると、人々がものを考えるときの考え方について考えずに、権力なんてものが先にあると信じて物事の善悪を判断する君も、同じくらい権力的とは言えないのかな。
ジャーナリスト　しかし、個人の生活と生命を侵すことは絶対に許されない。
ソクラテス　どうして絶対なんだい。
ジャーナリスト　どうしてって——。決まってるじゃないですか。
ソクラテス　決まってるのかい、君が決めたのかい、誰が決めたのかい。君が決めたのなら君ひとりの意見だし、誰が決めたのでもないのなら、思い込みということになるぜ。
ジャーナリスト　しかし——。
ソクラテス　だから僕たちは考えなければ駄目なんだよ。君たちが皆で現実だと考えているもの、世間だって法律だって食うことだっていいよ。なぜそれが現実と考えられるに至ったのか、よく考えてごらんよ。原因を知らずに結果だけ動かすことと、原因ごと動かすのと、どっちが力だと思うかね。

評論家　しかし、たとえばこの世では金が力です。金のある人間は何もかも思いのまま、そうでない人間は損ばかり。この現実をどう動かしてみせるとあなたはおっしゃるのです。

ソクラテス　簡単さ。皆が金を価値だと考えるのをやめればいい。

評論家　馬鹿馬鹿しい。

ソクラテス　君は、なぜ人はあんなに金を欲しがると思うかね。

評論家　それがなければ生きてゆけないからですよ。我々は生きなきゃならんからですよ。

ソクラテス　君もそう思うんだね。

評論家　無論です。

ソクラテス　なぜ生きなきゃならんのかね。

評論家　ほら来た。わかってますよ、あなたの論法なんか。そうですよ、生きることそれ自体では価値ではありません。でも、価値でなくても生きるということもあるんです。そして生きるからには楽しい方がいいに決まってる。そのためには金が要るんですよ。

ソクラテス　快楽は金で買えると言うことだね。

評論家　そうです。この時代は殊《こと》にそうだ。

ソクラテス　金で買えるような快楽が、いったいどうして価値なんだか——。

評論家　そんな通俗的なお説教は結構です。いいものはいいんだから、それでいいんです。

ソクラテス　そりゃ僕だって、他人がどんな価値観で生きようが全然構わないさ。しかし、現実を変えるべきだと言ったのは君の方だよ。そしてその現実とは、金という価値を巡る人々の争いだと言った。にもかかわらず君自身は、金を価値と考えることを変えようとしない。それなら、いったい君は、現実を変える気があるのかね、ないのかね。変える気のないような現実が、なぜ現実的なんだね。

ジャーナリスト　ほらね、ソクラテス。だんだん化けの皮が剝《は》げてきたでしょう。評論家なんて連中は、自分のことは棚に上げて、人の悪口で飯を食う卑しい奴《やつ》らなんだ。私は違う、私には理想がある。私は私の全てを挙げてノーを言う。あんな連中と一緒にされては困りますね。

評論家　おや、偉そうに。君らこそ事件がなければ食えないくせに。なければ事件をでっちあげるくらいのことはしてみせるくせに。反権力だなんて、きれいごとですよ、ソクラテス。奴らこそ、金と権力をもってる人間への私的な嫉妬とすり換えてるだけなんだ。それで自分が権力になってることも、知ってて知らないふりなんだから汚ないね。だいたい野蛮だ、下品だよ。他人のプライバシーまで追いかけ回して鬼の首でも取った騒ぎ、およそ知性のする仕事じゃないね。「知る権利」が聞いてあきれる。

ジャーナリスト　俺たちの報道がなければ、たちまち干あがっちまうだろうにさ。何が「識者の意見」なんだか。本物の知識人が、ちょこまか何にでも鼻つっこむかい。悔しかったら事件のコメントも他人の品評もなしに、堂々と理論だけで物言ってみろ。「私の立場では」ってのは、いったい何だい。自分だけは世間とは別に物が言える便利な立場があったもんだな。俺たちは時代の現場に立ち合ってる。君らのような寄生虫とは違う。いい加減に黙ったらどうだ。

評論家　恐喝する気か。言論は自由だ。

ジャーナリスト　言論は憂《う》さ晴らしとは違うぜ。言論とは公共性だ。

ソクラテス　まあまあ、内輪もめはほどほどにしたまえよ。君たちはじつによく理解し合っているじゃないの。

両者　失敬な！

ソクラテス　言論についてなら、この時代遅れの言論《ロゴス》の始祖が、一言、言えるな。君たちは言論が時代に不可欠だという点では一致しているようだが、それなら君たちは、学問上の発見や先端技術の発明で時代を画した人々が、事件や他人のあれこれに気をもんで口出ししているのを見たことがあるかい。彼らは無言だ。自分を忘れて自分の仕事に没頭している。時代をどうこうしてやろうなんて意図があったとは、僕には思えないね。そんなこと考えてる暇なんかないんだよ。君たちも、そんなふうに黙って自分の仕事に専念すべきではないのかな。

両者　ええ、だから私たちは時代に即した言論活動を——。

ソクラテス　君たちは、これが掌《てのひら》であることを認めるね。

両者　えっ、ええ。

ソクラテス　これは事実だね。

両者　ええ。

ソクラテス　「これが掌であることを私は断じて許さない」と叫んでも、これが掌であることに全然変わりはないね。

両者　ええ。

ソクラテス　君たちのしていることは、それと同じなんだよ。既にそうである現実について、俺は認める認めないと騒いでみても、現実の側は痛くも痒《かゆ》くもない。言うのは勝手さ。でも全然無意味なんだ。こういう無力な言辞は意見と言って、決して言論《ロゴス》とは言わないんだ。

両者　よくわかりませんが。

ソクラテス　君たちは、現実や時代を構成するのは人間の考えだということは認めてくれたようだが、自分のどこか外に、それを肯定したり否定したりすることのできる現実や時代があるわけではないということは、まだ認められないらしいね。しかし君たちは、自分が今生きているということを認めるね。

両者　ええ。

ソクラテス　「私は人生を否定する」と言っても、生きているという事実に変わりはない。

両者　そうですね。

ソクラテス　君がこの時代に生きているということも、そうだね。君が肯定する否定するとは無関係な、ただの事実だ。

両者　そうですね。

ソクラテス　それなら、時代を生きるということと、君が生きるということとは、全く同じことではないのかね。

両者　そうかもしれませんけど——。

ソクラテス　すると、時代に即するとは、君が君の人生を、よそ見をせずに真面目に生きてゆくということでしかない。時代時代とよそ見をする人が、一番時代と自分の人生を取り逃がしているということになると思わないかね。

両者　しかし、時代は変えられなければならない。

ソクラテス　時代を生きている君たちが、時代を変えることを望むのなら、まず自分の考えを変える以外ないじゃないか。それがたくさんの人に理解されて、時代の考えになり変わる以外に方法なんかないじゃないか。

両者　そう、だからこそ私たちは日々、言論活動に心血を注いでいるのですよ。

ソクラテス　その言論を語っているのは、君だね？　それは君個人の考えで語る君の言葉だね？

両者　もちろんですとも！　自分個人の自由な考えを堂々と語れないような人間は、そもそも言論活動に携わる資格がありませんからね。

ソクラテス　ふむ。それなら僕は、君たちに早々に転職することをお勧めするね。

両者　どうして！

ソクラテス　だって、言論は自由なんかじゃなくて必然だからだ。数式や文法がそうであるのと同じだね。それらが全ての人に理解されることができるのは、それが誰か個人の考えではないからだ。これぞ万古不易の真理だね。そこでこれを言論《ロゴス》と言うのだ。今さら言論の公共性についてもめるなんてのは、それが論理に基づく言論でなくて、ただの意であるまぎれもない証拠だよ。無力だ。人々の考えなど決して変えられない。大発見をして時代をひっくり返してしまう科学者の謙虚さを見てみたまえ。俺の考えだなんて、一言だって言いやしないじゃないか。俺が俺がのわいわいがやがやは、歴史にとってみりゃ、牛の尻にたかる蠅みたいなもんなのよ。

両者　しかし、ほんとにそんなふうにお考えなら、なぜ自分からそうおっしゃらないのですか。

ソクラテス　僕が時代だからだよ。わざわざ自分で自分に物申す必要なんかないからだ。君たちだって知ってるだろ、二千年来ずうっと皆が僕のことを言ってるってこと。なあ、言論とは、かくも自由なものなのだ。

どうだい、哲学も捨てたもんじゃないだろう。ちょっとしたジャーナリストくらいにはなれるぜ。

ひとりで生きろ

登場人物
ソクラテス
エコロジスト

エコロジスト　あなたという人は、世間のニュースに興味をおもちでないだけでなく、御自分の身の回りのことにさえ、ほとんど関心を払われないと聞きました。新聞の紙面を飾る記事のおおかたは、ある意味では直接には自分に責任のあることではないですから、大目に見ると致しましょう。しかし自分の暮らしの隅々に目配りを怠るのは、いただけない。たとえばあなたが日々口にしている食物、あるいは着ている衣服、それらがどういう経路であなたの元に届いているのかを、あなたは全然御存知ないでしょう。無責任です。地球人類の一員として生きてゆく限り、エコロジー的認識をもつことは、私たちの責任であり、また義務なのです。

ソクラテス　実生活のあれやこれやに疎《うと》いのは性分なんだ。どうもうまく考えられなくてね。

エコロジスト　だから哲学なんてうそっぱちだと言うのです。まず生活と生命の安心が確保されるからこそ、哲学するのも可能なはずです。自分の暮らしが、どれほどの犠牲と破壊のうえに支えられているかを考えずに、天空の彼方の真理とは何かもないでしょう。無関心とは、そのまま加害への加担なんですよ。せめてそれくらいの認識はもっていただきたい。自分さえ生きられればいいなんてタカをくくっていると、そのうち自分の首を絞めることになるんですよ。

ソクラテス　それはそうかもしれないけどね。だけど僕は自分が生きることなんて、いつだってどうでもいいのだよ。

エコロジスト　うそをおっしゃられては困る。自分のいのちがどうでもいい人が、現に飯を食って生きていますか。哲学者はすぐにそういう不自然な考え方をするんだから。

ソクラテス　僕が飯を食うのは、とくにそれを肯定したり否定したりする理由がないからだ。あれを食うべきだこれは食うべきでないと考える方が、よほど不自然なことのように僕には思えるがね。自然な生き方とは、どういう生き方をいうんだい。

エコロジスト　あなたは何もわかっちゃいない。御覧なさい、大自然に育《はぐく》まれて息づく生命たちの美しくも驚くべき神秘の姿！　それらは自然の恵みを受けて輝いています、歌っています、感謝しているのです。人間だけが傲慢にも、自分がそこから生まれた自然を忘れて、生態系のバランスを崩すような行ないをする。こんな人間中心主義の価値観へのしっぺ返しは、もうあちこちで始まっている。このままでは人類は破滅だ。私たちはもっとグローバルな視点で、地球上の全ての動植物と共存してゆくべきなのです。これを自然な生き方と言わずに何が自然ですか。

ソクラテス　なるほどね。しかし悲しいかな、僕は生まれたときから人間だったことしかないから、動物や植物が自分の生命を嬉しがってるかどうか知らないのだよ。ひょっとしたら、あれら口をきかない連中は、生きたくて生きてるわけじゃないのにと、自然を恨みに思ってるかもしれないぜ。そういう可能性を考えてみないのも、ひとつの人間中心主義の価値観ではないのかな。

エコロジスト　そういうのを詭弁というんです。生きているのはいいことだと、あなたは認めないのですか。

ソクラテス　だって、認めるも認めないも、それはただの事実だもの。そして生きているということは、やがて死ぬということだもの。何を食っても食わなくても、安心したまえ、ちゃんと死はやってくるのだ。僕は、これ以上自然な生き方はないと思うけどねえ。

エコロジスト　それはその通りですけど、でも同じ死を待つにしても、人為的な要素はできる限り排除すべきだ。何もわざわざ手を拱《こまね》いて、添加物やフロンガスに侵されるのを待っていることはない。そうだ、不自然なのは、人為的なことです。

ソクラテス　ふむ、人為的。人が為《な》すことが不自然だからって、人がものを考えることや、人が息をすることも不自然ってわけじゃないだろ？

エコロジスト　私はそんなことは言っちゃいません。

人間が、自分の生命維持に必要な以上のことをすることは、自然の営みを破壊する、それが不自然だと言ってるのです。

ソクラテス　君は、自然の営みというものを、絶対的に信頼するんだね。

エコロジスト　そうです。

ソクラテス　では、その絶対に信頼に値する自然が、不自然なことをする人間をつくったという事実を、どう説明するね。それも自然の営みの一環とは言えないのかな。

エコロジスト　馬鹿を言わないで下さい。人間が自然を破壊することが自然だとおっしゃるのですか。

ソクラテス　君の言う「人間」とは何だね。

エコロジスト　何よりもまず生物の一種です。

ソクラテス　生物とは何だね。

エコロジスト　自分の生命維持に必要なだけの栄養を摂《と》り、次なる生命を育むものです。これが生物としての人間のあるべき姿です。

ソクラテス　しかしね、この人間という生物は、じつに様々なことをするものだぜ。君がさっき言った哲学なんてのに限ったことじゃないさ。だいたい学問や芸術なんてものが、生命の維持に必要なものだと、君は思うかね。

エコロジスト　いえ、そんなことはないですね。

ソクラテス　では、それは不自然な行為かい。

エコロジスト　そうとも言えません。

ソクラテス　有史以来絶えたことのない権力を巡る殺し合いや、名誉を賭けた闘争、神への殉教、男女の心中、死を覚悟の冒険なんてのはどうだい。これを、生命維持の必要性からどう説明するね。人間が歴史をもつということは、まさにこういうことではないのかな。食って子孫を残すだけの他の生物たちが、歴史をもっていると言えるかな。犬や猫が歴史をもっていると言えるかな。

エコロジスト　言えませんね。

ソクラテス　僕たちギリシャ人は、「エロス」という生命への欲望に対して、破壊や死への欲望を「タナトス」として、人間のもう一方の自然と認めているよ。自然は人間を、そういう奇妙な生物として作ったわけさ。そういう人間を丸ごと自然なものとみる方が、より自然な見方とは言えないのかな。じっさい、地球上が、食って子を残すことだけでニコニコ暮らしてる人間ばかりになった日にゃ、それこそ人類は破滅だと僕なんかは思うがね。

エコロジスト　人間と自然は共存しなくてもよいとおっしゃるのですか。

ソクラテス　僕は、人間と自然なんて言ってない。人間は既にして自然だと言ったんだ。人間と自然を別々に考えているのは君の方じゃないのかな。

エコロジスト　そんなことはないと思いますが——。

ソクラテス　これは君の国の人だね、荻生徂徠《おぎゅうそらい》は言ってる。「理《コトワリ》トハ、事物皆自然ニ之《コレ》有リ。我ガ心ヲ以《モッ》テ之ヲ推度シテ、其《ソ》ノ必ズ是《カ》クノ若《ゴト》クナルベキト、必ズ是クノ若クナル可《ベ》カラザルトヲ見ルコトアリ、是《コ》レ之ヲ理ト謂《イ》フ。」

エコロジスト　よくわかりません。

ソクラテス　何も難しいことは言っちゃいない。人間のすることは人間のすることで、それ以外でないと言ってるまでよ。どうだい、自然そのものだろ？

エコロジスト　いいです、百歩譲って、人間の抱く全ての欲望も衝動も自然の性向と認めましょう。しかし、だからと言って、私たちが日々その中で暮らしているこの環境を、より安全で健康なものにしようと願うことの方が間違っているとは言えないでしょう。佐渡のトキを絶滅から守ろうとか、ワニ皮のバッグを買ってはならんとかの自然保護運動よりは、この環境保護の考え方の方が、もっと広く切実に受け入れられるはずなのです。それで私は声を大にして言いたいのだ、環境を守れ、と。

ソクラテス　環境保護は現実主義だが、自然保護は自己満足だということかね。

エコロジスト　そういう面が確かにあります。ワニのバッグは必ずしも万人に関わりがあるのではないが、生命と健康は、まぎれもなく万人の現実だからです。

ソクラテス　で、その現実的な環境保護は、どういう現実的な運動を展開しているのかね。

エコロジスト　第一にリサイクル運動、つまり資源の有効再利用、具体的には牛乳パックや割り箸から始めることを提唱しています。

ソクラテス　うわ、これはまた細かいね。僕なんか、とても役に立てないよ。

エコロジスト　エコロジーはまず、ひとりひとりの責任の自覚を促します。文字通り、塵も積れば山となるのですからね。
ソクラテス　しかし、回収費や宣伝費が、随分とかさむだろう。
エコロジスト　厳しいところがありますね。悔しいかな、そのために今のところ、これも一種のファッションと見られがちです。しかし、いずれ皆が私たちの信念の正しかったことを認める日が来るでしょう。
ソクラテス　気の長く要る仕事だ。頑張ってくれたまえ。しかしねえ、僕なんかは鈍感だから、牛乳パックや割り箸が僕のいのちの現実だとは、なかなか実感できないんだが、こういう僕みたいな横着者には、君たちはどう対処するんだね。
エコロジスト　根気強く呼びかけます。
ソクラテス　それでも応じなかったら？　俺は死んでも構わんから添加物を食うとか、癌《がん》は恐《こわ》くないからフロンのスプレーを使うと言い張ったら？
エコロジスト　それは困ります。添加物を食って死ぬのはその人の勝手だが、フロンのスプレーを使われては、その人以外の人にも癌の危険が出てくる。迷惑です。
ソクラテス　おや、そういうことなのかい。君の言うエコロジーとは、自分さえ生きられればいいという考え方を否定することではなかったのかい。だとすると、君が他人の「自分さえ生きられればいい」を否定するのは、自分の「自分さえ生きられればいい」を通すためということにならないのかな。
エコロジスト　それは理屈ではそうなりますけど――、だって私は環境汚染で死ぬのはいやですから。
ソクラテス　とすると君の言う「環境を守れ」とは、正確には「俺のことだけは守れ」ということなのかね。君は声を大にしてそう言っていることになるのかね。
エコロジスト　突き詰めて言えば、そうと言えなくはない面も確かにありますけど――。いえ、それだけではありません、私たちのスパンはもっと長い。人類の子孫たちのためをも考えているのですから。
ソクラテス　ふむ、子孫。しかし君は、これから生まれてくる人間が、どういう人生観をもつに至るかを予見できるのかい。君たちの信条の生命至上だって、たかだかここ二百年ほどの価値観だぜ。死ぬことこそ美徳だった時代もあったわけさ。さっきも言ったよね、人間というのは、じつにいろいろな考え方をするものだって。君たちはそれを規制できる目算があるのかい。

エコロジスト　わかりましたよ、そこまでおっしゃるんなら言いましょう。私は生きたい、死ぬのはいやだ。そのためには地球人類全員の同意と協力が必要なんです。私はそれを要請しているんですよ。これだから厭世的な人はいやだ。

ソクラテス　僕は厭世的でも楽天的でもないよ。この時代のこういう環境に僕が生きていて、やがて死ぬというそれだけのことに、他人の同意も協力も妨害もあり得るとは思えないと言ってるだけだよ。

エコロジスト　何を寝呆けたことを言ってるんですか。そんなロビンソン・クルーソーみたいな人は、現代には存在し得ませんよ。

ソクラテス　いや、逆だよ。だからこそだよ。たとえば君に今、癌が見つかったとする。それは誰のせいだ、犯人は誰だ。

エコロジスト　それは――誰のせいでもありませんね。

ソクラテス　食べた物が合わなくて腹をこわした、それは作った人のせいか、販売した社会のせいか、それともやっぱりそれは、食べた自分のせいなのか。

エコロジスト　そんなことはないですね。それはただ運が悪かっただけだ。

ソクラテス　それなら戦場にかり出されて弾に当たって死んだのも、運が悪かっただけだとは言えないかね。

エコロジスト　そんな無体な――。

ソクラテス　よぉく観察してごらん。僕たちの人生とは、悉《ことごと》くそんなふうにできあがってるとは思わないかい。

エコロジスト　そんなことはない、私たちには自分の意志がある。

ソクラテス　そう、意志ね。しかし君の言う「自分」とは、社会や時代とは別に生きられるものではないんだろ。君はそう言ったね。

エコロジスト　ええ。

ソクラテス　それなら自分に生じた出来事の、どこまでが社会が原因で、どこからが自分の意志なのか、どうやって決めるんだい。君が自分の意志だと思ってるその考えだって、社会や時代の産物にすぎないかもしれないぜ。そもそも僕らがこの世に生まれ落ちたということからして、交通事故にあったようなもんじゃないか。誰かのせいにできることなんか、僕らにはひとつとしてないんじゃないかな。

エコロジスト　何もかも運命として諦めろとおっしゃるのですか。個人の意志は全体の歴史には無力だと？

ソクラテス　いや、僕はそんなことは言ってない。自分の人生の何もかも、全体の歴史における運命と知ること、そこに個人の意志があると言ってるんだ。僕は、僕の人生が歴史とは別にあり得るとは思わないからね。

エコロジスト　それならあなたは、工場から流出したダイオキシンを飲まされるのも平気だと言うのですか。

ソクラテス　敢《あ》えてそうする必要は認めないがね。そうなっちまったものはしようがないよ。僕ひとりのいのちなんてのは、歴史から見りゃ、一コの牛乳パックか割り箸みたいなもんさ。

エコロジスト　クレイジーだ。私はいやだ。

ソクラテス　僕は君に僕の考えに同意しろとは言ってない。人にはいろんな人生観があるからね。問題は、君が僕の考え方を許せるかどうかだ。君は、僕がフロンのスプレーを使うことを許さないんだろ？

エコロジスト　そうだ、死にたいやつが死ぬのは勝手だ、しかし他人の生命を巻き添えにする権利はない！

ソクラテス　やれやれ、また権利か。それなら僕は言うよ、僕は自分の生命を、自分の好きなときに好きな仕方で絶つ権利があると。馬鹿馬鹿しい話なんだがね。権利を巡る話の馬鹿馬鹿しさを、君はわかるかね。

エコロジスト　いいえ、断じて。権利こそは、人間が人間らしく生きるために保障されるべき最後の砦《とりで》です。

ソクラテス　生命という自然は、人間の気まぐれで作ったり壊したりするべきものではないと、君はずっと言ってたね。

エコロジスト　ええ。

ソクラテス　それなら生命という自然を、人間の気まぐれで権利条項に仕立てられる道理もないだろう。君は、権利なんて概念が、自然のどこかに書き込まれてるのを見たことがあるかい。
エコロジスト　いえ――。
ソクラテス　それは、人間が決めたことだね。
エコロジスト　ええ。
ソクラテス　主張するのが人間なら、保障するのも人間だ。これ以上気まぐれなことはないと思わないかい。
エコロジスト　でも、私が生きたいと思うのは気まぐれなんかじゃない。この気持は、うそじゃないのです。
ソクラテス　それなら権利なんて、まわりくどいことを言うこともないのよ。私は生きたいと、それだけを言えばいいのよ。
エコロジスト　はい、そうでした。
ソクラテス　さて、話は元に戻った。どうしても生き延びたい人間と、さして生きたいとは思わない人間が、ひとつの地球上で、どうやって折り合うか、だ。
エコロジスト　どうしたものでしょうか。
ソクラテス　とくに難しくはないよ。よくある人生観の対立さ。俗に言うだろ、太く短く生きるか、と

か、細く長く生きるか、とかさ。
エコロジスト　で、どうしたものでしょうか。
ソクラテス　解決なんかあるもんかい。人間とは、それぞれがそれぞれの仕方で生きて死ぬ、不思議な生物の集団だと僕は言ったね。そして、それが僕たちの歴史だ。なるようになるってのは、投げやりなんじゃない、歴史を信頼しているからだ。自分ひとりのどうのこうのを気にするのさえやめれば、これ以上悠々たる眺めはないね。地球規模なんてものじゃない、宇宙大で見えてくるのだ。
エコロジスト　御自分ひとりで、そういう境地にいらっしゃるから、そういうことも言えるのかと――。
ソクラテス　いや、違う。それじゃあ、他の人間たちとともにこの世で生きているという僕の人生の事実を考える時の僕の気持、教えようか。この気持は、うそじゃないぜ。
エコロジスト　ええ、是非。
ソクラテス　「一蓮托生《いちれんたくしょう》」だよ。様々なことを考えて、様々なことをじじつしてみせる地球人類の、その責任の一切をこの身に引き受けるということだよ。これぞ最高の人類愛だね。

性がすべてか

登場人物
ソクラテス
フェミニスト
悪妻クサンチッペ

フェミニスト　私たち女性は怒っています。あなた方男性が支配する社会の抑圧の下、女たちは、どれほどの屈辱と忍従を強いられてきたことか！　その歴史を遡れば、遥か社会と文化の成立時にまで行き着くでしょう。平塚らいてうは言いました、「元始、女性は太陽であった」と。にもかかわらず私たちは、歴史の舞台では常に常に、陰でした。あなたの孫弟子にあたるあのアリストテレスからして既に、女は人間ではない、人間になりそこなった出来損いだという許すべからざる侮蔑的言辞を吐いている。そこで、今日こそ私たちは、かつて存在し、また現在存在している地球上の全女性の威信を賭けて、人類の哲学の祖と言われるあなたに、問い質《ただ》さなければならない。私たちは要求します、あなたが女という人類のもう一方の性を、御自身の哲学においてどのように位置づけておいでなのかおっしゃって下さることを。うそ偽りは断じて許しません。私たちの眼はごまかせませんからね。

ソクラテス　弱ったなあ。得意じゃないのだ、この話。何しろ僕の思索、僕が僕自身と対話するその相手は、いつも僕の精神なものだから、性の話はもうひとつ苦手なのだ。

フェミニスト　ほら、もうそこに、すり替えの第一歩！　精神性を至上とする価値観を掲げることによって肉体性を隠蔽するとは即ち、男＝精神、女＝肉体の図式を固定化すること、そうして男たちは女の肉体を道具とみなし、人格も個性も認めずに従属させ、自分たちは精神文化と称する王国の主《あるじ》として君臨してきたのですからね。私たち目覚めた女性には、もうその手は通用しませんよ。

ソクラテス　いやいや、僕が言ったことに、そんなにたくさんの意味があったとは知らなかったね。世の中にはじつにいろんな考え方があるもんだねえ。

フェミニスト　男たちのこの無神経、この横暴、女の意見を意見ともみなさず、たちどころに等し並みに無化して、自身は依然として支配の側であり続けようとする根源的に暴力的な意識の装置！　私たちは許しません、認めません。即刻釈明することを要求します。

クサンチッペ　まあー、あんたも相当理屈っぽい人だね。わけのわからないごたく並べるのは、うちの人くらいなもんだと思ってたけど、女の人にもいるもんだね。ああ驚いた。どうでもいいけど、ほどほどにしておくれ。ただでさえろくすっぽ仕事もしない人なもんだから、あたしは朝から晩まで忙しくて仕方ない。

フェミニスト　奥様、いえ、この呼称は既にして男社会の産物ですから、クサンチッペさんと呼ばせて頂きます。あなたは御自分が男社会の枠組に、都合よく取り込まれているのを御存知ないのです。同じ女性として同情と怒りを禁じ得ません。差別の撤廃へ向けて、共に立ち上がろうではありませんか。

クサンチッペ　ちょっとソクラテス、この人は何を言ってるのさ。あたしにゃ何だかよくわからないよ。

ソクラテス　よしよし。それじゃあ順序よく考えてみようじゃないか。君はさっき僕が言った僕の考えを、男たち皆がそう考えているといって怒ったけど、僕は他の全ての男が僕と同じ考えかどうかの責任が持てないんだ。しかし君は、君の考えを、女一般つまり「私たち」で代弁できる自信があるんだね。

フェミニスト　勿論《もちろん》です。女という性は、本質的に皆生命と平和を愛するものなのです。あのアリストパネスだって、その劇の中で女たちにそう語らせて団結させているではありませんか。

ソクラテス　しかしカミさんは君の考えがわからないと言ってるよ。

フェミニスト　気の毒に、彼女はまだ自覚していないのです。今こそ全女性は、その性において手を結び合い、男中心に営まれてきたこの社会を変革してゆくべきなのです。

ソクラテス　それぞれがそれぞれの意見を認めることが、人格と個性を尊重することだと君は言ったね。それなのに女は、女であるというそのことで、皆同じ意見を持たなきゃならんのかい。不自由なもんだね。

フェミニスト　いいえ、その自由の実現に向けてこそ、女たちは結束できるはずなのです。なぜなら、私たちは等しく創造する性なのですから。

ソクラテス　君の言うその「性」とは、肉体のことかね。

フェミニスト　そうです。

ソクラテス　肉体においてこそ、女たちは皆意見を同じくできるはずだと。

フェミニスト　ええ。

ソクラテス　しかし、そう言って僕を責めたのは君の方ではないかね。女を皆同じ肉体と見て、その個性を認めないってね。

フェミニスト　ええ、まあ——。

ソクラテス　つまり、君が君の意見を、「私」ではなく「私たち」で主張できる根拠が、女は皆同じ肉体であるということにあるのなら、君はまさにそのことによって、個性を主張することはできないということにならんかね。

フェミニスト　でも、女のことを慰み物か鑑賞用と見て、そこに人格を認めないのはひどいじゃありませんか。少くともこの私は怒りを禁じ得ないのです。

ソクラテス　そういうものかな。僕は、誰か女性が、男は皆労働機械か種馬みたいなもんだと言ったとしても、ちっとも腹は立たんがね。君は男に対して、自分を女一般と見るなと言いながら、男が女一般について言うことに腹が立つわけだ。すると、君はいったい誰のことについて腹を立ててるんだね。もしも君が自分を女一般と思ってないなら、腹は立たないはずではないのかな。

フェミニスト　わかりました。これから私は、女一般の意見としてではなく、女であるところの私個人の意見として述べましょう。でも、他の女たちもきっと同じ気持だろうことを私は信じてますよ。女という性はすばらしい、それは生命を孕《はら》み、育《はぐく》み、慈《いつく》しむ。殺し、破壊し、抑圧する男の論理の破綻《はたん》しかかっている今、女の論理こそが次代を担《にな》うものとなるでしょう。

ソクラテス　なるほど、論理か。ところで、君は二たす三は五であると認めるね。

フェミニスト　何です、失礼な。

ソクラテス　お前はどうだい。

クサンチッペ　よしとくれよ。
ソクラテス　僕も二たす三は五であると思う。女が考えても男が考えても、二たす三は、いつでも五だね。僕は、こういうことをこそ論理と言うのであって、誰彼の区別の必要な考えは、論理ではなく人生観と呼ぶべきじゃないかと思うね。論理においてこそ、男女の別など初めからないのじゃないかな。
フェミニスト　はいはい、わかりましたよ。その女の人生観こそが人類を救うと私は言ってるのです。私は自分が女であることを誇りに思うと言ってるのです。
ソクラテス　つまり、君は自分が女であると思うんだね。
フェミニスト　いい加減にして下さい。
ソクラテス　いや、これは肝心なことだよ。お前にも訊《き》いておこう、お前は自分が女であると思うかね。
クサンチッペ　男にあるものがないんだから、女なんだろうさ。それだけのことだよ。だいたい、あんたみたいな甲斐性なしが男なくらいなんだから、あたしが男の方がよかったってもんだ。
ソクラテス　その通りだ。僕は男だが、僕は男じゃない。僕の肉体は男だが、僕の精神は男じゃない。かといって女でもない。それでは僕は誰だ。僕は僕だ。僕は、ただ僕なんだ。
フェミニスト　だから私だって、さっきからそう申し上げてるじゃないですか。私は私というひとりの独立した精神であって、ただの女という肉体じゃないって。私は私なんだって。
ソクラテス　いや、違う。君はそうは言ってないね。君は自分は女であると言う。その「自分」とは君の精神かね、肉体かね。
フェミニスト　どっちもです。精神も肉体もひっくるめて私という全的な人間なんです。男はすぐそうやって二元的な考え方をして、人間の全的な解放を阻《はば》むんだから。
ソクラテス　もしも他人に、君は本当は男だろう、女だという絶対の証拠を見せろと言われたらどうする？
フェミニスト　どうするって——。肉体しかないでしょうね。
ソクラテス　他人についてはどうだい？　髪型や服装、声色や体格でも判断つきかねるとき、君はどうやってその人の性を認識するかね。
フェミニスト　肉体の証拠しかないですね。
ソクラテス　本人にとっても他人にとっても、その人の性を確定する絶対の証拠は肉体しかないね。しかし君はさっき、自分はただの肉体ではなく、独立した精神であることを認めた。するとその精神の方の性別は、どうやって認識すればいいのかな。
フェミニスト　精神の性別は——何となく男らしいとか、何となく女らしいとか——。
ソクラテス　おや、「らしさ」を認めないことが君たちの眼目のひとつだと僕は聞いていたがね。すると、男らしさ、女らしさが判断の規準にならないとすると、精神の性別はどこにあるのかね。
フェミニスト　——ありません。
ソクラテス　すると君は、自分は女であると言うが、それは正確には、自分の肉体は女である、と言うべきだね。
フェミニスト　——ええ。
ソクラテス　そう言ってる君の精神、「自分」そのものは、男でも女でもない。
フェミニスト　——はい。
ソクラテス　すると、男でも女でもないところの自分を、女であると規定して枠にはめ、解放を阻んでいるのは君自身なんじゃないかな。肉体とは別に僕たちの精神は、本当は誰も自由なんじゃないかな。
フェミニスト　いいです、そんな変てこな話は全然実感はできませんけど、理屈としてだけ認めてあげます。だけど、私たちがこの世で肉体をもって生きているという事実は、あなただって否定しないでしょう。肉体をもつということは、嫌でも社会に属さざるを得ないということです。そして、この社会はずっと男——いえ、男の肉体をもった人間、と言えばいいんですね——それが女の肉体をもった人間を差別してきました。女たちは、自分のしたいことも思うようにできなかった。男社会によるこの不平等は、なくするべきではないですか。
ソクラテス　しかしねえ、僕は思うんだが、それを男社会と言うにしろ女社会と言うにしろ、そも社会というものは、根本的に個人の欲望を制限するものだと思わないかい。そうでなければ僕らは社会なんてものをもつ必要は、初めからないわけさ。そこでは自分のしたいことが思うようにできないのは、男も女も同じではないのかな。

フェミニスト　でも、同じ労働量でありながら、女であるという理由だけで、男より賃金が安いのは不平等以外の何物でもないじゃないですか。

ソクラテス　それは君の言う通りだ。

フェミニスト　それから様々な形の女性蔑視、たとえばあなたは御存知ないでしょうけど、あの醜悪きわまるミス・コンテスト！

ソクラテス　それは別のことだ。

フェミニスト　どうして別なんですか！　労働条件の不平等も、性の陳列商品化も、同じ女性蔑視意識のあらわれでしょう。

ソクラテス　君はさっき、肉体として社会に属する限りの女性を問題にすると言ったね。そして、労働する肉体にとって労働条件は確かに大問題だ。女であることだけを理由とする格差について、君たちは大いに抗議して改善を要求するべきだ。君たちには文字通りその権利がある。が、まさにそのことにおいて君たちは、雇い主の意識は問えないことになるんだ。

フェミニスト　どうしてですか。

ソクラテス　契約の問題と個人の心情は別のことだからだ。たとえばだね、もしも逆に雇い主が、君が女であるという理由だけで男より格段にいい賃金を保証したとする。ところが彼はじつは心中、猛烈な女性蔑視者で、女など動物以下と考えていたとしたら、どうする？

フェミニスト　許し難いことです。断固意識の変革を求めます。

ソクラテス　しかし、彼は彼の本心を巧みに隠し続けて、君には常に礼儀正しく接し、そして高給を払う。君は彼の本心をどうやって見つけ出して責めることができるかな。

フェミニスト　――できません。

ソクラテス　だろう？　たとえそれができたとして、彼が「わかりました、心を入れ換えました」と言葉で言ったとして、君はまたそれをどうやって確認できるかな。

フェミニスト　――不可能です。

ソクラテス　差別の問題は、契約の範囲でしか扱うことはできないよね。人は他人の意識なんてものを問題にすることはどうしたってできない。したがって、それを責めることも変革を命じることも同じだね。僕たちはそれを外に現われた発言と振舞でしか扱えない。このことは知っておいて損はないよ。まさに無駄な労力を使わないですむ。じっさいね、お前は女を蔑視してるだろうと責められる男は、そんなことはないと言う以外、弁明のしようがないじゃないか。僕は、それこそ男は一方的に不利だと思うがね。

フェミニスト　でも、ミスコンなんて明らかな女性蔑視の現われではないですか。

ソクラテス　いや、同じことの裏返しだ。蔑視であるかもしれないが、ひょっとしたら崇拝であるのかもしれないぜ。他人の意識なんてわからんのだからね。どちらであるにせよ、出たい女がいて、見たい男がいる。そして誰にも実害を与えていないとすれば、それは個人の趣味の領域だね。他人が口出しすることじゃないね。

クサンチッペ　なあんだ、ようやくわかったよ、この人の言いたいこと。この人は、他の女が男にちやほやされるのが気に入らないんだ。

フェミニスト　きいっ、何てことを！　女が女の足を引っ張るなんて！　いいように男に使われてることも知らない無知な女のくせに！

クサンチッペ　あたしゃ自分が女だと思って言ったわけでないし、あんたを女だと思って言ったわけでもないさ。そんなしち面倒臭いこと、やってらんないよ。だいいち、あたしがこの人の世話をしなきゃならないのは、別にあたしが女だからってわけじゃない、この人が甲斐性なしだからだよ。運悪くこんなのと一緒になっちまったけど、あたしだって若い頃は、ちょっとしたもんだったんだからね。

フェミニスト　まあ、あきれた。長すぎた男の支配は、ここまで女を蒙昧《もうまい》にすることができるのね。

クサンチッペ　気の毒な人だよ。この人の頭の中は、男か女か、損か得か、それしかないんだ。

フェミニスト　この人はもう救いようがないわ。ソクラテスさん、何とかおっしゃって下さいよ。あなたならおわかりでしょう、人間にとって自由がどんなに掛けがえのないものか。

ソクラテス　無論その通りだよ。だけど僕は思うんだが、人間というものは、そもそも他人の思惑ひとつで自由になったり不自由になったりするものだろうかね。他人が自分をどう見ようと、自分がそうでないことを自分で知っているなら、その人の自由がどうして損われることがあるだろうかね。君の求めている「自由」とは何なのか、僕に話してくれたまえ。

フェミニスト　自由とは――制約の撤廃、肉体の解放、本来的自己の全的実現、それから、それから――。

ソクラテス　それが、君が女性であるために社会によって邪魔されていると言うんだね。

フェミニスト　ええ。

ソクラテス　しかし、それは今のこの場で、全《すべ》て君には叶《かな》えられているんだよ。君がそのことに気づいていないだけなのだ。

フェミニスト　そんなことないですったら、じじつ――。

ソクラテス　そう、その「事実」だ。その事実が君を不自由にしているんだよ。君の事実は肉体と社会、それだけだ。精神という事実を忘れている。しかしね、僕らのこの精神というヤツが、したい仕事を選べるとか、寝たいと思えば寝られるとか、それくらいのことで満足できるようなものだと思うかね。考えるということを甘くみるもんじゃないぜ。いや、これはとんでもなく欲の深いものなのだ。僕はさっき、君は君だ、どこまでも君でしかないと言ったね。君が君であることを邪魔できるものなんか、宇宙の果てまでありゃしないと気がつくところまで考えてごらん。そりゃちょっと恐《こわ》いくらいの絶対自由だぜ。自由が欲しいなんて、そうそう言えなくなるはずなのだよ。

フェミニスト　あきれた人たち。てんで話にならないわ。もう結構です。でも、せっかくだから参考までに伺ってみようかしら。宇宙の果ての哲学者さんが、今さら女性観などおもちとは思えないけど。

ソクラテス　うふん、僕の女性観かい――。怒らないでくれるかしら。君が言ったアリストパネスのあの女たち、薄物一枚で夜のストライキしてみせる彼女たち、ちょっとイイと思うんだよね。

誰が学者だ

登場人物

ソクラテス
旧学者《オールドアカデミシャン》
新学者《ニューアカデミシャン》

旧学者　おお、ソクラテス！　偉大なる愛智者《フィロゾーフ》、御身を飽くなき真理認識に捧げ、かつまた卑小なる我らを厳しく優しく導き続けておられる輝ける人類の星、あなたにこうしてお会いすることができて、不肖なる我が胸は感激に高鳴っています。おお、ソクラテス！　思い起こせば、我らがひとりの同学の友が、「真理ノ実相、曰《イワ》ク不可解」とその若い命を自ら瀑布に投じたあの頃、小生もまた一筋の真理の光明それのみ求めて彷徨しておりました。デカルト、カント、ショーペンハウエル、それ音頭《おんど》取れ、正、反、合！　青春の疾風怒濤《シュトルム・ウント・ドランク》、その情熱と懊悩《おうのう》、そして遥けき真理の高峰を臨む高らかな憧憬《しょうけい》！　今は小生もまた年老いて、座右のプラトンを繙《ひもと》くのにも難渋するようになってはおりますが、真理の探究に捧げた我が心この生涯、決して悔いてはおりませぬ。

新学者　笑っちゃうよな、ダッサイじゃん！　これだから日本人は駄目なんだよね。絶対的真理のエピステモロジーが信じられたオールド・グッド・デイズはとっくに終焉してるんですよ。ポスト・モダンそしてポスト・ポスト・モダンと、人間はシーニュへと解体され、そこにあるのはエクリチュールの戯《たわむ》れと、ルプレザンタシオンの差異だけ、これからのボクたちは軽やかなフットワークでテクストのデコンストラクシオンをスキゾ・キッズだ。デリダもガタリもドゥルーズもそう言ってる。フランスの知の最前線では、プラトニズムの解読も以前とは全く変わってるんですよ。この国の学問の硬直化を招いたのは、塔に籠《こも》って岩波文庫を拝んでればいいと信じてた、こういうめでたいジイさんたちなんだ。

旧学者　ああ嘆かわしい、ソクラテス翁！　学究の徒としての真理への畏敬の念を忘れても、口だけは減らないこういう連中が華々しくマスコミに登場する時世、この国の学問の先行きは真暗です。
新学者　学問なんてものが時代から超然と存在し得ると思うのが、おめでたい幻想だと言ってるんですよ。世紀末の知は、テクノロジーもアートもファッションも、交通のメタファーでマルチに横断してみせるのさ。ニューヨーク、パリ、トーキョーと、ボクら新しい時代の知のパフォーマーは、オシャレに駆け巡るんだ。
ソクラテス　へーえ、楽しそうで何よりじゃないか。僕はテレビも雑誌も見ないから知らなかったけど、近頃は学者も、まんざら陽が当たらなくはないんだね。そういうカッコいい職業なら、なりたがる若者が多いだろうね。
新学者　ふふん、まあね。でも、ハッキリ言って頭の悪いヤツには無理ですね。偏差値ですよ。ま、東大か京大。そして語学に堪能であること、最前線のテクストを読みこなせる程度のね。理科系の知識も最低限必要、サイエンスとリテレールのフュージョンのシーンでね。
旧学者　ほら、ソクラテス。おだてるからつけあがること！　こんな衒学的な連中には愛智の心なんて、これっぽっちもないんです。人間を馬鹿にするにもほどがある。学問は受験勉強でもなければ、流行のファッションとも違うぞ。古典を読みたまえ、人生について考えたまえ。
新学者　『愛と認識との出発』ですか？　勘弁して下さいよ。
ソクラテス　よし、学問論といこうかね。さっきから聞く限り、君たちはどちらも博識だ。ものぐさな僕なんか、とてもかなわないくらいにね。君たちの考える学問とは何か、まず僕に話してくれないか。
旧学者　真理は学としては純粋な自己展開的な自意識であって自己という形態をもつ。即《すなわ》ち即且《かつ》向自的に存在するものは意識された概念であるが、しかしまた概念そのものは即且向自的に存在するものであるという形での形態をもつのである。そこで、このような客観的思惟が純粋学の内容であります。ヘーゲルがそう言ってます。
新学者　エクリチュールの概念が学の領域を決定する。エクリチュールの出現は戯れの出現である。今日この戯れは、そこから先は記号の流通を規制することができると信じられてきたところの限界を消し去り、あらゆる安全な意味されるものを押し流して、また戯れの外にあり言語の領域を監視していたあらゆる要塞、あらゆる避難所を切り捨てて自己自身へと赴いている。これは厳密に言えば、記号の概念とそのあらゆる論理とを破壊することなのです。デリダがそう言ってます。

ソクラテス　うーん、何だかよくわからないよ。君たちは日本人だろう、自分の国の言葉で、もっとわかり易く言ってくれないかね。

新・旧学者　易しくなんか言えません。言われてること自体が難しいんだから。

ソクラテス　ヘーゲルやデリダの言ったことがだろう？　しかし僕は君たちに尋ねたのであって、彼らに尋ねたんじゃない。学問というものをどう考えるのか、君たち自身の言葉で言ってくれないかね。

旧学者　自分の人生と人類の進歩のために、先人たちから真理を学ぶことです。

新学者　敢《あ》えて言うなら、逆にそういう無邪気な真理を解体してみせる行為ですかね。

ソクラテス　なるほど。人文系の学問は厄介だね。学問についての考え方からしてもう違うんだ。しかし君たちは、学問とは何がしか、他人の考えから学ぶことという点では一致しているようだが、学ぶということは、どういうことなんだろう。

新・旧学者　他人の考えを自分で考えて、自分のものにすることです。

ソクラテス　その通りだ。ところで、考える時には誰も自分で考えるね。他人の頭で考えることのできる人はいないね。

新・旧学者　何言ってるんですか。

ソクラテス　すると他人の考えを自分で考えているということと、他人の考えを自分で考えていると自分で考えていることとを、どうやって分ければいいかな。

新・旧学者　分けられませんね。

ソクラテス　すると、自分で考えていると自分では考えていても、自分でそう考えているにすぎないということもあり得るね。

新・旧学者　ええ。

ソクラテス　とすると、他人の考えが本当にその人のものになったということは、どうしたら確認できるかな。それは、どんな言い方によってもその同じことが言えるということでしかないのではないかな。

新・旧学者　ヘーゲルやデリダの考えが、誰にでもわかっていいとおっしゃるんですか。

ソクラテス　ヘーゲルだってデリダだって誰だっていいさ。君たちはさっき、学ぶということは、他人の考えを自分で考えて自分のものにすることだと言った。自分のものになった他人の考えとは、自分のものではないのかね。それでもまだ、どこの誰がどう言ってると言う必要があるのかね。

新・旧学者　しかし、考えとは誰かが考えたことに決まってるじゃないですか。

ソクラテス　君たちは、何だって人間は、ものなんか考えると思うかね。

旧学者　人生における絶対的真理を知らんがためです。

新学者　敢えて言うなら、世界認識の相対性を、不条理にも知るためでしょうかね。

ソクラテス　うん。皆、自分が居るということや、世界が在るということが不思議でたまらないから考えるんだね。きっかけは自然科学者と同じなんだ。そして彼らは遂に、$E=mc^2$という数式を手に入れる。確かにこれは、アインシュタインというひとりの科学者が考えて発見した法則だ。しかし僕たちは、この法則、宇宙についての考えを、アインシュタインの所有だとは言わないね。

新・旧学者　ええ。

ソクラテス　それは常にここにあるし、考えようと思う誰もが、それを使って考えることができる。

新・旧学者　ええ。

ソクラテス　誰のものでもないから、俺はこう考えるの、お前の考えは下らないの、いや彼の考えはそう解釈できんのに類する喧嘩は、起こりようがない。

新・旧学者　しかし、そもそも方法が違うのです。彼らには数学という便利な道具がある。私たちは言葉という厄介な素材で表現しなければならない。どうしたって、それは難解にならざるを得ませんよ。

ソクラテス　そうだろうか。人が考えるということは、何かについて考えるということだね。

新・旧学者　ええ。

ソクラテス　そこにないものについては、考えようがない。

新・旧学者　ええ。
ソクラテス　その何かが何であるかはわからなくても、その何かが何かであることはわかっているから、考えることができるんだね。
新・旧学者　――ええ。
ソクラテス　すると、その何かが何かであることがわかっていることについて考えるということ自体は、自分でわからないことをしているわけではない。とすると、人は自分がわからないことについては考えることができないということにならないかね。
新・旧学者　何だかよくわかりません。
ソクラテス　ヘーゲルやデリダに訊いてごらん。俺は今難解なことを考えとるぞ、なんて言わないと思うぜ。
新・旧学者　そうでしょうか――。
ソクラテス　そうさ。何かを考えるということは、いつだってその人自身には明らかなことなんだよ。難解だってのは、言葉で表現される以前のその人の考えを、自分のものにできない他人の意見だ。しかし、僕たちはいったい何だって、他人の考えについて、わからん、難しいと考え込んでやる必要があるんだろうね。
新・旧学者　それが学ぶということだからです。
ソクラテス　しかし、学ぶためには自分で考えなければならないと君たちは言った。そして考えるということは、人生や世界を認識することだとも言った。それなら、ここに在る人生や世界について自分で考えるという行為に、なぜわざわざ他人の考えを経由する必要があるのかね。自分ひとりで考える方が、よほど早いのじゃないかね。
新・旧学者　――しかし、それは独善に陥る危険が――。
ソクラテス　ふむ、独善。しかし君たちはさっき、考えは誰のものでもないということを認めた。それなら、どうやってどの考えを自分の所有として、誰に向かって正しいと主張しようかね。
旧学者　おっしゃること、わかりました。非才ながら小生も、伊達《だて》にこの生涯を真理探究に捧げてきたわけではない。気高き普遍的真理が、こざかしい小理屈とは違うくらいのことはわかります。だからこそ、昨今のニューアカだか、ポストは赤いだか知らんが、考えることの本義を忘れてはしゃぎ回ってる連中が堪らんのです。あなたからも言ってやって下さい、少しは落ち着いて考えろってね。

ソクラテス　そうだねえ。しかし僕も、そのポスト・ポストとは何のことやら、ちっとも知らんのだよ。なにしろ横着で、手ぶらで考える習慣がもう長いのだ。新しいものにはとんと疎《うと》いのだ。教えてくれるかね。

新学者　一言で言えば、ポスト・モダンとは素朴な人間主義すなわち自我を実体と考える思想の終焉、世界はエクリチュールすなわち非実体的な記号の戯れにすぎなくなったとする思想です。

ソクラテス　なるほど。それで君は世間と戯れ回ってるってわけか。

新学者　失敬な。

ソクラテス　だって僕なんか、ずっと以前から自分の自我が絶対の何かだなんて、信じたことはなかったぜ。すると、結構僕も流行の思想を先取りしてたってわけかな。さっき言った、考えは誰のものでもないってのも、イイ線いってるんじゃないかな？

新学者　今さらソクラテスだなんて、カッコ悪くて言えやしませんよ。思想は常に新しく、オシャレじゃなくちゃ。

ソクラテス　おや、それは失礼したね。しかし君の仕事は、思想を黴臭《かび》い塔の中から、僕たちが生きてる街中へ持ってくることなんだろ。よく言う「生きられた思想」ってやつだろ？

新学者　そうですとも。

ソクラテス　そして、君の今の思想は、自我なんか消え失《う》せちまったってやつなんだろ。

新学者　そうですけど。

ソクラテス　それにしちゃ、君自身は、随分と自己顕示欲が強いように思うがね。自我がないと主張する人の我が強いとすると、君と君の思想とは、どういう関係にあるのかな。

旧学者　ほらね、ソクラテス。虚栄心だけのこういう連中は、はやりの服に着換えるみたいに、思想もあれこれ着換えられると思ってる。人生という事実はいつだって同じものだってことを知りもせんで、いったい何を考えようというんだか。

ソクラテス　それは全く君の言う通りだ。僕たちが考えるべきなのは、人生という常に変わらないこの事実についてだ。しかしね、だからこそそれは、人生論とも別のものになるんだぜ。
旧学者　おや、なぜですか。学問が人生を導いてくれるのでなければ、何のための学問だとおっしゃるのですか。人生哲学の祖と言われるあなたからそんなお言葉、解《げ》せませんな。
ソクラテス　君は、本居宣長《もとおりのりなが》という学者を知ってるね。
旧学者　ええ。
ソクラテス　彼は、二階にある自分の書斎に籠《こも》る時はいつも、梯子《はしご》をすっかりはずさせてしまったそうだ。
旧学者　ええ、それが？
ソクラテス　君はさっき、考えるということは人生について考えることだと言った。人生とは、つまるところは、何だい？
旧学者　つまるところは——生きて、そして、死ぬことです。
ソクラテス　そう。僕たちの人生は、端的に、それだけだ。さて、そのとき学問なんてものが、実人生に関与する余地があるだろうかね。学問をしたところで、生まれないことができたわけでなく、死ななくなることができるわけでもない。食ったり寝たりすることにも、それは全然関係がない。
旧学者　学問が人生に無用とおっしゃる？
ソクラテス　残念だけど、その意味ではそうだね。しかし、僕たち人類は確かに学問をもった、無用であるにもかかわらず、決して無くなってしまうことはなかった。なぜだろう？
旧学者　それは、愛智の心——。
ソクラテス　その通りだ。考えることがただ好きで、考えなければ気がすまなくなっちまった変わり者たちのしてきたことさ。何の為にするわけでもない。虚栄心どころかこの世のあらゆる損得とは、それは最初から別のことなんだ。宣長が梯子をはずしたのもそういうことさ。学問が塔の中で守られるべきなのは、その意味では必要なことなんだね。
旧学者　実人生と学問とは、別ではないが別だということでしょうか。
ソクラテス　そう。だいたい、人生について考えながら、どうやって同時にその同じ考えでもって、人生を導いたり救ったりできるものだろうかね。そりゃ、自分で自分の髪を摑《つか》んで飛び上がろうとするようなもんじゃないかね。

旧学者　しかし、そもそもの言い出しっぺはあなたではないですか。人生における真理認識などと言い出したのはあなたではないですか。

ソクラテス　そう、言い出したのは確かに僕だ。しかし僕は、一行たりとも書いちゃいない。なぜだと思う?

旧学者　それは、きっとあなたの認識なされた真理の実相が、曰《いわ》く不可解で——。

ソクラテス　ふむ、まあね——。ヘタに書き物を残して、後世の学者たちの頭を悩ませるのも忍びないってことなのよ。

しくじったのは誰なのか

登場人物
ソクラテス
元左翼
評論家

評論家　笑えると思いませんか、ソクラテス。かつての左翼、言うところの進歩的知識人たちのこの頃のザマ!　社会主義は人類の理想と謳《うた》い上げた往年の元気はどこへやら、ソビエトも東欧も崩壊し去った今、あれは若気の至りとばかりに頰被《ほおかぶ》りして、コソコソと自分の足跡を消して回ってる。無責任ですよ、うぶな若者たちを扇動しておいて。だいたい考えてみりゃわかりそうなもんだ、お手々つないで仲良く生きようなんてのは、権力の側の甘言に過ぎないってことくらい。向こうさんがポシャっちまえば、言うに事欠いて、悪かったのはマルキシズムじゃなくてスターリニズムだなんてぬかしてる。どっちにしたって同じことさ。全てのイズムは幻影だ。そんなもの有難がるのは無知と無能の証《あか》しだね。

元左翼　確かにあの頃私は社会主義と歴史の進歩を信じていました。無邪気と言えば無邪気だったのかもしれない。しかし、全ての人間が平等に生きられる社会の実現を願うというその気持に偽りはなかった。それは間違ったことではなかったはずなのだ。私にはよくわからないのです。なぜ歴史において理想と現実とはかくも掛け離れたものとして現われざるを得ないのか――。

評論家　あーあ、うっとうしい！　あるのは現実、現実だけ！　見りゃあわかるじゃないか、金満ニッポン、いったいどこに起《た》て飢えたる労働者諸君がいると言うんだい。かくまで見事な経済成長を成し遂げた我国こそ、人間の果てない欲望の権化、世界中から後ろ指さされても決して挫《くじ》けない。しょせん人間なんてそんなもの、自分さえよければいいのよ。世のため人のためだなんて本気で考えてる奴《やつ》がいたら、お目にかかりたいね。

元左翼　それは違う！――と私は言いたい。しかしどこが違うのか、よくわからない――。

ソクラテス　まあそう悄気《しょげ》なさんな。一緒に考えてみようじゃないの。君はかつて自分が理想をもったことを、悔やんでいるわけじゃないんだろ？

元左翼　ええ――。でも、それは徒労だったのかもしれない。

ソクラテス　ふむ、徒労。それは君にとってかい、歴史にとってかい。

元左翼　どちらにとってもです。私たちが良かれと考えたことは、歴史においてきっと実現される、それを信じていたのです。

ソクラテス　ところが、歴史はそうはならなかったと。

元左翼　ええ。

ソクラテス　しかし、歴史は君ひとりで終わらない。この世に人間が存在する限り、それは続くものだよ。

元左翼　ええ、それはまあ――。

ソクラテス　君はさっき、理想と現実とは別物だと言ったね。それなら現実が変わっても、それと一緒に理想が変わったり失《な》くなったりすることは、ないはずではないのかね。理想とは、現実と別物であることによって理想であり、しかも人間が居る限り歴史は続くのであれば、人間の理想が徒労になるということは、決してないのじゃないのかな。

元左翼　それはおっしゃる通りですけど――。

ソクラテス　君がかつて信じていたという理想を、僕に話してくれるかね。

元左翼　一言で言えば、働かざる者食うべからず、一部資本家が不当に独占している富を、全ての働く者たちで平等に所有する社会です。この理念そのものは、プラトンの時代から、ずっと人類普遍の理想だった。しかし、今や現実の側がこの理念を見限った。かの国においては、富の管理機関としての国家が権力と化して肥大し、人々を抑圧するに至り、我国においては、他に例をみない高度な経済成長が、人々を一様に中位に裕福にしたから、誰もうそんなことなど考えもしない。理念が理念通りに現実化することを阻《はば》むものは、きっと理念以前の人間の性《さが》なのです。私はこの頃やっとそのことに気づきました。悔しいが、やはり人間は自分さえよければいい、そういうものなのかもしれません。

ソクラテス　人はなぜ現実とは別に理念などをもつのだろうね。

元左翼　現実に満足できないものを覚えるからです。

ソクラテス　現実とは何かね。

元左翼　自分がそこで生きている多様な状況です。

ソクラテス　そう、自分がそこで生きている多様な状況について考えること、理念の始まりは、マルクスでもレーニンでも他の名もない労働者でも、同じだね。

元左翼　ええ。

ソクラテス　なのになぜ、マルクスやレーニンの考えだけが、特別扱いになっちまったのだろう。

元左翼　彼らの考えについていけば、間違いないと信じたからでしょう。

ソクラテス　その通りだ。ところで、君は君であって、他の誰かではないね。

元左翼　ええ、もちろん。

ソクラテス　すると、君の生きている多様な状況は、他の誰かが生きている多様な状況と同じものではないね。

元左翼　そうですね。

ソクラテス　すると、他の誰かがその生きている状況から考え出した考えでもって、君の生きている状況には必ずしも対応できない。

元左翼　ええ。

ソクラテス　さて僕は、自分で考え出したのではなくて、誰かが言ったからと信じられてるだけの理念を、決して理想とは呼ばない、単にイデオロギーと呼ぶがね。自分で考えたのではない考えでもって、他ならぬ自分がそこで生きている多様な状況に対応できるはずがないものね。そんなものは現実の側に見限られて当然さ。もしも君が自分の頭で考えることを、ソビエトの連中みたいにサボらなかったと言うのなら、マルクスやレーニンの理念がポシャっても、君の理想までポシャっちまうはずはないんじゃないかな。悩む必要なんかないはずじゃないのかな。

元左翼　確かに私にも教条的な部分はありました。それは認めます。理想を持ち続けることは、イデオロギーを信じ込むこととは違うのですからね。

ソクラテス　当ったり前さぁ。僕に言わせりゃ、理念が理念として現実化することを阻んでいる人間の性《さが》とは、決して自分では考えずに、自分では自分で考えてると思い込んでる無知以外のものじゃない。行き詰まりを打破するなんて言ってる連中が、行き詰まりを打破するなんてありっこないのさ。だって、自分の頭で考えるほど行き詰まらないことったらないぜ。考えているのは、この多様極まりない現実を生きている自分なんだからね。そこに現実が在る限り、理想が失くなることなどあり得ないじゃないか。

元左翼　しかし――。理想を信じることとイデオロギーを信じることとは、確かに似て非なるものですが、信じている理想が現実を変革する力となるためには、イデオロギーとして人々に信じられるしかないようにも思われますが――。

ソクラテス　そうねえ――。信じるということは、難しい仕事なのだよ。いや、じつに難しい。自分で考えてみるまでは、この難しさはまずわかるまいね。まあ、歴史はしばらく続きそうだし、良し悪《あ》しの差はいくらかはあるけど、各人自分の頭をもってることだ。自分が信じてるのが何なのかを知るくらいなら、そう悲観したものでもあるまいよ。

元左翼　そうか、何だか元気が湧いてきました。私はもう一度、私の理想を掲げてみたい、人々と共に信じてみたい、人類の歴史の進歩のために！

評論家　何言ってんだか、甘い甘い！　自分さえよければいい、これが人間の現実の第一原理に決まっています。君だって認めたじゃないか、我が日本国のこの節操なき太平楽！　戦後の左翼運動なんてのは、文字通り一時のお祭り騒ぎだったってことのまぎれもない証拠ですね。ぶっちゃけたところでは、富める者へのやっかみか、暴れたい盛りではホルモンの衝動にすぎないようなものを、「歴史」と「人類」で偽装してさ。自分が食えるようになりゃきれいに忘れちまう。利他を標榜しながら、しょせんは利己主義、欺瞞《ぎまん》の極みだ。ソクラテスが言うように自分の頭で考えてるなら、そこから歴史だの人類だの御大層なものが出てくるわけがない。そんなものはまさしくイデオロギー以外じゃないと私は思いますね。ソクラテス、こういう単純な連中は、へたに慰めるとかえって気の毒ですよ。

ソクラテス　いや、僕はそうとは思わんよ。

評論家　おや、まさか社会主義の理想なんてものが、イデオロギー以外の形で可能などとお考えで？

ソクラテス　よし、ふたりで議論してごらん。僕は聞いているから。

評論家　私が言ってることは同じですよ。共に食うべしなんて理想は、平たく言えば、奴らばかり食うのはズルイ、自分にも食わせろって利己主義にすぎないってことです。

元左翼　いや、そうとも限らない。自分が食えなくても、理想のために命まで捧げた人はたくさんいる。

評論家　だから、そういうのこそ信仰と言うの。イデオロギーという阿片に酔っ払った、甘っちょろいヒロイズムだと言ってるの。だいたい、あんた自身はどうなんですか。自分が食うに困らんものだから、他人が食うことなんてお節介考える暇もあるんでしょうが。

元左翼　いや、違う。私が食う食わないとは、それは関係がない。そうだ、そこでは利他だの利己だのは、もう問題じゃないはずなんだ。

評論家　どこまでエエカッコしいなんだか。胃袋をもたない透明人間の言うことなら聞かんでもないがね。寝言でなければ、うそっぱちだ。

元左翼　うそじゃない！　うまく言えないが、うそじゃない。

評論家　う、そ、だ。それじゃ、共に食うべしのその美《うる》わしき理想を、現代世界のひとり残らずにどうやって実現するのか、聞かせてもらおうじゃないか。それなら私も、君の信者にならんでもないがね。
元左翼　ううむ、それは——。
ソクラテス　ふむ、困っているね。君の掲げる理想社会の理念について、もう一度吟味してみようか。どんな形であれ、社会を構成するものは、ひとりひとりの人間だね。
元左翼　ええ。
ソクラテス　人間を構成しているものは何だね。
元左翼　端的に言えば、物質と意識、すなわち肉体と精神ですが、私は肉体が精神を規定するものと考えます。
ソクラテス　ほう、そうかい。すると君もやはり食うことを人間の第一義と考えるわけだね。
元左翼　そりゃそうですよ。食わなけりゃ生きられないじゃないですか。生きられなけりゃ、しょうがないじゃないですか。
ソクラテス　では、その「食う」という行為について考えてみよう。
元左翼　史的唯物論において、食とは人間の生存にとって必要な物質的財貨であり、これを獲得する生産様式が人間社会の発展の動力因であり——。
ソクラテス　いや、そんなことはどうでもいいんだ。僕たちが食物を摂取するというそれこそ全く唯物的な過程だよ。
元左翼　咀嚼し、消化し、排泄するということですか。
ソクラテス　そう、端的に、それだけだ。さて、これは見事に利己的に完結した出来事だと思わないかい。この一連の過程のいったいどこに、利他の余地などあるだろうね。君が、食うことを人間が生きることの第一義と考える限り、それら人間が集まって構成される社会では、どうして共に生きようなんて考え方が可能だろうかね。
元左翼　有限な食糧を皆で分配することを考えればいいではないですか。
ソクラテス　なるほど、それもひとつの考え方だ。しかし、食うという行為が、徹頭徹尾利己的な行為であるという事実には変わりがない。すると、そこから人類とか歴史とか、自分の生存を越えた考えを、どうやって導き出せるのかな。それこそ君たち唯物論者にとっては、取って付けたような理想主義のお題目でしかないのじゃないかな。

元左翼　だって、決して理想を失うなとおっしゃったのは、あなたじゃないですか。

ソクラテス　しかし僕には、共に食うべしという理想は、共に食い合う共食いに至る欲望と、どうも同じもののように思えるがね。

評論家　ほらほら、言わんこっちゃない。私は最初から言ってたでしょう。人間が食わなきゃ生きられない存在である限り、人間にあるのは現実だけ、理想なんて偽善でしかあり得ないって。しょせん人間はそんなものだって。

ソクラテス　しかし僕は、理想をもたない人間は、そもそもものを語る資格がないと思うのだがね。

評論家　何です、いったい。理想をもてと言ったり、もつなと言ったり。

ソクラテス　君は、人間にあるのは現実だけだと言う。そして、現実とは食うことだと言う。それなら君は、食って、消化し、排泄していれば事足りているはずではないのかな。何か考えを語ったり、他人の考えを貶《おと》しめたりなんてのは、現実にとって必要な行為ではないのじゃないかな。

評論家　私は、人間は理想ばかり追っていると現実を見失うことになるという現実的な考えを語っているのです。

ソクラテス　君は、理想とは何か現実よりもよいものをいうことは、認めるんだね。

評論家　ええ。でも、そんなものがあると思うのは幻影だと言ってるのですよ。

ソクラテス　人は皆、自分さえよければいいいんだろ？

評論家　そうですとも。

ソクラテス　すると、自分によいと知っていて、それを求めないということはない。

評論家　そうですよ。

ソクラテス　それなら、理想とは何か現実よりもよいものであることを知っている君は、なぜそれを求めないのかね。理想なんてないという君は、じつはただ理想というものを知らないだけではないのかね。

評論家　そうですよ、私は現実主義者ですからね。

ソクラテス　いや、僕はそんなことは言ってない。現実とは食うことだというふうに、君は、他でもない君の理想を語っているといってるんだ。人間とは常にその人間観の語るところのものだ。「しょせん人間は」と語る人間は、しょせんはそれだけの人間だと僕は言ってるんだよ。誰も自分の知らないことは、生きられないものだからね。

評論家　へえ、お言葉ですね。

ソクラテス　そう、その言葉、言葉《ロゴス》だよ。君は、何だって僕たちは、互いに他人に向けて言葉なんか語ると思うかね。

評論家　自分の考えを他人に納得させるためですよ。

ソクラテス　何のために、自分の考えを他人に納得させるのかね。

評論家　自分の考えの方がいいと考えるからでしょうよ。

ソクラテス　何にとって、いいのかね。

評論家　――現実にとって、ですかね。

ソクラテス　君は、理想とは現実よりもよいもののことをいうと認めていたね。それなら、僕たちが他人に向けて言葉を語るという行為自体が、既にして理想的なものを目指していると言っていいよね。

評論家　――まあ、そう言っても別に構わんでしょうよ。

ソクラテス　つまり、言葉とは、それ自体が理想的な何かだね。

評論家　――ええ、まあ――。

ソクラテス　すると、言葉《ロゴス》を語るということは、常に理想《イデア》を語ることであるはずだ。さて君は、理想を語るか、永遠に沈黙しているか、どちらかであるべきではないか。

評論家　わかりましたよ、降参ですよ。でもそこまでおっしゃるんなら、歴史と人類に関する御自身の高邁な理想《イデア》とやらを語って頂かないことには、私は納得しませんからね。

ソクラテス　いや、これが全然高邁なんかじゃないんだなあ。みんな幻滅が足りんと、僕が言ってるのはそれだけなんだ。

理想をもたずに生きてみろ

登場人物
ソクラテス
プラトン
実業家

実業家　あなたは先だって元左翼の方との議論で、社会主義という思想は人間にとって、最も自然なようで最も不自然な思想だと結論されたと聞きました。私も、それには同感です。遺憾ながら私たち人間の本性は、そういう作りにはなっていないようですね。かと言って私は、資本主義が社会主義に勝利したなどと単純には申しません。そういう見方自体が既に、資本主義をひとつのイデオロギーと認めていますが、資本主義はもはやイデオロギーなどではない、と言って理想の体制であるというわけでもない。それは、人間の本性によって要請される、第二の自然ともいうべきかたちなのです。

ソクラテス　君はじつに冷静に物事を見ているね。一般の人々は、そうまで醒《さ》めてはいないだろうね。

実業家　問題はそこなのです。彼らにとって貨幣は阿片、否《いな》、神でさえあるのですが、なぜそうなってしまったのかを決して考えない。この時、資本主義という思想は、十分に人々を縛るイデオロギーとして機能していると言えるのです。

ソクラテス　大衆というものは、いつの時代もそういうものだよ。何が問題なのかね。

実業家　モラルです。眼を覆うべくもないモラルの低下、これが私などには耐えられない。考えてもみて下さい。自ら考えるだけの力をもたない愚かな大衆の低劣な欲望が、いったんタガを外されれば、民主主義と自由競争の美名の下、どこまで増長するものか、道徳の祖と言われるあなたなら、おわかりでしょう。しかも現代は、過剰な情報が虚栄心に追い打ちをかける。人間の欲望は第二の自然だ、私はそう言いました。そしてそれは、否定しようのない真実です。しかしそれは全ての欲望を手放しで肯定することとは違う。貨幣はあくまでも手段、生活のための、と、もはや言えないならば、人生のためのための、誤解を恐れずに言えば幸福になるための、手段にすぎないのです。ところが彼らにあっては驚くべき転倒が見られる。貨幣そのものが目的になるか、さもなくば、せいぜい貨幣で得られるたぐいの即物的快楽だけが目的だ。いったいどこにモラルなど求められましょう。私益を追求することと品性を維持することとを両立させるのは、不可能なことなのでしょうか。私益を追求するためのモラルが、私たちにはどうしても必要なのです。

ソクラテス　他人の人生だから放っておこうという気は、君にはないのだね。

実業家　ええ。同じ社会に生きる人間として、私は堪《たま》らんのです。理想国とは言わないまでも、もう少し節度ある社会にならないものか。

ソクラテス　よし、それなら一緒に考えてみよう。しかし、こういう話なら、ここに居るプラトンの方が得意だ。君は彼の『国家』を読んだかね。なかなかのものだよ。まずふたりで議論してみたまえ。

プラトン　ずるいですね、ソクラテス。あなたはいつも、肝心な所に来るとそうして姿をくらますんだから。でもあの作品は、私が師であるあなたを乗り越えて、独り立ちする機縁となった大事な一作、この議論、引き受けましょう。

私は思うに、君はまだ考え足りないのです。富は幸福になるための十分条件ではないが必要条件ではあると君は言う。それはなぜですか。

実業家　私は人間が肉体をもつことを否定も肯定もしません。いえ正確には、否定も肯定もできないから、端的にそれは哀《かな》しみなのです。腹が減れば哀しい、美味《うま》いものは嬉《うれ》しい、暖かなベッドで眠りたい、そして愛する家族、人生の幸福が、こういうささやかな喜び以外の所にあるとは私は信じません。車も別荘も、そのような喜びの延長上にあるものでしかない。ところが大抵の人にとってはそうではない。富は人に羨《うらやま》しがられるから価値であり、人に見せびらかせるから価値なのです。さらにさらにと欲望するため夜も日もない精神的飢餓状態、こんな人の人生が幸福なものと言えるでしょうか。

プラトン　それは君の言う通りですね。私ならこう言います。幸福を感じるのは他人ではなく自分である。自分で自分を幸福と感じることが幸福である。

実業家　もちろん、そうです。
プラトン　それなら、自分で自分を幸福と感じないことは不幸である。
実業家　そうなります。
プラトン　すると、他人に幸福と思われることで自分を幸福と感じる人は、他人で自分を幸福と感じる人である。
実業家　ええ。
プラトン　したがってその人は不幸である。
実業家　何だかよくわかりませんが、同じことでしょう。
プラトン　ところで君は、その不幸な人々と共に君の幸福を実現しなければならないのですね。なぜなら君は、ささやかな喜びのための富の効用を認めているからです。その限りでいえば、例えば新車の購入という行為は、君においては家族のためであり、彼らにおいては虚栄のためであっても、資本主義社会におけるひとつの経済行為としては全く同じだ。さて、どういう資格で君は彼らにモラルを問うことができるでしょうか。
実業家　むろん、この段階で内なるモラルは問えません。まず守られるべきは、経済活動におけるモラル、すなわちゲームのルールを遵守することです。
プラトン　君は、自由競争をゲームに譬《たと》えるのですね。
実業家　ええ。ルール違反を犯す者は、国家の手ならぬ神の見えざる手によって処罰されるということを身をもって知って、初めて人は内なるモラルを反省するようになるでしょう。今がその時期に来ていると私は思います。
プラトン　なるほど。ところで、その内なるモラルとして君は、どのようなものを挙げますか。
実業家　そうですね――友愛、謙譲、感謝、節制、思いやり、などでしょうか。
プラトン　では、ゲームのルールすなわち外なるモラルとは？
実業家　それは言うまでもない、競争の公平な機会を互いに維持し合うことです。
プラトン　それを守らなかったことによって身をもって知る処罰とは、経済上の損害を被《こうむ》るということですね。
実業家　ええ、そうであるべきです。

プラトン　では、内なるモラルを守らなかったことによって、人はどんな罰を受けますか。
実業家　それは——ないです。
プラトン　他人に思いやりの気持を持たなかったからといって、それを指摘して罰する方法がありますか。
実業家　ありませんね。
プラトン　内なるモラルが内なるモラルであるのは、それらが目に見えないものであるからで、外なるモラルが外なるモラルであるのは、それらが目に見えるものだからですね。
実業家　そうですね。
プラトン　目に見えないものは無償で、目に見えるものは損得だ。
実業家　ええ。
プラトン　では、外なるモラルを守らずに経済上の損害を被った人が反省する仕方は、やはり外なるモラル、すなわち、それをすると損をするぞ今度はもっとうまく儲けてやれ、であって、決して内なるモラル、すなわち、他人には思いやりの気持を持つべきだったというふうにではない。
実業家　そういうことになりますね。
プラトン　外はどこまでも外で、内はどこまでも内だ。
実業家　ええ。
プラトン　したがって自由競争において私益を追求することと、品性を維持することとは、どこまでも別のことだ。
実業家　残念ですが、そうですね。
プラトン　「モノの時代からココロの時代へ」などという言い方は、あり得ない。
実業家　ええ。
プラトン　では私たちは、人々に対して、私益の追求と品性の維持との両立を、如何にして要求できるでしょうか。
実業家　難しいですね。
プラトン　それは、富は幸福の必要条件などではないと教えること、現世的快楽を欲望するのは不幸なことだと、徹底的に教え込む以外では不可能だと、私は考えます。
実業家　それは厳しい思想です。
プラトン　それで私は私有財産を認めません。ただしそれは、マルクスとは全く逆の理由による。つまり富を価値と考えるゆえにではなく、富を無価値と考えるゆえになのです。これは決定的に違うことだ。マルクスは出発点から間違えていたのです。富をいいものだと信じている人々に欲しがるなと命じることは不可能だ。しかし、くだらないものだと教え込まれた人々が、なぜそれを欲しがることがあるでしょう。これに加えて、自我の概念の解消です。およそ人々の相争う原因は、「私」「私のもの」という狭《きょう》隘《あい》な自我意識以外ではないと、君も認めますね。それは錯覚だと教えるのです。完膚なき思想統制を敷くのです。精神の王国です。統治するのは、精神性こそ至上の価値であることを知り抜いている哲人王だ。

実業家　うーん、凡愚たる我々としては何とも――。

プラトン　いや、思想統制とは脅かしですよ。じじつ君とて、物質に対する精神の優位に気付いているではないですか。いったい、それはどうしてだとお考えですか。

実業家　いや、私は哲学はどうも――。

プラトン　理想《ロゴス》ですよ。私たちの精神は、ひとり残らずイデアを目指すべく定められているからですよ。だからこそ、精神である限りの全ての人間に、それを教えることが可能なのです。例えば君は、「よい」という言葉によって、よくないものを考えることができますか。

実業家　いえ――。

プラトン　それが、イデアです。

実業家　何だか狐に――。

プラトン　まあいいでしょう。哲人王によって、かく教育された全国民の曇りなき精神の眼が、一糸乱れず彼方の「善《イデア》」を望見している国家、これが私の理想国です。

実業家　そんな国家が可能でしょうか。

プラトン　可能です。君が富を価値と考えるのをやめることができるのでさえあれば、必ず可能です。人々は争うことなく共に生きることができる。自由競争はゲームだと君は言う、ゲームなら振り出しに戻ることも全取換えもできるでしょう。しかし、ゲームに参加している君の人生は、振り出しに戻るも全取換えも利《き》きません。たとえ最終的に勝ち残ったとて、手にするものは、それこそ狐の木の葉みたいなものだ。この世での私たちは、イデアというゴールへ向けての魂の浄化競争にこそ参加すべきなのです。

実業家　しかし――。それなら逆に、自由競争というゲームに参加するためにこそ、一回限りこの世に来たのだと、ひとりひとりが厳しく自覚するなら、そこにも内外のモラルは自《おの》ずから成立するとも言えませんか。

プラトン　むろんね。しかし君はそれを他人に要求することはできない。

実業家　と言うのは？

プラトン　自覚とは何ですか。

実業家　自ら気づくことです。

プラトン　眼の見えない人に、見ろと要求することはできますか。

実業家　いいえ。

プラトン　他人が彼の代わりに見ても、彼が見たことにはならない。

実業家　ええ。

プラトン　自ら気づくということは、精神の眼が開くということです。したがって、精神の眼が開いていない人に見ろと要求することはできない。彼は何を要求されているのかが全くわからない。他人は彼に眼を開くことを要求するまではできても、じっさいにその眼を開くことができるのは、彼自身の眼瞼《がんけん》の力によるしかないと、認めますね。しかし君はそこまで要求したい、だからこそ私は、「国家」と、「教育」と、言っているのです。

実業家　なるほど――。そういうことなら、他人に自覚を要求したりなど初めからせずに、それぞれが黙って自分の仕事に専念することこそ一回限りのゲームだったと、こう考えてもいいわけだな――。

ソクラテス　どうだい、このゲーム、勝負はついたかね。

プラトン　ソクラテス直伝の、半分詭弁の大正論、負けるはずないと思いますよ。

ソクラテス　それじゃ、今度は僕と勝負しよう。手加減はなしだぜ。

プラトン　弟子として、これ以上光栄なことはありません。

ソクラテス　僕らのこの世はモノとココロだと人は言うけど、実のところは皆、モノしか見えていない。

君がさっき的確にも指摘したけど、「モノからココロへ」なんて言い方をすること自体がその証拠だ。
プラトン　全くです。
ソクラテス　モノが何かの価値になるのはココロがそれをモノに与えるからであって、そうでなければモノはただのモノだ。
プラトン　そうです。
ソクラテス　もっと言うなら、モノがモノであるのはココロがそれをモノだと思うからで、ココロが思わなければ、モノが在るのかどうかさえ定かではない。
プラトン　その通りです。
ソクラテス　したがって、この世には最初からココロしかないのに、何だって皆モノのことなんかでココロ乱して右往左往しているのだか、モノゴコロついた頃から僕は不思議でね。僕に言わせりゃ、この調子でいけば、きっとあの世だってココロでしかないはずだから、この世のモノどもとのつき合いなんざ、夢路の戯《たわむ》れみたいなものさ。それはそれで決して捨てたもんじゃないが、なけりゃないでも全然構わない。
プラトン　ええ、まあ――。
ソクラテス　しかし君は、そう思いたくないらしいね。
プラトン　やはりお気づきでしたか。
ソクラテス　富を無価値とし、精神をこそ至上の価値と掲げる国家、すなわち精神の社会主義、これは明白な矛盾だね。
プラトン　あなたの眼はごまかせません。
ソクラテス　君の立場も辛《つら》かろう。僕は気ままな身の上だからね。それじゃ、今ここに、君でも僕でもない、純粋精神ともいうべきまっさらな人間がひとり生き始めたと想定して、彼が何をどう考えて生きてゆくかを考えてみよう。
プラトン　それは面白い試みです。
ソクラテス　彼はこの世の富など初めから信じないが、最も厄介な物質性というべき自分の肉体を、どう扱うだろう。
プラトン　腹が減れば食うし、渇けば飲むでしょう。
ソクラテス　そう、それだけのことだ、それで済めばね。ところで、それら飲食物は他人と争うことなしには手に入らない。彼はどうするだろう。

プラトン　彼は考えるでしょう、そんな卑しいもののために、そんな卑しい連中と争うのは、このうえなく卑しいことだと。
ソクラテス　考えて、どうするだろう。
プラトン　そんなことで争い合わなくてすむような国家の建設を目指すのです。
ソクラテス　なぜ彼は、生きるのをやめないのだろう。
プラトン　理想が彼を促すからです。精神が至上の価値であることを知っているからこそ、彼は生きねばならないのです。この地上に精神の王国を実現するまで、彼は死ぬわけにはいかないのですよ。
ソクラテス　しかし、ねえプラトン。君は誰よりもよくわかっているね、物質に価値を与えるのが精神なら、精神に価値を与えるのも、当の精神でしかないということを。
プラトン　ソクラテス、それを言っては——。
ソクラテス　純粋精神である彼は、最終的な「善」のイデアを知っている。そう、知っている、わかってしまったのだ。最終的な「善」という価値をわかってしまったのだから、何もかも、すべて、じつはそのままでよいのだ。生きても死んでも何でもよいのだとわかってしまったのだ。
プラトン　ええ——。
ソクラテス　およそ人が生きようとするのは、死ぬよりも生きる方がよいと思うからだよね。しかし、生きても死んでも何でもよいとわかってしまった彼には、今やとくに生きようとする理由もない。さて、どうすれば彼はこの世で生きることを欲望できるかしら。
プラトン　わかってますよ、あなたの考えてらっしゃることなんて初めっから。生きることを欲望しない人間ばかりにこの世がなれば、共に生きようも何もない、放っておいても国家なんか消滅するっていうんでしょう。国家の手ならぬ神の見えざる手に任せて、みんな勝手に生きて勝手に死にゃいいっていうんでしょう。あーあ、いつもこの手なんだ、本当にずるいんだから。
ソクラテス　いや、僕は、哲人王など御免こうむりたい一心なのだ。本当にそれだけなのだよ。

流行《はや》らすことは偉いのか

登場人物
ソクラテス
マルチプランナー
トレンドクリエイター
コピーライター

プランナー　おい聞いたかい、ソクラテスだって！　まだそんなの居たのかね。何でも、テツガク始めたオッサンだとか、学校で教わったような気もするけどさ。なんかこう聞いただけで感覚的にダサイじゃん。おんなじテツガクでもさ、マルチメディアミックスで高感度にコーディネイトすれば、少しはイマッぽくなるかもよ。ジュリアナ・トーキョーの次は、ソクラテス・トーキョーなんてノリでどう？　冗談だけどね。

クリエイター　いや、案外ウケるかもよ。何せ、みんなもう目新しいものに飽き飽きしてるからね。ダサイが一番新しい、ダサイが一番オモシロイってことになりかねないぜ。だいたい世の中、ボクなんかがオモシロイよイケるよって、ゴーサイン出した通りに動くもんね。我ながら、ギョーカイでの才能に感心してるとこ。

コピーライター　ボクなんか思うに、テツガクは語感がよろしくない。こう、聞く耳を拒絶するようなタケダケしい響きがあります。この時代は、モア・ソフトリー、なおかつ少し醒《さ》めて、一定の距離を保つところのあるようなコトバが好まれるからね。

プランナー　それじゃ、ひとつソクラテス・トーキョーのセンで、次のトレンド、イッてみるか。コンセプトはレトロな知性、遊びゴコロでちょっと小理屈ってとこかな。ファッションは六〇年代をアレンジしてさ。

クリエイター　そう、マジメっぽく。ただし、あくまでも「ぽく」ね。コピーは？

コピーライター　そうね、こういう場合、むしろ真正面からバンといった方がいいかもね。たとえば「哲学」と出しておいて、サルのコジローがカント読んでるシチュエーションでズラすとか。御本人のアイデアを伺ってみましょう。

ソクラテス　え、僕？　いや、これは困ったね。正直なところ、ちんぷんかんぷんなのだ、君たちの話。僕の方こそ伺いたいね、君たちのしている仕事についてね。

プランナー　ボクの仕事はトレンドすなわち流行を作り出すこと。常に時代の半歩先を読む鋭敏な感性が要求されます。現代はモノと情報の洪水の中で、人々が自分を見失ってる時代です。遊びもファッションもライフスタイルも、誰も自分ひとりでは決めかねている。その意味では彼らは哀れなんですよ。そこでボクらがマニュアルを提出してあげる。この通りにすれば楽しいですよ、女のコにもモテますよと教えてあげる。すると愚かしくも哀れな彼らは、いっせいにそっちへ動く。皆と一緒だと安心するんでしょうね。他愛《たわい》ないもんですよ。時々コイツらバカじゃないかと思うくらい。でもボクらが仕掛けるトレンドで、カネが動く、モノが動く、人々が動く。ちょっと気分イイですね、それでボクらの才能が証明されるわけだから。

クリエイター　そうは言っても、あふれる情報の中で次第に目が肥えてきた人々を振り向かせるには、かなりのイマジネーションが要求されますね。ダサイかオシャレか、彼らはそのへんをじつに敏感に嗅ぎ分ける。オシャレってのは微妙に新しいニュアンス、全然奇抜なのはダメ、それで自分は人と違うぞって、臆病な優越感をくすぐらせてやるんですよ。それが一通り行き渡って金太郎飴になったら、彼らはまた新しいものを求める。自分は違うぞって思ったり思わせたりしたくてね。それでボクらの仕事はクリエイティブなわけですよ。大衆心理の裏の裏の裏を読むために、常にテンション高くなくちゃならないから、ハードと言えばハードな仕事ですね。

コピーライター　その時代の気分は、まずコトバに反映されます。いやむしろ半歩先んじたコトバこそが、時代の気分をつくると言える。一行の広告、一語のネーミングが、ズバリとそれを言い当てれば、売れるし、はやる。コトバひとつでトレンドをリードする快感はサイコーですよ。一行二百万円に憧《あこが》れて、志願する若者でイッパイなんだ。

ソクラテス　へーえ、なるほどねえ。いろんな職業が成立する時代なんだね。僕は、流行ってのは自然にそうなるものだと思ってたけど、きょうび、流行ってのはつくるものなんだ。

三者　それこそまさに、この高度情報化大衆消費社会の特徴です。ボクらみたいな優秀なトレンドリーダーが、要求されるゆえんでもありますね。

ソクラテス　ふむ——。ところで、ひとつ素朴な質問をしてもいいかな。

三者　どうぞ何なりと。

ソクラテス　なぜ流行というものがあるのかしら。

三者　なぜって——。

ソクラテス　人は流行に関わらないと、暮らせなかったり死んでしまったりするかしら。

三者　そんなことあるわけないでしょう。流行は、最低限の生活の必要が満たされたあとの娯楽だもの。

ソクラテス　しかし、流行に関係のない娯楽もあるよね。趣味ってのは、そういうもんだろ。ひとりで何もしないことなんて、最高の趣味だと僕なんか思うがね。

三者　現代の大衆は不安なんですよ。ひとりでいること、何もしないことなんて耐えられない。流行は、ひとりで楽しむ趣味とは違って、広く情報を消費する娯楽なんです。皆が今何をしているか、必ずしもその中身ではなくて、皆がしていることをするというそのことで楽しいように思う。まあ一種の不安心理が織り成す奇妙な娯楽ですね。殊《こと》に若者は、他人にダサイと思われることを何より怖れる。そして、他人より流行を先取ることで、彼らは優越感に浸れるんですよ。

ソクラテス　つまり流行とは常に、他人との比較関係において成立する現象だね。

三者　無論です。現代は自我喪失、関係性の時代ですから。

ソクラテス　ところで、あるものにとって、そのもの自身と、そのものでないものとのどちらがなければ、そのものはあり得ないかしら。

三者　は？

ソクラテス　自分と他人のどちらがなければ、自分はあり得ないかしら。

三者　そりゃ自分の方でしょう。

ソクラテス　すると、自分がなければ、他人と自分を比較することもあり得ないね。

三者　それはそうでしょうね。
ソクラテス　現代という自我喪失の時代でも、やっぱり各人、自我はもってるね。
三者　そういう意味ならそうですね。
ソクラテス　そのものでないものがなければあり得ないものと、そのものでないものがなくてもあり得るものとの、どちらが優越しているかしら。
三者　は？
ソクラテス　たとえば、水のない魚と、魚のない水と。
三者　そりゃ後者の方でしょう。
ソクラテス　すると、他人がなければ自分があり得ない人と、他人がなくても自分があり得る人との、どちらが優越しているかしら。
三者　――それも後者の方でしょう。
ソクラテス　君たちは、流行とは他人との比較関係において成立する現象だと言っていたね。そして、流行を先取るほど人は優越感に浸れるとも言った。すると、流行という現象では、優越していない人ほど優越感に浸れるということになるけど、それでいいのかしら。
三者　――ま、ボクらは錯覚を売る商売だしね。彼ら単に流行にのせられる側には、才能や主張があるわけでなし、大同小異ですけどね。ボクら彼らをまとめてリードする側としては、かなりの才能を要求されてると言えますね。
ソクラテス　何かふたつのものを比較するとは、一方が他方に、形状において優越しているか、色彩において優越しているかというふうに比較するんだね。
三者　は？
ソクラテス　一方はその形状でもって、他方はその色彩でもって、両者を比較することはできないね。
三者　そうですけど。
ソクラテス　比較するとは、性質が同じもの同士を比較することであって、全然性質を異にするもの同士は比較できないね。
三者　そうですけど。
ソクラテス　すると、君たちが、大衆とそれをリードする君たち自身とを比較するとは、両者はその性質を同じくすると認めているわけだ。すると、それ自体で優越していない大衆をリードすることにおいて才能がある、優越しているとは、優越していないことにおいてより優越しているということになるけど、いいのかしら。大衆心理の裏の裏の裏を読むことにおいて優越していることは、優越していないそのことにおいて、より、より、より優越しているということになるが、それでいいのかしら。

三者　ソクラテス、あんた、ボクらに恨みでもあるの。

ソクラテス　まさか。だって君たちも今、性質が同じもの同士にしか比較は成立しないと認めたじゃないか。君たちとは全然性質を異にする僕が、君たちと僕とを比較して、恨んだり羨《うらや》んだりできるわけがないさ。

三者　じゃ、どうしてそんな憎たらしいことを言うんですか。

ソクラテス　そのものでないものがなければあり得ないものよりも、そのものでないものがなくてもあり得るものの方が優越しているとも君たちは認めたね。つまり、大衆は君たちがいなくたって生きていけるが——なぜって、流行は生死に関係ないとも認めたからね——、君たちは大衆なしにはやっていけない。ということは、大衆は君たちに優越しているわけだから、君たちの側が彼らに対して偉ぶるのはおかしいと思われると言ってるだけさ。

三者　だって、じじつ彼らはボクらの提出する判定規準を求めてるんだもの。彼らはひとりじゃ何も決められないんだもの。モノ選びどころか、恋愛の仕方までそうなんだ。これって無能以外の何ものでもないと思いませんか。

ソクラテス　しかし、君たちの提出する規準だって、ダサイかオシャレか、このふたつだろ。これだってかなりなもんだぜ。

三者　だって——。

ソクラテス　たとえば、この僕。君たちとは全然似ていない。二千年前から全然変わらない。こういう事実を君たちの規準では、どう判定できるんだね。

三者　——それは、ダサイ——。

ソクラテス　二千年を全て見てるのにかい？

三者　——それは、オシャレだ——。

ソクラテス　二千年も全く変わらないのにかい？

三者　流行は繰り返すものだから、以前はダサかったものが、オシャレになることもあるんです。

ソクラテス　ふむ、流行は繰り返すね——。しかし、二千年間僕が見る限り、繰り返してるのは人間の方だぜ。ただし全ての人間がじゃない、流行を気にする人間がだ。服装や髪型どころか、物事についての考え方こそが、そうなのだ。君たちの言う通り、自信がないんだね。彼らは自分では新しいつもりで自信満々でも、僕みたいな人間から見りゃ、流行にのる側ものせる側も、それこそ大同小異なのだよ。こういう人たちは、流行こそつくっても、決して歴史をつくったことがない。

三者　ボクら、歴史なんて大げさなものはどうでもいいんですよ。ボクらが面白けりゃそれでいいんですよ。

ソクラテス　その面白いってのは、新しいってことだろ?

三者　ええ。

ソクラテス　ねえ、いったいなぜ新しいことはいいことで、新しいことをはやらせたヤツは偉いヤツということになってるのかな。

三者　それはやっぱり、人間や時間は先に進むものだから、先端的なものが、いちばん、なんとなく、やっぱり――。

ソクラテス　だろ? そうは言っても君たちも、やっぱり歴史を考えてるね。そして、時間は先に進むものだから、先端的なものがいちばんよい、とこう言うわけだ。ところで、芝浦のディスコで踊っている若者も、どこかの名も知れない田舎でひっそりと暮らしている年寄も、今日只今《ただいま》のこの時刻に生きて存在しているということでは、共に等しく新しく、時代の最先端に居るということを認めるね。

三者　それはまあそうですけども。

ソクラテス　すると、一方が新しくて他方が新しくないと言うときは、時間の新しさとは別のことを言っているということになるね。

三者　まあね。

ソクラテス　では、僕たちが何かあるものについて「新しい」と言うとき、それ自身において「新しい」と言うことができるものかしら。

三者　もういいですよ。わかり易く言って下さいよ。

ソクラテス　一足の靴を「新しい」と言うとき、「使われていない」という意味と、「見たことがない」という意味がある。前の場合は、他の靴の状態か、同じ靴の別の状態との比較で、後の場合は、以前見たことのある全ての靴との比較だ。それ以外に、ある靴について「新しい」と言うことができるかしら。

三者　ありませんよ。

ソクラテス　すると「新しい」ということは、常にそのものとは別のものとの比較において言われるのであって、それ自身について言われることではない。ところで、「よい」についてはどうかな。他と比較しなければよいと言えないものと、他と比較しなくとも、それ自身においてよいと言えるものとは、そのよさにおいて、どちらがよいと言えるかな。

三者　そりゃ後の方でしょうけど、比較せずによいものなんて、決められっこないですよ。だからボクらは、新しいものほどよいと言ってるんですよ。

ソクラテス　すると、それは裏を返せば、比較されることなくそれ自身においてよいものは、新しい新しくないの決め方では決められない。つまり「絶対的によいもの」は、新しさの基準しか持たない人には、決して理解することができないということになるね。

三者　いいですよ、それだって。絶対にイイモノなんて、ボクらどうだっていいもの。そんなもの、きっとすぐに飽きるもの。

ソクラテス　君たちは新しけりゃいいんだろ？　ところが、その「絶対的によいもの」が、最も新しいものである場合は、どうするね。君たちは、それが時代の最先端に現われたときにも、決して理解できない。君たちのわかる範囲の新しさしかわかることができないから、遅れをとることになるだろうぜ。これは君たちトレンドリーダーとしては、致命的なことではないのかな。

三者　それは大変だ。どうしよう。

ソクラテス　考えてもごらんよ。俺はアイツより新しいの、こうすればウケるだろうの、あれこれ周囲を気にしながらつくられたものが、何でクリエイティブなもんかね。本当に新しいことをしたけりゃ、新しさを気にするのをやめることだね。

三者　それじゃあ仕事になりません。

ソクラテス　まあそうだろうね。しかし、安心したまえ。世の中ってのはうまくしたもんで、その手の真に新しいものは、人類の歴史をつくりこそすれ、巷《ちまた》のミーちゃんハーちゃんにウケるようにだけは、決してならんものだからね。
で、例のソクラテス・トーキョーの件だけどさ、たぶんハズレると僕は思うな。だって、やっぱり、なんとなくダサイもの。

おめでたいのは、おめでたいのか

登場人物
ソクラテス
侍従
ジャーナリスト

侍従　いや、めでたい、めでたい、めでたい。とにかく、よかった。次代の王となられるお方が、いつまでもお独りであらせられて、私共も本当に気を揉《も》みました。ようやく御婚礼の運びとなられまして、お国も末永く安泰です。国民の皆さんの喜びもひとしおと申せましょう。お聞き下さい、あれら国民が心から挙げる祝福の声！

ジャーナリスト　本当におめでたいのは、あんたみたいな人を言うんですよ。国民がめでたがってるように見えるのは、そんなに単純な構図じゃありませんぜ。連中にとっちゃ今度の婚礼は、三十年に一度の一大ショータイムなんですよ。テレビや新聞もそのへんのツボは心得たもので、その煽《あお》り立て方たるや芸能人の結婚騒動と同じだ。じじつ、もはやあの方々は、毛並みの良い芸能人なんですよ。畏怖の対象なんかじゃ、とっくにない。「開かれた王室を」と言えば聞こえはいいが、ありていに言えば、「寝室の中まで開いて見せろ」なんですよ。

侍従 な、なんという恐ろしくも、無礼なことを！　あなたは国民として、そんな卑しい見方をすることが恥ずかしいとは思われないのですか。国民統合の象徴であられる王室の御祝典を、素直にして厳粛な気持で共々にお祝いしようという気に、なぜなられないのですか。

ジャーナリスト 笑わせちゃいけませんや。無論のことあんたも見てたでしょう、あの御婚約記者会見とやらの茶番劇。慣れない敬語でボロ出しながら、「お子様は何人の御予定で？」ってのは、つまるところ「いかほどお励みになるので？」ってのと、同じでさあね。いや、聞いてる方が恥ずかしくなりましたがね。それが、この国の王室感情の現状なんですよ。あんた方も、「国民に愛される王室」とやらを演出したいんだったら、それくらいのことは心得ておいた方がよろしいですぜ。

侍従 そんなことは、断じて、許されません、いや、許してはならない。王は国民に敬愛されこそすれ、見せ物になどなるものではない。そんなことをなし崩しに許した日には、中心を失ったこの国は、バラバラに瓦解《がかい》してしまう。

ジャーナリスト あんたもよくよくめでたい人だね。皆、口にこそ出さないが、今のこの国で、飾り物以外に王の必要を認めてる人間なんて、いやしませんぜ。ねえ、ソクラテス。あなたもそう思うでしょう、パンダの結婚に等しいようなもの、国民が本気で祝ってなんかいるわけないってね。

ソクラテス そうだねえ。他国人の僕には、もうひとつよくわからないところもあるけど、一応どの国どの社会でもこの人の世では、結婚とはおめでたい出来事ということになっているね。まして、国の中心に居るという家族のことなら、素直にお祝いしてあげていいんじゃないかね。

ジャーナリスト 私が言ってるのは、下劣な大衆と愚劣なマスコミが手に手を取って、王制問題の本質を見えなくしているということです。
ソクラテス　ふむ、本質――。君は君の国の王制問題の本質が、どこにあると考えるのかね。
ジャーナリスト　敢《あ》えて一言で言いましょう。それは、国民が王制の存続を認めるか否《いな》か、です。王制の歴史は、この国の歴史とちょうど同じぶんだけ古くて長い。しかし王制の是非について、国民が公然と論じることができるようになったのは、たかだかここ数十年のことなのです。近代化の先頭を突っ走ってきた我々は、今やこの非近代的な奇妙な制度についての態度も、明らかにすべきなのだ。いったい、「国民統合の象徴」とは何ですか。こんな抽象的かつ曖昧《あいまい》な言い方で言われている当のことが何なのか、私にはさっぱり理解できない。百歩譲って、そういう言い方で言われる何かがあるとしても、国民の誰ももはやそんなものを必要とはしていない。ことにこの戦後で、この国の合理主義と個人主義は徹底したのです。私は恐れることなく主張する、王制は今や我々には必要ない、と。
ソクラテス　君はどういう意見だね。
侍従　と、とんでもない！　王制の是非を国民が論じるなど、あな恐ろしや、考えただけで私は卒倒しそうでございます。何でも彼《か》でもあちらの国に右に倣《なら》えの、あなた方のような安直な理屈屋が、そうして我国独自の伝統と文化を滅ぼしてゆくのです。王陛下こそ、この国の美《うる》わしい伝統と文化の象徴、それを必要ないなどと、あなたこそ御自分で何を言ってるのか御存知ないのではないですか。
ジャーナリスト　ね、ソクラテス。てんで話になりませんや。いまだもってこの話についちゃ、こんな具合なんですよ。あなたほど明晰で合理的な人だったら、ああいう必要のないものはなくしてしまうべきだと、やっぱり思うでしょう？
ソクラテス　しかし君、必要があるかないかと、なくすかなくさないかとは、別の話ではないかね。
ジャーナリスト　どうしてですか。必要のないものは、なくしていいものに決まってるじゃないですか。
ソクラテス　たとえば盲腸という器官は、人体にとって必要のないものだが、痛みもしない前から、わざわざなくしてしまう人はいない。こういう場合は、必要はないけれども、というよりは、必要がないからこそ、そのままにしておくと言うべきだね。しかし君は、王制は必要がないからなくしてしまおう、言わば、痛まない盲腸を取ってしまおうと言うんだね。

ジャーナリスト　仰《おお》せの通り。痛み出すことはないかもしれないにせよ、少くとも、そのままにしておいて将来必要になるということにだけは決してならない、いやむしろ、そんなことはあってはならんからですよ。

ソクラテス　よし、わかった。では、君の言う「必要」を定義してみてくれたまえ。

ジャーナリスト　私の意見は単純かつ現実的なものです。王とはいいながらも事実上の政治権力はもたず、結婚話ばかりが国民の下種《げす》な好奇心の的となるだけの存在などに、何の実用的な価値もない。女子供はいざ知らず、毎朝その脇《わき》を通って通勤する男達は皆、腹の底では思ってますよ、都市のまんまん中にたった一家族で住まうにしちゃ、あの家、ちょっと広すぎやしないかってね。祝日だ警備だ検問だというのも迷惑な話だ。我々は遊びで生きてるんじゃない、しかし彼らは遊びが仕事だ。彼らのお遊びにそのつどつき合わされる国民は、迷惑している。本当に「国民の幸福を希望します」のなら、能書きはいいから、その場所を明け渡して下さいませんかってことですよ。

ソクラテス　つまり、君の言う「必要」とは、「実用」ということだね。

ジャーナリスト　そうです。そして、ああいう不用なものを必要とするのは、間違いなく不健康な心性だ。じじつ、今現在この国のいったいどこに、王室を心の支えにして生きている人間がいるというんです。現に前王の逝去の時だって、殉死したヤツは居たのか居ないのか。誰の目にも明白に欺瞞《ぎまん》であるこんな制度は、もうなくしてしまってよいものだ。

ソクラテス　なるほど——。ところで、全ての現にあるところのものは、その過去によって、現にあるところのものなんだね。

ジャーナリスト　何ですか。

ソクラテス　現にあるところのものと、それによってそれが現にあるところのものであるその過去とを、その現にあるところのものにおいて分けることができるかね。

ジャーナリスト　よくわかりませんが。

ソクラテス　現在の君は、君の過去によって現在の君なのであって、君の過去なくして現在の君はないね。

ジャーナリスト　無論です。

ソクラテス　君は、それによって現在の君がそのようであるところの君の過去が気に入らないからといって、その過去を変えたりなくしたりすることは、できないね。

ジャーナリスト　当たり前です。

ソクラテス　それなら君は、それによって現に君の国がそのようであるところの君の国の歴史を、どうやって変えたりなくしたりすることができるかね。

ジャーナリスト　何だ、そんなことですか。既にそうである過去や歴史を、認めないだの否定しろだの、そんな子供じみたことを私は言ってるわけではない。私がしているのは、あくまでも現実的な議論です。私は現今のこの制度をのみ問題にしているのです。そして、それを廃止せよと言っているのです。

ソクラテス　しかし君はいちばん最初に、王制の歴史と君の国の歴史とは切り離せないと言っていたね。そして、人は歴史というものをなくすることはできないとも今認めた。それなら、国の歴史と切り離せないところのその制度を、どうやってそれだけ切り離して、なくすることができるのかな。

ジャーナリスト　そんなお定まりの保守派の詭弁に、私は騙《だま》されませんぜ。だいたい抽象的なんですよ。オツムの弱い大衆なら、観念だけで実体のないその手の言葉に参っちまうでしょうけどね。「象徴」というのは実にうまい言い方ですよ。実体がないから象徴なんだ。極論すればですね、歴史だの伝統だの文化だのと言ってみたところで、そんな曖昧模糊としたものどもが、この現実のどこにあるのか、この目に見せて頂きたい。そして、何の必要があって何のためにそれを守るべきなのかを、教えて頂きたい。

ソクラテス　いや、僕は必要だとも守るべきだとも言ってない。現にそうであるところのものをなくすることができない限り、それに沿ってゆくのが最も現実的だと言ってるだけだ。

ジャーナリスト　歴史や伝統が現にそうであったところで、少くとも我々のこの日常には何の影響もありませんや。そんなもののいったいどこが現実的なんだか、おっしゃって下さいませんかね。
ソクラテス　それだよ。君が今まさにそう話しているその言語、それが歴史という現実に他ならないのではないのかね。僕ら外国人には、「おっしゃって下さいませ」に類する君たちの敬語法が、よく理解できんのだよ。しかし聞くところによると、それらは結局のところ、君たちの国の王制の歴史に帰するそうじゃないか。そこまで綿密に整備されるのは並大抵の年月じゃなかったろう。そんなシロモノを、今日の今日で追放できるものかね。たとえできるとして、そのことで起こる混乱も、同じくらい並大抵のものじゃないはずだ。何と言ったたって相手は言葉だ。言葉とは僕らの全現実の根幹だ。過剰警備による交通渋滞とは、比較にならん混乱だと思うぜ。
ジャーナリスト　そりゃ、おっしゃる通りですがね。しかし、現にあるところのものには手の下しようがないと認めるばかりじゃ、世の中決して良くならんじゃないですか。
ソクラテス　ふむ。さて、どうしたものかね。さっきからそこで蒼《あお》くなったり赤くなったりしてる君、どう思うかね。
侍従　どう思うも何も――ああ、とんでもない！しかし、先程からおふた方のお話を伺っていて、敢えて一言申し上げておかねばなるまいと思ったことがございます。人々が王のような存在を求める感情は、必要があるのないの、なくすのなくさないのとは全然違うことなのであります。なるほど私たちは、単なる政治的リーダーならば、役に立たなければ取り換えるということをするでしょう。しかし、あの方々についてはそうではなかった。あの御家族はそういう存在ではなかったのです。なぜでしょう。
ソクラテス　さあ、僕にはわからんが、なぜかね。
侍従　他でもありません、人々が常にそれを求めていたからです。たとえば只今《ただいま》の言葉についてのお話、問題が、口にする敬語法だけならば、勝手に用いたり用いなかったりはできましょう。しかし私たちは誰も、王が口を開けば確かにそれを聞こうとする、この気持とは、何でしょう。いつの時代も、たとえそれが法的には意味をもたなくとも、王のお言葉は人々の耳目を集めるものなのです。それは、それが伝えられる神の言葉だったからです。その祭りを司《つかさど》った人が、私たちの王なのです。人間の集団がそういう聖なる存在を求めるのは、極めて自然な感情と言えましょう。決して理屈の問題ではないのです。

ソクラテス　ふむ――。祭りすなわち芸能を司る人、とは芸能人のことだ。つまり王様は芸能人だということだ。おや、それなら、こっちの彼がいっとう最初に言っていたことと同じじゃないか。

侍従　とんでもない！――しかし、その通りだ。

ソクラテス　何が問題かね。

侍従　王がマスコミの見せ物になることです。

ソクラテス　しかしお祭りとは見せ物のことではないのかね。

侍従　国民が畏敬の念をもたずに、それを見物することです。

ソクラテス　しかし、国民のそれぞれが心中で畏敬の念をもってるかどうかは、知りようがないのではないかね。じじつ彼らは、おめでとうと言って楽しそうにしてるよ。これは、皆で一緒に祝い楽しむお祭りの本来の姿ではないのかね。

侍従　仰せの通りです。

ソクラテス　何が問題かね。

侍従　いえ、問題は、ございませんね。

ジャーナリスト　いやはや、大衆の卑しい覗《のぞ》き見根性も、相手が次代の王の婚礼となりゃ、公然と免罪符を頂戴できるってわけか。マスコミの偽善もここに極まれりだね。

ソクラテス　これも聞いた話だがね、君たちの国の古い記録の冒頭に、あるそうじゃないか。「王、后《きさき》と大安殿に寝テ婚合したまへる時に、栖軽《すがる》知らずして参ゐ入りき。王恥ぢてヤミヌ。」覗き見する不逞《ふてい》の輩《やから》は、昔っからいたようだぜ。それに、こういう記録が湮滅《いんめつ》されずに残っちまうってのも、やっぱりちょっと妙なことだと思わないかい。つまりね、王様ってのはいつの時代も、人々に興味を持たれるべき存在、もっと言うと、王様は見られることが仕事ってわけさ。王様の方だって、せっかく壮麗なる大行列を繰り出してるのに、見物人がひとりも居ないじゃ、随分つまらなかろうと思うよ。

ジャーナリスト　しかし、そのめでためでたの大行列も、単なるお祭りにしちゃ、ちと金がかかりすぎるんじゃないですかね。

ソクラテス　最高位の芸能人だ、大変な仕事だと思うよ。全国民に見られながら、かつ皆を日常の気分から解放させなきゃならんのだから、かなりの演出が必要だろう。いくらかは仕方ないんじゃないかな。

ジャーナリスト　警備の警官が威張りすぎるのも癪《しゃく》にさわる。だいたい、いつだって連中は、何か勘違いしとるんですよ。連中の仕事の本当のところは、国民へのサービス業のはずですぜ。

ソクラテス　彼らが張りきってるのは、まさにそういう仕事の御大《おんたい》のお祝いだからじゃないかしら。

ジャーナリスト　ま、そうも言えなくはないですね。

ソクラテス　だから、警備の人が威張るのは確かにおかしいね。せっかくのお祭り気分が詰まらなくなるもの。見物あってのお祭りなんだから、もっと見物を大事にして、皆で楽しい気分を盛り立てるようにしなくちゃね。

ジャーナリスト　やれやれ。いずれにしたって、たかが芸能人の一家族ですぜ。それを養うために、我々国民が莫大な血税を払わなきゃならんとはね。

ソクラテス　いや君、たかが、とは失礼だよ。太古の昔から営々と同じ仕事を続けてこられたのは、立派なことだよ。ひとつしかない貴重な御家族だ。君たちの国には、そういう存在を「人間国宝」といって大事にする制度があるそうだけど、ふさわしいんじゃないかな。

ジャーナリスト　なるほど――。王制をそっくり国宝に移行するってわけか。それで本宅の方へお帰り願って、そこでお祭りのお仕事に専念して頂くと――。

ソクラテス　そう。それで国民はめでたいし、王様の仕事はいつもめでたい。いや、よかったよかった。さあさあ、このたびの御祝儀《ごしゅうぎ》を、皆で一緒にお祝いしようじゃないか。

不平不満は誰に吐く

登場人物
ソクラテス
サラリーマン
その妻

サラリーマン　何のかんの言ったって、しょせん俺たちゃサラリーマン。人生も折り返し点を過ぎて、いい加減先も見えてくると、考えてもしょうがないとわかっちゃいても、やっぱり時々考えちゃいますよ、俺の人生これで終わっちまうのかなあって。来る日も来る日も満員電車に揺られて会社に着いてみれば、物分りの悪い上司と出来の悪い部下のはざまで、得意先には愛想笑いを絶やさず、身を粉にして会社に尽くしても、頂けるものはスズメの涙程度、やがて或《あ》る日肩を叩《たた》かれてハイ御苦労さん、翌日から私の机には別の人間が座って、会社はまるで何事もなかったように続いてゆくんだ。しかし、この俺は、束縛されて過ごしたこの俺の人生は、いったい何だったんだろう。こんな俺だって、若い頃にはそれなりに夢があった。ああもしたかった、こうもしたかった、ああもできたんじゃなかろうか、しかし今となってはもう遅いのか――。不惑を過ぎても惑うて止まない俺は、やはりしょせんこの程度の俺だったのか。

その妻　何よ、自分ひとりがこの世の苦労全部しょってるみたいな顔して。私だって、こんな甲斐性のない男とわかってたら、一緒になんかなりゃしなかったわ。家事と育児に明け暮れているうちに、気がついたらお肌なんか二度も三度も曲がってしまった。ああ、もうやり直しはきかないのかしら、もっといい男がいたんじゃないのかしら、もっと別の生き方があったんじゃないのかしら、毎日考えてるもの。一生一介の主婦で終わるなんて堪らないわ。

サラリーマン　くたくたに疲れきってウチに帰ったら帰ったで、こうして聞かされる女房の繰り言、挙句の果ては粗大ゴミ扱いだ。少しは食わせてもらってる感謝の気持をもったらどうだ。

妻　ああ、これだから女は損だわ。今さら女が外に出たって、稼ぎはタカが知れてるし、人生の選択肢なんか、いくらもないんだもの。

サラリーマン　馬鹿言うな、選べないってことじゃ、男の方が損に決まってるさ。女房子供食わせるために、否《いや》が応でも働かなくちゃならんのだからな。女はいざとなりゃ結婚して、そうやって亭主に文句並べてりゃすむんだから気楽なもんさ。俺たちサラリーマンの悲哀は、お前らには決してわかるまいよ。

妻　何よ、何もかも人のせいみたいに。女房子供と口では言うけど、いったいあなたは家庭を顧みたことなんて、これっぽっちもないじゃないの。口を開いたと思えば、「メシ、風呂、寝る」これだけ。お蔭《かげ》で子供たちも、親の言うことなんか聞きゃしない。「仕事仕事」もあなた程度の稼ぎじゃ口実になりませんからね。サラリーマンが悲哀なら、そんな亭主に仕えた妻の人生はもっと惨めだってことくらい、わかっててほしいもんだわ。

サラリーマン　ねえソクラテス、何とか言ってやって下さいよ。これじゃ俺たちあまりに救われませんよ。

ソクラテス　夫婦喧嘩は食わないよ。

サラリーマン　喧嘩にでもなりゃまだ救われるってもんだ。喧嘩にさえなりゃしないんです。もううんざりだ、こいつの文句を聞かされるのは。

ソクラテス　彼女が文句ばかり言うのは、君が文句ばかり言うからだよ。

サラリーマン　私はこいつになんか何も言やしませんよ。

ソクラテス　「メシ、風呂、寝る」しか言わないんだろ。

サラリーマン　まあそうですけど。

ソクラテス　それじゃ、文句のひとつも言いたくはなるだろさ。

サラリーマン　私は疲れているんです。あなたのように自由に生きてる方には、たぶんわからないと思いますけどね。組織の中で生きるというのは、そういうものなんです。疲れる、心底くたびれる。私とて、かつては何度飛び出ようと思ったことか。でも家族のことを考えて、思い留まった。今となってはもうそんな若さも元気もない。しかし、したいこともしないまま、世のしがらみに捉《とら》われて流されて、私の人生はこれで終わっていいいんだろうか。

ソクラテス　君は、君の人生で、したいことをしていないと言うんだね。

サラリーマン　当たり前じゃないですか。世のサラリーマンで、したいことをしてるなんて言えるヤツがいたらお目にかかりたいですよ。したいことをする自由がないのが、サラリーマンというものなんです。

ソクラテス　それなら、やめちゃえばいいじゃないか。

サラリーマン　またそういうことを——。これだから自由業のヤツとは話が合わないんだ。

ソクラテス　僕は自由なだけで、自由業ってわけじゃないさ。

サラリーマン　どっちにしたって、羨《うらやま》しい御身分ですよ。

ソクラテス　そうかね。それで僕は、君がしたいことをする自由がないというから、したいことをするためにそれをやめる自由が君にだってあるじゃないかと言ったんだが。

サラリーマン　そりゃあ理屈ではそうですよ。でも家族の面倒はどうするんです。

ソクラテス　君が責任もって面倒みるんだよ、当たり前じゃないか。

サラリーマン　それが大変なことなんです。私ひとりならまだしも、私の年齢で組織を離れて、家族に人並の生活をさせるのは並大抵のことじゃないんです。あなたはほんとに何もわかっちゃいないんだから。

ソクラテス　それなら家族を捨てちゃえばいいじゃないか。

サラリーマン　まったく、もう——。

ソクラテス　じゃあ、逆に僕から尋ねるけどね、君が所帯をもったのは君の意志だね。

サラリーマン　意志だなんて御大層なものがあったのかどうか。まわりが皆そうしてるから、何となくそうしただけですよ。

ソクラテス　しかし、そうしないこともできたのにそうしたんだから、それは君の意志だね。

サラリーマン　まあ、言い方なんて、どっちでもいいですけどね。

ソクラテス　子供を作ったのも君の意志だね。

サラリーマン　意志も何も、出来ちゃったものはしょうがないでしょう。
ソクラテス　しかし、作らないことを意志することもできたんだから、やはりそれは君の意志だね。
サラリーマン　まあ、そう言っても構わんですけどね。
ソクラテス　所帯をもったのも、子供を作ったのも君の意志、そして、それを捨てることができるのに養うことを現に選んでるんだから、これも君の意志だ。すると、君の人生は何もかも君の意志どおりに動いてきてるじゃないか。したいことをしていないなんてどうして言うんだか、確かに僕にはわからんね。
サラリーマン　ああ、お説ごもっとも。聞きしにまさる理屈屋さんだ。しかし、理屈どおりにいかないのがこの人生ってもんでしょう。
ソクラテス　君の人生だ。僕の人生じゃない。君がそれでいいと言うなら、僕は全然構わんさ。しかし、君が嫌だと言ってるから、僕は理屈を言ってるまでだ。
サラリーマン　所帯をもつことやら子供を作ることやらの人生のいろいろが、いちいち理屈であるもんですか。
ソクラテス　いや、理屈だ。人生は理屈以外の何ものでもない。まだわかってないね。いいかい、それじゃ順序よく考えてみよう。答えてくれたまえ。生きているのは君だね、他の誰かではないね。
サラリーマン　はい、はい。
ソクラテス　他の誰かが君の代わりに生きるわけにはいかないね。
サラリーマン　ええ、ええ。
ソクラテス　他の誰かが君の代わりに死ぬわけにもいかないね。
サラリーマン　むろん、むろん。
ソクラテス　たとえそうして欲しくても、それは絶対にできることではない。
サラリーマン　当然至極。
ソクラテス　さて、人生とは、生を生きて死を死ぬことを言うと同意するね。
サラリーマン　ふん、ふん。
ソクラテス　すると君の人生とは、君が君ひとりで君の生を生きて、君ひとりで君の死を死ぬことを言うね。
サラリーマン　そうですとも、孤独なもんです。
ソクラテス　そうだ、孤独だ。ところで、何かを所有するとは、それを意のままにもできるということを言うんだね。
サラリーマン　そうですけど。
ソクラテス　意のままにならないものは、所有したとは言わない。
サラリーマン　ええ。
ソクラテス　それなら、君の代わりに君の生を生きて、君の死を死ぬことが彼らの意のままにはならない会社や家族が、何で君の人生を所有したり束縛したりできるかね。君の人生はいつだって、まるごとそっくり君の所有、君の自由じゃないかね。
サラリーマン　――ええ、まあ――。
ソクラテス　生きるも死ぬも、君の意のままだ。君が君の好きなことを好きなようにすることを、会社や家族は止めてなんかくれやしないんだぜ。
妻　ちょっとソクラテスさん、あんまり無責任なことをおっしゃられては困ります。亭主ひとりの気まぐれで、家族が路頭に迷っていいとでもおっしゃるの。
ソクラテス　ふむ、無責任――。しかし僕は僕の考えを述べているだけだ。僕の考えをどう判断して、どう行動するかは、彼の責任だ。僕の責任じゃない。
妻　それはその通りですけど、私は生活できなくなるのは嫌です。
ソクラテス　嫌なら、別れちまえばいいじゃないの。
妻　また、もう――。
ソクラテス　君だって同じことだよ。彼ばかりを責めちゃ気の毒ってもんだ。僕はいつも思うんだがね、嫌だ嫌だと言う人は、いったい誰の人生を生きてるんだろう、いったいいつまで生きるつもりなんだろうってね。
妻　私は、他でもない私の限りある人生を、無駄に生きたくはないんです。
ソクラテス　それなら無駄にしないように努力して生きればいいじゃないか。
妻　んもう！　それができれば誰も文句なんか言いませんよ。それができないから私は毎日悶々《もんもん》と暮らしてるんじゃありませんか。
ソクラテス　誰のせいだい？

妻　せいと言うわけじゃありませんけど――、夫と子供がいる限り、私は私の人生を私らしく生きられないんです。
ソクラテス　ふむ、「らしく」、ね――。しかし、夫を選んだのが君なら、子供を産んだのも君だ。嫌ならやめてもよかったことだが、やめなかったからこの今だ。しかし、今だっていつだって、他人が君を生きることができるのでない限り、君が君の嫌なことをやめるのを止めることのできるヤツは居ない。「らしい」なんてもんじゃない、君は常に君そのものを生きてるじゃないか。
妻　――まあ、夫はまだしも、子供を見放すわけにはいきません。あの子たちにはきちんとした教育を受けさせて、立派な人間になってもらわなくちゃ。これは、子を思う親の当然の情というものです。なのに、あの子たちったら、育ててもらった恩も知らずに親の手を煩《わずら》わせることばかり！　ああ私の人生は、子供の心配だけで終わっちゃうのかしら。
ソクラテス　子供ねえ――。君も悩みが尽きないね。放っておいたらどうだい。
妻　そういうわけには参りません。あなたもおっしゃったように、あの子たちを産んだのは他でもないこの私ですから、私には立派な人間に育て上げる義務があります。
ソクラテス　それじゃ訊《き》くがね、君は君が産んだ子供に責任があると考える、いいだろう。ところで彼らの側はどうかな。君によって生まれさせられた彼らは、君によって育てられる権利があると考えてるかな。
妻　何ですか、それは。
ソクラテス　君は彼らに「我々を育てろ」と要求されたのかね。
妻　いいえ。だけど人間なら生きたいと思うのは当たり前じゃないですか。
ソクラテス　そりゃ訊いてみなくちゃわからんぜ。だいいち、君は彼らを産むことを意志したかしれんが、彼らは君によって生まれさせられることを意志できたと思うかね。君はどうだった。君は自分が生まれることに同意した覚えがあるかね。
妻　いえ、そんなこと――。
ソクラテス　同意なしに契約は成立しない。有無を言わさず契約を結ばされて、そのうえそれを履行しない恩知らずと罵《ののし》られる彼らは、一方的に不利な立場だと僕は思うがね。

妻 だって、ちっとも思ったように育ってくれないんですもの。

ソクラテス 当たり前だよ、彼らは君じゃないんだもの。彼らが君なら話は別だよ。君は自分の腹から、いったい何を産んだつもりなんだい。

妻 それじゃ、まるで親の役目なんかなくてもいいようじゃありませんか。

ソクラテス おや、君は親の役目から解放されて、自分の人生を生きるのが望みなんじゃなかったのかい。僕はてっきりそうだとばかり思ってたんだが。

サラリーマン まあまあ、ソクラテス。勘弁してやって下さいよ。こいつの愚痴なんか、ある意味じゃ可愛《かわい》いもんですよ。嫌だ嫌だと言いながら、そのじつ結構それを楽しんでるんだから。

ソクラテス 君もちゃんとわかってるじゃないの。嫌だ嫌だと言う人は、ほんとはそれが好きなんだってこと。

サラリーマン ええ、その通りです。誰も皆、そうしたいからそうしてるんです。あれこれいろいろ考えて、結局それが一番いいと考えるから、現にそうしているんです。本当に嫌なら、してるわけがないんだ。だから誰も自分の現在に文句なんか言えないはずだって言うんでしょう。

ソクラテス うん、よくわかってる。

サラリーマン したいことをするのも自由、したくないことをしないのも自由、全くその通りなんだ。本当は皆そんなことは、どこかでうすうす知ってるんだ。だけど誰もそうはしない。しないことを人のせいみたいにして文句ばかり言って生きてる。なぜって、私もそうだが、皆恐《こわ》いんですよ。それはちょうど、無重力の闇の真只中《まっただなか》にひとりっきりで放り出されて、好きなように生きて死ねと言われてるようなもんだ。そんなおっかない人生は困るんだ。どうしていいか、わからない。それで皆、そんな物騒なものは見えないようにフタをしてしまう。そうして自分から世のしがらみに捉われに戻ったくせに、捉われて身動きがとれんと文句言い言い、じつは安心して生きてる。そんなふうにしてまで何のために生きるのかなんて、考えないようにしながらね。

ソクラテス まあ人生観はそれぞれだからねえ。安心して余所見《よそみ》しながら歩いてる人に、危ないぞ、お前の足元にでっかい穴があいてるぞ！　って怒鳴るのは、まあお節介ってもんだ。ヘタな仕方で落ち込んだヤツは、還《かえ》って来てないからね。

サラリーマン　そこで私はあなたに是非訊きたい。そんな恐ろしげな自由を知りつつ、なお自由に力強く人生を生きてゆけるあなたの勇気、どこからそんな勇気が出てくるのですか。

ソクラテス　ほう、勇気ときたね。そんなふうに見えるかね。

サラリーマン　いや、ひょっとするとそれは、一種の諦《あきら》めなのかな。

ソクラテス　ふむ、諦めねえ。そう言われてもねえ。

サラリーマン　それじゃ、いったい何ですか。いったいどんな人生観でもって、あなたはあなたの人生を生きていられるのですか。

ソクラテス　うーん。人生観なんて特別なものはないよ。だって人生以外のものはないんだから、人生が特別のものってこともないだろう。やっぱり僕も他人事《ひとごと》みたいに生きてるんだね、君と同じだよ。

タダほど安い人権はない

登場人物
ソクラテス
人権擁護の会会長
ラスコーリニコフ

会長　高利貸の老婆を殺して金を奪った罪で、死刑を宣告されているこの青年、我々は君を見捨てない。最後まで支援する覚悟でいるから安心したまえ。君ももっと釈明して然《しか》るべきなんだよ。君が強盗殺人という悲しむべき犯罪に追い込まれざるを得なかったのも、君の母や妹の生活、そして学問を志す君自身の将来を、考えに考えた余りのことなんだ。心優しく前途有望なこんな青年に、更生の機会を与えないままその生命を奪おうなど、およそ現代の法治国家の所業とは考えられない、恐るべき蛮行だ。たとえ一時の気の迷いで罪を犯さざるを得なかったにせよ、なお君には君の人生を人間として生きる権利がある。そして、法や国家には、それを奪う権利は断じて、ない。いいかい、よく聞いてくれたまえ、世界に誇り得る我が国の憲法、その第十一条だ。「国民は、すべての基本的人権の享有を妨げられない。この憲法が国民に保障する基本的人権は、侵すことのできない永久の権利として、現在及び将来の国民に与へられる」。どうだ、素晴らしいじゃないか。歴史の失敗に学びつつ、我々がようやく辿りついた普遍的理念だ。さあさあ、君がそんなに投げ遣《や》りな調子なんじゃ、我々も支援の仕甲斐《しがい》がないよ。元気を出して、共に闘おうじゃないか。

ラスコーリニコフ　へっ、この俺に人間としての権利を下さるとおっしゃる？　馬鹿言っちゃいけません、いや、有難く頂戴《ちょうだい》しましょう。あなた方、俺があの業突婆《ごうつくばばあ》を殺したのは生活のための金欲しさと自白したことを俺が悔やんでいるだろうと、こうまあ美《うる》わしくも思いやって下さってるわけですね。ちぇっ、じつはその通りとも言えるのです。時々こんなふうに考えることはありませんか、あなた、我々永久などというと何かこう途方もない大きな観念のように想像しますが、実のところそんなものは、田舎の風呂場の煤《すす》だらけの隅っこに掛かった蜘蛛の巣みたいなもんであって、これがすなわち永久である、永久の蜘蛛権である、というふうにですよ。つまり、人間が神の夢を見るということは、神の夢を見るというそのことにおいて人間は人間ではないとか、そういったたぐいのことですよ。いや、じっさいね、俺はその夢の中で俺の顔を見たんですよ、こう、まじまじとね、面《つら》と面つき合わせてね。

会長　気の毒に、君は辛《つら》すぎる経験のために疲れているんだよ。君のような異常な精神状態での犯罪には、十分情状酌量の余地がある。我々に任せなさい、侵すべからざる君の人権を、断固守り抜いてあげます。それが、ひいては我々皆の人権を守るためでもあるのですから。

ラスコーリニコフ　ほーう、こりゃ、御立派なこった！　俺の、この俺の守られるべき権利を守るだけの権利が、あなた方にはおありになるってわけですか。それじゃあ俺は言わせてもらいますぜ、俺には、あなた方みたいな健常な凡人たちを撲滅する権利がある、否《いな》！　そうするべき義務を、俺は生まれながらに負っているんだ、とね。そうだ、良心によって血を許す、いいですか、間違わんで下さいよ、俺は良心によって血を許すと言ったんであって、良心によって許されると言ったんじゃない。ああ、そんなふうに言えるくらいなら、何も俺はあんな薄汚い婆《ばあ》さんなんぞ殺《や》りはしなかった、この手で神様の脳天をかち割ってやってたさ！

会長　まあ落ち着いて。君のように理想に燃える年頃の若者が、その若さの余りについ行き過ぎを犯すということは、いつの時代もあるものだよ。

ラスコーリニコフ　ほら間違えた！　ああいうノータリン共の空騒ぎが問題なんぞであるもんですか。ああいう手合いは、服従するべく生まれついている種族の側であるにかかわらず、自分が現に現代に生きているというただそのことだけで——なぜって、生きてる限りは誰しもホヤホヤの現代人なんですからね——、ただそのことだけで自分を先覚者のように思い為《な》して、好んで新しい言葉を口にしたがる、しかもそれが極めて真剣ときてるんですからねえ。それが証拠にゃ、連中は、己れの行為が法によっては許されなくとも、己れの良心によって許されると考える。それは違う、決定的に違うことなのです。俺は、俺の行為を、他でもないこの俺が許す、俺には俺を許す権利があると言ってるんです。おお、この一歩、この一歩を踏み出せるか否か、それこそが来たるべき超人の極印、絶対自由の証明だ。さもなければ人間は虱《しらみ》なのだ！

会長　被告はかなり混乱しているようですね。ソクラテス、そこでニヤニヤしていないで、いかがお考えになります？

ソクラテス　うふふ、この青年はね、一筋縄ではいかないよ。僕の出る幕でもないさ。もう少しふたりで話してごらん。

会長　ねえ君、ひとりでそんなに思い詰めなくてもいいんだよ。君の人権は、憲法によってちゃんと保障されている。気持を強く持ちたまえよ。

ラスコーリニコフ　えっ？　何ですって？　誰が誰に何を保障するんですって？

会長　憲法が、君に、基本的人権を、だよ。

ラスコーリニコフ　いったい何です、その「基本的人権」というのは。耳障りな言葉だ。男とは女でない人類であると言われて、あなた腹は立ちませんか。

会長　人は皆、生まれながらにして自由かつ平等である権利を有している。それを憲法が保障している、と言っているんだよ。

ラスコーリニコフ　ちょっと待って下さいよ、人が皆、生まれながらにして自由かつ平等である権利を有していることを保障している憲法を保障しているのは、それじゃ、ぜんたい誰なんです？

会長　誰ということはないんだ。自然だよ。人権は天賦のものなんだ。だからこそ尊いものなんだ。

ラスコーリニコフ　あーあ、俺は絶望する、絶望しますよ、地獄へ落ちろ、畜群よ！　お情け深き神様が、お作り下すった安楽な牧場の柵の中で、我こそは自由なり、我々は平等なりと高らかに鼻を鳴らし上げる豚どもよ！　あなた御自分が、どのように単純な論理矛盾を犯しているか、御存知なんですか。「生まれながらにして与えられし自由」だって？　俺はそんなものが自由であるとは認めない。断じて認めないぞ。エサを食らう自由、柵の中を走り回る自由、惚《ほ》れたメスと番《つが》う自由、ああ結構ですとも、やってくれ。しかし俺は、そんな自由は、ノシつけて神様にお返しする。そして俺はその場で自分が豚であることを、やめる。これが、俺の自由だ。

会長　我々は豚じゃない、人間だ。尊厳ある人間だ。

ラスコーリニコフ　そ、ん、げ、ん、ですって⁉　こりゃ驚いた。お手々つないでチイパッパ、へみんなおんなじ尊厳だ、ちっ、シャレにもなりゃしませんや。「平等」と「尊厳」とが如何にして相容《あいい》れ得るのか、きっちりと説明願いましょう。ただし、神様は抜きですぜ。

会長　ソクラテス、この青年、ちょっと手に負えませんね。ひねくれているというのか、妄想癖というのか、とにかく極端で、彼のために良かれと思うことを悉《ことごと》くひっくり返してしまう。弱りましたね、ちょっとお智恵を拝借願えませんか。

ソクラテス　ね、面白いだろ。僕にはふたりの話を整理するくらいならできるけど、しかし僕でいいのかな。

会長　ええ、是非。

ソクラテス　それじゃ、まず、今しがた君が言った「彼のために良かれ」の吟味だ。いったい君はなぜ、他人である彼のために何かをしてやろうなどと思うのかな。

会長　繰り返します。我々は等しく、生まれながらにして自由に生存する権利を有しているのです。たとえ犯罪者といえど、それは不可侵なものなのです。犯罪などが生じる原因も、もとを糺《ただ》せば、我々の自由を規制しようとする社会の側に帰着する。したがって我々は、人権を侵そうとするあらゆる動きに監視の眼を怠るわけにはゆかない。彼を支援するのも、そのためです。

ソクラテス　しかし、どうも彼の言ってる「自由」は、君の言う「自由」と同じものではないようだよ。

会長　同じですよ。彼は彼の自由な生存権を、社会によって侵害されているのです。

ソクラテス　どうだい？

ラスコーリニコフ　呪われろ！

ソクラテス　やっぱり違うようだね。してみると、君が彼のために良かれと思ってすることとは、じつは彼のためではなくて、そうしたい君のため、平たく言うと、お節介ということになるね。

会長　いいでしょう。彼のような変わり者はどこにでもいるものですから。「情は人の為《ため》ならず」とも申します。我々の人権が、互いのために互いに守り合うべき普遍的な理念であることに、何ら変わりはありません。

ソクラテス　しかし「普遍的」とは、全てに妥当するから普遍的というのであって、そんな人権など要らんという彼のような人間がいる限り、それは普遍的なものとは言えないのではないかな。

会長　それも認めましょう。少なくとも、生きたいと思う人間には全て、生きる権利は与えられていると言い換えても構いません。それを個人の基本的人権と言います。

ソクラテス　そして、それは天賦のものだと言うんだね。

会長　その通り。

ソクラテス　しかし、それならその場合、なぜ、なお「権利」と言う必要があるのかね。

会長　何ですか。

ソクラテス　たとえばだね、絶海の孤島でひとりきりで生きている男がいたとして、「俺には生きる権利がある」と言うのは無意味だとは思わないかい。それは「俺は生きたい」と言うのと、どこが違うのかな。彼にとっては、そのとき「権利」と「欲望」

とは同じものを言わないかな。

会長　そんなことないと思いますけど。

ソクラテス　考えてごらん。「俺には生きる権利がある！」と、彼はいったい誰に向かって主張すればいいんだい？　海亀や椰子《やし》の樹《き》に向かってかい？　全然無意味だろ。したがって彼は、権利の主張などしている暇に、狩をしたり漁をしたりして、生きる欲望を実現する努力をこそするはずではないかな。

会長　それは、まあ、そうですね。

ソクラテス　すると、「個人の権利」とは、社会があって初めて意味をもつ言葉で、その限りそれを、社会の中で生きる個人が社会に主張する個人の欲望と言い換えてもいいわけだ。

会長　そういう意味なら、そうですね。

ソクラテス　ところで、何かをしたいとか、何かが欲しいとかの欲望は、必ずその「何か」という対象の存在を必要とするね。

会長　そうですが。

ソクラテス　したいことも、欲しいものも何もないというのは欲望ではない。したがって、権利を主張するということもまた、ないだろう。

会長　まあ、そうでしょうね。

ソクラテス　ところで君は、無からは有は生じない、有は有からしか生じないということを認めるね。

会長　はあ？

ソクラテス　基本的人権は、天から無償で与えられ、欲望の対象は、必ず何がしか有形なものだ。

会長　はあ。

ソクラテス　では、どこで無を有に変えようかね。天から無償で与えられた基本的人権なるものを、欲望の対象という有形なものにして自分に与え返せと、社会に対して要求するのは、そも無理なことじゃないかね。それは、無人島の男が海亀や椰子の実に向かって、俺には生きる権利があるんだから、お前ら俺の口まで歩いて来いと言うのに似てないかな。

会長　我々が生きているのは、無人島ではなくて人間の社会です。その社会をつくっているのは、それぞれが人権をもった人間たちですから、そんな単純なこととは違います。

ソクラテス　いや、それなら、なおのことさ。君のいう基本的人権とは、人はそこに居るというただそのことだけで、生きる欲望に必要なものを自由に社会に要求できるということだろ？　言わば、もともとタダのものを、努力もしないで金にしろと、皆で互いに言い合っているようなもんだ。ちとガメツイんじゃないかと、僕なんかは思うがね。

会長　私はガメツイことなんか言ってません。我々が自由に生きたいと思う基本的な欲望の実現を、社会に不当に邪魔させないために、権利という概念が必要だと言ってるのです。

ソクラテス　おや、なんだ、権利は概念だったのかい。天賦の絶対じゃなかったのかい。それなら話は簡単じゃないか。権利とは、社会と個人との間の契約の概念、すなわちルールだ。僕たちはそのルールに従って互いの欲望の実現を努力すればいいし、違反すれば罰せられるだけのことだ。

会長　それじゃ、生きんがために殺人を犯さざるを得なかったこの青年のような人の生命を奪うことも、ルールによって許されていいとおっしゃるんですか。

ソクラテス　殺人は罪となるという社会のルールを守らなかったんだから、罰せられるのは仕方ないだろうね。どうだい、君。

ラスコーリニコフ　おお、罪と罰！　もしも俺が、俺が生きんがためにのみあの老婆を殺していたのだったら、然《しか》るべき悔悟の涙をどんなに深い喜びでもって迎えたことだろう。俺の首など、千度断頭台の下に差し出しても足りないくらいなものなんだ。ところが、違う、そうじゃないんだ。俺は、俺の思想、人間の尊厳を守り抜くために強者は凡人を踏み越える権利をもつ、歴史と未来とに対してそうするべき義務を負っているという俺の思想に、寸毫《すんごう》たりとも罪を見出すことができない、できなかったんだ。できなかったにもかかわらず、自首をした。これのみが俺の罪だ、この罪の苦しみのみが、俺の罰だ。そうだ、俺は俺のためにのみあれを殺したといっても少しも間違いじゃない。俺の生命なんぞ、どうでもいいさ、世のルールに従って、どうとでもすればいい。

会長　だって君、生命あっての人間の尊厳だろう。君の話は、何から何まで本末転倒なんだ。

ラスコーリニコフ　はっは！　本末転倒だって、あなたが、この俺に！　あなた方、生命の権利は神様がタダで我々に下すったとおっしゃっておいでしたね。しかし、浮世の諺《ことわざ》というものは存外に真理を言い当ててるものでありましてね、言いますでしょう、「タダほど高いものはない」ってね。タダで頂戴したものには、それなりの対価というものを支払わなければならないということになっているのです。ところで、タダで頂戴した生命の権利に釣り合うだけのお返しとは、何ですか。死、ですよ。死、以外ではないですよ。これは本末順当すぎる礼儀《マナー》ではないですか。あなた、御自分の生命の権利を守るために、死ぬだけの覚悟はおありですか。そうじゃなきゃ、あなた、「俺はタダだ！」と胸張って高言してるようなもんだ。頂けるものは頂くけれど、出すのは嫌だ、もっとよこせ、いったいどこが尊厳なんでしょうねえ。俺は、誰であれ何であれ死をその対価にもたない行為には、人間の尊厳など、断じて認めない。たとえ百万の善行といえど、人類の歴史と未来を賭けて、認めない。そんなものを尊厳と吹聴《ふいちょう》してまわる人間は、俺が、この手で、殺す。行為の対価が死であることが不服ならば、神を殺せ。それが俺たち人間が目指すべき究極の権利、究極の自由だ。そのときこそ、人間は神となるんだ！

会長　——何というか、やはり強度の心神喪失状態——と言うべきなんでしょうな。このまま社会に復帰されても、ちょっと迷惑というところは確かにあります。しばらくここで休養していてもらうのが、やはり、よろしいのでしょうな。

ソクラテス　うふふ。やっぱり万歳しちゃったね。たとえ悪法であろうとも、法に殉じて死ぬことこそ最高のプライドということは、往々にして、あることなんだぜ。まあ君も家に帰って風呂でも入って、ゆっくり考えてみるんだね。

人生は語れない

登場人物
ソクラテス
老人
その孫

老人　言葉はね、ずっとそこで待っていたのだ、そんな気がします。何か或《あ》る言葉を「ああ、そうだったのか」といった仕方で納得できるということは、私たちの側が言葉の方へ、それだけ歩いて行ったということなのだ。「ああ、お前という言葉は、こんなところにいたのだったか」って具合にね。まあ、大体においてそれは、そんなに予想に違ったことじゃない。いや、私が言いたかったのは、「余命を数える」というあの言い方のことなのです。私がこの言葉を実感できるためには、ここまで歳をとる必要があったのだという当たり前のことを言ってるだけなのですが、それが当たり前であることが、妙に不思議に感じられるのですよ。

ソクラテス　本当にその通りだね。僕らが言葉に出合って驚くことができるのは、人生を初めて生きている証拠だ。以前に生きたことがあったのだったら、そんなことはないはずだもの。

老人　そうなのですね。私もじつに様々な経験をしてきました。大概のことはわかっているつもりでおります。しかし、そういう私も、この年齢になったのだけは生まれて初めての経験でしてな。初めてだからって戸惑う年齢でもまたないのだが、そんなこんな考えると、いったいこの人生というヤツ、それを真面目に生きている当の本人を小馬鹿にしているようなところがどうもある。そうは思われませんかね、哲学者君。

ソクラテス　いやまったく。もしも哲学が答えなのだったら、人は哲学なんかするはずないのさ。大きな声じゃ言えないけどね、あれら史上の厳《いか》めしい書物だって、初めて人生という妙なシロモノに遭遇した人間の、驚きと戸惑い以外の何物でもないぜ。僕が保証するよ。

老人　言い出しっぺの君が言うんだから、そうなのだろう。じじつ、誰一人として答えを見出したようには私にも見えません。わからん。何がわからんと言って、人は己れの死を前方に予想して生きながら、じじつは己れの死などはどこにもないということだ。「私が存在する時には死は存在せず、死が存在する時には私はもはや存在しない」、これはエピクロスでしたかな。しかし実を言うと、この言葉を納得するためには、私はもっと先まで歩かねばならんような気がするのですよ。
ソクラテス　正確だね。そしてその先には、また知っていたような気のする言葉が待っていたりするんだ。あかんべえってしながらね。
老人　「我未《いま》だ死を知らず、焉《いずく》んぞ生を知らんや」、これだって、よく考えりゃ随分ずるい言い方だ。しかし、じじつその通りなのだ、そうとしか言いようがないのだ。いったい何だって私らは、生と死以外ではないのだろうと、ふと思います。いや、妙に聞こえたらごめんなさいよ。
ソクラテス　いや、よくわかるよ。余命を数えるなんてことは、ほんとは生まれたての赤ん坊でも知ってることなのさ。
老人　私は若い時分に、戦争で死線をくぐって生き残ってからというもの、余命を数えるなど愚か者のすることと笑っていたのだったが、老いるということと死ぬということは、やはり別のことなのだということが、いつの間にかわかっていたのだ。つまりそれが老いるってことに他ならなかったってわけです。ねえ、こんな具合に人生では、万事が後手に後手にと回るのは、いったいどうしたわけなのだろう。
その孫　じいちゃんは、この頃そんなことばかり言うんだから。生きてる時は生きてるんだから、死ぬことばかり言ってもしょうがないじゃないか。僕だって明日の命かもしれないけど、死ぬ時は死ぬんだから、そんなことは考えないよ。僕は僕の人生を、太く短く生きたいんだ。
老人　そうかそうか。お前はいいヤツだ。人生はなるようになるんだから、ならんようにはならんのだから、お前の好きなように生きなさい。
孫　そうさ。僕は最後まで僕の好きなように生きるつもりさ。そうじゃなきゃ、生きてる意味なんかないじゃないか。

老人　お前の言う通りだ。何も好きでないこととしてまで生きてることはちっともないんだ。ただね、そういうふうな、人生には意味があるとかないとか言うこと自体が、ふっと他人事《ひとごと》みたいな気がする時も、人生にはあるのだ。

孫　そんなことはないよ。

老人　お前にもいずれわかるさ。

孫　その言い方はしないって約束したよね。

老人　だって、そうとしか言えないもの。

孫　ずるいな。

老人　ソクラテス、こいつ、うぃヤツでしょう。若いということはいいことだ。羨《うらやま》しいと言ってるんじゃないよ、じいちゃんにだって若い時がなかったのじゃないんだから。単純にこれは順番だ。ただ、人間の順番は蝶々の順番ほどうまい具合でなかったってだけだ。蝶々は芋虫から蛹《さなぎ》になり、一番最後にあの美しい蝶になる。そしてその美しい姿で最後の日々を謳歌した果てに、パタッと落ちて死ぬのだけれど、人間はそうはいかないね。蝶々のあとが、案外長い。造化の神様が意地悪をしたのだね。太く短く生きるのだという言葉は、若い人だけの言葉なのだよ。じっさい、その気がなくても長く生きちゃうということがあるのだ。

ソクラテス　いいでも悪いでもなくね。

老人　そう。だって、あなた、人生はいいものだとか悪いものだとか人は言うが、言ったところで、やはり人生なのですな。それは、自分で自分の肩の上に乗ってあれこれ言うことができんのと同じです。そんなことにも気づいてから、まあ、余り文句を言わずに生きるようになりました。黙って生きるよりしようがないのだ、言ったってしようがないのだから。と言って、それを諦観と言うほど人生に何かを望んでいたわけでもないようなのだ。まあ、あなたには何もかもおわかりだとは思いますが。

ソクラテス　そうだなあ、生まれ落ちたその時点で、僕らは全てを諦《あきら》めざるを得なかったってところかなあ。生まれちまったってそのことは、諦めるしかないんだもの。

老人　そう。それを思えば、あなた、「運命」だなんて言葉も、言われてるほど大した言葉じゃありませんな。何かがそう起こって、それ以外には起こらなかったなんてことが、それ以外の何だというのでしょうね。

ソクラテス　うん。確かにあれは余り大した言葉じゃない。僕らが居るということは、ただそういうことであって、そういうこと以外のことではないって、人はなかなか思えないもんさ。

老人　あらかじめ決まっていたと思おうが思うまいが同じことです。だって、何を為すべきかを決めるのは、いつだってその時の自分以外ではなかろう。もしも「運命」という言葉で言うのなら、運命を決めたのは私の決断でしたな。うん、確かにこれでは何を言ったことにもなりませんな。

ソクラテス　何かを言えるとしたならの話さ。

老人　時間はなぜ一方向に進むのだろう。

ソクラテス　僕は知らない。

孫　僕は知ってる。ホーキング博士が言ってたよ。僕たちのこの宇宙ではないどこかの別の宇宙では、時間は未来から過去へ流れるのだって。人は生きるほどに若くなって、生まれる前に死んでるんだって。

老人　何だか妙な宇宙だね。考えると変な心地になるよ。いったいそれはどういう人生なんだろうね。

孫　じいちゃんがさっき言ってた蝶々の人生さ。人生の一番最後に青春の時期が来るのさ。それ、いいよね。

老人　ふうん。でもきっとそうなると人は、悔やんだり惜しんだり、悲しんだりする感情を失《な》くしちまうだろう。生きるほどに味気ない人になるのじゃ、何だか詰まらなくないかな。

孫　それもそうかな。

老人　だって、じいちゃんの一時間と、お前の一時間とでは、きっと同じでないよ。

孫　どうしてかな。

老人　どうしてかな。じいちゃんももう少し若い時分には、時の経《た》つのが随分速いと感じた。子供の時と全然違うってね。それで、それはきっと、肉体が完成の頂上へ向かってえっちらおっちら上ってゆくのは時間がかかるが、一旦《いったん》てっぺんに辿り着いたら、後は橇《そり》に乗って滑り下りるようなものだからなのだろうと思っていた。でも今考えると、ちょっと違うな。そうは言っても、あれはやっぱり生の時間だったのだ。今はね、氷がゆっくりゆっくり溶けてゆくような心地だよ。お前もやがて時間というものの不思議に気づくだろうが、それがお前、自分がどうしようもなく人生に居たということに気づく時なのだよ。
孫　そうなの。
老人　そうなの。人生とはすなわち時間です。いや、過ぎ去るから、それは人生なのです。いや、過ぎ去っているのは時間ではなくて人生の方なのだろう。いや、そこのところ、よくわかりません。わかりませんがね、この「過ぎ去って還《かえ》らない」という想いこそが、人生を最初から最後まで貫いている基本的な情調であることは、誰も同じなのだろう。この感情こそが、愛や慈《いつく》しみや美を生み、また苦しみや憎しみをも生み、その他全ての人間の感情を生む母なのだ。全ての詩人はこの感情を歌う。芸術も思想も学問も、人間の文化はここに生まれた。いや、人は皆すでに何もかもわかっているのだ、もう還らない二度とないということをね。もしそうでなければ、あなた、人がものごとに「ああ」、と感じ入るあの瞬間は何でしょう。
ソクラテス　ああ、あの「ああ」のことか。僕は時々、これまでこの世に生まれて死んだたくさんの人たちが漏らしただろう、あの「ああ」の総量に思い至って、もっと遥かな「ああ」に運ばれてゆくような心地になるよ。
老人　人はその年齢の言葉しか言わないものだとしたなら、鷗外《おうがい》はなぜ「人は老いてレトロスペクチブの境地に入る」など、言わずもがなのことを言ったのだろうと考えます。たぶん、老いて己れの人生を振り返り見た時に、思わずそこに全人間の歴史が見えてしまって、あの人もまた驚いたのではないか。そしてやっぱり「ああ」と納得したのに違いないのです。
ソクラテス　「歴史とは死児を想う母親の哀《かな》しみだ」とは、うまい言い方だ。人は自分の人生を思い出す仕方でしか、人間の歴史だなんて自分の知らないものを思い出すことはできないんだ。またそうでなければ、歴史を思うだなんてことに、どれほどの意味があるだろう。僕は、あの「ああ」を知らない言論なんて、決して信用しやしないね。
老人　おや、言論の始祖たる穏やかなるあなたから、珍しく強いお言葉ですな。
ソクラテス　いやいや、つい君の熱弁に乗せられた。じっさいね、人が何かを言ったり何かをしたりなんってことは、どっちでもいいことじゃないか。どっちでもいいんだよ、同じことなんだから。ねえ、それなら今年も桜が咲いたのを見て、「ああ」と言ってる方がよほどいいじゃないの。

老人　しかし私は、母親は死児を想っても、じつは何とも感じないのではないかと思うこともあるのですよ。

ソクラテス　ああ、それもその通りだ。

老人　だってねえ、あなた、生きている人が死ぬということと、春になれば花が咲くということは、大して違ったことではないのですな。肉体の死だなんてものは、自然現象にすぎんのですよ。しかしその自然現象にすぎんものが、なぜ人の心に悲しみを残すことができるのだ。物理を感情にすげ替えるこの心の手品のからくりが、私にはどうしても解けない。解けない解けないと思っているうち、いつしか自分に番が回ってきてしまった。しかしまあ、私は私が死んでも私自身は悲しくはないだろうくらいはわかるのです。

孫　じいちゃんは悲しくなくたって、僕は嫌だよ。

老人　嫌だって、仕方がないじゃないか。

孫　そうだけどさ。

老人　ねえソクラテス。人が何かを言ったり何かをしたりなんてことが、どっちでもいいのは知れたことなのだ。しかし、人が人の死を悲しくても悲しくなくてもどっちでもいいなどというのは、随分無体な話だとは思いませんか。私は、大勢の人々が嘆き悲しんでいるこの世の場面を、この世ならざる眼で眺めている自分に気づいて、はっとすることがあるのです。

ソクラテス　感情もね、本当言うと、どっちでもいいんだよ。悲しいと思わなきゃ悲しくないんだ。だからこそ人は、「ああ」と絶句の溜息《ためいき》をつくしかなくなるんだよ。どう感じたらいいのかわかんなくなっちまった心が、困った挙句に「ああ」と言うのさ。

老人　どうしてこういうことになっているのでしょう。

ソクラテス　僕は知らない。

老人　死んだ人は誰だったのでしょう。

ソクラテス　それも知らない。

孫　ふたりとも何だか変だよ。ほんとにこの世の人の話じゃないみたいだ。いったいどのへんの話をしてるのさ。
老人　人生の話だよ。
孫　人生とは何か?
老人　いや、なぜ人生なのか。
孫　わからない。
老人　じいちゃんにも、わからないよ。
孫　変だよ。
ソクラテス　少年よ、この世の当たり前より不思議なことはないのだよ。たとえば、君の大好きなこのじいちゃん、どうしてこの人は君のじいちゃんなんだい?
孫　どうしてって——。僕の父の父だから。
ソクラテス　それだから君は彼のことが好きだというわけではないね。
孫　違うことと思います。
ソクラテス　それじゃ、君の大好きな、そしてたぶん君より先にいなくなってしまうだろうこの人は、父の父でなければ、いったい誰なんだろう。
孫　——やっぱり僕のじいちゃん。
ソクラテス　そう、その通りだ。君が気がついたら、彼は君のじいちゃんとしてそこに居たのだね。それで君は彼を「じいちゃん」と呼ぶわけだ。ねえ、これは本当に不思議なことだと思わないかい?　君が彼を「じいちゃん」と呼ぶから、彼は君のじいちゃんになるんだ。そうでなければ、彼はただ彼であって誰でもないんだ。
孫　それは、彼が家族の中で、祖父という役割をしているということですか。
ソクラテス　いや、そのことではないんだ。そうではなくて、それは、君が自分を「僕」と言うことで君になるのであって、そうでなければ君は君でも誰でもないというのと同じことなんだ。
孫　————。
ソクラテス　僕にもさっぱりわからんのだ。わからんということだけが、ありありとわかっているのだ。
孫　でも僕は、僕のじいちゃんの思い出を、僕の死ぬまで絶対に忘れないってことは、本当に思います。
ソクラテス　ああ、君は本当にいいヤツだ。僕は君みたいな人が大好きだよ。
老人　ねえ、いいでしょう。「前後ありといえども、前後際断せり」、道元は言うけれど、どういうわけだかこいつは私の孫なんだ。それでいいじゃないですか。それ以上の何がどこにあるというんです。

ソクラテス　同感だ。

老人　本当はね、時間が過ぎ去るのでも人生が過ぎ去るのでもなくて、両方一緒に過ぎ去っているから、じつは何ひとつ過ぎ去ってはいないのではないかという気がするのです。私がこの子と出合って、この子の思い出と共に死に、この子も私の思い出を抱いていつの日か死ぬ。私もこの子も、それを知る他の人々も誰ひとり居なくなっても、私とこの子が一回こっきり出合って友情を結んだというこのこと自体は、永遠に失われることがないのではないか、そんな気がしてならんのです。うまく理屈では言えんのですがね。しかし、やはりそれは妙に哀しい。つらつら思うに、私の人生は私が生きたというわけでは、どうもないのです。「わたくしといふ現象は／仮定された有機交流電燈《でんとう》の／ひとつの青い照明です」、これは賢治ですな。この人もやっぱりこんな変な言い方をするのです、「すべてがわたくしの中のみんなであるやうに／みんなのおのおののなかのすべてですから」。冷厳な学者だった人が、晩年になって魂の数の帳尻合《ちょうじり》わせに没頭するようになったりとか、まあ、この宇宙が妙なつくりであることは確かですが、やはりそれはどちらかと言えば、哀しい。どちらかと言えば、ですよ。冗談だと言えば、これより馬鹿げた冗談はないんですからな。

ソクラテス　ああ。あーあ。

性教育がしたくって

登場人物
ソクラテス
性を語ろう女たちの会代表
悪妻クサンチッペ

代表　セクシュアリティは人間性の原点です。セックスへの欲望もまた、不潔なことでも恥ずべきことでもあろうはずのない、私たちの生命エネルギーの自然な発露なのです。相手を愛《いと》おしみ、互いの性を尊重する性行為に基いてこそ、人類共生の思想は発想されるべきなのです。それなのに、管理する側は常に私たちの健康なセクシュアリティを抑圧し続けてきた。すなわち、男性の買春を黙認し、女性には純潔を強制するというおぞましいシステムの維持強化です。しかし、フェミニズムの偉大な先輩たちは、勇猛果敢にもこれに斬《き》り込み、因習的な性道徳を崩壊寸前にまで追い込みました。これは確かに讃えられるべき成果だったのです。が、ここに思わぬ難題が現われました。エイズです。私たちも当初は戸惑いました。しかし、エイズ予防の大々的なキャンペーンの陰に、再び因習道徳の復活を計ろうとする管理の側の気配を、私たちは見逃しません。エイズ予防を口実にした国家による性の管理を許してはならない。是非とも先手を打たなければならない。私たちが性教育を推進するゆえんです。

　子供というのは本当に素直です。妙な偏見に侵された大人たちとはまるで違う。お父さんのペニスが充分に勃起したとき、お母さんのヴァギナに——。

ソクラテス　えっ、えっ？　何だって？

代表　（大声で）お父さんのペニスが充分に勃起したとき、それをお母さんのヴァギナに挿入すると言ったのです。何か？

ソクラテス　いや、僕の耳が聞き間違えをしたのかと思ったんだ。わかった。それで？

代表　それで、お互いの快感が最高に高まったときに射精して完了するのが正しい性交の在り方だと教えてあげると、子供たちは目を輝かせ息を呑《の》んで聞いてくれるのです。生と性の素晴らしさに感動しているのですね。このとき私は、自分が性教育に従事していることの歓《よろこ》びに、ああ、恍惚とするのです——。

ソクラテス　いやいや——。

代表　何を呑気《のんき》な、ソクラテスさん。私が今日参ったのも、きっとお困りだろうあなたを私たちで支援するためなのですよ。聞くところによれば、美しい少年たちをお好みだとか。いえ、決して隠すべきことなどではありませんよ。むしろあなたは堂々と名乗り出るべきなのです、「私はゲイなのだ」と。

ソクラテス　ちょっと待ってくれたまえよ、話の筋がよくわからないよ。

代表　どうか恥ずかしがらないで。自分のセクシュアリティの在り方が変なのではないかと感じてしまうことこそ、既成のモラルに捉《とら》われている証拠です。男と女が愛し合うのが自然なら、男と男が愛し合うのも自然なのです。性を制度から解放してこの手に取り戻すために、私たち女は、ゲイの方々とも連帯してゆく覚悟です。さあ、勇気を出して、ありのままの性を大らかに肯定しましょう！

ソクラテス　弱ったたな。おい、お前、ちょっと助けてくれんかね。

代表　そう、パートナーであるクサンチッペさん、私たちはあなたの心のこだわりのない広さにも、大いに学ぶべきだと思っているのです。性の楽しみ方は各人各様であって然《しか》るべきなのですからね。ただし、予防は万全に。パートナーが恋人の所へ出掛ける際には、必ずコンドームを持たせてあげて下さい。むろん、お二人でなさるときにも、きちんと装着、お忘れなくね。

クサンチッペ　変な人だね。余計なお世話さ。この人のあの趣味には、あたしもホトホト手を焼いてるんだから、妙な理屈でけしかけるような真似はよしとくれよ。

代表　あら、あなたはまだ既成のモラルに捉われている。愛する人がどのような人であったのであれ、全てを肯定して包んであげるのが、本当の愛なのです。ああ私たちは早急に、子供たちにこそ教えなければ、手遅れになってしまうわ。

ソクラテス　性教育ねえ——。そんなものが本当に必要かね。

代表　絶対に、必要です。しかも具体的かつ写実的に。私たちが最近現場で使用している教材は、等身大のお父さん人形とお母さん人形です。ペニスもヴァギナも、もちろんヘアも、何ひとつ包み隠すことなくそのままのものです。ありのままに、全てをありのままに教えなければ。
クサンチッペ　へえっ！　そんなもの使ってまで、教えるほどのことなのかね。それなら、あんたがダンナと二人で子供らの目の前でしてみせる方が、よほど早いじゃないか。
代表　それとこれとは話が別です。
クサンチッペ　どうして別なのさ。何でもありのままなら、そうじゃないの。
代表　私は公《おおやけ》に教える立場にある者です。私個人の性生活は、それとは別のプライベートなものですから。
クサンチッペ　ふうん、何だかずるいね。
代表　ずるくなんかありません。公私混同はよくないと言ってるだけです。
クサンチッペ　あんたが、あんまりその話ばかりしたがるから、あたしゃてっきり、あんたがダンナとうまくないんだと思ったよ。
代表　何て通俗的な発想でしょう。これだから私たちには正しい教育が絶対不可欠なんだわ。あなたはもう結構です。ソクラテスさん、不当に差別され続けてきた男性同性愛者である御本人、性教育の今後について、建設的に話し合いましょう。
ソクラテス　いやいや、だって君――。
代表　公の場で性を語ることを恥ずかしがる心性こそ不健康というものです。さあ、力を抜いて、心を開いて。
ソクラテス　心を開いて、何を言えっていうの。
代表　性です。性の素晴らしさです。性《セクシュアリティ》を肯定することは、人間性《ヒューマニティ》を肯定することだと、ゲイの立場の方からこそ、発言すべきなのです。
ソクラテス　そこまで言うのなら、しょうがないな。ただし、君が僕の質問に答えてくれてからだ。性とは人間性だという意味が、僕にはよくわからないんだが。
代表　性を単なる動物的本能の次元に押し込めてきたのが、男社会のモラルです。男たちは女のことを、性欲のはけ口でなければ、出産の機能をもつ性としか見ない。女の側にも健康な性欲があることを、決して認めようとしない。彼らに言わせれば、女が性について自由な選択権をもつことなど、言語道断なのです。そこで私たちは、同じ人間として、女も自身の性を享受する権利があると主張しなければならないわけです。

クサンチッペ　何だい、ややこしい。自分もやりたいって、それだけのことじゃないか。

代表　えい、うるさいわね。

ソクラテス　で、動物の性と人間の性とは、どこが違うのかね。

代表　動物は生殖のために本能に衝《つ》き動かされるだけですが、人間の性は生殖から自由になっている。しかも人間は、それらをコントロールできる精神をももっている。そこに、動物的本能を越えた、優しい触れ合いや対等な愛情表現としての、人間らしいセックスが可能になるわけです。

ソクラテス　なるほど。すると君は、性行為の原動力としての性欲そのものは、動物的であると言うわけだ。

代表　それはそうです。だから、ただするだけの動物的な性に留まる限り、人間の性は貧しいままだと言っているのです。

ソクラテス　そこに精神性が加わるから、人間の性は豊かになると。

代表　そうですとも。

ソクラテス　動物の性の機能が、ただすることにあるのなら、それを豊かにするところの人間の精神の機能とは何かね。

代表　もちろん、相手の気持を想像して、それを尊重することです。

ソクラテス　そう、精神とはすなわち想像力だ。想像力とは何かね。

代表　そうですね——。そこに見えていないものに想いを馳《は》せる力かしら。

ソクラテス　その通りだ。ところで君、だとすると、そこに見えていないものを想像しながらする性行為を子供らに教えるために、お父さん人形とお母さん人形の性器を交わらせて目の前で見せることは、矛盾はしないのかね。君はその方法で、行為の仕方を教えることはできても、想像する仕方を教えることができるのかね。君が教えたいのは、どちらの側なのかね。

代表　——だって、彼らは黙って素直に受け入れてくれますよ。

ソクラテス　そりゃ、文字通り幻滅してるんだと僕は思うね。想像する余地が、もうないんだもの。

代表　そんなことはないです。私は想像する仕方だって、ちゃんと教育しているはずです。

ソクラテス　教育とは、何かあることをそのことであると教えることと、君は認めるね。

代表　無論です。

ソクラテス　そして想像するとは、何かあることをそのこと以外と考えることとも認めるね。

代表　そうです。

ソクラテス　すると君、想像することを教育すると は、何かあることをそのことであると教えると同時に、そのこと以外であると教えることだ。こりゃやっぱり不可能ではないのかね。

代表　そんな抽象的な理屈を言ってる暇はありません。エイズ対策という緊急の問題があるんですから。次代を担《にな》う子供たちのことを考えるからこそ、私たちは性の話をオープンにしなければならないのです。

ソクラテス　ふむ。あくまでも性の話を大声でしたいと。

代表　大人たちの義務です。

ソクラテス　僕は特別教わった覚えもないけどねえ。

代表　子供たちには教わる権利があります。

ソクラテス　教わりたいと思った覚えもないけどねえ。

代表　子供とは性に興味をもつものである限り、大人にはそれを教える義務があるのです。

ソクラテス　よし、わかった。それじゃ考えよう。さっき君は正当にも、公に性を教える君の立場と、君個人のプライベートな性行為とは別だと言った。性行為とは本来プライベートなものであることは、君も認めるんだね。

代表　もちろんです。だからこそ、そこに隠微な形で入り込んでいるあらゆる社会的偏見と規制を取り除いて、性を解放するために、ありのままの知識を教えるべきだと言っているのです。

ソクラテス　すると、性行為とは本来プライベートなものだと君が思っているそのことも、隠微な形で入り込んでいる社会的な偏見や規制である可能性もあるわけだ。
代表　まあ、そういう言い方をするなら、そう言えなくもありません。
ソクラテス　君は性から、あらゆる偏見と規制を取り除いて、解放したい。
代表　――ええ。
ソクラテス　それなら君は、君個人の性行為そのものは人目から隠すべきだと思っているその根拠を、偏見でも規制でもないものとして述べられなければならないね。公に性行為を語ることはできても、公に性行為をするわけにはいかないありのままの理由をね。
代表　――――。
ソクラテス　公私混同はよくないと、君はちゃんと言ってたじゃないか。性は本来的に私的なもの、隠すべきと感じてしまうものなのさ。理由なんかないよ。それを君、何も知らない子供に性のプライバシーを認めずに、無理矢理オープンにしろなんて、大人の管理教育以外じゃないと僕は思うね。だいいち、秘め事だからこそ、僕らは楽しみを覚えられるってもんじゃないの。その楽しみを子供らから早々に奪ってしまおうってのかい。
代表　偏見に対抗するために、ありのままを教えることが、いけないこととは思えません。
ソクラテス　いや、いけないとは言ってない。どうしてもありのままを公の立場で教えたいのなら、君は君の体を子供らの前で開いて、ここがこう、これはこうと教えることになると言ってるだけだ。本来私的なものを公に対抗させるのだからね。
代表　――――。
ソクラテス　いや、しろなんて言ってないよ。子供らが萎《な》えちまう。気の毒だ。
代表　いいです。でも、エイズという病気がなくならない限り、性の話をしないわけには参りません。子供たちにコンドームの正しい使用法を教えておくことは必須です。
ソクラテス　つまり、する時にはそれを使ってするように、と。
代表　そうです。
ソクラテス　エイズで死ぬのは嫌だから。
代表　当たり前でしょう。
ソクラテス　なるほどね。ところで君はさっき、人間の性が動物のそれと違うのは、そこに本能から自由になった精神があるからだと言っていたけど、動物の本能が最も恐れるものは何だろう。

代表　もちろん、死でしょう。

ソクラテス　すると死を恐れる精神は、まだ本当には動物的本能から自由になっていないわけだね。

代表　まあ、そうですね。

ソクラテス　死を恐れない精神だけが、動物的本能から完全に自由である。

代表　――そうですね。

ソクラテス　君は、性行為の原動力としての性欲そのものは動物的であると言っていた。とすると、死を恐れない精神のない性行為とは、単に動物的性欲に衝き動かされているだけということになるけど、いいのかね。君が言っているところの性《セクシュアリティ》と人間性《ヒューマニティ》とは、そもそも全く無関係だったということになるけど、それでいいのかね。

代表　セックスはいけないことだとおっしゃるの！

ソクラテス　まさか。セックスはしたいが死ぬのは嫌だという姿勢には、どうしても美を感じないと言ったまでさ。死ぬまでセックスしていたいと言うのなら、よほどアッパレだと思うがね。

代表　だってエイズですよ。死ぬことが確実な病気なんですよ。

ソクラテス　エイズでなくたって、人は確実に死ぬじゃないか。それじゃ訊《き》くがね、自分の愛した相手が何であったのであれ、全てを肯定して愛するべきだとも、さっき君は言っていた。もしも君が心底惚《ほ》れた男がエイズだったら、どうするね。それでも君は彼とするかね。

代表　それは――。

ソクラテス　いや、君、考え得る限りで最高の快楽だと、僕なんか思うぜ。死ぬほど惚れた相手と、文字通り共に死ぬまでし続けるなんてさ。言わばエイズ心中だね。美談だ。美《うる》わしい。精神性の極致だよ。動物にゃ、とても真似できないね。

クサンチッペ　ほらね、あたしの言った通りだったろう。何のかんの言ってたって、要するにこの人は、自分がやりたいだけなんだって。

代表　そんなこと断じてありません！――いえ、全くないと言ったらウソになりますけど、私たちは子供たちのためをこそ、本当に思って活動しているのですから。

クサンチッペ　そもそもそんなこと、教えるようなことであるもんか。算数じゃないんだ、ほうっといたって、いずれ覚えることは決まってるじゃないか。とうとうわかんないままだった間抜けな大人が、いったいどこにいるっていうんだい。性教育だなんて、どっちに転んだって、どうでもいい話さ。

ソクラテス　いや、全く。ことこれに関しては、何も教えないのが最高の教育だ。

代表　そんな他人事《ひとごと》みたいなこと言ってると、今にきっと後悔しますからね。なにしろあなたは、その筋の方なんだから。

ソクラテス　いや、君、そこなんだな——。美しい少年はいいものだよ——。慎しみというものを知っている。魅《ひ》かれるね。抗《あらが》えない。

クサンチッペ　ほら、ほらほら！

長生きしたけりゃ恥を知れ

登場人物
ソクラテス
老人福祉係

福祉係　おじいちゃん、はいはい、おじいちゃん。町の老人会の催しものへ、お誘いにきましたよ。噂《うわさ》だと、仕事もしない遊びもしないで、ぶらぶらしてるそうじゃないの。歳をとって何もしないのがよくないのは、わかってるでしょう。ボケるのは自分の勝手だ、そうおっしゃる方もいますけどね、ボケは本人だけの問題じゃない、周りの皆が迷惑するの。もちろん人間誰しも老いるもの、お年寄は大事にしなくちゃならないから、その時にはちゃんとお世話してあげるから大丈夫ですよ。オムツも替えてあげるし、お風呂にも入れてあげます。でもね、やっぱりお元気で天寿を全うされるのが一番。お達者そうだから、きっと百までいけますよ。何しろこの国は、世界に誇る長寿国、百歳以上の方だって、とうとう一万人を越えました。これもね、ひとえに福祉が充実しているお蔭なんですよ。だから、さあ、老人会へお出でなさい。これからは生涯学習の気概をもって、民謡、詩吟、書道に俳句、健康法には真向法、お元気な方ならゲートボールか社交ダンスがいいですね。カラオケバスで温泉旅行もありますよ。余生を楽しく、そして長生きして下さいね、おじいちゃん。

ソクラテス　お心遣いは有難いけど、僕はまだボケちゃいないよ。ゲートボールなんか、嫌だよ。

福祉係　今ボケてなくたって、それは少しずつやってくるものなの。でも、普段の心掛ひとつで随分防げます。意地を張って自分に閉じ籠《こ》もるのが一番よくない。さあ、おじいちゃん、行きましょ、行きましょ。

ソクラテス　ふむ。僕はやっぱり「おじいちゃん」ということになるのかね。

福祉係　いえいえ、お若く見えますよ。気持を若くもつことこそ長寿の秘訣、おいくつです？

ソクラテス　七十だ。

福祉係　おや、それならシルバーパスの受給資格がありますね、早速申請なさい。

ソクラテス　いらないよ、そんなの。

福祉係　頑固な人だ。どうしてそんなに意地を張るの。いくら自分で認めたくなくとも、六十五歳以上はこの社会ではもう立派に「お年寄」なんです。気が若いのは結構ですが、それなりの自覚をもってもらわなくちゃ。

ソクラテス　どうして。

福祉係　どうしてって、現実にあなたは七十だ。丈夫とはいえ、まもなく足腰は弱ってくるだろうし、頭だって以前のようには動かなくなってくる。やがて一人じゃ何もできなくなるんです。世話をしなきゃならんのは周囲です。そこのところをよくわきまえて下さいね。

ソクラテス　年寄は大事にすべきなんだろう。それなら、つべこべ言わずに世話をすりゃいいじゃないか。

福祉係　何て身勝手な人だ。世話をする側の身になって下さい。寝たきり老人や徘徊老人の介護が、どれほど大変なことか。
ソクラテス　それなら、そんなの、ほっときゃいいじゃないか。
福祉係　そんなわけにいくもんですか！　年寄は大事にしなくちゃならないんだから。
ソクラテス　ほらね、年寄は大事にしなくちゃならんと思ってるから、大変なことになるんだよ。ほっときゃいいじゃないか。
福祉係　この人ったら——。
ソクラテス　僕はいつも不思議なんだ、なぜ皆、年寄は大事にすべきだと思ってるのかってこと。
福祉係　当然じゃないですか。長い人生、苦労や困難を乗り越えて、ともかくそこまで生きてきたということは、それだけで立派なことですよ。老人を尊敬するのは、人間として当然の礼儀です。
ソクラテス　ほう、尊敬——。じゃ訊《き》くがね、人が誰かのことを、尊敬するとか偉いと思うとか言うときは、何を指してそう言うのかしら。
福祉係　もちろん、その人の優れた行ないとか優れた人格とかのことですよ。
ソクラテス　そして、長生きをするということは、歳をとるということだね。
福祉係　そうですが。
ソクラテス　人が一年一年物理的な歳をとるために、その人の優れた行ないや優れた人格が、関係するかしら。行ないや人格が優れていないと、人は歳をとれないかしら。
福祉係　そんなことはないですね。
ソクラテス　歳をとるということは、行ないや人格に無関係に、努力なく誰にでもできることだね。
福祉係　そうですね。
ソクラテス　じつに下劣な行ないをするじつに愚劣な人格であっても、そんなことに関係なく人は一律に歳をとることができる。
福祉係　そうです。
ソクラテス　さて、では、そうして生き残ってきた堪《たま》らなく下劣で愚劣な老人でも、生きてきたというそのことだけで、一律に尊敬すべきだと君は言うのかね。あるいは、何の苦労も困難もなく、何の向上心もなく、ただノホホンと生き延びてきた老人でも。
福祉係　そうは言っても、やはり生命はそれだけでかけがえのないものだし——。

ソクラテス　ふむ、やはり生命か。しかし君は、人が誰かを尊敬するのは、その行ないや人格や精神的なものについてだと言っていた。ただそこに生きていて、一年一年、歳をとるだけの物理的な生命は、そもそも尊敬すべきような何かになり得るのかね。

福祉係　だって、百年も生きるなんて、並大抵のことじゃないですよ。

ソクラテス　だろ？　並大抵のことじゃないってのは、つまり珍しいってことだろ。確かに百年間も生きてるのは珍しいよ。しかし、それは尊敬すべきことというのとは違う。君は、これまで見たことのない珍獣や、推定年齢二百歳の大亀《おおがめ》を、珍しい、驚いたと言って珍重はしても、立派だ、尊敬すべきだとは言わないだろ？

福祉係　それはそうですけど——。

ソクラテス　じっさいね、長生きしているというそのことだけで人間は尊敬すべきだなんて、こんなに人間を馬鹿にした話はないぜ。君だって、君の同僚や若い連中についてなら、その行ないや人格で評価するだろう。なのに、歳をとっているというそのことだけで、それらの人を一括し、「老人」として特別に評価するなんて失礼な話さ。若い人間の中には立派なのも、くだらんのもいるように、老人にだって尊敬すべきなのと、軽蔑すべきなのがいるのは、当たり前じゃないか。

福祉係　でも、それじゃまるで、長生きすべき人間と、しなくてもいい人間がいるようじゃないですか。

ソクラテス　いや、まさしくその通りだ。

福祉係　そんな無茶な、それは、ひどい！

ソクラテス　ただし、生きるということに何らかの価値を認めるならばの話だ。しかし君はさっき、ただの物理的な生命は、尊敬や軽蔑という価値の対象ではないと認めた。すると、人が生きているということに何らかの価値を認めるとするなら、それは精神にしかないということになるね。

福祉係　いや——正直言うと、私とて毎日実感していることではあるんです。こんなに歳をとりながら、何て未熟な人間だろう、今までいったい何してきたんだろうと感じるのは、よくあることなんです。「老醜」という言葉を思うのが、そういう時です。辛《つら》いところなんですよ、正直に言って。

ソクラテス　正直に言わなくちゃならんね、ことこの老人問題に関しては特にね。君は最初に、老人の世話をするのは大変な手間だと言っていたが、世話をするということと、尊敬するということとは、どうやら別のことだとわかってきたね。

福祉係　そうですねえ。

ソクラテス　世話をしなきゃならんのは、不自由になった肉体の方で、尊敬すべきなのは、それとは別のその人の精神だ。

福祉係　そういうことですねえ。

ソクラテス　ある人の精神が尊敬すべきものなのは、その人の精神が、精神以外に尊敬すべきものなどこの世にはないということを知っているからだと、君は認めるね。金銭やら物品やら権威やら、自分以外のものに価値を求める精神を、僕らは決して尊敬しないね。

福祉係　まさしくそうですねえ。

ソクラテス　ところで、自分で自分にのみ尊敬を認める精神とは、すなわち自尊心《プライド》だ。プライドひとつ掲げて、汚穢《おわい》のこの世を生き抜いてきたような高潔な人物がだね、君、動けなくなって他人にオムツを替えてもらうなんて屈辱に、いったい耐えられると思うかね。君は、その痛ましい心根に思いを致してあげたことがあるかね。僕は他人事《ひとごと》ながら、彼のために恥辱に慄《ふる》える心地がするよ。人間を馬鹿にするにもほどがあるぞ。

福祉係　だって、それなら、どうすればいいと言うのです。

ソクラテス　往《い》かせてあげるべきだ、安らかに。

福祉係　そんな無茶な——。

ソクラテス　いや、本当だ。僕はこのことを全人類のプライドを賭けて言うよ。尊敬すべき人ほど、世話をするべきではない。

福祉係　すると、世話を要求するような人は、そも尊敬すべきような人ではないと言うのでしょう。こちらの方は、どうすればいいのです。

ソクラテス　往かせてあげるべきだ、安らかに。

福祉係　無茶苦茶だ、ソクラテスさん！　あなたの話じゃ、他人の世話が必要な老人は、一人残らず生きているべきではないことになるじゃないですか。

ソクラテス　いや、まさしくその通りなんだ。だからこそ人は、肉体が生きているということだけでは何の価値もないと、自分から知っておかなければならないと言ってるんだ。

福祉係 それじゃ、ボケ老人はどうなんです。ボケるということは、精神がボケるということでしょう。精神を喪失して、それでも肉体は元気に生きている老人も、やはり生きているべきではないと言うのですか。

ソクラテス ねえ君、人は自分が全然考えたことのないことを、言葉にして言うことができるものだろうか。

福祉係 そんなこと、できるわけないでしょう。

ソクラテス ボケちまった人が、ボケちまったとはいえ、自分の心になかったことを口にするようなことはできるだろうか。

福祉係 いえ、人はボケた時こそ、その本性が現われるものなのです。私はよく知っています。

ソクラテス そうだろう。ちょうど、夢の中では自分にウソをつけないのと同じようなものなんだろう。とすると、精神力が弱くなったときに、まだ飯を食わしてもらっとらんとか、財布をまた盗まれたとか口走るようになるとは、まさしくそれがその人の精神の人生だったとは思わないかい。言いたかないけど、人品骨柄が、まともに出ちまうんだね。まさに最後の審判だ。だって、ボケたらボケたで、ますます愛すべき性格になる人だっているんだもの。

福祉係 わかりましたよ、あなたの意見は。誰も彼もただ長生きすればいいってもんじゃないっていうんでしょう。そんなことは本当は皆、腹の底では感じてることなんですよ。口では等しく長生きして下さいねと言いながら、実のところ、余り長生きされては困ると思うような人がいる。でも現実問題どうすればいいんでしょう。誰であれ、どのようであれ、現にそこに生きて息のある人間は、死ぬまで世話しなくちゃならんということに、今の世ではなってるんですよ。またじじつ、医療のめざましい進歩のお蔭で、かつてならとても生きなかったような人も、果てしなく生きてしまうようになっているのですよ。

ソクラテス いや、全くもって人を馬鹿にした話だ。それならそれで、発想をすっかり転換しちまうことだね。つまり、赤ん坊を育てるために世話をするのを当然のことと思うように、老人を、死なせるために世話をするのも当然のことになったというふうにね。誰もが死ぬ前にもう一度、赤ん坊をやらなければばならない時代になったと、覚悟を決めるのさ。それができないなら――。
福祉係　できないなら？
ソクラテス　いや、とても大きな声では言えないな。老人問題から考えた僕の理想国家論なんだが――。
福祉係　ああ、思い出した。ずっと昔に読んだプラトンだ。そこでのソクラテスは、確かこんなふうに言うんだ。「さあ、これがずっと前から、口にするのを僕にためらわせていたことなのだ。世にも常識はずれなことが語られることになるだろうと、目に見えていたのでね。じっさい、国家のあり方としては、こうする以外、個人生活においても公共生活においても、幸福をもたらす途《みち》はあり得ないということを洞察するのは難しいことだからね。」あれは哲人王の話だった。今度は、いったいどんなに過激な高齢化対策なのです？
ソクラテス　果たして、言ってもいいものだろうか。
福祉係　そこまで言っておいて、言わないという手はないでしょう。
ソクラテス　そうか、では言おう。人は成人すると同時に一律に国家と契約をするんだ。歳をとって一人で生きられなくなったら、自分を死なせてくれるように、と。
福祉係　何という恐ろしいことを！　いったい誰がそんな恐ろしい契約など許すもんですか！
ソクラテス　まあ、聞きたまえ。人がそれを恐ろしいと感じるのは、どんなふうであっても生きている方が、死ぬよりも「よい」と信じているからでしかないと、君は認めるね。いったいその根拠は何だい？
福祉係　根拠なんかありませんよ。それじゃ、生よりも死の方が「よい」と言える根拠は何なんです？
ソクラテス　根拠は、ない。生と死とを比較することは、絶対にできない。しかし、生と生とを比較することなら、できるんだ。
福祉係　何によって？
ソクラテス　話してきた通りさ。周囲にとっては効率、本人にとっては自尊心《プライド》だ。それ以外に、君、人の生き死にについて言うことなんか、できると思うかね。
福祉係　いえ――。しかし、誰にでもできることとは思えません。死ぬことも、そして、死なせることも——。

ソクラテス　一朝一夕にはね。だからこそ「教育」だ、「哲学」だよ。君も言ってたじゃないか、「生涯学習」が必要だって。ゲートボールもカラオケ旅行もいいけどね、もしも人間が生きていることに価値があるとするなら、それはその精神の高さにしかないということを、ずっと若いうちから知っておくべきなんだ。それさえ知っているなら、誰もが誇り高く死の契約に同意するはずだし、ボケた時に妙なことを口走らないように、自分を磨いておこうとするはずなんだ。そして、いよいよ契約履行のその時を、周囲も本人も、せいせいとした喜びでもって迎えられること受け合いさ。もちろん、互いに互いを思いやってのことだよ。なぜって、人がその精神を全《まっと》うして死ねることを、悲しんだり憐《あわ》れんだりする理由なんかちっともないってこと、互いによくわかってるからね。どうだい、素晴らしいじゃないか。これが僕の理想の高齢化社会だ。

福祉係　思い出しましたよ、あの場面でもこんなふうに言われていたのを。「ソクラテス、何という言葉、何という説を、あなたは公表されたのでしょう！　そんなことを口にされたからには、御覚悟下さいよ。たくさんの連中が血相変えて押し寄せてきて、あなたはなぶりものにされますよ！」って。

ソクラテス　平気だよ。他人にオムツ替えてもらって生き永らえるより、僕をなぶりものにできることなんて、あるとは思えないからね。

どう転んでも政治改革

登場人物
ソクラテス
現職議員
議員志願の青年

議員　えへん！　積年の課題であります政治改革の実現が、我々議員にとっても国民の皆さんにとっても、今や焦眉《しょうび》の急であることは火を見るよりも明らかであることは疑いを入れないでありましょう。皆さんもよぉく御存知のとおり、この国の留まるところを知らない政治腐敗の大元凶の根源は、何と言っても政治にカネ、このカネがかかりすぎるところにあるのであります。政・財・官を巻き込んだ一大汚職事件、一連の金権スキャンダルは、もはや日常茶飯事と化し、国民の政治不信は日一日と募る一方なのであります。今こそ政界の浄化に向けて、政治家ひとりひとりの自覚とモラルを確立せねばならない。そして、国民の信頼を一刻も早く回復すべき時なのであります。多大の期待を担《にな》って発足した新政権の下、選挙制度と政治資金規正法の改正こそ、絶対必須であるゆえんであります。無論のこと私もまた、私の政治生命をこの政治改革に賭《か》ける覚悟でおります。クリーンな選挙とガラス張りの政治資金が実現された暁《あかつき》には、もはや政治家が私利私欲に走ること断じてなく、じっくりと腰を据え、大局的な見地から諸事に臨むであろうことは間違いないことでありましょう。内政においては民意を政治の場に反映させるべく努め、外交においては世界平和への貢献に努めるべく努力することで、ありましょう。

青年　あなた方現職の政治家の、そんなきれい事ばかりの大言壮語が、政界浄化を遅らせている一因であることは御存知なんでしょうね。掛け声ばかりで内容空疎なそんな政治改革を、私も、そして国民も、まだまだ信用しませんよ。具体案を明示して下さい、そして着実に実行してみせて下さい。たとえば小選挙区比例代表並立制の導入と個人あて企業献金の禁止には、どんなメリットを期待し、どれだけのリスクを覚悟しているのですか。まだまだ詰めが甘いのではないですか。カネはさらに地下へ潜るだけではないのですか。既得権益を手放すまいとするあなた方現職議員の欲望と打算こそが、政治改革を必要とし、かつ困難としている当のものなんですよ。そこのところを、よく認識して頂きたい。

議員　いやいや、君ィ、若いということは素晴らしい。ふむ、じつに美《うる》わしい。私も君くらいの時分には、青雲の意気でもって政治を志したものだ。しかしね、お若いの、当選五回になってもそれと同じことが、果たして言えるかな。まあ、君にもいずれわかるでしょう。とにもかくにも当選してみせること、それだけですな。言うのはそれからでも遅くはない。道は険しいですぞ。まあ、頑張りたまえ。はっはっは。

青年　ううむ、悔しいが、彼らが先にそこに居る限り、真の政治改革は行えない。真の政治改革を行なうためには、私がそこに行くしかない。しかし私がそこに行くためには、彼らにとってのみ都合のいいこの現行の制度によるしか手はないのだ。カネさえ使えば議員になれる、こんな選挙がこの国の民主主義を根底から腐らせているのだ。ソクラテス、民主主義発祥の地アテナイの人、小選挙区比例代表各二百五十と、政党助成額国民一人当たり三百三十五円について、いかがお考えになりますか。

ソクラテス　うわ、やっぱりそこに来るのかい。僕は数字の話は駄目なんだ。これはほんとに苦手だな。なぜって君、考えるということは、数量以前のことを考えるということなのだからね。数量の話でないのなら、お役に立てないでもないけどね。

青年　ああ、哲学ですか。民主主義もまた確たる思想なしにはあり得ないものですから、まあいいでしょう、話して下さい。民主主義とは言いながら、民意を政治に反映させることは、なぜいつの時代も、かくも困難なことなのでしょう。

ソクラテス　え？　かくも困難なことではないと言ったのかい。

青年　いえ、なぜ、かくも困難なのかと言ったのです。

ソクラテス　おや、だって、どこが困難なんだい。カネさえ使えば議員になれるんだろ。まさに民意が政治そのものじゃないか。

青年　私が言ってるのは、何でもかんでもカネが全てのこんな世の中では、真正のデモクラシーは育たないということです。
ソクラテス　ふむ。しかし、育つも育たないも、僕らのアテナイのデモクラシーとは民主制、つまり主義や思想ではなくて単なる制度のことだぜ。民衆の多数決が政治を決める、つまり民衆の多数がそういう思想を抱けば政治はその通りになるという制度のことだ。民衆の間でこの世はカネが全てだという思想が育てば、政治もその通りになるんだから、まこと正直な制度だよ。君の国ではじつによく機能していると思うがね。
青年　馬鹿を言わないで下さい。国民の血税で私腹を肥やす政治家ばかりが威張り返っているような政治が、何で民意の反映なもんですか。国民こそが主役であるべき、政治家はその代表にすぎないはずなのですよ。
ソクラテス　君の言う「民意」とは何かね。
青年　民意とは国民の意見、それは言うまでもなく、自由、平等、絶対平和に象徴される民主主義の理念です。
議員　あー、私も全くの同意見でありますな。高邁《こうまい》なる民主主義の理念の実現へ向けて、私もまた捨身の覚悟で日夜努力しておるのであります。
青年　また、そういう空念仏を——。理念を具体的な政策で実行することこそ、政治家の使命でしょう。見て下さい、大都市圏の劣悪な住宅事情、通勤事情、ひいては不公平税制に物価高。民意とは、国民のひとりひとりにとっては切実な、生活の向上と安定への願いに他ならないのですよ。
議員　いやいや、仰《おお》せの通り。それで私は我が地元では、公民館を建て、橋を架け、進学就職も親身になって世話をする。皆さんには深く感謝されておりますぞ。
青年　あなたの念頭にあるのは、地元で人気を取ることだけじゃないですか！　ああ、政治家も国民もこんなふうだから、この国の政治はいつまでも駄目なんだ。ソクラテス、おかしいとは思いませんか。
ソクラテス　しかし僕には、君たちふたりは、そう違ったことを言ってるようには思えないがね。
青年　そんなこと、あるもんですか。
ソクラテス　「民意」とは国民の意見のことだと君

は言う。「国民」とは誰のことだい。

青年　国民とは、国民のことじゃないですか。

ソクラテス　具体的にはどの人のことを言うんだい。

青年　具体的には——ひとりひとりの国民ですよ。

ソクラテス　「国民」という人はいない、いるのはひとりひとりの国民だけだね。

青年　そうですよ。

ソクラテス　そして、そのひとりひとりの国民の意見が「民意」なんだね。

青年　そうですよ。

ソクラテス　では、ひとりひとりの国民が、別々の意見をもっていたら、どれが本当の民意なんだい。

青年　そんなのは決められませんね。

ソクラテス　民意と民意がぶつかったら喧嘩になる。

青年　ええ。

ソクラテス　すると、互いに喧嘩し合うような民意と、自由、平等、絶対平和に象徴される民主主義の理念としての民意とは、同じものなのかね、別のものなのかね。国民の意見という民意とは、平たく言えば、ひとりひとりの国民の利己的欲望のことではないのかね。

青年　そういう言い方をするのなら、そうかもしれませんけど——。

ソクラテス　すると、民意という利己的欲望を実現することが政治家の使命だと君は言うが、そのために必要なものは何だい。

青年　カネに決まってるじゃないですか。

ソクラテス　だろ？　そうやって国民が揃《そろ》ってカネを欲しがるから、政治家もカネを欲しがるんだよ。民主主義の理念は、民主制という制度において、ちゃんと実現されてるじゃないか。何が問題なのかね。

青年　国民により良き生活を望むなとおっしゃるのですか。

ソクラテス　政治家にカネを欲しがるなと言ってごらん。

青年　無理ですよ。

ソクラテス　じゃ同じことだよ。

青年　それにしちゃ、彼らは威張りすぎるじゃないですか。

ソクラテス　それは国民が威張ってるからじゃないかな、国民こそ主役なんだって。そして政治家はそういう国民の代表なんだろ。それなら、何事であれ双方が似ているのは当たり前じゃないの。芸能タレントやスポーツ選手や、その他お品のよい人々が、君たちの代表になるのは僕には十分理解できるよ。ちっともおかしいと思わない。

青年　だって他に人物がいないんだから、選ぼうにも選べないじゃありませんか。

ソクラテス　ね、だから言ったろ。定数だの助成金だの言ってもしょうがないって。ことはそういう数量以前の、人間の質の問題だって。

青年　ああ、やっぱり哲学ですか、哲人王ですか。知ってますよ、プラトンでしょ。国民にも支配層にも禁欲教育を施すあれでしょ。そりゃ理屈ではそうですよ、でも現実問題としてそんなの不可能ですよ。あそこまでゆかずとも、何とか他に方法はないものでしょうか。

ソクラテス　他に方法は、絶対に、ない。あれ以外のどんな方法も、一時しのぎのごまかし以外では絶対に、ない。二千年を見ている僕が保証するよ。考えてもごらん、カネが欲しい、威張りたいと年がら年中考えている人が、やっぱりそんなことを考えている人々に選ばれて政治家になるんだから、そういう人のする政治が、カネに汚なくて中身がないのは当然じゃないか。選んでおいて腹が立つのも、連中のすることが自分のすることに似すぎているからだろうさ。だって僕なんか似てないから、ちっとも腹が立たないもの。少しばかりの制度をいじって、何で政治を改革したことになるのかね。政治をつくっているのは双方の人の心でしかないんだから、改革すべきはそっちだよ。

青年　だって、人の心をゼロから教育し直すなんて、やっぱり不可能だから、二千年たってもできなかったんですよ。

ソクラテス　ふむ、そうとも言えるね。ではどうしようか。君はなぜ政治家になりたいのかね。

青年　私は彼らなんかとは違います。カネが欲しいでも威張りたいでもない。人々のために世の中を少しでもよいものに変えたい、ただそれだけです。ウソはありません。

ソクラテス　たとえそのために君自身は貧乏になり、人々に持て囃《はや》されることもないとしてもかね。

青年　――かまいません。

ソクラテス　ふむ、立派だ。開ける道は、唯一そこだ。

青年　何ですか。

ソクラテス　政治家という職業が、現に安易にカネがもうかり人々に威張れる職業だから、そういう人ばかりがそれになりたがるんだろう。それなら、政治家になんかなっても、簡単にはカネは貯《た》まらないし威張れもしない、だから誰もそんなのになりたがらない、というふうにしてしまうのさ。言わば、「由《よ》らしむべし知らしむべからず」ってやつを、「知らしむべし由らしむべからず」に変えちまうわけだ。

青年　あ、なるほど——。つまり、他と同じただの職業ということにしてしまうんですね。権力ぬきの職業政治家だ。

ソクラテス　そう。それで、ただその仕事に携わりたいという以外の動機は排除されるが、能力がなくてもまた淘汰されるというシステムにするんだね。

青年　すると、それは資格試験か免許制度のようなものになりますね。医師や弁護士がそうであるような。

ソクラテス　いずれにせよ、サービス業の一種であることは確かだね。しかし極めて厳しいサービス業だ。何しろお客は全国民、そしてそのひとりひとりが自分により良き生活をさせよと絶え間なく要求してるんだからね。相応の報酬はもらえるかもしれないが、試験は厳しく、仕事はそれ以上に厳しいから、めったな人間でなければそんな職業は敬遠するだろう。それでもなお政治家をやりたいと出てきた人だけを、国民が選ぶんだ。

青年　そいつは、うまい。

ソクラテス　そして、ここが肝心だよ。選ぶ側の国民もまた、選ばれるべきだということ。

青年　それは民主主義の理念に反します。

ソクラテス　だって君、そうでなきゃ何の意味もないじゃないか。そのタレントのファンだからとか、葬式に花輪をくれたからとかで票を投じるような人が、何でせっかくの立派な人物を、それとして認識できると思うかね。

青年　こちらにも資格試験ですか。

ソクラテス　頭の問題じゃないよ、人間の質だ。

青年　そんなの誰が判定できるんですか。

ソクラテス　だから僕は、哲人政治しかないって、さっき言ったよ。数量以前の質を扱えるのは、哲学だけだからね。
青年　いいです。じゃあ仮に、その品性テストとやらをパスしなければ選挙権は取得できないとして、大抵の人はそんな面倒臭いことしてまで選挙権なんか欲しがりゃしませんよ。これでは民主主義の自滅です。
ソクラテス　そうだよ。最初から滅びるべく決まってるものを、できるだけ速やかに滅びられるように手を貸してやるのも愛ってもんさ。政治家も国民も、高邁《こうまい》なる民主主義の理念の下に、自分の利害ばかりを追いかけるから、政治が堕落するんだろう。なのに、このとき政治に関わる人間の質は等しく堕落させたままで、政治の質だけを向上させたいと君は言う。それならいっそ、政治になんか関わっても面倒臭いばかりで何の得にもならない、人任せにしておくのがいちばん得をするということにしちまえばいい。ガメツイ考えや浮わついた考えの連中は、ほっといたって政治になんか寄りつかなくなるだろうさ。まさに自浄作用だね。そして、それでもなお、と志して出てくる奇特な政治家と国民だけで、政治を運営するんだ。選ばれた国民だけで選ばれてきた政治家を、さらに選び出す。うむ、清潔だ。しかも一連の流れの全てが開かれていて、かつ自主的なんだから、十分民主的な話だぜ。
青年　それが「知らしむべし由《よ》らしむべからず」の政治ってわけか——。確かにこれは清潔だ。しかし——。そもそも無関心な人々の利害関係をただ調整するだけだなんて、そんなものが政治であってたまりますか！
ソクラテス　おや、だって君が政治家という職業を志したのは、そういう清廉《せいれん》なる政治を断行せんがためではなかったのかい。それとも君は、政治なんてものが何か大層な仕事だとでも思っていたのかな。おい、そこで涼しい顔をして座っているセンセイ、どうかね。
議員　ほっほー。政治にカネがかからない、いやいや、それに越したことはございませんな。まっこと結構。それはまさしく、この国の政治にとっても、そしてこの私にとっても、長年来の悲願の達成とも言うべき成果でありましょう。なにしろ政治というのは非常なる大層な仕事でありますのですから。そのような制度が実現された暁《あかつき》には、我が国の政治状況は、内政においても外交においても、見違えるように生まれ変わること確実でありましょう。不肖ながらこの私もまた、自身の政治生命を賭《と》す覚悟であろうことは疑い得ないことなのであります。――して、ほんの参考までにお伺いしておくのですがね、そこはそれ、気は心とも申しましょう、その資格試験とやらの審査員諸氏は、どちらの方かな？

差別語死すとも、自由は死せず

登場人物
ソクラテス
作家

作家　いわゆる差別的表現への自称被差別者たちの過剰な反応、もはや滑稽としか言いようのない糾弾行為は、遂にひとりの作家を断筆宣言させるにまで至った。差別などというものは、本来それぞれの心の中にあるもので、差別語を抹消したからといって、差別が心からなくなるものではないのは自明の理ではないですか。なのに、被害者意識でめくらになった――おっと失言、目が不自由になった人々は、本来自由であるべき芸術という聖域にまで、偽善的な規制の手を伸ばしてくる。私がさらに怒りを覚えるのは、マスコミ側の対応だ。無力な作家を支援しないどころか、抗議恐《こわ》さに自主規制と称して、作家に表現の変更を強いるのです。文学者にとって言葉とは命だ、我々に言葉の自由な使用を禁ずるとは、死ねと言うに等しい。言葉狩りという逆差別はここに極まれりだ。私は、戦前の言論弾圧を見る思いで慄《りつ》然《ぜん》とする。いったい、この文化後進国には表現の自由はあり得るのか、我々芸術家の仕事を何だと心得ているのか。既成の道徳には捉《とら》われない自由な感性こそ、芸術家の芸術家たるゆえんなのだ。それは我々の才能という特権であり、また使命でもあるのだ。理不尽な逆差別に対し、そして臆病なマスコミ、ジャーナリズムに対し、今こそ作家よ芸術家よ怒れ、立ち上がれ、と私は声を大にして言いたい!

ソクラテス　ふむ。だいぶ腹に据えかねているようだね。この手の話は厄介のように聞こえるけど、皆がそう思っているほど厄介なものではないね。

作家　そうですとも。区別と差別は違うことという単純なことにすぎないのですよ。浅薄な平等主義が、両者をごっちゃにしてしまっているだけです。

ソクラテス　ほう、そうかね。区別と差別は違うことなのかね。どう違うのかね。

作家　何言ってるんですか。区別とは、そのことをただのそのこととするだけで、ただのそのことを劣ったもの卑しいものとするのが差別でしょう。或《あ》る言葉がそこにあるのは、それをそれ以外のことから区別するからこそで、言葉というのは本来的に区別的なものなのです。区別せずには、人は何を言うこともすることもできない。このグラスを「グラス」と言って摑《つか》むこともできなければ、あなたを「ソクラテス」と呼んで話し掛けることもできないのですよ。しかし差別は、それら区別としての言葉の使用とは別に、それを使用する各人の気持の中にあるもので、確かめようはないものだが、やはりそれは決してよいことではないですね。

ソクラテス　ほう、なぜ差別は決してよいことではないのかね。

作家　当たり前じゃないですか。職業やら出身やら肉体的欠陥やらで、人間をランクづけしていいはずがないでしょう。それともあなたは、そんな基準で人間を差別するような人だったんですか。

ソクラテス　まさか。僕は根っから疑ぐり深い性格だから、職業やら肉体やら何やら、皆が信じてるような基準なんか、決して信用しやしないもの。しかし、もし区別と差別とが、君の言うような仕方で違うことなら、僕は断然差別推進派だね。

作家　いったいどういうことですか。

ソクラテス　そのことをただのそのこととするのは区別で、ただのそのことを劣ったもの卑しいものとするのが差別だと君は言った。すると、ただのそのことにおいて、それが劣ったもの卑しいものであった場合、それをただのそのこととして、劣っている、卑しいと言うことは、区別になるのかね、差別になるのかね。

作家　さあ、どっちでしょうね。

ソクラテス　それ自体において卑しいものを、卑しいと言うことは、やはりいけないことだと思うかね。

作家　だって、それ自体において卑しいものとは何ですか。そんなのは各人の勝手な決めつけにすぎないからこそ、差別はいけないと私は言っているのです。

ソクラテス　おや、自由な感性こそ特権であるはずの君も、結構平等主義者じゃないの。じゃ訊《き》くがね、「卑しい」という言葉それ自体は、卑しいと思うかね、卑しくないと思うかね。

作家　ええ？　「卑しい」という言葉それ自体は――卑しいことについて言うが、卑しいものではないとでも言うべきでしょうか――。

ソクラテス　しかし君は、或る言葉がそこにあるのは、それをそれ以外のことから区別するからだと言った。すると「卑しい」という言葉があるのは、「卑しい」ということそれ自体が、他から区別されてそこにあるからということになるね。すると言葉というのは区別的なだけではなくて、ときに差別することそれ自体と言えないかね。

作家　ああ、例の天上のイデア説ですね。真善美ならぬ卑のイデアと言いたいのでしょう。いいですよ、認めましょう。しかし、職業や外見を信じないにもかかわらず、差別推進派であるとおっしゃるあなたは、その卑のイデアとやらを、この世のどこに見出すと言うのです？

ソクラテス　だから明瞭すぎるくらいの話だって、僕は言ったよ。卑しいとは、心が卑しいということさ。卑しい人間とは、心の卑しい人間のことさ。当たり前じゃないか。それ以外に君、「卑しい」なんて言葉をどこに使用するつもりかね。めくらであろうが、めあきであろうが、貴族であろうが、奴隷であろうが、心の卑しいヤツは、等しく、卑しい。僕は彼らを僕と平等な人間とは認めないし、皆も正しくそう思うべきだと思うね。人間の心を、はっきりとランクづけるべきだ。そして、心の卑しい人間を、「お前は卑しい」と徹底的に差別して、社会から排除するべきだ。じつに清浄な、住みよい世界になると思うな。

作家　やれやれ、こりゃまた過激な、ソクラテス一流の精神主義だ。結構ですけどね、その心の卑しさってのもまた、各人それぞれの基準になるでしょうに。

ソクラテス　君は、すぐそうして話をややこしくするんだね。心の卑しさってのは、心の卑しさ以外に卑しさなんてのはないってことを知らない心以外であるもんかい。

作家　だから、その心の卑しさってのはどんなものなんですって、訊いてるんです。

ソクラテス　おや、どんなものかを言わなければならないほど、芸術家たる君がそれを知らないとは意外だね。卑しいってことは、物欲しげってことだと君は認めるね。卑しい心ってのは、物欲しげな心だよ。心のことも、物みたいにして欲しがる心だよ。たとえば君が、自称被差別者たちの行ないに、そうして怒っているのはなぜなんだい。

作家　絶対的な平等なんてのは不可能なのに、そんなものが可能と一方的に信じて、それが侵害されている、実現せよと、社会に対して理不尽な要求をするからです。

ソクラテス　だろ？　つまり君が怒っているのは彼らが卑しいからで、そして彼らが卑しいのは彼らの職業やら肉体やらが卑しいからではなくて、彼らの心の在り方が卑しいからである、と、こう言ってもいいね。

作家　――ええ、まあ、しかし、そうあからさまに言ってもカドが立つし――。

ソクラテス　ふむ。さしもの特権階級の君も、そこまで差別的なことは言わないってわけか。まあいいさ。もともと僕はどっちだっていいんだもの。人が、他人の心に改心を要求することができるなら別だがね。いずれにせよ「平等」とは、人はより高い精神性を自己において実現する可能性を等しく有しているという意味でないとするなら、そんなものはこの世にはないということは、確かだね。なぜって、肉体や境遇がまちまちであるというそのことが、まさにこの世ということなんだから。そして、それらこの世的なものどもに、精神性よりも価値を置くということが、まさに自ら平等性を放棄しているというそのことなんだから。早い話が、既にして平等であるところの平等が可能か不可能かは、その人の心の在り方ひとつ、と、これだけだ。さあ、これで差別の話は片付いた。いいね？

作家　ええ、まあ——。

ソクラテス　ほら、君の出番だよ。表現の自由について、一家言あるんだろ。

作家　いえ、この話はまた次の機会に——。

ソクラテス　おや、どうかしたのかね。あんなにも熱く、芸術家の自由について語っていたじゃないか。哲学者として僕は、君たち芸術家の気持にはとても興味がある。是非聞いてみたいと思うんだがね。

作家　私が言いたかったのは、表現の自由を制限されることは、表現者にとっては命取りだから困るということだけです。

ソクラテス　文学者にとって言葉は命だと言っていたね。

作家　ええ。

ソクラテス　しかし、たとえ言葉を書いたり話したりしなくても、君の命に別条はないよね。書くのをやめた途端にパタッと死ぬということは、ないよね。

作家　だから、ああいうのを比喩というのです。これだから哲学者は無粋で嫌だ。

ソクラテス　いや、君の文学者生命を救うために、肝心なところだぜ。言葉と物理的な生命とは何の関係もないということを、君は認めるね。

作家　はいはい。

ソクラテス　つまり、表現という行為と生命や生活とは何の関係もないと言っていいね。

作家　ええ、まあ——。

ソクラテス　たとえ生活の糧《かて》を得るために仕事として書くと言う人がいても、生活の糧を得るための仕事が、必ず書くことでなければならないという関係もない。

作家　——ええ。

ソクラテス　ところで、自由とは、制限されていない、ということだね。
作家　そうですよ。
ソクラテス　互いに無関係なもの同士は、制限し合うということもない。
作家　ええ。
ソクラテス　すると、生活や生命とは無関係であるところの表現という行為を、制限することのできるものとは何かね。
作家　だから、それが社会ですよ。社会的な規制ですよ。
ソクラテス　しかし社会的な規制に従うかどうかを決めるのは君自身だね。それを決める君の自由までは、制限されていないね。
作家　だってじっさいに、その表現を使ったら殺すとか載せないとか脅されてごらんなさいよ。気持は悪いし、こんな不自由なことってありませんよ。
ソクラテス　そうだろうか。脅されてやめるというのは生活や生命の方を選ぶということで、やめないというのは表現の方を選ぶということだ。単純にそれだけだ。君の自由は、ここでも少しも制限されてはいないのではないかね。
作家　殺されても書けとおっしゃるのですか！
ソクラテス　いや、僕はそんなことは言ってない。書くも書かぬも君の自由だと言ったまでだ。だって君、そうでなきゃ表現の自由なんてものが、いったいどこにあるって言うんだい。文学や芸術とは、そも死ぬの生きるの食うの食わぬのとは何の関係もないからこそ、自由であると言えるのではないのかね。何かに制限されることのできるような表現なんて、もとからちっとも自由なものではなかったのではないのかね。それとも君は、表現の自由は、社会によって保障されるから自由であるとでも思っていたのかな。
作家　――――。
ソクラテス　まさかそんなことないよね。差別は本来心の中にあるもので、差別語をなくしても差別が心からなくなるわけではないってわかってる君が、自由も本来心の中にあるもので、表現の仕方を失っても表現する自由が心からなくなるわけではないって、わからないはずないものね。そうでなきゃ、平等を侵害されたと怒る彼らと、自由を侵害されたと怒る君とは、同じ穴の中にいたことになっちまう。

作家　野暮天の哲学者なんかに、我々芸術家の繊細な神経がわかってたまるもんですか！

ソクラテス　ふむ。僕が野暮天なのは重々承知だけど、僕は、君たち芸術家は素晴らしい、まさに特権的な人々だと言ってるんだぜ。だって、君たちはどこまでも自由なんだもの。何をする自由だってあるんだもの。他の不自由な人々みたいに保障されなきゃ自由はないなんて、最初から信じちゃいないんだ。ただし、自分には何をする自由もあると言いたいがために、自分は芸術家であると言ってるようなのは論外だけどね。

作家　黙って聞いてれば、まあ厚かましいことったら。それじゃ言わせてもらいますがね、文学者の仕事が能天気な哲学者と根本的に違うところは、言葉という素材を使わなければならないことだ。手ぶらで考えてりゃすむあなたなんかに、素材を奪われて仕事をしなければならない作家の苦労が、わかるもんですか。

ソクラテス　ふむ。それもそうだ。確かに、ものぐさな僕は自分が哲学者であってよかったと思うことは、ままあるけどね。しかし、言葉を制限されたら表現が不自由になるというのは違う。まあ、いくぶん不便ではあるだろうけどね。

作家　なぜそんなこと言えるんですか。

ソクラテス　それは君の方が知ってるはずじゃないか。言葉で何かを表現するなんてことが、自由なことであるわけがないだろう。感じてることや考えてることが、初めから言葉であるなら別だけどね。言葉ではない感情や考えを、語彙《ごい》や文法という規制の中で表現しなきゃならんのだから、表現とは本来的に不自由なものだ。

作家　詭弁ですよ、表現は自由だと言ったり、不自由だと言ったり。

ソクラテス　だって、実作者の君が、そんなこと知らないはずないと思ったもの。規制が言葉の構造そのものによるのであれ、社会的強制によるのであれ、それらの不自由を消化して表現してゆくところにこそ、表現することの自由があるだなんて、才能豊かな君に言うことではないと思ったもの。

作家　ああ、ソクラティック・アイロニーはもうたくさん。それじゃ私も、同じくらい極論させてもらいますよ。差別語辞典は広辞苑より厚くなっても然《しか》るべきだと言う人さえいるのです。どうします？

ソクラテス　その辞典は、きっと売れるよ。

作家　ふざけないで下さい。

ソクラテス　だって、人が言葉を面白いと感じるのは、それが禁制を破るときだもの。そんな言葉ばっかり集めた辞典を読むのは、ワクワクするに違いないね。

作家　書く方は困ります。使えない言葉が使える言葉より多いということは、何も書けないということなんですからね！

ソクラテス　いや、書けなくはないはずだ。発表できないだけだ。

作家　発表するのを諦めろと⁉

ソクラテス　そこだろう、君。生活にも生命にも何の関係もない、何の得なこともない言葉を書くなんて行為を、何だって人はわざわざしているんだろう。早い話が、しなくてもいいことを、自分の好きで勝手にしているだけだ。恥じらいこそすれ、偉くも何ともないわけさ。使命だなんて御大層なものが、どこ掘ったって出てくるはずないんだよ。もしも君が、書くことがただ好きなだけなら、発表なんかする必要も本当はないわけだ。

作家　しかし書くということは、読み手を想定するからこそ書くということなのだ。読まれることを考えずに書くなんてことは、絶対にあり得ない！

ソクラテス　だろ？　問題はその読み手をどこに想定しているか、だ。つまるところ作家の真贋《しんがん》なんてのは、そこにしかないわけさ。目先の流行や社会の動向に右往左往して、同じくらい腹の据わらない読者を喜ばすために書いてやる必要なんか、ちっともないわけさ。もし僕が作家なら、せっかくしなくていいことをしてるんだから、読者は数千年後の全人類か、神様みたいなものを想定するね。

作家　いったいどっちが御大層なんだか。立派な誇大妄想ですよ。つまるところあなたは、言葉狩りという由々しき事態にも黙従せよと、こうおっしゃるわけですね。

ソクラテス　いや、逆だ。言葉狩りをさらに徹底せよと僕は言いたいね。作家の仕事とは黙って書くことだ。社会に意見して騒いでいるようなのは、まず作家じゃない。自分の欲しいものを他人に求めるのは卑《いや》しいことだと、僕らは同意したね。僕は、そういう卑しい物書きから、言葉を取り上げてしまうべきだと思うんだ。「卑しい心で言葉を書くな」とね。言葉を守るとは、本当はそういうことだ。作家が特権的になれるのは、自分の言葉をもったときだけだ。

死後にも差別があるなら救いだ

登場人物
ソクラテス
イエス
釈迦《しゃか》

ソクラテス　差別の話だって。
イエス　何だい、今さら。
釈迦　どっちで今さら？
イエス　どっちかねえ。
釈迦　だって、ねえ。
ソクラテス　いいんだよ。
イエス　だろ？
釈迦　そりゃそうですよ。
イエス　でも？
釈迦　そりゃあなたでしょ。
イエス　かもね。

ソクラテス　僕は違うよ。
釈迦　ほんとに？
ソクラテス　やれやれ――。
イエス・釈迦　いやいや――。

（暗転）

ソクラテス　なぜこの世から差別がなくならないのだろうと皆が言ってる。言われてから気がつくのが、いつもの僕なんだ。あるんだそうだ、この世にはいっぱい。知ってたかい、性差別、人種差別、部落差別に障害者差別。いろいろ、もろもろ、何でもあるんだ。何でもいいんだ。
釈迦　そりゃ何でもよいのでございましょう、彼らにしてみるのなら。
ソクラテス　そう、その「彼ら」だろ？
釈迦　そのことに尽きるのでございます。
ソクラテス　まあ、慌《あわ》てなさんな。その「彼らと我々」って気持の持ち方が、この世の差別の始まりであって、けしからんことなのだそうだから。
イエス　全然違う話だぜ。
ソクラテス　まあ急ぎなさんな。問題はこの世の差別だ。いや、いずれにせよこの世の話以外ではないんだがね。しかし、付き合いの良さこそが、君らの身上ってもんだろう。ここはひとつ、有難き御法話と御説教といこうじゃないの。
釈迦　付き合いということなら、あなたは我々の比ではございませんでしょう。あなたはじつに根気よく付き合う。ものぐさだなんて、何をおっしゃる。教祖というのは決して付き合わないものなのです。付き合わないから教祖は教祖になるのでございます。ええと、何でしたっけ、ああ、この世の差別の話でしたね。差別すなわちシャベツとは、本来が仏教の言葉なのでございまして、たまたま厳しい身分制度が人々を苦しめていた世の中に、万物平等、一切衆《しゅ》生《じょう》悉《しつ》有《ゆう》仏性を私が説いた。そして、これもたまたま王子であった私が、その位を捨ててそうした。それで私は画期的に偉いということになっているのでございますよ。
イエス　そういうことではあるまいに。しかしそういうことなのだ。めくらを治し、いざりを癒《いや》し、売春婦を赦《ゆる》したから私は偉いということになっているのだ。馬鹿野郎だな。

釈迦　私が申しましたのも、そういうたまたまの現われにすぎないこの世の肉体やら身分やらの差別相に拘泥する心の在り方こそが、ない差別をあることにしてしまっているのだということでしたのに。こんな当たり前なことに気づかない蒙昧《もうまい》なる衆生たちは、差別相を実相と信じ込んでは、性懲《しょうこ》りもなくすったもんだを繰り返し、はじめからはないものを、ますますあることにしてしまっている。ああ色即是空、かくも単純な真理がなぜわからぬのでございましょう。良くって「一切衆生悉有仏性」と、叫んで唱えることなのだ。それじゃまるで、既にして平等であるというただの事実が、実現されるべき遠い目標のようになってしまう。

イエス　いや君ね、いちばん困るのがそれだってこと。

釈迦　そう。あるものをない、ないものをあると言うのは易しいが、ないものをないと言う、そしてそれをわからせる、これがじつに難しい。

ソクラテス　うふふ。

イエス　何がうふふなんですか。ほんとにずるいんだから。確かに、執拗《しつよう》な問答という君の戦略こそ、先手必勝だったのかもしれない。今にして私は思うよ。十字架か毒人参かは大した違いじゃない。いずれにせよ世間というのは、わからんものが恐《こわ》いものなのだ。しかしね、君、言い出しちまったものは仕方ない。もはや断言あるのみだ。然《しか》り、然り、否《いな》、否、であるべきだ。私は言った、「神の御心《みこころ》を行う者は、誰も私の兄弟である」。

釈迦　言ったのが、マズかったですな。

イエス　おや、それなら君だって、かなりなもんだぜ。「一切衆生悉有仏性」、もちろんですとも、言わずもがなだ。しかしね、聞いた弟子たちはすかさず付け足すんだ、「除一闡提《いっせんだい》」すなわち「一部を除く」と。おかげで後世、あれは何を指すんだ、女人か、はたまた賤民かとの詮索が絶えないそうじゃないか。知ってるかね、部落の中でも女は差別されておるとか、女の中でも部落を差別するのがおるとか、互いに責め合ってるっていうんだぜ。差別するヤツは断じて許さん、世に平等を実現せよ、とね。

釈迦　あーあ、ヤダヤダ――。

ソクラテス　しかし、その点なら、君だって一言多かったんじゃないの。「ただし、この言葉を受くる力のある者のみ受けよ」だろ。受けられるのは俺だけだ、異教徒他宗派にはわかるまいって、連中やってるぜ。「汝《なんじ》の敵を愛せよ」って言われりゃさ、ない敵もあることになっちまうことだしね。

イエス あーあ、言わなきゃよかった。

釈迦 縁なき衆生は度し難し。私が申しましたのは、それだけなのでございますよ。

ソクラテス だろ？ ねえ、それは差別になるのかね。

釈迦 だって、絶対にわかってなどやるものかという構えでいる人を、どうしてわからせることができましょうぞ。俺をわからせてみろと喧嘩《けんか》腰《ごし》で言われた日には、私はもう困り果ててしまうのです。

ソクラテス あっはっはっは。

イエス 笑いすぎです。

ソクラテス いや、失敬。しかし、そりゃ無理だ。だって、わかるということは、自分がわかるということなんだから。他人が彼の代わりにわかるわけにはいかないんだから。そんな当たり前なことがわからない人に、わかるわけないよね。わかるということはわかるということで、わからないということはわからないということだってことくらい、ほんとはその人だってちゃんとわかってるからこそ、そんなこと言えるんだってことも、わからずにね。

釈迦 そう。差別、区別、分別、すなわち「わかる」とは本来「分かる」です。万物一如《いちにょ》の無分別たる如来蔵から生起した様々なる分別は、その相対的な現象面にすぎないのですよ。なのに、それらのみを絶対的な実体と信じて執着する人性の愚かしさ、しかし、それをわからせることの何とまあ難しさ。無分別がわからなければ分別の相も、実のところはわからんのでございますよ。

ソクラテス うん。僕だって、論理の問答でもってギュウギュウ相手を追い詰めたところで、最後のところわかるかどうかは、彼自身でしかないものね。徳は教えられるし、また教えられないと僕が言ってるのも、そのことさ。わかる人に教えれば教えられるし、わからない人には教えても教えたことにはならない。しようがないね、これぱっかりは。

釈迦 捨てておくべきだと？

ソクラテス しようがないもの。

釈迦 まさしく。

イエス　天上天下唯我独尊《てんげゆいが》でよかったんだよ。
釈迦　選ばれし神のひとり子でよろしかったのでは。
ソクラテス　何だって君らは、人々に向かって語り出したりなんかしたんだい。ひとりであっちへ行っちまったきりでよかったじゃないの。
イエス　おや、他人事《ひとごと》みたいに。君はどうなんです。
ソクラテス　僕？　僕はまあスポーツの一種だよ、体操みたいなもんさ。だって君、唯我独尊やってるのには、人生はちょっと長すぎるじゃない。
イエス　へえ、やっぱり余裕だな。
ソクラテス　そう、余裕だよ。君、この手のことには必ず余裕が必要だとは思わないかい。宗教というのは、どれを見ても、どうも余裕がなさすぎると僕は思うな。
釈迦　救済されたいと願う衆生の心には、余裕などございませんのです。
ソクラテス　うん。で、君は？
釈迦　私は――。
ソクラテス　救済されたい衆生の心を救済したい君の心には、余裕はあるのかね。
釈迦　――――。
ソクラテス　仏の慈悲って、どのへんのことなんだろう。
釈迦　私はよくわからないのでございます。
イエス　そういえば、くだらないヤツをどうしても愛せないって、切なく懺悔《ざんげ》している神父がいたっけ。
ソクラテス　救済と差別とは、どういう関係にあるのかな。僕は是非そこを君たちに訊《き》いてみたい。だって、信者になるということは、自分は神に選ばれた、皆とは違う人間だってことなんだろ。その選ばれた信者が、神の前に人は皆平等と説くなんて、やっぱり変じゃないか。人は皆同じということを皆は知らないのに自分は知っている、そのことにおいて自分は皆とは違うと思うにせよ、それは何か特に偉いことになるのかね。
イエス　だから、それは信者の側の話ですよ。我々はそんなつもりではなかったのだ。
ソクラテス　賢明な君たちが、そんなことも見通せなかったかね。
釈迦　私は、衆生を捨てておけなかったのでございます。
ソクラテス　たとえ騙《だま》してでも？

釈迦　よして下さい、人聞きの悪い。

ソクラテス　だってさ、君も知っての通り、たいていの衆生というのは、かなりの程度わからんちんだぜ。こりゃ差別でなくて単なる事実を言ってんだけどね、自分てのをなかなか捨てられないものなのよ。自分は自分だって思い込んでるのよ。いやむろん自分は自分だよ。だけどその手の自分なんてのは、まさに自《おの》ずから分かれ出た相対現象の最たるものだろ。そんなものを何か大事なものみたいに思ってるから、せっかくわかるものもわからんでいるんだ。本当にわかるということは、わかるということとは自分がわかるということではないとわかるということであるはずだろ。教祖の言葉がわかったって、他人に触れて回るような偉いことであるもんかい。

イエス　それは私が旗揚げした宗教のことをおっしゃってるんで？

ソクラテス　とも限らんよ。宗教的なものとは、そも、ひとりっきりの心と、神なり仏なりとの間か、すごく孤独な何かだなんてこと、君たちには言うまでもないよね。なのに、なぜそのとき、他人の救済やら互いの平等やらが問題になることができるのかと僕は思うんだ。それぞれの人間が、それぞれの仕方で、神や仏と付き合っていてはなぜいけないのだろうね。

イエス　だって、それじゃ宗教にならないじゃないですか。

ソクラテス　だよね。だから宗教は詐欺だって僕は言うんだよ。教団や運動になった宗教なんて、大ウソもいいとこさ。まして、言葉の数は限られてるんだ。不特定多数の人間に一方的に語る仕方じゃ、ひとつの同じ言葉がそれぞれの心にどんなふうに受け止められたかを確認できない、回収もできない。集団をまとめる力には十分になるだろう。しかしそのための神や仏なら、話は全く逆になってるね。

イエス　やれやれ、さしずめ私は、詐欺集団のボスってとこか――。いや、実のところ私の弟子たちも、どうももうひとつ分かりが良くなくってね。なにしろこの私を、それを拝むなかれと私が説いた当の偶像《アイドル》に仕立て上げちまった。相手見て言わなきゃ、やっぱりダメかな。

ソクラテス　大原則だよ。それが「縁」だよ。僕には何が理解できないって、死んじまったあとに救われるヤツ救われないヤツというあの考え方だ。だってそうだろう、この世の自分こそ、この世で救われないことの当の原因なのに、その自分をわざわざあの世に連れて行ってまで、何で救われることがあるんだろ。あんなヤツは地獄へ落ちるぞって腹立ちまぎれにせよ、死後こそ天国で楽してやろうって目論《もくろ》むにせよ、死後の差別で今の自分を救おうって考え方は、どう考えても無理があるよ。死後には天国も地獄もありゃしない、しかし無もまた考えられないってはっきり教えて、深く困惑させてやる方がよほど救いになろうってもんさ。譬《たと》えで語るのも考えものだよ。

釈迦　いえいえ、あながちそうとも言えないのでございますよ。いかなわからんちんの人間であれ、その生涯を生きゆくにつれ、次第次第にわかるようになるものであることは、あなたもお認めになりましょう。はっきりとわかる、ありありとわかる、涅槃《ねはん》に覚醒するそのときまで、私たちの魂の成長は、来世、来々世まで続くものと言えましょう。そして、たとえばあなた、そしてこの私、幾世かを経て、もはやこの世の自分に執着しない、そのことによって以後煩悩《ぼんのう》の六道輪廻《りんね》に落ちることなく、救いは今のこの場で成就しているのでございます。

ソクラテス　うん、そうかもしれない。でも、何でそれが救いなのかね。

釈迦　善人なおもて往生を遂ぐ、いわんや悪人をや、と、ひっくり返してみせた者もおります。

ソクラテス　うん、それもそうかもしれない。でも、何でそれが往生なのかね。

釈迦　何もかも、ありのままでよろしいのでございます。

ソクラテス　だろ？　僕が納得できないのはそこなんだよ。ありのままってのは、ありのままってことだと君は認めるよね。ありのままであることが救いや往生であるのなら、それはちっともありのままじゃないじゃないか。生きたり死んだりすることがありのままなら、その生きたり死んだりすることがそのありのままのはずじゃないか。ありのままであるってことは、いったい何がありのままであることなんだろう。もしも死が生の救いであったり、無への恐怖であったりすることができるのなら、君たちが教えを説く必要なんかも本当はないはずなんじゃないか。
イエス　もう言いなさんな。
ソクラテス　いや、すまんね。ちょっと余裕を忘れたね。
釈迦　人はなかなか、ただそうであるということには耐えきれない。あなたほどに強くはないのでございます。
ソクラテス　僕？　僕だって退屈なのはかなわんよ。それでオイッチニの体操を、日々欠かさないってとこだもの。
釈迦　本当にそれだけでございますか？
ソクラテス　神様に訊いてよ。
イエス　君はきっと、神のことを憎んでいるのに違いない。私はそう睨《にら》むね。
ソクラテス　うん、そうかもしれない。世にこれ以上差別的なヤツはまず居ないからね。ただ、憎むためにも、神様にはやっぱり居てもらわなくちゃ困るってことだ。
イエス　あーあ、いち抜けた。この話はもうやーめた！
釈迦　ありのままで、よろしいのでございます。

テレビニュースで楽しい政治

登場人物
ソクラテス
ニュースキャスター
視聴者

視聴者　未曾有《みぞう》の情報化社会である現代世界におけるテレビジャーナリズムの絶大なる影響力は、今や疑うべくもない。我々視聴者は、正確、迅速、かつ公正な事実の報道を望んでやまないのだが、高視聴率を狙ってショーアップ化する一方のニュース番組には、昨今、憂うべきものがある。湾岸戦争報道は、さしずめお茶の間で観戦するテレビゲームのようであったし、政権交代さえ意図すれば自在であるかのように発言するテレビ局員に至っては、社会の木鐸《ぼくたく》というジャーナリズム本来の使命を忘れた思い上がりとしか言いようがない。しかし、この種の暴言が吐かれても不思議ではないというところにまで、メディアの権力が肥大化しているのもまた事実なのだ。たとえばここにいる彼、ニュースキャスター、爽《さわ》やかな笑顔と軽妙な語りとで、幅広い人気を誇る。この人が進行するニュース番組は、そのわかり易さと面白さとで、他の追随を許さない。しかし、この彼の一言、いうところのコメントが、知らず知らずに世論に与える影響はいかばかりか。どこで公私の線引をしているのか、責任の重さと自戒の念とを常に忘れないよう、お願いしたい。

キャスター　（一息で）もちろんですとも。私共テレビを仕事としている人間が、テレビの力の大きさと恐《こわ》さとを実感していないわけがございません。二十四時間休む間もなく世界の各地から送られてくる膨大な量の情報群は、刻々変化する世界情勢を告げています。政変、戦争、天災、大事故、それら数々の出来事をでき得る限り正確かつ迅速に処理し、視聴者の皆様にお伝えするのが、私共の基本的な役割ではあります。しかし、公正中立、これがきわどく難しい。なぜと言って皆様御存知の通り、対象を撮るカメラのアングルひとつで見る側の心証はガラリと変わってしまうのですからね。絶対中立の不可能もまた、テレビというメディアに避けられない宿命と言えるでしょう。幸か不幸か私は公共放送のアナウンサーではございません。ニュースに接する視聴者の皆様にとって、常に刺激的な存在であることを仕事と心得ております。そこで私は意見を言う、ば仕事と心得ております。そこで私は意見を言う、私見を述べる、権力を批判する。権力を批判する私がいつのまにか権力になっている、このこともまたメディア社会に不可避の逆説的事実としてそのまま提示し、視聴者の方それぞれの判断に委ねたい、こう私は考えております。

視聴者　うーん、難しい。なにしろテレビの歴史は、まだまだ浅い。送り手の側も受け手の側も、人類がかつて経験しない規模の情報化の中で、困惑している状況と言えるだろう。ジャーナリズムとしてのテレビの成熟に向けての双方向的な試行錯誤、これからが正念場だ。ソクラテスさん、視聴者のひとりとしての御意見を伺いたい。

ソクラテス　え、僕？　僕に訊《き》いたって駄目だよ。僕はテレビを観ないもの。

視聴者　全然観ないことはないでしょう。

ソクラテス　うん、天気予報を観る。
視聴者　は、天気予報――。しかし、さすがに湾岸戦争のニュースくらいは御覧になったでしょう。
ソクラテス　観ない。
視聴者　先だっての政権交代劇は？
ソクラテス　興味ない。
視聴者　やれやれ、ほんとに浮世離れした人なんだ。結構な御身分で何より。しかし、激動する現代に生きる我々の殆《ほとん》どは、あなたみたいに世間の事には興味ないで、すましてはいられないのです。最新のニュースを知ることは、日々の生活に不可欠です。
ソクラテス　だって、ニュース観たところで、どうなるっていうんだい？
視聴者　じゃ、あなたは、天気予報なんか観て、どうなるっていうんです？
ソクラテス　そりゃ、明日の天気を知るためだよ。広場に散歩に来られるかどうかは、僕の生活にとって一大事だもの。
視聴者　でしょ？　それと同じですよ。巷《ちまた》に流れるニュースひとつで、株価が動く、商売が変わる。我々の生活には一大事だ。
ソクラテス　それなら、ラジオでもいいじゃないか。
視聴者　無論、その意味ではそうですよ。でも、せっかくテレビがあるんだし、映像を通して知った方が、わかり易いし面白い。視聴者として当然のニーズですよ。
ソクラテス　それが、たとえ人死にのニュースでも、君は同じことを言うのかね。
視聴者　えっ？　ええ、まあ――。
ソクラテス　飛行機が墜落して大勢の人が死んだというニュースでも、映像を通して知った方が、わかり易くて面白いから、君はテレビを観ると言うのかね。
視聴者　その場合は――。
ソクラテス　飛行機が墜落して大勢の人が死んで、大勢の人が泣いているなんてことを知ることは、僕の生活には何の関係もない。僕は、そんなものを観たいというニーズを少しも覚えない。だから僕はニュースを観ない。天気予報を観る。
視聴者　まあ、飛行機事故のニュースは直接には自分に関係ないとしても、戦争となるとそうはいかない。たとえ海の向こうのことであれ、このボーダーレス時代ですからね。世界の明日は、私の明日です。
ソクラテス　君は湾岸戦争ゲームを、テレビで観戦したんだね？
視聴者　無論です。人類史上初めての実況戦争中継でしたよ。
ソクラテス　大勢の人が今そこで殺されていると、わかっていて、観たんだね。
視聴者　それはそうですけど、情勢を把握する必要がありましたから。
ソクラテス　観たんだね。情勢を把握する必要だけなら、ラジオでもいい。なのに君は、テレビの前に座って、その映像を観ていたんだね。
視聴者　だって——。
ソクラテス　僕がニュース番組を好かない理由のひとつが、それだよ。他人の不幸を観るために観るなんて、じつにいい趣味してるよ。僕には堪《たま》らんね。だいいち、浮世離れした僕とは違って二十四時間激動する君が、そんなもの観てる暇が、よくあるね。もし君が、ニュースのショー番組化を本当に批難したいのなら、まず、それを観るのをやめてからにするべきではないのかな。

視聴者　私ばかりを責めないで下さいよ。その点なら、こっちの彼だって同罪だ。
ソクラテス　だって、この人はそれが仕事なんだもの、仕方ないじゃないか。
視聴者　おや、ニュース番組を認めないあなたが、ニュースキャスターという職業の存在はお認めになるのですか。
ソクラテス　認めるも認めないも、彼が選んだ職業だもの。彼の人生だもの。まあ、大変な仕事だろうとは思うよ。僕なんかにはとても真似できないな。
キャスター　中学生にもわかるニュース番組、これが私共のモットーです。しかも夜の十時という時間帯はアルコールの入っている人も多い、そういう人々をも刺激するような、ひねりのきいたコメントを間髪入れずに一言、大変と言えば大変ですが、やり甲斐《がい》のある仕事と私は考えております。
ソクラテス　それはきっとそうだろうと思うよ。でも僕が大変だと思うと言ったのは、そのことではなくて、君の仕事が、たとえ人が死んだり困ったりしているというニュースでさえ、一杯機嫌の視聴者のために、面白く伝えなくちゃならん仕事だというそのことだ。他人の不幸について、悲しい顔でもって面白く話さなくちゃならんというそのことだ。これは大変な離れ技だよ、僕にはとてもできないな。
キャスター　私はプロですから、それくらいできなくては、この仕事は勤まりません。
ソクラテス　ふむ、立派だ。しかし、何だってニュース報道が面白い必要があるんだろう。僕にはそれが素朴にわからんよ。
キャスター　それは、さきほどこちらの方が図らずもおっしゃったように、視聴者の側からの根強い要望なのです。いや、むしろ欲望と言った方が適切なのかもしれません。無論こちらサイドではスポンサーとの如何《いかん》ともし難い絡《から》みがある。いずれにせよ現代という時代は、人々の欲望がより面白いもの、より刺激的なものを求めて走り出し歯止めがきかない、ところへマスメディアが拍車をかける、互いに互いを駆り立て合ってもはや後戻りができない、そういう時代なのです。それはもう認めるしかない事実なのです。
ソクラテス　どうもそういうことのようだね。それに人々はじつによくしゃべる、意見を述べたがる。君のそのコメントってやつも、そういう期待に応えてのことだろ？
キャスター　そうです。彼らは、ある事件について今夜私が何と言うかを聞くために、番組を観ていると言っても過言ではないのです。面白がりたい彼らの期待に応えつつ、かつおもねらない批判的な意見をズバリ。緊張を要しますが、そこが勝負どころと言えましょう。
ソクラテス　意見がない場合は、どうするんだね。
キャスター　失礼、もう一度おっしゃって頂けますか。
ソクラテス　それについて何の意見も感想もない場合でも、無理矢理何かは言わなくちゃならんのだろ。
キャスター　仕事です。
ソクラテス　僕はこのあいだ、訊かれて困ったんだ。ソクラテスさん、東京都のゴミ袋の半透明化についていかがお考えですかって。僕は、ゴミ袋について意見をもったことが、かつてなかったのだ。
キャスター　意見の時代です。ゴミ袋から政権まで、人は必ず自分の意見をもたなければならない。
視聴者　そこなのです、キャスターという仕事の責任と危険は。あなたが自分の意見を乗せて流すのは、何百万という人々が見聞きしている公共の電波なのですから。じじつ、先の政権交代におけるあなたの番組の影響力を、否定し去ることはできないのではないか。かと言って、ジャーナリズムとしてのテレビの可能性を封殺しようとする政治家たちの姿勢は、さらに許し難いものだ。テレビと政治の関係は、今後ますます抜き差しならないものになるだろう。しっかりと自覚して下さい。

キャスター　ええ。かくなるうえは、最後までやり抜く覚悟でおります。

ソクラテス　へえー、何だか面白そうだな。僕も観てみようかな。

視聴者　ほらね、こういう自分の意見をもたない興味本位の視聴者に与える影響が、問題なんですよ。

ソクラテス　違うよ、自分の意見をもたないから、テレビの影響を受けないんだよ。

視聴者　詭弁《きべん》です。単に無責任なだけです。

ソクラテス　それなら、自分の意見をいっぱいもってるはずの君が、テレビの影響を気にする理由は何なんだい？

視聴者　無論私は、確固たる自分の意見をもってますよ。だから私が気にしてるのは、確固たる自分の意見ももたないような人々に対して、テレビが与える影響のことです。

ソクラテス　しかし、君の意見がほんとに確固たるものなら、他人の意見がテレビに影響されようが、君の意見には何の影響もないはずじゃないのかね。

視聴者　それも無論ですけど、テレビの影響を受けたそれらの意見によって、大きく世論が形成されるとなると話は違ってくる。私はその世論に対して、自分の意見を言わなければならなくなるのですからね。

ソクラテス　すると、確固たるものであるはずの君の意見も、世論に影響を与えるテレビの影響を、やっぱり受けていると言ってもいいことになるね。

視聴者　いいですよ、認めましょう。それが今という時代の在り方なんですから。あなたみたいに自分の意見もないなんてのよりは、ずっと責任ある生き方です。

ソクラテス　うん、確かに僕には自分の意見なんてない。人に言いたいことも、聞かせたいことも、全然ない。ただし僕は、確固たる「考え」を持っている。ところで君ね、この考えの確固たることったら、テレビや世論の影響を受けないなんてヤワなもんじゃない。この宇宙から地球が丸ごと消滅しようが、ビクともしないような確固たるシロモノなんだ。なぜだと思う？　それはこの考えが、僕の考えってわけじゃないからだ。だから、人々に対してわざわざ主張する必要も、責任もないんだ。

視聴者　——変な人だな、大丈夫かな。何言ってんだか、さっぱりわかりゃしない。

ソクラテス　うん、わからなくていいんだ。君は、意見は必ずしも考えではないってことだけ、わかってればいい。

視聴者　じゃあ、そんなふうにテレビも世論も関係ないって人が、ニュース番組を観てみようってのは、またどういう風の吹きまわしで？

ソクラテス　そりゃあ、まさしく君の言った通り、純然たる興味本位だよ。娯楽だよ。決まってるじゃないか。それ以外に、わざわざテレビつけて他人の意見を聞く必要なんか、あるもんかね。

キャスター　つまりあなたは、番組での私の批判もコメントも、娯楽としてお聞きになるつもりだと、こういうわけですね。

ソクラテス　そう。でも、それが君のプロ意識なんだろ。何もかも承知の上なんだろ。

キャスター　それはもちろんです。テレビというメディアがもつ相反するふたつの性質、つまり娯楽性と報道性、その両者のせめぎ合うところにこそこの仕事は成立すると私は申しました。私の意見をどう聞きどう判断するかは、結局は視聴者の方ひとりひとりでしかないのですからね。とは言えしかし、やがて事は必ずや政治と権力の問題に行き着かざるを得ない。私の一言が政権を動かしかねないということになると、やはりこれは真剣にならざるを得ない。しかし、それでもなお恐れることなくやらねばならない。社会の木鐸《ぼくたく》、ジャーナリズムとしてのテレビの将来が、我々の双肩にかかっているのですからね。

ソクラテス　なに、君、そんなに気負わなくても大丈夫だよ。今のままでも君たちは、十分社会に貢献してると僕は思うよ。

キャスター　あ、そう言って頂けると大変嬉しいのですが。

ソクラテス　うん、だって君たちのお蔭《かげ》で僕たちは、テレビでぶってる木鐸の意見なんか聞き流す習慣に、確かになってるもの。本気でなんか聞きゃしないもの。これはじつに健康なことだよ。常に批判的でいたい君も望むところだろう。だから君も、自分の発言がどう聞かれるか、そんなに気にしなくても大丈夫だと思うよ。

キャスター　（むっ）視聴者の全てがあなたのような不真面目な方とは私は思いません。九割の娯楽性に一割の真実を摑《つか》み取ってくれる真摯《しんし》な視聴者の存在を、私は信じています。そういった人々が自らの判断力を鍛えるきっかけに、私の番組がなることを信じているのです。

ソクラテス　いやいや、僕は視聴者として、君たちニュースキャスターが、十割を娯楽と心得ることを期待するな。きちんとしたこと言おうなんてしないで、口から出まかせに不用意な発言を連発するべきだよ。そういう娯楽番組に苦情言ってくるようなのなんて、確固たる自分の意見を持った小粒なヤツに決まってるんだし。視聴者の判断力を鍛え直したいんだったら、絶対その方が効果的だよ。そうさ、恐れることない、どんどんやりたまえよ。いいじゃないか、どっちに転んだって、しょせんテレビなんだから。

キャスター　お言葉を返すようで何ですが、念のためにもう一度だけ申し上げます。そのしょせんテレビが、今や政治そのものなんですよ。

ソクラテス　何言ってるんだい、だからこそじゃないか。君、僕らのこの世に政治的行為以上の娯楽があるかね。この世の退屈しのぎとして、これ以上のものがあるかね。せっかく君はそれができる立場にあるんだから、コメントだの批判だのケチなこと言ってないで、堂々と政治家でありたまえ、権力になりたまえ。権力はいいものだよ。視聴者も国民もスポンサーも、全て君の意のままだ。政治性も娯楽性も誰のためでもない、君ひとりのものだ。うるさがられるおしゃべりなニュースキャスターなんかより、断然男の仕事だぜ。僕だったらそうするな、キャスター政治家。いいじゃないの、どっちに転んだって、しょせんこの世のことなんだから。

第二章　悪妻に訊《き》け

あるいは、
追い返すクサンチッペ

クサンチッペ登場

あたしはクサンチッペ。ソクラテスの女房だ。史上に名高い悪妻だって、結構な評判さ。失礼しちゃうね。それもこれも、あのディオゲネス・ラエルチオス、例の『哲学者列伝』なんてふざけた本書いたやつ、あの男のせいなんだ。あいつは、あたしが亭主に水をぶっかけたとか、広場で上着をひっぺがしたとか、乱入してきて食卓を蹴倒《けたお》したとか、どうでもいいことといちいち書き留めてくれたもんさ。あきれた暇人だよ。

そうそう、それからクセノフォン、あのソクラテスの太鼓持ち、こいつときた日にゃ御丁寧にも、ソクラテス相手にこんなふうな話まで仕立ててみせたのさ。

〈それなら、どうして、ソクラテス、あなたはそれだけ理屈がわかっていて、なぜ自分でもクサンチッペの教育をなさらないのですか。あなたが妻にしているのは、およそ女のうちで、過去現在未来にわたって、最も難物の女なのに、それをそのままにしているというのは、どうしてなのですか〉

へえ、いい度胸してるでないの。よぉし、それならあたしが代わりに答えてあげようでないの。あたしはね、その「理屈」ってやつが大嫌いなんだ。理屈こねる人間が大嫌いなんだよ。理屈屋のソクラテスは、あたしが理屈聞く耳なんかもってないもんだから、それであたしに頭が上がらないのさ。それ以外のことであるもんか。

ソクラテスの言い訳なんか聞くんでないよ。どうせあの人は、鵞鳥《がちょう》ががあがあ鳴くのは誰だって平気だとか、驢馬《ろば》に蹴られて訴訟するのはいないとか、何かその手のこと言うだけは言ってみせるに違いないけど、なに、気取ってるだけなのよ。だって、聞いたあ？

〈荒馬を手なずける者は、他のどんな馬もらくらくと乗りこなせるように、僕もこの女を堪え忍べるなら、他のどんな人々ともうまくやっていけるはずだからね〉

だとさ。カッコつけるのも、いい加減にすれば。

理屈屋ってのは、例外なしに、あたしみたいのが一番恐《こわ》いものなのさ。あたしは知ってるよ。あたしはごまかせないよ。理屈屋は理屈屋をごまかせたってね。どうしてかって、あったり前でないの。理屈を言うのは頭が悪いせいだからだよ。理屈を言うのは頭が悪いせいだからだって、こんな簡単な理屈がわからないから、理屈屋は頭が悪いんだよ。だって、あたしなんか、なぁんにも考えてやしないけど、ぜえんぶわかってるもの。わかってる証拠に、考えないもの。考えないのはわかってるからで、考えるのはわかってないからでしかないでないか、そうでないか。考えなけりゃわからないなんてのは頭が悪いせいに決まってるのに、それが理屈屋にゃ決してわからないんだね、ええ、じれったい。あんまりじれったいもんで、それで、つい手が先に出ちゃうのよねえ。

ねえ、だってそうでしょうよ、男たちのあの愚にもつかない議論ときたら、ああいうのを掛け値なしに愚にもつかないって言うのよ。いい？　こんな調子で延々と続くんだわ。

「もしも正義だと思われることが、正義であることなら、それは正義であることなのだろうか」

「君は、これをこれだと思っているが、これは本当にこれなのだろうか」

「生きているということと、死んでいないということは、同じことだと思うかね」

「在るは在るで無いは無いなら、なぜ在るは在るなのだろう」

あーあ、やめやめっ！　あたしがキィッときて、飛び蹴りのひとつもしてみたくなるの、おわかり？　大の男たちがまあ雁首《がんくび》揃《そろ》えて、しかも大真面目なんだから、やんなっちゃうよねえ。だってそうでないか。正しいことは正しいから正しいって言うんだよ。これがこれでないなら何だっていうんだよ。在るものが無かったらどうすりゃいいのさ。生きてることが生きてることでないって、どうしても言い張るんなら、その証拠に、今のこの場で、さあ死んでみせな。

ただし、だ。あのソクラテスにもひとつだけ、いいところがある。理屈屋だけど、不平家じゃないってとこだ。あたしはそこは買ってるね。いるでしょ、ぐずぐず悩んで、つべこべ文句ばっかり言ってるの。ソクラテスのところにやって来る理屈屋は、この頃はおおかたがそんなのだね。哲学だか思想だか知らないけど、聞いてりゃたんなる愚痴なのさ。愚痴と悪口だけなのさ。あたしは死ぬほど好かないよ。だって、悪いのは自分の頭の方だろうに、世間のせいにするために理屈ひねり出してるんだからずるいじゃないか。そのうえ何を勘違いしてだか、それを偉ぶってなのよ。頭がいいように見られたいんでしょ。きっとほんとは自信がないのに違いないよ。生きるのに理屈が要るわきゃないんだもんね。黙ってたって、誰だって死ぬまでは必ず生きてるんだ。理屈もってなきゃ人間生きてけないなんて、本気で思い込んでんだったら、何だってあたしら今まで生きて来られたのさ。トーヘンボクだね。

あたしが見てる限り、ソクラテスはそうじゃない。決して自分の都合で理屈言ってるんじゃない。ありゃ、ただ理屈が好きで理屈言ってるだけだ。だからなおさら始末に負えない。

「僕は自分が何も知らないということを知っている」だって、馬鹿なこと言うんでないよ。何だってそんなこと、人様に言って回る必要があるんだよ。必要のないことは、しないことだ。考えたってしょうがないってわかってるんだったら、考えるのなんかやめにして仕事しなって、あたしは散々言ってるのにさ。あの人ったら聞いてるのか聞いてないのか、まあ性懲《しょうこ》りもなく理屈屋相手に議論ばかり。何がそんなに面白いんだか。

男はね、仕事だよ。四の五の言わずに、やってみせることだよ。できないことの言い訳で理屈をいじくってるようなやつは、男を名のるの、やめちまいな。あたしが保証してやるよ。そしたらソクラテス、こないだ、こんなふうに言うんだわ。

「うん、お前はじつによくわかってる。僕も全く賛成だ。ところで、僕の仕事とは、僕の人生を生きることだ。そして僕の人生とは、人生について考えることだ。だから僕の仕事とは、考えること、考えることについて考えることなんだ。お前、これは立派に男の覚悟なんだぜ」

あたしはそんな屁理屈にゃ、絶対だまされませんからね。こう言ってやったんだ。

「へえっ、たぁだ考えてることなんかが仕事になるって言うんなら、その考えることとやらでもって天下取って、あたしのこの目に見せてごらん」

てね。そしたらあの人の言うことにゃ、

「なに、お前、天下くらいでいいのかい。僕は必ず歴史になるよ」

ふん、歴史だなんてボーヨーとしたもの、あたしは要らない。あたしは、はっきりと目に見えて、しっかりと手に取れるものしか信じない。いちばんはっきりとして、いちばんしっかりとしたもの、それは、あたしだ。あたしがあたしだってことだ。そして、あたしの亭主がこの男だってことだ。そしてあたしはこの甲斐性なしと、なんにせよ一緒に暮らしてるってそのことだ。それだから、歴史はいいから仕事してよって言ってるのに、歴史が僕の仕事なんだって。やれやれ、妙な男と一緒になっちゃった。おかげであたしは歴史に残る悪妻ってわけ。


男が仕事なら、女は、決まってるじゃないか、そこに居りゃいいんだよ。居て、男の仕事を見張ってりゃいいんだよ。あたしはずうっとそう思ってたんだ、賢い女はなんにもしないもんだって。男とタメ張って理屈言うのなんざ、女の沽券《こけん》に関わることだってね。ところがこの頃はそうじゃないらしいんだわ。男と互角に何でもやって、何にでも口突込むのが賢い女の生き方なんだってさあ。おかしいよ。だってそうでないの。世の男どもがみんな、あたしと同じくらいに賢かったら話は別だよ。だけど全然そうでないでないか。ほとんどが見事にあんぽんたんでないか。あんぽんたん相手に理屈言ったって、そんなのやっぱりあんぽんたんだよ。だからあたしはなんにも言わない。あたしの知恵貸してなんかやらない。政治だの経済だのしち面倒臭いこと、男にやらせときゃいいんだよ。

だいたいね、男はかくかくで、女はしかじかだってふうに、どうして言えるんだか、あたしには全然納得できない。男のほとんどがあんぽんたんなら、女にだって大したのなんか、滅多に居やしないんだから。たいていの女の考えることなんざ、高が知れてるんだから。賢いのはあたしが賢いのであって、女ならみんな賢いってわけじゃないんだ。ひとつだけ確かに言えるのはね、「女は、女は」って真っ先に言う女はあんまり賢くないってこと。中身に自信がないもんだから、性別のことばっか言うんだろうさ。性別のことだけ言ってりゃ、何でも他人のせいにできるもんね。自分がうまくいかないのは男のせいだってふうにね。じゃあ、うまくいかない男は誰のせいにするのさ。やっぱり世間のせいにするんだね、これを。御大層な理屈に仕立て直してさ。これらの連中、ぜぇんぶ、うそ。うそっぱち。あたしに言わせりゃ、あんたたちみたいなのが、かえって世の中面倒にしてるんだわよ。

ていうふうなことを、女のあたしが言うのはケシカランことなのだって、こないだ、フェミニストっていうの？　そういう人がやってきて怒るんだわ。恐かったろうって？　まさかあ。あたしが恐いものなんかこの世にないって、言ったわよね。理屈屋ふぜい痒《かゆ》くもないけど、売られた喧嘩なら買ってやるよ。

フェミニスト　クサンチッペさん、あなたのような考え方の女性が、女性の社会進出と地位向上を阻害している大きな要因なのです。

クサンチッペ　おや、それは悪うござんしたね、って言ってあげたいけど言ってあげない。あたしはちょっとも悪くないもの。

フェミニスト　いいえ、深く反省して下さい。反省して私たちと共に女性の解放を目指すべきです。

クサンチッペ　だって解放も何も、あたしは誰にも支配なんかされちゃいないよ。あたしが支配してるのはソクラテスだけどね。

フェミニスト　あなたは狡猾《こうかつ》な男性の巧妙な詐術《さじゅつ》によって、そのような錯覚を抱かされているのです。御存知ですか、女性の家事労働の金銭評価はひと月二十四万六千二百十三円、にもかかわらず賃金は一銭も支払われていない。あなたの労働は、まるごと詐取されているのですよ。

クサンチッペ　へえっ、そういう考え方もあるもんかね。まるで、お金貰《もら》わなきゃ何かするのは絶対に損みたいだ。ただ生きるのじゃ、損してるみたいだ。随分なけちん坊だね。

フェミニスト　あなたの生活は夫の収入に全面的に依存しているのをお忘れないように。家事労働を対価に、あなたは夫に養われているのですよ。

クサンチッペ　ええ？　あたしがソクラテスに養わ

れてる？　笑わせないでよ、あたしがあの人に養わせてやってんだよ。なにしろあたしほどのタマなんだ。居てやるだけでも感謝されなくっちゃ。いいでないの、家事くらいしてやったって。それで安くなるような自分でなし。

フェミニスト　自由な自己実現をしたいとは思わないのですか。

クサンチッペ　何だいその自己実現てのは。あたしはとうの昔からあたしだよ。家事してようが昼寝してようがソクラテス怒鳴ってようが、あたしは、あたしだ。自由自在だ。

フェミニスト　女としての、自己実現ですよ。あなたは男にとって都合のいい幻想を生きているだけで、それは決して本来的なあなたではないのです。

クサンチッペ　本来のあたしだ？　あたし以外のいったい誰が、本来のあたしだってのさ。そんな変てこな考え、聞いたことないよ。理解もできないよ。あたしが女なのは、たまたま付いてるものがそうなだけで、付いてるものがあたしなんでないもの。

フェミニスト　ええ、だから、女の能力は生殖や家事に尽きるものではないと私は言ってるのです。女の隠れた能力を存分に発揮できる場所を、社会は用意するべきだと言ってるのです。

クサンチッペ　馬鹿だねえ。女の能力って言うんなら、そりゃ男を動かすことに尽きるでないの。社会動かしてるのが男なら、その男を動かすことこそ女の技量ってもんよ。せっかく女やってるんなら、断然その方が面白いね。

フェミニスト　全然甘いわね。男たちは女の言うことなんか、そんなに簡単に聞きゃしませんよ。

クサンチッペ　そりゃ、あんたがそれほどのタマじゃないからさ。それだけのことだよ。

フェミニスト　失礼ね！　自分の食いぶちも稼げないくせに！

クサンチッペ　やれやれ、食うことばっかりこの人は言うんだ。なに、あたしが稼がないのは、ソクラテスがあたしに惚《ほ》れてるからだよ。ソクラテスがあたしにぞっこんだからだよ。男ひとりに惚れられなくって、何で女の能力なのさ。

フェミニスト　まあ、女を売り物にするなんて！

クサンチッペ　おや、何でも損得ずくなのは、いったいどっちだい。あたしは自分に値段がつけられるなんて、思ったこともなかったよ。ああ冗談はこれまでだ。あたしの価値がわかんないような男は、しょせんそれだけの男なのさ。評価するのは最後の最後まであたしの方だ。間違っても逆はないよ。あんたにこのセリフが言えるかい。死ぬときにゃいつだって死んでやるよ。死ぬのが恐くて生きてなんかいられるかってんだ。あんたらとは最初っから覚悟が違うんだよ。よっく覚えときな。

とまあ、こんなふうにタンカ切ってやったのよ。

そしたらそこにソクラテスがのこのこやって来てさ、あの人、例によって、ええかっこしい。

「まあまあ、ほどほどにしなさいよ。僕はフェミニストとして見てられないよ。僕はね、自分で自分をがんじがらめにしているこういう気の毒な女性たちを、是非とも解放してあげたいと思ってるんだ」

あ、馬鹿馬鹿し。

女はね、惚れられなくっちゃあ。惚れられなくっちゃあ意味がないよ。男は惚れろ。

ところでさ、ソクラテスが可愛《かわい》がってる一番弟子のプラトン、あの男、お堅い一方かと思ったら、こんな詩も作ってるんだね。きっと、ほんとは詩人をしていたかったに違いないよ。

〈リンゴをあなたに放ります。もしあなたがすすんでわたしを愛してくださるなら、これを受け取って、あなたの乙女の肌に触れさせてください。

だが、それは許されぬことだとお考えなら、このリンゴだけは受け取って、花の盛りの青春がいかに短いものかを、とくと考えてください〉

うん、これはまあいいんだ。おおかた、皆で酒でも飲みながら、酔っ払って作ったんでしょ。なんか妙なのが、これなの。笑ったら、だめよ。

〈わたしはリンゴ。わたしを放り投げる人はあなたが好きなんだって。

さあ、クサンチッペさん、うなずいておくれ。

わたしもあなたも、どうせ、萎《しな》びてゆく身なんだもの〉

やれやれ、あの男たち、いったい何をやってんだか——。

わかってないねえ、柄谷《からたに》君

ソクラテス　なあ、お前。
クサンチッペ　なに。
ソクラテス　一緒に考えてみる気はないかね。
クサンチッペ　なにを。
ソクラテス　今ちょっと評判の本のことなんだ。
クサンチッペ　いやだ、ごめんだね。
ソクラテス　あながちお前も興味なくはないと思うんだがね。
クサンチッペ　いやだよ。あたしは本なんか読むのは嫌いだ。それに、あんただって滅多なことじゃ、評判の本なんか読みゃしないじゃないの。いったい何だってての。
ソクラテス　いや、男にはね、男の仁義ってもんがあるんだよ。
クサンチッペ　何よ、どしたのよ。
ソクラテス　僕は、小林秀雄って男が心底好きでね。いい男なんだ、これが。男が惚《ほ》れるってとこが、確実にあるね。
クサンチッペ　ふぅん、で？
ソクラテス　で、彼の仕事を継ぐと目されてる男がいるんだが、これが僕にはどうも魅力的に見えんのだ。
クサンチッペ　よくある話さ。
ソクラテス　いや、男には仁義ってもんがあるんだ。
クサンチッペ　だから何よ。
ソクラテス　男の品定めだよ。お前が男を見る目には、なかなか侮《あなど》れないところがあるからな。
クサンチッペ　ふん、あんたのこと見誤ったたってこと除けば、ね。確かだよ。
ソクラテス　どうだい、ひとつ。
クサンチッペ　考えるのなんか、ごめんだね。
ソクラテス　考えることなんか、全然ないんだ。お前にはこの男がどんなふうに見えるか、それを言ってくれればいい。
クサンチッペ　そんなんでいいんなら、まあ、してあげなくもない。
ソクラテス　うん、いいんだ。男の仕事ってのは、何の仕事なんであれ、最後はそういうことなんだから。
クサンチッペ　そりゃあそうさ。
ソクラテス　なあ。
クサンチッペ　で、何て人の何て本なんだい、それは。
ソクラテス　柄谷行人《こうじん》『〈戦前〉の思考』。
クサンチッペ　あー、ヤダヤダ！　思考だナンダ、考えるのなんかヤダって言ったよ！
ソクラテス　ヤでいいんだ。お前、こういうのが考えるってことなら、誰だってヤになるはずだって、僕でも思うもの。
小林秀雄は、いい。文章はもちろんだ。だけど、もっと見事なのは、その文章がそっくり人生の姿だってそのことなんだ。居そうで、なかなか居るもんじゃないんだ、書いたり考えたりするということは、人生を書いたり考えたりするということだって、はっきりと自覚できてる人間はね。それが証拠に、見たまえ、彼の文章には迷いがない。考え方にも、濁りがない。彼にとっては、何もかもが当たり前すぎたんだよ。僕たちが生きて死に、歴史であるなんてことはね。そう、誰も言うだろう、そんなことは当たり前だって。そうだ、当たり前だ。しかし、そう言う人は、それが当たり前であることに驚くことができるだろうか。それが当たり前であることを、見つめることができるだろうか。彼は深く驚いたんだ、人生が在るということにね。書くことも考えることも、確実な始まりはそれだけだ。それ以外に理由や目的はない。だって、人生が在るということに、理由も目的もなかったんだからね。だからこそ、覚悟、なんだ。だからこそ、書くや考えるなんて無用の用が、人生の覚悟になることができるんだ。
知らない人間がほとんどなんだね。僕はそれこそ驚いたよ、こんな当たり前なことを知らずに、書いたり考えたりしている人たちが居るなんてね。
戦時中に「近代の超克」という文化人会議があったんだそうだ。そこでの小林君の発言を、柄谷君が引いている。
〈歴史といふものはわれわれ現代人の現代的解釈などびくともするものではない——といふことがだんだん解つて来たのです。さういふ所に歴史の美しさといふものを僕は、はじめて認めたのです〉

言えそうで言える言葉じゃない。しかも自分の国が現実に戦争している真最中にだ。厳しくうそのない言葉だ。これは思想だなんてヤワなものじゃない。

ところが柄谷君は、これに対して、

〈「歴史の美しさ」という言葉を使っていることに注意して下さい〉

と、こう来るわけなんだ。僕は何かこう、がっくりと萎《な》えるものを覚えるよ、この手のものの言い方とか、ものの考え方とかに接するたびにね。まあ要するに素直じゃないんだなあ。自分で自分の考え方に疲れちまうんじゃないかと、僕は心配だ。

小林君の言葉は「諦念」じゃない。〈現実的な矛盾を「美的」な姿勢によって想像的に乗り超えようと〉しているわけじゃないんだ。そんな姑息なものの考え方をしてまで、何だって僕らは考える必要なんかあるんだろう。何にもわかってないんだね、この柄谷君という人は。人が考えるということはどういうことなのかってことが、全然わかってない。だって、現実の戦争を頭の想像で乗り超えたところで、やっぱり頭の上に爆弾は飛んでくるじゃないか。なに言ってるんだい、しっかりしろよ。小林君が最も軽蔑したのが、まさにそういう仕方でものを考えることなんだよ。まるで現実的じゃない。何を考えたことにもなってない。そんな下手の考えをしてるよりは、「一兵卒として戦う」方がよほど現実だ。だから小林君はそう言ったまでだ。飯炊《めした》きでも会社員でも報国文士でも何でもよかったのさ。ただしそれは「イデオロギーに従う」こととは違う。たんに真面目に生きようとしただけだ。だって、生きるということは、何にせよ何かをすることなんだからね。僕らは考えてから生きるわけじゃない。それがわかってないのは、この世の中では理屈屋だけだ。——なあ、お前、そう思うだろ？

クサンチッペ　ああ、あたしは考えたことなんかないね。

ソクラテス　そう、「考える」ということを、「解釈する」ことだと思っている人が多い。歴史解釈、世界解釈、人生解釈、いろいろある。まさしく様々なる意匠だね。でも、僕は訊《き》きたい。解釈して、納得して、それで？って。やっぱり、歴史も世界も人生も、そこに在るじゃないか。厳然として、在るじゃないか。その在ることに驚いて、人は考え始めるのであって、順序が見事に逆立してるよ。小林君だって言ってるじゃないか。

〈われわれ近代人が頭に一切詰め込んでゐる実に厖《ぼう》大《だい》な歴史の図式、地図、さういふやうなものは或《あ》る実在に達しようとする努力の側から観《み》ると、破り捨てねばならぬ悪魔だね〉

この考えは西田幾多郎の考えに近いと、柄谷君は言っている。ふむ、ちゃんとわかってるじゃないの。でも、やっぱり全然わかっちゃないんだ。わからないんだろうな、無理もないとも思うよ。この「或る実在」ってのが見えてなきゃ、それに達しようとする努力も、しようがないわけだから。なに、別にそんなもの、秘密めいたものでも何でもない。君の目の前に見えているそれのことだよ。それが「在る」ってそのことだよ。そして、君、君が「居る」ってそのことだよ。恐ろしく明瞭で不思議なことだ。そうじゃないか。

西田という日本の哲学者も、とても大きく深いところまで考えることのできた人だ。日本の人は、僕たち西洋の哲学者なんかより、ずっと上手に考えられるはずなのに、いつまでも西洋哲学のお尻ばかり追いかけてるのはじつに勿《もっ》体《たい》ない話だと、僕は常々思ってるんだけどねえ。日本人が下手に哲学すると、こういう次第になる。

〈現実的矛盾に対する、もう一つの態度があります。それは西田幾多郎の「無の論理」です。簡単にいうと、それは、ヘーゲルのように矛盾を闘争によって乗り超えていくということを否定するものです。人が矛盾として見いだすものは、実は浅薄な見方によるもので、根底的に、それは「絶対矛盾的自己同一」として統合されているというわけです。この論理によって、あらゆる矛盾が「止揚」されてしまいます。しかし、これも「美学」的なものです〉

自分の理解できないものに無心で接することができないから、強引な仕方で理解するんだね。でも、それは決して理解したことにはなってない。例のヘーゲルの弁証法ってやつ、仰々しく聞こえるけど、なに、僕がいつもの対話で使ってるのと同じだよ。犬が西向きゃ尾は東ってことさ。面倒な説明は無用だね。理屈屋以外は、みんな知ってるよ。

「現実的矛盾」という言い方を、彼は少しも疑っていない。でも、そりゃいったい何だい。個人と社会とか、自由主義と共産主義とかが対立するってことかい。しかし、何かがあれば、その反対のものがあるのは当然じゃないか。男に対して女がいて、金持に対して貧乏人がいる。そういう矛盾するもの同士をひっくるめて僕らは「現実」と呼んでるんだから、それが矛盾してるのは当然だ。矛盾しなけりゃ現実だって在りゃしないよ。今さら何を騒いでいるのかね。ヘーゲルって不敵な男は、歴史は現にそのように動いておると言ったのであって、そのようにして乗り超えろだなんて子供じみたことを言ったわけじゃない。西田君は禅を知ってるから、西洋の彼より無の側がよく見えたんだろう。それで、現実とは有と無という絶対矛盾でできとると、そういうものであると、一言で言ったわけさ。これは「美学」じゃない、端的な事実認識だ。認識することと肯定することとは、同じことじゃないぜ。

まあ、最初から考え方があべこべに始まってるわけだから、理解の仕方がことごとく隔靴掻痒《かっかそうよう》で、ひねくれているのも仕方ないか。でも、そうすると、〈日本の近代哲学はドイツ観念論の語彙《ごい》と思考法で形成されてきました。そういうものが「哲学」と思われてきたわけです。しかし、哲学は、自分の生と経験に即した明晰な思考でなければならない。その意味では、文芸批評家と呼ばれた人たちこそ、哲学的だったと思うのです〉

という柄谷君の見解、僕も全く賛成するけど、彼自身にはちょっと当てはまらないね。だって、自分の生と経験に即して思考できてないんだものね。それで、あの素晴らしく明晰な文芸批評家小林君のことを「知的貧血」だなんて言うんなら、文芸批評家柄谷君は、何て言うのかな、「知的脳溢血」ってとこかな。口は慎しむものだよ。後で恥をかくからね。なあ、おい。おい、お前、居眠りは駄目だよ。約束が違うじゃないか。

クサンチッペ　ううん、脳溢血がなんだって？　あたしは頭が思想モーローだ。

ソクラテス　そのモーローたる思想家の話を聞いてくれるはずじゃないか。

クサンチッペ　聞いてなんかられないよ。とてもじゃない、面倒臭い。

ソクラテス　なあ、面倒臭いだろ？　僕だって思うもの。何だってこういう人たちは、こう面倒な仕方でなきゃ考えられないんだろうってね。

クサンチッペ　簡単に話してくれなきゃ、聞いたげないよ。男ぶりの品評会だって言ったじゃないか。

ソクラテス　よしよし、じゃあ聞きなさい。

〈文学者に可能であり且《か》つなすべき仕事は何だろうか。それは「文学」に対して自覚的であることです。それは批評的であり、政治的なことです。「文学と政治」という問題は、したがって、けっして消滅していない。というのも、文学的であることは、高度に政治的であることだからです〉

ふむ、勇ましいね。全くもって、勇ましい。ところで、僕には彼のこの勇ましさが、まったく信頼できない。もちろん勇ましくなければ男じゃない。しかし彼は、考えることと生きることとが合致しない、そういう仕方で考え、かつ生きている。

僕らが誰か人を信頼するのは、その人の考えがその人の生き方を裏切らず、その人の生き方がその人の考えを示している、そういうときだけだ。

「一切の価値は無根拠である」、彼はずっとそう言ってきた。つまり、僕らが生きて在るということには、何の意味も目的もない、とね。そんなことは当たり前だ。思想家の言を待って、僕らはそれを知るわけじゃない。言ってもしょうがないから、みんな黙って生きてるんだ。だからこそ、僕らは、うそつきは要らない。信頼できる人を、十全の信頼でもって、信頼したいんだ。

「政治」とは、生きるための意味と目的以外の何物でもないと、柄谷君も認めるはずだ。では、一切に意味がないと考えているはずの彼が、政治的たれと自他に呼びかけることを、僕らはどう理解すればいいのだろう。つまり、無意味だ無意味だと叫ぶことの意味、だね。――どうだ？　お前。

クサンチッペ　見え見えだね。この人は、生きるのが恐《こわ》いんだよ。人生には意味がないって思うのが、ほんとは自分ではおっかなくて仕方ないんだ。それで、なんだかんだ人に文句つけて勇ましいふりしながら、自分をごまかしてるのさ。そうに決まってる。

ソクラテス　おみごと。

文学批評だって、人間を馬鹿にするのもほどほどになさいよ、柄谷君。僕は君の批評文に、文学を感じたことがない。文学批評に文学は要らないなんて屁理屈はこれまでだ。人間は、文学だなんて無用の代物《しろもの》を、何だって必要としたと君は思うかね。必要ない？　ああ、まだそんなことを言ってる。必要ないのは最初から決まってるんだ、だから必要なんだよ。ただし、文学がどんなふうにして時の政治制度によって形成されたか、そんなものは、少なくともこの僕の心には、全然必要じゃない。
　そういったことごとを暴《あば》き立てて、それがいったい何だというんだ。僕はそれをこそ訊きたいね。歴史しか認めないと言う君の作品に、歴史を認める読者は居ないはずだ。なぜって、君は気づいていないだろう、君は人間の生死を知らない。人間は、生きて死ぬそのことによって歴史であるということを知らないからだ。そう、ちょうど君が自分の生死が無意味であることを認めたくないその分だけ、君の作品からは歴史と文学とが欠落しているんだ。そして、歴史と文学への自意識を欠いた作品を、僕らは批評とは呼ばない。屁理屈と呼ぶだけだ。
〈記憶するだけではいけないのだらう。思ひ出さなくてはいけないのだらう。多くの歴史家が、一種の動物に止《とど》まるのは、頭を記憶で一杯にしてゐるので、心を虚《むな》しくして思ひ出す事が出来ないからではあるまいか〉
『無常といふ事』、僕の大好きな一節だ。疑うことなら誰にだってできるんだ、ちょっと女々しい心さえあればね。難しいのは信じることだ。心を虚しくして信じることだ。歴史を、文学を、僕らの無常を、男らしく信じてみたまえ、柄谷君。こと至れば平然と毒杯を仰ぐ、それが美学だ。人生は、まさしく美学なんだ。さあ、君ももういい歳じゃないか。小林秀雄が君の年齢だったときに見せてくれたような作品を、僕らに見せてくれたまえ。僕は期待しているよ。
クサンチッペ　この男はそれだけの人物じゃない。
ソクラテス　そう一概に言っちゃあ気の毒さ。真面目な人だと思うよ。まわりの太鼓持が崇《あが》める程度には十分に頭がいいし。ただ、いかんせん、気が小さいんだなあ。
クサンチッペ　頭でっかちの小心者じゃ、最悪じゃないか。あたしの最も好かんタイプだ。
ソクラテス　まあそう言いなさんな。生きることと考えることとが、逞《たくま》しく正しく直結する場合が、それほど稀有《けう》だってことなのさ。

クサンチッペ　ねえねえ、小林秀雄って、そんなにいい男？

ソクラテス　うん、いや、僕の方が少しだけ、いい。たぶん僕の方が――うん、いくぶん大らかなんじゃないかな。

脳でなくとも養老孟司《ようろうたけし》

ソクラテス　なあ、お前。

クサンチッペ　なに。

ソクラテス　一緒に考えてみる気はないかね。

クサンチッペ　なにを。

ソクラテス　このあいだ中、ちょっと評判になってたテレビ番組があるんだが。

クサンチッペ　ええ？　テレビ？　あんた、テレビなんか滅多に見てやしないじゃないの。どうしたってのよ。

ソクラテス　僕だって、たまにはテレビくらい見ておかなくちゃ、遅れることがあると困るからね。

クサンチッペ　あはは、遅れるだって。何だい今さら。あんたみたいのが、いったい何から遅れるってのよ。

ソクラテス　世間だよ。

クサンチッペ　馬鹿馬鹿しい。

ソクラテス　世間の考え方だよ。
クサンチッペ　考えるのがあんたの仕事なんだろ。世間の考えることなんか、ほっときゃいいじゃないか。
ソクラテス　まあ大体はそうなんだがね。そうでもない場合もあるのだ。
クサンチッペ　何よ、それ。
ソクラテス　考えることについての世間の考え方さ。この頃の科学は素晴らしく進んでいるからね。僕の頭の中だって、金魚鉢みたいにお見通しらしいんだ。それで、これはちょっと見ておかなくちゃと思ったわけさ。
クサンチッペ　その番組?
ソクラテス　うん、「NHKスペシャル・脳と心」、養老孟司の出てるシリーズだ。
クサンチッペ　ああ、あの解剖学者。この頃よく見る。
ソクラテス　うん、彼、頑張ってるね。
クサンチッペ　面倒な話ならいやだよ。
ソクラテス　そうだなあ。面倒と言えば面倒なのかもしれない。しかし、ほんとはちっとも面倒でないのかもしれない。
クサンチッペ　ああ、そりゃ間違いなく面倒な話だ。
ソクラテス　お前、考えているのは脳だと思うかね?
クサンチッペ　――。知らない、そんなこと。
ソクラテス　僕は、もう随分以前に、自然や宇宙のことを考えるのはやめにしたんだ。どうしてって、考えたってわかんないからさ。そりゃあ、あれらを考えるより面白いことが、この世に他にあるわけないさ。世間の人間の考えてるようなこと考えたって、ちっともワクワクなんかしないもの。僕の偉大な先輩たち、ヘラクレイトス、パルメニデス、エンペドクレス、デモクリトス、彼らが自然を考える、それも大きく広く考えることにあれほど魅入られた気持、僕にはとてもよくわかるんだ。わかるんだよ。でも、いや、だからと言うべきかな、僕は、やめたんだ。万物の元は何か、火だか水だか原子だかっていうふうに考えるのは、もうやめにしていいと思ったんだ。まあ僕も一通りは考えたわけさ。考えて、一回りして、振り出しに戻ったわけさ。
うん。で、僕は言ったのだ。

「汝《なんじ》、自身を知れ」
いやー、ウケたんだな、これが、思わず。なんでまたってくらいに、ウケたんだ。自慢じゃないけど、史上で五本の指には入るキャッチコピーだぜ、これ。まあそれはいいんだ。困ったことはね、ウケたわりにはこのことの真意が、皆には皆目わかってないってことなんだ。「自然学から人間学への偉大な一歩」なんだってさ、哲学史家が言ってるよ。それじゃあまるで人間が自然じゃないみたいじゃないか。——なあ、お前、人間は自然か、不自然か。

クサンチッペ　自然も不自然も、人間は人間さ、それ以外のものじゃない。

ソクラテス　その通り。

僕は、辛気臭い御説教垂れた覚えなんか全然ないんだが、後世の連中は、僕が何がしかの人生論か悩み相談みたいなことを始めたと、こう思ってるらしいんだ。僕があの言葉で言ったのは、自分の考えることとは人間の考えることであると、そこのところさえきちんとわかっていれば、あとはよろしい、とまあそんなふうなごく単純なことだったんだ。なのに皆、わざわざ物事をややこしくして考えたがる。困った癖だ、直らないねえ。

だから僕は、養老君の『唯脳論《ゆいのうろん》』、あれを読んだ時には、我が意を得たりと膝《ひざ》を打ったね。科学者である彼には、あっさりとこう言えるんだ。

〈ソクラテスが「汝、自らを知れ」と言った時、「お前の頭を使え」と言ったのである。「自ら」は脳であり、「知る」のは脳であるから。だから、脳が脳のことを知っているのは、脳が知られる以前からわかっていた。哲学は典型的に脳の学であるが、それを単に言語で表現しているだけのことである〉

とね。で、俗ウケしたことでは五指の二本目に入る、デカルトの例の「我思う、故《ゆえ》に我あり」、あれも要するに「私は脳であり、脳は存在する」であったのだ、と。——ふふん、面白い人だねえ、この人は。僕は、ややこしい理屈で哲学してる学者なんかより、断然こっちに惹《ひ》かれるね。

〈デカルトにしてもソクラテスにしても、その発言を当時の文脈にひき直して理解すれば、立派な哲学史になるであろう。しかし私は哲学の歴史を説いているわけではない。解剖学は人間、つまりホモ・サピエンスが、数万年このかた変わらないことを説き、

したがって歴史上の人物はかならずしも「文脈的」ではなく、「同時的」に理解できる可能性を述べる〉

クサンチッペ　おや、あたしはなにも、あんたの解剖なんかしなくたって、あんたの考えてることくらい、いつだってありありだけどね。

ソクラテス　うん、お前、いいこと言った。そうなんだ、まさにそのことなんだよ。

クサンチッペ　いいから早く、テレビの話。誰の心もまる見えだって、それ、面白そうじゃない。

ソクラテス　なあ、面白そうだと思うだろ。それがまた、問題でもあるわけなのさ。

僕は彼の『唯脳論』を読んだ時、すぐにわかったよ。この人は唯心論を唯物的に語ろうとして、それで唯脳論なんだってこと。そしてまた、こうも思った。このことは世間の人々にはまったく理解されないだろう、必ず誤解されるはずだ、とね。

案の定、だったんだな。あの番組、見た人の大半は、見事に誤解しただろう。作った側の人々だって、いったいどれほど彼の真意を理解していたのかと僕は思う。大勢で作る作品は本当に難しいね。ひとりきりでひとつひとつ言葉を吟味しながら文章を綴《つづ》るのとは全然違う。――お前、コンピューター・グラフィックスって知ってるか？

クサンチッペ　ああ、何だか何でもできるらしいね。綺麗《きれい》なもんだよ。あんた、知らなかった？

ソクラテス　うん、知らなかった。でも、確かに綺麗だった。綺麗すぎたね。あの綺麗さは人を欺《あざむ》く。それこそ、考えようとする僕らの脳味噌を全停止させるだけの力があるね。映像ってのは確かに恐《こわ》いもんだと思ったよ。

クサンチッペ　大げさね。

ソクラテス　たとえばだね、お前が誰か或《あ》る人に感情を抱くとする。好きでも嫌いでもいいや、とにかく何がしか感情を抱くとする。お前、それはお前の脳細胞がそう仕向けているからだ、とこう思えるかね。

クサンチッペ　そうねえー。そうかもしれないし、そうでないかもしれない。どっちだっていいけど、どっちにしたところで、好きは好きで嫌いは嫌いだって、その気持なことだけは確かだね。

ソクラテス　正確だ。そして、ほんとは誰しもそれが最も正直なところであるはずなんだ。
ところがあの番組では、その絢爛《けんらん》たるCGとやらを駆使して、整然と描いてみせるわけなんだな。物質が感情を生み出すと頭っから信じて、その場面を映像でね。放出されたドーパミンの粒々が大脳基底核のA―10神経で受容体に受容されると、ほら、「愛」が出てきますって。ああ、ちょうど、パチンコ玉が命中して、開いたチューリップからジャラジャラ流れ落ちるようなそんな絵だったな。この映像のもつ力は絶大だと思うよ。きっと皆、それがただの比喩だなんてことすっかり忘れちまって、そんなふうに事態が自分の脳の中で起こってるって、疑わなくなるに違いないんだ。これは犯罪だね。

クサンチッペ　大げさね。

ソクラテス　だってお前、猿を連れてきて実験してみせるんだぜ。スイカを食べて喜んでる猿の脳の中には、ほら、反応するスイカ細胞がありましたってさ。

クサンチッペ　あはは。

ソクラテス　なあ、おかしいだろ。

クサンチッペ　可笑《おか》しいよ。可笑しいけどさ、何がいけないのさ。ひょっとしたらそうかもしれないじゃない。あんたがあたしに惚《ほ》れてるのは、あんたの脳の中にあたし細胞があるからかもよ。

ソクラテス　そうだなあ。しかし、ちょっとわかり易《やす》すぎやしないかね。

クサンチッペ　わかり易く考えるのが、あんたのウリなんだろ。

ソクラテス　脳がわかれば全てがわかるってわかり方は、いったい何をわかったことになるんだろうと、まず僕は思うわけさ。「脳が脳のことを知っているのは、脳が知られる以前からわかっていた」か、ズルイ言い方だよ、「わかる」の主語がない。――お前、考えてるのは脳だと、やっぱりそう思うかね。

クサンチッペ　だって、考えてる感じは鼻の裏っかわあたりにあるもの。絶対に足の裏なんかじゃないもの。

ソクラテス　うん、それはその通りだ。しかし、だからと言って、考えているのは脳だということには、必ずしもならんのだ。

クサンチッペ　あんた、そんな変なことばかり言ってないで、一度医者に診てもらえって、あたし前から言ってるじゃないの。例の、あさっての方見てボーッとする癖、皆はソクラテスがダイモンの神様と話してるなんて有難がってるけど、あんた、あれ立派にてんかんの小発作だよ。ほっとくと危ないよ。
ソクラテス　そうだなあ。一度診てもらうかなあ。でも、だからと言って、僕の脳波、グラフ用紙の上の折れ線の形それが、神、ということにはやはりならんのだよ。

そう、決してならんのだ。そんなことは養老君は百も承知なのさ、承知の上でのあの言挙《ことあ》げなのさ。これは大変な離れ技なのだよ。彼は、何かを深く決意したんだね。僕は聞き逃さなかったよ、あの綺麗すぎる映像とわかり易すぎる解説は右から左だったけど、彼の生《なま》の言葉だけは聞き逃さなかった。この男は、知らん顔してズルイこと言っておくに違いないと、僕は睨《にら》んでいたからね。そしたらほらね、シリーズ初回の冒頭のナレーションが、既にそれなのさ。

〈脳という構造を研究することは、その機能である心を研究することでもある。脳と心、このふたつは、同じ何かのふたつの面なのである〉

うふふ——。ズルイやつだよ、大したもんだ。こんなの誰も聞き逃すに決まってるじゃないか。しかしこの一言でもって彼は、シリーズの全編に釘を刺したことになってるんだな。よぉく聞いてると、この種の妙な言い回しのコメントが、随所にはさまってたよ。

たとえばね、相方の樹木希林《ききりん》にこう尋ねさせるんだ。

「先生、人はなぜ愛するの？」

その答がふるってるのさ。

「うん、ふたつ考えられる。ひとつは、人は社会を作るために愛情が必要である。ふたつめは、愛情を作り出すための機構がなければ愛情もない」。

何のことはない、なぜそうなっとるのかは脳自身の知ったことではないと、ヌケヌケと言ってるわけなんだな。

ああ、それからこんな言い方もしていたな。例の「共同的無意識」ってやつ、それには自分と他人の区別などないのですよって。個人てのは、この確固たる物《ブツ》である脳のことだという筋で話を進めながら、だよ。個人の脳味噌にその個人のでないものがあるのなら、いったい何が「個人」ということになるのかねえ。そう、お前も言ってたね、解剖なんかしなくたって、他人のことくらいわかるもんだって。そういうことには一切触れずに、そういうことをペロッと言っておくんだ、この男は。立派に、策士だね。
クサンチッペ　策士って、解剖学者がいったい何をダマす必要があるっての。
ソクラテス　まあー世間だろうな。
クサンチッペ　なんでまた？
ソクラテス　世間には、わからんちんが多いからねえ。
クサンチッペ　脳の中身のことなんか、わからなくたって別にいいじゃないか。
ソクラテス　だろ？　脳がわかれば全てがわかると思ってるのが、あきれたわからんちんなのだ。
なに、ことこの件に関しては、僕の方がはるかに年期がはいってるからね。おおむね彼の目論見《もくろみ》は、無知の知ならぬ、無能の脳ってとこだろう。でも、あの番組に関する限り、それは失敗だ。彼ひとりの頑張りじゃ、残念だけど追い付かなかったね。きっと皆、脳を全能とすっかり信じ込んだろうよ。いや、じじつ脳は全能なのだ、何もかもわかるのだ。うん、いったい何をわかったのかって、このことさえ除くのならね。「脳と心は同じ何かのふたつの面」、その「何か」の何かってことなのよ。やぁれやれ、だ――。
だってお前、考えてもごらん。脳を作ったのは人間じゃないんだぜ。人間が作ったんじゃないもの、人間にわかるわけがないじゃないか。脳がわかることとは、脳がわかることなのだよ。こんな当たり前なことがわからんのだよ、世のわからんちん共は。
クサンチッペ　どっちにしたってわからん話なら、もうやめちゃえばあ。
ソクラテス　まあ大体はそうなるんだがね――。お前、考えてるのは脳だと、やっぱりそう思うかね。
クサンチッペ　脳でなきゃ何だってのよ。いつまでもうるさいわね。
ソクラテス　まあ素直に考えりゃ、「考え」だね。
クサンチッペ　なに？
ソクラテス　考えてるのは脳だと、考えが考えてるのさ。
クサンチッペ　聞かなきゃよかった。馬鹿馬鹿しい。

ソクラテス　うん、確かに馬鹿馬鹿しい、僕だって思うもの。つらつらと考えるに、結局万物は何かしらそうであった考え《ロゴス》だったなんてのはじつに馬鹿馬鹿しい。全くもって人を馬鹿にしてる話だよ。まあ養老君も、おおよそにおいてそんなとこだろう。心も脳も、精神も物質も、ないわけさ。生だの死だのってのさえ、ないわけさ。いや、あると言えばあるんだがね。ないと言えば、やはりないのだ。無体な話さ。よくまあ皆、狂いもせずに、なんやかや生きてるよ。

　でもね、僕は彼よりはずっと気楽なものなのだよ。なぜって、哲人だなんてのは、つまるところ一種の変人のことなんだって、世間は認めてくれるからね。科学者は大変なのだよ、あまり変なこと言うと、すぐに叱られるから。しかし、なにしろ彼は日がな死体ばかりいじってるもんだから、どうしたってそりゃ人間よりも人間の枠《ワク》、あれこれの考えよりも考えの枠、そっちの側ばかりが見えちまうんだろう。これが常人には十分に変なのだ。なのにこともあろうに彼は東大の先生なのだ。これが僕なんかには、計り知れない苦労だね。相当の策略が必要になるわけなのさ。

クサンチッペ　あー、わかったあ！

ソクラテス　何だ？　どうした？

クサンチッペ　きっとあの先生は、考えてるのは脳だと思うかって訊《き》くと、皆があんまりＹｅｓ、Ｙｅｓって言うから――。

ソクラテス　うんうん！

クサンチッペ　そうだ、脳《NO》だ！って言ったんだあ！

ソクラテス　お前は大した女だよ。

シンドラーのリスト

ソクラテス　なあ、お前——。
クサンチッペ　えー?
ソクラテス　どうだった?　今の映画。
クサンチッペ　どうって——。あんたがあとで御馳走してくれるって言うから——。
ソクラテス　もちろんするよ。するけどさ、あんまり面白くなかったろ?
クサンチッペ　面白くないよ、ああいうの。
ソクラテス　なあ。
クサンチッペ　なあって、あんた、だからあたし言ったのよ、評判の映画なんてのは観に行くもんじゃないって。今までだって、当たったためし、なかったでないの。
ソクラテス　そうだなあ。でも、あんまり評判だったもんだから、つい、ね。でもやっぱり、はずれたね。
クサンチッペ　知れた話だよ。だって、感動しようと思って観るくらいなら、わざわざ観なくたって同じでないか。そんなの二度手間なだけだよ。
ソクラテス　ああ、その通りだ。僕も、観てる間ずっとそのことを考えていたんだ。
クサンチッペ　あたしはスパゲッティが食べたい。
ソクラテス　よし、じゃあ行こう。何でも好きなのを食べなさい。そのかわり、もうちょっと付き合ってくれるんだぜ。
『シンドラーのリスト』、千二百人のユダヤ人を強制収容所から救出したドイツ人の記録、本年度アカデミー賞堂々七部門受賞!か——。ふむ、まさしく知れた話だね。いや、決して面白くなくはなかったよ。でも、やっぱり面白くないんだなあ、こういうのは。何が面白くないって、面白いとか面白くないとか言わせませんよってことだろう、こういうの。そこが僕には何とも面白くないんだな。まあ一言で言えば、ずるいんじゃないかと思うんだ。こういう映画を作るってこと自体がね。
　じゃあ観る側はずるくないのかって、もちろん観る側だって、同じだけずるいのさ。だってそうだろう。反戦映画に泣きましょうって、太平の世の人々がだよ、それが娯楽のひとつでないのなら、観に行く理由がわからんじゃないか。ひとしきり感涙にむせんで出てくりゃ、さあ何を食べましょうかって——。うわ、何だその顔、お前。

クサンチッペ　イカ墨のスパゲッティ、あたし好きなのよ、これ。

ソクラテス　いいけど、何だかすごい顔だよ。口のまわりが、ああ真っ黒だ。

クサンチッペ　あたしはあんな映画観てるよっか、おいしいもの食べる方がいいもの。

ソクラテス　正直なやつだ。僕だって、ヘタな反戦映画より、よくできた戦争映画の方がよほど好きだものね。

クサンチッペ　ああ、『史上最大の作戦』。

ソクラテス　なあ、わかり易くていいだろ。スカッとするじゃないか。

　そう、僕は映画を観ることを言い訳にする気などないのだ。そういうずるいことは、僕は嫌いなのだ。娯楽でなければ言い訳以外ではないのだよ、太平楽の人々が反戦映画を観に行くという行為の意味はね。いや、言い訳を楯《たて》にしたやっぱり娯楽かな。ああ、こりゃあもっと悪い。僕は以前から思ってるんだ、戦争の悲惨に悲憤したいそういう人々が、ずるい仕方でなく悲憤してるのなら、ああいう映画を観に出向く道理が、そもそもないんじゃないかって。

　いいかい、たとえばさっきの映画の場面だったらね、収容所の哀れな囚人たちが、ナチの将校のただの気まぐれで射ち殺される。殺された人は転がる。観客は言う、

「何て酷《ひど》い、人間を虫ケラみたいに！」

　しかしね、お前、それは違うのだ。これは映画なのだ。殺されて転がった人は、もう一度起き上がって撮り直しをするのかもしれないし、やれやれと飯を食いに行くのかもしれない。「当たり前じゃないか、これは映画だもの」、皆は言うだろう。しかし、それは全然違うことなのだ。映画の中で殺されることと、現実に殺されることとは、決定的に違うことなのだ。なぜなら、いいかい、あの時あの場で殺されたその人は、それきりもう起きてきてはいないのだよ。僕は、このどうしようもない事実の方にこそ、よほど心が痛むのを覚えるよ。

それで僕は、殺される人の演技をすることで作られる反戦映画を観るのを好かない。それが演技であるということを、知りながら忘れて涙を流す観客もうそっぱちだ。不真面目だよ、じつに失礼な話だ。ああいう場面を映画館の椅子に坐《すわ》って観るという行為は、僕にはひどく居心地の悪いことなのだよ。

クサンチッペ　いつまでも怒ってないで、ほら、食べなさいよ。いいでないの、やらせとけば。観なきゃいいんだから。

ソクラテス　ああ、その通りだ。僕はもういいや、こういう映画は。しかしね、スクリーン上の生死には涙するが、現実の生死についてはその考え方さえわからんような人こそ、根っこの脆弱《ぜいじゃく》な反戦論を唱えたがるものなのだよ。

僕は映画を観ながら、以前読んだフランクルの『夜と霧』を思い出していたんだ。同じ収容所体験を描いても、この人はじつに冷静なんだ。冷静ということは、真実ということなんだ。だってお前ね、今日殺されるか明日殺されるかって毎日を生きている人がだね、人命は尊いだの人殺しはいけないだのって仕方で考えてると思うかね。

クサンチッペ　まっさかぁ。

ソクラテス　なあ。彼らはただ殺されたくない、生き延びたいと考えていたのであって、戦争は悪だ、人権を守れというふうに考えていたわけでは決してないのだよ。

なのにこの安穏たる世の中においては、人々にとってヒューマニズムとはまさに、それによって自分が守られるはずの理念であってね、そういうものがどこか天空にでも開闢《かいびゃく》以来存在しているという信仰であってね、今のこの場で生きるか死ぬかの現実とは、全然関係がないようなものなのだ。

クサンチッペ　そんなの、ピストル向けられて、さあ射つぞって言われたら、それこそ万歳だわね。それだけのものだわね。

ソクラテス　だろ？　現実の生命に関係がない「生命尊重」が尊重してるのは、それじゃいったいどの生命なんだってことだろ。生命尊重が人類普遍の理念だったのなら、彼らは自分が殺されるなんて、そも思わなかったはずじゃないか。しかし彼らは、自分がいつかは殺されると思っていたからこそ、毎日それを怖《おそ》れていたのだ。こういう当たり前の理屈がわからなくなるんだね、平和すぎる時代では。理念の発生と結論の順序が、見事にあべこべになっちまう。

フランクルもやっぱり、同じようなことを言ってるよ。

〈当時トルストイの原作による『復活』という別な映画を見た人が、ここにこそ偉大な運命があり偉大な人間が描かれているといい、ただわれわれにはそんな運命は恵まれず、かつかかる人間的偉大さに成長する機会をもっていないと考え――その上映が終ってから近くのカフェーでサンドウィッチとコーヒーを飲みながら、一瞬間だけ意識をよぎったさっきの形而上的《けいじじょう》な想いを忘れてしまうといったことは幾らでもみられた。しかしその人間自身が今度は自ら大きな運命の上に立たされ、自己の内的な偉大さで向わねばならない決断の前に置かれると――すると彼はもはや以前考えたことをすっかり忘れて諦《あきら》めてしまうのである――〉

クサンチッペ　んじゃ、あたしはカフェーでケーキとエスプレッソ。

ソクラテス　よく食うなあ、お前。

クサンチッペ　だってあたしは映画観たくらいのことで、なに形而上的な想い？　そんなのに騙《だま》されやしないもの。

ソクラテス　よろしい、じつに健康である。どんどん食べなさい。

クサンチッペ　ティラミスね！

ソクラテス　フランクルはこう続ける。

〈しかし彼がいつかふたたび映画館に坐り、同じような映画が上映されるのを見るようなことがあったとすれば、彼の心の目の前には同時に想い出のフィルムが廻り、感傷的な映画作品よりも遥かに偉大なことをその生涯において実現化した収容所のある人々を想い出すであろう〉

あの種の映画を作り、そして観るという行為は、そこで扱われている理念よりも単純なことではないはずなのだよ。あの監督にはそのことがわかってないね。

クサンチッペ　あら、ねえ、あそこの席に居るの、ニーチェとハイデガーじゃない？

ソクラテス　おや、ほんとだ。何だ、ふたり共随分な仏頂面《ぶっちょうづら》して――。はは あ、さては彼らもあの映画を観てきたな。
やあ、御機嫌よう。どうしたね。

ニーチェ　愚劣きわまる映画を観たのだ。堪《たま》らん。げに唾棄《だき》すべきは凡庸なる畜群どもの本能なのだ。

イエス彼のユダヤ人らにむかいて言えり、「律法は僕《しもべ》のためなりき。わがなす如《ごと》く、神の子として、神を愛せよ！　そも我ら神の子たちに、道徳が何の関わるところぞ！」

ハイデガー　現存在の頽落《たいらく》形態としての日常性と被投性、すなわち死の実存論的存在論的構造への問いの、甚しい欠落だ。

ソクラテス　「シンドラー」だろ？

両者　ああ。君も観たのか。

ソクラテス　うん。映画はともかく、どう思うかね、あの男とその行為。

ニーチェ　我らのパッションすなわち生への愛とは、それ自体既に善悪の彼岸であり、偉大なる魂の行為すなわち力への意志は、矮小《わいしょう》なる市民的道徳を脚下に踏みしだき立ち上がるものなのだ。シンドラーなる男によって為された行為が、結果として多数の哀れなる囚人たちの生命を救ったとて、なにゆえにそれを善、心優しき善人による美《うる》わしき善行と、結論することができようぞ！

ソクラテス　同感だね。たいていの人間てのは、自分たちとは違った行ないをする人間の行ないを、自分たちの理解できる仕方でしか理解できないものだからね。だって君、困っちゃうじゃないの、この僕が毒杯を仰いだことだってね、不正なる裁判に屈することなく正義の信念を貫いたゆえんである、とこう後世の連中は思ってるんだもの。

ニーチェ　笑止千万！　凡俗愚昧《ぐまい》！

ソクラテス　ねえ。死ぬことなんか最初からどうでもよかったからだなんて、今さら言えなくなっちゃった。

ハイデガー　誰もが言う、死がやってくるのは確実だと。誰もがそう言うのだが、世人が看過しているのは、死を確実だと悟り得るためには、己れの現存在自身が己れの存在可能性を確実だとそのつど悟っていなければならないということ、このことなのである。誰もが死は確実だと言うのだが、それは現存在自身が己れの死を確実だと悟っているかのような、じつは見せかけだけなのである。

ソクラテス　皆、自分が死ぬということを知らなすぎるね。
ハイデガー　さよう。
ソクラテス　むろん僕だって知らんよ。
ハイデガー　然《しか》り。
ソクラテス　しかし、知らんことを知ってるってのと、知らんことも知らんってのは、やっぱり全然違うことでね。何が違うって、生き方の構えが歴然と違う。
ハイデガー　己れの死を確実だと悟り得た時その時にのみ、世人には与《あずか》り知れぬ固有の宿命を確実に悟り得るのである。この先駆的決意性は醒《さ》めきった不安でありながらも、身構えのできた歓《よろこ》びである。すなわちこの情熱こそ、死への自由なのである。
ニーチェ　おお、我らがパッション、運命への愛！
ソクラテス　英雄や天才って人々の行為の仕方がそれだね。善悪や思惑《おもわく》が先にあったわけじゃ決してない。わかっちゃいるけどやめられないのだ。シンドラーの行為、あの尋常ならざる徹底性は、もはや人命救助というより自己表現だね。
ニーチェ　力への意志は善悪を超越する。ヒトラーの行為、あの尋常ならざる徹底性は、もはや人殺しというより自己表現だ。君は私の口からそれを言わせたいのだろう。
ハイデガー　人は死への自由として、己れの歴史性をその良心において引き受ける。君は、私がナチ党員だったことについて口を割らせたいのだろう。
ソクラテス　いやいや君たち、それは邪推というものだよ。どうして僕なんかに、他人の行為を後から裁く資格があるもんかね。この世の誰がいったい歴史の外に立ってそれを見る眼をもってるのかね。そんなことができると思ってるのは、生まれてこのかた生きたことのない理屈屋だけだよ。
両者　異議なし！
ソクラテス　どうやら君たちの口からは言いづらいらしいから、僕が代わりに言ってみようか。ヒトラーもシンドラーも、歴史から見りゃおんなじだって。いいでも悪いでもないんだって。映画よりはいくらかましな原作の中で、取材した著者がこんなこと書いてるよ。
〈オスカー・シンドラーという人物について語るとき、ある点までくると、生き残っている彼の友人たちは目をぱちくりさせ、頭を振り、まるで算術の足し算のように、彼のさまざまな動機の総和を見出そうとしはじめる。〝シンドラーのユダヤ人〟のもっとも平均的な感想のひとつは、いまなお、「彼がなぜあんなことをしたのかわからない」なのである〉

　ヒトラーについても、これは同じだ。彼がなぜあんなことをしたのか、本当のところは誰にもよくわからんのだよ。彼自身にだってその意味じゃ、きっとわかってなかったはずなんだ。歴史における「個人」の意味が逆転する地点がここだ。だからこそこれは善悪の問題じゃない。戦争も平和も大虐殺も、巨《おお》きな潮の満ち干なのだよ。僕は、自分だけは別だなんて思わんのだ。

ニーチェ　畜群どもにはこれがわからん。

ハイデガー　世人の理解は期待できない。

ソクラテス　連中、ちっぽけな自分を自分だと信じきってるからなあ。決して手放そうとしないからなあ。大したものじゃないんだけどね、そんなもの。そんなのポイしちまいさえすれば、ああ歴史とはそういうことであったか、ということは、ままあることなのだ。そして同時にそれがやはり自分であったということに、人は豁然《かつぜん》と気がつくのだ。僕が、今ここに居るこの僕が、そのまま僕らの全歴史なのだ。歴史とは、じつは、「僕」なのだ、とね。

ニーチェ　永劫《えいごう》回帰と私は言った。

ハイデガー　存在こそが謎《なぞ》なのだ。

ソクラテス　全てはリストだ。

両者　さよう。

ソクラテス　リストとは何だ。

両者　わからん。

ソクラテス　シンドラーはリストを作った。生死を隔てるリストを作った。人々は言った、リストに選ばれることだけが生き残る道だ。

　しかし、リストを選んだのはじつはシンドラーだったのか。それなら僕らは生まれないことを選べたか、死なないことを選べるか。生も死も選べるものではないのなら、リストが選んだのはその人の生死だったのか。いや、リストが選んだのはその人の生死ではなく、ただその人、だったのだ。リストを選んだのは、じつはリスト以外ではなかったのだよ。そう、生きようが死のうが僕が僕以外のものにはなれなかったように、ある人がその人であるということは、その人の生死を越えているのだ。これは驚くべき事実なのだ。
ニーチェ　運命のリストに私の名がある、「ニーチェ」。
ハイデガー　存在のリストに私の名前だ、「ハイデガー」。
ソクラテス　リストに僕の名があるのを読むのは僕だ、「ソクラテス」。
クサンチッペ　ねえねえ、あそこの窓際に坐ってるあのイカした男、バリッとしてさ、あれ、シンドラーじゃない！
ソクラテス　おや、ほんとだ。あれあれ、あんなに憮然としてさ──。何を見てるのかな。
クサンチッペ　メニューよ。
ソクラテス　いや、あれはリストじゃないかな──。よう、ヒーロー！　何だい、それ？

あたしの岩波物語

クサンチッペ　ねえねえ！
ソクラテス　うん？
クサンチッペ　これ、この本さ、今評判よ。
ソクラテス　どれ。山本夏彦《なつひこ》『私の岩波物語』。ふうん──。お前、読んだのか。
クサンチッペ　まさか。
ソクラテス　ふん。
クサンチッペ　だって、岩波って、あの岩波でしょ。
ソクラテス　そう、あの岩波だね。
クサンチッペ　あんたの本いっぱい出してる──。
ソクラテス　いや、僕のじゃない。書いたのはプラトンだ。
クサンチッペ　でも、あんたのことでしょ。
ソクラテス　まあそうだな。
クサンチッペ　悪いって言ってるよ。岩波書店は悪いって。

ソクラテス　そうだなあ。何が悪いかなあ。
クサンチッペ　ねえ、何て書いてあんの。面白いじゃない。
ソクラテス　どれどれ。
〈私はこの長い物語を「私の岩波物語」から始めたい。岩波茂雄はまじめな人、正義の人として定評がある。私はまじめな人、正義の人ほど始末におえないものはないと思っている。人は困れば何を売っても許されるが、正義だけは売ってはならない、正義は人を汚《けが》すと聖書にある〉
と、あるね。
クサンチッペ　えー、なんでー？　なんでまじめで正義が悪いのよ。
ソクラテス　僕もそう思う。人は必ず、まじめで正義でなければならん。
クサンチッペ　この人、なんでこんなこと言ってんの。
ソクラテス　なんでかねえ。いろいろあるんだねえ。
いろいろあるのだよ、言論にはね。大変なのだよ。何が一番大変と言って、ひとつの同じ言葉を、大勢で一緒に使わなければならんということだ。大勢ということはね、お前、それこそそこには上品《じょうぼん》、下品《げぼん》、いろいろあるということなのだ。それらが皆で一斉に、たとえば、「正義」、という言葉で何かを言ったとしてごらん。正義の人の正義も、正義でない人の正義も、全部おんなじ「正義」という言葉で言われるのだ。だから正義の人は、正義でない人の正義に向かって、お前の正義なんぞが正義であるものかと言う。正義でない人は正義の人に向かって、お前の正義が正義でないから、俺の正義を正義とは言わんと言う。すると正義の人は、お前はお前の正義でない正義を正義だと思っているから、それを正義でないと言うのだな、なら俺は俺の正義を正義とは言わん、それを正義でない正義であると言うぞ。すると正義でない人は——。
クサンチッペ　もういいよー。
ソクラテス　なあ、やんなっちゃうだろ。気の毒なのは、そこにある「正義」ってその言葉さ。「正義」という言葉が悪いわけじゃない。「正義」という言葉をそういうふうに使うしか知らない人の方が悪いのだ。それで僕はこう言ったわけなのだ。
「知っていて悪を為《な》す者はない」。

ないか。「正とは不正を為さざることである」。

クサンチッペ　何を言ったことにもなってないじゃ

ソクラテス　そうだ、僕は何も言ってない。正義とは何であり、かくかくしかじかの思想内容をもつなんてことは、たったの一言も言ってない。だって僕は知らんのだもの、正義の中身だなんてもの。僕が知ってるのは、正義という言葉が正義という言葉であるというそのことだけなんだもの。

クサンチッペ　だからあ、まじめで正義がなんで悪いのって、訊《き》いてんのよ、あたし。

ソクラテス　悪いわけがないじゃあないか。だって、正義が悪かったら、そりゃ正義じゃないんだもの。

夏彦って人も、散々その辺のことが煩《わずらわ》しかったんだろうよ。まあ、言論と言う限りは、どっかから話を始めなきゃ、始まらんわけだからね。それで、正義という言葉で皆が何がしか中身めいたものを信じ込んでるのを見て、そいつをひっくり返してやるために、まずその言葉ごとひっくり返してみせたってところだろう。でも、ダマされちゃ駄目だぜ。ほんとはこの人は正義の人なんだからね。なに、きょうび正義の旗色が巷じゃ芳《かんば》しくないのを、しっかり見てるんだろうよ。それで、「正義は悪い」とぶち上げておいて、そうだそうだ俺もそう思ってたと、喜んでついてくるじつはただの性悪《しょうわる》どももろとも、お仕置してやろうと思ってるに違いないよ。

だって正義も反正義も、そうと信じ込んでる愚かさでは同じじゃないか。自分の頭で考えたまえ、自分の言葉で語りたまえ、そのうえ自分を捨てたまえ。うん、このスローガンは使える。言論は自由だなんて言ってもね、自由な言論と、自由でない言論とが、最初からあるのだよ。正義の言論は常に自由だが、不正な言論は決して自由ではないのだ。わかるかな、皆の衆。

だいたいね、我こそ正義だと思ってない人が、なんでわざわざ世間に向かって物を言ったりするわけかね。「私は間違ってます」「私は不正です」って具合にかい。

クサンチッペ　変なの。でも、あるかも。

ソクラテス　うん。技だな。搦手《からめて》からってやつさ。単純な正義と単純な反正義、まとめて束ねてザマアミロするためにはね、きっと、いろいろ、あるのだよ。

クサンチッペ　なんか、この人、あんたに性格似てない？　勘だけど。

ソクラテス　いやあー、どうかなー。僕は、岩波書店はそんなに嫌いじゃないものね。続きを読んでみようか。

〈以上正義を売物にしてどこがいけないかについて述べた〉

　な？　この人は、かくまで深く正義を愛しているのだよ。かくまで愛しているものを、この世の金なんぞに換えて堪《たま》るかよと言ってるのだ。彼は、文字通りの「商品」、岩波印の商品になった正義の中身なぞ信じないと言ってるのであって、正義そのものを信じないなんて、一言も言ってやしないんだぜ。返す刀で、はやりの反正義商品を売り歩いてる狡辛《こすから》い連中を、切って捨てたってとこだな。

クサンチッペ　売り買いできるようなものが、なんで正義なわけなのよ。

ソクラテス　ああ、お前が真っ当だ。言論を商品にするというその考えが、そも無理なのだ。それは、アタマのどっかからタマシイを取り出して、その目方を計って報告せよってのと同じ性質の無理なのだよ。言葉は言葉だけで独立した別世界なのだ。だからこの人の怒りも、当然こう来るわけなんだな。さっきの続きだ。

〈もう一つそして最も私が言いたいのは「国語の破壊者としての岩波」である。岩波文庫には古今の名著がぎっしりつまっている。日本の知識人はめいめい背に小さな図書館を背負っているようなものだといわれたが、それは利用しない人の言葉で、ひとたび利用するとそれが往々使いものにならないことが分る。いかにもカントもヘーゲルもマルクスもあることはあるが、読んで分らないのである。／それは日本語とは似ても似つかぬ岩波用語で、それで教育された人があるから分る人が生じるに至った怪しい言葉である〉

〈手短に言うとわが国の哲学の難解は字句の難解である。法律の難解も、税金の難解も字句の難解である。易しい言葉で言えば「なあんだ」というようなものである〉

　ふふーん。

クサンチッペ　なによ。

ソクラテス　ははーん。
クサンチッペ　なんか言いたいんでしょ。
ソクラテス　いやいや、これは後回しにしよう。夏彦君は、西田幾多郎に対して田中美知太郎を高く買っているんだ。日本で唯一「特別な通訳を必要としない」哲学者だってね。その美知太郎だがね、お前、お前のことに言及しながら、僕のことをこんなふうに言ってくれるのだよ。岩波新書『ソクラテス』、悪妻伝説を考察するくだりだ。
〈ソクラテスは、そのうちでも、一番の難物を引き当てたということになるだろう。しかしながら、年十五の若さで、三十過ぎの男と結婚して、その日からは、よその家の炉辺に坐《すわ》って、つむぎ車をまわしながら、家事を見るよりほかには、ほとんど他の何ごとにもあずかることのなかった、むかしの妻のあり方を考えると、クサンチッペに悪名を負わせて、ソクラテスの英雄像をつくるというやり方は、少し酷であるようにも思われる。ソクラテスの偉大さは、そのような犠牲を必要としないのである〉
クサンチッペ　んぷっ――。
ソクラテス　な？
クサンチッペ　あーっはっはっは。
ソクラテス　いや、嬉しいよ、とても嬉しいけどね、全然、違うのだ。そういうことでは、まるでないのだ。
クサンチッペ　偉大だって！　あんたが、決してあたしに頭の上がらないあんたが、英雄だって！　あたしがあんたの英雄のための犠牲だって！　あははー、あーあ――。余計なお世話だよ、バカタレ。
ソクラテス　これもまた、もう一方の岩波の姿なのだ。夏彦君はこう言う、
〈哲学上の「対話」の言葉は日常の言葉で、まず相手の主張を肯定して出発する。そして一歩一歩相手の「然《しか》り」「否《いな》」を確かめ、相手の主張が全くくつがえっても相手がそれを承知しなければならなくする。それには字句は女子供にも分るものでなければならない。ギリシャ人の問答はかくのごとくであったのに日本人の問答はかくのごとくでない、と言ったのは田中美知太郎である〉
〈田中は何ら独特の論理を用いない、読者には普通の判断力と良識を期待するだけだと言った。田中の言葉には難解なところは全くないが、言われている

事がらそのものの理解には、やはり思考の最大の努力を要求することがある。哲学は思考上の難業たる一面をもっているからである〉

確かに、そうなのだ。哲学という思考は、かなりの程度妙なものではあるのだ。しかしね、僕には美知太郎のこんな考え方の方が、よほどちんぷんかんぷんなのだよ。彼はいったい何が言いたかったのかねえ。

〈ソクラテスの死を、三段論法によって結論してみても、それはソクラテスの死の歴史的な把握にはならない。いわゆる公式的解釈の合理性などというものは、この種の三段論法的合理性の、程度の低いものではないかと疑われる〉

〈われわれはソクラテスの死を、このような仕方で、理解しつくすことができるなどと信じてはいない。歴史理解において求められるものは、もっと深い人間理解であろう〉

彼は、僕の死に方に何がしか意味があると思って、それを理解したい一心で、まあーあれこれ思い悩むんだな。なに、君、そんなに悩まなくてもいいって。理解するも何も、僕はただ成行きがそうなったから死んだだけなんだから。他に理由なんか、ありゃしないんだから。なぜって——僕は、死とは生がそれに対して何らかの態度を取るべき何かであるのかどうかを知らないからだ。それを知らないということを、明らかに知っているからだ。いいかい夏彦君、死によって生である、無によって有である、知らないことによって知っている、僕らがいま居るというこの日常の生を、「普通の判断力と良識」とによって「最大の努力で思考」したときに現われるこの不思議な事実を、無理を承知で哲学の言葉に置き換えてみる。するとこれが、「絶対矛盾的自己同一」とでも言うしかないことになるのだよ。西田の苦労も、少しは汲《く》んでやりたまえよ。

哲学という思考は、人生について思考するからこそ、決して人生論にはならんのだ。「歴史理解」も「深い人間理解」も必ずしも必要じゃない。必要なのはただ思考が思考することを思考するということなのだ。それを書物によらずに自分の頭ですることなのだが、これはやはりある種「独特の論理」ではあるのだ。そしてなお困ったことには、それを文章で表現するときに、該当する言葉が、この世にないのだよ。しかし、カントもヘーゲルもそれをやった。言葉のない「考え」を、何とか言葉にしてみせた。あの国の人々は、もともとその種のことが好きだからね。ところが、明治期日本にそれらを輸入した人々は、「ただ考える」仕方なんて全然わからなかった。そんなことがどんなことかさえわからなかった。わからないもんだから、「考え」の字面《じづら》の方だけを移し変えて、畏《おそ》れ多くも復唱したのだ。まあ、祝詞《のりと》みたいなもんだな。

だから、「哲学の難解は字句の難解」、それはその通りなんだが、それだけでは決してないのだ。哲学の難解は、法律や税金の難解とはやはり違うのだ。字句の難解のその向こうに、「考え」自体の難解とでもいうべきものが、じじつ、あるのだよ。いや、難解というより、むしろ奇妙というべきかな、普通の考えにとってはね。たとえば、哲学が考えるのは人生についてである。

クサンチッペ　「なあんだ」。

ソクラテス　そう、「なあんだ」。ところが、「なあんだ」ですますことができないのが、この考える人々の、言わば業《ごう》なのだ。彼らは決して「人生とは何か」とは問わない。驚きによって、こう問うてしまうのだ、「なぜ人生なのか」。「なぜ在るのか」、「在るとは何か」、「と考えているのは何か」、「それはほんとか」。

クサンチッペ　変人。

ソクラテス　そう、変人。哲人とは、つまり変人だ。哲学学者、必ずしも哲人にあらず。と言って、変人に人生が説けるはずもないしね。

「真理は変人によって求められることを自ら欲す」。

岩波書店の功罪だ。変なことをしている、変なことを広めようとしているという自覚を、最初からもてなかったのだ。変であるということは、恥じらいこそすれ威張るべきものであるはずないのだ、夏彦君を見てみたまえ。岩波は、日本語で哲学する西田の苦労を買ったのはよかったが、それを崇《あが》める必要は全然なかった。わからんものを有難がるのは、おかしな習慣だぜ。なのに、わからなさ余って哲学を人生論にくっつけて、有難くもわかったような気にさせた。これはあべこべだ。ために、安手の人生論に反撥《はんぱつ》を覚える研究者を、再び逆の側に走らせた。これが当節の専門分化した哲学研究の現状だ。かくて、どうせ連中は人生の現実には関係のないことをやっとるのだと、わからんことに居直る口実を、世間の人々に与えているという次第なのだ。しかもまあこの間ずっとこれらの人々は、互いに威張ったり妬《ねた》んだり、拝んだり貶《おと》しめたりし合ってるんだから、御苦労と言や、こんなに御苦労な話はないぜ。

クサンチッペ　要するにさあ、誰もなんにもわかってないだけなんでないの？

ソクラテス　そうなのだ。考えるということがどういうことなのかということが、そもわかっとらんから、こういうことになるのだ。

クサンチッペ　でも、わかんなくたって、別にいいんでないの。

ソクラテス　そうなのだ。わかったところで、わからんということでは、やはり同じなのだ。

クサンチッペ　ほらね、やっぱりあたしがいつも言ってる通り。無駄だ。

ソクラテス　そうだねえ。しかし、あながち全くの無駄というわけでもないのだよ。

クサンチッペ　なによ、言ってごらん。

ソクラテス　正義だ。正義のためだ。正しく生き、正しい人となるために、僕らには哲学が必要なのだ。

クサンチッペ　怒るわよ。

ソクラテス　いや、本当だ。だって、美知太郎だってそう言ってるのだ。いいかい、かの本、岩波新書、これはたったの五百円かそこらで買えるのだ。その結びの、堂々たる一文だ。

〈『国家』でも、『思い出』でも、ソクラテスは全生涯を、正義の問題に捧げて来た人として語られている。ソクラテスこそ正義の証人だったのであろう。かれの生死は、かれの万人に問いかけていたことの答だったのである。本当の哲学（愛智）というものは、そういうものなのだと思う〉

諸君！　正義とは、何か。

ふふーん。

ははーん。

教授の警鐘「ハンチントン」

ソクラテス　現代世界の諸君！
〈諸君が私の口から聴くべきところは、ゼウスの神かけて、彼らのそれの如《ごと》く麗句と美辞とを以《もっ》て飾られた巧妙な演説ではない。それは無技巧に思いつくままに漏らさるる言葉である。けだし私は私が語るところの正しきを信じている、従って諸君のうちの一人といえどもそれ以外のことを期待してはいけない。諸君、諸君の前に現われて青年の如く技巧を凝せる弁舌を弄《ろう》するようなことは、私の年齢からいっても少しもふさわしくないのである〉
クサンチッペ　十分に偉そうじゃないか。
ソクラテス　なあ、そう聞こえるよな。岩波文庫訳の『弁明』だ。まあ今日はそのことはよしとしよう。お前、お前は僕が政治に関わるのを好かないことを知ってるね。
クサンチッペ　ああ、全然柄じゃないねえ。あんたはよくよく能天気だからねえ。
ソクラテス　そう、確かに僕は能天気だ。しかし、僕の脳の天気には、じつは厳しい必然があるのだよ。
クサンチッペ　そういうこと言うから変だって言われるのよ。例のあれのことでしょ。
ソクラテス　そう。僕の鬼神《ダイモン》、ダイモンの神様が僕に合図をよこすのだ、ソクラテスよ、為《な》すなかれってね。そのダイモンが僕が政治に関わることを、ずうっと禁止しているのだよ。
クサンチッペ　そりゃきっと、あんたがそれだけの器じゃないからだよ。
ソクラテス　うん、かもしれない。しかし、器でありすぎて向いてないってことも、あるかもしれないぜ。
クサンチッペ　なにそれ。
ソクラテス　つまり、器の中でどんなに波風が立とうとも、器そのものには何の関係もないってことだ。
　さて、現代世界の諸君！　僕は決して政治には与《くみ》しない。僕にできるのは政治に与している人々の考えを整理すること、それだけなのだ。それが、結局は諸君を最も益することとなるのだ。諸君には僕の言うことはにわかには信じられないだろう。にもかかわらず、これはまさしく僕の言う通りなのだ。ただ、これを諸君に信じさせること、これが容易でないだけなのだ。

ここにあるこの一編の論文、サミュエル・ハンチントン「文明の衝突――再現した『西欧』対『非西欧』の構図」、この人はハーバードの先生なのだが、大統領の御意見番でもあるのらしい。冷戦終結後、世界政治はイデオロギーの対立から文明間の対立へと移行する、今後人々は自己のアイデンティティをイデオロギーにではなく自分の属する文明、すなわち宗教、歴史、民族、言語、伝統へと回帰して求めるようになるだろう、異なる文明間の敵意と憎悪《ぞうお》は増幅するだろう、西欧人よ、危険を秘めたイスラム、儒教コネクションを警戒せよ！　と、教授は危急の警鐘を鳴らすのだ。そして、じじつこの論文は、世界中の政治家や政治学者の間に、少なからぬ反響を巻き起こしているらしいのだ。たとえば、外交の文明論的位置づけを急げ！といった具合にね。

クサンチッペ　なんか、おどろおどろしいね。

ソクラテス　どう思う？

クサンチッペ　どうも思わない。

ソクラテス　だろうな。

クサンチッペ　どう思えってのよ。

ソクラテス　そうだろうな。

クサンチッペ　あたしだって世界政治のことなんざ、あんた以上に興味ないもの。

ソクラテス　なんで興味ないかね。

クサンチッペ　だって、心配したってしょうがないもの。なるようになるものだもの。そんなの、政治家がその時その時の損得あれこれ勘定してやってることなんだから、なるようにしかならないもの。おんなじ人間がすることなんだから失敗だってするだろうし、人が喧嘩をするのは何も今に始まったことじゃない。先のことがわからないのだって、政治家や学者に限ったことじゃない。

ソクラテス　僕は時々、お前の冷静さに恐れ入ることがあるね。まさにその通りなのだ。学者というのは説明したいものなのだ。現在起こっていることはどういうことなのかということを、きちんと理屈で説明して、納得したいものなのだ。たとえばこの教授は、彼の論文に対する反論に対して、こんな応《こた》え方をしているのだ。

〈それがどこであろうと、世界は混乱に直面している。こうした混乱や紛争の原因が文明上の違いにもとづくものでないとすれば、いったい何だというのか？　文明のパラダイムを批判する人々が、世界で起きていることを説明する、より優れたパラダイムを呈示できてるわけではない〉

そして、彼のパラダイムで説明できない「変則的な事例」があるとしても、その有効性が損われるわけではない、とね。

しかし僕は思うのだが、混乱を現に生きている僕らに、なぜその説明が必要なのだろうか。一触即発の紛争地帯で日々を生きている人々が、その事態をうまく言い当ててくれる説明を求めるものだろうか。そう、ある意味では求めるかもしれない。しかし彼らは言うだろう、「我々は、現にこうして対立しているのであって、文明が対立するから対立しているわけじゃない」

学者や理屈屋が最も陥りやすい落し穴が、ここだ。ヘーゲルって男が大した学者であり得たのは、まさにそこの機微を絶妙にも心得ていたからなのだ。そのことによってこそあの男は、大した学者であり得たのだ。まあいくぶん勇みすぎたところもなくはないがね、それこそ同じ人間のすることなんだから、たまには失敗だってするだろうさ。学者ばかりが失敗することを許されないってのも、考えてみりゃ随分おかしな話だぜ。学者が失敗するのを許さないような人こそ、学者の言うことをハナから信じて、唱えつつ従《つ》いてゆくような人なのだ。

ヘーゲルは言う。歴史とは、一見したところ次々と慌《あわただ》しく生起する出来事の雑踏であって、その各々《おのおの》の現場では、単に利己的関心や情熱や恣《し》意《い》や暴行があるのにすぎない、とね。まあこの世の毎日なんてのは、言ってみりゃ、おしなべて「変則的な事例」であるわけだな。ヘーゲルがハンチントンて学者と格が違うのは、それを慌《あわ》てて説明しようとしないところだ。きのうや今日の出来事を、学問の対象とは認めないのだ。常に一歩、退《の》いて見る。つまり、自分の目で見ない。しかし同じ人間なんだから、じつはあれは自分であると見る。この確信こそが、説明以前に必須《ひっす》のものなのだ。そうすると見えてくるんだな。それが例の「ミネルヴァのふくろう」ってやつさ。

歴史とは世界精神の自己実現の過程である。歴史の究極目的は自由なる精神の絶対的自覚である。

そういう立派すぎる言い方で言うから、いつまでも誤解されっぱなしなのだよ、ヘーゲル君。いや僕にはよくわかるよ、僕にはよくわかるんだがね、しかし普通にはなかなかわからんのだよ。例えばこのハンチントン教授だが、彼は彼のパラダイムで説明できる「具体的な事例」を次々と上げてゆくのだ。

〈旧ユーゴスラビアにおけるクロアチア人、イスラム教徒、セルビア人の紛争の継続と激化〉

〈西欧諸国が、ボスニアのイスラム教徒への抜本的な支援を怠ったこと。セルビアの残虐《ざんぎゃく》行為を批判しているにもかかわらず、(カトリック系の)クロアチアの行為を批判しなかったこと〉

以下略。

つまりね、教授は、クロアチア人がクロアチア人であり、西欧諸国が西欧諸国であるということを、ほんの少しも疑っていないのだ。それらは最初からそうであり、それ以外ではないと思い込んでいるのだ。むろん、彼らにとっては、それは自明のことなのだ。クロアチア人の一兵士は、自分をクロアチア人だと思うから、そうして闘っているのだし、教授は自分をアメリカ人と思うから、それらを憂《うれ》えることもできるのだ。

しかし、だね。実を言うと僕は、誰であれ人が自分を何国人と思うということはどういうことなのか、よくわからんのだよ。たとえばだね、お前、おい、寝てるのか。

クサンチッペ　だってー、つまんなーい。あたしに関係なーい。

ソクラテス　そう、まさにその、あたしに関係あるのないのの話だ。お前はいつも、自分が女なのはたまたまそうなだけだから、大して関係あることじゃないと言ってる。では、ギリシャ人であることはどうだ。

クサンチッペ　たまたまだよ。

ソクラテス　アテナイ市民であることは?

クサンチッペ　おんなじ。

ソクラテス　それじゃ、お前は誰だ?

クサンチッペ　あたしは、あたし。あたしがアテナイのギリシャ人の女だってのは、たまたまのこと、やってるだけだよ。別に大したことじゃない。そんなのが何か大したことみたいに思ってるから、男は馬鹿《ばか》だって言ってるの。

ソクラテス　ふーむ、じつによくわかっとるねえ。僕が言いたかったことのほとんど全てだ。僕はかつてあの裁判でこう言ったのだ。

〈まず自分自身のことを顧慮する前に、自分に属する事柄を顧慮しないように、また、国家そのもののために顧慮する前に、国家に属する事柄を顧慮しないように、その他一切の場合にもこの順序に従って物事を顧慮するように、諸君のうちの何人をも説得することに努めて来たのである〉

ハンチントン教授には、このことが全然わかってない。彼は、「自分とは何か」を考える前に、自分に属するアメリカ人という属性を信じている。「国家とは何か」を考える前に、アメリカという国家の国益を憂えている。何を悠長な、現実は否応《いやおう》なく動いているのに、と皆は言うだろう。当たり前だ。だから、そういう否応ないことは、政治家に任せておけばいいのだ。そのためにこそ彼らはいるのだ。かくまで悠長なことを、学者が言わずに誰が言うのだ。

僕らが或《あ》る文明を、文明として正当に論じることができるのは、それが滅んでからのことのはずだ。とすると、現在の問題として「文明」を持ち出す教授はきっと、西欧文明が滅びつつあることに危機感を覚えているのだろう。しかし、危機感なんてものは、何がしかこの世の政策にはなり得ても、決して学問の態度ではないね。人は皆、冷静でなければならん。特に学者は必ずね。夢中になって殺し合ってるクロアチア人とセルビア人だって、自分とは何かを考えたことがありさえするなら、そういうことにはまずならんのだ。なあ、自分なんて何者でもないってこと、お前にだって、ちゃんとわかってる。

クサンチッペ　何者でもなくなんかないわよ。あたしはあたしで、絶対に他の誰かじゃないもの。

ソクラテス　そう、そうなのだ。それは同じことの裏返しなのだが、皆にはこれがわからんのだ。いやこれはもう絶望的にわからんね。ハンチントン自身、自分が見事に矛盾することを述べてることに気づいてないのだ。

いいかね、「文明上のアイデンティティ」と彼は言う。人は、自分が何者であるかということを何ものかに求めるものだ、それがかつては国家やイデオロギーであったが、今後それは文明へと求められるだろう、なぜなら文明こそは、人が自ら選べなかった最も根源的なものだからだ、と。つまり彼は、人は自分には選べない文明を自分で選べる、と述べているわけなのだ。選べないが、選べる、とね。さてこれはどういうことなのか。つまり、人がその文明に属するのは、自分がその文明に属すると「思う」ことによってでしか実はないということを、この人は認めているわけなのだよ。

とすると、自分を何者かであると思っているところのその自分は、何者でもないのでなければならないね。それをヘーゲルは「絶対精神」と言うのだ。僕らはクロアチア人、アメリカ人である以前に、等しく精神、何ものにも規定されていない絶対自由なる精神なのだよ。

そうは言っても人間てのは気が小さい。自分を何者かと思いたい、その何者か仲間だけで結束していたい。国益のかわりに文明益をもち出したって、事態は別に変わらんじゃないか。何者かである自分のために、他人を蹴飛《けと》ばしても生きてやろうってこのことはね。何者でもなけりゃ、損得だってないんだから。この世の精神たちが残らずこの当たり前な事実に気づいて、理性の王国が地上に実現するまで、あと二千年はかかるかなあ。

クサンチッペ なに、悄気《しょげ》てんの?

ソクラテス いや、そうでもないけど。

クサンチッペ いいでない、どうせ変てこなこと言ってんだから。

ソクラテス だって、僕が言ってから二千年経《た》ったって、やっぱりこうなんだぜ。

クサンチッペ 国があるんだから、戦争があるの、当たり前さね。

ソクラテス ああ、国ねえ。国なんてのも、人間の考えが作ってるにすぎんのにねえ。

クサンチッペ あら、でも、あんただって、アテナイの名誉だとか国家の正義だとか、しょっちゅう皆にぶってるでないの。

ソクラテス うん、お前、いいこと言った。まさにそのことなのだ。

僕が「国家」と言う。国家の「正義」と言う。いいかい、繰り返すよ、

〈自分自身のことを顧慮する前に、自分に属する事柄を顧慮しないように、また、国家そのもののために顧慮する前に、国家に属する事柄を顧慮しないように〉

さっき僕は、自分に属する事柄以前の自分そのものとは何者でもないと言った。では、国家に属する事柄すなわち国益以前の国家そのもの、とは何か。やはり何ものでもありはしないのだよ。わかるかね、現代世界の諸君。

しかし現に国家は在る、と皆は言うね。そう、確かに国家は在る、在ると信じて人々がそれのために血を流す。しかし、だ。国家を作っているのは一人一人の人間だ、一人一人の人間以外のどこか別のところに国家があるわけじゃない。なぜなら、人間を考えずに国家だけを考えることはできないのだからね。ところで、一人一人の人間とは、じつは何者でもなかった。それなら、何者でもないところの人間たちによって作られているところの国家なんてものが、何ものかであるはずがないじゃないか。

しかし君だって「国家」と言う、国家の正義と言うではないかと皆は言うだろう。そうだ、僕は言う、「国家」を、その正義をこそ考えよ、と。いいかね、僕は国家なんてものが、僕が何者でもない以上、何ものかであるなんて認めちゃいない。なのに、その何ものでもない国家のための「正義」と言う。これは、どういうことか。

つまり僕は言っているのだ、国家とは何ものでもないということを正しく認識せよ。これが正義だ、「国家の正義」だ。何ものでもない国家のために国益を求めるな。これが名誉だ、「国家の名誉」だ。国家を何ものかであると考えること、そのことによる行為、これは不正だ、国家に対する不正と不法となることは明らかなのだ。

クサンチッペ　要するに、みんなみっともないことすんなってことでしょ。

ソクラテス　どうしてお前はそうやって一言で言ってくれるのかしら。しかし、要するに、そういうことなのだ。じゃ、ここはひとつ岩波文庫訳で朗々たる『弁明』といくか。

〈私は諸君に断言する。私にして若《も》しつとに政治に携わっていたならば、私はもうとっくに生命を失ってしまっていて、諸君のためにも私自身のためにも何の裨益《ひえき》するところもなかったに違いないからである、今私が真実を語っても怒らないように願いたい。諸君に対し、または他の民衆に対し敢然抗争して、国家に行われる多くの不正と不法とを阻止せんとする者は、何人といえどもその生命を全くすることが出来ないであろう、むしろ、本当に正義のために戦わんと欲する者は、もし彼がたとえしばらくの間でも生きていようと思うならば、かならず私人として生活すべきであって、公人として活動すべきではないのである〉

つまりね、政治家も民衆も、必死になって生きようとしてるわけだろ。自分を自分と信じたり、国家を国家と信じたり、互いに蹴飛ばし合ったりしながらね。ところへ、僕みたいなのがのこのこやってきて、君たち何だって生きようとしてるのかね、何のために生きるのかね、なんて言われた日にゃ、誰も困っちまうということなのだ。

しかし、困ったって、これは真実なのだ。真実だからこそ、諸君は困るのだ。僕は諸君をうんと困らせてやりたいのだ。なぜなら、それこそが諸君を最も益することとなるからなのだ。

さあ、まず、君は誰かを言ってみたまえ。

贅沢《ぜいたく》の探求

クサンチッペ　ほらほら！　またそんなとこで油売ってる。掃除の邪魔だから、どいてどいて！

ソクラテス　ああ、すまんすまん。つい、この雑誌が面白くてね。

クサンチッペ　雑誌？　珍しいわね。なに？

ソクラテス　せんだっての『新潮45』。

クサンチッペ　ああ、あの変てこな雑誌。

ソクラテス　そう、変てこだね。じつに妙ちきりんな雑誌だよ。

クサンチッペ　何が面白いの。

ソクラテス　いや、変なのだ。その変なところが、妙に面白いのだ。

クサンチッペ　見せて。「特集・贅沢の探求」――ふうん、ちょっと面白そうね。

ソクラテス　いや、これがじつに月並なのだ。その月並なのが、また面白いのだ。

クサンチッペ　あたし、読んでみよ。あたし贅沢好きだもの。ほんとはうーんと贅沢したいんだもの。あんたが決してさせてくれないだけでね。

ソクラテス　いやいや、すまんね、僕のせいで。それなら是非、読んでごらん。

クサンチッペ　「パリのイワシ　森英恵《はなえ》」。ああ、森英恵さんか――。あたしもああいう人の作るドレス、豪華なオートクチュール、一度着てみたいなあ。この人もきっと、豪華な人たちと豪華な暮らし、してるんだろうなあ、いいなあ。

〈これはニューヨークにいる日本人の女性の話だが、向こうの大金持ちと結婚して、夫が亡《な》くなった後、莫大《ばくだい》な遺産を継いだ人がいる〉

〈一人暮らしなのに四人の召使にかしずかれていたが、時々「私が御馳走作るから来ない？」とお呼びがかかる。塩コンブなどをお土産に出かけていくと、自分のアトリエの隅で自宅のコックに気兼ねしたりしながら料理をしていた。料理といっても、キャビアに醤油をひとたらしかけてアツアツの御飯にかけて食べたりというほどのことなのだが、彼女にとってはそれが最高の贅沢なのだ。私がパリでイワシを

焼くのも最高の贅沢だ〉

なによ、これは。

なんでこの人はわざわざこんなこと言ってみせてんのよ。なんでキャビアを御飯にかけるのや、パリでイワシを焼くのが最高の贅沢なのよ。パリでキャビア食って喜んでるような普通の金持以上だってこと、ほんとはこの人も自慢したいんだ。なあんだ、イヤミだね、がっかり。だって、あんた、聞いてよ。〈トゥール・ダルジャンのようなところは一年に一回か二回行く所だ。私たちはああいうのを食べていては仕事ができないのである〉

一年に一回か二回でもトゥール・ダルジャンに行けりゃ、立派に贅沢じゃないか。一年に一回か二回トゥール・ダルジャンに行くのを楽しみにしてる人に失礼じゃないか。要するにこの人は、ああいう所に入り浸るのは成金の俗物だって、自分たちはもっと粋《いき》で賢いんだってこと言いたいために、こんなこと言ってるんだ。何言ってんだい、おんなじことだよ。もう行き飽きたってだけのことじゃないか、えぇ？

〈いまも週二回は近くの紀ノ国屋に行って、枝豆や豆腐、コンニャク、納豆などを買って帰る〉

なんで、「紀ノ国屋」、なんだよ。なんで、コンニャク買うのが紀ノ国屋だって、わざわざ断わる必要があるんだよ。高級スーパーで普段のお惣菜買うのがほんとのお金持だって言いたいんだろ。へん、だ。こだわるところが、みみっちいや。

ソクラテス　お前、物事はそう一概に言うもんじゃないよ。まるで、僻《ひが》んでいるように聞こえるよ。この人はとても忙しいのだろうし、家の近くには、あいにく紀ノ国屋しかないだけかもしれないじゃないか。

クサンチッペ　だって、あたしだって、毎日紀ノ国屋でお買物がしたいもの。紀ノ国屋でおトーフ買いたいもの。高いけど、やっぱりうまいのよ、紀ノ国屋のトーフ。ねえー、あんたー、あたしも紀ノ国屋——。

ソクラテス　ああ、こりゃ藪《やぶ》へビ出しちまったな。しかし、紀ノ国屋のトーフは確かにうまい。それは僕も認めるよ。まあ大体において、高いものはうまいな。そうでないこともあるけどな。そういう意味じゃ、お金持は気の毒なところもあるんだぜ。だって、キャビアをアツアツの御飯にかけて食ったたって、決してうまくなかろうって、僕なんかは思うもの。あれはやっぱり、よーく冷やして食うものだ。せっかくのうまいものは、ぞんざいに食うもんじゃないよね。こっちのはどうだい？

クサンチッペ　「フォアグラよりも味噌漬けキウリ　マークス寿子」

なにこれ。

誰よこの人。

「エセックス大学現代日本研究所講師、評論家、男爵夫人、在英」。へーえ、男爵夫人！　あーら、うらやまし！　よぉーし、何言ってんだか聞いてやろうじゃない。

〈フォアグラもキャビアも嫌い、シャンペンを朝食に飲むと一日中頭痛がする。昼食に飲むと午後中眠っている。もって生まれた胃弱の故で、食べもの飲みものは、分をすぎたいと願っても、すぎることのできない私にも、やはり贅沢はある。自家製のキウリの味噌漬けの他にも、もっと大きい贅沢があることに気がついた。／田舎にも家があって、庭師と家政婦を住み込みで雇っているというのは、当節ではイギリスでも贅沢に入るかも知れない。しかし、私の究極の贅沢はそのことではない〉

ふんふん、それで、屋敷の前の牧場を買い占めて、それで、どうしたってぇ？

〈八時すぎ九時すぎまで明るいイギリスの夏の夕方、草を食《は》む羊の群を目の前に、私は丘の彼方に沈んでいく夕陽を眺めつつジン・アンド・トニックを飲む。／これが本当の無駄、高価な無駄。これを贅沢といわなくて、何が贅沢であろうか〉

へーえー！　げっひんな人だね、この人は。おっどろいた、こんな下品な男爵夫人がいたもんだ、あっきれた！

ソクラテス　お前、そう大きな声で言うもんじゃないよ。思っても、みんな言わないんだから。

クサンチッペ　だって、なんだかんだ言ったたって、この人、最初から最後までお金のことしか言ってないじゃないか。自分がいかにお金にこだわらないかってこと言いたくて、すごいこだわりようじゃないか。

ソクラテス　だから、お金持は大変なのだよ。人並以上に人品骨柄に気を遣わなきゃならないからね。でも、気を遣いすぎても、気を遣いすぎてると見られてしまう。と言って普通にしてると、威張っていると見られてしまう。お金持でない人には、僻みっぽい人が多いからね。こんな苦労は、僕はいやだな。

クサンチッペ　いやだって、ないよ、そんな苦労。

ソクラテス　うん。みんな、お金のことを言うのが下手くそだね。きっと、一番気になることだからなんだろうな。この人だって、ほんとはお金のことなんか言いたかないのかもしれないよ。でも、回りが余りそのことばかり気にするから、仕方なく言うようにしてるのかもしれないよ。

クサンチッペ　ふん、だ。あたしはフォアグラも好きキャビアも好き、シャンペンがあればもう言うことないね。うまいんだから高いの、しょうがないよ。高いんだから食えないのも、しょうがないよ。それだけのことじゃないか。高いものが嫌いなのが、なんで贅沢ってことになるのよ。なんかみんな、いやらしー。素直じゃなーい。

ソクラテス　なあ、月並だろ。「贅沢」って言葉が何を指すかってことくらい、みんな嫌になるくらい知っているのだ。知っているからこそ、そこから顔をそむけたくて、そむけてもやっぱり横目で見ながら、「贅沢」という言葉を分析し直してみたりする。それは不必要なことを指すとか、分に過ぎたことを言うって具合にね。それでお定《き》まりの「心の贅沢」という結論だ。この月並な心の動きを、皆が揃《そろ》ってするのを見るのが、妙に面白かったね。

クサンチッペ　あれっ、でも見て、これ。

ソクラテス　どれどれ。「六千五百万円ロールスロイスの利用価値　宮路年雄」。城南電機の社長さんだ。忙しいから車の中で寝泊まりするんだって。

〈まぁ、そんなわけで、車だけは好きやね。／でも、それ以外の私の生活はいたって質素。というよりむしろ、信条として、金を使ってする贅沢は大嫌いですな。何事も安くすめばそれに越したことはないという考えの持ち主。ゴルフもしなければ、音楽聴いたりなんてのも嫌いだし、遊びは専《もっぱ》らパチンコだけ〉

〈金はいくらあっても邪魔にはならない。現金を持っているということが、何よりも一番の贅沢だと思うんですわ。／それで、人から「そんなんで死ぬ時どないするんだ」ともいわれます。じゃあ、金のない奴《やつ》は死ぬ時どうするのかといいたい。金持って死んだって確かに使えない。でも置いとけば子供が使える。服はいくらいい服を残しても着られません。そういう考えだ。どうも私は人とは考えがまるで違うようですな〉

いやこれはまた極端だね。ふむ、見事だ。何事であれ、徹底するということは立派なことだよ。なにも人と同じ考えである必要は、全然ないんだからね。

クサンチッペ　あたしはいやだ、こんなケチンボ。

ソクラテス　この人にとっては、ケチンボをすることが最高の贅沢なのだよ。まあしかし、「贅沢」って言葉の指すところを、一番正確に知ってるのはこの人だね。だから、そういうものはワシは好かんと、はっきりと言えるのだ。お金持には見栄坊《みえぼう》が多いけど、観客が必要なような贅沢はただの見栄っぱりだって知ってるのも、この人だ。人に見られなきゃ贅沢できないなんて、こんな貧相なことはないものね。お金で見栄を張る人は、心や頭が人には見せられない貧相なものだってこと、ほんとは自分でようく知ってるから、そうしているのだからね。

クサンチッペ　いいったら、そんなこと。あたしは贅沢が好き。贅沢がしたい。観客は要らないから、贅沢させて。

ソクラテス　飽きるよ。

クサンチッペ　飽きない。

ソクラテス　そうかなあ。

クサンチッペ　知らないもの。

ソクラテス　確かに。

クサンチッペ　させて。

ソクラテス　弱った。

クサンチッペ　あーあ、あたしも男爵の夫人——。

ソクラテス　よし、じゃあ僕のことを男爵だと思えばいい。

クサンチッペ　やめたっ、馬鹿馬鹿しい。どうでもいいや、贅沢なんか。ないものねだりは贅沢どころか、ただの無駄だ。

ソクラテス　物分かりがよくてよろしい。

クサンチッペ　あんた、ほんとに贅沢に興味ないの?

ソクラテス　いやあ、そんなことはないさ。そうだなあ、僕の贅沢は——。

クサンチッペ 「心の贅沢」？ 陳腐。

ソクラテス しかし心の楽しまないものは、やっぱり贅沢とは言えないよ。だから、そうだなあ、僕の最高の贅沢は、うまい酒と、心踊る談論の数々――、そう、酒《スピリッツ》、精神の饗宴、あの素晴らしき『饗宴《シュンポシオン》』だ。

クサンチッペ ああ、あの宴会。酔っ払いたちのドンチャン騒ぎか。

ソクラテス お前、そう一概に言うもんじゃないよ。僕らにとってあれらの酒宴は、肉体の栄養であるとともに、豊饒《ほうじょう》なる精神の糧《かて》なのだ。それは、あの偉大なホメロス以来の喜ばしき伝統なのだ。

美文家のプラトンが描いた饗宴のありさまは、やはり見事なものだ。僕は彼の文章を読むたびに、かつてのあの楽しかった宴の模様が思い出されて、忽《たちま》ちにそこに居るような心地になるよ。ああ贅沢なことだねえ。

〈その話によると、あの男はちょうど沐浴《ゆあみ》をおえて鞜《くつ》をはいたソクラテスに出逢《あ》った、こんなことはあの人には滅多にないことなんだが。そこで、そんなに綺麗《きれい》になっていったいどこへ行かれるのですかと訊《き》くと、こう答えたそうだ。

「アガトンのところへ晩餐に。じつはね、昨日は多勢の混雑を恐れて、勝利祝の席から逃げ出してしまったのさ。が、その代り今日は行くという約束がしてあるのだ。こんなにおしゃれをしたのは、美しい人のところへは美しくなって行こうと思ったからだよ。――」〉

クサンチッペ えっ、だれ？ 誰のところへおしゃれして行ったんだって？

ソクラテス アガトンだよ。悲劇詩人のアガトン、あの美しい男のところだ。僕は、何であれ美しいものにはもう眼がないのだ。美しい肉体、美しい魂、美しさそのもの、その語の響き――。

美しいものを愛《め》で喜ぶわが心を味わうひととき、これが、贅沢だ。もしも贅沢という言葉が、不必要なもの、分に過ぎたことを言うのなら、この世に美というものが存在し、そしてその美を愛でて心が喜ぶなんて、こんなに無駄なことってないじゃあないか。なぜって、ねえ、僕たちは、存在しなければ、無、なのだよ。無いのだ、無なのだ、虚無なのだよ。しかし、無くはなかったから僕らは存在している。

これは余剰だ、無駄だ、僕らが居るということは、その始まりからもう壮大なる無駄遣いなのだよ。事の仔細は神様に訊いてごらん。とにもかくにも僕らは居るのだ。この大層な無駄を存分に味わうことこそ、贅沢と言うべきものではないのかね。

　美は、虚無を背にして何といっそう鮮やかに咲き出《い》ずるものか。はかない？　そう、はかないからこそ美しいのだ。失われるから、永遠なのだ。ちょうど僕らの生が、刹那を訪《おとな》う死によって無量であるように、美が僕らのまなざしを捉《とら》える。虚無の淵《ふち》の向こう岸から呼び掛けるのだ。我が永遠もまた虚無の見る刹那の夢と知れ、〈されば汝《なんじ》、束《つか》の間《ま》の美酒と――。

クサンチッペ　〈ソクラテスはいつも美少年を愛し、常に彼らのために多忙でありまたこれに夢中になっている、しかもまた一方では万事に魯鈍《ろどん》でありまた何一つ知らぬような顔をしている、このことは諸君も恐らく御覧の通りである〉
　あんた、プラトンにしっかり書かれてるわよ。みっともない。

ソクラテス　ああ、それは、あの美しくも愛らしい少年アルキビヤデスが、僕を評して言った言葉だ。続きはこうだ。

〈この人はどんなに美しい人に対してもまったく無頓着なのである――というよりもむしろ、信じ難いほどに、これを蔑視する、――また金持に対しても、あるいは俗衆の眼には非常な福祉と見えるようなその他のどんな優越点を持つ者に対しても。実際この人は、これら一切の所有は無価値でありまたわれわれも無に等しいものであると考えている、と僕は諸君に断言する者である。他方彼はその全生涯を仮面を被《かぶ》って断えず世人を翻弄しつつ送っているのである。が、しかし彼が一たび厳粛になってその内部を開帳しているとき、その内なる諸像を見た者がはたしてあるかどうか、僕は知らない。しかし僕はかつてそれを見た、そうして僕にはそれが非常に神々《こうごう》しく、黄金のごとくに、また限りなく美しくかつ驚嘆すべきものと見えた、その結果僕は、ソクラテスの求めることなら何でもただもう実行せずにはいられなくなったのである〉

　あの可愛《かわい》い男《こ》は、僕の気を引きたいばっかりに、こんな言い方をしているのだよ。そう、僕の心はかくも無によって充溢《じゅういつ》しているというのに、あの美しい少年たちを愛さないなんて、どうしてそんなことがあるものかね――。なあ。
クサンチッペ　なあって、誰に訊いてんのよ。
ソクラテス　いやいや、贅を極めるためには、それなりにいろいろあるということだ。
クサンチッペ　ぜんっぜん、月並!
ソクラテス　だろ。だから、贅沢というのはするものので、決して人に語るものではないのだよ。何だか減るような気がする。

鈍足マルチメディア

クサンチッペ　ねえ、マルチメディアってなに?
ソクラテス　よく知らない。
クサンチッペ　なんだかすっごく便利になるんだって。
ソクラテス　便利?　いいことだね。
クサンチッペ　情報ハイウェイだって。
ソクラテス　ハイウェイ?　へえー。何がハイウェイでやって来るのかな。
クサンチッペ　だから情報でしょ。
ソクラテス　情報って何だ。
クサンチッペ　情報は情報でしょ。
ソクラテス　頭で考えるより速いのかな。
クサンチッペ　だからそういうことじゃなくてえ、観たい映画がその場で観られるとか、買いたいものがその場で注文できるとかってことでしょうよ。情報家電ていうんだってさ。

ソクラテス　ほう、そりゃ便利だね。
クサンチッペ　でしょ。
ソクラテス　欲しいのか。
クサンチッペ　あってもいいんじゃない。
ソクラテス　お前、「のめし」って知ってるか？
クサンチッペ　なに？
ソクラテス　さる地方の方言だ。怠け者のことを言うんだがね、そんなことをしとると人間がのめしになるぞというふうに言う。じつによく感じをつかんでる言葉だと、僕はかねてから感心してるんだ。
クサンチッペ　マルチメディアで人間がのめしになるって？
ソクラテス　だってお前、便利はいいけど、映画に行ったり買物に行ったりしていた時間を、あと何に使うんだね。
クサンチッペ　そんなこと言うの、あんたくらいだよ。あたしはウチのことが十分忙しいし、よそのダンナたちだって、見てごらん、朝から晩までほんとによーく働いてるんだから。ああいう人たちにとっちゃ、遠くに居ても会議ができるとか、調べに行かなくても書類が来るとか、大助かりに決まってるじゃないか。もともとがのめしのあんたが、それ以上のめしになんか、絶対になりっこないっ。
ソクラテス　ああ、そりゃあその通りだ。しかしまあ、皆さん御苦労なことだとは思うよね。だって、なけりゃないですんでたものを、わざわざ作って出来ちゃったものだから、使わなきゃついていけないということに、いよいよもってなってしまう。便利はいいけど、なんで便利はいいのかな。どこまで便利になると、いいのかな。
クサンチッペ　——そうねえ、さあねえ。
ソクラテス　そんなに時間を節約して生きて、節約したぶん、人生を得したように思うのかな。だけど、人生の持ち時間は、みんな最初っから同じだぜ。
クサンチッペ　違うわよ。節約したぶん、余計に映画を観たり買物したり、できるってことでしょう。
ソクラテス　そういうのを欲張りというのだ。欲張りというのはキリがない。
クサンチッペ　あたしはいいと思うけどな。人生の持ち時間が決まってるんだから、余計にいろんなことできた方が。
ソクラテス　まあねえ、好き好きだからねえ。いずれにせよ、いったん始まっちまったものは、必ずや行くところまで行くということに、大体はなっているのだ。きっと、行くところまで行くんだろう。しかしお前、そんな機械、情報家電とやら、買ったはいいけど使いこなせるのかね。

クサンチッペ　何とかなるでしょ。あんたには期待してないわよ。

ソクラテス　うん、その方がいい。僕は自分の頭で考えを使いこなすのなら、ひととおりできなくてはないけど、機械の方は自信がないなあ。

クサンチッペ　あら、でも同じようなもんらしいわよ。マルチメディアで人間の考え方も変わるんだって、みんな言ってる。ほら、何てったっけ、電脳時代だって。

ソクラテス　ほう、電、脳――。そりゃあ面白い。そういう話なら、僕もおおいに興味があるなあ。

クサンチッペ　だろうと思った。はい、この本。あんたの好きな岩波新書。素人にもわかり易《やす》いって、これ。

ソクラテス　おや、気がきくね。どれ。西垣通『マルチメディア』。

クサンチッペ　読んだら買ってね、最新型のパソコン。

ソクラテス　やや、これは謀《はか》られたかな。まあひとまずは読んでみよう。

〈音や映像などを駆使するマルチメディアの特長は、従来のコンピュータ応用技術とちがって、理性というより感性に直接うったえかける点だ。それで「感性情報処理」というコトバが出てくるのである。／けれども、論理機械であるコンピュータと感性とがそう簡単につながるはずはない。下手をすると、感覚情報を単純に数値化するなど、感性を理性のもとに封じこめてしまう可能性もある。また一方、イメージを商品化し、感性を経済システムの中で暴走・空転させて、批判的な理性を衰退させてしまう恐れもある。／感性とマルチメディアとの関係について考えるためには、遠回りのようでもまず、生物の情報処理の基本にたちかえってみなくてはならない。そうすると、ヒトの情報処理のなかで感性と理性がはたす役割がわかってくる。理性から出発する西欧モダニズム、さらには大量生産・大量消費のアメリカニズムとマルチメディアとの関係は、そこで浮かび上がってくるはずだ。／「マルチメディアで文化・社会はどう変わるか」と「われわれはマルチメディアをどう使いこなしていけばよいか」とは、じつは一体不可分の問題なのである。マルチメディアはたしかにわれわれの身体感覚を変える。だが、われわれが不気味なサイボーグと化してしまわないためには、十分な注意が肝心なのだ……〉

ふん、こりゃ面白くなりそうだね。

以前から僕は、考えている最中の自分が、何がしか機械じみていると感じることがあるんだがね、ようやくみんなもそのことに気がつき始めたってところだな。ふんふん、こりゃあ愉快だね。

クサンチッペ　あんまり変なこと、言わないでよね。

ソクラテス　ちっとも変じゃないさ。だってこの人だってそう言ってるもの。

〈マルチメディアがあたらしい「ロゴス」となれるかどうかが、われわれの前に突きつけられているのである〉

考えるということは、ロゴスが考えるということだなんて、僕は二千年以上も前から言ってるんだぜ。ちっとも新しいことなんかじゃないのだ。お前、わざわざ高いパソコンなんか買わなくてもよろしい。ここに歩き回る特大のパソコンがいるんだから。

クサンチッペ　だからあ、頭で考えることばっかりじゃなくって、絵やら音やらでいろんな楽しいことができるようになるって話なんでしょ。あんたが頭の中で何考えたって、あたしに見えたり聴こえたりするわけじゃないもの。

ソクラテス　うん、そりゃその通りなんだがね。お前、どんな不思議な音が聴こえて、どんな奇てれつな絵が見えたって、見えて聴こえるその限り、それはやっぱり頭の中の出来事なのだよ。いや、ほんとのところは頭の中なのかどうかを僕は知らんのだがね。見えるものだけが見える、見えないものは見えない、これはもう遠い遠い昔から決まっとることなのだ。「身体感覚」や「生物の情報処理」以前のことなのだ。どういうわけだかそういうことになっとるそれをこそ、僕らギリシャ人は理法《ロゴス》と呼んできたのであってね、最近の人々が感性と対立するものだと思ってる理性だ論理だなんてのは、そのでっかいロゴスのごく一部にすぎんのだよ。

いいかい、僕の尊敬する大先輩パルメニデスはこう言うのだ。

〈在るものが在る。無いものは無い。在るものしかないから、無いものは無い〉

クサンチッペ　当たり前じゃないか。

ソクラテス　うん。で、もう一方の大先輩ヘラクレイトスは、こう言うのだ。

〈在るものと無いものは同じである。在るのでもあり、無いのでもある〉

クサンチッペ　あのね、パソコン買うのがそんなに嫌なわけ？

ソクラテス　いやあ、そういうことではないけどね。マルチメディアで変わる変わると皆が騒ぐほどには、じつは大して変わりゃせんと僕は言ってるのだ。

　だって、仮想現実《バーチャルリアリティ》だなんて皆は驚いてるけど、何を今さらって、僕なんかは思うんだ。それじゃいったい何を現実だと思ってたのかってね。僕は、この五体とこの時空が唯一の現実だなんて信じてやしないから、玉手箱から何が出ようが、ちっとも驚きゃしないのだ。だって、玉手箱から出てくるものは、僕らが入れておいたものなんだから。無いものは、最初っから、無いんだから。そして、在るということは、何でも在るということなんだから。無いものが出てきたら、ちっとは驚くかもしれないけどね、そういうことは、ないのだよ。

　これはエンペドクレスの詩句だ。とても美しい。

〈いざ、わが物語を聞け。学びは心をはぐくむがゆえに。――すなわち、あるときには多なるものから成長してただ一つのものとなり、あるときには逆に一つのものから多くのものへと分裂した、火と水と土と空気のかぎりなき高さとが。またこれから別に離れて、そのあらゆるところで重さの等しい呪《のろ》われの「争い」が、またこれらのもののただ中に、長さも幅も相等しい「愛」が。――そしてこれらのほかには、何ひとつ生じもせずなくなりもしない。なぜならば、もしたえまなく滅びつづけてきたとしたら、もはやなかったことであろう。また何がこの万有を、増大させえようか？　そのものはどこから来たというのか？　さらにいかにして滅びて去りえようか？　何ものもこれらなしにはないというのに。いな、あるのはただこれらのみ、ただ互いに互いを駈《か》けぬけては、時によってこのものとなりまたかのものとなるが、つねにその性格は変わることがない〉

なあ、これなんか仮想現実《バーチャルリアリティ》そのものじゃないか。コンピューター・ゴーグルをかぶって昆虫の気分になってみるまでもないのだよ。だいいち、それが本当に昆虫の気分なんだかどうか知れやしない。だって、その気分味わってるのは、やっぱりこの自分なんだからね。僕らの現実とは、つまるところ、想《おも》う宇宙の仮想現実だってこと、鈍感な現代の人々にもようやくわかるようになるだろう。鈍感なぶんだけ、あれこれ機械の助けが要るんだね。そう、マルチメディアで何が変わるわけでもない、いや、むしろやっと振り出しに戻るのだ。そして、これらのほかには何ひとつ生じもせずなくなりもしない——。

　神話だ。西暦二千年、新たな神話の時代を迎えるのだ。人々の頑《かたく》なな自我と、ちっぽけな肉体とが、ゆらゆらと溶けてゆく。広大無辺の夢の時空へと溶け出してゆくのだ。生成する夢の糸を紡《つむ》ぎつつ、繰り返す物語を織り上げているその宇宙とは、魂だ。魂が、宇宙の、繭《まゆ》なのだ。

　これはヘラクレイトスだ。

〈魂の際限を、君は歩いて行って発見することは出来ないだろう。どんな道を進んで行ったにしてもだ。そんなに深いロゴスをそれは持っている〉

　こりゃあ、ちょっとは愉快なことになるぜ。まぁだみんな自分は自分だなんて信じ込んで、威張り合ってるけどね、いずれ自分なんて誰のことを指すんだかさっぱりわからなくなって、困り果てるに違いないのだ。ほれみたことかってとこだな。いや、これはとてもよいことなのだよ。

クサンチッペ　ちょっと待ってよ、あたしはパソコンが欲しいって言ってるだけで、そんな変てこな話なんか、お断わりだね。

ソクラテス　いや、いくら変でも、必ずそうなる。たとえばだね、いちばん身近な話、著作権はどうなる。パソコンネットワークの中を動き回ってる情報、考え、ありゃ誰のものだ。

クサンチッペ　誰って——考えた人のものでしょうよ。

ソクラテス　しかし、或《あ》る考えがそれを考えた人だけのものだったら、他の人は、どうしてそれを理解することができるのだろう。他の人がその考えを理解できるということは、その考えが、その人ひとりのものではないということではないのかね。

クサンチッペ　そうねえ――。でも、自分の考えを勝手に使われたって怒るガメツイの、やっぱりいそうじゃない。
ソクラテス　そう、だからそういう人は、初めから考えを外には出さんことだな。出さんで大事にしまっとくんだな。出したらたちまち理解されちまうんだから。それでも俺はこんな独自なことを考えとるぞと、見せびらかしたくなるだろう。さて、出すか、出さぬか。
クサンチッペ　そのうち別の人が先に出しちゃうよ。
ソクラテス　だろ？　だから、考えは皆の共有のものだと素直に認める方がいいのだ。さっきのエンペドクレスの文句だって、情報が人々の間を流通するその仕方を言っているというふうにも読める。競争と、連帯と、そして価値の形成だ。
クサンチッペ　でも、あたしが誰かと同じこと考えてたって、あたしがその人になるわけじゃない。そんなに簡単に、あたしはあたしでなくならない。
ソクラテス　そう、お前はいつも冷静だ。マルチメディアでみんなおんなじノッペラボーになっちまうような人は、もともとがノッペラボーな人なのだ。機械なんてしょせんは道具にすぎんのだから、もとが個性的な人は、やっぱり個性的な仕事をするだろう。考えでつながったって、個性までなくなっちゃうわけじゃない。だって、その人の代わりに別の人が死ねるわけじゃ、やっぱりないんだからね。

そう、「知の創造的共同体」へ向けて盛り上がるのは、とてもいいことには違いない。でも、だからと言って僕らの孤独までが消えて失《な》くなるわけじゃない。人間の基本的な条件は、何ひとつ変わりゃせんのだよ。どうも皆そのへんのことをきれいに忘れている気がするね。自分が死ぬ、ということをね。

だって、ほら見てごらん、この人は科学者だから、こんな曖昧《あいまい》な言い方しかできないのだよ。

〈思いがけない出会いやブレーン・ストーミング（創造的発想を得るための自由討論会）など、非日常的な場でわれわれが興奮し、思考が活発になるのは誰でも経験があるだろう。なかでも、われわれの創造力がもっとも活性化され、情報の流れがもっとも速く、意味解釈の深さと広さがきわまるのは、いわゆる「聖なる場」ではないだろうか。――これは太古からヒトの文化と共にあった。マルチメディアによっていかにリアリティを織り上げるかを考えるとき、聖性はなかなか参考になるのである。／不信心者には想像しがたいが、どうやら「悟り」とか「啓示」とか「神秘的霊感」といったものは、「聖なる場」で突如得られるものらしい。情報空間がおそろしく濃密になって、一瞬にして「すべてが見えた」という気がするという。超越的な体験は、個人の枠をこえて、人々が参加できる普遍性をもった「神話空間」をかたちづくっていく〉

「一瞬にしてすべてが見える」ってのはきっと、全意味全存在を直覚する瞬間のことだろう。とするとそれは裏から言えば、絶対無絶対不可知すなわち自分の死、をみるその刹那に他ならんのではないのかなあ。いや、僕みたいな不信心者にもよくはわからんのだがね。どうもそういうことらしいよ。でも、そういうことなら何もわざわざマルチメディアのリアリティによらなくたって、各自が今のままで自分の孤独を極めればそれでいいとも言えるわけでね。なあ、最初に言ったろ？　ハイウェイなんかより、自分の頭の方がよほど速いんじゃないかって。

クサンチッペ　いいわよ、もういいわよ、もう頼まないわよ、ケチ！　ケチンボ！

ソクラテス　ちっともケチンボじゃないよ。これが一番欲張りなことなのだ。

大往生で立往生

ソクラテス　おや、お前が本を読んでいる。こりゃ珍しい。何事かな。

クサンチッペ　これ、これさ、あんまり評判だから買ってみたの。そしたら面白いの、ケッサクなのよ。

ソクラテス　どれどれ、ちょっと見せてごらん。永《えい》六輔《ろくすけ》『大往生』。へえー。そんなに評判なのか、これ。

クサンチッペ　二百万部突破だって。

ソクラテス　二百万部？　ほう、そりゃすごい。さてはみんな、このタイトルに引かれたな。

〈大往生――人はみな必ず死ぬ。死なないわけにはいかない。それなら、人間らしい死を迎えるために、深刻ぶらずに、もっと気楽に「老い」「病い」、そして「死」を語りあおう。本書は、全国津々浦々を旅するなかで聞いた、心にしみる庶民のホンネや寸言をちりばめつつ、自在に書き綴《つづ》られた人生の知恵。死への確かなまなざしが、生の尊さを照らし出す〉

カバーにはそうあるね。

クサンチッペ　中身も面白いのよ。たとえばね、聞いて。

〈老人ホームはお洒落な二枚目のお爺《じい》さんを探しています。素敵なお爺さんがいるだけで、お婆《ばあ》さんたちが、みんないいお婆さんになりますから〉

ソクラテス　どこが面白いんだ、そんなの。

クサンチッペ　だって、いかにもありそうな話じゃない。

ソクラテス　ありそうな話が、なんで面白いんだ。

クサンチッペ　ありそうな話だから、面白いんじゃない。全然関係ない話だったら、そんなに売れるわけないでしょ。

ソクラテス　まあそうだな。

クサンチッペ　そうよ。じゃ、こんなのは？

〈自分で排泄の始末ができるというのが、人間の尊厳なんだけどさ。／この間、ホテルのトイレで、両手の不自由な老人が、美女と入ってきて、オチンチンを出させて、用を足して、「終わったぞ」「ハイ」／美女がオチンチンを振ってズボンに納めてるのを

見ちゃってさ……いいなァと思ってさ……〉

ソクラテス　そういう話は、僕は嫌いだ。

クサンチッペ　あんたは嫌いだって、みんな安心すんのよ、こういう話で。

ソクラテス　そういう安心の仕方が、僕は嫌いなのだ。

クサンチッペ　なに威張ってんのよ。だって、歳《とし》とって自分で用足せないくらい惨《みじ》めなことないって、みんなそれ考えてホントやりきれないでいるんだから、こういう役得もあるかもしれないって考えた方が、楽になっていいじゃない。六輔さんは、みんなを安心させてやろうと思ったんだよ。それだけのことじゃないか。

ソクラテス　お前、ほんとにそれだけのことですむと思うか。

クサンチッペ　なにがっ。

ソクラテス　老いたり死んだりすることが、考え方ひとつで、安心したりしなかったりできるような何かだと思うか。

クサンチッペ　あーあ、また始まった。あーあ、めんどくさい。あたしはいやよ、あたしはつき合わないわよ。この本貸したげるから、ひとりでやって。

ソクラテス　まあ待ちなさい。なぜお前はこの本を、買って読もうと思ったのかね。

クサンチッペ　だから、すごい評判だからって言ったじゃないか。あたしは別に自分が死ぬことなんか、恐《こわ》かないもの。

ソクラテス　ああ、お前はそういうやつだ。じゃあ、どうしてこの本はそんなに評判になったのかな。

クサンチッペ　普通はみんな、死ぬのが恐いのよ。この頃はとくにね、人が死ぬのを余り見ないし、病院じゃやたら生き延ばされるばかりで、みんな自分の死に方がわからなくなってる時代なんだってさ。

ソクラテス　しかし、自分の死に方がわからんからって、本を読んでわかるようになるもんかな。本に出てるのは他人の死に方ばかりで、そこに自分の死に方なんか、出てやしないじゃないか。

クサンチッペ　違うの。死ぬことは死ぬことで誰もおんなじ死ぬことだから、死に方なら他人の死に方みて自分の死に方選べると思うんでしょうよ。

ソクラテス　うん、お前、いいこと言った。死は選べないが死に方は選べるということは、死そのものと死に方とは別のことだということだね。すると、皆がわからんと言って、本を読んでわかろうと思ってるのは、死のほうなのかな、死に方のほうなのかな。

クサンチッペ　死に方のほう。死のほうなんか、最初っからわからん。あたしはわからんことなんか考えない、無駄だから。

ソクラテス　そう、お前はよくわかってる。

しかし、こういう本を読んで、わからん死に方がわかるだろうと思ってる人たちは、そもそも死とは全くわからんものだということを、本当はわかっとらんのじゃないかと僕は思うのだ。だって、いいかい、〈人はみな必ず死ぬ。死なないわけにはいかない。それなら、人間らしい死を迎えるために〉、とこう当たり前のようにつながるわけなんだけど、僕がここでどうしても引っ掛かっちまうのが、この「それなら」、この接続詞なんだな。どうしてここに、「それなら」なんだろう。

「人はみな必ず死ぬ」、これは事実だ。「人間らしい死を迎えるために」、これは価値だ。事実というのは、いいでも悪いでもないただのそのことをいうのだが、これじゃあまるで、死が何か特別のことのように聞こえるじゃないか。しかし、人はみな必ずや死ぬのだから、それが何か特別のことというのはないはずなのだ。死ぬ人と死なない人との二種類が、この世に居るなら別だけどね。それに何より、この世の人はみな死んだことがないわけだから、それを全然知らないわけだから、知らないことについて何かを言ったり感じたりということは、本当はできないことのはずなのだよ。だから僕ならこう言うね。「人はみな必ず死ぬ。死なないわけにはいかない。したがって、人間らしい死というのはとくにない。ただ死ぬだけのことである。深刻ぶることはもとからできず、『死』を語り合うことなどもっとできない。死への確かなまなざしが、生の無意味を照らし出す」

クサンチッペ　救われないよー。

ソクラテス　これすなわち立往生。

クサンチッペ　イヤな性格――。

ソクラテス　いやいや、正確に考えることこそ、じつは救いなのだ。つまり、「救い」という言い方で、何を考えるべきなのかと考えるこのことがね。

クサンチッペ　あんたみたいのが「立往生」書いたって、絶対売れないから。
ソクラテス　まあそうだろうな。
クサンチッペ　理屈じゃ割切れない気持が残るから、みんなこういうの読むんだから。
ソクラテス　うん。そこが僕が皆とは違うところなんだな。僕にとっては、理屈で気持が割切れてしまうからこそ、そこに残るものが、いよいよ神秘なのだ。どうもそこのところが、皆とはあべこべなんだな。

〈この本のタイトル「大往生」というのは、死ぬことではない。往生は往って生きることである。西方浄土に往《い》って生まれるのだ。／「成仏《じょうぶつ》」という言葉もある。死ぬのではなくて、仏に成る〉

どこまで本気か、六輔さんは言うけれど、僕にはこういう言い方で言われている当のことが、全く理解できんのだ。信心のことを言ってるんじゃないよ、単純に文法の問題だ。だって僕らは、生きているのではないことを死ぬことと言うことにしてるのだから、死ぬということは生きることであると言われたら、じゃあいったい何のことを死ぬって言えばいいのかなって、普通は思うじゃないか。百歩譲って、西方浄土で生きるにしたって、そこで生きることもやっぱり生きるという言葉で言われることなら、僕らが死ぬということは、もう全然ないわけだよね。こりゃ考えただけでも、とんでもないことだぜ。僕なんかにはその方がよっぽど恐いよ。なんでみんなこんな恐ろしいことを救いだなんて思ってるのかなあ。

「死後の生」って言葉もこの頃よく聞く。気持はわかるが、理屈がわかってくれんのだ。生ではないものを死と言うのだから、死後の生という言い方はないのだ。そういうものが何もないと言ってるんじゃないよ。あるともないとも言う言い方がないから何も言えないと言っているのだ。だって仮にだね、死者の世界とでも言われるべき何がしかのものがあるとしてだね、そこに居る連中が、何かの拍子で、生者の世界を垣間見《かいまみ》たとする。するとこれは、「臨生体験」ってことになるのかね。
クサンチッペ　なんか、馬鹿《ばか》みたい。
ソクラテス　だろ。おんなじようなことだろ。要するに僕がみるところ、「死後の生」って言い方で人々が言いたいのは、何ごとかがそこに在って、その在ることを感じているということらしいのだが、そういう体験をこそ、僕らはまさしく「生」と呼んでいたのではなかったかね。だから僕らは、死者だの死後だのを論じる前に、何をもって死と呼び、何をもって生と呼んでいるのかを、正確に吟味するべきなのだ。これは言葉の遊びじゃない、逆だ。僕らのすべては、じつは言葉の問題に尽きているのだよ。

ところがまあ困ったことにはねえ、僕らが生を生と言えるのは、そこに死があるからに他ならないはずなのだが、死は、ないのだ。死なんてものは、どこにもないのだ。誰ひとりとしてそんなものは知らないのだ。だから僕ら自身は、何を生と呼び何を死と呼ぶべきなのかを、ほんとは全くわかってないのだ。ああ、どうしたものかねえ、いったい何がどうなってるのかねえ。

クサンチッペ　これすなわち立往生？

ソクラテス　そう。

クサンチッペ　勝手に、そこで、立ってなさい。死ぬってことはその人ひとりの問題じゃないんだから。親しい人が亡《な》くなるときには、往生させてやりたいって思うのが人情なの。死がわからんのだったら、なおのこと、死は死に方、死なせ方の問題だ。

ソクラテス　まあ、そういう考え方が、素直と言えば一番素直なんだな。じじつ、みな自分では気づかずに、ずっとそうしてきているのだよ。死というものが絶対の空白としてあるものだから、それぞれがそれぞれの仕方で、そこにいろんな物語を書き込んで、納得しようとするんだね。天国で母も喜んでるだろうとか、先に行ってる人と向こうで会おうとかって、誰もがごく自然に考えてるのは、それがそういう物語の最たるものだからだ。ほら、ここにもいっぱい出ているね。こういうのをこそ正しくも、「庶民の知恵」と言うべきなのだよ。

〈死ぬということは、／宇宙とひとつになるということ〉

〈うちは仏教ですから、父は天国へ行ったんじゃなくて極楽に行っているんです〉

〈死んだっていうからおかしいんだよ。／先に行っただけなんだから〉

〈死ぬってことは、あの世というか、親のところに行くっていう感じだと思います〉

クサンチッペ　やっぱりみんな、死ぬのが恐いのねえ。わからないから。

ソクラテス　本当は、わからないから恐がれないはずなんだけどねえ。

クサンチッペ　死に方、死なせ方は？

ソクラテス　うん、僕はね、今ちょっといいことを思いついたんだ。

〈ただ死ぬのは簡単なんだ。／死んでみせなきゃ意味がないよ〉

ね、みんな、ただ死ぬのでなくて、死んでみせたいのだ。自分で納得したいし、観客にも納得させたい。みんな、われこそは大往生がしたいのだ。大往生がしたくって、こういう本が二百万部も売れるのだ。

それなら、どうだい、一億人が納得する大往生、これであなたも大往生。いわば大往生請負業だね。

クサンチッペ　気持悪い。それ、宗教？

ソクラテス　まあ宗教というなら宗教だね。みんな、型が、死に方の型が欲しいのだ。今までそれは宗教の仕事だったんだ、死後の物語とセットでね。ところが、いかんせん、きょうび宗教の力はもうひとつ振わない。天国なのかな、極楽なのかな、あるのかな、ないのかな、なんなのかなって、人々の疑う気持を封じ込めるだけの力が失《な》くなっているのだ。やたらと寿命が延びちゃったことも、逆に迷いが生じる原因だね。それなら、いっそ、こう教えるのだ。

死後は、ない。

死後というのは、全然、ない。

死んだら、それで、全部、おしまい。

それで御陀仏《おだぶつ》。一巻の終わり。

信じなさい。

楽に死ねます、死なせられます。

あなたの死に方、教えます。

クサンチッペ　やだー。

ソクラテス　これすなわち、死後ない教。

クサンチッペ　そんな宗教、聞いたことない。

ソクラテス　いやいや、これぞ救済だ。だって、みんながそんなに死のことばかり気にするのは、信じるものがないからだろう。だったら、死後は何だかわからないのではなくて、そういうものは、何も、ない、したがって迷うことも全然ない、とこう信じ込ませるのだ。そう信じることによって安らかな死に方が約束されましょう、とね。きっとみんな従《つ》いてくると思うけどな。
クサンチッペ　そんなもんかしら。
ソクラテス　そんなもんだよ。ここ数千年ほどは死後あり教のバリエーションばかりだったけど、そろそろ死後ない教の時代になってもいいね。そうしてこれがまた数千年ほど続くのだ。するとそのうち、教えを疑う不逞《ふてい》の輩《やから》が、必ず出てくる。教祖は死後などないと説いていたが、本当だろうか。ひょっとしたら、死後というのは、あるんじゃないか、とね。そうしてそこにまた、地獄、極楽、大往生の物語が、繚乱《りょうらん》と花咲くことになるわけなのだな、うん。
クサンチッペ　なんだかさあ、人間が居るのって、馬鹿みたいじゃない？
ソクラテス　だろ？　考え方ひとつで安心したりしなかったりできると思ってるんだから、無邪気なもんだよね。
　こういう本が読まれる理由は、じつによくわかるよ。六輔さんも言ってるね、〈これは僕の生き方講座です〉。要するにこれは人生論なのだ。死を扱っているようでいて、これはどこまでも人生論なのだ。しかし、人生論には死は絶対に扱えんものなのだ、だって死なんだから。なら哲学には扱えるかって？
　何言ってんだい、扱えるわけがないじゃないか、そんなもの。誰かに語ってもらって、誰かに考えてもらって、安心しようという考え方が、そも根本的な勘違いなのだ。まるっきり甘いのだ。いや、なにも無理に考えなくてもいいのだよ。自分の死に方や他人の死なせ方に心悩ませてるくらいで、本当はちょうどいいのだよ。自分の死だなんてものを、考えであんまり追い詰めすぎると、頭を毀《こわ》すことがあるからね。しかし、そうやって頭を毀しちまった人、この人は、じつは、もう、死なないのだ。死ぬということがもうないのだ、不死の人になるのだよ。わかるかね、皆の衆。
クサンチッペ　わかるわけかっ。
ソクラテス　いやいや、すまんすまん、脅かしだよ。あながち脅かしだけでもないんだけどね。もっとみんなにわかる話にしよう。本の最後に詞が出ているね。
〈世の中が平和でも、戦争がなくても／人は死にます／必ず死にます／その時に　生まれてきてよかっ

た／生きてきてよかったと思いながら／死ぬことができるでしょうか／そう思って死ぬことを／大往生といいます〉

僕ならこれをこう替えるね。

「世の中が平和でも、戦争がなくても／人は死にます／必ず死にます／その時に　生まれてきたとは如何なることか／生きてきてよかったとは如何なる意味でか／考えながら死ぬことができるでしょうか／そう考えながら死ぬことを――」

クサンチッペ　往生際《おうじょうぎわ》が悪いと言います。

ソクラテス　――――。

慌《あわ》てちゃだめだよ、西部君

クサンチッペ　あんぽり。

ソクラテス　えっ？

クサンチッペ　あんぽりがどうのって。

ソクラテス　あんぽりって、あの安保理のことか。

クサンチッペ　よく知らないけど、この頃よく聞くから。

ソクラテス　なんだ、お前そんなこと考えてたのか。

クサンチッペ　あたしがー？　まさかー。こないだ広場を通りかかったら、皆があんぽりあんぽりって騒いでるから、しばらく聞いてたんだわ。そしたら、なーに、あんぽりーり――。

ソクラテス　ああ、安保理入り。

クサンチッペ　そーそー。極東の島国がそこに仲間入りしたがいいかどうかって、まあー、もめてんだわ。だからあたし言ったのよ、よそのことなんかほっとけばー。

ソクラテス　ああ、じつにわかり易いね。わかり易いし、その通りだ。皆、黙ったろ。

クサンチッペ　黙んないのよ、叱《しか》られちゃったあ。国際社会の一員としての責任を自覚するべきだってさ。

ソクラテス　それでお前なんて言ったんだ。

クサンチッペ　だからあたし言ってやったのよ、自分のこともしゃんとできないのほど、他人のことに口出したがるもんだ、他人に口出しできるほど、あたしゃ偉くもないもんね。

ソクラテス　世の中お前みたいなのばっかりだったら、よほどさっぱりするんだがなあ。

クサンチッペ　べきだ。

ソクラテス　えっ？

クサンチッペ　なんでみんな「べきだ」って言うの？

ソクラテス　ああ、「べき」ねえ——。

クサンチッペ　「べきだ」って言う人ってさ、なにさま？　あんた自分が誰のつもりで誰に向かって命令してるつもりなのよって、あたし、ムラムラッ——。

ソクラテス　くわばらくわばら。

クサンチッペ　よぉーし聞いてやろうじゃない、あんたがどれほどのお人なんだか、あたしがとぉっくと見定めてやろうじゃない。

ソクラテス　百年目だな。

クサンチッペ　って言ってやりたかったんだけど、あたし、安保理なんて知らなかったから。

ソクラテス　じつは僕もよく知らんのだ。

クサンチッペ　「国連安全保障理事会の常任理事国入り、するべきか否《いな》か」。すごいでしょ。

ソクラテス　ああ、大問題だ。天地を揺がす大問題だよ。

そう、天地を揺がす、ね。まあ、その程度の天地なんだな、たぶんその極東の島国の天地というのはとくにね。「安保理常任理事国入りするべきか否か」って議論は、どうやら、「よその戦争に参加するべきか否か」ってことになるのらしい。しかし、呑気《のんき》なもんじゃないか、戦争というのは人類という種族においては、否応《いやおう》なく起こってくるしょうがないものなのであって、まあ一種の生理作用みたいなものであって、それは「参加するべきか否か」の義務の話とは、もともとが別のはずなのだ。町内会のお掃除じゃないんだから。

クサンチッペ　町内会のお掃除には参加するべきだ。みんなですることなんだから。

ソクラテス　しかし、戦争となるとそれとはちょっと違うと思わんかね。参加するべきだ、みんなですることなんだから、これじゃあなんだか間が抜けてると思わんかね。

クサンチッペ　そんなの大負けするに決まってる。

ソクラテス　なあ。つまり、戦争はあって当たり前ということがわかっとらんから、参加するべきかどうかなんてところでもめるのだ。しかし、あって当たり前なのだったら、参加するべきもするべきでないもないはずなのだ。参加する必要のあるときにはするし、する必要のないときにはしない、そのつど考える、それだけのことじゃないかと僕は思うんだがね。どうも皆、そうではないらしいね。島国の連中は世界を知らんから、戦争のひとつも知っとくべきなのだというような、とても無理な考え方をしている。戦争は人類にはとくに珍しいものではないのだと、やっぱり思えてないのだね。だから理屈ばかりが先に立って、どうするのが賢いのかと冷静に判断することができない。行くべきなのだ、行かなきゃならんと思い込んでるフシがある。でも、そうかなあ、行かなきゃ行かないに越したことないじゃないか、戦争なんか。怪我をしたら痛いだろうし、だいいちのんびりできないし。何もわざわざ行くことないよ、僕はそう思うがなあ。お前もそう思うだろ。

クサンチッペ　そりゃそうさ。

ソクラテス　うん。しかし、行くべきだ行かなきゃならんの議論より前に、行きたいのだ戦争が好きなのだというのが、じつは本音の人もいる。本当言うとね、その気持、僕もわからんではないのだよ。なんたって生き死にがかかってるとなりゃ、人間、いやでもシャキッとするからね。だらけきった精神鍛え直すのに、これ以上の好機は僕らにはないのだよ。たとえばこの人、西部邁《すすむ》、とても現実的な人のようだが、じつはすごく精神主義的な人なのだ。この人の言論は、徹頭徹尾ある種の精神主義に貫かれているのだ。彼は彼の『戦争論』で、はっきりとこう言っている。

〈誤解を受けるのを恐れずにいうと、私は、ある意味で、戦争が好きだ。いや、やはり誤解を避けるために慎重を期すと、戦争について感じたり考えたりするのが好きなのである。戦争は、生命という「生の基本手段」を、危殆《きたい》に陥らせる。だがそのことによってかえって、「生の基本目的」が那辺《なへん》にあるか、あるべきなのかが切実な問いとして浮かび上ってくるのである。人間の生は、ホイジンガのいったごとく、なべて「遊び」の相貌《そうぼう》を有するのであろう。戦争もまたそうしたものの一種ではあるだろう。しかし「遊び」には、高貴なる目的と厳格なるルールによって律せられる「真剣な遊び」と、それらを欠いた「小児病化した遊び」とがある。戦争論は目的とのかかわりでは価値論たらざるをえないし、ルールとのかかわりでは規範論になるほかないのである。戦争がつねに「真剣な遊び」であるとはかぎらないが、「真剣な遊び」はどのようなものであるか、あるべきかという真剣な問いを人々につきつけずにはいないのである〉

誤解を受けるのを恐れずにいうとね、僕も、生命が手段にすぎないと知るための、死、について感じたり考えたりするのがとても好きでね。その那辺がわかっちまうと、だいたいのこの世のことは「遊び」になるのは決まっているのだ。そんなことごとは何もかも、どっちでもいいことになるのだ。だからこそ、なんだよ、西部君。だからこそ、「真剣な遊び」とはどのようなものであるかを人々が知るためのきっかけが、必ずや戦争でなければならんという理由がないのだ。なにも戦争でなくたって、僕らが自分の生死を考える機会は、いくらだってあるんだから。今のこの場でだってできるんだから。ただ、誰にでも万遍なくしかも否応なくという点で、戦争が一番であるというのにすぎんのではないのかね。

僕は精神主義的な人が好きだ。精神主義的な人とは、真・善・美について考えることをやめない人だ。それらが何なのであれ、あるいは何ものでもないのであれ、それでもそれらがそれらであるということで、決して手放さない人だ。なぜか。なぜ手放さないのか。それは、それらが人間の精神の理想だからだ。それらがそれらであるのでなければ、僕らの精神が精神であるということがもう意味をなさないからだ。西部君はそのことをよく知っている。だから彼は、そのことをこそ人々に気付かせたいのだ。

　ところが、だねえ、これがまあ至難の技なのだよ。精神的でない人に精神的であれと命ずることほど難しいことはないのだよ。それで、個人の精神の理想としての真・善・美を掲げる彼も、人間の集団における真・善・美という理想を語る仕方は、こういうふうにならざるを得ない。

〈「絶対平和」という言葉あるいは観念は人間集団の無限遠の目標としては肯定しうるものかもしれない。人間社会がいつも戦争と平和の両面を、あるいは相克と妥協の両面を持つというのは間違いないところだが、しかし、その両面性のなかでバランスを取ろうとするときに、人間には、無限遠のものとはいえ、理想というものが必要になる。理想がなければ、バランスをとる活力が生まれてこない。絶対平和という空想も、無限遠の目標あるいは遥かなる理想として、意味を持つと認めてよいのかもしれない〉

　うん、なんだか口はばったい言い方だけど、ここまではいいんだ。ちょっと苦しいのがこの次だ。

〈ただそうだとしても、無限遠の目標に一歩一歩と近づこうとするとき、媒介項が必要である。これまで繰り返し指摘した「ルール」こそ、そのための媒介項となるものである。逆にいうと、ルールのなかにこそ理想が秘められているのであって、その秘められしものに配慮がいかないようなものが唱える理想なんぞは空想もしくは虚妄にすぎないということだ。／そういう媒介項を飛び越えてしまうと、結局は私生活で浮遊する欲望に身を任せたり、思いつきの意見を振り回したり、不意に外部から接《つ》ぎ木するようにして「絶対平和」というような空想を叫んでみせるだけに留まる。無限遠の目標への接近という危なげな一筋道をしっかりと進むためにも、歴史の知恵が残したルールを参照することが大事となる〉

　しかし、ルールのなかに秘められし理想に配慮することができるのは、やはり、かつて理想に想いを潜めたことのある人でしかないはずだ。西部君はそのことを重々承知のはずなのだ。けれども、彼の国の人々は、およそその手のことには疎《うと》いのらしい。真・善・美などは揶揄《やゆ》の対象でこそあれ、そんなものについて考え凝らす仕方なんて、見当さえつかないのらしい。そこでこの人は、もう腹立ち半分、力まかせに「歴史」「伝統」とぶち上げてしまうわけなんだが、これはやっぱり同じことになっちまうんじゃないのかなあ。精神性の何ぞを、そもそも知らない精神にとってはね。

彼の周囲の人々が彼の口真似をして、「歴史」「伝統」と叫んでいるのを聞くと、僕は時々感じるんだ、まるで不意に外部から接ぎ木したようだなって。普段から自分の死について考え慣れていない精神に、歴史や伝統の何であるかがわかるはずが本当はないのだ。だって、それらは、自分の死を知って初めてわかる集団の生なんだもの。

小林秀雄という文学者もやはり、歴史と伝統、そして常識と言った。しかし、彼は決して「べきだ」とは言わなかった。だから彼のそれは決してスローガンにはならなかったのだ。それぞれがそれぞれの人生において自《おの》ずからわかってゆくしかないのだということを、痛くわかっていたのだね。これはこれで立派な覚悟だと僕は思う。

だから僕はこう思うんだ、西部君、「生の基本目的」を知るために戦争に関わるべきだというのは、順序があべこべなんじゃないかって。いや、少なくとも、生の基本目的をそもそも知らない人にとって、決してそれは「真剣な遊び」にはなり得ない、「小児病化した遊び」にしかならないはずだ。秘められしものに配慮がいかないような者が唱える戦争なんぞは、空想もしくは虚妄にすぎんのだ。そう、ちょうど彼の国のこのあいだの戦争がそうであったようにね。もしも「絶対平和」が空想であるなら、「絶対戦争」だってそうなのだ。人間はそれらの両面の、相克と妥協の両面のバランスを取りながら、一歩一歩、無限遠の理想へと接近してゆくのではなかったかね。

苦しいところだとは思うよ。思想家が集団に関わるところ、必ずこの問題にぶっつかる。公衆に向けて語れば、一挙一律スローガンだ。かつては「進歩」、今度は「伝統」——。おのれひとりで考えられる人間はじつに少ないのだよ、いやこれはもう絶望的に少ない。だから僕は集団を相手には語らなかったし、書きもしなかった。相手を見てから語ることしかしなかったのだ。言葉は、必ずや、空語になる。その用意のできていない人にとっては必ずだ。あとはお決まりのコースをまっしぐらだね。

だって西部君、愚民に向かって「愚民ども」って怒鳴ったって、そりゃ無理ってもんだよ。彼らはこの頃怒鳴ってるよ、「この愚民ども」って。まあこれは多分に体質の問題なんだろうな。西部君はきっと、喧嘩を売るのが好きな体質なんだな。くたびれなければいいんだけれど。

なあ、おい。おい、寝てんのか。広場へ喧嘩を売りに行くんだろ。しっかり聞いてなきゃだめじゃないか。

クサンチッペ　ううーん、もういいよ、もうやめた。慣れないことは無理に考えるもんじゃない。

ソクラテス　そう、そう言ってやればいい。慣れない考え方は無理にするもんじゃないって。

クサンチッペ　「べきだ」って言われたらどうすんの。

ソクラテス　皆がするからといって必ずしも正しいとは限らんぞ、国連のすることがいつでも正しいとは限らんぞって。

クサンチッペ　なんだあ、それだけのこと？

ソクラテス　まあ人間のすることだからねえ。島国の連中がまわりのことばっかり気にするのは、自分に自信がないからだろう。自分で考えていないから、他人が考えてるように考えようとするんだね。国連っていえば立派に聞こえるけど、中にいるのはやっぱり同じ人間だぜ。あれこれ損得考えるだろうし、善悪二分して考えたい。「平和維持のための軍事活動」ってのも、よく考えてみると、かなり妙な言い方だと思わんかい。誰が正義を決めるのかな。誰が正義を知ってるのかな。

クサンチッペ　戦争は起こるよねえ、人間がいるんだから。

ソクラテス　うん。

クサンチッペ　あんた、戦《いくさ》に行くの、どっちかっていえば好きでしょ。

ソクラテス　そうだなあ、どっちかっていえば、嫌いでないかなあ。しかし、取り立てて好きというこ ともないなあ。もともとどっちだっていいんだもの、そのときになってみなくちゃわからんよ。

クサンチッペ　例のディオゲネスが、あんたがデリオンの戦に行ったときのこと、『列伝』に書いてるけどさ、あたし、ちょっと見直しちゃったよ。〈そしてこの戦いにおいてアテナイの全軍が敗走したときには、彼は時折ゆっくりと後を振り向いて、もし誰か彼に攻めかかる者があれば、防ぎ戦おうと注意を払いながら、ひとり泰然として退却したのであった〉

また随分とカッコつけたもんね。

ソクラテス　まあね、そうはいっても、そうそうみっともないことはしたくないからね。

クサンチッペ　でもさ、続きのこれ、なに。〈またこの戦争では、彼は一晩中ひとつの姿勢を保ったままじっとしていたということや――〉

ソクラテス　ああ、それは例のダイモンと話をしていたのだ。僕が政治に関わることを禁じるいつものお告げだよ。

クサンチッペ　何言ってんの、逆よ。戦場でそんなことしてるような人なんかに、誰も頼みゃしないわよ。

ソクラテス　まあそうだな。

クサンチッペ　そうさ。じゃあ、その続きのこれはなに。〈その地で手柄をたてたが、その手柄に対する褒賞《ほうしょう》はアルキビアデスにゆずったということが伝えられている。そしてまたこのアルキビアデスを彼は恋していたということが、アリスティッポスの『古人の奢侈《しゃし》について』第四巻のなかに述べられている〉ねえ、これ――なにっ。

ソクラテス　ああ、それ、それはね――。うん、真剣な遊びにおける高貴なる目的ってとこかな。

真面目がいいのだ、大江君

クサンチッペ　たいへんたいへん！
ソクラテス　なんだ、どうした。
クサンチッペ　ノーベル賞授賞の通知が来た！
ソクラテス　誰に。
クサンチッペ　あんたに。
ソクラテス　僕に？　どうして僕に。
クサンチッペ　わからないけど来た。
ソクラテス　そりゃあなんかの間違いだ。
クサンチッペ　間違いでも来たもの。
ソクラテス　だって僕なんかなんにもしてないのに？
クサンチッペ　なんにもしてなくたって来る場合があるんでしょうよ。だって、ほら、あれ――。
ソクラテス　ああ、天然記念物のことだろ。
クサンチッペ　そー、それそれ。だからきっとそうだよ、あんた、変だから。
ソクラテス　僕は変でも、あれはやっぱり何か人の役に立つことをした人が貰《もら》うものなのだ。僕は人の役に立つことなんか、なんにもしていないのだ。
クサンチッペ　素直でない人ねえ。いいでないの、くれるっていうんだから。邪魔になるもんでなし。ほら、令夫人同伴でストックホルムのスウェーデン・アカデミーへ御来訪乞うって。ねえねえ行こ行こ、連れてってー。ああ嬉しいな、宮中晩餐会に舞踏会、女王陛下や綺麗《きれい》な人たち――。ねえ、作っていいでしょ、森英恵でオートクチュール。
ソクラテス　うん、そりゃ連れてってやりたいのは山々だけど、やっぱり僕には解《げ》せないなあ。どうして僕にノーベル賞なんだろ。

えてして哲学者というのは、公的な賞には縁遠いものなのだ。多かれ少なかれ、みんなどこかが変なはずだからね。変でなければ、そんなことしているはずがないのだ。僕は以前興味をもって、哲学者ではどんな人がノーベル賞を貰っているのか調べてみたことがあるのだ。ノーベルって人の遺言では、ノーベル文学賞は、「文学の分野で理想主義的傾向をもつ最も優れた作品を生んだ人に与えよ」とあるそうだ。すると哲学者といえど、文章の力も要求されてるわけだから、厳しいね。それでかつてその厳しい審査をパスした哲学者が、オイケン、ベルクソン、ラッセル、サルトル、とこんなところらしい。

ベルクソンは素晴らしい美文家だし、彼の語る創造的進化という思想は明らかに理想主義的なものだ。問題ないね。ラッセル、彼の哲学は数学的発見に似たものだから、かえってそれがよかったんだね。そのうえ平和運動の先頭に立つこともしていたし。サルトル、あの反逆児、でもあれはあれでやはり彼流の理想主義なのだ。「ヒューマニズム」を最後まで手放さなかった。辞退したのも愛嬌《あいきょう》だね。ケッサクなのがこの一九〇八年オイケンてヤツなのさ。僕はこんな人知らなかったのだ、ルドルフ・オイケン。ヘーゲル学派の「新理想主義」だって、事典に出てたよ。それでこの御仁の主著だがね、いやー僕は笑っちゃったよ、腹を抱えて笑っちゃった。いいかい、

『精神的生活内容のための闘争』

そして、

『大思想家の人生観』

というのだよ、あっはっは。

ローマンチックの時代だね。いいなあ、こういうの。うん、えもいわれえぬ諧謔《かいぎゃく》がある。時の勢いで間違えて貰っちゃった口だな、この人も。たぶんその本の中には僕のことなんかも出てくるんだろうけど、推して知るべしだな。へおお、ソークラテース、偉大なる理想の具現者よ——。

クサンチッペ　歌はいいから、受賞記念講演の草稿を考えなさい。晴れの舞台で恥をかかないように。

ソクラテス　なんだお前、ほんとに行くつもりでいるのか。そりゃなんかの間違いだって、ぜったい。

クサンチッペ　間違いだって確かめるためにも行かなくちゃ。

ソクラテス　ファーストクラスで、だろ？

クサンチッペ　もちろん。

ソクラテス　そうだなあ。しかし一芸に秀《ひい》でた人々の講演を聞くのは、確かにそれだけでも面白そうだな。

クサンチッペ　ほんとだったら慌《あわ》てるから、練習しておいた方がいいって。あんた講演、嫌いじゃないでしょ。

ソクラテス　ああ、ありゃ講演じゃなくて弁明だ。

ああいうことになっちまったから、せざるを得なかっただけのことだ。

クサンチッペ　これ、参考にしたら。

ソクラテス　どれ。大江健三郎「あいまいな日本の私」。

クサンチッペ　その人もノーベル文学賞。

ソクラテス　ほう、するときっと理想主義的な人だな、この人も。

〈私は渡辺のユマニスムの弟子として、小説家である自分の仕事が、言葉によって表現する者と、その受容者とを、個人の、また時代の痛苦からともに恢《かい》復《ふく》させ、それぞれの魂の傷を癒《いや》すものとなることをねがっています。日本人としてのあいまいさ（アムビギュイティー）に引き裂かれている、と私はいいましたが、その痛みと傷から癒され、恢復することをなによりもとめて、私は文学的な努力を続けてきました。それは日本語を共有する同朋《どうほう》たちへの同じ方向づけの祈念を表現する作業でもありました〉

〈芸術の不思議な治癒力について、それを信じる根拠を、私はそこに見いだします。／そして私は、なおよく検証できてはいないものであれ、この信条にのっとって、二十世紀がテクノロジーと交通の怪物的な発展のうちに積み重ねた被害を、できるものなら、ひ弱い私みずからの身を以《もっ》て、鈍痛で受けとめ、とくに世界の周縁にある者として、そこから展望しうる、人類の全体の癒しと和解に、どのようにディーセントかつユマニスト的な貢献がなしうるかを、探りたいとねがっているのです〉

いやこれは素晴らしい。素晴らしいじゃないか。僕はとても感動したよ。こういうものに感動できない人間を、僕は決して信頼しないよ。理想をもつということを知らないそういう人たちは、どこかがねじけているのに違いないのだ。聞くところだと、彼の国ではこの頃ひねくれ者が多いそうだ。いろいろこの人も大変だろう。なに、その手のゴロツキには言わせておけばいいのさ、妬《や》いてるだけなんだから。

川端康成という文学者の講演を、「率直で勇敢な自己主張」と彼はほめているけど、それはまた彼自身のことでもあるね。言わば、世界を舞台に彼は国の連中に喧嘩《けんか》を売ったわけだから。先生のサルトルが辞退したのに、なんて嫌味に対してこの演説をするために、受賞したのかもしれないね。だって文化勲章じゃ、皆で写真を撮るだけで、演説させてはくれないものね。いずれにしたって大した覚悟と、そして勇気だ。信条の中身がなんなのであれ、僕はこういう毅然《きぜん》とした態度には、等しく感動を覚えるな。他人を否定することでしか自分を語れんようなやつは、どうせ語れるような自分なんかありゃせんのだ。そんなのにかかずらうのは大事な時間を無駄にする。ほっといて、君は君の信条を貫きたまえ。僕は期待するるな。

クサンチッペ　あんたこそ人のことばっかり言ってないで、ほら、演説の文章考えなさいよ。

ソクラテス　まあ待ちなさい。物事には順序と礼儀というものがある。同じ受賞者の彼の言葉を、もう少し聞こうじゃないか。

僕はここの箇所に特に興味を覚えた。彼が川端に敬意を表しつつ距離をとるところだ。

〈川端は、日本的な、さらには東洋的な範囲にまで拡《ひろ》がりをもたせた、独自の神秘主義を語りました。独自の、というのは禅につうじているということで、現代に生きる自分の心の風景を語るために、かれは中世の禅僧の歌を引用しています。しかも、おおむねそれらの歌は、言葉による真理表現の不可能性を主張している歌なのです。閉じた言葉。その言葉がこちら側に伝わって来ることを期待することはできず、ただこちらが自己放棄して、閉じた言葉のなかに参入するよりほか、それを理解する、あるいは共感することはできない禅の歌〉

大江君は、このような姿勢は普遍性を拒否する東洋的なあいまいさに見えるであろう、それは決してそうではないのだが、自分はそうはしないと言っている。自分はそれよりも、西洋的明瞭《めいりょう》さのユマニスムによって普遍性に達したい、なぜならそれが自分の文学のスタイルであるからだ、と。

当たり前なことだよね、東洋的とか西洋的とかいうことが、人間であるということの普遍性以上の普遍性をもつわけがないなんてこと。東洋に生まれた、西洋に生まれたということは、その人の意志によるのか、誰の意志によるのか、とにかく不思議な、神秘的な出来事だ。もっと神秘的なのは、東洋人であろうが西洋人であろうが、自分が自分であるということ、自分が自分であって他の誰かではないということのことだ。人間であるという普遍性、そして自分であるという孤絶性、相容《あいい》れないはずのこれが僕らが居るということ、すなわち、真理だ。現代だろうが中世だろうが、それ以上表現の不可能な真理だ。だって、じゃあ全と一とを同時に言える言葉が僕らの辞書にあるだろうか。まさに、あいまい、不可解、vague についてなのだね、川端が言おうとしたことは。

〈自分の作品を、虚無と批評する者がいるが、西洋流のニヒリズムという言葉はあたらない、それは強く禅に通じたものだから。私は、ここにも、率直で勇敢な自己主張があると思います。自分が根本的に東洋の古典世界の禅の思想、審美感の流れのうちにあることを認めながら、しかしそれがニヒリズムではないと、とくに念をおすことで、川端は、アルフレッド・ノーベルが信頼と希望をたくした未来の人類に向けて、おなじく心底からの呼びかけを行っていたのです〉

　大江君は川端を否定したわけでは決してないのだが、どうもこの講演ではうまく言えてないように思う。晴れの舞台だから、きっと練りすぎちゃったんだろう。それこそゴロツキどもが喜びそうなあいまいさに聞こえる。「あいまいさ」についてのあいまいさだ。川端のあいまいは vague であり、自分のあいまいは ambiguous なのだと彼の言ったこれは、たぶんこういうことなのだ。哲学者の無粋な言い方を許してくれたまえ。弁証法、知ってるね。いや何も難しかないさ、さっき言った、僕らが居るというただのこのことさ。で、川端が表現しようとしたのは、その正・反・合におけるいきなり合なのだが、自分はあくまで正・反、その両義性《アムビギュイティー》にこそこだわり続けたい、なぜなら具体的な現実から出発することが自分の根本的なスタイルだからだ、とね。文学者である限り、自分のスタイルに忠実であるのは当然だ。東洋的西洋的なんてことが先にあるわけじゃない。でも、わからんヤツらは言うだろうな、きっとこんな具合だ、「大江健三郎における西洋合理主義信仰批判」。ケツの穴が小さいとは、こういうのを言うのだ。

　だからこそ、東洋を東洋として「独自」にしておくのは、確かに惜しい。東洋的なものの極端なものには、東洋西洋を越えたものがある。むろん、西洋的なものの極端なものの中にも、ね。たとえばこの僕だ、まあそれはいいや。そう、スピノザ、君が次に勉強したいと言ったというあの汎《はん》神論者だよ。しかしねえ、大江君、スピノザの考えは、君の言う「自己放棄」の最たるものなのだよ。彼は人間の自由意志なんぞ、これっぽっちも信じちゃいないのだよ。何もかもが永遠の相の下、神の定めとしてそう在ることなのだ。そう、君が今自分で意志してそう考えていると考えているそのことさえもね。

民主主義を守るために、と君は言う。民主主義——自由、平等、人権、そして生命の尊さ。大江君、それは無理だ。民主主義とスピノザは絶対に相容れない、どころか見事に相反する関係にあるのだよ。きっとスピノザならこう言うはずだ。「自由」とは、自分を自由と思ってるだけのこと。「平等」、世にふたつとして同じものはない。「人権」、誰が何に対して？「生命」、特に意味なし！

戦争も貧困も大虐殺も、この世のありとあらゆる悲惨と邪悪の全てが運命、宇宙としての神による機械的な必然、意図も目的もなし、したがって善悪もなし、これがスピノザのコスモロジーだ。なあ、見事に救われないだろ？うん、ところがこんなミもフタもない認識にも唯一の救済はあるのだ。それはね、観照だ。それら地上の阿鼻叫喚《あびきょうかん》の一切を、むろん我が身の災難も、ただのそのことと静かに眺めている心だ。そう、まさにその中世の禅僧がしていたように、虚無的にではなく力強く、だ。いいかい、こっちはスピノザ、『エチカ』の結びの一文だ。

〈賢者は賢者として見られるかぎり、ほとんど心を動かされない。むしろ自分自身や神そして他のものをある永遠の必然によって意識し、けっして存在することをやめず、常に心の真の満足に達しているのである〉

さあ、君にこれができるのかな。常に人々の魂の救済を求めて、人類全ての被害を鈍痛で受けとめてしまう君のような人に、これが、できるのかな。

僕は意地悪を言ってるわけじゃない。いや、君が今スピノザに惹かれているのもたぶんそのためなんだろう。君は宇宙のもう一側面、つまりその絶対無意味を、ほんとは知ってはいるのだろう。だって、僕らが存在することに意味があるかどうかなんて、いったい誰にわかるんだろうね。神だって、神について考えてるのはやっぱり僕らなんだものね。であるにもかかわらず、僕や皆の心は、君の講演に確かに感動を覚えてしまうのだ。なあ大江君、人間が存在するということはほんとはどういうことなのか、ひょっとしたら誰にもわからんのじゃないか。意味があると言えばあるような気がするし、ないと言っちまえば、まるっきり、ないのだ。わからん、あいまい、ambiguous《両義的》にして明瞭にvague《不明瞭》なのだ。そしてこのこと自体はもう善悪を越えている。君は、今一度徹底的な虚無に還るのがいいと僕は思う。僕らが理想をもつということは、手段なのか、目的なのか、そしてそれはどう可能でどう不可能なのか。きっと君の文学は、もっとでっかい、深いものになると思うな。

クサンチッペ　ねえ、待ちくたびれちゃったよ。ソクラテスの講演はー？　はい、拍手！　パチパチパチ――。

ソクラテス　御紹介にあずかりましたアテナイのソクラテスです。栄《は》えある賞に浴することのできた喜びに耐えません。えへん！　演題、「あいまいな宇宙の私」。

「私は我がダイモンの命を受けて、哲学者である自分の仕事が、言葉によって思考する全ての者たちの、時代の痛苦と魂の傷とを、ただの無駄とすることをねがっています。人間としてのあいまいさに引き裂かれている、と私はいいましたが、その痛みと傷とは、思い込みの錯覚であることに人々が気付き、深い困惑に陥ることをなにより求めて、私は哲学的な努力を続けてきました。それは、論理を共有する同朋たちへの、同じ方向づけの祈念を表現する作業でもありました。

　哲学の不思議な治癒力は、信じるものでも検証するものでもありません。それは単なるある種の気付きなのです。人類が二千年のうちに成し遂げたように思っているあれやこれやが、いかにどうでもいいことであったか、できるものなら、この傲岸《ごうがん》不《ふ》遜《そん》なる私みずからの身をもって、笑いのめし、打ちのめし、一切虚無へと絶句せしめる。とくに宇宙の原点にある者として、そこから展望しうる、人類が在ること全体のアホらしさとバカらしさに、どのようにデスペレトかつデモニッシュなちょっかいを出しうるかを、探りたいとねがっているのです」

クサンチッペ　冗談がすぎるよ。

ソクラテス　真面目だよ。
クサンチッペ　メダル剝奪だ。
ソクラテス　毒人参ならくれるな。

待ちに待ってた臨死体験

ソクラテス　そんなに熱心に何を読んでるんだね。
クサンチッペ　あら見つかっちゃった。
ソクラテス　なんだい、見せなさい。立花隆《たかし》、『臨死体験』。なんだ、お前、こういうのに興味があったかね。
クサンチッペ　ううーん、興味ってほどのことじゃないけど――。ちょっとは気になるじゃない、死後のこととかって。
ソクラテス　だってお前、こないだ『大往生』読んで笑ってたじゃないか。みんな死のこと気にしすぎるって。
クサンチッペ　あたしは別に死のこと気にしてるわけじゃないけど、あんまり皆が死後にもなんかありそうだって言うからさ、ほんとにあるならなんなのかなって、それだけだよ。今度こそうんといい男つかまえなきゃとも思うし。

ソクラテス　たぶん、その憎まれ口だけは向こうでも変わらんと僕は思うね。

クサンチッペ　ねえ、本当のところはどうなのよ。

ソクラテス　そんなの僕が知るわけないよ。その人は何て言ってるんだい。

クサンチッペ　やっぱりよくわかんないんだって。

ソクラテス　なんだい、それじゃあしょうがないじゃないか。こんなに分厚い本、しかも上下二冊、それでも結論は出んのかね。

クサンチッペ　わかんないんだって。

ソクラテス　よし、それならこれを読むといい。文庫にしたってたったの百頁《ページ》だ。

クサンチッペ　どれ。プラトン著、『パイドン』――。あーあっ、またはめられたっ、また手前味噌、あんた、自分が考えること以外考えられないの？

ソクラテス　うん、そうなのだ、まさにそのことなのだ。お前、さすがにソクラテスの女房だけのことはある。死のことも、死後のことも、それについて自分が考えるとはどういうことなのかということを考えることなしには、それについて考えることはほんとはできんのだよ。世界中走り回って、何百の体験資料集めたって仕方ないのだ、死のことは。市場調査じゃないんだから。

クサンチッペ　あんたが言いたいのはここんところでしょ。

〈いったい真に哲学にたずさわる人々は、ただひたすら死ぬこと、死を全うすることを目ざしているのだが、ほかの人々はおそらく、これに気づかないのであろう。ところでもし哲学者がひたすら死を求めてきたのが本当なら、一生のあいだただそれだけを求めてきて、いよいよその時が来ると、長い間求め励んできた当のものを前にして嘆くというのは、まことにおかしなことではないだろうか〉

ソクラテス　いい女房だ。痒《かゆ》いところに手が届くようだね。

クサンチッペ　でも、こうも言ってる。

〈生涯を正に哲学の中に送った人は、死にのぞんで恐れず、死後にはあの世で最大の幸福を受ける希望に燃えているのが当然だという、僕の確信の根拠を示したいと思う〉

　あんただって結構、あの世のこと信じてるんじゃない。

ソクラテス　ああ、それねえ――。プラトンはね、あの男は、優れた哲学者であると同時に創作家なのだ。確かに僕のことは全て彼の筆によるが、それは必ずしも言行録じゃない。僕は何もかも言いっ放しの野蛮な人間だが、彼にはそれではおさまらんところがあるんだね。物語を完結させたい、理論としてまとめ上げたい。律儀なんだな。学者なのだよ。だって、僕の問答があの整然たるイデア論になるなんて、彼に言われなきゃ僕は気がつきゃしなかったことだぜ。

まあそういうわけで、彼の僕にはいくぶんの脚色はあると思っていいな。だって、いいかい、僕は『弁明』ではこう言ったのだ。そのときまだ若かったプラトンは、ここではほとんど創作していないと思っていい。

〈思うに、死とは人間にとって幸福の最上なるものではないかどうか、何人も知っているものはない、しかるに人はそれが悪の最大なるものであることを確知しているかのようにこれを怖《おそ》れるのである。しかもこれこそまことにかの悪評高き無知、すなわち自ら知らざることを知れりと信ずることではないのか。しかしながら、諸君、私は恐らくこの点においてもまた大多数の人と違っているのである。そうして私がもしいずれかの点において自ら他人よりも賢明であるということを許されるならば、それはまさに次の点、すなわち私は冥府《ハデス》のことについては何事も碌《ろく》に知らない代りに、また知っていると妄信してもいないということである〉

僕が死を怖れないのは、知らないものは怖れられないということであって、死後を信じているから怖れないということではないのだ。このふたつはまるで違うことなのだよ。

クサンチッペ　じゃあ、プラトンがうそ書いたってわけ？

ソクラテス　いや、一概にそうとも言えんところが、この死と死後を考えることの厄介なところでね。僕は『弁明』の最後で、こうも言ったのだ。

〈また次のように考えてみても、死は一種の幸福であるという希望には有力な理由があることが分るだろう。けだし死は次の二つの中のいずれかでなければならない。すなわち死ぬとは全然たる虚無に帰することを意味し、また死者は何ものについても何ら

の感覚をも持たないか、それとも、人の言う如く、それは一種の更生であり、この世からあの世への霊魂の移転であるか〉

つまり僕は、無けりゃ無いでもっけの幸いだし、在ったら在ったでそれなりに、と言っただけなんだ。なぜなら、知らないものについては在るとも無いとも言うことができないからだ。おい、この本は在るか。

クサンチッペ　うん。

ソクラテス　燃やしてしまえば？

クサンチッペ　無い。

ソクラテス　じゃあこの本はあの世に在るか。

クサンチッペ　そんなの知らない。

ソクラテス　じゃああの世は在るか。

クサンチッペ　さあ知らない。

ソクラテス　な？　知らないものについてはなんにも言うことができないだろ。ところがこの「在る」「無い」というのは、見かけほど単純なことではないのだよ。そう、まさにその「見かけ」、見えるものだけが在って、見えないものは無いと言えるのかどうかってこと。そうでないとしたなら、僕らは何をもって「在る」「無い」と言ってるのかってことだ。

プラトンが『パイドン』で言いたかったのはこのことだ。肉体と精神とは明らかに別のものだ。これは自明だ。なぜなら、肉体は眼に見えるが、精神は眼に見えないからだ。しかし、眼には見えないにもかかわらず、僕らは精神が在ると言う。いや少なくとも在ると認めている。そうでなければ、世の中こんなにすったもんだがあるわきゃないのだ。すると、肉体の在り方と精神の在り方は、同じ「在る」でも、違う「在る」ということになるね。つまり、肉体は滅ぶ「在る」だが、精神は滅ばない「在る」だ。なぜなら、精神はあの永遠的な「在る」を知っているからだ、とこう来るのがプラトンの推論だ。

クサンチッペ　それがあの霊魂の不死説ってやつ？

ソクラテス　そう。

クサンチッペ　だって、霊魂が不死だって、あたしが不死だとは限らないじゃない。

ソクラテス　そうなんだ、そこなんだ。皆が臨死体験だなんて気にしてるのも、そこのとこなんだろう。古代の不死説なんかより、他ならぬこの自分がどうなるのかってことを具体的に知りたい。なら僕はこう考えるべきだと思うんだ、君は何をもって他ならぬこの自分と思っているのかってね。臨死のドラマを不思議がるより前に、今のうちに考えておくべき不思議は、いくらだってあるんだがねえ。

クサンチッペ　でもやっぱり不思議じゃない。死にかけた時に体を離れて、その体を上から見てるんだってさ。ねえ、どういうのかな、こういうの。

ソクラテス　本人がそう言うんなら、そうなんだろ。何が不思議かね。

クサンチッペ　だって、あり得ないじゃない、そんなこと。

ソクラテス　あり得ない人にはあり得ないんであって、あり得ちゃった人にはあり得るんだろうよ。何が不思議かね。

クサンチッペ　だって、それじゃあ何が本当なんだか、さっぱりわかんなくなっちまうわ。

ソクラテス　本当ってなんだい？

クサンチッペ　本当って——本当のことさ。夢まぼろしのうそじゃないってことさ。うん、脳内現象か現実体験かって、この人は言ってる。

ソクラテス　そりゃ「脳内現象」が夢まぼろしのうそで、「現実体験」が本当のことって意味なのかな。

クサンチッペ　そう。

ソクラテス　しかしこの人は、脳味噌こそ本当と思って始めてるはずだよね。だからこそ、こうしてあれこれ実験してみてるわけだ。それで本当がわかると思ってね。

クサンチッペ　そ、すごいのよ。脳味噌開いて電気でつついてみたりするの。そうすると、空を飛んだり神様が見えたりする場所があるんだって。

ソクラテス　ほう、そうかい。そんなことがあるのかい。しかしこの人は、だから脳内現象は夢まぼろしだと言うわけだろ？

クサンチッペ　そう。

ソクラテス　しかし、この人は脳を本当だと思ってその実験をしたはずだったね。なのに、その本当であるところの脳の中で起こるそのことの方は、なんで夢まぼろしだと言うのかな。

クサンチッペ　あら、そういえばそうだわね。

ソクラテス　すると、この時、この人は何をもって本当のことと思ってるのかな。

クサンチッペ　脳の中じゃないこと。
ソクラテス　うん。しかし、脳の中じゃないことが本当のことなのだったら、なんで脳の中なんか調べているのかな。
クサンチッペ　あれえー?
ソクラテス　つまりこの人は、脳が本当だと言いながら、脳が本当でないと言ってるわけなのだ。本当でないもの調べたって、本当のことがわかるわけないじゃないか。これだけ分厚い本書いたって、結論なんか出っこないのは、最初から決まっているのだ。
クサンチッペ　なんだ、買って損しちゃった。
ソクラテス　だから、はやりの本なんか買うもんじゃないって、いつも言ってるじゃないか。人間の考えそうなことなんざ、大体はもうとうに考えられちまっているのだよ。人が死ぬのは今に始まったことじゃないからね。読むんなら古典を読みなさい。僕は是非プラトンを勧めるね。そうでなければ養老孟司だ。
クサンチッペ　ああ、『唯脳論』。
ソクラテス　いや、じつはあれは無脳論でもあるのだ。
クサンチッペ　どっちよ。
ソクラテス　どっちでもいいのだ。どっちかから始めなきゃ、話が始まらんだけのことだ。
クサンチッペ　立花さんは何を間違えたの。
ソクラテス　間違い以前だ。ものを考えるときの考え方が、根本のところでわかってない。自分が何をわかろうと思ってるのか、わからずに考えてるんだから、いくら考えたってわからないのは仕方ないのだ。お前は何のことをわかりたかったのかね。
クサンチッペ　だからあ、臨死体験が本当のことかってこと。死後の世界が本当に在るのかってこと。
ソクラテス　考えればわかると思うかね。
クサンチッペ　さあー、よくわかんなくなっちゃった。
ソクラテス　人が考えるのはなぜだろう。
クサンチッペ　わからないから。
ソクラテス　すると人は、それがわからないことであるということはわかっているわけだ。
クサンチッペ　そうね。
ソクラテス　すると、それがわからないことであることをわかっていながら考えて、わかったというとき、さて、何がわかったことになるのかな？
クサンチッペ　——わからないこと？
ソクラテス　そう。わからないことがわかった。これすなわち無知の知。
クサンチッペ　なんか、ずるくない？
ソクラテス　ふむ、やはりばれたか。ではこうしよう。人が考えるのはわからないからだとお前は認めた。そして、それがわからないことであることはわかっているとも。するとなぜ人は、それがわからないとわかっているのに考えようとするのかな。
クサンチッペ　わからないとわかってないから？
ソクラテス　その通り。それこそが無知の知によってひっくり返される定めの知の無知、すなわち、知識の知り方についての無知なのだ。僕は、知識の中身なんか問題にしたことはない。わかり方のないことには、わかるもわからないもないと明らかにわかっているからこそ、わからないことのわかり方があると思って、わかるのわからないの言ってるわからんちんを、ひっくり返すことができるのだ。

人は、本当のことがわからない、本当のことをわかりたいと言う。しかし、その「本当」という言い方で何を言っているのか、自分で必ずしもわかってない。たとえばこの立花君、「死後の世界は本当に在るのか」という言い方で何を言いたいのだろう。何を何でわかれば本当にわかったことになるのだろう。「死後の世界」、これは知識の中身だ。「在るか無いか」、これは知識の枠だ。中身で枠の本当をわかろうってのは、わかる順序があべこべじゃないのかね。だって、無いなら無いでわかるわけないのだし、在るなら在るで、そりゃ本当なんだから。死をわかるわかり方はないとわかっとらんから、わからん死をわかろうとしてわからなくなってるんだね。

混乱の原因はもうひとつ、言葉遣いにぞんざいなことだ。「うそ」と「本当」、「主観」と「客観」、「現実」と「非現実」、この手の言葉を頭から信じちゃいかんのだ。そんな言葉が、僕らが考えるより先にあるわけじゃないんだから。そう、その極めつきがこの言葉なのだ、すなわち、「生」と「死」——。ちょっと考えりゃ、大体の問題は解消するな。問題の解答が出ることで解消するんじゃない。問題がそも問題でなかったというふうに解消するのだ。
クサンチッペ　でも、不思議だって気持は解消しないよ、やっぱり残るよ。

ソクラテス　残るさ、当たり前さ、それが全てさ。何もかもが最初っから不思議なことなのに、何かひとつことを取り立てて不思議がる道理がないと僕は言ってるのだ。だってお前、臨死体験不思議がってるんだったら、なんで臨生体験は不思議じゃないのかね。僕らが今自分の生に臨んでいるというこの体験を、なんで当たり前と皆思い込んどるのかね。こんな当たり前なことに驚けないほど、僕らは鈍感だってことなのさ。さあ答えてあげよう。何が不思議かね。

クサンチッペ　自分の体を上から見るんだって。

ソクラテス　肉体と精神は別物だからだ。あってもちっともおかしくない。

クサンチッペ　あの世の風景が見えるんだって。

ソクラテス　肉体の眼じゃないからだ。何が見えてもおかしくない。

クサンチッペ　肉体の眼じゃなくて、なんでものが見えるのよ。

ソクラテス　夢だって、眼は閉じてるのに見えてるよ。

クサンチッペ　あの世の人と会うってのは？

ソクラテス　夢でも死んだ人と会う。死んだ人は生きている。さてこれは臨死体験か臨生体験か。

クサンチッペ　要するに臨死体験って、ほんとなわけ？

ソクラテス　ああ、ほんともほんと、僕らは生きてる限り毎日が本当の臨死体験だ。今さら何が不思議かね。

地震と人生

クサンチッペ　たくさんの人が死んじゃったね。
ソクラテス　うん。
クサンチッペ　あんたはやっぱりテレビを観てなかった。
ソクラテス　うん。僕はテレビは嫌いなんだ。こういう時のテレビは特にね。
クサンチッペ　あたしもね、最初のうちはたぁだびっくりして観てたけど、だんだんなんだか辛《つら》くなってきちゃったよ。あーあーって感じ。
ソクラテス　そう。あーあーだな。
クサンチッペ　人って簡単に死んじゃうもんだね。知らなかったわけじゃないけど。
ソクラテス　そう。知らなかったわけじゃない。誰も知らなかったわけじゃないんだがね。
クサンチッペ　気の毒で。
ソクラテス　まあねえ——。
クサンチッペ　だって何もあんなふうに。
ソクラテス　そうねえ——。
クサンチッペ　あーあー。
ソクラテス　ううーん。
クサンチッペ　ところで。我が家の備えは大丈夫？
ソクラテス　そこがお前の大したとこだよ。
クサンチッペ　当たり前でないの。あれだけの大惨事を目《ま》のあたりにしておいて、なんにもしないわけにいきますかね。死ぬときにゃあ死ぬんだから、できるだけのことをしたうえで死ぬもんだ。ほら、この広告、今売り出し中のサバイバルセット、防災頭《ず》巾《きん》、懐中電燈、救急用品、飲料水、ロウソク、ライター、ラジオに呼子《よぶこ》——。
ソクラテス　何で呼子なんだ。
クサンチッペ　埋もれちゃったときに助けを呼ぶときゃ、大勢の中で自分の居場所を知らせるときに使うんだ。
ソクラテス　あははっ。
クサンチッペ　何がおかしいのよ。
ソクラテス　いやいや、気持はわかるが、なんだかやっぱりおかしいや。

クサンチッペ　なんでっ。

ソクラテス　いやいや、パワーがね。人がサバイバルにかけるパワーってのは、ある角度から見ると、ある種の妙味があるものだよ。

クサンチッペ　そういう他人事《ひとごと》みたいなこと誰も言ってられないってことが、今度の地震でわかったはずなんでしょうが。じじつすごく売れてんのよ、このサバイバルグッズ。

ソクラテス　だってお前、以前にも大地震が来るって噂《うわさ》が立ったとき、そんなのいっぱい買い込んでたじゃないか。あれらの缶詰はどうした、水はどうした。

クサンチッペ　もう腐っちゃったよ。缶詰は食べちゃった。

ソクラテス　ほらごらん。ほとぼりが冷めりゃ忘れちまうようなサバイバルなんざ、大した役にも立つまいて。

クサンチッペ　だって、来ないんだもの、大地震。

ソクラテス　あっはっは。

クサンチッペ　笑うのやめて。あたし真面目なんだから。

ソクラテス　いや、すまんすまん。それじゃあ一緒に考えることにしよう。サバイバルグッズもいいけど、そもそもサバイバルとは何なのかって、その心構えの方こそね。

クサンチッペ　理屈は無用だよ。理屈じゃないからサバイバルなんだ。あんたの話はいつも地に足がついてないんだから。

ソクラテス　そうなんだ、そこなんだ。お前いいこと言った。その、いつも足がついているはずの地面の方がひっくり返っちゃったりするんなら、そんな地面になんか足をつけてない考えの方が、じつは地に足がついていたということになるとは思わんかね。

そう、地面が揺れるとは、どういうことだろう。僕らが今そこに立ち、家を建て、この世の現実をそのうえで営んでいる地面が揺れるということは。

ウィトゲンシュタインという哲学者がいてね、これがまた筋金入りの変人なんだが、彼は晩年、こんな問題に取り憑《つ》かれてあれこれ考え巡らすんだ。もちろん理屈じゃないよ、真面目だよ。真面目でなければ、誰がいったいこんな妙な問題考え抜いたりできるもんかね。彼は、地に足がついた考えと僕らの言う、その「地」とは何か、どれほど確かか、そちらをこそ知るべきだと思い定めていたんだから、心底真面目な男だよ。いいかい、『確実性の問題』という名前の書物だ。
〈私は、自分には祖妣《そひ》、つまり祖母、曾祖母《そうそぼ》などがおり、他人にもそれがある、と信じている。またさまざまな都市の存在を信じている。概括的に言えば、地理や歴史に関する基本的な事実をみな信じているわけである。私はまた、地球とはその表面でわれわれが生を営んでいる物体であり、べつな固体、例えばこの机、この家、この木などと同様に、地球もまた突然消滅することはないものだと信じている。私がもし、自分の誕生の遥か以前における地球の存在を疑おうとすれば、私にとって揺がぬ事実であることを一切合財疑わねばならぬであろう〉
〈しかも、何かが私にとって揺がぬ事実であるということは、私の愚昧《ぐまい》や軽信に由来するものではない〉
クサンチッペ　何言ってんの、この人。あんたくらいに変じゃない。
ソクラテス　うん。つまりね、この人は、百年前の地球の存在や、明日の地面の存在は、取り立てて疑ったり信じたりするようなことではないと言っとるのだ。
クサンチッペ　馬鹿。
ソクラテス　うん。
クサンチッペ　明日の地面の存在を信じないで、どうやって生きてけるのよ。
ソクラテス　だろ？　だから地面の存在は、信じたり信じなかったりするようなことじゃなくて、端的に人生の根拠だと言っとるのだよ。
クサンチッペ　だから何なのよ。今その話をしてるんでしょうが。
ソクラテス　揺れたのは何なのかってことさ。揺れる地面の映像に立ち竦《すく》む人々の、何がそのとき揺れていたのかってことさ。
　ウィトゲンシュタインは明日の地面の存在は確実だと言ったわけじゃない。また、明日の地面の存在は確実じゃないと言ったわけでもない。そうではなくて、明日の地面がどうなのであれ、地面は存在するというこのことに基いて、僕らはとにかく生きている、このことこそが揺らぎ得ないと言ったのだ。

大地震に出合った人も、その映像に出合った人も、みんな等しく驚いた。口を揃《そろ》えてこう言った、「そんな馬鹿な、信じられない」。

では、僕らはいったい何を信じていたというのだろう。地面の確実さ？　違う、そうじゃない。僕らは地面の確実さを信じていたわけじゃない、かといって信じてなかったわけでもない。地面が明日も確実に存在するということを、僕らは信じたり信じなかったりしてはいなかった。それは僕らが居るというこのことを、とくに信じたり信じなかったりしていなかったのと同じことなんだ。だからこそ、驚いたんだ。揺れることもあるということを知らないわけではなかった地面が揺れた、でも、やはり僕らはそこに居る、この事実の方にこそ驚いたんだね。揺れたのは地面の方じゃない。地面が揺れて、心も一瞬揺れたけれども、僕らの人生は少しも揺れてない、そのことに気づいた僕らの心がもう一度揺れたんだ。揺れて眩暈《めまい》を覚えたんだよ。

クサンチッペ　ほらほら、あんた、千鳥足。なんでそんな妙なこと考えられるのかしらね。地面が揺れればお家《うち》が揺れる、生活も生命もみんな壊れて失《な》くなっちゃう、それでみんな慌《あわ》ててるんでないか。一寸先は闇《やみ》だったってさ。

ソクラテス　そう、一寸先は闇。しかしそんなことは何も今に始まったことじゃない。問題は、一寸先に闇が「在る」ということなんだ。

クサンチッペ　だから何なのよ。今その話をしてるんでしょうに。

ソクラテス　そう、まさにその話をしているのだよ。ウィトゲンシュタイン、あの奇態な男は、僕らの「確実性」について、こんなふうにも言ってみるんだ。

〈私が情熱をこめて、「これが足であることを私は知っている」と言う――だが一体何を意味しているのか〉

〈私はこう続けてもいい。「世界に何が生じようと、私の確信をくつがえすことはできない。」この事実は私にとって、あらゆる認識の基礎なのである。ほかの事なら取り消すこともあろうが、この事実はべつである〉

〈この「世界に何が生じようと……」という態度が、われわれが信じ、あるいは確実と見なしていること

すべてに対する態度でないことは明らかである〉
〈ここで言われているのは、私に別のことを確信させるような出来事が世界に生じることは決してない、ということではない〉
〈「何が世界に起ろうと――」という文の正体は何であろうか〉
〈これは予言の形式を具《そな》えているが、(勿論《もちろん》) 経験に基づく予言ではない〉
そう、何が世界に起ころうと――。

クサンチッペ　何よ。

ソクラテス　僕らはやはりそこに居る。

クサンチッペ　怒るわよ。

ソクラテス　いや、これこそが大変なことなのだよ。だってお前、よく考えてごらん。家がつぶれようが、いのちを落とそうが、何もかもチャラになろうが、僕らはやはりそこに居るじゃないか。居て、やはり「これは足である」と言っているじゃないか。何が世界に起ころうと、僕らはそれを生きるしかないのだよ。

クサンチッペ　そうよ、だからさっきからその話をしてるんでしょうが。

ソクラテス　そうだ、その話だ。

クサンチッペ　サバイバルさ。

ソクラテス　いやそれとはちょっと違うんだがね。

クサンチッペ　ええ、めんどくさっ。

ソクラテス　なんで皆、「生きる」ということを生存することだと思ってるのかな。

クサンチッペ　馬鹿。

ソクラテス　うん。しかし、生きるということが生存するということなんだったら、なんにも難しいことなんかないのだ、頑張って生きればいいだけなんだから。難しいのはね、生きるのがほんとに難しいことになるのは、生存しようがするまいが存在する以外にはない、このことに気がついてしまった場合なんだ。

大地震の直後、人々の率直な想いはこんなふうだった。すなわち、自然は畏《おそ》れるべきものだ、人間はその前には無力なものだ、我々は驕《おご》っていた、人間の営みははかないものなのだ、そして異口同音にこう締め括《くく》ったのだ、「考え直そう」と。

考え直す――。でも、何を？　何をいったい僕らは考え直すことができるというのだろう。生存と存在について、どんな新しい考えが僕らには可能だというのだろう。震災に強い街づくり、普段から防災の心構え、危機管理体制を強化せよ、なるほどそれらはその通りだ。しかし、これらのことごとのどこがいったい考え直されたことなんだろう。生きるために生きようとすることは、地震の前だって同じだったじゃないか。自然が人間の力を越えていることだって、忘れていたことを思い出しただけで、新たに考え直されたことじゃない。
　なら、生死かい？　生活とか生命とかいうものは、何かがなければ何となくいつまでも続いてゆくものだと漠然と思っていた、それが間違いだったということを思い知らされた。なに言ってんだい、そんなこと、こういうことでもなければ気付かれないくらい当たり前なこと、それがようやく気付かれただけのことであって、ちっとも考え直されたことなんかじゃない。ほんとうに考え直すというのはね、考え直すことなんかできやしないということを常に新たに考え直し続けることでしかないのだよ。わかるかい？

クサンチッペ　いーえ。

ソクラテス　ふむ。良寛さん――。

クサンチッペ　ああ、良寛さん？

ソクラテス　良寛さんの手紙、

〈災難に逢《あう》時節には　災難に逢がよく候《そうろう》　死ぬ時節には　死ぬがよく候　是《これ》はこれ災難をのがるる妙法〉

　これを皆は一種の諦観だと読んでいるようだ。人間の無力さ、諸行は無常だとね。しかし、違うね。こういう考え方のどこが諦観なんだ。こんなのはただの事実を述べたにすぎん。ほんとうの諦観というのはだな、諦めることなんかできやしないのだという考えに諦め続けることでしかないのだよ。これならわかるね。

クサンチッペ　そうよ、だからあたしは諦めないよって、さっきから言ってるじゃないか。

ソクラテス　そう、諦めない。正確には、諦められないのだ。僕らには人生を諦めるということは、できないことなのだ。なぜと言って、諦めている自分が、なおそこに居るからなのだ。
　諦めることができるんなら事は簡単なのさ、何もしなくていいんだから。しかし、僕らは生きることを諦めることはできんと諦めつつやはり生きることしかできん。これこそが大変なことなのだよ、皆まだよく気付いちゃいないんだがね。

　復興に向けて立ち上がる人々の力強い姿を見て僕は感じたんだ、「ああ、おんなじ」。焦土の瓦礫を踏み越えて水を汲《く》みにゆく、雨露をしのぐために屋根を張る、自治組織、自警団、食糧の分配、やがて再開した会社へ出勤する、商店が開く――。ああ、生活が、この世の暮らしが再びそこに始まったのだ。何もかもが壊れる前とそっくりおんなじなのだ。なぜそうなのかとなぜ皆は考えないのだろう。

　なぜ――。そう、考えたっておんなじだからだ。そうするしか僕らにはすることができんからだ。決して別のようにはできんからなのだ。こっちの方にこそ僕は、よほど無力感を覚えるね。誰を責めることもできんのだからね。

　だから、責任の所在だ、防災論だなんてのは、どんなに煮詰めたってしょせんは野次馬の議論なのさ。誰も自分が当事者になるなんてほんとには思っちゃいない。その証拠にみてごらん、ひと月も立てばもうみんな地震のことなんか忘れてきてるから。いや別に責めてるわけじゃない。人はね、そういうことを忘れてしまうものなのだ。いや正確には、考え続けることはできないことになっているのだ。考えられるようにしか考えられんということの、これは裏返しなのだよ。

　だって、たとえばだね、物が飛び、家が逆立ち、地面が割れて、人々が陸続とそこへ落ち込んでゆくだなんて考えを、僕らはずっと考え続けていられるものだろうか。そういう異常な考えを考えながら、同時にこの日常を続けてゆくことができるものだろうか。――できない、決してできないんだ。できないというこれこそが僕らの確実性、すなわち「世界に何が生じようと、私の確信をくつがえすことはできない」ということだ。余りに異常な考えと、僕らのこの現実とは決して同時にはあり得ない。あり得る人は、僕らと同じ現実を生きてはいない。つまり、狂人だ。揺らぐ地面と一緒に揺らぎ続けている人だ。生きようとする限り、人は、忘れる。忘れることになっているのだ。忘れるために、記憶にするのだ。野次馬たちも、そして、被災者も。

クサンチッペ　天災は、忘れた頃にやってくる。

ソクラテス　その通り。
クサンチッペ　生きるためには忘れなさいじゃ、どこがサバイバルの心構えなのさ。うそつき。付き合って損した。
ソクラテス　そう、サバイバル、生き残ること――。問題はね、僕らはいったい何から生き残ろうとしてるのかってことさ。生き残ったそこはどこなのかってことさ。
　その呼子の笛を吹くといい。真暗闇の宇宙の果てへ、響き渡っていくはずだ。こんな具合さ。
「ピィーピィー、オーイここに居るぞー、助けてくれー、オーイ誰も居ないのかー、ここに居るぞー、助けてくれー、ピィーピィー――」。

楽しいお花見

クサンチッペ　今年も咲いたねー。
ソクラテス　ううーん。
クサンチッペ　いいもんだねえ、桜の花は。
ソクラテス　いいもんだねえ。
クサンチッペ　桜が咲くとね、ああ、いちねん――。
ソクラテス　そう――一年だね。
クサンチッペ　去年の桜、今年の桜、おんなじ桜だけど、あたしは一年――。来年も再来年も、そうしてずうーっと――。
ソクラテス　おや珍しい。もう酔っ払ったかね。
クサンチッペ　珍しかないわよう。桜の花はいいなあって、なんかこう人生がさ――。
ソクラテス　ほほーう、人生――。
クサンチッペ　ヤなやつっ。もう言わないっ。
ソクラテス　いやいや、いいじゃないか。聞かせておくれよ。人生が？

クサンチッペ　だから人生がさあ、桜の花をきれいだなって思うときに、なんかこう自分の人生が全部わかるような気持になるのよって言ってるのよう。
ソクラテス　あーあ、その通りだねえ。僕も全くその通りに感じるよ。どうしてだろうね、桜の花は、春なのに妙に哀《かな》しいんだねえ。
クサンチッペ　あたしは別に哀しかないけど――。
ソクラテス　おや、そうだったかい。
クサンチッペ　哀しかないけど、何もかもそれでいいんだろうなって感じかな。
ソクラテス　うん、そうだよ、そのことだよ。
クサンチッペ　そうよ、そのことでしょ?
ソクラテス　そうさあ、そのことさあ。
クサンチッペ　ふふー。ささ、まあどうぞ、いっぱい。
ソクラテス　いやこれは恐縮、ではでは遠慮なく。
クサンチッペ　どうぞどうぞ。
ソクラテス　お前もどうだい、ほれ。
クサンチッペ　あれあれ、あたし、桜色。
ソクラテス　桜は、いいよ。花はね、季節の花はいくらもあるんだけれども、桜の花ほど季節であるような花はないね。それはたぶん、僕らは桜の花に季節を感じてるわけじゃないからなのさ。桜の花に季節を感じている自分の側を感じているからに違いないのさ。桜の花に、いつだったかの春をね。また巡ったのだ、とね。
クサンチッペ　春はいろいろ変わる時だからねえ。人生の節目、変わり目、学校を出たり、別の暮らしや、別の土地――。
ソクラテス　残酷な季節だ。
クサンチッペ　なんで残酷さ。
ソクラテス　人生がさ、人生が往くってこと、否応《いやおう》なく往くんだってことに、誰もが気付かざるを得ない時だからだ。
クサンチッペ　なんでそれが残酷さ。
ソクラテス　残酷じゃあないか。だってお前、こんなあでやかな花の下で、失って還らないもののことを想《おも》うなんて、こんな残酷なことってないじゃあないか。
クサンチッペ　へえー、おセンチなんだ。
ソクラテス　ふむ、おセンチ――。そう言っちまえばそうかもしれんな。

クサンチッペ　失《な》くしたもの悲しがるなんて、男のすることじゃないよ。
ソクラテス　そうさなあ。
クサンチッペ　そうさ。生まれてきたから死ぬまでは生きてるの、これ、当たり前。誰もそう。思ってもしょうがないことは、思ってもしょうがない。
ソクラテス　まあそうなんだがね。
クサンチッペ　あたし、めそめそするの嫌いだもの。
ソクラテス　めそめそか——。桜の花は、このはかなさがいいって皆は言うね。僕らの諸行無常を重ねて見るんだってね。でも、僕はちょっと違うな。僕は、桜の花に、明らかに僕の死を見る。音もなく満開の桜の花に僕は、いつか先のことではない、今ここに居る僕の死をはっきりと見るんだ。はかないわけじゃない。明瞭すぎるのだ。何もかもが明瞭すぎるのだよ、僕らの人生は。なあお前、そうは思わんかね。
クサンチッペ　はいはい、だからそう言ってるでしょ。全部当たり前だって。
ソクラテス　そうだ、当たり前だ。
クサンチッペ　そうよ、その通りよ。
ソクラテス　うん、よくわかっとる。
クサンチッペ　さあさ、飲んで飲んで。
ソクラテス　おっと、おっとっと。
クサンチッペ　この頃世の中、ヤなこと多い。
ソクラテス　いや全く。ヤなことだらけだ。
クサンチッペ　でもまあ、ヤなこと多いのはこの頃に限らないか。
ソクラテス　うん、それもまあその通りか。
クサンチッペ　人が居て、みんな勝手に勝手なことしてるんだから、そうそううまくもいかんわね。
ソクラテス　そー、そういうことなのよ。
クサンチッペ　でもあれ、毒ガス？　いくらなんでもあれ、ひどすぎない？　気色悪いったら。
ソクラテス　およしよ。酒がまずくなるよ。
クサンチッペ　ああいうのこそ卑怯っていうのよ。あたし、卑怯なものだけは許す気になれない。たいていのことはどうでもいいんだけど。
ソクラテス　おんなじ人間のすることだぜ。
クサンチッペ　おんなじ人間？　よしてよ、どこがおんなじ人間よ。
ソクラテス　どんなに奇てれつなことでもやっての

けられるのが人間だってことさ。許すも許さないも、僕は驚かないねえ。

クサンチッペ　あんたはねっからそういう人だ。死ぬのがどうでもいいからでしょ。

ソクラテス　いやあ、死ぬのがどうでもいいなんてそんなこと言えるのかどうか、よくわからん話なのさ。うん、だからやっぱりどうでもいい話になるんだがね。連中、死の観念に取り憑《つ》かれちまったんだな。まあー人間にとって最大にして最後の魅惑といえば死でしかないわけだから、その気持わからんでもないんだがね。にしても、ありゃあちょっと迷惑だなあ。

クサンチッペ　も、メーワクもメーワク。うっかり電車にだって乗れやしない。

ソクラテス　うっかり地雷を踏まないようにして歩け、か――。戦国の世の中だな。ちょっとは愉快だぜ。

クサンチッペ　やーねー。

ソクラテス　たかが人生さ。

クサンチッペ　されど人生よ。

ソクラテス　まあ飲めや。

クサンチッペ　あらあら。

ソクラテス　気にしなさんな。

クサンチッペ　まーねー。

ソクラテス　たかが人生さ。

クサンチッペ　されど――、あれっ、プラトンよ、プラトンが来た！　プラトーン、ここよ、ここー。こっちいらっしゃいよー。

プラトン　おやおや、おふたりさん、いい調子ですね。水入らずのお花見、お邪魔じゃないかしら。

ソクラテス　やあやあ是非是非。こりゃ嬉《うれ》しいな、こりゃとっておきの饗宴《シュンポシオン》だ。さあさあ、駆けつけ一献、満開の桜と僕らの恵みの酒神《バッカス》に――。

プラトン　ではでは遠慮なく――。あーあ、うまい！　うまいなあ。ねえソクラテス、満開の花もさることながら、私は、この世で一番の知者とデルポイの神託に名指された貴方《あなた》と酌《く》み交わすこの酒、これにまさる悦《よろこ》びなど、もう思いつくことすらできないような始末なのですよ。

ソクラテス　なにをおっしゃるプラトン君。同じこの世に居る限り、僕らのうちの、どいつが知者でどいつが無知者か、そんなの誰にわかるもんかね。僕が知者なら、誰が無知者だ。僕が無知者なら、みんなが無知者さ。いいじゃあないか、そんなこと。唯一確かに言えるのは、僕と君との友情だ。酒酌み交わし、躍る談論、理法《ロゴス》の愉悦だ。そうだ僕は酒と共に夢を見る。夢見られるのだ、君がそこに居てくれるからね。共に夢見よ、より高く、より遠く、より力強く、だ。素晴らしいじゃないか。ねえ君、僕らのこの世は、僕らが知るよりはるかに知られていないのだからね。

プラトン　光栄ですよ、ソクラテス。私は時々思うのです、貴方のような方がこの世に存在したことのその意味をね。貴方は存在した、いや僕らは存在した、この世、そう、この宇宙にね。僕らは考える、誰が考えずにおられるものですか、なぜ僕らは存在しているのか。なぜ宇宙は存在しないのではなくて存在しているのかっていうこのことを、いったい誰が考えずにおられるものですか。

　ところが貴方は、そこで問うのを禁じるのです。わからないとわかってないな、とね。ああ、なんて意地悪な人だ。貴方はそうやって、僕らの否応なくも狂おしい問いを、ロゴスの力で封じ込めながら、しかし同時にその同じロゴスによって、遥かに遠く夢を見よだなんて言ってみせるんだ。ねえ、ひどすぎやしませんか。貴方以来二千年、考えつつ生きようとする人々は、みんな貴方に躓《つまず》いた。いや、もっと言っちゃえ、みんな貴方にダマされたんだ。「汝《なんじ》自身を知れ」だなんて、なんて無責任な。御自身が、自身の何を知っているとおっしゃるのです？　ええ、きっと貴方はこう言うに違いないんだ、「いやあ、僕は全然知らないねえ」。これさ、これだよ。いつだってこれなんだ。

クサンチッペ　ほい、お兄さん、調子でてきたね。さあさ、まあ召し上がれ。理屈もいいけど、お花もいいよー。「理論は灰色、緑は生の黄金の樹《き》だけだ」。

ソクラテス　お前、よくそんな言葉知ってんな。

クサンチッペ　あんたがいつか言ってたもの。

プラトン　なにまた心にもないことを――。この人にとっちゃファウスト博士なんぞ、赤子の手をひねるようなもんなんですよ。いいですか、

「ああ哲学、法学、医学、あらずもがなの神学さえも――。なのにこの通りだ、ちっとも利口になってない。我らがなんにも知り得ないなど、わかってい

ることなのだ。それを思うと、ほとんどこの心臓が焼けてしまいそうだ」
　身も世もないファウスト博士のこの嘆き、なのにこの人なら、きっとこう言うんだ、
「わからんなんてわかってるって、君、そこまでわかってんなら、あと何をわかればいいのかね」
クサンチッペ　ヤーな人でしょ。
プラトン　ああ、ヤーな人だ。
ソクラテス　うふーん、酒がうまい。僕はほんとに酒が好きだな。おい、グレートヘン、もういっぱい。
クサンチッペ　だれ、グレートヘン。
ソクラテス　いや、そこなウバ桜。
クサンチッペ　だれっ。
プラトン　まあまあ奥さん、どうです、いっぱい。
クサンチッペ　ちょっとぉ、聞いてよ、プラトン。あたしね、たいていの女よりは度量が広いつもりでいるんだけどね、時々、よっくよくやんなっちゃうことがあんのよこのガマガエル。見てよあのカエルのツラ、憎たらしいことったら。なんにも考えてないふりしてみせてるつもりなんでしょうけど、ほんとになんにも考えてなかったりすんのよ、あたし知ってんだから。こないだなんかさ、
「なあお前、缶ビール一本二百四十円てのは、高いのかね、安いのかね」
　って訊《き》くからさ、
「この頃ディスカウントストアじゃ、百九十八円で出てることあるから、それ高いわよ」
　って言ったのよ。そしたら何て言ったと思う？
「ほーお、物の値段てのは、それ自体の価値ってことはないんだねえ」
プラトン　奥さん、それね、イデアですよイデア。あなたまたダマされたんだ。この人ったら、また知らん顔して、僕らのあの普遍的な価値について言及しようとしたんですよ。
クサンチッペ　なに、イデアぁ？　いいわよう、そんなもの。
ソクラテス　ああ、桜の花が美しい。美しいものは、なぜ美しいのかなあ。
プラトン　そうだ僕らは考える。なぜ或《あ》るものはそのものなのか。なぜ在るであって無いではないのか。在るしかないならなぜ或るなのか。ねえソクラテス、僕らのこの問い、知るを焦《こ》がれる愛知学《フィロソフィー》、この恋

が叶《かな》うことがあり得ないなど、そんなことがあり得ていいものでしょうか。

クサンチッペ　叶わぬ恋なら諦めるっ。諦めるっ。すっきりきっぱり諦めるっ。めそめそしなさんなって、お兄さん、女はいくらでもいるでないの。あたしだって、なにもこんな丸太ンボと添い遂げようなんて、そんな殊勝なこっちゃ全然ないんだからねえ。

ソクラテス　おや、そうだったかい、それはがっかりだなあ。僕はてっきり、お前は僕にぞっこんなんだとばかり思ってたんだがなあ。

クサンチッペ　ぞっこんだってえ？　あたしが、あんたに、ぞっこんだってえ？　逆はあっても逆はないわよっ。ちょっとぉ、プラトン、なんとか言ってやってよぉ。

プラトン　いや奥さんね、ぶっちゃけた話ね、僕らの恋《エロース》は、僕らが思うほど男女の肉欲に限ったこっちゃないのですよ。たとえばこの私、私の心はなぜこの人ソクラテスに惹《ひ》かれてしまうのだろう。そう、まさしくガマガエルと言うには、たぶんに人に似たこのソクラテスにね。ところがねえ、悔やしいじゃないですか、そのわけを一番よく知っているのが、他でもないこの人なんだ。いいですか、彼はいつかあのパイドロスと話した時に、言ったものなんだ。〈まさしくこのゆえに、正当にも、ひとり知を愛し求める哲人の精神のみが翼をもつ〉

なにが「正当にも」ですって？　あなた、それが「狂気」に他ならないからだって言うんだから。〈しかり、人がこの世の美を見て、真実の美を想起し、翼を生じ、翔《か》け上ろうと欲して羽ばたきするけれども、それができずに、鳥のように上の方を眺めやって、下界のことをなおざりにするとき、狂気であるとの非難を受けるのだから〉〈この狂気こそは、すべての神がかりの状態のなかで、みずから狂う者にとっても、この狂気にともにあずかる者にとっても、もっとも善きものであり、またもっとも善きものから由来するものである、そして、美しき人たちを恋い慕う者がこの狂気にあずかるとき、その人は「恋する人《エラステース》」と呼ばれるのだ〉

哲人すなわち狂う人だと、真実在《イデア》に恋して狂う人だと、言ってくれるじゃないですか。私がソクラテスの狂気にぞっこんなのを、百も承知のうえでなんですからね。

クサンチッペ　あらあら、あたし、もみじみたいに、まっかっか。

ソクラテス　願わくは　花の下にて春狂わん　善き美しき　ガマガエルかも。
クサンチッペ　そんなの聞いたことないよっ。
ソクラテス　いやいや君たち、じっさいね、僕らの正気がこの満開の桜ほどにも狂気でないなんて、そんなつまらんことってないじゃないか。ごらんよ、桜が咲いている。僕らは往く。往くのだよ。でも――どこへ？　僕らは僕らの魂の翼によって翔け上ろうと欲し羽ばたきする、でも、どこへ？
　僕は、かつて確かに、あれを見た。見たのだよ。いつの世だったかは覚えていない。でも見たそのことだけは、僕の魂がしっかりと覚えている。覚えているから考えるのだ。覚えているから恋焦がれるのだ。だって、そうでなきゃ、正気のままに狂気を極めるだなんて、そんな芸当なんで僕らに可能なわけかね。なあプラトン、僕らのこの世は、僕らが知るより、案外知られているのだからね。
プラトン　さあさ、親愛なるソクラテス、私に注がせて下さいな、我らの恵みの神酒《ネクタール》を――。
ソクラテス　至福の時だね。おっと、おーっとっとっと。
プラトン　ほれ、奥さんも。

神様信じて下さいよ

クサンチッペ　たいへんたいへん！
ソクラテス　なんだ、どうした。
クサンチッペ　あんたが起訴された！
ソクラテス　なんでまた。
クサンチッペ　なんでって、こういうの。
〈ソクラテスは犯罪人である。青年に対して有害な破滅的影響を与え、国家の認める神々を認めずに、別の新しい鬼神の類《たぐ》いを祭るがゆえに〉
ソクラテス　ああ、またその件か。それなら以前、メレトスとの間でモメたやつと同じだよ。要するに言いがかりなんだがね、例の裁判さ。やれやれ、またぞろ弁明に出向かなきゃならんのか。なんだっていつもこうなっちゃうのかねえ。
クサンチッペ　そんな呑気《のんき》なこと言って——。今度こそ大変だったら。ほら、例の変てこな新興宗教の騒ぎ、あれでみんなよほどピリピリしてるとこだもの。だから、あたし、いつも言ってたんだわ、神様のことなんか下手に口にするもんじゃないって。
ソクラテス　なんだ、神様？
クサンチッペ　ほら、例の、あさっての方見てボーッとする癖。
ソクラテス　ああ、ダイモン。僕の鬼神《ダイモン》のことだろ。
クサンチッペ　みんなそれが気に入らんて言ってんのよ。
ソクラテス　だって僕は誰にも迷惑なんかかけちゃいないぜ。
クサンチッペ　気味が悪いのよ。
ソクラテス　そう言われてもなあ——。あれとの付き合いはもう長いんだ。子供の時からになる。あれは僕に確かな合図を送ってくれるんだ。いろんな行動や決断の場面でね。だからと言って、あれとの関係で、僕は誰にも迷惑なんかかけちゃいないぜ。
クサンチッペ　だから、そういうこと言うこと自体が気味が悪いって言われんのよ。
ソクラテス　そういうもんかなあ。
クサンチッペ　あたしだってそうだもの。
ソクラテス　みんな、アタマ固いからな。

クサンチッペ　そういう問題でないでしょうに。それじゃ、あんたのアタマはどうだってのよ。
ソクラテス　僕？　ふふー、そうねえ。僕のアタマはどうなってんだろうねえ。僕にもよくわかんないや。
クサンチッペ　どうすんのよ、今度の裁判。
ソクラテス　まあ、まず、その変てこな宗教の連中の言い分を聞いてみなくちゃならんだろうな。そして、そういう連中と僕とは違うんだってこと、わかってもらわなくちゃならんだろうな。
　その種の人、その種の一群ってのは、いつの世にもいるものなのさ。迷惑の程度が違うだけの話でね。僕が以前の裁判で辟易《へきえき》していた時、自称予言者のエウテュプロンは、親切にも言ってくれたもんさ。
〈わかりました、ソクラテス。それはきっとあなたが、自分にはいつもダイモンの合図が現われるとおっしゃるからですよ。そこでかれは、あなたが神々のことに関して革新を企てる者であるとして、その公訴状を書いたのです。それも中傷してやろうという魂胆で裁判所へ出かけていくのです。こういったことが大衆を相手にしては恰好《かっこう》な中傷の種になることを知っているものですからね。じっさい私の場合にしましてもですね、私が民会で神々のことに関して何か発言し、将来起こるべきことをかれらに予言でもしようものなら、かれらはきまって私を気違い扱いして嘲笑《ちょうしょう》するのです。しかも、私が予言したことのうちには、何ひとつとして真実でないことはなかったというのにです。ところがそれにもかかわらず、かれらはわれわれのような者のすべてを嫉《ねた》むのですね。しかしかれらのことなど何も意に介することはありません。いや、堂々と相手になるべきですよ〉
　ところが、自ら神に仕える者であると公言するこの男は、「敬虔《けいけん》とは何か」を巡る僕との議論で、敬虔のことも、神々のことも、何もわかってないということが明らかになっちまうのだ。すると、この彼はいったい何に仕えていたことになるのだろう。――そう、「大衆」だ。神に仕える自分を気違い扱いして嘲笑してくれるがゆえに、自分は神に仕える特別な人間なのだと居直ることのできる大衆に仕えていたにすぎんのだ。じつに凡庸な心の動きだ。普通の人間と全く同じだ。一抹の宗教性も感じられん。

クサンチッペ　普通の人間と全く同じで何が悪いのよ。普通の人間と同じでないから、気違い扱いされるんでしょうが。

ソクラテス　そうなんだ、そこなんだ。お前だって、僕がダイモンの話をするから気味が悪いって言うんだろ？

クサンチッペ　そうよ。

ソクラテス　僕が普通にしてりゃ、別に気味悪かないわけだろ？

クサンチッペ　そうよ。

ソクラテス　すると、普通の人というのは、神の話をする人を普通の人でないとみて、神の話をしない人を普通の人であるとみるわけだ。

クサンチッペ　そりゃそういうもんよ。

ソクラテス　ところで僕には、普通の人が何を普通とみて、何を普通とみないかということが、そういうことであるということがわかっている。その点において、僕もまた普通の人間であると言っていいわけだね。

クサンチッペ　そういう言い方ならそうでしょうね。

ソクラテス　すると、同じ神の話をする人でも、普通の人と普通でない人とがいるわけだ。僕が普通なのに、彼らが普通でないのはなぜだろう。

クサンチッペ　うーんと——。何が普通かわかってないから？

ソクラテス　よくできた！　同じ神の話をするのでも、僕と彼らが画然と違うのがそこなんだ。確かに僕は神の話をする。しかし僕は常に相手を見る。それは必ず相手を見てからの話なんだ。普通の人には言ってもわからんということが、僕にはちゃんとわかっているからね。だからその時には決して言わない。気違い扱いされてもつまらないだけだからね。ところが彼らには、神の話は普通の人にはしてもわからないのだということが全くわかってない。その見極めがつかない。だから誰かれ見境いなく押しつける、これが布教だ。無知だからこそ可能な布教活動なんだから、こんな迷惑な話ったらないね。気違い扱いされるのだって、勲章でこそあれ決して恥にはならんのだから、こりゃもう始末に負えないや。

クサンチッペ　わかってる人ほど言わないってわけね。

ソクラテス　そうだ。だってお前、言ってもわからんということがわかるとか、言えば笑われるということがわかるとか、そういうわかり方でなしに、なんでいったい神のことがわかったことになるわけかね。

クサンチッペ　ええ？　どういうこと？

ソクラテス　何が普通かわかってないような人が口にする神は普通の神でないという普通のことだ。

クサンチッペ　だって、神様が普通だったら、ちっとも神様でないでないの。

ソクラテス　うん、普通はそうなんだがね。しかし、神は普通なのだ。神こそ普通の極みなのだ。だから僕は、わざわざそんなものについて口にしやしないのだ。

クサンチッペ　――あんた、やっぱり変よ。

ソクラテス　じゃあ普通ってなんだい。

クサンチッペ　普通って――、普通のことよ。私やら皆やらが、こんなふうな感じだってことよ。

ソクラテス　お前やら皆やらが、そんなふうな感じだってことは、お前やら皆やらに何かが共通していると感じることだと言っていいね。普通ということは、共通しているということだね。

クサンチッペ　そうね。

ソクラテス　では、その共通しているもののうちで、いちばん共通しているものは何だろう。

クサンチッペ　――同じ人間だってこと？

ソクラテス　しかしお前は僕のことを変な人間だと言う。ということは、同じ人間でもまだ共通していないところがあると思うわけだ。とするとお前と僕との間で、人間であるという以上に、もっと共通しているものがあるわけだね。それは何だろう。

クサンチッペ　わかんないよ。

ソクラテス　生きてるってことは？

クサンチッペ　それかなあ。

ソクラテス　じゃ、死体はどうだ。死んだ人間と生きた人間の間に共通するものは何だ。

クサンチッペ　そんなの――そこに在るってことくらいしかないよ。

ソクラテス　大したもんだ！　お前きょうは冴《さ》えてんなあ。それだよ、まさにそれなんだ。生きた人間、死んだ人間、変な人間、変な物、それらの全てに共通するもの、すなわちいちばん普通のこと、それは、「存在する」ということだ。僕らが存在するということ、物が、宇宙が、存在するということ、この恐ろしいほど普通のことについての神でないようなのは、神でない。単なる個人の妄想なのだよ。
　考えてもごらん。いやしくも「神様」っていうくらいなら、人類のひとり残らずに納得されるようでなくちゃおかしいじゃないか。ある人は納得するけど、別の人は納得しないなんて神様は、おかしい。何かが欠けてる。小さいのだ。小さいのは神じゃない、まさしく定義に反するね。神ってのはでっかいものなんだ。いちばんでっかくなくちゃダメなんだ。ところで、いちばんでっかいとはどういうことか。それは、全ての人に共通するから全ての人が納得するということだ。それが、「存在する」ということなのだ。「存在する」というこのことが、まあ言ってみれば、神なのだよ。だからそれはどんな形もどんな性格もない。つまり何者でもないのだ。何者でもない何かであって、普通すぎるからこそ、それは普通には気付かれることがないのだよ。
クサンチッペ　あんた、やっぱり、変よ。ちっとも普通じゃない。あたしそう思う。
ソクラテス　まあねえ、普通の人にとっちゃ神様ってのは、何がしか手を合わせられるものだからねえ。しかし僕は、そんなものに手を合わせたことなんかない。僕はそれについて考えで追い詰めこそすれ、拝んだことなどないのだよ。だって、存在しているのは「僕」なんだから、僕が僕を拝み上げるわけにはゆかんじゃないか。
クサンチッペ　ほらね。そんなふうに変だから、今度のお咎《とが》めなのよ。
ソクラテス　最近の連中は、平気で無神論を信じ込んでるからなあ。ありゃ立派に信仰だぜ。「神はない」という考えの神様に手を合わせることで、安心を得るのだ。なんにも考えてない証拠だね。なんだってみんなそう簡単に物事を信じちゃうのかなあ、信じられるのかなあ。
クサンチッペ　なんでって、そりゃあ、信じるから宗教なんじゃないの。
ソクラテス　うん、しかしそれは違うのだ、そうじゃないのだ。人類はそこのところをずうーっと間違えてきているのだよ。僕は、自分のことをとても宗教的な人間だと思うんだがね、それはむしろ、何ひとつ信じないことによってこそ、そうなのだ。信じないで考えることによってこそ、僕は宗教的な人間であり得るのだよ。
クサンチッペ　――絶対に、変。
ソクラテス　人類が常に何がしかの神様めいたものを信じたがるのはなぜだと思う？
クサンチッペ　そりゃやっぱり、苦しいこと辛《つら》いことから救われたくて――。
ソクラテス　そう。皆、苦しいこと辛いことから自由になりたくて、そういうものを求めるんだね。人生の意味を知りたいばかりにそういうものを信じるのだ。
　ところでだね、いいかい、ここが肝心なところだよ。人が何かひとつの考えを信じるということは、それ以外の考えを信じないことによってそうなのだということを認めるね。つまり、ひとつの考えを信じるということは、その考えに縛られるということだね。しかし、彼らはそもそも自由になりたいためにその考えを信じたはずだった。なのに、信じたためにじつは彼らは不自由になっているのだ。これじゃ話があべこべじゃないか。こういう人生のどこがいったい自由なんだか、僕は御免だね。だから僕は、ひとりの神様、ひとつのゴールなんか信じやしない。信じないで考える。どこまでも考える。考えるからこそ、より広く、より深く、そして自在に、人生すなわちこの宇宙が見透せるようになるのだよ。信じることで救われた気になんか、とてもじゃないけどならんのだ。
クサンチッペ　だけど、普通の人は弱いから、やっぱり救われたくってさ――。
ソクラテス　救われるって、どういう状態のことを皆は言ってるのかな。
クサンチッペ　天国とか極楽とか、なんかこう幸せな状態のことでしょうねえ――。
ソクラテス　そんなの誰が知ってるんだ。
クサンチッペ　――やっぱり神様？
ソクラテス　うそでも、いいのかな。
クサンチッペ　いいんでない？
ソクラテス　僕は嫌だ。僕は、いつだって、死んだって、本当のことを知りたい。本当のことでなければ嫌なんだ。ところで、本当のこととは何か。それは、本当のこととはどういうことかと考えることでしかない。僕はうんと欲張りだから、この宇宙の本当のことだけを知りたいのだよ。

クサンチッペ　そんなの無理無理。宇宙なんて科学じゃわかんないことだらけだって。教祖が空を飛んだりとか、前世や未来を当てたりとか、不思議だけど本当らしいもの。それでみんなイチコロで信じちゃうのよ。

ソクラテス　そうだ、そういう態度がそもそもの大間違いなのだ。宇宙が科学じゃわからないことだらけなのは当たり前なのだ。だって、宇宙が存在するということ自体が、不思議の極みなんだから。しかし、だからこそ、考えるんじゃないか。考えこそすれ信じ込んでる暇なんかないはずじゃないか。信じることで知った気になんか、とてもじゃないけど僕はならんね。だから僕は考える。信じることなく考える。僕自身の自由のために、神の頭を踏み越えてでも、その先を考え続けてゆくのだよ。

クサンチッペ　はいはい、わかりましたよ。だけどね、あんた、あんたが神様の頭踏み越えてくのは勝手だけど、そんなの人に言ってわかる話でないでしょうが。どうすんのよ、今度の裁判は。

ソクラテス　ああそうだ、そのことだった。やっぱりそう言うしかないだろうな。確かに僕は、神の頭を踏み越えた。つまり、踏み越えたのは自分の頭なのだ。だからこそ、そのことで誰にも迷惑をかけるはずはないのだって、このことを、強く、ね。

クサンチッペ　――ちょっと、大丈夫かな。

ソクラテス　大丈夫さ。皆が、宗教的なものに不安や嫌悪《けんお》を覚えるようになっちまったのは、それがすぐに集団になろうとするからだろう。しかしお前は、僕が宇宙のことも神のことも、こうして徹頭徹尾ひとりっきりで結着をつけてるのを知ってるね。

　じっさいね、宗教性と集団性なんて、こんなに相反するものってないぜ。死ぬのが恐《こわ》いからって皆は言う。しかし、それでも死ぬのはやっぱりひとりだ。死について、生について、すなわち存在と無について、それはどこまでもひとりで考え抜かれるべきなのだ。宗教性とは、それぞれがそれぞれの孤独にそれぞれの仕方で徹すること以外ではないのだよ。神や仏との付き合いだって、他人の仲介で薄まりこそすれ、深まることなんか決してないのだ。人に教えてもらって、大勢でよってたかって、自分の孤独を何とかできると思っていたのが驚くべき勘違いだったのだ。僕らはもう十分にその経験を積んできたじゃないか。
僕らが存在し、存在したことについて考える限り、宗教的なものが僕らからなくなることはない。だから僕は、これからの人類のために、強く言って来るつもりだよ。宗教的でありたまえ、しかし、決して信じるな。信じることなく考え続けよ、とね。

クサンチッペ　〈しかし、もう終わりにしよう。時刻だからね。もう行かなければならない。わたしはこれから死ぬために、諸君はこれから生きるために。しかし、われわれの行く手に待っているものは、どちらがよいのか、誰にもはっきり分らないのだ、神でなければ〉

『弁明』の結び。

ソクラテス　そー、それそれ。

学歴気にして考えられるか

クサンチッペ　ねえねえ、知ってる？　例のおかしな教団のさ——。

ソクラテス　なんだ、またその話か。

クサンチッペ　だって面白いのよ、マンガみたい。

ソクラテス　人間のすることは、おしなべてマンガだよ。

クサンチッペ　そうなんだけどさ、やっぱりマンガだったと思って見るとさ、一段と面白かったりするじゃない。

ソクラテス　ああ、そりゃあるな。

クサンチッペ　あの捕まった親玉さ、あんな妙なことばっかり考えてるくせにさ、東大受けようとしてたんだってさあ。

ソクラテス　ほー、そうかね。そういうもんかね。そりゃ確かにちょっと面白いね。

クサンチッペ　でしょ？　それでね、自分が受かんなかったもんだから、学歴コンプレックスっての？　まわりにエリートはべらせて喜んでたんだって、皆言ってるわ。だって、ほら見て、京大法学部卒、早稲田理工学部卒、慶応大学医学部卒——。

ソクラテス　エリートってそれのことか？

クサンチッペ　そうよ。すごいじゃない。すごい学歴じゃない。

ソクラテス　何がすごいんだ。

クサンチッペ　だから学歴よ。

ソクラテス　すごいのは学歴だろ？　僕は何がすごいんだと訊《き》いとるんだ。

クサンチッペ　だから学歴だってば。

ソクラテス　学歴がすごくても、その人がすごいとは限らんじゃないか。その人がすごいんでなければ、何がすごいんだ。

クサンチッペ　はいはい、お説ごもっとも。でも、世の人ほとんどそういう考え方しない。東大や京大出た人はすごい人、立派な学歴もった立派な人だってことになってるのよ。

ソクラテス　ある人が立派な学歴をもっているということと、その人が立派な人であるということは、明らかに別のことじゃないか。なんでみんなこんな初歩的な論理を間違えとるのだ。

クサンチッペ　もー、話にならない。

ソクラテス　僕はそういう考え方を、たったの一度もしたことがない。

クサンチッペ　そりゃ、あんたが学校出てないからよ。

ソクラテス　ああ、そりゃあるかもな。

クサンチッペ　そうよ。あんただって最初っからその気で勉強して、東大でも出てごらん。今頃はきっと、そこそこでさ、学歴ってのはやっぱりいいもんだって、きっと思ってるから。

ソクラテス　いや、そりゃないな。

クサンチッペ　なんでっ。

ソクラテス　東大を出なけりゃよくないようなことなんか、もとから僕にとってとくによいことではないとわかってるからだ。

クサンチッペ　ちょっとはわかってほしいのは、あたしの気持だってこと。いい大学出て、いい会社入ったダンナもった奥さんなんかさ、やっぱり、こう、いい暮らししてるらしいしさ——。

ソクラテス　羨《うらやま》しいのか。
クサンチッペ　ま、ちょっとはね。
ソクラテス　僕はちっとも羨しくない。
クサンチッペ　あたし、別れようかしら！
ソクラテス　まあ待ちなさい。お前だって、皆だって、高学歴必ずしもまともでないってこと、今回はっきり見たわけだ。誰もがうすうすわかってたからこそ、それ見たことかと、そうして騒いでるわけなんだろう。なに、そうは言ってもほんとは嬉しいのさ。羨しいと思ってた人たちが、妙な失敗を仕出かしたんでね。
クサンチッペ　でもね、それでもああいう人たちはエリートの中でも落ちこぼれのエリートだって言う人もいるのよ。会社に入っても出世できそうにないから、安直に宗教組織の幹部に納まったんだろうって。
ソクラテス　ああ嫌な考え方だ。僕はそういう考え方が大嫌いだ。どこまでも人間を社会的なランクの側からしか見ることができない、こういう人間こそ僕から見りゃ、最低のクラスにランクされる人間だね。

だって、そう言ってる連中の方こそ、やっぱり学歴を絶対の価値だと思ってるから、そこまでひねくれた嫉《ねた》み方ができるわけだろう。なんだってみんな、そんなに学歴を価値だと思っているのか、僕にはあらためて不思議だね。学歴の学は、学問の学だろ。学んだことの中身の側を価値と思うのならまだしも、学んだ学校の名前なんか、ただの抜け殻にすぎんじゃないか。
クサンチッペ　そのただの抜け殻が、死ぬまでついてまわるのが今の社会なの。だからそれが価値になるの。それを学歴社会って皆は言ってるのよ。
ソクラテス　ふむ、論理的だ。みんな、嫌だと思ってないのかな。
クサンチッペ　いい学校出た人は、いいと思ってるでしょうよ。よくない学校出た人は、嫌だと思ってるでしょうけど。
ソクラテス　まあそうだろうな。
クサンチッペ　だからみんないい学校入りたがる。
ソクラテス　だろうな。
クサンチッペ　学歴社会はよくないよくないって、みんな言ってる割には、自分の子供だけはいい学校に入れようとすんのよ。

ソクラテス　人情だな。

クサンチッペ　仕方ないわよ。社会がもうそんなふうになっちゃってるんだから。

ソクラテス　どうすれば変わるだろ。

クサンチッペ　無理よ。

ソクラテス　いやあ簡単さ。

クサンチッペ　どうすんの。

ソクラテス　皆が学歴を価値と思うのをやめればいい。それだけだ。

クサンチッペ　馬鹿。

ソクラテス　そう、馬鹿――。みんな、馬鹿だと思われるのが何より恐《こわ》い。あいつは頭が悪いと人に言われるのを何よりも怖《おそ》れるのだ。どんな金持でも、金のあとは学歴を欲しがるところをみると、ひょっとすると人々にとって最高の価値というのは、頭がいいと人に思われることなのかもしれないね。

クサンチッペ　ああ、それ、あるかもね。お金のない人だって、俺は金はないけどあいつより頭がいいって威張り方して、気が晴れてるみたいだからね。

ソクラテス　だろ？　僕は時々思うんだ、頭がいいと言われて、人が嬉しがるのはなぜだろう。逆に、頭が悪いって言われると、ひどく気を悪くするのはなぜかってね。

クサンチッペ　それ、当たり前じゃない。

ソクラテス　どうして当たり前なんだ。頭のいい人が頭がいいって人に言われたって、別に嬉しかないはずじゃないか。人に言われなくたって自分でわかってるんだから。頭がいいって人に言われて嬉しいのは、ほんとは自分は頭が悪いと自分でわかってるから嬉しいんじゃないか。自信のない人ほど、頭がいいって人に見られたがるんじゃないか。

クサンチッペ　だからそれが当たり前だって言ってるの。みんな自分をよく見せたいの。

ソクラテス　そうだ。だから頭の良《よ》し悪《あ》しを気にする人ほど、自分の頭の悪さをよく知っているということなのだ。

クサンチッペ　そーそー、その通りよ。

ソクラテス　ほら、簡単じゃないか。

クサンチッペ　何が。

ソクラテス　学歴社会の解消さ。学歴を気にするのは頭が悪い何よりの証拠だって、みんなが気がつけばいいのさ。あいつは学歴なんかを頭のよさだと思ってるよ、頭悪いなあって、みんなが言うようになればいいのさ。
クサンチッペ　でも、学歴があっても頭のいい人って、やっぱりいるよ。
ソクラテス　あっはっは。
クサンチッペ　あ、やっぱり変か。
ソクラテス　いやいや、いいよー、その通りだよ。これでようやく振り出しから始められるわけだ。さて、あの人は頭がいい人だと人が言う、その頭のよさとはどういうことを言ってるんだろう。
クサンチッペ　そうねえ、今度の場合だと、学歴が高いから頭がいいってみんな思ってたのが、なんか違うなってわかったのよね。確かに、ちょっと見に頭よさそうには見えるけどさ、難しい機械でもって作るのが毒ガスだったり、おしゃべりなばっかりで人殺しの理屈こねたりするのって、やっぱり変よ。それともそういうのも頭いいって、やっぱり言うのかなあ。
ソクラテス　そうだ、いいところに気がついた。高等教育を受けてきた彼らは、確かにたくさんの知識をもっている。最先端の科学的知識だ。でも、人が知識をもつのは科学の知識に限らないね。
たとえば靴職人、彼は靴作りに関する知識をもっている。しかし、靴作りの知識をもってはいるが、じっさいに靴を作れない職人を、僕らは靴職人とはよばない。
クサンチッペ　うん。
ソクラテス　靴作りの知識を正しく使って、靴を作り出す技術をもつ人を、僕らは優れた靴職人と言うのだね。
クサンチッペ　そう。
ソクラテス　医学の知識をもっているだけで、患者を治すことのできない医者を、僕らは優れた医者とは言わない。
クサンチッペ　うん。
ソクラテス　優れた医者とは、医学の知識を正しく使って、患者を治す技術をもった人のことを言うんだね。
クサンチッペ　そう。
ソクラテス　すると、頭のいい人と普通僕らが言ってるのは、ただたくさんの知識をもっているだけの人のことを言わない。

クサンチッペ　うん。

ソクラテス　もっている知識を正しく使う技術を知っている人のことを言うんだね。

クサンチッペ　そう。

ソクラテス　すると、今度の場合は——？

クサンチッペ　もっている知識を正しく使う技術を全然知らない、だから頭がよくない、頭が悪い、すっごく頭の悪い連中だ！

ソクラテス　な？

クサンチッペ　だけどさ、受験勉強、詰め込み教育って、この頃じゃ幼稚園入る前から始めてるんだって。たぁだたくさんの知識もってるだけのお馬鹿さん、これからもどんどん出てくるよ。

ソクラテス　うーん、そうだなあ。教育制度の抜本的な改革が必要だな。

クサンチッペ　へえ、バッポンテキ——。たとえば？

ソクラテス　絶対的に必要なのは——。

クサンチッペ　必要なのは？

ソクラテス　哲学だ。

クサンチッペ　あーあー。

ソクラテス　いや、哲学教育、これぞ絶対に必要なものなのだ。人間がもてる知識を正しく使う技術、すなわち知恵《ソフィア》を教えることができるのは、愛知の学《フィロソフィー》としての哲学だけなのだ。僕なんか、二千年以上も前から、それを強く勧めておるのだよ。

クサンチッペ　で、どうなのよ。

ソクラテス　いや、全然だめなのだ。

クサンチッペ　そりゃそうでしょうよ。カントだヘーゲルだ哲学だなんて、頭でっかちの代名詞みたいなもんだもの。あんたみたいのが例外なだけでさ。

ソクラテス　いや、それがそうではないのだよ。カントもヘーゲルも極めて現実的な男たちなのさ。哲学を現実的でなくしたのは、カントやヘーゲルを学んだ連中が、学んだ知識を正しく用いる技術、すなわち現実にそれを生きる仕方を知らんからにすぎん。哲学読みの哲学知らずってわけだな。ところで僕らはさっき、もてる知識の使い方を知らない人は頭が悪いと同意した。そして、頭が悪い人ほど頭がいいと見られたがるということも。しかし、哲学とは、もてる知識の正しい使い方を知ることだった。すると、頭がいいと見られたいばかりに哲学の知識をもってるだけで、その使い方を全く知らないとても頭の悪い人もいるわけだ。

クサンチッペ　最悪。

ソクラテス　そう。

クサンチッペ　頭でっかちのうえに根性曲がり。

ソクラテス　こういう連中が、世の人々を哲学嫌いにさせているのだ。

クサンチッペ　ちょっと言ってやればあ？

ソクラテス　言ってわかるものなら、二千年もかからんのだ。「考える」ということを教育するのは、じつは至難の技なのだよ。

じっさいね、頭がいいとか悪いとかって言ったところで、要するにそれは、自分で考えているかどうかってことに尽きるのさ。しかし、自分で考えているというそのこと自体は、じつはいいでも悪いでもないのだ。だって、自分の好きで考えてるだけなんだから。なのに、知識だけを外から習い覚えて、自分で考えているんでない人は、したがって、その使い方もわからない。ところが、ここで困ったことはだね、知識なら人が教えることができるけれど、その使い方を教えるのはとても難しいということなのだ。それはちょうど、他人は泳ぎ方を教えるまではできるのだけれど、じっさいにその人が泳げるようになるためには、その人が泳げるようになるしかしようがないのと同じことなのだ。

さっき僕は、もてる知識の正しい使い方、すなわち知恵を教えるのが哲学だと言った。しかし、さらに正確に言うべきだね。もっているだけで正しく使われることのできない知識なんてのは、じつは、知識でもなんでもない。僕はそんなもののことを、ほんとは知識とは呼ばないのだ。僕はそれを、ただのがらくたと呼ぶ。知識と知恵とがそも別々にあり得るわけがないのだ。だって、考えているのは、他でもないその人のはずなんだからね。

だからこそ、自分で考えることを教えるのは難しい。その人が自分で考えられるようになるしかしようがないのだ。なのに、なお悪いことには、今の教育制度は正反対だ。自分で考えることを教えるのはただでさえ難しいのに、それを全くしていないから、習い覚えただけの知識は、学校を出てしまうと何の役にも立たない。文字通り、がらくただ。たとえば、自分で考えろって僕なんかが言ったところで、連中ならきっとこう言うぜ、「自分で考えるためのマニュアルをくれ」。何を器用にこなしてみせても、受験秀才に哲学だけは決してできまい。僕はそう思うね。

クサンチッペ　あの教団、受験秀才の集まりなのよ。

ソクラテス　だからこそああいう始末になる。最新の科学的知識は結構だけど、なんでそれが宗教に直結するのだ。なんで物質が精神に直結するのだ。なんで魂がヘッドギアの電極ということになるのだ。科学はあくまでも物質を扱うから科学であり、宗教はあくまでも精神を扱うことで宗教なのだ。物質と精神という人間の基本的な成り立ちについて認識する仕方、すなわち哲学的な考え方を知らんから、こういう惨憺《さんたん》たることになるのだよ。

みんな、哲学のことを甘くみちゃいけないね。文系理系だなんて簡単に分けてすませてるけど、どっちにせよそりゃ人間の考えなんだから、人間の考えの全般に渡って大きく広く考えることができるのが、哲学だ。「考え」というものについて考えられるのが、哲学というものの考え方なのだ。うん、これからが、いよいよ、出番だね。

クサンチッペ　あ、いいこと思いついた！

ソクラテス　なんだ。

クサンチッペ　あんた、学校作ればいい。押し出し強いしさ。はやるんじゃない？

ソクラテス　僕は嫌だよ。

クサンチッペ　どうして。

ソクラテス　それはプラトンの仕事だ。僕の仕事じゃない。

クサンチッペ　ああ、アカデミー——。

ソクラテス　アカデメイアだ。プラトンが開いた哲学の学校、アカデミズムの始まりだ。うーん、やっぱり僕の仕事じゃないな。

クサンチッペ　どうしてえ？　広場でぶらぶらおしゃべりしてるよっか、よほどカッコいいじゃない。どうせ同じ哲学なんだし。

ソクラテス　うん、同じようなんだが、やはり同じでないのだ。学校で教える哲学と、ひとりひとりと対話する哲学とは、必ずや微妙にずれてくる。その微妙なずれが、やがては大きな規模の勘違いとなるのだよ。

自分で考えることを教えるのは難しいと、さっき僕は言ったね。僕の弟子はプラトンだが、プラトンの弟子はアリストテレスだ。アリストテレスはアレキサンダーの家庭教師までしたねっから学者肌の男だが、彼の哲学は、後千年以上ヨーロッパのアカデミズムを支配する堂々たる教科書となった。学者たちは競ってそれを勉強した。確かに科学はそこから生まれたが、科学が扱う物質ではない側、すなわち魂、僕らが僕らの魂について考える考え方は、決して教科書では教えられん。それは絶対にマニュアルにはならんものなのだよ。マニュアルで教えられる魂が、どんなにマンガ的なことになるか、今回僕らは見たのだったね。

教えて教えられることと、教えても教えられんことが、この世にはやはりあるのだよ。

死ぬのが恐くて病気になれるか

ソクラテス　そんなに熱心に、何を読んでるんだね。

クサンチッペ　うわっ、見つかっちゃった！

ソクラテス　なんだい、見せなさい。

クサンチッペ　いいったら、大したもんじゃないったら。

ソクラテス　いいじゃないか、見せなさい。なに、『壮快』七月号——。あれえ、お前、こういうの読むのだっけか。

クサンチッペ　読まないわよ、滅多に読まないけどさ、あたしだってもうそんなに若かないし、ほれ、白髪とかシワとか、ちょっとは気になるしさ——。

ソクラテス　お前が読んでたのは、これか？〈白髪、ハゲに見事効いた、シミが消えた、若返り効果大続出のアロエ徹底活用大事典〉

クサンチッペ　——そう。

ソクラテス　〈ハゲかけていた頭にアロエで黒髪が

生えだし今ではふさふさ〉
クサンチッペ　あんたもやってみたら。
ソクラテス　僕はいいよ。いいけどさ、その隣のこりゃ何だい。
〈腰痛、生理痛が消える、精力がモリモリつく赤パン療法〉
クサンチッペ　あははっ、それ、ケッサク。
ソクラテス　〈男も女も赤いパンツをはくだけで多くの病気が治っている赤パン療法初公開〉
ほーお。
〈赤パン療法には、特に難しい方法やコツはありません。下着に赤い色のパンツをはくだけでいいのです。男性も女性もいつもどおり、意識しないで自然体で身につけてください〉
提唱者の先生は言ってるね。
〈頭脳明晰なのに、なぜか自信がなく、本人も消極的な自分を持て余し気味だったので、赤パン療法を勧めました。そして、わずか一、二週間で、つきものが落ちたように積極的になり、別人のように明るい性格になったのです。もちろん、腰痛も解消しました。加えて、精力減退で、奥さんとの夫婦関係が何年もなかったのが、こちらも回復したようです〉
クサンチッペ　あたしは頼まないわよ、そんなの。
ソクラテス　僕だって要らないよ、こんなの。
クサンチッペ　ここまでくると、さすがに、ね。
ソクラテス　どこまで本気なんだろ、みんな。僕なんか、こういう本パラパラ見てるだけでもう、こう、なんか萎《な》えてくるような感じを覚えるんだがなあ。
クサンチッペ　あんたはもとから丈夫な人だからさ。何年も病気がちで、特効薬もなくて万策尽きちゃったような人なんかは、やっぱり藁《わら》にもすがろうって気持になるんじゃない？
ソクラテス　うん、むろんその気持はわからんでもないよ。でも僕は、たとえその時がきたとて、赤パンをはけばひょっとしたら精力が戻るかもしれんと、ちらとでも心の動いたその瞬間、その自分を深く軽蔑するだろう。そのこともまた、はっきりとわかるよね。
クサンチッペ　赤パンは極端なだけだったら。みんな多かれ少なかれ、なんかの健康法はやってるみたいよ。最近は特にね、健康ブーム。こっちの雑誌は新しく出たの、こういう民間療法より科学的で、ずっと垢《あか》ぬけてるわよ。

ソクラテス　どれ。元気、自信が出る健康家族・情報誌『大丈夫』か、なるほど――。

〈うんちで見分ける大腸ガン、胃ガン〉

〈名医、ヤブ医者がすぐわかる〉

〈これが効いた　ガンが治った!!〉

最初っから最後まで、あれが危い、これで元気だ、見事にたったのそれだけだ。ちっとも変わらんじゃないか。俗信だろうが科学だろうが、そもそもこの手の本を見ると僕は、人間を馬鹿にするのもいい加減にしろと言いたくなる。

クサンチッペ　大げさね。健康に生きたいと思うのが、なんで人間を馬鹿にしてることになるのよ。

ソクラテス　そうじゃない。健康に生きること自体が、生きることの目的になっている、そういう考え方がひどく人間を馬鹿にしていると言っているのだ。

ちょっと考えりゃわかるじゃないか。ガンを恐れて、びくびく生きて、そうやって生きて何をしているかというと、やっぱりガンを恐れて、びくびく生きてたりするわけさ。ガン予防のための人生ってわけだね。僕に言わせりゃ、死ぬのが恐くて生きてられるかってとこなんだが、どうも皆、そこまで考えが及んでないようだね。遅かれ早かれ人は必ず死ぬものなんだが、それでも自分にだけは早い死はやってこないはずだと、やっぱりどこかで思っているから、そうして病気を恐れるのだろう。

クサンチッペ　でもね、病気が嫌なのは、死ぬのが嫌なのとは、ちょっと違うところがあるような気がするな。ガンでも助かったのはいいけど、あとの生活が思うようでなかったりとか、死ぬほどじゃないけど一生病院通いだとか、そういう人の話を聞くと、ああ病気ってのは嫌なもんだなって、やっぱり思うもの。生きるの死ぬのですまないことって、かえってあたしなんか辛《つら》い感じがするけどな。

ソクラテス　あーあ、そりゃそうだ。そりゃお前の言う通りだよ。死ぬに死ねない、生でも死でもない病気という状態、その状態で生きてゆくこと、僕らの精神力が最も試されるのは、ほんとはこの時なのかもしれないね。

そう、だからその意味じゃ、えいめんどくさいで死んじまうのが最も安直な精神ということになるのだろう。だって、遅かれ早かれ人は必ず死ぬもののなんだからね。ほっといたっていずれ死ぬものだからこそ、それまでの間に、どれだけ己れの精神を鍛えることができるか、それこそが人間の生きる目的となるはずなのだ。生きるために生きることでは決して満足できない、僕らの精神はそういうことになっておるのだよ。

プラトンが精神だけを称揚して、肉体を貶《おと》しめただなんて、みんな随分単純な思い違いをしているね。もしそうだったなら、なぜ僕らギリシャ人は、あんなにも美しい肉体を讃美しただろう。肉体を鍛えることに情熱を傾けただろう。美しい精神、美しい肉体、これぞ美しい人生だ。

ところで肉体にとっての価値とは、その通り、健康だ。これは自明だ。なぜなら人は、病気になれば必ずやよくなろうと努力するからだ。もしも健康よりも病気の方が肉体にとって価値なのだったら、誰も病気を治そうなんてするはずがないのだからね。

クサンチッペ　それ、当たり前じゃない。

ソクラテス　そうだ、当たり前だ。だから人は、健康なときには健康が価値であることに気付かない。人が健康の価値に気付くのは？

クサンチッペ　病気になったとき。

ソクラテス　そう。病気とは、肉体が損われた状態のことをいうんだね。肉体は損われることのあるものだからこそ、健康が価値になるのだね。しかし僕らは、たとえ肉体が損われても、決して損われることのないもうひとつのものをもっている。精神だ。損われることのあるものよりも、損われることのないものの方が、損われることがないというそのことにおいて、より優れている。だから、肉体と精神とは別物であり、しかも精神は肉体よりも優れていると、僕らは言ったのだ。勘違いしなさんな。

クサンチッペ　でも、病気の時は、やっぱり心が憂《ゆう》鬱《うつ》になるじゃない。それでも心と体は別物だっての？

ソクラテス　いいかい？　足が一本なくなったと仮定してごらん。そのとき、心から何かがなくなったかね。

クサンチッペ　ええ？

ソクラテス　体のどこかが損われたとき、心も一緒に損われるものかね。

クサンチッペ　損われるわよ、悲しいわよ。決まってるじゃない、悲しいわよ。

ソクラテス　うん、悲しい。確かに悲しいが、しかし、足を一本なくしちまったと思って見ているこの心を見渡してみると、やはり何ひとつそこからなくなってはいない。心は、そっくり、もとのまま、ここに在るじゃないか。これは明白じゃないか。体が損われても心は決して損われないのは、心と体が別物だからだ。別物であるにもかかわらず、なぜだか合一してここにある。だからこそ人は、足をなくせば悲しいと思うことになるのだよ。

クサンチッペ　――変な理屈。全然ついていけない。

ソクラテス　まあ難しいとこだね。ちょっとしたことなんだがね。

クサンチッペ　だから足をなくしても悲しがるなって言うの？

ソクラテス　人が病気という状態を悲しいと思うのはなぜだと思う？

クサンチッペ　そりゃあ、だって、したいこともできないし、したかったことも一生できなくなるかもしれないし――。

ソクラテス　そう。あれもしたい、これもしたかった、すればできるはずだった、なのにそれができなくなったことが悲しいのだね。

クサンチッペ　そうよ。

ソクラテス　しかし、だからと言って、健康なときにそれらを全てしていたり、しようとしていたりしたかというと、必ずしも、そうじゃない。

クサンチッペ　まあね。

ソクラテス　このまま健康なら、いつでもできることだと思って、そのことだけで悲しくはなかったわけだ。

クサンチッペ　そうね。

ソクラテス　それがもうできなくなったということがはっきりすると、悲しい。

クサンチッペ　そう。

ソクラテス　ということは、健康という価値よりも先に、あれやこれやをすることができるというその こと自体の価値の方が、まず信じられていたわけだ。あれやこれやをすることができるということは、そう、生きているということに他ならない。健康という価値を失うことで、生きていることの価値も失ったと思うためには、生きていることそのものの価値が、先に信じられていたわけだ。

クサンチッペ　またその話？

ソクラテス　いやいや大事なところだよ。さっき僕は、死ぬに死ねない、生でも死でもない病気という状態で生きている時こそ、精神力が試されると言った。その時どれだけ己れの精神を鍛えることができるかが、生きる目的となるはずだとね。ところがしかし、生きることそのものの価値を、そもそも信じていないなら、生きる目的も何もあったもんじゃないはずなのだ。もともとどうだっていいんだから。だからその意味じゃ、えいめんどくさいで死んじまうのが、最も正直な精神ということになるのだろう。だって、遅かれ早かれ人は必ずや死ぬものなんだからね。僕らの精神は、生きるために生きることでは、決して満足できないのだからね。

クサンチッペ　あんたって、よくよくヤな性格ね。

ソクラテス　いやこれは僕のせいじゃない。いいかい、よく考えてごらん。これはほんとに理屈に合わん話なのだ。

　人は生きている限り、必ずや健康という価値を欲する。生きることそのものの価値を信じていない人でも、生きている限りは必ずや健康という価値を欲する。ところで、健康を欲するということは、生きることを欲するということだね。だって、生きているのでない健康なんて、考えることができないのだからね。しかし、だとするとその人は、欲していないものを欲しているという、じつに妙なことになってしまうのだ。健康でいたいと思うということは、なんとまあ、生きたいと思うということに他ならなかったのだよ、お前。

クサンチッペ　なんでそれが理屈に合わないのよ。理屈通りじゃないのよ。

ソクラテス　そうだ、理屈通りだ。その理屈通りなのが、僕には理解できんのだ。人はなぜ健康がいいと思うのか。

クサンチッペ　いいからいいって、なぜ思えないのか、あたしにはそれが理解できないわよ。

ソクラテス　「万巻の書は読まれたり、されど肉はかなし」、だな。精神が肉体とともに存在するというこのこと自体が謎なのだ。悩んでもしょうがない。

クサンチッペ　ガンの告知はどう思う？　ここにもいっぱい出てるけど。

ソクラテス　なんでそれがそれほどの問題になり得るのか、やっぱり僕には理解できん。お前はどうなんだ。

クサンチッペ　あたし？　あたしは言われた方がいい。

ソクラテス　なぜ。

クサンチッペ　だって、それこそ、いろいろしたかったこと全部しちゃおうって、腹くくれるもの。

ソクラテス　しかし、いろいろしたいことがあるんなら、何もガンになるのを待たなくたって、今すぐしたっていいわけじゃないか。

クサンチッペ　それならあたし、今すぐもっといい男探しに行く。

ソクラテス　おっと藪《やぶ》へビ。

クサンチッペ　でしょ？　普通はそういうもんなのよ。

ソクラテス　まあ、わからんでもないがね。しかし、ほんとはいちばん肝心なところでもあるんだがね。

僕なんか、今のこの場で死刑の宣告受けたって、ちっとも気持は変わらんだろうということが、自分ではっきりわかってるんだが、普通はガンにでもならなけりゃ、どうも気持は変わらんらしいね。しかしまあ呑気《のんき》なことじゃないか、それまでは自分が死ぬということを考えずに生きていたなんてさ。自分が死ぬということを考えずに、死なないための健康ばかりを求めていたわけだね。そんなふうだから、見なさい、「あなたはやがて死にます」という至極当然のことを知るために、患者どころか医者までが混乱している。人の死を扱う医者からして、自分の死について考えたことがないから、こういうことになるのだね。

誰も、自分が死ぬということはいったいどういうことなのかということを、生まれた時からよく考えておくことを僕は勧めるな。いや、うまく考えられないものは別に無理に考えなくたっていいんだ。ガンになって、したいこともしていなかったって泣くのはその人だって、それだけのことなんだから。

クサンチッペ　酷に聞こえるけど、やっぱりそういうことなんだろうね。

ソクラテス　そうさ。それ以外のどう考えようもないんだから、これ以上のいたわりったらないぜ。

クサンチッペ　なんかさ、人間が生きてることって、それだけで残酷なことみたいな気がする。

ソクラテス　う〜ん、とくに残酷ってことはないだろうな。僕らが存在したってこと自体が、なんかの手違いみたいなもんだからな。うん、神様の手違い。

クサンチッペ　生老病死、四苦八苦って、お釈迦様も言ってるわね。

ソクラテス　ああ、そんなことを言っとる限り、あいつもまだ悟っとらんな。当たり前のことを苦しいと言っとるんだからな。僕らは、ほんとうは、生きるために生きることで、十分満足できるものなんだからな。

クサンチッペ　——あのねえ、あんたの話、真面目に聞いてるとすっごく不真面目な感じがするんだけど。

ソクラテス　僕もそう思う。思うがしかし、これは僕のせいじゃない。神様のせいなのだ。だから、生死のことも病気のことも、誰もが自分で考えて、自分で結着つけるしかないことなのだ。

クサンチッペ　それであんたはどう結着つけたってての。

ソクラテス　結着はつけられないという結着だ。だからかくも自在なのだ。

クサンチッペ　じゃあ、あたしが赤パンはいてって頼んだら？

ソクラテス　それは断わる。美学に反する。

納涼ビアパーティ

クサンチッペ　陽が落ちると、ようやく人心地ね。
ソクラテス　うーん。
クサンチッペ　今日もまあよく暑かったわねえ。
ソクラテス　いや暑かったねえ。
クサンチッペ　あたしは大ジョッキ。
ソクラテス　僕も。
クサンチッペ　お兄さん、大ふたつ！
ソクラテス　ほい、乾杯。
クサンチッペ　かんぱーい。
ソクラテス　——うまい！　あーあ、うまいなあ。なあお前、うまいなあ。
クサンチッペ　あはーっ、おいしー！　あーあ、よかった。
ソクラテス　うーん、よかった。ほんとによかったと思うよね。一日《ひとひ》の終わりに口にする、冷えたビールの一口め、何がどうあれ、ああよかったと思う時だね。
クサンチッペ　焼鳥ちょうだい。あとポテト。
ソクラテス　僕は枝豆。
クサンチッペ　夏の楽しみ、これ最高ね、ビアガーデン。あんた、どこにも連れてってくれないし。
ソクラテス　なにもお盆の混んでる時に、わざわざ出かけることないさ。
クサンチッペ　そうなんだけどさ。
ソクラテス　どこ行きたいんだ。ハワイか？
クサンチッペ　そんなんじゃないけど——。どっか素敵なリゾートとか。
ソクラテス　冷えたビールのこの一杯、これぞ極楽、別天地じゃないの。
クサンチッペ　まあね、そんな気もするんだけどね。
ソクラテス　そうさ、僕はそうだな。居ながらにして極上のリゾートだ。
クサンチッペ　安上がりな人。
ソクラテス　ああ、なにしろ中身に値段がつかないからな。
クサンチッペ　あたしは贅沢も好きなんだけどな。
ソクラテス　贅沢の嫌いな人はいないさ。何を贅沢と思うかだ。

クサンチッペ 別荘、クルーザー、ファーストクラス、オートクチュール——。

ソクラテス いいねえ、夢だねえ。

クサンチッペ バブルな夢だったみたいね。

ソクラテス ちょうどいいんだよ。

クサンチッペ もともと関係なかったじゃない。

ソクラテス それがいいんだよ。

クサンチッペ 不景気なうえに、震災とオウムの追い打ちで、今や末世だってみんな言ってるわ。

ソクラテス ああ、大げさだな。人の世が末世じゃなかったことなんて、あるのかね。人間がヤワになってる証拠だよ。

クサンチッペ そうかもねえ。

ソクラテス たまたま平和な時代に生まれついたってだけのことじゃないか。戦乱の世に生まれついた自分を考えてみたことがないなんて、みんな大した想像力だと僕は思うね。

クサンチッペ だって、誰だって、自分の知らないものは知らないもの。

ソクラテス うん、その通りだ。確かに誰も、自分の知らないものは知らないね。しかし、僕らがほんとに自分の知ってるものしか知らないのだったら、歴史なんかをもつはずないのだ。歴史なんてのは、自分の知らない過去の他人の集積なんだからね。しかし、僕らはちゃんと歴史をもっている、それを知っている。

クサンチッペ ああ、きょう八月十五日。

ソクラテス 終戦記念日だ。

クサンチッペ ちょうど五十年だってさ。半世紀。

ソクラテス 「戦後五十年とは何だったのか」、か——。なんでみんな、そういうものの考え方しかしないのかなあ。

クサンチッペ なにが。

ソクラテス 誰も自分の生存の条件を、滅多に越えようとはしないねと言ってるのさ。

クサンチッペ めんどくさい話きらい。あたしビールおかわり。たまたまキリのいい数字だから、なんか言わなくちゃと思ってるだけでしょうよ。

ソクラテス ああ、おおかたそんなところだろうな。どうせなら僕は、こう問いたいところだね。「有史五千年とは何だったのか」。

クサンチッペ　そんなのもっと、とりとめがないよ。

ソクラテス　いや、それが違うのだ。自分の生きているところから、自分が生きていることを問う、これが最もとりとめがないのだ。みんなそれがわかってない。おんなじ人間なんだから、うんと昔を見ればいい。なにもかもが、出来事も人々も、くっきりとした姿で見えているじゃないか。明らかな形であるじゃないか。あれは僕らだ。そのときそこに生きていた僕らなのだよ。歴史は鏡だとはよく言ったものだ。

僕はいつも思うんだ、新聞も雑誌も評論家も、自分の時代を追いすぎる。自分の時代を追いすぎると、結局自分を取り逃がすのだ。連中、歴史認識がどうの、あれこれ言い合ってるけど、あれこれの仕方で認識できるような歴史が、ほんとの歴史であるもんなのかね。彼ら、いったい何を見ているつもりでいるのかね。

クサンチッペ　知ってる？　不戦決議っての。戦争起こして御免なさいって謝るんだって。なんか、変じゃない。

ソクラテス　うん、変だ。ほんとに変な話だね。変な話だけれども、謝るべからずって意地張ってるのも、同じくらいに変だと思うね。誰が誰に対して何を謝ったり謝らなかったりできると思っているのか、要領を得ない話だね。みんな、自分がいったいどこに居るつもりでいるのかね。

クサンチッペ　謝ったって、死んだ人は帰って来ないよ。

ソクラテス　そう。そして、謝らなくたって、やっぱり死んだ人は帰って来ないのだ。だからこそ僕は、歴史は現在の僕らとは独立にそこにあるものだ、僕らの認識の仕方ひとつであれこれ変わるような何かじゃないと言うのだよ。なあ、これは驚くべき当たり前なことだとは思わんかね、お前。

クサンチッペ　歴史は、鏡だ。

ソクラテス　その通り。

クサンチッペ　どういう意味？　お手本にするってこと？

ソクラテス　そうじゃない。それは決してそういう意味じゃない。そういう見方が既に鏡を見る見方じゃないのだ。鏡に映るものはなんだい？

クサンチッペ　自分。

ソクラテス　そう。鏡を覗《のぞ》けば、そこにはいつも自分が映る。いいかい？　さっきお前は、誰も自分の知らないものは知らないと言った。まさにその通りだね。戦争を知らない人は戦争を知らないのだ。しかしその人は、過去に戦争があった、そして、たくさんの人が辛《つら》い目にあって死んだということを知っている。では、このときその人は、何を知っていて何を知らないと言うべきなのだろう。

クサンチッペ　戦争を知っていて、戦争を知らない。

ソクラテス　そう。自分の体験としては知らないが、他人の体験として知っているということだね。僕らが、自分のではないのに他人の体験を「知っている」と言うことができるのは、どういうことなのかな。

クサンチッペ　そりゃあ、だって、おんなじ人間なんだから、全然わかんないってことはないわよ。わかんないものは最初っからわかんないんだし。わかるわよ、だいたい。おんなじ人間なんだから。

ソクラテス　だろ？　おんなじ人間なんだから、だろ？　僕らはみんな互いに違う人間なのに、やっぱりおんなじ人間だと言う。またそう言って納得もする。すると、違っているものは何で、同じものは何なのだろう。

クサンチッペ　違っているものは、顔かたち、生まれ育ち、性格や考え。同じなのは、そうねえ——それでもそうやっていろいろやって、やっぱりみんな死ぬ、ってことかな。

ソクラテス　うーん。いいねえ。お前、少々酔っ払ってる方が冴《さ》えてるなあ。

クサンチッペ　あ、そーお？　んじゃ、もうちょっと飲んじゃお。おかわり。

ソクラテス　僕もだ。

　そうだ、まさしくその通りなのだ。僕らの人生は、人生のその中身は、皆違う。どれひとつとして同じでない。なぜならそれは、僕らがそれぞれ別々の人間であるからだ。別々の人間ではあるのだが、やはり同じ人間だと僕らは言う。違う人間だと言うためにも、やはり同じ言語を用いてそれを言う。すると、このとき何を同じだと言っているのかといえば、それはもうそれぞれの人生の中身の側ではないはずだね。人生が人生であるための形式、生きて死ぬというその形式の側において、僕らはひとり残らず同じなのだ。同じ人生を生きて死ぬと言えるのだよ。そこで同じと確言できないような個性なんて、僕は決して信用しないね。

戦争の時代に生まれた人は、戦争の時代を生きて死に、平和な時代に生まれた人は、平和な時代を生きて死ぬ。しかし、生きて死ぬというそのことにおいては、どの時代であろうが全く同じだ。誰もが自分の人生を生きて死ぬしかしようがないんだからね。だからこそ、歴史は鏡だ、そこにはその時代をその仕方で生きていた自分の姿が映ると、僕は言うのだ。いや、言ったのはじつは小林秀雄なんだがね。まあいいや、誰が言っても、それこそ同じだ。

自分の体験としては知らなくても、他人の体験として「知っている」と僕らが正当にも言うことができるのは、このためだ。知っている、僕らは知っているのだよ、生き死にの否応《いやおう》なさにおいて、全ての人間が自分であるということを明らかに知っているのだ。知っているから、言葉がある、歴史がある。もしも僕らが、自分の時代を生きている自分のことしか知らないのだったら、なんで言葉があるのだ、歴史があるのだ、それらを理解できるのだ。

みんなもっと謙虚にならなきゃいかんよね。謙虚になれば知るはずだ、僕らは過去の他人の人生なんか、じつは知りはしないんだってことをね。己れを空《むな》しくして、そこに在るものをただ見ることだ。いやしかし、ほんとはこれが最も難しいことなのだ。歴史を上手に思い出すこと、これはとにかく難しいことなのだよ。

クサンチッペ　調子でてきたね。なんかよくわかんないけど。わかんないんだけどさ、戦争で死んだ人はきっと悲しかったろうなって、死んだ人のことをずっと想《おも》ってる人は、きっともっと悲しいだろうなって、そういうことでしょ？　そういうことでないんなら、あたしやっぱりわかんないよ、あんたの話。

ソクラテス　なに言ってんだい、そういうことだよ。そういうことでないんなら、なんで僕がかくまで雄弁なのだ。僕はジャーナリストでもなけりゃ、評論家でもないんだぜ。僕はたんなる市井《しせい》の人間だ。生まれたから死ぬまでは生きてるだけだ。けれども僕は考える。最後のところまで考える。僕らが生まれて死ぬというこのことは何なのかってことを、きちんと考え抜くそのことにおいて、僕は彼らとは違う。

自分の分際をわきまえていられるわけなのさ。

クサンチッペ　生きてる側の人がつべこべ言うことで、死んだ人が帰って来るなら、悲しいことも随分減るよね。

ソクラテス　うん、しかし、じつは死んだ人は帰って来るのだ。生きてる人がそう思うことで、彼らもまたここにやってくるのだよ。

クサンチッペ　ああ、今夜はお盆だ。

ソクラテス　そう。

クサンチッペ　あ、やって来た。

ソクラテス　え？

クサンチッペ　ほら、プラトンが来た。

プラトン　おばんです。

ソクラテス　おやおや来たかい。こりゃちょうどいい。さあまず一杯、冷えたところを、グイッとね。

プラトン　嬉《うれ》しいな、ではでは頂きます。グイッと、こう、グイッとね——。ふーう、うまい！　うまいなあ。ねえソクラテス、これぞ極楽、別天地だ。

ソクラテス　ほらね、彼もそう言うだろ？

プラトン　なんですか？

ソクラテス　いやね、これがどっか贅沢に連れてけって言うからさ。

クサンチッペ　えー、あたしー？　あたしもういいわー。なんかしみじみしちゃったわ。

プラトン　そりゃまたどうして。

クサンチッペ　死んだ人がさ、悲しい思いで死んだ人がいっぱいいるってことよ。ねえプラトン、悲しい思いで死んだ人はどうなるの？

プラトン　どうなるって、あなた——。

ソクラテス　その後どうしたね、魂についての君の学説。

プラトン　あっ、意地悪、皮肉ですね、ソクラテス。あなたはいつもそうやって、私にばかり無理なことを言わせようとする。

ソクラテス　そりゃ君、邪推だよ。僕はほんとに訊《き》いてみたいんだ、魂とはどこまで論理的な存在であり得るのかってことを、是非君にね。

クサンチッペ　戦争で許嫁《いいなずけ》を失《な》くした人が言うのよ、「あの人ははたちのままなのに、あたしはこんなおばあちゃんになっちゃって、向こうで会ったときどうしましょ」って。これ、どう考えたらいいの。

プラトン　——。

クサンチッペ　それでそのおばあちゃんも次に死んで、向こうで彼氏に会ったとき、彼氏は彼女をわかるのかしら。

プラトン　――――。

クサンチッペ　わかるとしたら、やっぱり魂にも眼と顔があることになるのかしら。

プラトン　――――。

クサンチッペ　でも、魂にも眼と顔があるんだったら、この世のこととおんなじでないかしら。でも、その間の時の経過はどうなってるの。だって、彼氏は美少年でも、彼女、シワシワなのよ。

ソクラテス　いやこれは難しい。考えれば考えるほど、わけがわからなくなってくるね。

プラトン　あんまりいじめないで下さいよ。僕らの魂、魂《プシューケー》の行方なんて、考えて遥かな気持になりこそすれ、正解なんてどうやって手に入れられるとお思いです。

ソクラテス　おや珍しい。君らしくもなく弱気だね。

プラトン　歴史を上手に思い出すのは難しい。しかし、魂を上手に思い出すのはもっと難しいことなのですよ。なにしろ相手は、人なのやらモノなのやら、人格なのやら作用なのやら、杳《よう》として知れない漠としたものなんですからね。それがそれであることは知っているが、それがなんであるかは知らないと言ったのは、貴方《あなた》のほうじゃないですか。

ソクラテス　いや全く。不思議なことときわまるよ、僕らが居るというこのことは。僕は僕だ、明らかに僕だ。いや正確には、僕は僕を僕と言う、そのことにおいて僕なんだが、僕はいつ僕のことを僕と言ったのだか――。僕は僕が僕でなかった時のことを、上手に思い出すことができないのだ。己れを空しくして歴史を思い出す。しかし、己れを空しくして己れ以前を思い出す、これはもう至難のわざと言っていいね。

クサンチッペ　ねえだからさあ、死んだあたしは誰なのよって、訊いてんのよー。

ソクラテス　さあねえ、誰なのかねえ。

クサンチッペ　あたしも死んだら、今度は紅顔の美少年と――。

ソクラテス　美少年とどうするんだ。

クサンチッペ　めおとになるのよ。

ソクラテス　めおとになってどうするんだ。

クサンチッペ　幸せに暮らすのよ。
ソクラテス　暮らして、やがて死んだらどうなるんだ。
クサンチッペ　死んだら——あれえ?
ソクラテス　どうなるんだ、おい、どうなるんだよ。
クサンチッペ　よしっ、死んだら生まれて、もう一回あんたとめおとになるっ!

ソフィーの馬鹿

クサンチッペ　哲学とは何か。
ソクラテス　えっ?
クサンチッペ　私はどこから来てどこへ行くのか。
ソクラテス　なんだ、おい、どうしたんだ、おい。
クサンチッペ　なんちゃって。
ソクラテス　なんだい、どうしたんだい。
クサンチッペ　これ、この本さ、大評判なのよ、ベストセラー。
ソクラテス　ヨースタイン・ゴルデル『ソフィーの世界』——。
クサンチッペ　ふうん、それで?
ソクラテス　哲学の本だってば。
クサンチッペ　だからなんなんだ。
ソクラテス　二百万部も売れてるって。
クサンチッペ　ほう、そりゃすごいね。
ソクラテス　哲学の本だってば。
クサンチッペ　だからなんなんだ。

クサンチッペ　こんなに分厚くて、二千五百円もするのに——。
ソクラテス　うん、ちと高いな。
クサンチッペ　薄っぺらで、たった千四百円の『帰ってきたソクラテス』が、なんであれっぽっちしか売れないわけ？
ソクラテス　なんだ、お前が言いたいのはそのことか。
クサンチッペ　だって、不公平じゃない。おんなじ哲学の本なのに。
ソクラテス　ああ、そりゃたぶんおんなじでないからだろう。
クサンチッペ　ほら、「世界で一番やさしい哲学の本」って、帯に書いてある。
ソクラテス　ほら、やっぱりおんなじでないじゃないか。
クサンチッペ　あら、だってあんただっていつも、哲学を難しいと思うのは間違ってるって言ってるじゃない。
ソクラテス　うん、哲学を難しいと思うのは確かに間違っている。しかし僕は、哲学はやさしいものだなんて一言も言ってない。
クサンチッペ　『ソフィーの世界』がなんでそんなに売れるわけ？
ソクラテス　お前が言いたいのは、そのことか？
クサンチッペ　納得できないもの。
ソクラテス　よし、それじゃ考えよう。お前はこの本を面白いと思ったかね。
クサンチッペ　ぜんぜん。
ソクラテス　いちおうは読んだわけだ。
クサンチッペ　読めないよ、こんなの。
ソクラテス　なぜ？
クサンチッペ　なんかこの人、気《き》の利いた言い回ししてるだけみたいで、ほんとは何が言いたいんだか、あたしわかんないもの。あんたと話してる方が、まだわかる。
ソクラテス　そりゃお役に立てて何より。しかしお前、読んでもわからないって、そも何をわかりたくて読んだのかね。
クサンチッペ　なんで『帰ってきたソクラテス』があれしか売れないのか。
ソクラテス　あ、そうでした。じゃ、他の人はどうだろう。この本をわざわざ買って読んだたくさんの人たちは、そもそも何をわかりたいと思って読んだのかな。

クサンチッペ　だから哲学でしょうよ。

ソクラテス　哲学ってなんだ。

クサンチッペ　やだ、この人。

ソクラテス　僕は知らないもの。

クサンチッペ　あんたが言い出したんでしょうが。

ソクラテス　いや、僕は僕が知りたいと思うことを知りたいだけで、哲学を知りたいなんて思ったことは、一度としてない。

クサンチッペ　なら、ここ読んでごらん。この先生、それらしいこと言ってるから。

ソクラテス　どれ。

〈哲学とは何か？——あらゆる人にとって切実なものはあるだろうか？　哲学者たちは、ある、と言います。——わたしたちはだれなのか、なぜ生きているのか、それを知りたいという切実な欲求を、わたしたちはもっているのです〉

〈哲学の世界に入っていくいちばんいい方法は問題意識をもつこと、つまり、哲学の問いを立てることです。——問いに答えようとするよりも問いを立てる、このほうが哲学に入っていきやすいのです。／今でも、一人ひとりがこれらの問いに自分流の答えを見つけなければなりません。——でも、生命や世界について自分なりのイメージをもとうとするなら、ほかの人たちの考えを知ることは助けになります〉

なるほどね——。しかし、これ、ほんとかなあ。自分とは誰かとか、なぜ生きてるのかとか知りたいという欲求は、ほんとにあらゆる人にとって切実なものなのかなあ。お前はどうだい？

クサンチッペ　時々ちらっとは考えるけど、すぐ忘れちゃうよ。続かないよ、そんなの。

ソクラテス　なあ、普通はそうだよなあ。しかしこの人は、あらゆる人にとってそれは切実だと言うんだ。しかし、それが本当に切実な欲求なんだったら、なんで問いを立てることが哲学の方法ということになるのだ。

クサンチッペ　なに？

ソクラテス　知りたいという欲求は、それ自体が問いだね。

クサンチッペ　うん。

ソクラテス　そしてこの人は、問いを立てることが哲学の方法だと言ってる。
クサンチッペ　うん。
ソクラテス　つまり、欲求をもつようにすることが哲学の方法だと言うわけだ。
クサンチッペ　うん。
ソクラテス　しかしこの人は、哲学とは知りたいという欲求をもつことだと言う。
クサンチッペ　うん。
ソクラテス　するとこの人は、知りたいという欲求をもつ方法は、知りたいという欲求をもつことだと言っとるわけだ。
クサンチッペ　なにそれ。
ソクラテス　変だろ。つまりこの人は、欲求と方法とを別物と思っていて、しかも方法によって人は欲求できると思っているのだ。しかし、たとえ人が方法によって欲求できるとして、本当は切実には欲求していないものを、なんで無理に欲求せにゃならんのか、僕には理解できん。
クサンチッペ　あたし思うんだけどさ、なんで哲学をわからなきゃいけないわけ？　なんでみんなそう思ってるわけ？
ソクラテス　そうなんだ、そこなんだ。「このほうが哲学に入っていきやすい」、いきやすいも何も、切実な欲求によって問い始めてしまった人に、なんで今さら入門が必要なわけかね。入門が必要なような人は、もとから哲学が必要な人ではないのだ。切実な欲求はあらゆる人がもつわけではない。僕が、哲学を難しいと思うのは間違っているが、決してやさしいものではないと言ったのは、その意味だ。なるほど、自分が居て世界が在り、それについて考える限り、哲学は万人に開かれている。しかし、だからと言って哲学が万人に可能ではないわけが、それだ。知りたいという欲求を切実にもつこと、じつはこれが難しいのだ。自《おの》ずから問いが立ってしまうこと、本当はこれが最も難しく人を拒む入口なのだよ。この人の言ってることは、全くあべこべだ。
当たり前じゃないか。知りたいと思うから人は考えられるのであって、知りたいと思わなきゃ、考えられるはずがない。過去の哲学者の誰がいったい、「哲学しよう」と思って哲学したんだ。彼らはただ、知りたいと思ったから考えていただけじゃないか。

それだけじゃないか。「哲学」なんてものが、考えるより先にどこにあるっていうんだい。どうも皆、そこのところをなかなか理解しないね。しかし、これはもういい加減はっきりさせておいていいことだ。

この人、ゴルデルは、月並な哲学教師ではあるが、決して哲学者じゃない、考える人じゃない。しかも、月並な哲学教師としてさえ驚くべき間違いを、平気で皆に教えている。これは罪悪と言ってもいいね。いいかい、大事なところだよ。考える僕らがなぜ考えるのかってことをだな、「自分流の答えを見つけ る」ため、「生命や世界について自分なりのイメージをもつ」ためだなんて、なんという寝言をほざいておるのだ、この男は。

考える人間が考えるのは、普遍的な真理を知るためだ。誰が何と言おうと、誰がどこでいつ考えようと、絶対に変わらない本当のことを知るために、知りたいという切なる欲求を押さえられないために、人は考えるのだ。考え続けて来たのだ。個人個人でもつ答やイメージなんてものを、僕は間違っても哲学の名では呼ばない。僕はそれをたんに意見か人生観と呼ぶ。そんなのは個人の勝手でいいものだ。個人の勝手でいいんだから、「ほかの人たちの考えを知る」必要だって、ほんとはないようなものなんだ。

しかしまあ、この手の勘違いは、今に始まったことじゃない。たとえば、ヘーゲル、あれは強烈に痛烈な男だが、自分の「哲学史講義」でやっぱりこんなことを言ってるんだな。

〈哲学史がただ意見の画廊にすぎないとすれば、——このような思想の運動や博識から、どんなに多くの利益がもたらされると言われるにせよ、哲学史は全く無用な、退屈な学問となるのではあるまいか。単なる意見の羅列を学ぶより下らないことがありえようか。これほど馬鹿らしいことが他にあろうか。哲学の諸々《もろもろ》の理念を意見という形で捉《とら》え、論じようとするような頭で書かれた哲学史の通俗的な著書が、およそ如何《いか》に下らなく、おもしろくないものであるかということは、ちょっと見ただけでも分るのである。／意見は一つの主観的な考え、一つの任意の思想、一つの想像であって、私はこう考え、他の者は異なって考えうるといったものである。意見は私のものである。意見は、それ自身において普遍的な、即且向自的《かつ》にある思想ではない。だから哲学は何らの意見をも認めない。なぜといって、哲学的意見なるものはないからである。それで、だれかが哲学的意見について話すのを聞けば、その人が哲学史家であっても、その人に第一次的教養の欠如していることが直ぐに分る。哲学は真理の客観的な学問であり、真理の必然性の学問であり、概念的認識であって、いかなる意見（私念）でもなく、意見の綴《つづ》り合せでもない〉

クサンチッペ　やっぱりね。どうりでこの本面白くないと思った。だってこの人、いつ誰がどう考えたかってこと、ただずらずら並べてるだけなんだもの。それを自分がどう考えるのかってこと、結局一言も言ってないんだもの。なのにそれがさ、クッキーがどうのケーキがどうのって、オシャレっぽい言い方で言うから、みんなだまされて、わかったような気になってるだけなんだわ。

ソクラテス　ずるいやつだな。そんなのでだまされる方も、だまされる方だけどな。見ろよ、このプラトンのとこなんか、いくらなんでもこりゃひどすぎる。

〈プラトンが永遠のイデアについて言ったことが、全部が全部、正しいかどうかはわからない。でも、生きているすべてのものはイデア界にある永遠の型の不完全なコピーでしかないというのは、すてきな考え方だ〉

クサンチッペ　あははっ。

ソクラテス　この馬鹿馬鹿しさ、お前、わかるか？

クサンチッペ　わかんないよ、よくわかんないんだけどさ、これプラトンが聞いたら相当怒るだろうなってことが、よくわかんのよ。「すてきな考え方」だってさ、あははっ。おっこるだろうなー、彼。

ソクラテス　言っちゃダメだぜ。あんまり気の毒だ。

クサンチッペ　じゃ、これは？

〈イエスとソクラテスの裁判もたいへんよく似ている。二人とも恩赦を願い出れば、おそらく命は助かっただろう。けれどもこの二人は、とことん行くところまで行かなければ、自分の使命を裏切ることになる、と信じていた。そして二人は昂然《こうぜん》と頭をあげて死に臨み、死を超越したんだ〉

ソクラテス　カッコいいな。しかし違うな。なぜって僕が死んだのは、使命を信じていたからでなく、生を信じてなかったからだ。僕がとことん行くところまで考えるのは、使命じゃない、たんなる癖《へき》だ。そして、行くところまで考えれば、死は考えられないものだからどうでもいい。それで事の成りゆき上、死んだというだけなのだ。

クサンチッペ　要するにさあ、この人、ウソばっか言ってんじゃない。こんな本、まるでウソモノじゃない。

ソクラテス　どうやらそのようだね。

クサンチッペ　なんでこんなウソモノが売れるわけ？

ソクラテス　ウソモノだからだよ。

クサンチッペ　あ、そうか。

ソクラテス　そうよ。

クサンチッペ　『ソクラテス』が売れないの、ナットク。

ソクラテス　人はウソに弱いのだ。ウソやウソのことを言う人を好んで、本当のことや、本当のことを言う人を怖《おそ》れるのだ。なぜ怖れるかって、自分のウソを知っているからだ。自分がウソを言い、ウソを生きていることを知っているから、本当のことを知るのを怖れるのだ。

そう、しかし、人が本当のことを怖れるのも無理はない。本当のことは、恐《こわ》いのだ。いや、知らないからそれを怖れるのだ。しかし、哲学とは、本当のことを知りたいと希《ねが》うことなのだったね。さてでは、哲学を知りたいと希っている諸君に、それだけの覚悟は、あるのかな。鬼神《ダイモン》の声を聞く僕が狂気と呼ばれ、生を信じない僕が死刑を甘んじるように、およそ「考える」とは明らかに自殺行為、この世の幸福との訣別なのだ。哲学愛好者の諸君に、それだけの覚悟が、あるのかな。

心得なき者、立ち入るべからず、だ。僕ならむしろ、そう言いたいね。身のためだ、やめておけ、とね。

クサンチッペ　凶々《まがまが》しいわね。まるで極道。

ソクラテス　確かに似たとこはあるな。人の道を外れてるからな。

クサンチッペ　だって見てよ、この本への読者の反響。

〈忘れかけていた大事なことを再び考え始める勇気がわいてきた――ＯＬ（26歳）〉

〈遠い存在だった哲学が身近に。つまらなかった倫

理の授業が楽しくなりそう——女子高生（16歳）〉

〈摩訶《まか》不思議な私自身の存在をとてもいとおしく思うようになった——女子大生（20歳）〉

ソクラテス　まあー、これでいいと言えば、これでいいとも言えるんだな。だって、世の中の皆が皆、僕と同じ考えをするようになったなら、そのとき、世界は、凍りつく。世界は必ずやその動きを止めるはずなんだからな。「本当のこと」というのは、それほど畏《おそ》るべき力をもっているのだ。

クサンチッペ　それはすてきな考え方だ。

ソクラテス　——と、いうことなんだなあ、結局。この手の本が喜ばれるということは。しかし僕は、プラトンのために、彼の名誉のために、彼の手紙から彼の言葉を引いておくよ。これは第七書簡だ。

〈実際少なくともわたしの著書というものは、それらの事柄に関しては、存在しないし、またいつになってもけっして生じることはないでしょう。そもそもそれは、ほかの学問のようには、言葉で語りえないものであって〉

〈もしもそれが、書かれたり語られたりで一般大衆に充分伝わりうるものと、わたしに思われていたとしたなら、人類のために大きな福音を書きしるして、その当のものを万人のために明るみにもたらすという、このこと以上に結構などんな仕事が、われわれの手でこの生涯におこなわれたでしょうか。しかし、実際には、その問題をあつかったいわゆる論説は、わずかの示唆《しさ》をたよりに自分で発見することのできる、少数者のためならばいざ知らず、単純にひとびとのために役立つものだなどとは、わたしは思いません〉

〈要するに、どんなに理解力や記憶力があっても、それらの能力は、問題の事柄と同族でない者までをも、目利《めき》きにするものではないであろう。なぜなら、そうしたことは、元来、種族を異にする者の諸能力の中では起こらないことなのだから〉

この言葉、受くる力のある者のみ受けよ。

なんちゃって。

あたしもいつか、マディソン郡

クサンチッペ　別れたい。
ソクラテス　えっ？
クサンチッペ　別れたいの。
ソクラテス　別れたいって――僕とか？
クサンチッペ　そうよ、あんたと別れたいのよ。
ソクラテス　そりゃまたどうして。どうしていきなり。
クサンチッペ　あたしにだって、きっと、生涯に一度の真実の恋――。
ソクラテス　なんだい、そりゃ。
クサンチッペ　なんだいって、恋よ。
ソクラテス　ほう、好きな男でもできたのか。
クサンチッペ　えっ、ううん、それはまだなんだけどさ――。
ソクラテス　なら、何も慌《あわ》てて別れるこたないじゃないか。
クサンチッペ　観たのよ。
ソクラテス　何を。
クサンチッペ　『マディソン郡の橋』。
ソクラテス　ああ――。
クサンチッペ　全生涯のうち、たった四日間だけ燃え上がった恋、お互いにお互いはお互いのために生まれてきたと知ったのだけど、許されない恋。別れても、それでもふたりは、死ぬまでずっと愛し合っていたのよねえ。あたし、泣けちゃったわ。
ソクラテス　やれやれ――。
クサンチッペ　いいじゃないさ。
ソクラテス　いいよ。
クサンチッペ　だからあたしも恋がしたい。全生涯かけて悔いのない、燃えるような恋がしたい。その人に会うためにあたしが生まれてきた人が、きっとどこかにいるはずだもの。
ソクラテス　ここにいるでないの。
クサンチッペ　やだ。違うの。
ソクラテス　なんで違う。
クサンチッペ　だって、あんたとはもう、ずううーっと一緒にいるでないの。なんで今さら恋なのよ。

ソクラテス　すると恋ってのは、ずううーっと一緒にいるんでは、だめなものなんだな。
クサンチッペ　そりゃそうよ。
ソクラテス　なぜだめなのかな。
クサンチッペ　そりゃやっぱり、慣れて飽きるからよ。冷めちまうからよ。
ソクラテス　慣れて飽きて、冷めちまうようなのが、なんで真実の恋なのだ。真実というのは、変化を被《こうむ》ることのないものだから真実と、僕らは言うのだ。
クサンチッペ　四日間だけど真実よ。
ソクラテス　四日間だから真実だったとも言えるわけだ。五日だと真実でなくなったかもしれないわけだ。すると、恋というのは、やっぱり四日くらいが真実らしいということかな。真実と真実らしいものとの判別は、ロゴスの判定によらなきゃならん。
クサンチッペ　色気のない。
ソクラテス　いいじゃないか。
クサンチッペ　いやよ。
ソクラテス　どうしたものかな。
クサンチッペ　あたしも恋がしたい。
ソクラテス　相手がいなきゃできないよ。
クサンチッペ　ねえ、あのロバートみたいな人、ロバート役のクリント・イーストウッドがさ、なんともいえず、こう、セクシーでさ——。
ソクラテス　僕のどこがセクシーでないというのだ。
クサンチッペ　やだ——。
ソクラテス　こんなにいい男は滅多にいるもんじゃない。
クサンチッペ　はいはい、わかりましたよ。でもね、『マディソン郡』のヒットで、アメリカじゃ奥さんたちがいっせいに、「私のロバート探し」を始めたんだってさ。
ソクラテス　そりゃたんなる発情だ。流行性の発情期。
クサンチッペ　もー。
ソクラテス　どこが違うというのだ。説明してみろ。
クサンチッペ　いいわよ、違わないわよ、たんなる発情よ。たんなる発情期で何が悪いのよ。
ソクラテス　まあ、とくに悪くはないけどな。
クサンチッペ　そうよ。女は四十、五十にもなれば、いやでも容色衰えてくるし、毎日おんなじ亭主の顔見ながら、このまま人生終わるのかと思ったらさ、たんなる発情だって、何もないよりましでないのさ。
ソクラテス　その気持わからんでもないけどな。
クサンチッペ　それで世の中、不倫ブーム。
ソクラテス　不倫てなんだ。
クサンチッペ　連れ合い以外と恋愛すること。
ソクラテス　なんでそれが不倫なんだ。なんでそんなもののことを不倫というのだ。
クサンチッペ　なんでって——。やっぱりなんとなく後ろめたいんでないの。相手に悪いし、家庭を壊しかねないし——。
ソクラテス　家庭を壊すなんてくらいのことを不倫というなら、僕に言わせりゃ、哲学の方がはるかに不倫だ。人の道を外れてるうえ、全存在を破壊しかねないんだからな。
クサンチッペ　それ話が違う——。
ソクラテス　違わないさ。違うとしたなら、皆の方がよほど大げさだってことだ。連れ合い以外と恋愛する程度のことが、なんで人の道を外れたなんてことになるのだ。なんで皆その程度のことで騒いでおるのだ。なんでって、そりゃあ明らかだ。それが最も興味のあることだからだ。連れ合い以外と恋愛するというその程度のことが、自分にとって最も興味のあることだから、人のそれを見つけちゃあ、不倫と言って騒ぐのだ。なに、たんに羨《うらや》ましいだけなのよ。機会さえあれば自分もしたいのにってことの、裏返しなんだね。
クサンチッペ　それはあるわね。
ソクラテス　その程度のことよ。
クサンチッペ　なら、あたしも不倫しちゃうもの。
ソクラテス　おっと、来ましたね。
クサンチッペ　どお？
ソクラテス　まあー、本気になっちまったんなら、仕方ないなあ。人の気持ばかりは、どうしようもないからなあ。
クサンチッペ　ねえ——。あんた、嫉妬って感情、ないの？
ソクラテス　僕？　うふーん、そうねえ、嫉妬ねえ——。
クサンチッペ　なんか、せっかく不倫しても張り合いないって感じ。あたしに惚《ほ》れてないっわけじゃないでしょうに。
ソクラテス　うん、そういうわけじゃない。お前には十分惚れてるつもりでいるけどね。
クサンチッペ　なにそれ。
ソクラテス　まあー、人の心はいろいろだからねえ。
クサンチッペ　なによそれ。
ソクラテス　人が人を好きになるのはどうしてだと思う？
クサンチッペ　さあー、よくわかんない。わかんないけど、そう単純なことじゃないのは確かね。
ソクラテス　おや、そうかね。人が人を好きになるのは、単純なことじゃないのかね。
クサンチッペ　だって、それこそ、タイプがあるでないの、好みのタイプ。そんなの人によってマチマチで、どうしてそのタイプがいいんだかって、誰も自分じゃわかってないと思うけど。
ソクラテス　それはその通りだ。しかし、お前は今、真実の恋の話をしてるんだろ。四日で冷めずに、五日も五年も一生涯も、ずっと真実であるためには、好みのタイプが、見た目だけではすまないはずだね。
クサンチッペ　まあそうね。
ソクラテス　いくら器量よしでも、話をしてげんなりするような人じゃ、たちまち嫌になるか飽きるかするね。
クサンチッペ　そりゃそうよね。
ソクラテス　それでお前は、僕に飽きることなく、ずっと惚れ続けているわけだ。
クサンチッペ　厚かましい。
ソクラテス　つまり、人が人に惚れるというのは、その見た目すなわち肉体だけではないということだ。
クサンチッペ　うん。
ソクラテス　人が惚れるのは、真実に惚れることができるのは——その、魂だ。真実の恋というのは、相手の魂に惚れる恋のことだ。そのうえ見た目も器量よしなら、なお言うことがない。
クサンチッペ　よくわかってんじゃない。
ソクラテス　ところで、魂とは何か。ある魂は、なぜその魂に魅かれるのか。これこそが単純なことだと僕は言ったのだ。
クサンチッペ　なに？
ソクラテス　その魂が、優れているからだ。人は、劣っているもの、悪いものを欲することはない。人がそれを欲するのは、それが優れて、よいものだからだ。もしもそれを欲しないなら、その人は、それを優れたものとは知らないからだ。それで僕は嫉妬という感情を覚えることがない。

クサンチッペ　なになに？　ちょっと待って、もう一回言って。

ソクラテス　人は常に、よりよいもの、より優れたものの方を欲する。

クサンチッペ　うん。

ソクラテス　よりよいもの、より優れたものがそこにあるのに、より悪いもの、より劣ったものの方を欲するのは、その人自身が、よりよくなく、より優れてもいないからである。

クサンチッペ　うん――。

ソクラテス　つまり、僕よりも他の男の方がいいなんて女は、もとから大した女じゃないのだから、嫉妬なんぞは覚えないと言ったのだ。

クサンチッペ　――言ったわね。

ソクラテス　まあー、そこそこの自信は、あるからな。

クサンチッペ　不倫してやる。

ソクラテス　たんなる発情だよ。大した問題じゃない。

クサンチッペ　もーっ、悔やしいったら。よーし、それならあたしだって言ってやる。あたしよりも他の女がいいなんて男は、もとから大した男じゃないに決まってるから、嫉妬なんかしてられるかってね。

ソクラテス　そーそー、その意気その意気。皆がそれくらいの心意気でもって恋愛するなら、世の男女関係、もっとましなものになるはずなのだ。この自分に惚れないなんてのはどうせ大した人間じゃない、と常に自信をもっていられるように、自分の魂を優れたものにしておこうと、誰もが努力するならね。

クサンチッペ　でもさ、それ、やっぱり変じゃない？　皆が皆、自分に惚れるのが当然だって威張り合っててさ、そんなので恋愛が生じるのかなあ。だって、あんたの理屈じゃ、惚れられることはあっても惚れることはないわけでしょうに。いつでも自分が一番なんだから。

ソクラテス　うん、それがあながちそうでもないのだよ。

僕はかつて、あのパイドロスと恋について語り合ったとき、こういう喩《たと》えでそれを言ったんだ。さっきお前は、「好みのタイプ」という言い方をしたけれど、或《あ》る魂が或る魂に魅かれるのは、僕らがこの世に生を受ける以前に、同じ神様に従っていたからだ、とね。

〈かくして、まず、ゼウスの従者であった人々は、自分たちによって恋される者の魂が、何かゼウスに似た性格をもっていることを求める。そこで彼らは、相手が生れつき知を愛し、人の長たるにふさわしい天性をもっているかどうかをしらべ、求めるとおりの相手を見出してその人を恋するようになると、あらゆる手段をつくしてその天性が実現するようにつとめる〉

〈さらに、アポロンをはじめそれぞれの神の従者だった人たちも、その神にならって道をあゆみ、自分たちの愛人が同様の性格をもっていることを求め、そして求める相手を手に入れたときは、自分自身も神をみならうとともに、愛人にも同じようにすることを説得したり、そのための訓練をほどこしたりしながら、それぞれの力でできるかぎり、その神の生き方に従いその神の姿に近づくようにと、愛人を導いて行くのである。こうした愛人への態度には、嫉妬もなければ、賤《いや》しい人間がもつようなけちくさい悪意とてもない。いな、彼らのこのような行為には、ただひたすら、力のかぎりをつくして、愛人を自分に、ひいては自分の尊崇する神に、できるだけ完全に似た人間にしようとする努力あるのみである〉

どうだい、素晴らしいじゃないか。魅かれ合う魂が、互いの内に認め合うのは、魂の天性としての、神だ。神々が彼らを仲介するのだ。互いに高め合いつつ同一の神へと還りゆく、かくも神々《こうごう》しい恋愛関係に、どうしてこの世の嫉妬や悪意やいざこざの、入り込む余地があるわけかね。世の男女関係からは、あまりにも精神性が欠落している。僕にはそう見える。皆の興味の焦点は、常にひたすらただその一点、寝るか寝ないか、それだけだ。寝るために求め、寝ちまえば飽きちまう。つまらないねえ、貧しいねえ。なぜ皆そんなにセックスのことばかりを気にするのかね。なぜそれがそれほどのことなのかね。僕には理解できないねえ。

クサンチッペ　あんたが理解できなくたって、世のほとんど、セックスのこと軸にして動いてる感じ、あるわよ。

ソクラテス　情けないねえ。他に知らないんだねえ。

クサンチッペ　別に悪かないでしょ。

ソクラテス　別に悪かないさ。悪かないけど、つまらなかろうと言っとるのだ。

クサンチッペ　あんたのその変てこな恋愛論、神様の恋愛論なら、セックスのことがどうなるのか言ってごらん。まさか、しないで我慢するなんて馬鹿なこと言わないでしょうね。

ソクラテス　待ってました。そうこなくっちゃ。それはこうなんだ。

〈かくして愛人のほうは、恋を装《よそ》おう者によってではなく、ほんとうに心の底から恋している者によって、身は神のごとくありとあらゆる奉仕を受けるわけであるし、それにもともと彼自身の天性が、自分に仕えてくれるこの人と親しくなるように生れついているわけであるから、もしひょっとしてそれ以前に、学び友だちとか、あるいはほかの誰かから、恋する者に近づくのは恥ずべきことだと説きつけられて、偏見を植えつけられていたとしても、そしてそのために恋する者をしりぞけることがあったとしても、しかし、やがて時のたつにつれて、彼の年齢が熟するのと、ものごとの必然のなり行きの結果として、彼は自分を恋している者を、交際の相手として受け入れるようになるのである〉

〈彼は、自分を恋している人の欲望と影の形に添うがごとき、しかしそれよりやや力の弱い欲望を——その人の姿を見、そのからだに触れ、くちづけをし、ともに寝ようという欲望を感じる。またじじつ、そのつぎには、当然のなり行きとして、ほどなくそういったことをするのである〉

クサンチッペ　——わかった。よぉーやくわかったわよ。どぉーりで変な話だと思った。あんた、そうやって若い男たち、かどわかしてたんでしょう。ずるいやつ——。あんた、それ、犯罪よ。

ソクラテス　なんだ、人聞きの悪い。

クサンチッペ　あんたのその手の込《こ》んだ口説き文句、それがたんなる発情とどう違うのか、さあ説明してちょうだい。

ソクラテス　わからないかなあ。精神に導かれてこそ発情する肉体、肉の合体すなわち魂の合体、これぞ正真正銘のプラトニック・ラブ、精神的恋愛《エロース》の極致じゃないか。これよりも優れた恋愛の在り方なんて、僕にはもう考えられないんだがなあ。

クサンチッペ　ふん、なるほどね。それがあたしじゃダメだってわけね。綺麗《きれい》な男《こ》じゃなきゃ、ダメだってわけね。

ソクラテス　おやあ、妬《や》いてるのかな。男冥利に尽きるねえ。

クサンチッペ　やあだ、妬くわけなんかないでないの。あたしの価値のわかんない気の毒な男だって言ってんのよ。あんたは、あたしに会うために生まれてきたんだから、そのことがはっきりわかるまで、もっとしっかり哲学しなさい。

第三章　さよならソクラテス

帰ってきた池田晶子

「どっこい哲学は金《かね》になる」のか

クサンチッペ　なにこれ。
ソクラテス　ふん。
クサンチッペ　なにこのタイトル。
ソクラテス　ふふん。
クサンチッペ　なに考えて編集部はこんなタイトルつけたのよ。（註・連載時「どっこい哲学は金になる」）
ソクラテス　なに考えてんのかねえ。いや、僕にはよくわかるんだがね。
クサンチッペ　あたし、やだ、こんなタイトル。恥ずかしくて人に言えない。
ソクラテス　なにも恥ずかしがるこたないじゃないか。たかがタイトルなんだから。
クサンチッペ　なに言ってんの、されどタイトルなんでしょうが。タイトル聞きゃあ読まなくたって、だいたい中身はわかるでしょうが。
ソクラテス　そりゃお前がとくに賢いからで、普通はそうそうわからんのじゃないのかな。わからんで、つい読んじゃうんじゃないのかな、なんだこりゃって。
クサンチッペ　だってあんた、哲学が金になるんだったら、なんであたしらこんなふうなわけ？　なんでいつまでもこんなふうなわけ？　まるっきりウソじゃないか。あたし、ウソ言うの、キライだもの。
ソクラテス　いや、あながちウソでもないんでないかな。
クサンチッペ　なんでよ。
ソクラテス　それがウソだからだよ。
クサンチッペ　なに？
ソクラテス　ウソのタイトルにひかれて人が読む。本を買う。ほら、哲学が金になった。ウソじゃない。
クサンチッペ　ウッソウソ、そぉんなの大ウソッ。だいたいね、変てこなタイトルで人目ひこうって魂胆が気に入らないね。こんなタイトル思いつくなんざ、大したひねくれもんだわよ。なんか恨みでもあるんでないか、世の中に恨みがさ。
ソクラテス　それはなくはないだろうな。

クサンチッペ　哲学なんざ、この世の中じゃ、間違っても金にならないって、よぉーくわかってるもんだからさ。ここにきて、居直ってみたくてさ。

ソクラテス　ま、そんなとこだろうな。

クサンチッペ　例の「ソフィー」なら話は別よ、『ソフィーの世界』。百何十万部のベストセラーだってから、確かに哲学は金になるわよ。だけどあんた、あんなの哲学じゃないって、ウソモノの本だって、こないだ言ったわよね。

ソクラテス　うん、あれはウソモノだ。本物のウソモノだ。

クサンチッペ　『帰ってきたソクラテス』があれしか売れないのは、本物の本物だからだって、言ったわよね。

ソクラテス　こだわるのはおよしよ。みっともないよ。

クサンチッペ　そーよ、みっともないわよ。だからそのみっともない真似させなさんなって、あたし言いたいのよ。なんで「どっこい哲学は金になる」なのよ。なんでみんなそんなに金にこだわるのよ。哲学が金になろうがなるまいが、ほんとはあたしはどーでもいいんだ。金のためにみっともない真似することに比べりゃ、そんなこた、どーでもいいことなんだ。だけどこれじゃあ、どーでもいいことどころか、一番こだわってることみたいじゃないか。

ソクラテス　だろ？　だから、こだわりなさんなと僕は言っとるのだ。こだわってないんだから、こだわりなさんなとね。じっさい、どーでもいいんだから。哲学にとっちゃ、金なんざ。

クサンチッペ　だめ。

ソクラテス　え？

クサンチッペ　あんたがそれ言っちゃだめ。

ソクラテス　ほう。

クサンチッペ　あたしだから言っていいの。

ソクラテス　そりゃどうして。

クサンチッペ　だってあんたがそれ言ったら、あたしら明日からどーすんのよ。あんたには、しっかり稼いできてもらわなきゃ。

ソクラテス　うーん、厳しいね。厳しいけど、その通りだ。さて、哲学者がいかにして金を稼ぐか、要するに問題は、これだな。

クサンチッペ　だからあ、そんなのは問題でもなんでもないの。稼ぐことは稼ぐことで、そこにはなんの問題もないの。そんなのが問題だと思ってるから、いつまでも稼げないんでしょうが。

ソクラテス　うん、お前いいこと言った。稼ぐことは稼ぐことで、哲学とは別だ。それはまさしくその通りなんだが、もしもそれがほんとにその通りで、金と哲学がなんの関係もないのだったら、この世の中にとっての哲学とは何だろう。

クサンチッペ　ただの無駄。無駄か余興。

ソクラテス　ということになるね。世の中金が全《すべ》てと動いてるところで、金に関係ないこと考えてるなんて、余興にすぎないはずだよね。しかし、哲学が世の中にとってほんとに余興にすぎないんだったら、なぜ世の中は僕のことを、死刑にしたいと思ったのだろう。

クサンチッペ　ちょっと、やだ、物騒な話。

ソクラテス　だろ？　物騒な話だろ。つまり、世の中にとって哲学ってのは、じつはきわめて物騒なものなのさ。彼らはわからないなりに、そのことを十分わかっているのさ、こりゃ物騒だぞってね。そうでなきゃ、余興にすぎない人畜無害のはずのものを、なんで恐れて死刑にするかね。

クサンチッペ　物騒なもんで金稼ぐなんざ、あんた、極道もんでないか。

ソクラテス　そうだ。それで僕はいつも念を押すのだ、この道選ぶに覚悟はよいか。

クサンチッペ　もー、どうしてそう極端にしか考えられないんだろ。あんただって普通に学校の先生でもしてりゃよかったものを。ほれ、大学教授さ、哲学の先生。そんなのにでもなってりゃ、お金の心配せずに好きな哲学してられたでしょうに。

ソクラテス　ああ、そりゃその通りだ、学者先生。金の心配なしに、金に関係ないこと考えていられる、ああいう人たちを世の中は大事にしなくちゃいけないね。世の中金が全てじゃないんだからね。

クサンチッペ　今からでも遅くないわよ、あんた、ネームバリューだけはあるから。ねえそうしてよ。安定収入と長期休暇。それなりに尊敬もされるし。

ソクラテス　うん、確かに世の中はそれなりに尊敬してくれるだろうね。そのかわり、死刑にしてくれることも、ないだろうね。

クサンチッペ　そんなに死刑になりたいわけっ！

ソクラテス　わかんないかなあ、お前、哲学にとって死刑ってのは、最高の勲賞なんだぜ。つまり、自分がいかに物騒な人間かってことを、世の中に認めさせたわけなんだからな。世の中が学者先生を死刑にしようとは思わないのは、あれらを人畜無害と思ってるからなのさ。それなりに尊敬はするだろうが、ほんとは真面目になんか聞いてないのだ。余興と思って聞いているのだ。むろん先生方は真面目だよ。真面目に勉強して世に問うのだ。しかし誰もそんなの聞いてない。なんでかって、お前、特別天然保護区で保護されてるかよわい動物がだな、その保護者に向かって、君たちは間違ってる、世の中金じゃないぞって叱《しか》ってるところを、考えてごらん。

クサンチッペ　あははっ。

ソクラテス　なあ、どだい無理だろ。だって、じじつ世の中金なんだから。金がなけりゃ、彼らを保護することだってできないんだから。なのに、聞いてもらえないあげく、保護されてることを忘れて、聞いてくれない保護者を軽蔑することで終わるんじゃ、あんまり気の毒じゃないか。

クサンチッペ　すっごいケッペキな学者先生がさ、こんな下品なタイトル耐えられないって。哲学の名を汚《けが》す行為だってさ。

ソクラテス　ほお、いまどきそんな立派な先生がいたもんかね。嬉しいねえ。いよいよ僕ががんばらなくちゃね。

クサンチッペ　どうすんのよ。

ソクラテス　せっかく極道やってんだから、保護されて極道やっても仕方なかろ。なんで僕が野にいるかって、お前、世の中金じゃないぞと、物騒にも言って回れるからだよ。それで僕は、物騒にも野放しでいるのだよ。

クサンチッペ　うまくすれば、とっつかまえて死刑にもしてくれるしね。

ソクラテス　そーそー。極道冥利だ。

クサンチッペ　あたしはどうなんのよ、極道の妻。

ソクラテス　哲学教授夫人ってタマでもなかろ。

クサンチッペ　そりゃそうだけど——。

ソクラテス　心配しなさんなって。

クサンチッペ　どして。

ソクラテス　どっこい哲学は金になる。

クサンチッペ　——怒るわよ。

ソクラテス　いやこれは本当だ。僕ばまさにその『弁明』で、こう言ったのだ。

〈なぜといえば――この事を私は断言する――それは神の命じたもうところであるからである。そうしてまた私は信じている、神に対する私のこの奉仕に優《まさ》るほどの幸福が、この国において諸君に授けられたことは未《いま》だかつてなかったことを。けだし私が歩き廻りながら執掌《おうしょう》するところは、若きも老いたるも、諸君のすべてに向って、身体と財宝とに対する顧慮を、霊魂の最高可能の完成に対するそれよりも先にし、またいっそう熱心に、することがないように勧告すること、また、徳が富から生ずるのではなくて、むしろ富および人間にとっての他の一切の善きものは、私的生活においても公的生活においても、徳から生ずる旨《むね》を附言することに外ならないからである〉

いいかね、僕は、徳は富から生じないとは言ったが、富が徳から生じることがないとは言ってない。富が徳から生じることは確かにあるのだ、いやじつはそれが本当なのだ。徳とはそういうものなのだ。

たとえばその潔癖な先生としては、哲学が金になるなんてことはあり得ない、金に魂を売らないことこそ哲学なのだ、とこういう理屈になるんだろう。しかしね、お前、金なんてのは、しょせん金なんだ。たんなるルールだ、世の中のルールにすぎんのだよ。お前も言ってたね、稼ぐことは稼ぐことで、そこにはなんの問題もないって。そう、ルールはルールで、目的じゃないのだ。目的は別にある、それが、魂だ。たとえ悪法であろうとも、それに従って死ぬことこそ最高のプライドであることを示したのが、他でもないこの僕だ。ルールにすぎない経済現象に従ったところで、僕は僕の魂を売ったことになるなんて、ちっとも思わんね。ま、僕のプライドはその程度のものじゃないってことになるのかな。

だってお前、ルールにさえ従えない人が、こんなルールは間違ってるから自分は従わん、変えなさい、変えたら付き合わんでもないと言って、人は聞くかな。

クサンチッペ　まるで子供ね。

ソクラテス　そう、たんなる子供のわがままだ。わがままは迷惑だから、人は離れてゆく、その人は孤独になる、仕事もこなくなる、したがって、金もなくなる。
クサンチッペ　それで哲学は金にならないって理屈？　なんか違うんでない？
ソクラテス　そう、違うのだ、そんなのが哲学なんじゃないのだ。哲学とは、世の中金じゃないと知ることだった。しかし、世の中金じゃないと知っているなら、その人は、世の中に世の中金じゃないと知らしめる仕方も知っているはずなのだ。なぜなら、いいかい、知っているということは、それを為《な》せるということだったからだ。善を知っている人は、善を為せるはずだからだ。すると、世の中金じゃないと知りながら、しかし世の中に世の中金じゃないと知らしめる仕方を知らない人は、じつは、世の中金じゃないとは知らない、つまり、哲学をしていたのではないということになるね。
クサンチッペ　何のために何してるわけ？
ソクラテス　うん。きっとその先生も、途中で忘れちまったんだろう、何のために何してたのか。まあ無理もないとは思うよ。長年保護区で保護されてきて、そのうえ猿山の大将にでもなっちまった日にゃ、一生人に頭を下げたことがなかったわけだからな。頭を下げんことが哲学だという勘違いにもなるわけさ。しかし、世の中知らずに世直しもなかろうて。
うーん、保護区は保護区で、よしあしだなあ。野生に帰すのが一苦労だ。連中、決して生きてけないぜ。せっかくの哲学もそこで滅ぶってわけだ。
クサンチッペ　あっちが猿山なら、あんたは野良犬《のら》だ。世の中金じゃないぞって言って回ることが、どうして金になるんだか、あたし全然納得してない。
ソクラテス　ま、おいおいだな。
クサンチッペ　期待しちゃうから。
ソクラテス　うん。同じ先生でも、こっちは孔子先生だ、「徳ハ孤ナラズ　必ズ隣アリ」。
クサンチッペ　賢夫人あり。
ソクラテス　うまいうまい。

やっぱり「哲学は金になる」のか

ソクラテス　なんだ、まだムクレてるのか。
クサンチッペ　だって、ヤなんだもの、このタイトル。
ソクラテス　そんなにヤなのか、このタイトルが。
クサンチッペ　もーイヤもイヤ、大っ嫌い！　どんな顔してりゃいいんだかわかりゃしないわよ。よりにもよって、ここまで下品なタイトルつけなくたってさ！
ソクラテス　ま、お世辞にも上品とは言えんわな。
クサンチッペ　あんた、平気なの？
ソクラテス　うん、僕は平気だ。
クサンチッペ　きっと、みんな言ってるわよ、ソクラテスが金儲けしようとしてるよって。
ソクラテス　言わせときゃいいじゃないか。誰も僕に金儲けできるなんて、思っちゃいないんだから。
クサンチッペ　だから悔やしいんじゃないか。あんたにほんとに金儲けができるんだったら悔やしかないわよ、妬《ねた》んでるだけなんだから。だけど、あんたに金儲けなんか、絶対できっこないじゃないか。できっこないのにしようとしてるよって言われんのが、悔やしいんじゃないか。
ソクラテス　そういうものかな。
クサンチッペ　みっともないわよ。
ソクラテス　どっちがみっともないんだ。
クサンチッペ　なにが。
ソクラテス　金儲けしたくても才能がないからできないのと、才能はあるんだが、その気がないからできないのと。
クサンチッペ　才能がないうえその気もないから、あんたに金儲けは絶対できっこないって、あたし言ってんのよ。
ソクラテス　いや、お前、そりゃわからんのじゃないのかな。だって、じじつ僕は金儲けしようという気になったことがないのだもの。その気になったことがないものの才能があるかないか、本人にだってわからんのじゃないか。一度もピアノを弾いたことのない人に、ピアノの才能があるかないか、どうしたらわかるものかね。

クサンチッペ　それじゃあまず金儲けしようって気になってよ。話は全部それからじゃないのよ。

ソクラテス　うん、しかし残念なことに、これが、ならんのだ。僕は、金儲けをしたいという気持になることが、どうしてもできんのだよ。

クサンチッペ　ほらね、その気になるのも才能のうちさ。あんたに金儲けの才能はない。

ソクラテス　ま、おそらく当たってるな。

クサンチッペ　だから、ヤだって言ってんのよ、こんなタイトル。いったいあたしらにどうしろってのよ。

ソクラテス　人はどうして金を欲しいと思うのだろう。

クサンチッペ　ね、こういうこと言う亭主をあたしにどうしろってのよ。

ソクラテス　その気にさせるのも才能のうちだぜ。

クサンチッペ　あら言ったわね。

ソクラテス　僕は、自分のために金を欲しいと思ったことはないが、人のためになら思ったことがないでもない。

クサンチッペ　ねーえ、あたし、いま欲しいんだけどな、グッチのバッグ――。

ソクラテス　およしよ、カバンの値段じゃないよ。

クサンチッペ　よく知ってるわねっ！

ソクラテス　いやいや、人が何かを欲しいと思って金が欲しいと思うとき、じつは何を欲しいと思ってそう思ってるのかなってことさ。

クサンチッペ　あたしがグッチのバッグを欲しいと思うのは、綺麗《きれい》で素敵でカッコがいいからよ。そのバッグが欲しいと思うから、お金を欲しいと思うのよ。このことのどこが悪いってのよ。

ソクラテス　いや、ちっとも悪くない。人は、綺麗で素敵でカッコがいいものを見れば、それを欲しいと思う。これは当然だ。なぜなら、それを「よい」ものと認めるからだ。人が何かを欲するのは、それを「よい」と認めるからに他ならないからだ。ところで――。

クサンチッペ　「善のイデア」の話なら、要らないわよ。

ソクラテス　ふむ、読まれたか。

クサンチッペ　手の内、知れてるからね。金儲けの話にしてちょうだい。イデアの話は上がりでしょ。
ソクラテス　違うんだ、お前、逆なんだ。イデアの話こそ、じつは振り出しなのだ。善のイデアを知ることこそ、この世でよりよく金儲けをするための極意なのだよ。みんなそのことに気づいてないのだ。
　いいかね、人が金を欲するのは、それによって何かよいものが手に入ると思うからだ。よいものが手に入るから金はよいものなのだ。しかし、よいものが手に入るから金はよいものなら、金によらずとも手に入るよいものは、金によらずとも手に入るというそのことにおいて、金によらなければ手に入らないよいものよりも、そのよさにおいてよいはずだ。そのぶん制約がないのだからね。なのに、なぜ人は、それを欲さないのだろうね。
クサンチッペ　そんなの金にならないからよ。金にならないものは人は欲さないのよ。
ソクラテス　その通りだ。しかし、人が金を欲するのは、それによってよいものが手に入るからだった。よいものが手に入るから、金はよいものなのだった。なのに、金によらずとも手に入るよいものは、よいものが手に入るための金にはならないから、人はそれを欲さないとするると、このとき人は、その金によって何を欲していることになるのかな。
クサンチッペ　金によって手に入るよいもの。
ソクラテス　そうだ。しかし、金によって手に入るよいものは、金によらなければならないというそのことにおいて、金によらずに手に入るよいものよりは、よくはないのだった。ところで、人が何かを欲するのは、それをよいものと思うからだったね。すると、このとき人は、よいものが手に入るはずの金によって、じつはよりよくないものを欲している。金によって手に入るよいものは、じつはよくないものである。したがって、金とはちっともよくないものである。と、こういうことになるとは思わんかね。
クサンチッペ　全然、思わない。
ソクラテス　ふむ、だめか。
クサンチッペ　うそばっかり。
ソクラテス　ばれてたか。
クサンチッペ　金で手に入るよいものと、金では手に入らないよいものとは、全然別のものなの。そんなの比べてもしょうがないの。最初っから比べられない話なの。グッチのバッグは良い物で、良い物だから、あたしはそれを欲しいと思う。でも、だからと言って、それであたしが善人でなくなるわけじゃない。グッチのバッグが欲しいからって、あたしが善人であることには、ほんの少しも変わりはない。この考え方、どこにも間違いはないでしょうが。

ソクラテス　――お前、この手の話になると、恐《こわ》いくらいに切れるな。そう、まさにそうなのだ。金で手に入るよいものと、金では手に入らないよいもの、「良いもの」と「善いもの」、すなわち、経済的価値と哲学的価値とは別の話なのだ。このふたつの価値をごっちゃにするところから、金儲けは卑しいとか、清貧それ自体が素晴らしいとか、今や心の時代なのだとか、妙な話になってゆくのだ。

金というのは、人間におけるひとつの偉大な発明だ。人間は、存在する限り欲望をもつ。欲望とは、それが何なのであれ、その人にとって「よい」と思われるものがあることだ。「よい」と思われるものがあるからこそ、人はそれを欲する。欲することで、生きていられる。欲望をもたない人は、そもそも生きてはいないはずだ、動因がないのだからね。人間の全体がまだ貧しかった頃、人々は生存欲によって生きていた。したがって、そこでの価値は、生存に役立つ物、それが、良い物だ。人と人とが付き合って、物と物とを交換する、これは簡単なようで難しい。たくさんの物を持ち歩くのは不便なうえに、「良さ」の尺度がないからだ。

ここで人間は金という考えを発明した。これは画期的な飛躍だ。持ち歩くのが楽なうえに、何より、「良さ」を量る共通の尺度となったからだ。人々は、この便利なものを有難いと思った。有難いと思ったそのことが、また勘違いの始まりでもあったのだ。金は、価値を量る尺度であると同時に、価値そのものでもある。人は、金によって良い物が手に入ることに慣れてくると、金それ自体を良い物と思うようになる。手段と目的とが同一になったのだね。やがて、人間の全体が豊かになって、欲望が生存に限られなくなってくると、人々は、もっとよいもの、何かよいことを欲するようになる。このこと自体は、善いでも悪いでもない。欲望とはそういうものだからだ。

困ったことはだね、このとき人々は、よいものは金で手に入るものという考え方に慣れすぎていて、金では手に入らないよいもの、すなわち、「善」という価値の欲し方がわからないということなのだ。いくら金を積んでも、金を貯《た》めても、善だけは手に入らないのだ。なぜなら、いいかね、善は、タダだからだ。せっかくタダなのに、金なんぞ要らないのに、善というよいものを、気の毒に、人は手に入れることができないのだよ。それは、お前も言った通り、経済的価値と哲学的価値とは、そもそも別の価値だからなのだ。

クサンチッペ　でもあんたは、善のイデアが金儲けの秘訣だって、さっき言ったよ。別なら別で関係ないじゃない。なんでイデアで金儲けなのよ。

ソクラテス　うん。いいかね、善が価値なら、金も価値だ。よいものである、価値である、というそのことにおいては、善も金も同じなのだ。両者の間に優劣はない。なぜなら、両者はそもそも別の価値だからだ。ところで、哲学とは、人間におけるあらゆること、あらゆることのその「何であるか」を考えることだった。善という価値について考えるのが哲学なら、金という価値について考えるのも、哲学だ。哲学は、金について考えることも、できるのだ。したがって、このときにこそ――。

クサンチッペ　このときにこそ？

ソクラテス　どっこい哲学は金にもなる。

クサンチッペ　――来ると思った。あーあ。

ソクラテス　いや、お前、ここが大事なところなのだよ。金は無価値で、金儲けは卑しいなんてのは学者の寝言で、金儲けが卑しいとするなら、卑しい心で金儲けするからにすぎんじゃないか。この世のあらゆる当たり前のことを公平に考えられるのでなければ、哲学である必要はないのだよ。

　善という価値を考えることの裏返しが、金という価値を考えることなのだから、その意味では、金は、イデアだ。それ自体で価値であり、それ自体で価値なのではない他のものが、それによって量られるためにそれを目指して動いてゆく、もう一方のイデアと言っていい。この究極的なイデア的実在を観照することこそ、金儲けの、極意だ。これは、間違いない。

　うーん、金という考えは、おそろしく抽象的なものだ。十分に哲学的考察に値するものだね。

クサンチッペ　あーあ、やっぱりダマされた。ちっとも金儲けの話じゃなかった。

ソクラテス　なんでこれが金儲けの話じゃないかね。

クサンチッペ　いったいどこが金儲けの話なのよ。

ソクラテス　金儲けとはどういうことであるのかを考える、どうしてこれが金儲けの話じゃないかね。金儲けの話そのものじゃないかね。

クサンチッペ　はいはい、その通り、お説ごもっとも、真面目に聞いたあたしが馬鹿でした。だからそれはいいから、買ってくれるの？　グッチのバッグ。

ソクラテス　そんなに欲しいのか、グッチのバッグが。

クサンチッペ　欲しい欲しい、買ってくれたら、とっても嬉《うれ》しい！

ソクラテス　なら、ここはひとつ重い腰をあげて、金儲けといくかね。

クサンチッペ　期待して、いいのかな。

ソクラテス　うん。確かに僕には金はない。そして、金に魂を売るなんてことは、僕に関する限りは、あり得ない。だからこそ、なんだな。

クサンチッペ　どうすんの。

ソクラテス　僕には金はない。しかし僕には善がある。金に魂は売らない。魂を、買うのだ。善の力で人々の魂を買うのだよ。これしかない。

クサンチッペ　――ほんとに期待しても、いいのかなあ。

ほんとに「哲学は金になる」のか

ソクラテス　おや、まだムクレてる。
クサンチッペ　ヤなもんはヤなの。
ソクラテス　タイトルか。
クサンチッペ　そー。
ソクラテス　困ったねえ、どうするかねえ。
クサンチッペ　タイトル変えるんでなけりゃ、バッグを買ってくれなきゃヤ。
ソクラテス　グッチか。
クサンチッペ　そー。
ソクラテス　ふーむ、困ったね。やっぱり哲学は金にならないと尻をまくって、グッチのバッグを諦《あきら》めさせろってわけだな。
クサンチッペ　どっちかでなけりゃイヤ。あたしはウソがキライなんだから、どっちかでなけりゃあ、絶対にイヤ。
ソクラテス　おや、どっちかでいいのかね。
クサンチッペ　へえ。
ソクラテス　哲学が金になって、その金でバッグ買えれば、それが一番いいんだろ？
クサンチッペ　そりゃあそうさ。だけどあんたは、人は徳だの、善の力だのって、やっぱり理屈ばっかりじゃないか。問題は、その理屈がじっさいにどうして金になるのかってことなんでしょうが。あんた、そこんとこ、ずっとごまかしてる。
ソクラテス　うん、そうだ、お前いいこと言った。まさに問題はそのことなんだ。人はいつも、とくに考えずに口にするね、「金になる」って言い方を。それで誰もなんだか納得してるね、「金になる」っていうことを。でも、「金になる」ってのは、ほんとはいったいどういうことなのかな。「金になる」って言い方で、人はほんとは何を言っているのかな。
クサンチッペ　また始まった、妙な理屈が。
ソクラテス　いつまでもムクレたまんまじゃ、あんまり気の毒だからな。要するに、納得できりゃいいんだろ。
クサンチッペ　そー。でもほんとはバッグ。

ソクラテス　は、存じております。それじゃあ考えてみようか、「金になる」ってその意味を。そして、哲学はほんとに金になるのかどうか。いちばん普通に人が「金になる」って言うときは、どういう意味かな。
クサンチッペ　金になること。
ソクラテス　そう。金になるとは、文字通り、金になること。つまり、それがお金に換えられる、兌換《だかん》できるということをいうんだね。だけど、普通に人が「そりゃ金になるぞ」って言うとき、「そりゃ兌換できるぞ」って意味だと思うかね。
クサンチッペ　まさか。人が「金になるぞ」って言うのは、「儲かるぞ」って意味に決まってるじゃないか。ほんとみんなガメツイんだから。
ソクラテス　そう、ガメツイ。しかし、そのガメツさの意味を冷静に考えてみると、「儲かる」とは、その仕事なり物なりが、金と交換可能であるということを意味しているね。ところで、このあいだ僕は、人が金をよいものと思ってそれを求めるのは、それによってよいものが手に入るからだと言った。よいものが手に入るから金はよいものであるとは、金は交換可能な価値であるということだね。つまり、「金になる」ということは、「交換可能な価値になる」と、こういう意味だと言っていいね。
クサンチッペ　どっこい哲学は交換可能な価値になる。
ソクラテス　そーそー。さすがだね。
クサンチッペ　いったいなに言ったことになるわけ？
ソクラテス　うん。いいかね、お前はグッチのバッグが欲しいと言う。人は、欲しいものを手に入れることができれば、必ず喜びを覚えるはずだ。そうだろ？
クサンチッペ　そりゃあそうさ。
ソクラテス　その欲しいものを手に入れるために、人はそれを金で買う。
クサンチッペ　買えればの話ね。
ソクラテス　欲しいものを手に入れるために金で買うことを「購買」と言い、そうやって欲しいものを手に入れることを「消費」と言う。
クサンチッペ　うん。
ソクラテス　さて、欲しいものを手に入れることで、人は必ず喜びを覚えるのだった。それなら、消費とは、人にとって必ず喜びであるはずだ。

クサンチッペ　うんうん、それならとってもよくわかる。

ソクラテス　ところで、交換可能な価値であるということは、それによって、よいもの欲しいものが手に入るということだった。そして、欲しいものが手に入るということは喜びなのだった。すると、交換可能な価値であるということは、それが喜びであるということだ。したがって――。

クサンチッペ　哲学することは喜びであるなんて言ったら、許さないからね。

ソクラテス　うん、お前、いいとこまで来てるぞ。いいかね、いま僕は、欲しいものを手に入れることを「消費」と言い、とくにそれを金で買うことを「購買」と言ったけど、欲しいものを金で手に入れるためのもうひとつの方法に、「投資」というのがあるね。投資というのは、投資した価値によって投資した以上の価値を得ようとすることだ。たとえばお前はバッグが欲しいが、バッグを買わずに我慢して、その金でその金以上の金を得ようとすることだ。

クサンチッペ　あたし、そういうの嫌い。性格に合わない。

ソクラテス　だろ？　そこなんだよ、お前。

クサンチッペ　なにさ。

ソクラテス　消費においては、人はそれ自体が喜びであるはずだ。その場で自分の欲望を実現したのだからね。ところが、投資においては、人の欲望はいまだ実現されていない。それを先に延ばしたのだからね。その意味では、投資とは、それ自体が喜びであるのではない。

クサンチッペ　だからなによ。

ソクラテス　「ソフィー」さ。

クサンチッペ　ええ？

ソクラテス　『ソフィーの世界』が、お前の性格に合わない道理さ。お前、あれ、嫌いなんだろ？

クサンチッペ　ああ、嫌いだねえ。あんなつまんない本、よく売れるもんだねえ。

ソクラテス　売れるわけだよ、ありゃ投資なんだから。

クサンチッペ　――あー、そうかあ！　あー、ナットク！

ソクラテス　ナットク？

クサンチッペ　わかったわかった、みんなあんな本買って読んで、きっとなんかのタメになるって思ったわけだ。利口になるかな、ラクになるかなって、セッコイ投資をしたってわけだ！

ソクラテス　あの本買って読んだ人たちが、はたして喜びを得ることができたと、お前は思うかね。

クサンチッペ　できないできない、だって投資なんだから。投資はすぐに嬉しいもんじゃないんだから。さきざき計算してするもんなんだから。タダでさえウソっぱちの本だってのにさあ。

ソクラテス　いや、タダでさえウソっぱちの本であるかどうかということは、今は別の話なのだ。投資とはそれ自体で喜びであるのではないという理由によって、「あなたのタメになります」と書き、またそのように売ることで人々に投資させたあの本は、投資した側にとっては喜びではない。『ソフィーの世界』を買って読むことでは、人は喜びを得てはいないはずだという、そういう話なのだ。

クサンチッペ　あははっ。ザマミロ。

ソクラテス　で、ここからが核心だ。タメになる哲学、すなわち投資としての哲学は喜びではない。なら、喜びであり得る哲学とは何か——。消費としての哲学だ。投資でも生産でもない、消費としての哲学だ。消費とは、よいもの欲しいものを手に入れることだった。よいもの欲しいものが手に入るから、消費はそれ自体が喜びなのだった。では、哲学は、何を消費するのか。

考えることそれ自体だ。知りたいことを知るために、考えることそのものを消費する、これが、喜びだ。知りたいことを知る喜びだ。そして、知りたいことは無限に存在する。存在が無限だからだ。したがって、考えるということは、無限の消費、哲学とは、無限消費の喜びなのだ。決して投資ではない。また何を生産するのでもない。有限の将来へのセッコイ投資や生産なんかではない。哲学とは、無限の現在、この永遠を、現在ただいま消費する、この世で最高の贅沢なのだ。贅沢は素敵なのだ。

ところで、「金になる」ということは、「交換可能な価値になる」という意味だった。すると、無限消費の喜びと交換可能の価値であるところの哲学は、したがって、金になる。どっこい哲学は無限に金になる——と。ナットク？
クサンチッペ　するわけない。
ソクラテス　やっぱりね——。
クサンチッペ　ダマされるわけない。
ソクラテス　だろうな——。
クサンチッペ　無限は無限で結構ですけど、バッグは有限、お金も有限、無限の哲学でなんでバッグが買えるわけ？　無限の考えを有限のお金に、さあ交換してみせてちょうだい。
ソクラテス　ふーむ、まさしく錬金術だね。ま、あっさり言って、そりゃ無理だ。考えることそれ自体は、絶対に金にはならんね。だって、「考え」は、無形、無限の価値で、「金品」は有形、有限の価値なんだもの。これらをいきなり交換するなんてのは無理な話だ。しかし、いきなりは無理だが、いくつか手順がないわけではない。
クサンチッペ　たとえば？
ソクラテス　まず、金品という価値をもつ側の人が、或《あ》る考えのもつ価値を、価値である、よいものであると認めることだ。それなしに交換という行為はあり得ない。
クサンチッペ　それで？
ソクラテス　それで、その価値を認めた人が、それだけの価値であると思うだけの金で、その考えを買うのだ。考えの側から値段はつけられない。なぜなら考えに値段はつけられないからだ。
クサンチッペ　それで？
ソクラテス　買った方にしてみれば、よい考えを手に入れた喜びがあり、売った方にしてみれば、よい考えを与えた喜びがある。値段はお互いに幾らでもかまわない。ほんとはタダでもかまわない。この方式を古くから、「御布施《おふせ》」という。
クサンチッペ　あっ、いやだあ。
ソクラテス　いやでないさ。だって、あの人のやり方は御布施でないんだもの、取り立てなんだもの。考えの側から値段をつけて、値段に見合っただけの喜びがあろうなんてのは、話があべこべさね。
クサンチッペ　だって、あんたはこの前、金に魂は売らんて威張ってたじゃない。善の力で人の魂を買うんだとか吹いてたじゃない。今の話じゃ、あんた、私の魂を適当な値段で買ってくれってことでしょうが。それこそあべこべじゃないのさ。

ソクラテス　そうなんだ、お前、そこまでわかってんなら話は早い。要するにだな、よい考え、すなわち「善」、善と善なる魂においては、売り買いという考えはもはや成立しないのだ。この交換は、売り買いという言い方では言えない。どっちが売って、どっちが買ったと言うことは不可能なのだ。買った方にしてみれば、買ったつもりで、その魂を善に買われたとも言える。売った方にしてみれば、売ったところで、その魂から善がなくなるわけでない。なぜなら、いいかね、善は、無尽蔵だからだ。無尽蔵であって、誰のものでもないからこそ、善は、力なのだ。決して尽きない力となるのだ。したがって、金に魂を売るなんてことが可能だと思ってるのは、金に魂を売ることが可能な魂でしかない。つまり、善ではない魂だけが、魂を金に売ることができるというわけだ。これをもう一度裏から言うと、哲学することが可能なのは、やはり善なる魂だけだということなのだ。なあ、お前、これは驚くべき当たり前のことじゃないかね。

クサンチッペ　大した熱弁だけど、とりとめないのは同じじゃないか。どうなったのよ、あたしのグッチは。

ソクラテス　そう、確かに御布施はとりとめがない。そこで、僕としては、可能な限り合理的かつ明朗な方法をとりたい。

クサンチッペ　へえ、明朗。明朗会計ってやつね。どうすんの。

ソクラテス　「よい考え」を、書物という形の商品にする。

クサンチッペ　ふんふん。

ソクラテス　善を売る。善を買わせる。買う側は、善を消費する純粋なる喜びを得る。これで世の中、まるく納まる。

クサンチッペ　『悪妻に訊《き》け』、発売してます。買って下さい。

ソクラテス　グッチ買いに行く前に、もう一回読んどきなさいよ、お前。

インターネットで、みんなお利口

登場人物
ソクラテス
インターネット推進委員会委員長

委員長　いよいよですよ、ソクラテスさん。夢のインターネット時代の幕開けですよ。デジタル技術の飛躍的な進歩に加え、その実用化コストの低下と規制緩和の恩恵で、我々の情報通信手段は今や、従来では考えもつかなかった高品質と高速度とを現実のものとしつつあるのです。パソコン、ファミコンか携帯端末さえあれば、いつでもどこでも全世界から、いいですか、全世界から今すぐにですよ、必要な情報が入手でき、かつ発信できるのです。画期的なのはこの情報のインタラクティビティ、すなわち双方向性であって、これまで情報は送り手の側に一方的に有利だった。しかし、地球規模でのインターネット化により、情報が万人に平等に開かれ、受け手もまた即、送り手となることが可能となった。たとえばそれは家庭においては買物や娯楽、様々なサービスの享受であり、企業にとってはこれは他でもないビジネスチャンスとなる。多量で多様な情報を、個人のレベルで相互に交換し合うことで、全体がさらに大きく発展してゆく。我々の社会、人類の未来には、途方もない可能性が開かれることになったのですよ。

ソクラテス　全くもって、途方もないな。

委員長　おわかりですか。

ソクラテス　わかるよ。

委員長　お持ちですか、パソコン。

ソクラテス　いや、持ってない。

委員長　携帯電話は？

ソクラテス　それもない。

委員長　お買いなさいな。この忙しい世の中、移動通信機器は絶対必携ですよ。

ソクラテス　だって、そんなに急いでしなくちゃならないようなことなんか、僕にはないもの。

委員長　そんな呑気《のんき》なこと言ってると、今に乗り遅れますよ、取り残されますよ。

ソクラテス　気にしないや。

委員長　じじつね、御存知ですか、中高年管理職に対する苛酷《かこく》なリストラ・ハラスメント。「ウインドウズ知らぬ者から窓際族《ウインドウズ》」、機械を使えない上司は、今や部下にも頭が上がらないんですからね。

ソクラテス　あー、僕は会社にいなくてよかったー。

委員長　会社に限った話じゃありません。情報のグローバル化で、情報を持てる者と持たざる者との格差が消滅しちゃったのだから、そうなると勝敗は、その情報を生かせるか否《いな》かにかかってくる。情報の洪水の中を、溺《おぼ》れずに泳ぎきるためには、受け身《い》で漂っていてはだめ、能動的に情報に関わり、活かしてゆく姿勢でなければ、競争には生き残れません。

ソクラテス　ほお、何の競争？

委員長　何って——競争は競争ですよ、生き残るための競争ですよ。

ソクラテス　だって、夢のインターネットなんだろ。明るい未来なんだろ。君の話だと、なんだかあんまり夢でも明るくもないみたいだよ。みんないよいよ殺気立って、慌《あわ》てているみたいだよ。

委員長　まあねえ、情報通信ビジネスは、目下戦国時代といった様相でしてね。いかにしてより速く、そして場所を選ばず、情報を交換し合えるか、各社が日夜しのぎを削ってますよ。

ソクラテス　ふーん、情報ねえ。なぜ情報がそんなに大事なのかな。みんな、何のために何をしているのかな。僕にはどうも、よくわからんねえ。

委員長　情報が大事なのは決まってますよ。現代が高度情報化時代だからです。

ソクラテス　現代が高度情報化時代なのは、皆が情報を大事だと思うからだろ？　だから僕は、なぜ皆は情報を大事だと思うのかなと聞いているのだ。

委員長　そりゃ普通には、知らないよりは知ってる方が有利だし、とくにビジネスの現場では、知っているといないとでは大違いだ。

ソクラテス　そう、皆、知らないよりは知ってる方がいいと思う。知らないよりは知ってる方が有利だと思うから、そうして情報を知ることを求めるのだね。すると、知らないよりも知ってる方が有利なら、この「知る」とは何かを知ってる方が、「知る」とは何かを知らないよりは、より有利ということになるね。さて、皆はそれを知っているかな。「知る」とは何かを知ったうえで、情報を知ることを求めているかな。

委員長　知るってのは——知ることですよ。聞いたり、読んだり、それこそ通信伝達の手段によって手に入れることですよ。

ソクラテス　そう。皆にとって「知る」ということは、聞いたり読んだりで手に入れることをいうんだね。「情報を知る」ということは、聞いたり読んだりして知ることなんだね。すると情報とは、聞いたり読んだりしなければ知ることができないということだね。

委員長　それ、あたりまえじゃないですか。

ソクラテス　うん。さて、聞いたり読んだりでなければ知ることができないということは、自分ひとりでは知ることができないということだね。

委員長　そうですよ。

ソクラテス　自分ひとりでは知ることができないということは、与えられてしか知ることができないということだね。

委員長　そうですね。

ソクラテス　ところで、さっき君は、情報を受け身で知ってはならんと言ったが、そもそも情報とは、与えられて、受け身でしか知ることができないものなら、受け身でなく、どうやって情報を知ることができるものかな。

委員長　どこが間違ってましたかな。

ソクラテス　「知る」とは何かを知らないことだ。聞いて読んで与えられて知ることを、「知る」とはほんとは言わんのだ。情報を知ることを「知る」と言うことはできんのだよ。

委員長　何と言うべきですかな。

ソクラテス　取って付けて、選んで捨てる、まあ何がしか損得勘定か条件反射に似たものだな。知力はとくに関係ないな。

委員長　一概にそうとは言えんでしょう。最初は外から与えられて知るにせよ、様々な情報を取捨選択して先へと進めるのは、やはり知性の力でしょう。それを私は能動的な知性と言ったのですが。

ソクラテス　コードを抜いてごらん。

委員長　は？

ソクラテス　地球上の電子機器類の電源を、いっぺん全部引っこ抜いてごらん。
委員長　はあ。
ソクラテス　世の中から情報という情報が、全部きれいになくなったとして、さて人は、何もないところから、その何もないことを感じ、考え、考えを立ち上げて何かを知ることができるかな。知性の能動性とは、こういうことを言うのでないかな。
委員長　まあ普通はできんでしょうな。
ソクラテス　だろ？　したがって、これすなわち、コード情報化時代。
委員長　うーん。
ソクラテス　「知る」ということは、自力で考えて知ることをしか言わない。聞いて読んで与えられて知ることを、「知る」とは言わない。なら、何を聞かなくとも、何を読まなくとも、ゼロから自力で考えて知るそれのことを何と言うか。僕はそれを「知識」と言う。知識と情報とは、根本的に別のものだ。たとえ中身は同じであっても、知識と情報とでは、知性にとってその在り方は正反対なのだ。
委員長　そりゃどういうことですか。
ソクラテス　こりゃ何だね。
委員長　グラスです。
ソクラテス　なぜこれはグラスなのかね。
委員長　なぜって――。
ソクラテス　な？　君はそれを知らんだろ。考えたことがないからだ。考えたことがなくそれを知っていると思っていることを、たとえ学識であれ、知識と区別して、一律に情報と僕は呼びたい。あんまり情報化が進むと、一律に人間はバカになるのじゃないかと僕は思う。考えることをしなくなるのだからね。
委員長　しかしねえ、ソクラテスさん、そうは言っても、我々そうは悠長には考えてられんのですよ。生きねばならんのですからな。
ソクラテス　なぜ生きねばならんのかね。
委員長　ほらまた――。
ソクラテス　いやいや、ここが肝心なところだよ。知らないよりは知ってる方が有利だと君は言ったね。この「有利」ということは、生きるのに有利ということと言っていいね。すると、「生きるとは何か」を知ってる方が、「生きるとは何か」を知らないよりも、生きるのには有利なはずだね。それなら君は、生きるとは何かを知っていなければならないはずだ。生きるとは何かを知っていなければ、生きねばならんとは言えないはずだね。

委員長　――――。

ソクラテス　な？　君はそれを知らんだろ。考えたことがないからだ。生きるとは何かを考えたことがないのに、生きねばならんから考えてられんと君は言う。かくの如く、情報と知識とは、見事にあべこべのものなのだよ。

委員長　情報は人にとって全く無意味とおっしゃるのですか。

ソクラテス　いや、僕はそんなことは言ってない。人が情報を情報ではなく知識として知るためには、必ずや考えられていなければならないと言っているのだ。そして、考えるということは、機械ではなく自分の頭でするしかないことだと言っているのだ。

委員長　今さら機械は否定できませんよ。

ソクラテス　うん、否定しているわけでもない。機械を使おうが使うまいが、自分の頭で考えてる人は考えているはずだからね。だって、機械なんて、どこまでもしょせんは道具なんだから、道具を使うのはやっぱり自分の頭じゃないかね。

委員長　しかしソクラテスさん、自分の頭、自分の頭とおっしゃいますが、あんまり自分の頭にばかり固執していると、人間が頑迷固陋《ころう》になりゃしませんかね。世の中には、たくさんのいろんな人間がいるんだから、たくさんのいろんな考えがある。それらの考えを活発に交換し合うことが社会を活性化し、やがては全体の進歩につながると思うのですが。それを我々は情報のインタラクティビティ、双方向性の可能性と言うのですが。あなたのお話だと、人間が進歩する可能性がなくなるように思えますがね。

ソクラテス　うん、君、いいこと言った。まさにそのことなんだ。僕はよく思うんだがね、インターネットだ、情報革命だって、みんな慌てて走ってくけど、走ってるのは情報じゃなくて、なんだ、おんなじ生身の人間じゃないかって。生きるとは何かを考えて生きてるわけでなし、考えるとは何かを考えてるわけでもない。そういう考えをいくら交換し合ったところで、いったい何が進歩したことになるんだろうか。進歩するとは、ほんとはどういうことなんだろうかってね。
委員長　やはり人間は進歩しないものですかなあ。
ソクラテス　いやあ、そんなことはないさ。人間は十分に進歩するさ。
委員長　ねえ、そうでしょう。そうでなければ意味がありませんや。
ソクラテス　そりゃそうさ。
委員長　で、どうしたものですかな。
ソクラテス　うん。情報を情報ではなく知識として知るためには、自分で考えて知らねばならんと僕は言うのだが、自分で考えているだけでは全体が進歩しないと君は言う。情報のインタラクティビティ、双方向性が必要だとね。それなら、そうして自分で考えて知った知識を、もう一度情報として世の中に発信して、受け取った人々がそれぞれ自分で考えて、それを知識として知ることができるなら、世の中みんなが進歩することになるわけだ。
委員長　そうです、その通りです。
ソクラテス　ところで、知識として知ることが進歩なら、この「知る」とは何かを知ることにこそ、進歩は極まるといえる。
委員長　やはり、そうなります。
ソクラテス　「知る」とは何か、最後は何を知ることだと君は思う?
委員長　何でしょう。
ソクラテス　「知らない」と知ることだ。自分は何も知らないと、はっきりと知ることだ。これを知識のディアレクティケー、すなわち弁証法という。僕なんか二千年も前から、たったひとりでやっているのだ。人類の全員が、夢のインターネットでそれができるようになりゃ、こりゃあ大した進歩じゃないか。みんな自分がいったい何をしたくて何してるんだか、さっぱりわかっちゃいないんだから。

公的介護で素敵な老後

登場人物
ソクラテス
厚生省役人

役人　我が国の高齢化社会は、これからいよいよ超高齢化の時代を迎えようとしています。もとよりの少子化傾向に加え、すでに世界一の長寿国である我が国は、推定によれば二〇二五年には、老人率すなわち人口に占める老人の割合でも世界一となる。なんと四人に一人が六十五歳以上という逆ピラミッドを形成することになるのです。しかも、それらの老人が皆、健康のままに人生を全うするというわけにはまずゆかない。歳《とし》を取れば、たいていの人は、自分ひとりでは生きてゆけなくなるのです。いわゆる介護の必要な老人は、現在のところ約二〇〇万人ですが、二〇一〇年には三九〇万人に倍増し、その二〇二五年には、なんとこれが五二〇万人にのぼると推定される。さあでは、これら要介護老人の面倒を、いったい誰が看《み》ればいいのでしょう！

ソクラテス　誰も看なくて、いいんでないの。

役人　何をおっしゃる、ソクラテスさん。あなたはげんにそうしてお歳に似合わずお元気だから——おいくつでしたっけ？

ソクラテス　七十だ。

役人　ね、ひどく御丈夫な方だから、問題の切実さがまだおわかりでないのですよ。介護老人を抱える家庭の悲惨たるや、これはもう生き地獄といっても過言ではない。食事、排泄、風呂の世話、徘徊《はいかい》でも始まった日には、片時も眼が離せない。そう、これだけを聞くぶんには、それは子育てに等しい家族の仕事と言えるかもしれない。しかし、子育てなら六年もすれば学校に行ってくれるが、老人介護には期限がみえない。場合によっては、それは二十年三十年と続くのですよ。子育てには希望も喜びもあるでしょうが、親看取りに費される苦労と費用たるや、二千万円の貯金が六年でなくなったとも聞きます。

ソクラテス　なんだか、もったいないな。

役人　ええ、これはもう本当に大変なことなんですよ。我々厚生省として、公的老人介護保険を導入したいゆえんです。
ソクラテス　なるほど、保険か。考えたな。ところでそれは、何についてかける保険ということになるのかな。
役人　これはまだ試案の段階ですが、四十歳以上の国民全員が毎月保険料を負担することによって、いざ自分が要介護状態になったときに、介護サービスを受けられる制度です。ただし、健康保険と違うところは、四十歳以上でないと認定なしには給付は受けられない。ここがまあ、保険というよりは税金に性格は近いと、言った方がいいかもしれませんね。
ソクラテス　つまり、自分が歳を取ることについて税金を払えと、こういうわけだね。
役人　そう言ってしまえばそれまでですが、国民の大半は制度の導入に賛成してくれていますよ。
ソクラテス　そりゃあそうだろうよ。だって、君、税金てのは何だい？　たとえば所得税てのは、何について払うものかね。
役人　自分が稼いだ金についてです。
ソクラテス　じゃ消費税は？
役人　自分が購入した物品についてです。
ソクラテス　だろ？　税金てのは、人が自分の意志でそうすることについて払うものだよね。しかし、歳を取るってのは、人が自分の意志でそうすることかね。
役人　いえ——。
ソクラテス　歳を取るってのは、自分の意志でそうすることではない。誰にも避けようのない出来事だよね。その誰にも避けようのない出来事の不安をそうやって煽《あお》っておいて、だから税金払いなさいじゃ、こりゃ脅しみたいなものだもの。みんなイヤでも賛成するわな。
役人　人聞きの悪い。我々の財源はもうパンク寸前なんです。少々の無理はあれ、こういう方法でもなけりゃ、今や現実に対応できんのですよ。家族にも看られなくなった老人を、誰が看ればいいんですか。
ソクラテス　だから、誰も看なくていいんでないかと僕は言ったよ。
役人　あなた、情ってものがないんですか。
ソクラテス　うん、君、いいこと言った。ひょっとしたら僕には、情ってものが全然ないのかもしれない。ひとりで生きられない人は死ぬものだって、ごく普通に思ってるんだから、ものすごく非情な人間なのかもしれない。

役人　そりゃあなた、御自分の場合でもそのようにお考えですか。

ソクラテス　あたり前じゃないか。自分に情がないんでなくて、どうして他人に非情なものかね。

役人　普通はそうそう非情にはなれんものです。自分の老後は不安だし、老いた親も見捨てられない。親で苦労したぶんだけ、子供に苦労はかけたくない。それが家族の情ってものでしょう。

ソクラテス　よし、それならいっそ、こうすればいい。子供が生まれたら、徹底的に教育するんだ、「お前、決して親を見捨てるなよ、それが家族の情ってものだぞ」。

役人　はい。

ソクラテス　つまり、親が生きている限り、子供は親を見捨てないために生きているのだと、こう教え込むわけだね。

役人　はい。

ソクラテス　すると、生きている子供にとって、生きている親を見捨てない方法は、二つしかないことになる。

役人　はい。

ソクラテス　親より先に死ぬか、親を殺すか、どちらかだ。決して見捨てるわけじゃない。家族の情は、非情にも全うされるわけだ。

役人　あのねえ、ソクラテスさん、論理的に考えるのも結構ですが、こと生き死にに関する限り、論理的な話だけでは、この現実に対応することはできんのですよ。おわかりでしょう?

ソクラテス　いや、わからない。生き死にの話を論理的に考える以外に、どうしてこの現実に対応することができるのか、僕には全く理解できんね。僕はいつも思うんだ、どうして皆はあんなに人生の先行きを不安がるのだろう。人生の先行きを不安がるほどに、人生の意味を考えたことなんかあるんだろうかってね。かつてあのカリクレスと議論したときも、僕は言ったもんだ。

〈君、よく見てごらん、高貴であるとか、すぐれているとかいうことは、安全に保つとか、保たれるとかいうこととは、全く別なことではないだろうかね。というのは、いったい、どれほどの時間を生きながらえるかという、そういうことを、少なくとも真実の男子たる者は、問題にすべきではないからであり、つまり生命に執着してはならないからである。いな、それらのことについては神様に一任し、そして死の定めは何びとも免れることはできないだろうという点では、——これから生きるはずの時間を、どうしたなら最もよく生きることができるかという、そのことのほうを考えてみるべきだからである〉

役人　ほら、それがもう現代では通用しない話なんですよ。あなたの時代では、「どれほどの時間を生きられるのか」、それが人間の不安だった。しかし、現代はそうじゃない。「どれほどの時間を生きてしまうのか」、これこそが我々の不安なんです。こんな時代は人類史上かつてなかった。生命に執着するしないの問題じゃない。してもしなくても、げんに生きてしまう、なんのわけがわからなくなっても、げんに生きてしまってそこに居る、これが問題なんです。こうなってしまった人の死の定めなんて、もう神様にさえ任せられない。

ソクラテス　ふーむ、確かにそれは問題だ。

役人　子育てに対して親看取りと私は言いましたが、子育て、これは明らかに生かすための仕事です。しかし、親看取り、死にゆく老人を介護すること、これはいったい、生かすためのものなのか、死なすためのものなのか、どっちなんでしょうか。

ソクラテス　つまり、生でも死でも、また老でもない妙な状態が、現代の人生には出現してしまったというわけだね。

役人　そして、それが、いつまでとも知れず続くのです。「真実の男子」だなんて気取ってられるのも、今のうちですよ。

ソクラテス　いやこれは大変だ。大変だが、しかし、論理的には何ひとつ変わらんね。人が、人は何ゆえに生きているのか、それを論理的に考えることなしには、世の中何ひとつ変わらんね。

役人　よろしい、論理的、認めましょう。それで世の中をどう変えられるのか、具体的に示してみて下さい。我々、公《おおやけ》の機関として何をすることができるのか、そのことを具体的にね。

ソクラテス　うん。ひとつにはね、哲学だ。哲学の学校を作るのだ。そこで全ての子供たちに哲学教育を施すのだよ。ところで、哲学とは何だったか。他でもない、死の学びだ。人は、生まれてきたから死ぬものだ。これは当然だ。この当然のことを怖《おそ》れて免れようとするのは、決してよく生きることではない。よく生きるとは、よく死ぬことだと、幼いうちから教育するのだ。生命に執着するのは、高貴でも優れていることでもなく、むしろ恥ずべきことだとね。

役人　ちょっと厳しすぎやしませんか。

ソクラテス　そんなことはないさ。だって君、生きてること自体で善いことなんだと、皆で思い込んできた結果が、この高齢化社会だろう。しかし、生きてること自体で善いことなんだったら、いま生きてる人間たちは、なんであんなに悪いかね。

役人　わかりましたよ、哲学の学校ですね。生命に執着するなと教育するわけですね。しかし、それでもやむなく生きながらえちゃった人の方は、どうします？

ソクラテス　うん、そこで、ふたつめだ。病院だ。病院を作るのだよ。

役人　だから、それを我々はこれから作ろうとしてるんじゃないですか。介護保険による介護病院をね。

ソクラテス　違う違う。僕が言ってる病院ってのは、介護病院のことなんかじゃない。

役人　何です？

ソクラテス　安楽死病院だ。夢の安楽死病院だよ。

役人　えー!?

ソクラテス　死にゆく老人を介護するのは、生かすためなのか死なすためなのかわからないと、君は言ったね。それなら介護病院なんか作ったって、やっぱりわけはわからんままじゃないかね。

役人　しかし、最近の事件でも、安楽死か殺人か、もめにもめてるのを御存知でしょう。法律上の罪を問われるに違いないそんなこと、誰が決められるもんですか。

ソクラテス　誰も、決めない。自分が、望むのだ。

役人　望まない人もいるかもしれない。

ソクラテス　生きながらえちゃった人は、哲学学校の教育を受けてきたはずだよね。

役人　うーん、そういうことか。

ソクラテス　望まないはずはないのだ。いや君ね、ここだけの話だがね、例の僕の裁判さ、プラトンじゃなくてクセノフォンが書いた方の『弁明』、あの男、よせばいいのに書いちゃったのさ。簡単に無罪になれたのに、僕がそうしなかった理由を、こんなふうにさ。

〈だが、さらにこの先長生きをするとすれば、老年のさまざまな苦しみに見舞われざるを得ないことは目に見えている。目はよく見えなくなり、耳も遠くなり、覚えも悪くなり、覚えたことも忘れやすくなる〉

〈身体《からだ》が弱って行くのを感じ、自分で自分を情けなく思うようになるのだとすれば、私はこの先どうすれば喜ばしい人生が期待できるのか〉

〈もし今私に有罪の判決が下されれば、裁判を担当している連中が、一番楽な、また残された者たちにも一番面倒が少ない死に方を、あっちの方で勝手に裁決してくれて、その通りの死に方を私にさせてくれることははっきりしているからだ〉

役人　ええ？　そりゃ本当ですか。いやこりゃ初耳だ、驚いた。

ソクラテス　いや僕は知らんよ。書いたのはクセノフォンだからな。

役人　つまり、御自分から有罪を望んで、楽な仕方で処刑してもらったと。

ソクラテス　いや僕は知らんよ。書いたのは彼だからな。

役人　だって、それじゃ、処刑にかこつけた立派な自殺じゃないですか。死ぬのにはちょうどいい時期だからなんて、ずるいじゃないですか。我々それをこそ悩んでるってのに、ひとりだけ、ずるいじゃないですか。

ソクラテス　ずるかないさ。だって、殺人は罪でも、自殺は罪でないんだもの。自殺は公的な罪でないんだから、哲学老人こぞって夢の安楽自殺。これしかないと思うね、僕は。じっさい、どう考えても。

オリンピックで世界の平和

クサンチッペ　いよいよ始まったねー。
ソクラテス　オリンピックか。
クサンチッペ　ちょうど百年目だってさ。アテネで一回目が開かれてから。
ソクラテス　近代オリンピックでは、そういうことらしいね。でも、僕ら古代のギリシャでは、あのオリンピアの祭りは、紀元前七七六年にその第一回目が開かれた、古い古い祭りなのだ。ちなみに、僕が生まれたのは、第七十七回オリンピック大会期第四年の、前四六九年なのだ。そして僕が死んだのは、第九十五回オリンピック大会期の第一年、前三九九年だったのだ。
クサンチッペ　それ、ほんとの話？
ソクラテス　いや、よく知らん。例のディオゲネスの『列伝』に、そういう仕方で書いてある。
クサンチッペ　要するに、古い古いお祭りで、みんなで数えて待ってるくらい大事なお祭りだったたって、言いたいんでしょ。
ソクラテス　要するに、そういうことだ。
クサンチッペ　なにしろ、お祭りだからね。ちょっとはワクワクするじゃない。
ソクラテス　お前、ああいうの観るの、好きか。
クサンチッペ　だって、あの頃は厳重な女人禁制でさ、観るのだってままならなかったのに、最近じゃ女たちだって、跳んだりはねたり元気よくやってんだから、そりゃあ観ていて愉快なもんさ。できるんなら、あたしだって、出たいくらいのところさね。
ソクラテス　なに出たいんだ。
クサンチッペ　なに出られるかな。
ソクラテス　女子槍《やり》投げ。
クサンチッペ　――あ、そーお？
ソクラテス　女子重量挙げ。
クサンチッペ　あったかな、そんなの。
ソクラテス　よし、これだ、女子騎馬戦。
クサンチッペ　ないないっ、そんなのないっ。
ソクラテス　向かうところ敵なしのはずなんだがなあ。

クサンチッぺ　見世物じゃないよ。
ソクラテス　おや、そうかね。競技してる人を観てる人は、見世物を観てるんじゃないのかね。見世物だからこそ、お前も観ていてワクワクするんじゃないのかね。
クサンチッぺ　そう言っちゃえばそうだけど、なんかちょっと気が引けるじゃない。神聖なお祭りだって、サマランチさんも言ってたし。
ソクラテス　サマランチさんが言ったって誰が言ったって、オリンピックにかけちゃ、我々の方が遥かに年季は上だからな。いいかね、僕らの頃にはこんな競技もあったのだ。「雌ウマ戦車競走」に「二頭立ラバ戦車競走」だ。
クサンチッぺ　あははっ。
ソクラテス　いや、真面目だよ。真面目で神聖な見世物なのだ。観客はヤンヤの喝采《かっさい》だ。そして、こんなのもあったのだ、「少年パンクラシオン」。
クサンチッぺ　なに、パンクラシオン。
ソクラテス　大会の花だ。僕なんか、もう、たまらんのだ。
クサンチッぺ　だから、なに。
ソクラテス　ボクシングとレスリングの合いの子みたいなものだ。いや、いいんだなあ、これが――。若く美しい肉体たちの組んずほぐれつ――。
クサンチッぺ　要するに、神聖なお祭りだろうが、スケベな見世物にもなり得るってことねっ！
ソクラテス　要するに、そういうことだ。
クサンチッぺ　でも、観てる方はスケベ心でも、してる方は真面目でしょうよ。真面目でなければできないでしょうよ。
ソクラテス　うん、そうだ。要はその真面目さということなのだ。スポーツにおける真面目さとは何だろう。
クサンチッぺ　スポーツマンシップ。サマランチさんも、すごい演説ぶってた。「スポーツは友好、スポーツは健康、スポーツは教育、スポーツは人生」。スポーツの精神でもって、世界をひとつにするってさ。
ソクラテス　うーむ、すごいな。まさしくスポーツ万能だな。
クサンチッぺ　そういうもんかな。
ソクラテス　そうならいいがね。スポーツマンシップってのは、スポーツマンの精神のことを言うんだろ。
クサンチッペ　うん。
ソクラテス　そして、スポーツマンとは、スポーツをする人間のことだね。
クサンチッペ　うん。
ソクラテス　ところで、人間は、肉体と精神というふたつのものでできてるね。
クサンチッペ　うん。
ソクラテス　なら、スポーツマンという人間も、その肉体と精神とは別のものだ。
クサンチッペ　うん。
ソクラテス　すると、肉体は非常に優秀でも、精神は非常に劣悪ということもあり得るわけだ。
クサンチッペ　うん。
ソクラテス　それなら、スポーツマンの精神すなわちスポーツマンシップとは、じつは普通以上に劣悪な精神であるということも、あり得るわけだ。肉体の良さばかりを鍛えて、精神の善さを鍛え忘れた精神のことだとね。
クサンチッペ　そういうもんかな。
ソクラテス　そういうもんさ。スポーツマンたって、おんなじ人間なんだもの。
　僕らのオリンピックでも、最初の最初は賞品なんかなかったのだ。オリーブの小枝の冠が、唯一の栄誉だったのだ。ところが大会の規模が大きくなり、ギリシャ全土から選手たちが集まってくるにつれ、様相は変わったね。なにせ僕らの都市国家だ。栄誉を得た者は自分の都市に帰ると、凱旋《がいせん》将軍並みの扱いを受けるようになった。アテナイのソロンは、優勝者には五百ドラクマの賞金を出したし、スパルタでは王に次ぐ軍人の資格を与えた。免税の特権を与えるところあり、兵役免除のうえ年金を保証するところありで、これじゃあ選手の側も、張りきらんわけにはいくまいて。褒賞《ほうしょう》を秤《はかり》にかけて出身地詐称をする者や、買収、八百長《やおちょう》は日常茶飯事、それであの慧眼《けいがん》のクセノパネスは、早くから言ってたもんさ、
〈ギリシャの罪悪は万を数えるが、競技者族より悪いものはない〉
クサンチッペ　ちょっと言いすぎでないか。
ソクラテス　そうでもないさ。だって、これだってスポーツマンシップ、まぎれもなくスポーツマンの

精神だもの、サマランチさん絶讃の。原点に還《かえ》れたって、原点だってやっぱりこんなもんなのだ。健全なる精神が健全なる肉体に宿ることは滅多にないから、健全なる精神よ、健全なる肉体にも宿れかしと、僕らは願ったのだ。

クサンチッペ 勝つといいことがあるから勝ちたい人も確かにいると思うけど、ただ勝ちたくて頑張る人が大半だと思うけど。やっぱりみんな、真面目だと思うけど。若いんだし。

ソクラテス うん、いいとこに気がついた。勝つといいことがあるから勝ちたいというのでなく、ただ勝ちたくて頑張る、ということは、勝つことそれ自体をいいことと思うから、その人は頑張るわけだね。

クサンチッペ そう、そのこと。

ソクラテス なぜ人は、勝つことそれ自体をいいことと思うのかな。また、なぜ人は、負けることは嫌なことだと思うのかな。

クサンチッペ やだ、当たり前。

ソクラテス どうして当たり前なんだ。勝つと嬉《うれ》しくて、負けると悔やしいのはなぜなのか、自分にきちんと説明できる人がどれだけいるかね。

クサンチッペ 勝つと嬉しいのは、自分が相手より強いと思えるから嬉しいんで、負けると悔やしいのは、自分が相手より弱いと思わなきゃならないから悔やしい。

ソクラテス その通りだ。人が勝敗を競うのは、そこに自分の優劣があるように思うから競うのだね。問題は自分なんだね。自分が相手より優れているか劣っているか、それを知ることが問題なんだ。自分が人より優れていると知るのは、誰も嬉しいものだからね。

クサンチッペ そりゃあそうさ。それでみんな自分を賭けてるのさ。

ソクラテス うん。すると、その自分を賭けて勝敗を競う人々を観ている人々は、勝ったり負けたりするのは自分ではないのに、どうして嬉しかったり悔やしかったりするのだろう。

クサンチッペ なに?

ソクラテス 優勝して金メダルをもらう選手は、見も知らぬ他人なのに、なんでみんなで揃《そろ》って喜んでおるのだ。

クサンチッペ だって、自分の国の選手だもの、優勝したら嬉しいに決まってるじゃないか。
ソクラテス　だろ？　「自分の国の」だろ？　しかし選手本人にとっては自分だけが問題のはずだったね。勝敗を競うことで自分の能力の優劣を知ることがね。なのに、その自分の能力で優勝したらば、なんで国旗と国歌なのかね。
クサンチッペ　それが変？
ソクラテス　変も変、おおいに変じゃないか。だってお前、勝敗を競うということは、争うということでもあるね。
クサンチッペ　そうね。
ソクラテス　ひとつの金メダルを同時にふたりの選手が取ることはできないから、ひとつの金メダルを取るために大勢の選手が争うということでもあるね。
クサンチッペ　そうね。
ソクラテス　スポーツの精神とは、ひとつの金メダルを奪い合う選手たちの争いと言ってもいいね。
クサンチッペ　うん。
ソクラテス　すると、メダルをもらうのは自分ではないのに、メダルを奪い合って争ってる選手たちを、自分の国の人だからという理由で応援する人々は、何を争って応援してることになるのかな。
クサンチッペ　他の国に勝つこと。
ソクラテス　だろ？　しかし、スポーツの精神によって世界をひとつにしようって言ったのは、サマランチさんなんだろ。
クサンチッペ　うん。
ソクラテス　すると彼は、争って他の国に勝つ精神によって、世界をひとつにしようと言っとるわけだ。戦争の精神によって、世界を平和にしようと言っとるわけだ。そんなの、できるわけないじゃないか。
クサンチッペ　そう言われりゃあ、その通りだわ。あたし思うんだけどさ、選手のひとりひとりは、ただ自分が勝つこと考えてるんでさ、誰も世界平和のために勝とうとしてるわけでないと思うけど。
ソクラテス　なあ。世界平和のために勝とうとするなら、勝とうとするのをやめねばならん。
クサンチッペ　それじゃ勝負にならないよ。
ソクラテス　なあ。だから、勝負事で平和をもたらそうなんてのは、もとから変な話だと僕は言っとるのだ。僕には何が理解できんと言って、「ガンバレ、ニッポン」「よくやった、金メダル」「御苦労さん、ありがとう」というこの感覚だ。なんで人は自分の国の選手を応援するのだ。彼らと自分にいったい何の関係があるというのだ。僕にはさっぱり理解できん。

クサンチッペ　じゃあ、よその国の選手応援しろってわけ？　それはそれで変でないか。

ソクラテス　いや、応援するという行為自体が変だと僕は言っとるのだ。自分の国だから応援するなんてのは、立派に戦争の代償行為じゃないか。韓国の人は日本に勝つと、なんであんなに喜ぶのかね。

クサンチッペ　どうすればいいっての。

ソクラテス　簡単だ。オリンピックで世界の平和を、本気で考えるのだったら、国籍を一切無視することだ。国旗も国歌もなし、入場行進はみんないっせいに、ごちゃごちゃに出てくる。アナウンスでも国名は呼ばない、その人の名前だけ、ユニフォームも応援団もなしだ。

クサンチッペ　なんか、とりとめなくないか。応援のしようがないよ。

ソクラテス　いや、これでいいのだ。平和の祭典なんだから。

クサンチッペ　選手はせっかく頑張ってるのに？

ソクラテス　その頑張ってる選手を応援すればいいのだ。平和の祭典なんだから。

クサンチッペ　平和、平和ね。そんなに平和が好きなら、あんた、なんでこういうこと言うわけ？　例のディオゲネスだけどさ、

〈あるとき彼女が、広場で彼の上衣《うわぎ》までも剝《は》ぎ取ろうとしたとき、そばにいた彼の知人たちが、手で防いだらどうかと勧めた。すると彼は、「そうだよね。我々が殴り合っている間、諸君のひとりひとりが、『それ行け、ソクラテス！』『そらやれ、クサンチッペ！』と囃《はや》し立ててくれるためにはね」と答えた〉

ねえ、なんでこういうこと、言うわけ？

ソクラテス　んー、そりゃお前、女子パンクラシオンは、大会の花だもの。

みんな元気だ脳内革命

クサンチッペ　あんた、これ、読んだ？

ソクラテス　どれ。『脳内革命』春山茂雄、「脳から出るホルモンが生き方を変える」か——。へえー。

クサンチッペ　すんごい売れ方だって。三百万部。ミリオンセラーっての？

ソクラテス　お前はほんとにそういう本しか読まないな。

クサンチッペ　あら、いいじゃない。そんなに売れてんなら、よっぽどいいこと書いてあるのかなって、やっぱり思うじゃない。

ソクラテス　逆なんじゃないか。みんながそう思って買うから、そんなに売れるんじゃないか。

クサンチッペ　どっちだっていいわよ。要するに、それが自分のためになるんなら、それでいいんだから。

ソクラテス　まあそうだな。

クサンチッペ　そうよ。

ソクラテス　それで、要するに自分のためになったのか、この本、お前。

クサンチッペ　なったなった、いい本読んだ。あんたも一回読んでみるといいよ。

ソクラテス　だって、これ、健康法の本だろ。僕は、健康法はとくに必要ないもの。これだけ健康なんだから。

クサンチッペ　もとが健康な人だって、読めば必ず納得するって。なんで自分が健康なんだかってこと。

ソクラテス　ほう。なんで僕は健康なんだ。

クサンチッペ　脳内モルヒネがどんどん出てるからよ。

ソクラテス　なんだ、それ。

クサンチッペ　β-エンドルフィンがどんどん出て、脳波がα波状態になってるからよ。

ソクラテス　健康ってそれのことか。

クサンチッペ　そう書いてあるもの。

ソクラテス　で、どうすればβ-エンドルフィンがどんどん出て、脳波がα波状態になるのかな。

クサンチッペ　プラス発想をするのよ。

ソクラテス　なんだ、それ。
クサンチッペ　同じ事があっても、それを悪い方に考えずに、いい方に考えるの。いやだいやだと思っていると、脳の中にはアドレナリンて、すごい毒物が出て、それが病気の素になるって。
ソクラテス　へえ、そうなのかい。
クサンチッペ　ほら、こう書いてある。
〈よいことを思えば脳からよいホルモンが出る。わるいことを思えばわるいホルモンが出る〉
ソクラテス　あっはっは。こりゃ明快でいいや。
クサンチッペ　でしょ？　すごくためになるでしょ。
ソクラテス　ためになるよ、なりすぎるよ。よいことはよいことで、悪いことは悪いことだなんて、そんなことを知る以上にためになることが、あるわけないじゃないか。
クサンチッペ　だから読んでごらん。
ソクラテス　僕はいいよ。読まなくてもわかるよ。よいことはよいことで、悪いことは悪いことだなんて、僕はとっくに知ってたもの。知ってたからこそ僕は健康なんだって、そういう話なんだろ。
クサンチッペ　そーそー。
ソクラテス　驚くべき当たり前のことじゃないか。
クサンチッペ　まあそうね。
ソクラテス　なんでこんな当たり前のことを知ることが、ためになることなのだ。
クサンチッペ　ためになるじゃない。みんな知らなかったんだから。
ソクラテス　ほんとに知らなかったのかな。
クサンチッペ　んー、ほんとは知ってたような気もするけど。
ソクラテス　だろ？　よいことはよいことで、悪いことは悪いことだって知らなかったんなら、よいことはよいことで、悪いことは悪いことだって、思うこともできないはずだからね。
クサンチッペ　だからさあ、きっと、同じ事言うんでも、あんたが言うんじゃダメなのよ。哲学者が言っても人は納得しないの。きっとなんか別のこと言ってるって思われんのよ。この人はお医者さんだから、ほれ、ホルモンだ、アドレナリンだって言葉で説明してくれるから、みんな、なんとなく納得するんだわよ。言って欲しかったこと、言ってもらったって感じでさ。

ソクラテス　まあそうかな。

クサンチッペ　普通はそうよ。普通の人が知りたいのは、哲学なんかじゃなくて健康法だもの。

ソクラテス　うん、いいこと言った。普通の人が知りたいのは、哲学じゃなくて健康法だ。同じ事でも医者が言うから健康法だと人は聞く、というわけだね。しかし、よいことを思えばよいホルモンが出て、悪いことを思えば悪いホルモンが出るということを知ることは、ほんとに健康法なのかな。ひょっとしたら、この本は、健康法の本じゃないんじゃないかな。

クサンチッペ　哲学の本だっての。

ソクラテス　どうも僕には匂うのだ。

クサンチッペ　やあだ。

ソクラテス　あんまり当たり前すぎるからな。

クサンチッペ　この本が言ってるのは当たり前のことで、ちっとも難しいことじゃないわよ。

ソクラテス　いや、当たり前のことほど難しいことはないのだ。みんなそのことを知らなすぎるのだ。

クサンチッペ　だって、よいことを思えばよいホルモンが出て元気になる、悪いことを思えば悪いホルモンが出て病気になる。これは神様がそういうふうにしてるんだから、その通りにすればいいだけだって、なんでこれが難しいのよ。いい？

〈「人生を愉快に生きなさい。愉快に生きればいつも若々しく健康で、病気にも無縁で長生きできますよ」――と。脳内モルヒネの存在は神様が正しく生きる人間にくれたごほうびともいえます〉

ソクラテス　ほらみろ。愉快であるのは正しいからだと、病気になるのは不正だからだと、やっぱりこの医者も言ってるじゃないか。正しく生き、正しい人であることが、普通の人にとっていかに難しいか、お前わかるだろ。しかし、正しい人であることこそ健康の秘訣なんだから、僕ならはっきりこう言うね。

正義の人には正義のホルモンが出る。

不正の人には不正のホルモンが出る。

クサンチッペ　そんなお説教臭い話じゃないって。だって、ここんとこだけどさ、

〈セックスが美容や健康によいとの説が昔からあり、きまじめな人はそれを否定しますが、脳内モルヒネがどんどん出るという事実から、これをたんに俗説と退けるわけにはいきません。欲求を満足させて脳

を喜ばせることは体にも心にもよいことなのです〉

ソクラテス　ほらみろ、この医者は、とんでもないことを言ってる。

クサンチッペ　なに？　セックス？

ソクラテス　違う、セックスじゃない。なぜこの人は、「脳を喜ばせる」と言って、「脳が喜ぶ」と言わないのかな。脳を喜ばせようとするのは、誰なのかな。おそらく、語るに落ちたってとこだろうな。

クサンチッペ　また始まった、妙な理屈が。あんたこそ、そんな妙なことばかり考えながら、よく病気にならないでいるわよね。

ソクラテス　そうだ、そのことだ。こんな妙なことばかり考えてる僕が、なんで病気にならないかって、この人はこう説明しているんだがね。

〈つまり人間が真善美にかかわったり、正義の行動をしたりするときには、それを妨げるものがない。脳内モルヒネはいくらでも出てくる。脳内モルヒネは自然界のモルヒネにくらべて効力が強いですから、人間が自己実現しているときの快感は尽きることがない。このことに私は創造主の意図、目的を感じるのです〉

　性欲や食欲を満たす快感には限界があるが、真善美や正義に関わるときの快感に限界がないのはなぜなのか。医学的には、ブレーキのホルモンが出ないからだとこの人は言う。しかし、哲学的に言えばだな、それは、それらが、イデアだからだ。純粋精神が至高のイデアを認識するとき、精神は己れの無限を知ることになるからだ。したがって、イデア認識とは、何とまあ、脳内モルヒネの無限分泌《ぶんぴつ》のことだったというわけだ。

　ところでだね。ここが肝心なところなんだがね、僕は、それら正義と真実とを知りたいと思うから、それらについて考えるのであって、決して脳内モルヒネを出したいがために考えているのではない。脳を喜ばさんがために考えているわけではないのだよ。脳を喜ばさんがために真実に関わるのと、真実に関わりたいがために真実に関わるのとでは、全然違うことなのだよ。

クサンチッペ　そうかしら。

ソクラテス　そのはずだよ、この人の理屈ではね。だって、脳内モルヒネは、人が快感を覚えるときに出るんだろ。

クサンチッペ　うん。
ソクラテス　そして、真実を認識すると、人は快感を覚えるんだろ。
クサンチッペ　うん。
ソクラテス　ところで、真実は、真実でないものではないね。
クサンチッペ　うん。
ソクラテス　真実を認識すると人は快感を覚えるが、真実でないものを認識しても、人は快感を覚えない。
クサンチッペ　うん。
ソクラテス　それなら、そのこと自体がもう、自分にとって偽わらざる証拠じゃないか。モルヒネを出さんがために真実を認識しようとしても、認識したものが真実でないなら、ちっともモルヒネは出てくれない。つまり快感を覚えられない、というまさにこのことがね。いやむしろ逆に、モルヒネを出そう出そうというストレスで、毒物アドレナリンが、どんどん出ているかもしれないね。
クサンチッペ　あんたって、よくよくヤな性格ね。
ソクラテス　いやあ、僕がほんとにヤな性格だったら、どうして僕は健康かしらん。僕はただ、知りたいがために真実を知り、それに基いた正義の行動をとることで、尽きることのない快感を覚えているだけだもの。
　いやじっさいね、みんなが揃《そろ》って、しかし各々《おのおの》、自分の脳を喜ばさんがために、気功だの瞑想だのに入れ込んでる光景って、かなり無気味で不健康だぜ。僕らは、脳を喜ばさんがために生きているわけではないのだ。好きなことをしていたら、結果として脳が喜んでいたというだけなのだ。健康法としてのイデア認識なんて、あるはずがないのだよ。
クサンチッペ　要するに、慣れないことはしなさんなってことね。
ソクラテス　そーそー、その方がよっぽど健康。
クサンチッペ　この人はこう言ってるわ。
〈人間は一人ひとりが異なる使命をもって生まれているような気がします。それが何か自覚できたとき、神様がごほうびとして脳内モルヒネを出してくれ、このうえない充実感とあくなきバイタリティ、前向きの考え方をもたらしてくれるのだと思います。／それを見つけるには、ＤＮＡに聞いてみるしかない。そのためには脳波をα波にして心の深層のささやきに耳をすませることです。脳内革命とはそのことであり、それは生きる楽しみの発見でもあります。自分の使命がわかったとき、以後の人生は喜びに包まれて永遠に絶えることがないはずです〉

これが結論。

ソクラテス　いや、かなり食えない人だよ、この人は。みんな、生きる楽しみを発見したくてこの本を読むわけだろう、どうすれば生きる楽しみを発見できるだろうかってね。するとこの人は言うわけだ、生きる楽しみを発見しなさい、それが生きる楽しみを発見することなのです、とね。

クサンチッペ　もしかしたら、この人、あんたくらいにヤな性格——。

ソクラテス　いや、おそらく僕よりはヤな性格だろう。健康法だと称して毒を食わそうとしてるんだからな。僕の方は、哲学だと称して毒を食わしてるだけだからな。

じっさいね、健康になろう幸せになろうって、もがいている僕らの姿は、かなり哀れなもんだと思うよ。誰もが幸せになりたい。幸せになるためにはどうすればいいか。それには、幸せになるしかないのだ。幸せになった人にしか、神様はごほうびをくれないのだ。神様のごほうびをもらうためには、幸せにならなければならないのだ。いったい僕らは、何のために何をしているのかな。これはもう一種の強迫だね。

この本が読まれるのは、きっといいことだ。他に方法なんかないんだってとこに、追い詰められるわけだからね。僕に言わせりゃこれは、逃げ道は、もうない革命。

これは困った脳外革命

登場人物
ソクラテス
脳生理学者

脳生理学者　『脳内革命』なんて、あんないい加減な本が売れるのは、非常に困る。我々真面目な研究者は、皆迷惑してますよ。純粋な自然科学と、健康法だか処世訓だかをごっちゃにして、わけもわからない素人《しろうと》に売りつけるのは、よくないですよ。
　だいたいね、β-エンドルフィンというのはたんなるホルモン、たんなる化学物質にすぎんのに、「脳内モルヒネ」だなんて勝手に名前をつけて、それだけでもう、なにかこう有難い御利益《ごりやく》みたいに聞こえるじゃないですか。「神様のごほうび」とはよく言ったもんですよ。まさしくもう一歩でこりゃ宗教だ。万病に万能の「脳内モルヒネ」信仰ですね。たんなる化学物質を神様と拝みあげるようになっちゃ、科学はおしまいですよ。まあ、あの著者は医者だから、患者がその気になって治ればそれでいいってとこもあるんでしょうが、我々潔癖な科学者としては、とてもあんなもの認めるわけにはいきませんね。

ソクラテス　ふうん、そういうものかな。ウチのがあれに入れあげててね、あんまり読め読め言うんで僕も読んでみたけど、あれはなかなかよくできた本だよ。僕はけっこう楽しめたよ。

脳生理学者　ええ、楽しめる本、けっこうですよ。でも、あんなものは医学でも科学でもないと私は言ってるのです。健康法や処世訓と、純然たる科学とを混同してもらっては困ると言ってるのです。

ソクラテス　ふむ、困る。なんで困る。

脳生理学者　決まってるじゃないですか。科学というのは対象をあくまでも客観的に扱うことで科学なんであって、そこにはいかなる主観も価値感情も介在してはならない。だって、いいですか、〈よいことを思えば脳からよいホルモンが出る。わるいことを思えばわるいホルモンが出る〉

なんてこんな物言い、科学のどこに位置づけられますか。「よいことを思う」なんて主観的な価値感情を、どうして客観的な対象として扱えますか。「よいホルモン」なんてのも、あなた、人間の側の勝手であって、ホルモン自体としては、よいでも悪いでもないですよ。私としては、こういう無神経な物言いが、たまらんのですよ。

ソクラテス　ほんとに潔癖なんだなあ。

脳生理学者　科学者の身上です。科学とはそういうものです。科学はあくまでも客観を扱うことで科学なんですから、よいだの悪いだのなんて話は、哲学に任せておきゃいいんです。

ソクラテス　うん、それはほんとにその通りだ。よいだの悪いだのを扱うのは、確かに哲学のする仕事だね。だからこそ、哲学もやっぱり、人生論にも処世訓にもならないのかもしれないね。

脳生理学者　そうでしょうかね。私はもうひとつ信用してませんがね。哲学なんてものが、主観とは独立に客観的な学問としてあり得るのかどうかってことはね。

ソクラテス　うん、君、いいこと言った。まさにそのことなんだ。哲学が学問であろうがなかろうが、全く僕も知ったこっちゃないのだ。だって僕は、ただ僕が知りたいと思うことを、知りたいから考えているだけだからね。べつに哲学のために考えているわけではないのだからね。それで、そういう僕がいま知りたいと思ったのは、他でもない、君の言うその主観と客観てやつなのだ。僕にはそいつが、どうもよくわからん。

脳生理学者　ほらね、そんなふうだから、哲学はしょせん哲学だと言われるんです。主観というのは、その人にとってそうであるというだけで、客観というのは、誰にとってもそうであるということだ。カントやヘーゲルが世界をどう考えようが、世界はやっぱり同じでしょう。だから科学は、個人の勝手でいろいろあり得るようなそういう考え方にはよらず、経験的に実証可能な方法によってのみ、世界すなわち対象を考える。私の場合は、それは、脳です。

ソクラテス　つまり脳を客観的な対象として考えると。

脳生理学者　そうです。

ソクラテス　いやこれは難しい。とてつもなく難しい仕事だね。君はそうは思わんかね。
脳生理学者　ええ、もちろん。脳の働きには、未《いま》だ解明されないことが多く残っている。しかし、やがては科学がそれらの全てを明らかにするでしょうね。
ソクラテス　なるほど。信じられるものがあるのは、いいことだ。相手が難しいものであるほどそれは必要なことだね。しかし僕が難しかろうと言ったのは、そのことでなくて、そも、脳を客観的な対象として考えるという、そのことの方だったんだがね。
脳生理学者　なぜそれが難しいんですか。
ソクラテス　難しいじゃないか。だって君、脳ってのは、まさに君の言うところの主観、その人にとってそうであるところの当のものだろ。カントやヘーゲルの考えってのは、彼らの脳の考えなんだろ。その主観そのものであるところの脳を、客観的に考えるなんて、こりゃ大変な困難じゃないか。
脳生理学者　ああ、これだから素人は。脳の考えは主観でも、物質としての脳、その構造と機能は立派な客観です。個人の脳がどんな考えを抱くのであれ、同じ人間という生物種の脳なんだから、そのメカニズムは客観的に説明できるんですよ。
ソクラテス　ほう。すると、同じ人間生物の脳なのに、カントの脳がカントの考えを抱いて、ヘーゲルの脳がヘーゲルの考えを抱くのは、どんな理由によるのかね。
脳生理学者　環境と遺伝、すなわちＤＮＡの働きによりますね。
ソクラテス　ふむ、その手があったか。
脳生理学者　あなただって例外じゃありませんよ。高邁《こうまい》な哲人ソクラテスも、脳だけ取り出してみりゃ、やっぱり同じ脳なんですから。
ソクラテス　そうなのかなあ。やっぱり僕は、僕の脳なのかなあ。
脳生理学者　違いますね。僕は僕の脳、なのではなくて、僕は脳、なのです。僕は僕の脳なんだったら、脳の他に「僕」というものがあることになるが、自我というのは脳の機能なんだから、脳以外のものはないんだから、僕は脳、これが正確なのです。
ソクラテス　待ってました、そう来なくっちゃ。つまり、僕にとっても君にとっても、「私」とは脳のことだと、「私は脳である」と、こう言うべきだと言うんだね。

脳生理学者　そうです。
ソクラテス　すると、「私は脳である」と言っているところの当のものは、私なのかね、脳なのかね。
脳生理学者　その問いは無意味《ナンセンス》ですね。だって、私とはすなわち脳なんだから、「私は脳である」と言っているのは、「私という脳」なのです。
ソクラテス　しかし、「私は脳である」と言っているのが「私という脳」なんだとしたら、その「私という脳」は、なぜ「私は脳である」と言えるのかね。
脳生理学者　それが「私という脳」だからです。
ソクラテス　しかし、「私という脳」が、「私は脳である」と言えるのは、それが「私という脳」だからだとすると、なぜそれは「私という脳」であって、「彼という脳」ではないのだろう。
脳生理学者　何ですか。
ソクラテス　「私という脳」が「私という脳」と言って、「彼という脳」と言わないのはなぜだろう。
脳生理学者　そりゃあ、私は私ですから。
ソクラテス　おや、しかし君は、私とは脳であって、脳以外に私というものはないと言ったよね。なのに、「私という脳」が「私という脳」と言って、「彼という脳」と言わないのは、私は私であるからだと言う。すると、そう言っているところのその私は、脳でない私でなければならないね。
脳生理学者　だって、脳でない私なんて、何を言ってんだか、理解できませんよ。
ソクラテス　うん、それは僕も同じだ。同じだが、しかし、これは驚くべき事実だね。どう考えても、僕が僕であって僕以外ではないところの当のものは、脳じゃない。僕は、脳じゃない。だからこそ、楽しめたんだよ、あの本、『脳内革命』。
脳生理学者　ああ、その話でしたね。
ソクラテス　だって、ほとんどの人は、私てのは脳のことだと思ってるわけだろ。まあ、君たち科学者がそうして喧伝《けんでん》するんだから、仕方ないと言や、仕方ないやね。人々は、私は脳だと思うから、あの本は、あれだけ読まれたわけだ。私を脳だと思わなきゃ、脳内革命もなにもないはずだからね。
脳生理学者　なんだか妙ですが、まあ聞きましょう。
ソクラテス　僕が愉快だったのは、
〈欲求を満足させて脳を喜ばせることは体にも心にもよいことなのです〉

ということの一節さ。この著者は、知ってか知らずか、「脳を喜ばせる」と言うわけさ。しかしね、君、脳を喜ばせようとしてるのは、それじゃあいったい誰なのかね。私が脳なんだったら、「脳を喜ばせる」じゃなくて、「脳が喜ぶ」と言うべきじゃないのかね。脳が喜ぶということが、私が喜ぶということのはずじゃないのかね。しかし、この理屈では、脳を喜ばせるところの私は、したがって脳ではないんだから、すると、脳は喜んでいても、私はちっとも喜んでないということもあるわけだよね、あっはっは。

脳生理学者 ――大丈夫かな、この人。

ソクラテス そのうえだよ、みんな私は脳だと思うから、私を喜ばせようとして脳を喜ばそうとするわけだろ。しかし、じつは私ではないところの脳を喜ばせようとして、あれこれ励んでいるわけなんだから、こんなにおかしいことったらないじゃないか、あっはっは。

脳生理学者 お楽しみのところ恐縮ですが、何が面白いのか、全くわかりません。

ソクラテス いやいや、わかるはずだよ。君は最初、「よいことを思う」という主観的感情と、ホルモンの分泌《ぶんぴつ》という客観的事実とは、別のことだと言ったね。

脳生理学者 ええ。

ソクラテス だから、「よいホルモンが出る」なんて言い方もないと。

脳生理学者 ええ。

ソクラテス ところで、「私は脳である」と君は言う。すると、「私は脳である」というこの言い方は、そう言っている君にとって、主観的感情なのかね、それとも客観的事実なのかね。

脳生理学者 あくまで客観的事実のつもりですが。

ソクラテス しかし、それが客観的事実であるなら、君は、「私は脳である」と言うまさにそのことによって、主観的感情を述べていることにならんかね。

脳生理学者 どうしてですか。

ソクラテス だって、君は「私は脳である」と思ってるんだから。

脳生理学者 すると、これは主観的感情として述べるべきだというわけですね。

ソクラテス うん。しかし、それが主観的感情であるなら、君は、「私は脳である」と言うまさにそのことによって、客観的事実を述べていることにならんかね。

脳生理学者 どうしてですか。

ソクラテス だって、君は「私は脳である」としか述べてないいんだから。

脳生理学者 それじゃあ何を言ったことにもならないじゃないですか。

ソクラテス だろ? ならないだろ。ならない、このわからなさの面白さが、君にもわかるだろ。

何が面白いと言って、君、脳の機能なんてものは主観でもありゃ客観でもあるんだが、主観でもあり客観でもあるなんて言ってるこれ、これはいったいなんなんだって、誰も考えちゃいないってこのことさ。主観でもあり客観でもあるなんて言える立場のコイツは、すると、いったいどこに立ってることになるのかね。こういうわけのわからないことを考えるときにこそ僕は、たまらない喜びを覚えるんだがね、しかし、決して脳を喜ばそうと思って考えてるわけじゃない。なぜって、その喜んでる脳のことを考えると、こうしてわけがわからなくなるわけなんだから。

よいことを思えばよいホルモンが出る、結構なことじゃあないか。君はあれは宗教だ、脳内モルヒネ信仰だと言ったね。それじゃ訊《き》くがね、脳内ホルモンの分泌、よいことを思えばよいホルモンが出るということは、そう言ってる脳にとって、他力本願なのかね、自力更生なのかね、どっちなのかね。

あなたの一票、サルにも一票

登場人物
ソクラテス
選挙管理委員

委員　由々しいことです、今回の選挙の投票率の低さ。前回衆院選の六七パーセントをさらに大きく下回って五九パーセント、これは史上最低の数値です。むろん、新しい選挙制度が有権者にわかりづらかったことを、大きな原因として挙げることはできましょう。選挙区の変更で、これまで投票してきた候補者がいなくなったことなど、戸惑う気持もわからなくはありません。にしたところで、行財政改革や消費税問題など、重大な争点が掲げられていたというのに、有権者のこの関心の低さはどうしたことか。政治家や政治そのものへの根本的な不信感とはいいますが、だからこそ、その不信にまみれた政治を立て直し、政治を国民の手に取り戻すためにこそ、貴重な一票を投じに、有権者は投票所へ赴くべきではないですか。そうでしょう、ソクラテスさん。投票へは行かれましたか。

ソクラテス　すまない、行ってない。

委員　あーあー、嘆かわしい。恥ずべきことですよ、あなた、投票へ行かないこと、棄権することが見識の高いことであるかのような、おかしな風潮を広めるのはやめにして頂きたいですね。

ソクラテス　いや、僕はべつに、見識の高さによって行かなかったわけじゃない。たんに、今回選挙があったのを、知らなかっただけなのだ。

委員　あきれた。もっと悪い。

ソクラテス　だって、選挙も投票も、僕は興味がないのだもの。

委員　選挙も投票も、興味の問題なんかではありません。主権在民の民主主義社会は、主権者が投票権を行使することによってこそ成立する。したがって、投票は、権利です。投票権は、国民の基本的な権利であって、興味の有無ですまされるような問題ではありません。

ソクラテス　うん。だから、その基本的な権利というものに、僕は基本的に興味がないのだ。

委員　よくよく無責任な人ですね。民主主義社会の一員であるという自覚が、見事に欠落している。あなたみたいな自覚のない、いい加減な人の増えることが、民主主義を危機へと陥《おとしい》れるのですよ。棄権は危険、民主主義の危険信号、しっかり考え直して下さい。

ソクラテス　だって、考え直して投票に行ったって、選びたい候補者がいないのだもの。それとも僕は、白票を投じに行くべきだったのかな。

委員　ええ、あなたはそうするべきでした。たとえ白票であれ、それを投票することで、あなたはあなたの権利を行使したことになります。権利の放棄は、どのような場合であれ、為《な》されるべきではありません。

ソクラテス　なぜ。

委員　それが民主主義の基本だからです。

ソクラテス　つまり、権利を行使することが、民主主義の基本だというのだね。

委員　そうです。

ソクラテス　したがって、権利を放棄することは、民主主義を崩壊させると。

委員　そうです。

ソクラテス　権利とは何かね。

委員　個人が、したいことをし、したくないことをしない自由です。

ソクラテス　すると、この場合は、選びたい候補者を選び、選びたくない候補者を選ばない自由というのが、権利だ。

委員　そうです。

ソクラテス　しかし、選ぶ選ばないということの権利の行使自体を、したくないからしないという自由は、権利ではないわけだ。

委員　何ですか。

ソクラテス　権利は、行使しなければならないものであって、放棄してはならないものなんだろ。

委員　むろんです。

ソクラテス　それならそれは、義務と言うべきじゃないのかな。したくなくてもしなけりゃならないんだから、投票は、権利ではなく義務と言うべきじゃないのかな。

委員　どうして投票が権利でなくて、義務なんですか。参政権は、国民が等しく政治に参加できる権利を言うから、参政権と言うのです。全員参加は、民主主義の大前提じゃないですか。

ソクラテス　だろ？　全員参加、だろ。しかし僕は、参加がしたくないのだ。その手の全員参加が大前提のそういう政治に、そもそも参加したくないのだよ。そういうものに参加する権利は、僕にとっては、義務なのだ。したくなくてもしなけりゃならない義務と言うべきものなのだよ。

委員　そこまで怠慢なことを言うのは、あなたくらいですよ。普通の有権者の意識は、そこまで低くはありません。

ソクラテス　そうかな。だって、権利ってのは、自分のしたいことをして、したくないことをしない自由のことなんだろ。

委員　そうですよ。

ソクラテス　人は、自分のしたいことをして、したくないことはしないものだということを、君は認めるよね。

委員　認めますよ。

ソクラテス　それならどうして君は、有権者に投票に行くよう呼びかけるのかね。人は、自分のしたいことなら、ほっといたってするものなんだから、他人が呼びかけなくたって投票に行くはずじゃないのかね。君が皆に投票に行くよう呼びかけるのは、ほんとは皆がそれをしたくない、つまり権利と思ってないことを知ってるからじゃないのかね。ほんとは君も、投票は義務だと思ってるんじゃないのかね。

委員　よろしい、認めましょう、最近の有権者の意識には、確かにそういう面は否《いな》めません。しかし、私にどうしても理解しかねるのは、投票権や参政権、自分たちの手で政治をつくるということを、なぜ大事な権利と思わないでいられるのか、これなのです。

ソクラテス　うん。それにはいくつか考えられる。まずひとつには、それが大事じゃないからだ。

委員　は？

ソクラテス　つまり、それがタダだからだ。

委員　はあ。

ソクラテス　人は、タダでもらえるものはタダでもらえるから、もらっておくものだけど、本来がタダだから、ほんとはちっとも大事じゃないのだ。人は、自分で金を出して手に入れたものしか、大事になんかしないのだ。タダでもらったものだから、大事な一票は、タダみたいに安いのだ。

委員　あなたがおっしゃってるのは制限選挙のことですか。

ソクラテス　まあね。ちょっと考えてみていいと思うよ。投票権とは大事なものだと、有権者に本気で思ってもらいたいならね。

委員　しかし、それでは全員参加の前提が崩れる。

ソクラテス　そう。ふたつめには、やっぱりそれが問題になる。それが全員参加である限り、投票、参政は、遅かれ早かれ権利ではなくなるのだ。これは避けられない。

委員　どうしてですか。

ソクラテス　だって、君、そんなもの権利と思えって方が無理ってもんだよ。全員って言や、全員じゃないか。全員が全員なら、お品のいいのも悪いのも、狡《ずる》いのもガメツイのもパッパラパーも、みんなおんなじ全員じゃないか。タダかタダでないかが、物事が大事か大事でないかの唯一の基準であるような立派な人々が、大勢を占めるようになるのは決まってるじゃないか。そんな立派な人ばかりのお祭りに参加することを、大事な権利と思えって方が無理だよ。

委員　しかし、それでは政治は悪くなる一方だ。あなた任せ、人任せはいけません。

ソクラテス　だから、それを義務と言うべきだと僕は言ってるよ。義務なら、それを果たさない人を罰することができるからね。

委員　この際、それもやむを得ないのかもしれませんねえ。

ソクラテス　ところで、義務とは何かね。

委員　したくなくても、しなければならない務めです。

ソクラテス　そう。人は、自分のしたいことをして、したくないことはしないものだが、したくなくても、しなければならないからそれをするのは、したがって、それをすることに意味を認めるからだね。税金を納めるのは、決してしたいことじゃないが、納めることによって公共のサービスが受けられると思うから、納めるのだね。

委員　ええ。

ソクラテス　すると、投票の場合はどうだろう。投票の義務を果たすことに、人はどんな意味を認めるかな。
委員　むろん、政治をよくすることです。
ソクラテス　ほんとかな。
委員　そりゃそうですよ。
ソクラテス　だって、タダでもらったものだから権利を大事にしないのと、罰せられるから仕方なく義務を果たすのと、意識としてどう違うかな。政治に対する人々の意識は、ちっとも変わってないんじゃないかな。
委員　いったいどうすれば、人々の政治に対する意識を高められますかなあ。
ソクラテス　そりゃ、投票することに意味があると思わせるしかないなあ。
委員　どうしたものですかなあ。
ソクラテス　そう思わせられる政治家が出るしかないなあ。
委員　なぜそういう政治家が出ませんかね。
ソクラテス　決まっている。全員参加だから、出ないのだ。全員って言や、全員なのだ。お品のいいのも悪いのも、狡いのもガメツイのもパッパラパーも、みんなおんなじ全員なのだ。見たかね、コイツ大丈夫かなって感じの二世議員とかスポーツ選手とか、選び甲斐《がい》あるよねえ。
委員　あなたに言わせりゃ、選ぶ側もパー、選ばれる側もパーということになる。
ソクラテス　要するに、そういうことだ。
委員　どちらを先に改善すべきでしょうか、選ぶ側と選ばれる側と。
ソクラテス　ニワトリとタマゴだ。
委員　どうしようもないじゃないですか。
ソクラテス　そうだ、どうしようもないのだ。パーがパーを選んでどうする。いっそ、じゃんけんか籤《くじ》で決めるといい。同じことなんだから。
委員　私は真面目な話をしているのですが。
ソクラテス　僕だって真面目だ。そのことはクセノフォンが書いてくれている。彼の『思い出』だがね、なぜ僕が告発されたかって、その罪状のひとつだ。
〈彼の告発者は、彼が国の役人を籤できめるのは愚も甚しい、船長や棟梁《とうりょう》や笛吹きや、そのほか、たとえ遣《や》りそこなってもそのおよぼす害は、国政を誤まる害よりはるかに軽い仕事についてさえ、誰もこれをえらぶのに籤を用いようとする者はないのに、と説くことによって、弟子たちに既存の国法を蔑視《べっし》させたと言った。告発者の言うには、かかる議論は青年を駆って既存の掟《おきて》を軽んぜしめ、かつ彼らを圧制家にするというのである〉

民主制国家アテナイでは、全員参加、全員平等の原則によって、誰もが籤によって公職に就くことができたのだ。素晴らしいじゃないか。それで、この籤というやつだがね、その原語は、なんとまあ、「豆」なのだ。白豆と黒豆があって、白豆を引いた者が当たりなのだ。当たって、国務にあたるのだ。民主制の極致だね。パーでもなれるって点じゃ、大差ないと思わんかね。

それで、そういう民主制はしようがないと、真面目なことを言ったばかりに、僕は告発されちまったってわけなのだ。民主制の敵なんだってさ。

委員　ああ、なんだ、要するにあなたは民主主義が嫌いなんだ。それで投票にも行かないわけだ。ようやく納得しましたよ。あなたは最初から民主主義に反対なんだ。

ソクラテス　いや、民主主義に反対というわけでは、必ずしもないんだがね。

委員　それなら投票へ行って下さい。

ソクラテス　その気はない。

委員　それなら専制圧制になってもいいんですか。独裁政治の方が望ましいというのですか。

ソクラテス　まさかそんなことはない。

委員　それなら、どのような政治体制が望ましいとお考えなのか、お答え下さい。

ソクラテス　プラトンの『国家』を読みたまえ。全《すべ》てはそこに書いてある。

委員　ああ、哲人政治——。あの夢想国ね。

ソクラテス　夢想か夢想でないかは、君たちが一番よく知ってるはずだ。多数決によって、哲人ソクラテスを処刑したアテナイの民主制が、まさにそのことによって、僕を史上のビッグネームにしてくれたって、このことの意味を、よく考えてみたまえ。

さて僕は、自分が蔑視している国法に殉じたのか、否か。

理想を知らずに国家を語るな

登場人物

ソクラテス

プラトン

ソクラテス　おや、どうしたね。たいそう御機嫌ななめじゃないかね。

プラトン　ああ、やはりおわかりですか。

ソクラテス　そりゃあわかるさ。他ならぬ君のことだもの。

プラトン　そう、他ならぬ――他ならぬあなたと私のことですからね。それで事がすむんなら、こんなに素晴らしいことってないんですがね。他なる奴《やつ》らのことなんか、かまやしないはずなんですがね。

ソクラテス　いったいどうしたね。

プラトン　最悪ですよ。

ソクラテス　ほう、それはまた。

プラトン　テレビ番組なんですがね――。御覧になりましたか？

ソクラテス　さあ、どうかな。

プラトン　観なくてよかったですよ。

ソクラテス　そんなにひどいか。

プラトン　観なけりゃよかった。

ソクラテス　観てみりゃよかった。

プラトン　こないだあたりからＮＨＫがやってる「知への旅」ってシリーズですよ。「グレートブックス」だって、あなた、私の『国家』を読もうってんだから、こりゃ観ないわけにはいかんじゃないですか。

ソクラテス　まあそうだな。

プラトン　嫌な予感はしたんですよ、番組紹介欄を見たときからね。

〈哲学の父と呼ばれるプラトンは二千四百年ほど前にギリシャのアテネで生まれ、国家と人間に関するさまざまな問題を著書の中で事細かに論じた〉

まあ、これはよしとしましょう。嫌な気がしたのは次なんだ。

〈だが今日、プラトンの視点はどこまで普遍的で、

どこまで現実的といえるのか。この著作が現代人に与える意味を考える〉
ソクラテス　けっこうじゃないか。
プラトン　アメリカ製のこけおどしの教養番組、なんでそんなところで私の大事な著作が扱われなけりゃならないか。
ソクラテス　扱われないよりはいいんじゃないか。
プラトン　いや、違う。絶対に、違う。こと私の著作に関する限り、大衆ジャーナリズムで扱われるより惨憺《さんたん》たることになることはないですよ。だって、いいですか、サングラスに髭面《ひげづら》のラジオのＤＪがですよ、ラップミュージックかけながら、言うわけですよ、
〈ヘーイ、みんな、きょうは我らが哲学者の『国家』を読んでみようじゃないの〉
ソクラテス　あっはっは。
プラトン　笑わないで下さい。吐気がする。
ソクラテス　すまない。それで？
プラトン　それでですよ、挙句の果てに言うに事欠いて、
〈こんな国家は僕はゴメンさ。秩序過剰の清潔すぎる国家、善良すぎる社会はやめた方がいいって、彼は警告してるのかもね〉
ソクラテス　うわっはっはっは。
プラトン　くそっくらえ！
ソクラテス　それで？
プラトン　お聞きになりたいですかっ。
ソクラテス　聞きたい聞きたい、面白いよー。そんなに面白い番組だったら、ほんとに僕も観りゃあよかった。
プラトン　卒倒しないで下さいよ。ＤＪくらいなら、私だって見逃がしてやらなくはないですよ。だけどね、あなた、プリンストン大学だ、コロンビア大学だって哲学教授の連中がですよ、揃《そろ》いも揃って、雁《がん》首《くび》揃えて、アホウなことぬかしよるわけですよ。私は我が耳を疑って、涙も出なかった。
ソクラテス　それは気の毒したねえ。
プラトン　ええ、私はつくづく自分が気の毒になりました。冒頭のナレーションでは言うわけですよ、
〈哲学者が王になるか、王が哲学を身につけるかしない限り、人類は災いから逃れられないと彼は考えた〉

まさしく、その通りです。私の考えは、二千数百年の昔から、現在只今《ただいま》この愚劣きわまる現代社会に至るまで、いや、愚劣きわまる現代社会だからこそ、寸毫《すんごう》たりとも、変わっていない。変わるはずがないのです。あの完璧なる哲人政治の理念が、時代なんぞで変わり得るものなら、そんなものが人類を災いから救い得るはずがないではないですか、そうではないですか。

ソクラテス　その通りだ。

プラトン　なのに、なのにですよ、テレビ出演のトンチキ知識人どもは、まあー勝手なことをぬかすわけですよ。たとえば、

〈彼の国家は、自分のやりたいこともできない恐ろしいもののようですが、一方で向学心に満ちた魅力的なものですので、代償を支払っても、それだけの価値はあるかもしれないと思えます〉

ソクラテス　ほーお。

プラトン　女の作家はこうほざいた、

〈彼の国家では、正義と平和が支配しますが、不義密通を禁ずる法律があっても、人間はロマンチックな関係をもとうとするものです。人間はそれぞれが固有の精神をもっています。国家のために蟻《あり》のように働くために生まれてきたのではありません〉

ソクラテス　へーえ。

プラトン　ソビエトから追放された詩人は、私の国家をソビエトだと！

〈腐敗は人間の性《さが》なのです。彼はそれを認めようとしなかった。プラトンの国家は、戯言《ざれごと》です〉

ソクラテス　そこまで言うかあ。

プラトン　戯言はどっちだ！　しかもですよ、これら戯言とともに映像を流すのですよ。ギリシャの衣装を着た人々が、花の森の中で笛を吹いたり、体操をしたり、赤子をあやしたりしてる風景を、間抜けたメロディーにのせてね。とどめに、こうだ、

〈プラトンの理想国家で、あなたは幸せに暮らせると思いますか〉

ソクラテス　うーむ。問題だな。

プラトン　場面変わって、ボスニアの映像とともに、こうくるわけだ、

〈紀元前四世紀、プラトンは英知と平和が導く世界を夢見ましたが、未《いま》だ達成されていません。世界各地で戦争の火種は絶えていません。プラトンの思い

描いた国家は、あまりに理想的でありすぎたようです〉

ソクラテス　なるほどねえ。

プラトン　卑怯だ。だから映像は嫌いなんだ。なんか私に恨みでもあるのか。

ソクラテス　うん、おそらくそうだろう。彼らは君に恨みがあるのさ。

プラトン　やっぱりそうかっ。

ソクラテス　そうさ。

プラトン　くそっ。

ソクラテス　短気はソンだぜ。君の理念は永遠なんだろ。

プラトン　むろんです。しかし、いくらなんでもひどすぎる。私に対する仕打ちのことじゃないですよ。人間、まして知識人と称する奴らの程度の低さは、ここまでひどかったかと私は言ってるのですよ。

ソクラテス　わかっとるわかっとる。

プラトン　そのひどさ、その愚劣さを見かねてこそのあの理念だということが、奴らには全く、わかってない。

ソクラテス　わかってないから、そうなるわけだ。

プラトン　そうなんです、そこなんです。問題は常にそこに繰り返し立ち戻ってくるのです。それは私が二千年前にあの理念を抱懐したときから、必ずこの形を取るのです。アメリカ独立宣言の起草者ジェファソンは、言ってくれたそうですね、〈なぜ世界中の人々は、こぞってこれほどの長きにわたり、かくもくだらない作品に高い評価を与えてきたのか〉

なぜか知りたいって？　よおーし、教えてやろう。それはな、「自分のやりたいこと」が、消費だ、娯楽だ、不義密通だ、なんて人間をくだらないと思う人間が、この世には存在するからだ。そんな程度の自由を、自由と思える程度の人間ばかりじゃ、この世はないからだ。私の作品をくだらないと思うのは、決まっている、君の魂がくだらないからだ。私が腐敗を認めないのも、同じだ、腐敗を認めないからだ。人間の腐敗を認める君は、他でもない、君の腐敗を認めているのだ。なるほど私の作品は、永遠にして普遍的だ。しかし、腐敗した魂、低劣な魂の人間だけには、私の作品は理解できない。これは断言できる。私の作品は、いやでも君らの魂の程度を映すのだ。あれは、鏡だ。思い知ったか。

ソクラテス　ほらほら、君、そうはっきりものを言うから、逆恨みされるんだよ。

プラトン　いーや、私は切れた、私は言ってやる。これは私のためじゃない、人類を災いから救い、英知と平和に導くためだ。理想の底力を見せてやる。

いいか、よく聞け。合衆国の美わしき《うる》民主主義、その信念は、〈全ての人は平等な存在として作られた〉、ここにあるそうだな。対して私の理想国は、〈人間は平等でないという前提の下に考えられた〉と。

その、通りだ。人間は、決して、平等ではないのだ。これは信念ではない、明白な事実だ。いいか、現世的快楽を至上の価値として、その平等を主張する人間と、現世的快楽を無価値として、真実の価値を知ることをこそ価値とする人間との、どこが、平等だ。低劣なものを欲する低劣な魂と、高潔なものを欲する高潔な魂との、どこが平等なのだ、どこが等しく同じなのだ、さあ言ってみろ。

低劣なものは高潔なものより上にはない、これは道理だ。高潔なものは低劣なものの上に立つ、これが、王だ。王は低劣なものを高潔たらしめるべく教育する、これが統治だ、哲人政治だ。現世的快楽を至上の価値とする低劣な魂たちは、民主主義を讃美する。しかし、低劣な平等を実現した結果が、当の秩序なき国家ではないのか。魂の国家は、民主主義など断じて認めん！

〈アメリカを秩序で規制せずに、いかにして秩序ある国家に変えられるか〉

だって？

〈民主主義社会で自由を失わないためには、理性はどうするべきか〉

だって？　ほざけ！　消費の自由、娯楽の自由、不義密通の自由、そんな自由がそんなに大事か、そんな程度が君らの理想か。そんな愚劣を理想としながら、理想国家の実現は夢だとは、よくもほざいたな。密通は素敵よ、ボスニアには平和を、か。「未だ達成されてない」とは、誰に向かって言ってるつもりだ。達成されてないのは当然だ、達成する気がないんだからな。理性がもつべき自由もわからず、知識人とは恐れいったな、馬脚が出たな。

ソクラテス　まあまあ、それくらいにしなさいよ。

夜道を歩けなくなったら困るよ。

プラトン　あーあ、ソクラテス、私は悔やしい、情けない。

ソクラテス　わかる、わかるよ。君のことは僕が一番わかってるよ。君と僕とで事がすむなら、ほんとにこれは素晴らしいよ。低劣な人は、高潔になる気がないから低劣なんで、その高潔になる気のない人々を高潔たらしめるべく教育するなんて、不可能とは言わんが、不可能に近いものね。

プラトン　不可能じゃないですったらっ。

ソクラテス　そうだ、不可能じゃない。決して不可能じゃない。どころか、今この瞬間に、それは実現されているとも言えるね。皆が、理想国は、各人の魂の中にこそ存在していると、理解したその瞬間にね。

プラトン　やはり、そこなのです。彼らが私のイデア論を、見事にあべこべに、まさしく鏡像のあべこべに解してくれるのも、同じ理由だ。彼らは言う、〈彼は、目に見えるものは、目に見えない本物のものの影にすぎないと考えた。イデア界には全宇宙の本当のものの姿がある。そこには美や正義や善といった概念も含まれている。しかし、今日プラトンのイデア論を評価する人はあまりいないようです〉

馬鹿じゃなかろうか。

ソクラテス　馬鹿だな。

プラトン　イデア界なんてものが、いったいどこにあるというのか、それこそこの目に見せてもらいたいですよ。

ソクラテス　どっか別のところにあると思うんだろうな。

プラトン　どっか別のところにあると、自分で思ってんだから、実現しないのは当然ですよ。自分の中にしかないってのに。

ソクラテス　難しいな。

プラトン　難しいです。

ソクラテス　時間がかかるな。

プラトン　かかりすぎます。

ソクラテス　僕は諦《あきら》めないよ。

プラトン　私だって諦めません。

ソクラテス　君は書きたまえ、僕は語る。僕の語りを、君は書きたまえ。

プラトン　ええ、やりましょう、書きましょう。諦めないで、続けましょう。どうせ二千年やってきたんだ、もう何千年かやったたって大差ないや。

女に哲学ができるのか

クサンチッペ　ねえ、あんた。
ソクラテス　うん？
クサンチッペ　これ、この本さ——。
ソクラテス　どれ。『女の哲学ことはじめ』三枝和子《さえぐさかずこ》——。ほお、これが？
クサンチッペ　なんか、難しくて、わっかんないのよ。
ソクラテス　難しいって、お前、哲学なんざどーでもいいって、いつも言ってるのに。
クサンチッペ　そう。どーでもいい。いいんだけど、あたしがどーでもいいみたいに、ほかの女もどーでもいいんだとばかり思ってたんだけど、この人、全然どーでもよくないみたいで。なんでわざわざ「女の哲学」なんて言ってんのかなってさ。
ソクラテス　なんて言ってんだ。
クサンチッペ　なんかよくわかんない。難しい。あんたの話の方が、ずっとわかる。

ソクラテス　そうか。これはオビだね。

〈女に哲学ができるのか。「女」の哲学を問うことに意味があるのか。——こうした問いに応《こた》えようとするかぎり、女の思考は形にならない。女の哲学は、抽象の壁を突き破って、論理を展開する！　西欧哲学の権威主義的視座を根底からくつがえし、フェミニズムに新しい地平を拓《ひら》く大胆な思考〉

　確かにこりゃ難しいな。

クサンチッペ　ねえ。

ソクラテス　〈いかにして女の哲学は可能か〉——か。なるほど。

クサンチッペ　可能なの？

ソクラテス　わからん。著者の言わんとするところを、まず理解しないとな。なにしろ、よくわからんからな。

〈珍しい女性の哲学専攻の人として名前を挙げたなかの池田晶子さん、この人は著書によるとヘーゲルをかなり勉強したらしくこんな文章がある〉云々《うんぬん》。

〈私は池田さんの書物をそう多く読んでいるわけではないが、彼女はフェミニズムの思想などというものを顧慮せず（あえて顧慮せず、と言った方がいいかもしれないが）、発言している。それが小気味よくもあるが、もう少し従来の哲学（それを私は男性の哲学と呼びたいのだが）に対する配慮があってもいいのではないかとも思う。つまり何故《なぜ》多くの哲学者たちが難解であるとするヘーゲル哲学が、池田さんにあっては「手ぶらで一度きり読んで『わかっちゃった』」のかということを、哲学的に根拠付けなければならないと思うのである。これは単に池田さんは「アタマがいい」からなどという形で解決されてはならない問題だからである〉

〈しかしこれこそが従来の哲学者、あるいは男性の哲学者にとってもっとも分り難《にく》い事態なのであるまいか。どうしてそう簡単に「私がヘーゲルだ」などと言えるのか、「自分の精神は世界精神であるという端的な確信」が持てるのか。池田さんはその構造自体を問い返してはいないが、私はこうした物の考えかたが男性の思考方法にはない女性の思考方法であると言いたいのだ。ヘーゲルが「私が世界精神である」と言うことと、池田さんがそれを読んで「私がヘーゲルだ」「私の精神は世界精神だ」と言うことのあいだにある微妙なズレ、に男性の思考方法はこだわるけれども、女性の思考方法は、ここを一挙に飛び越えるのである。ヘーゲルと一体化することが可能なのである〉

なるほどねえ——。

クサンチッペ　わかった？

ソクラテス　うん、わかった。なぜ僕がこの人の言うことがよくわからないのかということが、よくわかった。つまりこれは、男性の哲学者にとってはもっとも分り難い事態ということなのだ。

クサンチッペ　だって、あたしは女なのに、やっぱりわかんないわよ。

ソクラテス　うん、それはきっと、女の中にも、わかる女とわからない女とがいるということなのだ。

クサンチッペ　それなら、男の中にも、わかる男とわからない男がいるって言ったって、同じじゃないか。

ソクラテス　いや、おそらくそこが違うのだ。男がわからないのは男だからで、女がわからないのは女だからなのだ。

クサンチッペ　だって、ヘーゲルをわかるのは女だからで、わからないのは男だからだって言ったって、ヘーゲル自身は男じゃないか。なら、ヘーゲルって男は、なんだってわかることができたのさ。

ソクラテス　うん、全くその通りだ。さて、なんでかねえ。それはたぶん、たんに「アタマがいい」って形で解決されてはならん問題なんだろうな。

クサンチッペ　要するに、この人、なに言いたいわけ？

ソクラテス　女にも哲学ができるのだということだろう。

クサンチッペ　できたって、できなくたって、どっちだっていいじゃないか。

ソクラテス　僕もそう思う。できる人と、できない人がいるという、それだけのことなんだから。

クサンチッペ　なんでこの人、こんなに女、女って言うのかな。

ソクラテス　そりゃ自分を女だと思うからだろうな。

クサンチッペ　女には哲学ができないって言われんのが、よほど悔やしいみたい。

ソクラテス　悔やしいはずないんだがなあ、もし哲学ができるんだったら。

クサンチッペ　こんなふうに言ってる。

〈もちろん女性のなかにも、いわゆる論理的と目される人がいて、演繹《えんえき》的論法や帰納的論法をこなす例が無いわけではない。しかしそれは男性の思考法をマスターしたに過ぎないのであって、女性本来の思考からは逸脱したものと言わなければならない。女性の思考の特質は、演繹という思考形態にあっては前提された命題をしばしば無視して、経験に即する思考から脱しきれず、抽象化が不可能な状態を露出するし、帰納という思考形態にあっては、個々の具体的な事実に埋没し、そこから普遍的命題を抽《ひ》き出す作用になかなか到《いた》らないという状態を露呈する。男性の多くは、これまで、こうした女性の不透明な意識の状態を指して、女性は論理的でないとか、感情的に過ぎるとか、ひどい人になると、とにかく女は頭が悪い、視野が狭い、と片付けてきた。しかし果たしてそうであろうか〉

ソクラテス　――――。

クサンチッペ　〈女性は演繹的論法も帰納的論法も不得意であるが、これらとは別質の論理を持っているのではないか。それが何であるかを、私はこの場ではまだ明確に述べることができないが、何年か経《た》って、何人かの人の協力を得ることができれば、そのうち明確になって来るものがあるかもしれない。女性が演繹的に、具体的な事象を一つの命題で裁くことが出来ないのは、帰納的に具体的な事象から一つの命題を導き出すことが出来ないのは、彼女の頭が悪いからではなく、彼女の意識の構造に、常に未分化という傾向がつきまとうからである〉

ソクラテス　――――。

クサンチッペ　ねえったら。

ソクラテス　あ、いや、すまない。難しいな。おそろしく難しい。たぶんこの人は、難しく物事を考えすぎるんだと思うよ。それで、ほんとは難しくないものも難しいように思って、いろいろ考えすぎちゃうんじゃないのかな。難しくないものを難しく考えるほど、難しくなることはないからね。

クサンチッペ　あたしは難しいものなんか嫌いだ。男だろうが女だろうが、難しいものは嫌いだ。

ソクラテス　ああ、男だろうが女だろうが、みんながお前みたいにはっきりわかってんなら、考えて難しくなることなんか、ほんとはひとつもないんだがね。
クサンチッペ　あたしがはっきりわかるのは、あたしが女だからってわけ？
ソクラテス　まさかそんなことはない。男にだって、わかるのはいる。
クサンチッペ　やっぱり、わかるってことには、男も女も関係ないじゃないか。
ソクラテス　そういうことだ。
クサンチッペ　なんでこの人、こんなに女、女って言うのかな。
ソクラテス　そりゃ自分を女だと思うからだろうな。
クサンチッペ　自分を女だと思うから、こんなに難しくなるわけ？
ソクラテス　まず間違いないな。
クサンチッペ　どして。
ソクラテス　いいかね。「私は女である」と思っているのは誰かね。
クサンチッペ　そりゃ私でしょ。
ソクラテス　それじゃ、「私は私である」と思っているのは誰かね。
クサンチッペ　それも私でしょ。
ソクラテス　それじゃ、「私は女である」と思うのと、「私は私である」と思うのと、私にとって、どっちが先かね。
クサンチッペ　なに？
ソクラテス　「私は女である」と言えるためには、「私は私である」と言えてなければならないね。主語がなければ、述語はないよね。
クサンチッペ　そうね。
ソクラテス　それじゃあ、「私」とは誰かね。それが何かであると言えるためには、それが何であるかが言えてなければならないね。なら、「私は女である」と思っているところの「私」とは、何なのかね。
クサンチッペ　「私とは何か」。
ソクラテス　そーそー。
クサンチッペ　「私は女である」より先に、「私とは何か」ってわけね。
ソクラテス　できるできる。
クサンチッペ　あたし、そんなの、どーでもいい。
ソクラテス　まあな。無理に考えて、考えられるもんじゃないからな。また、考えられるからどうってことでもないからな。

クサンチッペ　でもさ、あたし見てて思うんだけど、やっぱり女の方が、そういうの考えるの下手みたいね。だって、ほとんどの女は、「私は女である」って思ってるもの。
ソクラテス　決して間違いじゃないんだがね。
クサンチッペ　「私」と「女」を分けられる女って、滅多にいないもの。
ソクラテス　そりゃ、男にだって少ないさ。けどまあ男の方が、えてして得手だな。自分が男だからかく考えるってふうには、あんまり考えちゃいないわな。
クサンチッペ　「私」と「女」を分けられる女って、「私」と「女」を分けられない女からは、女の敵ってことになるらしい。
ソクラテス　そりゃまたどうして。また穏かでない。
クサンチッペ　男の味方ってことになるらしい。
ソクラテス　だから女には哲学はできんと言われるのだ。
クサンチッペ　この人だけどさ、プラトンのこと、こんなふうに言ってる。
ソクラテス　ほお、プラトンも出るのかね。

〈私は、女性の思考方法として、不死を求めるなどという想念は子どもを生む性にとっては存在しないのではないかという意味のことを指摘した。したがってイデア的真実在などという想念も、私たちの意識のなかには存在しないものであることを、ここでもう一度確認しなければならない。プラトンの提起する論理が分らないというわけではない。理解は出来るけれども、それは女性の哲学ではないことがはっきりしているということである〉

うん、それははっきりしてるんだろうな。女の哲学はじめようって人が、これは女の哲学でないって言うんだから、確かにこれは女の哲学でないんだろうな。でも、女の哲学でないってことが、ほんとの哲学であるってことかもしれないけどな。
クサンチッペ　この人、こだわりすぎでないか。かえって、なんか、気の毒みたいな。
ソクラテス　いや、そんなことはないさ。西欧哲学の権威主義的視座を根底から覆《くつがえ》して、初めて女の哲学うち立てようとしてるんだから、頼もしいじゃないか。僕は期待するけどな。
クサンチッペ　なんでみんな、そんなに女にこだわるのかな。
ソクラテス　ほんとは、お前みたいのが、いちばん哲学に向いてんだがな。
クサンチッペ　あたし、女、女って言う女、あんまり好きでない。
ソクラテス　ほらほら、そういうこと言うと、嫌われるよ。
クサンチッペ　だって、そればっか言う人って、ほかにないのかって感じ。
ソクラテス　人それぞれだよ。
クサンチッペ　だから、その、人それぞれを、女ってまとめて言うからさ——。
ソクラテス　人それぞれだよ。
クサンチッペ　そっか。ま、いっか。

自分を知りたきゃ自分を捨てろ

登場人物
ソクラテス
生物学者

生物学者　我々科学者としてはですね、哲学なんて古色蒼然《そうぜん》たる学問は、卒直なところ侮《あなど》っていたわけですよ。個人の頭の中の勝手な考えと、誰の目にも明らかな物質という客観との間に、なんの関係があるものかとね。ああいった事柄は、科学の進歩について ゆけない人間の寝言みたいなもんだと、まあ、こう思っていたわけですな。
　ところが、これはあながち侮れないかなと、最近我々も思い始めたのは、諸科学が成果を挙げることでかえって、科学では扱いかねる問題が、あちこちに現れるようになった。どうもこれは妙だぞ、と。しかし、どこがどう妙なのか、よくわからない。

たとえば、今はやりの「脳」、脳と意識の関係、これは一度根っこから洗い直す必要がある。あるいは生命、生命の起源と意識の発生、これは難問中の難問ですな。「利己的遺伝子」なんて素人《しろうと》は面白がってますが、遺伝子の意識とはいかなる事態か。

というわけで、期待したわけですよ、せんだってのNHK「未来潮流」、「自分とは何か・生命哲学の問いかけるもの」。

〈これまで専《もっぱ》ら科学技術の視点から語られてきた問題を哲学的に読み直す試み〉

とあったから、それなりに期待しましたよ。〈現代日本を代表する哲学者のひとり〉中村雄二郎氏が斬《き》り込む、とね。

しかしまあ、正直、がっかりしましたなあ、私は。なんとも要領を得ないのですな、これが。御覧になりましたか。

ソクラテス　いや、観てないが。

生物学者　あなたのことも、言われてましたよ、〈自分とは何かというテーマは哲学の由緒《ゆいしょ》ある古いテーマで、哲学の発祥ギリシャ、デルフォイの神殿に「汝《なんじ》自身を知れ」とあり、ソクラテスは哲学と自分とを結びつけた〉、と。

そうですか。

ソクラテス　まあそうだな。

生物学者　だとしたら、科学者が哲学者に問いたいのは、その古くて古くないテーマ「自分とは何か」の考え方、まさにこれなんですが、中村さんという方は、

〈過去の思想を辿《たど》るだけでなく、最先端の科学の分野にも踏み込みながら、新しい哲学を築いてきました〉とか。

哲学とは、本来こうあるべきなんですか。

ソクラテス　いやそれは違うな。哲学は何を築くものでもないな。また、とくに新しくなるものでもないな。

生物学者　そうでしょう、私もそう思いますよ。なのにあなた、

〈今、中村さんは、科学の飛躍的な進歩によって自分というものの枠組みが揺さぶられる危機を敏感に感じとっています〉

あなたもそうですか。

ソクラテス　まさかそんなことはない。おそらく僕

は鈍感なんだろうね。科学の進歩で揺さぶられるような自分が、もとからないのかもしれないね。今さら何が大変と感じたこともないなあ。

生物学者　そうでなけりゃ、科学が哲学に問うことなんか、ありませんよ。

ソクラテス　それで、どうだったのかね、その番組。

生物学者　つまりませんよ。先端の科学者にインタビューして、相槌《あいづち》うって、一緒に悩んでるだけだもの。日本を代表する哲学者があれじゃあ、しょうがないなあ。

　たとえば、高名な免疫学者の仕事、例の免疫における自己と非自己、ウズラの脳を移植されたニワトリのキメラは、ニワトリの免疫が脳を非自己と排除して死んでしまう。しかし、普通我々は、個体の行動様式を決めるのは脳であり、とりあえずそれを自己としているわけですが、この場合はすると、どうなりましょう。〈この個体全体にとっての自己とは何か、非常に哲学的な問いになる〉と、科学者の側から問いかけてるのに、哲学者は応《こた》えられんのですな。社会問題にすり換えてしまう。自己の問題が社会問題なら、哲学者じゃなくて社会学者に訊《き》きますよ。

ソクラテス　そりゃ全くその通りだ。

生物学者　この個体にとっての自己とは何か。行動様式を規定する精神的自己のほかに、身体的自己を規定する免疫的自己があると、やはりそう考えるべきですかね。

ソクラテス　そんなに自己がたくさんあったら、困りゃしないか。免疫に訊いてみるといいのだ、「お前は誰だ」と。

生物学者　免疫は口がきけませんしね。

ソクラテス　君が知りたいのは、君にとっての「自分とは何か」なのかね。それとも免疫にとっての「自分とは何か」かね。

生物学者　その問い方は可能ですかね。だって、我々は何より生物なんですから、身体という生命体なんですから、その生命体としての私が「自分とは何か」と問うことは、免疫にとっての「自分とは何か」と問うことと、同じとは言わないまでも、重なりませんかね。

ソクラテス　うん。だから、その、「免疫にとっての自分とは何か」と問うているのは、免疫なのか、君なのか、と僕は訊いているのだ。
生物学者　そりゃ私でしょうね。
ソクラテス　なら、なんの問題もないじゃないか。
生物学者　どうしてですか。
ソクラテス　君の自分は、君なんだから。
生物学者　だから、その、私にとっての自分というのは脳のはずだったのが、脳ではなくて免疫らしいというから問題なんですよ。
ソクラテス　なら、なんの問題もないじゃないか。
生物学者　どうしてですか。
ソクラテス　君の自分は免疫なんだから。
生物学者　だから、その、免疫にとっての「自分とは何か」が問題となるのです。
ソクラテス　君が知りたいのは、君にとっての「自分とは何か」なのかね。それとも免疫にとっての「自分とは何か」かね。
生物学者　どうも妙ですな。
ソクラテス　ちっとも妙じゃない。
生物学者　どうしてですか。
ソクラテス　いいかね。何であれ、人が何かについて、それは何かと問おうとするとき、その何かはその何かであるのでなければ、それは何かと問うことはできないね。
生物学者　なんですって。
ソクラテス　それが何かでないものについて、それは何かと問うことはできないね。
生物学者　まあそうですね。
ソクラテス　それは何かと問うことができるのは、その何かがその何かであると知っているからできるのだね。
生物学者　そうですね。
ソクラテス　だったら、ちっとも妙じゃないじゃないか。
生物学者　どうしてですか。
ソクラテス　「自分とは何か」と問うことができるのは、自分が自分であると知っているからでしかないじゃないか。「自分とは何か」と、問うているのが自分じゃないか。こんなに明らかなことの、いったいどこが妙だというのだ。
生物学者　だから、その「自分とは何か」と問うているのが脳だったはずでしょう。
ソクラテス　君が知りたいのは、君にとっての「自分とは何か」なのかね。それとも脳にとっての「自分とは何か」なのかね。

生物学者　私という脳にとっての「自分とは何か」でしょうね。

ソクラテス　なら、なんの問題もないじゃないか。

生物学者　どうしてですか。

ソクラテス　君の自分は、脳なんだから。

生物学者　どこが妙なんでしょうかね。

ソクラテス　問うところ以外に自分があると思うところだ。

生物学者　————。

ソクラテス　「自分」と思っているのは、誰なのかね。

生物学者　————。

ソクラテス　自分以外のいったい何が、自分と思えるものだろうかね。

生物学者　あっ、わかりましたよ。これはコギトだ、デカルトだ。

ソクラテス　そーそー。

生物学者　「我思う、ゆえに我あり」。

ソクラテス　そのとおり。

生物学者　中村雄二郎氏はデカルトが御専門だそうですが、そういうふうには全くおっしゃってませんでしたなあ。

ソクラテス　当たり前のことに気づくより、難しいことはないもんさ。

生物学者　それなら、ここで改めて問い直しましょう。我思う、ゆえに我あり。よろしい。では、我を思う我とは何か。

ソクラテス　そんなの僕は知らないねえ。

生物学者　哲学者の領分でしょうが。

ソクラテス　汝自身を知れ。

生物学者　なるほどねえ。かの箴言《しんげん》の意味するところが、いま初めて腑《ふ》に落ちましたよ。

ソクラテス　哲学って、進歩しないだろ。

生物学者　ええ、見事に進歩しませんね。

ソクラテス　科学がどこまで進歩しようが、哲学にだけは追いつけないわけだよね。

生物学者　そう、科学が進歩し得たのは、まさにそのデカルトが、考える自己すなわち精神と、物質的自己すなわち身体とを、峻別《しゅんべつ》し得たからですが、考える自己すなわち精神とは何か、こちらの方もそろそろ考えるべき時ですなあ。
ソクラテス　僕もそう思うね。だって、免疫にとっての自分とは何かって、物質にとっての精神とは何かってことなのかな。これは何を言ってることになるのかな。
生物学者　そこなんです、科学の言語、とくに生命科学の言語の弱点は。生命現象を非人格的に語るための文法がない。免疫や遺伝子の振舞を語ろうとすると、どうしても人格的にならざるを得ない。
ソクラテス　問題は文法だな。
生物学者　やはりそうなりますか。
ソクラテス　しかし問題じゃないな。
生物学者　どうしてですか。
ソクラテス　だって、その文法は、主語と述語と目的語、これだけだもの。
生物学者　どういうことですか。
ソクラテス　いいかね。何について考えようが、考えているのは常に「私」だったね。
生物学者　ええ。
ソクラテス　つまり、主語は常に「私」、述語は常に「考える」だ。
生物学者　ええ。
ソクラテス　目的語に何がこようが、それは決して変わらない。
生物学者　ええ。
ソクラテス　「私は免疫を考える」でも、「私は脳を考える」でも、それは同じだ。
生物学者　ええ。
ソクラテス　「私は脳である」になったり、「脳は考える」になったりすることはないはずだ。
生物学者　はい。
ソクラテス　すると、混乱は明らかだ。
生物学者　目的語を考えているうちに、主語と述語を忘れる——。
ソクラテス　そういうことだな。
生物学者　『私は脳である』と私は考える」と、これなら正確なわけですね。
ソクラテス　そう。そこで初めて、考える「私」を問えるわけだね。「私は脳である」「私は免疫である」と思うだけなら、むろん可能さ。可能だけれども、「脳である」「免疫である」と思ってるところのそれは何なんだって考えりゃ、そりゃ「私」でしかないわけさ。「私」は脳でも免疫でもないわけさ。目的格がへたに生命現象なものだから、ついそれが自分のような気になっちゃうんだろうな。

生物学者　なるほどねえ。すると、やはりデカルトは偉大でしたな。科学が科学に徹する限り、本来そこに自分とか「私」とか、持ち出すべきではなかったのですな。

ソクラテス　そりゃ哲学の側だって同じなのさ。誰もが「私」であり、また誰もが「私は考えている」と思ってるわけだから、最も混乱するところなのさ。

生物学者　そういえば、例の番組で唯一面白かったのが、ミンスキーって、アメリカの人工知能学者の話で、これがまあ痛快なほど極端な人間機械論者でね。自分なんてものはないと、あるのは脳から脳へ伝達される知識《アイデア》だけで、文化だけが個人を超えて永遠に生きるのだと言うんですよ。個人なんてのは、知識を後世へ伝えるための道具にすぎんとね。本人は情報科学の最先端の意見を述べてるつもりで、これは見事に振出しへ戻ったなと、私は思いましたね。

ソクラテス　ああ、そりゃ面白いや。そりゃ僕がいつも言ってるのと全く同じだ。普通に人が自分なんて思ってるのは、あってなきが如し、真理《イデア》だけが個人を超えて永遠だとね。伝えるのは、むろん、言葉だ。

ほらみろ、何もかもが僕の言った通りに動いてきてるじゃないか。

彗星《すいせい》がやってきた！

クサンチッペ　ほらっ、見える、見えるわよ！　あそこよ、あそこ！

ソクラテス　どこ、どこだって？

クサンチッペ　ほら、あそこ、東京タワーの脇《わき》のほう、ぼーっとして、おっきな――。

ソクラテス　あー、わかったわかった、見えた見えた。けっこう見えるもんだな。

クサンチッペ　ねえ。街の灯がなけりゃ、きっともっとはっきり見えるわよね。

ソクラテス　うん、しかしまあ十分じゃないか、十分神秘なことじゃないか。どこからやってくるのやら、僕らのこの地球まで、彗星なんて妙なヤツがさ、それをこの眼で見てるなんて、なんてまあ不思議なことじゃないか。

クサンチッペ　なんでも、今までのうちでも一番大きいのだって、このヘールボップ彗星。ほら、ちょっと前、ハレー彗星で騒いだでしょ、あれの百倍も明るいんだって。ハレーが回ってくるのは七十五年ごとだけど、ヘールボップの周期は二千五百年なんだってさ。ちょうどよね。あんた、覚えてる？

ソクラテス　うん、覚えてる、よく覚えてるよ。あの時も僕らは、夜空を見上げて、夜を徹して、宇宙の神秘と偉大について、語り合ったものさ。なにしろ闇は漆黒、しかし星は全天を埋め尽くし、僕らの思索と想像力は、天を包んで天を越え、いやでも無限の向こうへまで広がり進んだものさ。宇宙論好きの、痛快な連中が多かった。それこそ綺羅星《きらぼし》の如く居並んでいた。いやそれはハンパじゃなかったね。たとえばターレス――。

クサンチッペ　ああ、あの人、空見て歩いてて、ドブに落っこったのよね。

ソクラテス　アナクサゴラスは、何のために生まれてきたのかと問われたとき、はっきりとこう答えた、「太陽と月と天とを観察するために」。

クサンチッペ　だって、あの人はお金持だったから――。

ソクラテス　うん、それであの男は、その親父《おやじ》譲りの莫大《ばくだい》な財産を、そっくり人にくれてやったのだ。管理がめんどくさいってさ。
クサンチッペ　困ったもんだわ。
ソクラテス　そして、プラトンだ。『ティマイオス』、見事だ。あいつはピュタゴラス派の連中と付き合ってから、いよいよ思索の腕を上げたね。プラトン、あれはソクラテスとピュタゴラスの合作だ。人間の倫理と宇宙の摂理が、彼の天才において、論理的かつ気宇壮大に合体し得たのだ。大した男さ。さすが僕が見込んだだけのことはある。
クサンチッペ　二千五百年前も今も、おーんなじ。お空のことを考える人は、お金のことを考えない。
ソクラテス　だってお前、そんなの両立させろって方が無理ってもんだよ。いいかね、二千五百年なんて、しょせんは地球上の、しかも人間の歴史じゃないか。百年の人生を生きたって、たったの二十五回なのだ。僕は、そんなの全部覚えてるもの。しかしね、たとえばこの彗星だ。できたばかりの太陽の周りを回り始めた惑星たちの軌道に乗れなかったはぐれ者、その誕生は、四十六億年前のことなのだそうだ。四十六億年だよ、お前、そのとき何してたか、覚えてるか？
クサンチッペ　いーえ。
ソクラテス　うん、僕もよく覚えてない。覚えてないが、しかし、やはり何ごとかを感じ、何ごとかを考えていたことだけは確かなのだ。だから僕は、なんとかそれを思い出したい。どうしてもそれを思い出したいばかりに、僕らは思索し、想像するのだ。宇宙に惹《ひ》かれてやまない僕らの心は、じつは、他でもない僕ら自身を探しているのだ。僕ら自身を確かめたいのだ。汝《なんじ》自身を知れ、四十六億年前、僕はそこで何をどのように感じていただろう。いや僕自身が彗星ならば、何をどのように感じるだろう——。
　謎だ。そして、明らかに、懐しい。これぞ、まぎれもない愛知《フィロソフィー》の心、哲学することの悦《よろこ》びだ。今さら明日の株価に一喜一憂しろったって、そりゃ無理ってもんだよ。
クサンチッペ　うーんと考えたぶんだけ、うーんとお金にもなるといいのにねっ。
ソクラテス　あっはっは。
クサンチッペ　もー、あたしヤケ！
ソクラテス　まあー人間が宇宙のこと考えるなんて

のは、常に半分はヤケみたいなもんさ。有限のはずの人間が無限のことを考えてるなんて、それだけでこんな妙なことってないんだからな。

クサンチッペ　あたし、前から不思議だったんだけどさ、あんた、無限無限てよく言うでしょ、だけど宇宙は何百億年か前のビッグバンから始まったんでしょ。そしたら無限て、なに？　ビッグバンの前ってなんだったの？

ソクラテス　うん、お前、それは初歩的にして、しかし最大の難問なのだ。なぜなら、それは最初からいかなる難問でもないからなのだ。

クサンチッペ　またケムに巻こうとして——。

ソクラテス　いや、お前、これがケムに巻いてることなら、宇宙が僕らをケムに巻いてるのだ。だって、いいかね、人はビッグバンが宇宙の始まりだと思う。そして、宇宙の年齢は百何十億歳だと言う。ところで、この「年齢」という考え方だがね。人は何かの年齢を、年齢を計りたいものそれ自身で計ることはできないよね。

クサンチッペ　なんだって？

ソクラテス　自分の年齢は月日によって計るもので、自分によって自分の年齢は計れないよね。

クサンチッペ　そうね。

ソクラテス　そして、月日というのは、月と太陽と地球との関係で計るもので、それら自身でその年齢は計れないよね。

クサンチッペ　そうね。

ソクラテス　ところで、宇宙には宇宙しかないということを認めるね。

クサンチッペ　なに？

ソクラテス　太陽系と銀河系と異銀河系と、未知の異銀河系と、それら全部ひっくるめて、宇宙と僕らは呼ぶのだね。

クサンチッペ　そうよ。

ソクラテス　すると、宇宙には宇宙しかないのに、宇宙それ自身の年齢を、他の何との関係によって計ることができるのかな。自分で自分の年齢を、どうやって計るのかな。宇宙は、自分の年齢は百何十億歳だと、誰に向かって言ってるのかな。

クサンチッペ　変なの。

ソクラテス　変だろ。だから、宇宙には年齢なんかないのだ。始まりも終わりもないのだ。そんなもの考えようったって、考える仕方がそもそもないのだ。宇宙が自分を考えたら、おや無限だったという、それだけのことなのだ。いったい誰が誰をケムに巻いているというのだ。

クサンチッペ　だって、宇宙はビッグバンから始まったって、みんな言ってるじゃない。

ソクラテス　みんなが言ってるのは、科学が言ってるからだろ。科学だなんて、あんなものの言うこと、お前ほんとに信じてるのか。

クサンチッペ　あんただって、さっき四十六億年前のこと言ってたじゃない。

ソクラテス　四十六億年前の僕を思い出すなんてのは、昨日の僕を思い出すのと、思い出す仕方は何ひとつ変わらんのだ。つまり、それは、うそでもほんとでもない。あるといえばあるし、ないといえばないのだ。あるいは、あるといえばないし、ないといえばあるのだ。「前後ありといえども前後際断せり」とは、道元のヤツ、うまいこと言ったもんさ。そう、全存在は、電光石火で、僕なのだ。

いやむろん、宇宙はビッグバンから始まったってことにしといても、それはそれで構わないのだよ。だってそれは、宇宙は巨大な鳥の卵から生まれたっていうのと同じ、神話なんだから。科学は、明らかに神話の一種なんだから。

クサンチッペ　神話？　科学は神話とは違うでしょう。数字とか法則とか、いっぱいあるじゃない、計算ができるじゃない。

ソクラテス　うん、確かに科学は計算ができる。しかし、計算ができたって、それが答えであるわけじゃない。説明ができたって、解明ができたわけじゃない。宇宙が宇宙であることの謎は、依然として謎のままだ。謎を説明するための方法にすぎないってことじゃ、科学も神話も同じなのだ。しかし僕は、謎が謎である、わからないことがわからない、とはっきりとわかっている。だからこそ僕は、考えるのだ。これぞ哲学の身上だ。

クサンチッペ　そうかなあ。だって、ほらさ、こないだまた妙な事件があったでしょう。彗星と一緒にUFOがやってくるから、それに乗るためにみんなで死のうって、死んじゃったカルト教団、「ヘブンズ・ゲート」、天国の門ての。UFOに乗って天国へ昇るんだって。おっかしいわよねー、でも本人たちは真剣。神話も科学も同じなんだったら、あんなのも同じなわけ？　あんなのはおかしいって思わないわけ？

ソクラテス　ふむ、いいとこに気がついた。確かにあれは、どう考えてもおかしい。なぜおかしいかというと、ＵＦＯに乗るためだったら死ぬ必要はないし、天国へ昇るためだったら、ＵＦＯに乗る必要はないからだ。

クサンチッペ　やだ。あんたもやっぱり相当おかしい。

ソクラテス　ちっともおかしくない。これは、肉体と魂、すなわち物質と非物質の認識という、哲学上の根本問題だ。これをきちんと認識してないから、人は懲《こ》りもせずに妙な宗教にダマされるのだ。

クサンチッペ　彗星に乗って天国へ行くって考え、絶対に変よね。

ソクラテス　うん。まあしかし、考えは変でも、気持はわからんでもないな。確かにそれなりの夢はあるな。天国なのかはよくわからんが、どこともしれないどこからかやってきて、どこともしれないどこかへと去ってゆく彗星に乗っかって、こんなふうなこの世ではない別のこの世へ行ってみたいってのは、願望としては、なくはないな。

クサンチッペ　あたしはヤだわ。今ここで幸せにならないで、いつどこで幸せになるつもりなのよ。みんな、なんか勘違いしてるわ。

ソクラテス　おー、よく言った、さすがソクラテスの女房だ。宗教の可能性と不可能性を、見事に洞察しているね。

クサンチッペ　だって、集団自殺にしろなんにしろ、そもそも自殺する人って馬鹿じゃない。死んで向こうで楽できるんなら、誰もこっちで苦労なんかしやしないわよ。なに勘違いしてんのかしら。

ソクラテス　いや全く、その通りだ。同じことを、以前ターレスが言ってたよ。あいつもやっぱり、生と死は少しも違わないと言っててね、それならなんで死なないのかと尋ねられて、こう答えたのだ。

「生きていることと少しも違わないからだ」

クサンチッペ　じゃ、魂って、なに。

ソクラテス　なんだろうね。

クサンチッペ　生きても死んでも同じなら、魂ってどこにあるの。

ソクラテス　生きても死んでも同じなんだから、魂はここにあるんだろうね。
クサンチッペ　これのこと？
ソクラテス　そう、これのこと。
クサンチッペ　四十六億年前から？
ソクラテス　そう、四十六億年前から。
クサンチッペ　じゃ、宇宙は？
ソクラテス　宇宙も、これ。
クサンチッペ　百何十億年前から？
ソクラテス　そう、百何十億年前から。
クサンチッペ　じゃ、魂と宇宙って、おんなじようなものじゃない。
ソクラテス　そう、おんなじ。魂と宇宙とは、おんなじものの、うらおもて、あるいは、合わせ鏡で同じものだ。宇宙が無限なのは、魂が無限だからで、夜空を見上げる僕らは、他でもない、僕ら自身の魂を覗《のぞ》き込んでいるのだ。天の星は宇宙の魂、そして全ての男女は宇宙の星だ。
クサンチッペ　あんたの話きいてると、なんかクラクラするわ。自分がどこに立ってんのか、よくわかんなくなっちゃう。

ソクラテス　うん、僕にも全くわからない。わからないが、しかし、明らかに僕はここに立っている。主観と客観がそこにおいて逆転する支点、外的宇宙を内的宇宙と見はるかす、僕は永遠に隠れたる第三者だ。
クサンチッペ　まるで神様ね。
ソクラテス　まあ、せいぜいがダイモンだな。
クサンチッペ　いずれにせよ、あんた、どっかが人間じゃないわ。あたしそう思う。
ソクラテス　いや別に人間でもいいんだがね、何か謎でありたいね。これもターレスだ。
「およそ存在するもののなかで、最も年古《としふ》りたるものは神なり、神は生まれざりしものなるがゆえに。
最も美しきものは宇宙なり、神の作りしものなるがゆえに。
最も大なるものは空間なり、あらゆるものを包含するがゆえに。
最も速きものは知性なり、あらゆるものを貫き走るがゆえに――――」

これはあきれた、失笑園

クサンチッペ　ねえ、あんた——。

ソクラテス　うん？

クサンチッペ　いま、すっごいブーム、世を挙げての大ブームなんだけどさ——。

ソクラテス　うん。

クサンチッペ　『失楽園』て、知ってる？

ソクラテス　ああ、むろん知ってるとも。

〈おお、汝《なんじ》、はじめより存在《いま》し給《たま》いし者よ——。

　願わくば、このいと高き大いなる主題にふさわしく、永遠の摂理を説き、神の配慮《おもい》の正しきを、人々に証明《あかし》することを、私に得させ給わらんことを！〉

　ミルトンの大叙事詩、天地創造と創造主の栄光を謳《うた》いあげた壮大なものだ。ああいうでっかい言葉は、僕はほんとに好きだねえ。精神が高らかに歓喜の声をあげるのを、はっきりと僕は覚えるのだ。精神の血が湧《わ》き、精神の肉が躍る、言ってみればそんな感じだね。素晴らしい。これぞ人間に生まれたことの快楽と誇りだ。あれがブームになってるんだって？　すると案外、最近の連中も見込みなくはないな。ようやく精神性に目覚めてきたかな。こりゃ嬉《うれ》しいね。

クサンチッペ　違うの。ぜんぜん違うの。この本なのよ、ミリオンセラーになってるのは。

ソクラテス　ふむ。渡辺淳一『失楽園』——。へえー、同じタイトルなんだ。

クサンチッペ　本だけじゃないの。映画にテレビにラジオドラマまで、街の中にはポスターがいっぱい。まあー大した騒ぎさ、失楽園ブーム。

ソクラテス　〈二人が育《はぐく》んだ絶対愛の世界〉〈命削る性愛「エロス」の讃歌・驚異の画期的大作！〉

　ほお、けっこうじゃないか。大詩人ミルトンと張り合おうってほどの意気込みなんだね。いや、ひょっとしたら、プラトンを意識したのかもしれんな。なにしろ、絶対愛とエロースとくりゃ、プラトン哲学を抜きには語れんからな。

クサンチッペ　まー、読んでみればー。

ソクラテス　どれどれ。

クサンチッペ　どーぞ、ごゆっくり。

ソクラテス　――――。
クサンチッペ　ね？
ソクラテス　――――。
クサンチッペ　ねえ？
ソクラテス　――――。
クサンチッペ　本年度最高の文芸大作、渡辺文学の極致だって、みんな絶讃してる。
ソクラテス　本気だろうか。
クサンチッペ　さあ。
ソクラテス　これが文学なのだろうか。
クサンチッペ　本人がそう言ってんだから、そうなんじゃない。
ソクラテス　これが文芸大作なら、真面目な情痴小説の立つ瀬がないじゃないか。
クサンチッペ　全身全霊で書いたのだって。
ソクラテス　気の毒に。
クサンチッペ　渡辺先生の悪口言ったらイカンって、箝口令《かんこうれい》すごいの。なにしろ何億っておカネが動くもんだから、みんなすごい気の遣いよう。
ソクラテス　悪口なんか言ってやしないさ。立派な情痴小説だって、ほめてるんだもの。

クサンチッペ　聞こえたら怒るわよ。
ソクラテス　怒る理由がないよ。何億っておカネがはいる売れっ子の小説家が、貧乏な一哲学者の正直な感想に、いちいち怒る理由がないよ。
クサンチッペ　あたしは十分、胸くそ悪い。貧乏な一哲学者だって、最近、税務署うるさくてさ。帳簿つけろだなんて、無茶言わないでよ。クズみたいな原稿料から、クズみたいな税金取ってどうすんのよ。そんなに物書きから取りたいんなら、あーいうところから、うーんと取ってきゃいいんだわ。どーせロクなことに使わないいんだから。
ソクラテス　ああ、そりゃその通りだ。彼のような人を見て、文学者というのはいいものだと、おカネがはいって、女にモテて、ああいうふうになりたいものだと、若人たちが思うようになったら、今後の文学のためにならんからな。
クサンチッペ　聞こえたら怒るわよ。
ソクラテス　怒る理由がないよ、心当たりがあるんでなければ。
クサンチッペ　こっちは新聞の広告、「原作者は語る」。

ソクラテス　〈人間はもともとアニマルであり、男と女は彼と彼女である以前に、まずオスとメスであった。／幸か不幸か、高度に文明化された現代社会は、知的なもの、合理的なものだけを優先させ、精神性を強調するあまり、われわれが本来もっていた、生きものとしての輝きを見失ってきたようである。／小説の題名「失楽園」は、英国の詩人ミルトンの長編叙事詩に由来したもので、ここにはアダムとイブが禁断の実を食べたため、神の怒りに触れて下界、すなわち人間界に追放されたことが記されている。言いかえると、われわれ人間は禁断の木の実、つまりセックスを知ったという原罪を背負っているわけで、それ故《ゆえ》、この汚れた世界にいるのなら、圧倒的な愛のなかで性の快楽に耽溺《たんでき》する、一組の男女を描きたい。／それはとりもなおさず、われわれの最も人間的な面であり、同時に、人間というものがこの世に誕生したときから永遠に持ち続けてきた、生の原動力であり、命の輝きそのものである〉

　なるほど、こういう読み方も、あるものか。

クサンチッペ　あたしはセックスが原罪だなんて、ちーっとも思やしないわ。思やしないけど、なんか、この人、ものすごいズル言ってるって感じがする。直感的に、いけすかない。どーでもいいこと大げさに言って、どーでもいいこと大げさにしてるだけでないのか。

ソクラテス　まあそうだな。浮気してセックスやめられないって、それだけのこと言うために、神と原罪と天地創造もってくる必要は、とくにないからな。また、原罪を原罪と認めてるんなら、「それ故」、原罪に耽溺するってのも、よくわからん理屈だからな。神様今度はほんとに怒るぜ。

クサンチッペ　要するに、この人、たんにしたいだけでないのか。たんにしたいだけなのが後ろめたいんで、大げさな小説にして、言い訳してるだけでないか。

ソクラテス　まさかそんなことはないだろう、彼ほどの大家が。

クサンチッペ　あたしが何より気にくわないのは、たんにしたいだけなら、たんにしたいだけでもいいでないかってこと。御大層な能書きつけて、深刻ぶることないでないか。

ソクラテス　そういうわけにもいかんのだろう、深刻な文学者としては。
クサンチッペ　あっきれた。こんなのが文学なら、じっさいにする方がよっぽどいい。
ソクラテス　おっと、聞き捨てならぬ御発言。
クサンチッペ　だって、そうなのよ、ひどいもんなのよ。ただでさえ世の中節操がないってのに、渡辺先生がもっともらしい理屈で煽《あお》るから、男も女も待ってましたとばかりにセックス。
ソクラテス　人は、自分の待ってることしか、聞こうとしないものだからな。
クサンチッペ　そこが付け目なのよ、この先生。みんなが見境いなくセックスしたがってるのを見計らって、それは絶対愛だなんて言ってやれば、喜んで飛びつくと思って。挙句が今や、「失楽園症候群」だとさ。
ソクラテス　ま、せいぜい発情動物園てとこだな。
クサンチッペ　あ、ばかばかし。
ソクラテス　そう、ただでさえ世の中節操がないというのに、日本国中発情させて、この男、何を企《たくら》んでいるのだろう。
クサンチッペ　しやすくなるからでないのか、馬鹿《ばか》な女が多いから。
ソクラテス　はたして、それだけだろうか。
クサンチッペ　自分の屁理屈を証明したい。
ソクラテス　だとしたら、問題だな。
クサンチッペ　ほっときなさいよ。相手は動物なんだから。自分でそう言ってんだから。
ソクラテス　いや、だからこそ、ほっとくわけにはいかんのだ。人間による人間の理屈を、いまだ人間ならざる人間のために、証明してやらねばならん。「願わくば、このいと高き大いなる主題にふさわしく、人々に証明《あかし》することを、私に得させ給わらんことを！」まさしく、これだな。
クサンチッペ　いずれにせよ大げさだってことじゃ、どっちもどっちね。
ソクラテス　お前はこの小説の、どこが面白くなかった？
クサンチッペ　面白いも面白くないも、ばかばかしくて、まともに読んじゃいないもの。明けても暮れてもセックスばかり、絶対愛だ真実の愛だって、言っちゃあいるけど、なんで絶対かっていや、要するにセックスの相性がいいって、それだけなのさ。他に理由なんか、なんにもないのさ。だったら、そんなの、男が不能だったり女が不細工だったりしたら、すぐヤになるようなもんでしょうが。ヤになって、別の相手探しに行くんでしょうが。だったら、なんでそんなのが愛なわけ？　いったいどこが真実なわけ？　あたし、この手のウソって、虫酸《むしず》が走るとこあんのよね。蹴倒《けたお》してやりたくなるんだわ。

ソクラテス　ふむ、厳しいね。しかし、その通りだ。男が不能だったり女が不細工だったりしたら、すぐヤになるようなのは、愛とはいわない。たんなる性欲だ。人は、愛と性欲とを、じつによく間違える。知らなくて間違えるのでなく、知っていて、わざと間違えるのだ。たんにしたいだけなのを、「愛している」と言う。したくてどうしようもないのを、「絶対愛」と言う。そう言った方が、やはり、何かと、しやすいのだろう。しかし、絶対というのは、相対ではないから絶対というのであって、不能だったり不細工だったりしたらすぐヤになって、別の相手を探しに行くようなのは、やはり絶対とはいわない。この人は、たんなる性欲のことを、愛と間違えているのだね。

クサンチッペ　だからあ、それならそうと、はっきり言やいいのよ。キザったらしいったら。

ソクラテス　いや、ひょっとしたら、知っていてわざと間違えているうちに、自分でもわからなくなっているんじゃないのかな。おそらく、そういう生活がよほど長かったのだろう。しかし、愛と性欲とを間違えないなんてのは、じつはちっとも難しいことではないのだ、とても簡単なことなのだ。

クサンチッペ　どんなふう？

ソクラテス　うん。愛というのは、相手がどのようなのであれ愛するということであり、性欲というのは、どのような相手なのであれ、するということだ。

クサンチッペ　あっはっは。

ソクラテス　わかり易いだろ？

クサンチッペ　わかり易い！

ソクラテス　ところで、相手がどのようなのであれ愛するというのは、精神の機能であり、どのような相手なのであれするというのは、動物の機能だ。それが、この人が、自分は動物だということのゆえんなんだね。しかし、それはたまたまこの人がそうであるというだけであって、それを「われわれの最も人間的な面」というのには、やはりちょっと無理があるね。だって、セックスをしようがするまいが、立派に人を愛せる人は、世の中にはいくらだっているんだもの。

クサンチッペ　ケッサクなのよ、小説の最後はね、セックスしたまま心中するの。

ソクラテス　ふむ、そりゃ妙だね。そこまでセックスが好きなら、なにも死ぬこたなかろうに。

クサンチッペ　それが永遠に愛し合うってことなのらしい。

ソクラテス　やはりそれはおかしい。永遠に愛し合うのなら、生きてセックスを続けるべきだ。そうでなければ、それは絶対愛ではなく、たんなるその場の性欲だということを、やはり知っていたということになる。

クサンチッペ　笑っちゃ悪いんだけど、あたし昔から、心中する人っておっかしくてさー。だって、いくら手つないで抱き合って死んだって、死ぬ時は別々に決まってるじゃないか。手つないで抱き合ったまま、どっか行けるとか思ってんでしょ。なに勘違いしてんのかしら、馬鹿じゃない。

ソクラテス　いや、まさにその通りだ、驚くべき勘違いだ。しまった、死ぬときゃひとりだったと、気づいた時には、遅いわな。気の毒に。

クサンチッペ　悲劇のつもりが、ただの無知。

ソクラテス　セックスばかりしていて、生や死の意味をきちんと考えたことがなかったんだな。まあ、しょうがないよ、動物なんだから。きちんとものを考えるというのは、人間精神にしかできないことなんだから。

クサンチッペ　やっぱり、勝手にやってればーって感じ。

ソクラテス　まあねえ。しかし、人間が人間たるゆえんは、まさにその精神の、思考し想像し創造する機能にあるというのに、精神性を否定するこの人は、すると、文学という創造活動を、文学者としてどんなふうに思っているのだろう。

クサンチッペ　小説書くのにもそれなりに元手はかかるのだから、そこのところも汲《く》んでほしいって、こないだの高額納税者の弁、新聞で言ってたわ。

ソクラテス　つまり、女をいっぱいたらしこまないことには、女たらしの小説は書けないと、こういうわけだ。
クサンチッペ　聞こえたら怒るわよ。
ソクラテス　怒る理由がないよ。だって、この人は、自分で自分の仕事を否定してるんだもの。体験しなけりゃ創造できない、つまり、自分の書くのは文学じゃないって、自分で認めてるんだもの。
　しかしねえ、お前、考えてもごらんよ。ミルトンのあの大叙事詩、天地創造と創造主の栄光という壮大なイメージ、あんなものを、詩人はいったいどこで体験すると思うかね。

香港《ホンコン》でお買物！

クサンチッペ　また来たねー。
ソクラテス　お前はほんとに香港が好きだな。
クサンチッペ　もう、だいっ好きっ。何度来たって、こんなに飽きないとこったらないわよ。
ソクラテス　そりゃあそうだろうさ。だって、お前が香港ですることったら——。
クサンチッペ　お買物でしょ、お食事でしょ、エステだって、香港なら、うんと安いのよ。
ソクラテス　女の天国だな。
クサンチッペ　女の極楽よ。
ソクラテス　支払い考えたことあるか。
クサンチッペ　つまんないこと言わないの。そういうつまんないこと一切抜きで遊べるから、香港は楽しいんじゃないの。だって、年に二回の大減価、半額なんか当たり前、八割引、九割引でブランドのドレス見つけたときなんか、もー感涙ものよ。宝の山で宝探し、こんなの国内じゃ、ぜったい味わえないもの。
ソクラテス　ああ、それは認めるよ。そんなの国内でやられた日にゃ、たまったもんじゃないからな。
クサンチッペ　香港にいる時だけは、女王様よ。
ソクラテス　ほどほどに好きになさい。
クサンチッペ　買って、買ってよね。
ソクラテス　うんまあ、お前には、日頃苦労かけてないと言えなくもないからな。
クサンチッペ　ほらほら、早く行こ行こ。
ソクラテス　そんなに慌《あわ》てなくても、ものはなくならないよ。
クサンチッペ　なくなる、なくなるのよ。サイズが合うのは、すぐになくなるのよ。なにしろ、返還前最後の大減価なんだから。
ソクラテス　ほらほら、慌てない。
クサンチッペ　見てっ、シャネルよっ。素敵ねえ、いいわねえ。
ソクラテス　ふむ、確かにシャネルは素敵だね。
クサンチッペ　あたし、似合うかしら。
ソクラテス　いくらだい。
クサンチッペ　三万香港ドル。
ソクラテス　ということは――日本円にして五十万円？　お前、これは服の値段じゃないよ。
クサンチッペ　あたしもそう思う。
ソクラテス　誰がこんなの買うのだ。
クサンチッペ　大富豪のマダム。
ソクラテス　それなりの人だな。
クサンチッペ　いいな。
ソクラテス　まあな。
クサンチッペ　あっ、あのオバサン、日本のオバサンたち、まあー団体で押しかけて、見てよ、買うつもりよっ。ほらっ、あなた、似合わないわよっ、それじゃあ服が可哀想《かわいそう》よっ。
ソクラテス　およしよ、聞こえるよ。
クサンチッペ　だって、あんた、似合う人が着るからシャネルなんでしょうが。買えれば誰でもいいってわけじゃないでしょうが。なのにさ、あんな猪熊《いのくま》みたいなオバサンや、風俗のオネーチャンみたいのばっかり、なんでシャネルなのよ。
ソクラテス　およしよ、僻《ひが》んでるみたいだよ。
クサンチッペ　そーよ、僻んでるのよ。だって、ぜったいあたしの方が、似合うもの。あたしが着た方が、服のためだもの。

ソクラテス　それはそうかもしれんが、いくらなんでも高すぎるよ。あんまり高いのばかり着たがる人は、よほど中身が安いんじゃないかって、僕なんかには見えるけどな。

クサンチッペ　そーよそーよ、高すぎるわよ。それでもみんなが買うもんだから、シャネルったら強気で、ぜったい値引かないのよ。いーわよ、要らないわよ、シャネルなんか。

ソクラテス　そもそも、なんでシャネルなのかな。

クサンチッペ　なに？

ソクラテス　シャネルと聞いただけで、なんで女たちは眼の色を変えるのだ。

クサンチッペ　そりゃ素敵だからさ。

ソクラテス　うん、素敵は僕も認めるけど、シャネルでなくたって素敵なものは、いくらだってあるじゃないか。

クサンチッペ　グッチ。

ソクラテス　――――。

クサンチッペ　エルメス？

ソクラテス　――や、そうじゃなくて、ブランドものでなくても素敵なものは、他にもたくさんあるじゃないかと言ったのだ。

クサンチッペ　だめなの。ブランドじゃなくちゃ、だめなの。ブランドものだから、素敵なものは、もっと素敵なの。

ソクラテス　そういうものかな。

クサンチッペ　そういうものなの。そうでなけりゃ、誰もわざわざ高いブランドものなんか、買やしないわよ。ブランドものを買うってことは、夢を買うってことなのよ。高価なものを自分が買う、そのことの夢を買うのよ。

ソクラテス　うん、その理屈には説得力があるな。しかし、だとすると、その高価なものが八割引九割引になったりすると、夢の方も、八割引九割引にならんのかね。

クサンチッペ　ならない。そこがブランドの違うとこ。もとが高価なものが、時に安価で手に入る、そこに八倍九倍の夢があることになるのよ。

ソクラテス　なんか、ものすごい理屈だな。ブランドの魔力だな。

クサンチッペ　そういうこと。
ソクラテス　負けました。
クサンチッペ　あんただって、あたしがキレイにしてる方がいいでしょ。さえない汚ないカッコしてたらヤでしょ。
ソクラテス　そりゃあそうさ。そうだけど、なにもブランドものでなくたって、お前はそのままで十分にキレイだと、僕は思うんだがねえ。
クサンチッペ　それ、男の常套句《じょうとうく》。ニセ物のダイヤだって、君がつければ本物に見えるよなんて、そんなのにダマされる女なんかいないい。全然おだてたことにならない。
ソクラテス　ダメか。
クサンチッペ　あたりまえです。
ソクラテス　買えないものは、しょうがないよ。
クサンチッペ　買えるように、努力して。女はその努力にほだされるってとこ、あるんだから。
ソクラテス　そう言われちゃあ、頑張るしかないなあ。
クサンチッペ　頑張り甲斐《がい》あるでしょうが、あたしなら。そんじょそこらの女と違うんだもの。あたしは本物なんだもの。あたしみたいな女こそ、ブランドものにふさわしいんだわ。
ソクラテス　おそらく、あらゆる女がそう思ってると思うよ。
クサンチッペ　あれ、厚かましい。
ソクラテス　ふむ、そう考えると、ブランドの側にとっちゃ、こんなにうまい商売はやっぱりないわけだ。売る側はなんにもしなくたって、買う側が勝手にそうやって思い込んで、高くても買ってくれるんだからな。
クサンチッペ　それ言っちゃあ、ミもフタもないわ。それでも買物はそれだけで楽しいものだって、あたし思うもの。買物は立派に人生の楽しみのひとつだわ。
ソクラテス　どうして人は、買物を楽しいと思うのだろう。
クサンチッペ　やだ、そんなの考えたことない。
ソクラテス　まあそうだろうな。考えたことあるなら、そうはならんはずだものな。
クサンチッペ　そうかな。考えたことあっても、やっぱりそうなるかもよ。ねえ、お腹《なか》すいたから、飲《ヤム》茶《チャ》食べながら、考えよう。

ソクラテス　賛成。食べることなら、いつだってオーケーだ。

クサンチッペ　おいしいし、楽しいし、やっぱり香港て、好きっ！

ソクラテス　僕は思うんだがね、香港の魅力というのは、その徹底した即物性にあるんだろう。およそこの地上の場所で、ここほど思索とか内省とかいったことから縁遠いところはないだろうね。いやこれは、見事なほどにそうだよね。もともと中国人というのは、非常に現世的な人々であるところへもってきて、自由貿易都市として大発展したこの街を走り回る人たちったら、まるで、人が生きることの意味と価値とに、いったいどんな不分明があるのかって感じだ。

むろん、僕だって、それは同じだ。人が生きることの意味と価値とは、精神性すなわち真善美の追求であることを疑ったことがない。しかし、彼らの追求する真善美ったら、現世的快楽に他ならないってことじゃ、やっぱりこれっぽっちも迷いがないんだから、その意味じゃ、通じるところは確かにあるな。

だって、ほら見てごらん、旧正月前の街角の看板や高層ビルのネオンサイン、「財源広進」「富貴満願」だって、愉快だねえ。お金こそが、良いものなのだ。その良いものがたくさんあることが、絶対的に、良いことなのだ。

クサンチッペ　わかり易くていいわ。

ソクラテス　そう、わかり易い。非常にわかり易いよね。しかし僕には、このわかり易さが、わからない。非常に難しいことのように思うのだ。お金があることが良いことであることの理由のひとつが、買物をすることが楽しいということなのだが、さてでは、なぜ人は、買物を楽しいと思うのだろう。

クサンチッペ　欲しいものが手に入るから。

ソクラテス　そう、欲しいものが手に入るから、人は買物を楽しいと思うのだね。しかし、欲しいものが手に入るから買物は楽しいと思うためには、絶対に必要なことが、あるよね。

クサンチッペ　だからお金でしょ。

ソクラテス　いや、それは最後だ。

クサンチッペ　じゃ、なに。

ソクラテス　欲しいものが、ある、ということだ。

クサンチッペ　欲しいものはたくさんあるわよ。
ソクラテス　うん。しかし、欲しいものはたくさんあっても、それを欲しいと思わなければ、欲しいものは、ないわけだ。
クサンチッペ　ばか。
ソクラテス　なに言ってんだ、お前、これは絶対的な条件じゃないか。いくら買物が楽しくたって、欲しいものがあるんでなけりゃ、楽しみたくても楽しめないはずじゃないか。欲しいものがあって、それを欲しいと思うんでなけりゃ、なんにも始まらんはずじゃないか。
クサンチッペ　はいはい、その通りですね。
ソクラテス　欲しいものが「ある」ということ、それを欲しいと「思う」ということ、これは、恐ろしく困難な第一歩を踏み出すことなのだ。
クサンチッペ　はいはい、それで？
ソクラテス　それで、欲しいものがあって、欲しいと思うと、どうする？
クサンチッペ　買いに行く。
ソクラテス　そう、買いに行く。しかし、買いに行くためには、必ず必要なことがあるよね。
クサンチッペ　なに。
ソクラテス　それをどこで売っているか、それがいくらなのかを、知ることだ。
クサンチッペ　その通りですね。
ソクラテス　それでどうする。
クサンチッペ　買う。
ソクラテス　そう、買う。しかし、買う前にしておくことがあるんじゃないか、お前。
クサンチッペ　なに。
ソクラテス　よそより安く買えるかどうかを、調べなくてもいいのかね。
クサンチッペ　あ、それ大事。
ソクラテス　調べているうちに、欲しいものよりもっと欲しいものが見つかってしまう場合もあるよね。
クサンチッペ　そうそう、あるある。
ソクラテス　そして、以上全てのあれこれの情報を勘案して、はじめて人は欲しいものを「買う」と決めるわけだ。
クサンチッペ　ほんと、そうだわ。
ソクラテス　そして、買う？
クサンチッペ　買う。

ソクラテス　お金は？
クサンチッペ　あ、そうか。
ソクラテス　ここでようやく、お金が必要になる段階のわけだ。
クサンチッペ　なるほどね。
ソクラテス　欲しいものとお金とを交換して、欲しいものを手に入れるために、人にはお金がなければならない。この理由によって、お金があるのは良いことだということになり、そのお金で買物をするのは楽しいことだというところに、人はようやく辿《たど》りつけるわけだ。なあ、お前、これは恐るべき困難な道のりじゃないかね。僕なんか、この道のりの遠さを考えただけでもう、買物を楽しいと思うことを放棄したい気持になるよ。
クサンチッペ　あたしなんか、これだけの道のりを一瞬で、しかも少しの狂いもなく踏破してたのかって、我ながら感心したわ。
ソクラテス　ああ、大したもんだよ。女たちの買物に賭《か》けるあのパワーとエネルギーたるや、あれをなんか別のところで有効利用できんものかと、僕はつねづね思ってるんだがね。あれらを集めて発電すれば、東京都一日分の消費電力くらい、まかなえるかしれんぞ。
クサンチッペ　あたしもそう思う。お買物してる時って、なんか全然べつの元気が出るのよね。なんでかしら、不思議。
ソクラテス　なあ。だって、買物をすれば、お金はなくなる。普通に考えりゃ、お金がなくなれば人は悲しいはずなのに、買物でお金がなくなるのを楽しいと思うのは、なぜなのだ。僕には何より、それが不思議だ。
クサンチッペ　だから言ったでしょ。買物は、物を買うことで夢を買うのよ。買物をすることで幸せを買うのよ。
ソクラテス　まあそうでなけりゃ、お金が出て行って喜ぶ人はいないわな。出て行ったお金以上の何かが入ると思うから、人はお金を出すんだな。
クサンチッペ　知ってる？　この頃女の間ではやってる言い方、欲しいものを手に入れる、ってことなんだけどさ。
ソクラテス　なんだ。
クサンチッペ　「ゲットする」。

ソクラテス　ああ、そりゃあ、狩りだな。狩猟だな。
クサンチッペ　そーそー。
ソクラテス　香港て街の衰えない活力も、おそらくそこだな。きわめて原始的な欲望、ゲットだ、財源広進だ。
クサンチッペ　返還後は変わっちゃうのかしら。お買物できなくなるのかしら。あたし、心配だわあ。
ソクラテス　そうだなあ。買物のない香港なんて、言ってみりゃ、欲しがらないクサンチッペみたいなもんだもんな。

愛国心は誰のため

登場人物
ソクラテス
新保守主義者

主義者　私の予感では、この国の滅亡は、おそらくそう遠いことではない。上は政財官の汚職から、下は女子高生の売春まで、日本と日本国民とのとどまるところを知らぬ堕落ぶりは、明らかに一国家が滅亡に至る道程の末期症状を呈している。
　誰も彼もが己れの卑小な欲望を満たすことのみ追い求めて、公共性つまり国家というものの価値と意義など一顧だにしようとしない。しかし、これは当然なのです。なぜなら、他でもない当の国家が、率先してその愚行を奨励しているからなのです。すなわち、憲法は国民がその自由を享受することを保証すると。

憲法は日本人をどれほど悪くしたか。明治期の、いや少なくとも戦前までの日本人には道徳と美学というものがあった。見苦しく生きるよりは潔く死を選ぶという、日本人としての誇りがあったのです。しかし、敗戦国日本は、敵国アメリカ製の平和憲法を卑屈にも有難くおし戴《いただ》いたそのときから、堕落の一歩を踏み出した。自由、人権、平和と平等、そんな空疎《くうそ》な概念が、自ら闘い取ることなく無償であり得るものと、五十年かけて信じ込んでしまったのだ。結果、己れがしたいことなら何であれ認められるべきだと主張する、世界に類をみない恥ずべき国民が出来上がったのだ。

じっさい、私は世界に対して恥ずかしいですよ、こんな国、こんな国民。国民が自国に誇りをもてないなどあり得べからざることなのに、連中それを当然と思っている。国とは愛すべきものではなく恥ずべきものであると、戦後教育が熱心に教え込んできたのですからな。国民が国家に誇りをもたない国家が滅びるのは理の当然、私も正直なところ半分は諦《あきら》めの境地ではありますが、しかし、見捨てるにはまだ忍びない。なぜなら私は、それでもこの国を愛しているからです。この国の伝統と文化、歴史的共同体としての日本国を愛しているからです。そこで我々新保守主義者は、きょうび狂人扱いされかねないことを先刻承知で、あえて呼びかけるのです。愛国心なきところに倫理なし、日本人よ日本に目覚めよ、とね。

ソクラテス　心中お察しするよ。ま、じっさい相当変な国ではあるよね、君たちの日本て国はね。民主制の弊害は、僕らのアテナイでも散々だったけど、そのうえそれを民主主義という何かの主義みたいに信じ込んじゃった日には、もう目も当てられないはずだよね。

主義者　いや全く。衆愚どころか、立派に畜群ですよ。生命《いのち》さえ無事なら、いかなる下劣愚劣な品行も、自他ともに社会ぐるみで認めてしまうんですからな。

ソクラテス　うん。確かに僕らのときもそんなふうだった。『国家』の中で、僕は言ったもんだ。

〈このような状態のなかでは、先生は生徒を恐れて御機嫌をとり、生徒は先生を軽蔑し、個人的な養育掛りの者に対しても同様の態度をとる。一般に、若者たちは年長者と対等に振舞って、言葉においても行為においても年長者と張り合い、他方、年長者たちは若者たちに自分を合わせて、面白くない人間だとか権威主義者だとか思われないために、若者たちを真似て機智や冗談でいっぱいの人間となる〉

主義者　まさにその通りです。

ソクラテス　だから僕は、あの時点で、はっきりと言っておいたのだ。

〈「すべてこうしたことが集積された結果として」とぼくは言った、「どのような効果がもたらされるかわかるかね——つまり、国民の魂はすっかり軟らかく敏感になって、ほんのちょっとでも抑圧が課せられると、もう腹を立てて我慢ができないようになるのだ。というのは、彼らは君も知るとおり、最後には法律をさえも、書かれた法であれ書かれざる法であれ、かえりみないようになるからだ。絶対にどのような主人をも、自分の上にいただくまいとしてね」〉

かくして、過度の自由は、個人においても国家においても、過度の隷属状態に陥ることになるわけだ。

主義者　ああ、全然変わらないもんですね、二千年前も今も。

ソクラテス　うん、全然変わらない、二千年前も今も。

主義者　自由の意味をはき違えた人間のていたらく、己れの卑小な欲望の実現が自由なら、公共性など、どこにあることになりますか。

ソクラテス　公共性など、どこにもないんだろうね。

主義者　かくして国家は滅びの道を歩む。

ソクラテス　それで、「国家」と君は言うのだね。

主義者　そうです。国を愛し、国を貴ぶ気持をいま取戻さないことには、この国はまもなく滅びます。しかしまあ、大きな声では言えませんがね、かくまで愚劣な国民は、いっそ滅びた方がいいかなという思いもなくはないのですよ。じっさい私は、もう見るのも嫌なくらいなのだ。

ソクラテス　ふむ。つまり君は、国は愛せるが国民は愛せないというわけだね。

主義者　どうして愛せるもんですか。連中がたえまなくまき散らす腐臭には、今や吐気すら覚えるくらいですよ。

ソクラテス　それは気の毒に。愛していない国民に向かって、国家を愛せよと言うのはとても難しいはずだものね。
主義者　ええ、連中、耳を貸そうともしない。
ソクラテス　うん、そりゃそうだろう。だって、国民というのは、国家に属する人間のことだよね。
主義者　そうですよ。
ソクラテス　そして、国家というのは、国民を有する国家のことであって、国民を有さない国家なんてのはないよね。
主義者　ないですよ。
ソクラテス　つまり、国家あっての国民であり、国民あっての国家なわけだ。国民と国家とは別々ではあり得ないわけだ。
主義者　むろんです。だからこそ我々は、愛国心と言うのです。
ソクラテス　うん。しかし君が愛しているのは国家であって、必ずしも国民ではないんだろ。
主義者　愛国心をもたない国民を愛せないというだけですよ。
ソクラテス　しかし、愛国心をもたない国民も、国民だよね。
主義者　そうですよ。
ソクラテス　そして、国民と国家とは別々ではあり得ないんだよね。
主義者　そうですよ。
ソクラテス　だったら愛国心をもってる君は、愛国心をもたない国民も愛せるはずじゃないのかな。国民を愛さずに国家だけを愛するなんてことができるのかな。国民を愛さずに国家だけを愛する君は、何を愛していることになるのかな。
主義者　私が愛しているのは、伝統と文化という歴史的共同体のことです。
ソクラテス　歴史的共同体というのは、共同体の構成員なしに、どこかに別にあり得るのかね。
主義者　――――。
ソクラテス　だとしたらそれも、自由や人権と同じくらいに、空疎な概念ではないのかね。たまたまそこに生まれたってだけで、自ら闘い取ることなく無償であり得るような有難さだね。そんな空疎な概念を、自分が愛してるから愛せよって、愛してもいない人々に向かって言ったって、耳を貸さないのは当然だよ。だって、愛してもいない人に言うってのは、たんに自分が言いたいから言うってことなんだから。

たんに自分が言いたいから言うってのは、自由の意味をはき違えた、公共性のない行ないなんだから。国家を愛してるはずの君が、そんな公共性のない行ないをするとしたら、ひょっとしたら君は、国家を愛してなんかいないんじゃないのかな。国家を愛してる自分を愛してるだけなんじゃないのかな。

主義者　よろしい。それなら私は、愛国心をもつ国民も、もたない国民も、全部まとめて国民として愛していると、日本人と日本国とを愛していると、こう言い直しましょう。そして、あらためて主張しましょう、国民は愛国心をもつべきだと。これでどうです。

ソクラテス　けっこうだねえ。ところで、それなら僕もあらためて訊《たず》ねるけどね、なぜ国民は愛国心をもつべきなのかね。

主義者　我々に生きる誇りを与えてくれるからです。人が生きるのには誇りが必要です。それを守るために命を賭けられる何かがあるということが、人間の誇りであり倫理となるからです。

ソクラテス　うーむ、こりゃ大変だ。大変な主義主張だ。

主義者　だから言ったでしょう、狂人扱いされかねないのは先刻承知だって。

ソクラテス　いや、僕が言ったのはそのことじゃなくて、人が生きるのには誇りが必要だというそのことの方なのだ。

主義者　当然でしょう。人が誇りを失って、ただ生きてりゃいいって仕方で生きているのがこのザマなんだから。ただ生きるのではなく、善く生きることだけが大事なのだと、最初に言ったのはあなたでしょうが。

ソクラテス　うん、確かに僕はそう言った。しかし僕は、善く生きるためには誇りが必要だなんて、一言も言ってない。

主義者　人は誇りをもたずに、善く生きることができますかね。

ソクラテス　まさかそんなことはない。しかし、善く生きるために誇りを求めるのは、善く生きていることでは決してない。

主義者　どういうことですか。

ソクラテス　君は、人が善く生きるためには誇りが必要だと言う。そして、その誇りを与えてくれるの

が国家なのだと。ところで、人が何かに誇りをもつとか誇りに思うとかいうとき、その誇りに思ってい
る人自身は、誇りに思われているその何かより、誇
りに思われてはいないということを認めるね。

主義者　何ですか。

ソクラテス　人が、自分よりも誇りでないものに、自分の誇りを求めるということはないよね。

主義者　そうですよ。

ソクラテス　君が、日本人であることを自分は誇りに思うと言うとき、君自身よりも日本人であるということの方が誇りなのだね。

主義者　そうですかね。

ソクラテス　君は君自身が誇りでないから、日本人であるということに誇りを求めているのだね。

主義者　まあそうですかね。

ソクラテス　それなら、自分自身が誇りでない人が、どうして善く生きていることになるのかね。自分自身が善く生きていないことを知っているから、人は何かに誇りを求めるのではないのかね。善く生きている人は、何かに誇りを求めなくても、それ自体が誇りなのではないのかね。

主義者　少なくとも私は、誇りということを日本人に教えたいのです。

ソクラテス　うん、そりゃ大いにけっこうだよ。だけど、善く生きることを教えるよりも先に、どうやって誇りを教えることができるのかと僕は言っているのだ。

主義者　――――。

ソクラテス　日本人であることに誇りをもてと教えれば、そりゃあもつかもしれないよ。だって、げんに日本人なんだから。そも自分に誇りをもてない人が誇りをもつ仕方としては、いちばん簡単なんだから。だけど、そもそも善く生きてはいないから誇りをもてない人々が、君の言う下劣愚劣な畜群のままで、いっせいに日本人であることに誇りなんかもったって、しょうがないんじゃないの。そのまんま戦争にでもなった日にゃ、どんなふうになるか、君たちよくわかってるはずだがね。

主義者　いや、いま戦争になれば、この惰弱な日本人は、たちまち尾を巻いて降参でしょう。だからこそ、命を賭けられる存在としての国家が必要だと私は言うのだ。

ソクラテス　しかし君、ただ死にゃあいいってもんじゃないだろうに。ただ死にゃあいいってのは、ただ生きてりゃいいってのと変わらんだろうに。どっちも、善く生き、善く死ぬということの意味を知らんのだ。あんまりものを考えたことがない証拠だ。君は、君が罵《ののし》っている愚かな人々と、大して変わらんように僕には見えるよ。

主義者　それじゃあ、いったいどういう手立てがあるというんです。もう手の打ちようがないじゃないですか、この国、この国民は。

ソクラテス　さて困ったねえ。

主義者　我々に倫理を示して頂きたい。

ソクラテス　まあ少なくとも、愛国心なんてところにはないということだけは、わかったわけだ。

主義者　じゃあ、平和憲法だとでも？

ソクラテス　いや、同じことだね。何を信じ込むかって違いだけなんだから。

主義者　じゃあ、どうするというのです。

ソクラテス　なんで君は僕にそんなことを訊《き》くのだ。

主義者　なんでって、どれもダメだと言うからには、あなたはそうするべきでしょう。

ソクラテス　僕がそうしたって、その人がそうするんでなけりゃ、なんの意味もないじゃないか。僕が善く生きたって、その人が善く生きるんでなけりゃ、善く生きたことにならんじゃないか。君はまだ、倫理なんてものが、誰かに示してもらって倫理であり得ると思っているのかね。ああ、まるで、アメリカ人に憲法を教えてもらった日本人みたいだ。

親はなくても子は育つ

クサンチッペ　ねえ、あんた——。
ソクラテス　うん？
クサンチッペ　あたしたち、なんで一緒にいるの？
ソクラテス　なんだ、いきなり。
クサンチッペ　だってさ、なんで一緒にいるのかなって考えたら、なんかあんまり理由なんかないみたいでさ——。
ソクラテス　まあなあ、人間がすることのたいていのことには、大した理由はないわな。
クサンチッペ　そうだけど、わざわざ一緒にいるんだから、ちょっとは理由がほしいじゃない。
ソクラテス　それはきっと、お前が僕に、惚《ほ》れとるからだ。
クサンチッペ　それ逆。
ソクラテス　ああ、認めてもいいよ。
クサンチッペ　やっぱりそれだけのことか。
ソクラテス　十分じゃないか。
クサンチッペ　だってさ、この頃よく聞くじゃない、家族の崩壊とか、家庭の荒廃とか。それなら以前は、家族とか家庭とかは、なんかもっと大したものだったのかなって。みんな、なんのこと壊れた失《な》くなったって言ってるのか、よくわかんなくてさ。理由はないけど、なんとなく一緒にいるんじゃ、普通はイヤなのかな。
ソクラテス　いや、僕はそれで十分だと思うがね。
クサンチッペ　ねえ。
ソクラテス　ウチは仲がいいからな。
クサンチッペ　あたしが譲歩してるから。
ソクラテス　——。
クサンチッペ　そうでしょっ！
ソクラテス　そうです。
クサンチッペ　でもね、喧嘩するほど仲がいいって、やっぱりほんとかもね。喧嘩もしないほど冷えきった家庭って、けっこうあるみたい。そういうのって、辛《つら》かないかなあ。どうして一緒にいるのかなあ。
ソクラテス　家庭内離婚てやつか。
クサンチッペ　そう。子がかすがいなんだけど、その子はその子で荒れていて、だけど親は叱《しか》れなくて、甘やかしたり放任したり。そのうえお互いは勝手に不倫してたりとか。

ソクラテス　まるでバラバラなんだな。

クサンチッペ　一緒にいる理由って、ないじゃない。

ソクラテス　ないな。

クサンチッペ　家族って、なんだろ。

ソクラテス　素朴な疑問だね。

クサンチッペ　みんな家族をもってるわ。

ソクラテス　ほんとにそうだね。

クサンチッペ　たいてい文句を言ってるけど。

ソクラテス　どうなら文句がないのかな。理想の家族って、どんなかな。

クサンチッペ　父親は父親らしく厳格で、母親は母親らしく優しくて、兄弟仲良く親を敬う。

ソクラテス　けっこうだね。

クサンチッペ　こんなの当たり前じゃない。

ソクラテス　僕もそう思う。

クサンチッペ　こんな当たり前のことが、最近はできなくなってるらしい。

ソクラテス　たぶんそれは、そういう理想の家族像に、過剰な幻想を抱いているからだ。

クサンチッペ　どういうこと？

ソクラテス　うん。みんな家族をもっているって、お前は言ったね。いやこれは、言われてみればその通りだ。まったくもって、不思議なことだ。よく考えてごらん。人が自分の家族をもつ、自分には家族がいるということは、いったいどういうことなんだろう。これは、何よりもまず最初には、生まれてきた自分には、なんと、親というものがいたということなのだ。

クサンチッペ　あははっ。

ソクラテス　いやお前、これは驚くべきことなのだよ。生まれてきた自分に、親というものがいたということを知る驚き、これぞ人類の哲学の原点といってても過言ではないのだ。自分には妻がいる、夫がいる、あるいは子供がいる、人はこれには大して驚かない。なぜなら、そこには、自分がそうしたという理由があると思うからだ。しかし、自分には親がいる、人はこれには驚く、深く驚く。なぜなら、そこには、いかなる理由も見出せないからだ。

クサンチッペ　親が自分の理由なんじゃないか。なに言ってんの、あんた。

ソクラテス　うん、普通はそう思う。そして、ほとんどの親がそう思う、自分が子供の理由なんだとね。しかし、子供にとっては、自分の理由が親だとは思えない、これはどうしても思えない。なぜなら、自分以外に自分の理由がないということが、自分が自分であるというまさにそのことだからだ。

クサンチッペ　だって、それなら、親から生まれない子供がいるってわけ？　子供がいきなりひとりで存在するってわけ？　それならあたし、その理屈認めてもいいわよ。

ソクラテス　うん、お前、いいこと言った。あらゆる子供は、親から生まれる。いきなりひとりで存在するのでは決してない。しかし、誰かの子供ではないところのこの自分というものは、決して親から生まれるのでなく、いきなりひとりで存在するのだ。なぜって、いいかね、ひとりの男とひとりの女との然《しか》るべき行為によって、ひとりの子供が生まれる。しかし、そこに生まれたその子供が、なぜこの自分である理由があるのかね。

クサンチッペ　それが自分の父親と自分の母親だからよ。

ソクラテス　うん。しかし、自分がそこに生まれる前には、それはひとりの男とひとりの女であって、自分の父親と自分の母親ではないよね。

クサンチッペ　そうよ。

ソクラテス　だったら、ひとりの男とひとりの女との然るべき行為によって、そこに生まれるのがこの自分である理由もないはずじゃないか。

クサンチッペ　なに言ってんの、あんた。

ソクラテス　そこに生まれたのは、自分でなくて別の子供だっていいわけじゃないか。

クサンチッペ　それなら、あんたはいったいどっから生まれたってのよ。

ソクラテス　僕は、どこから生まれたのでもない。なるほど、五臓六腑《ろっぷ》は親から生まれたかもしれない。しかし、この僕は、僕が僕であるところのこの僕は、誰から生まれたのでも決してない。生まれたのでない限り、死ぬこともない。

クサンチッペ　あたし、自分の腹から出た子がそんなこと言ったら、ひっぱたいてやるわ。

ソクラテス　まあそうだろうな。

クサンチッペ　誰から生まれて、誰に育ててもらったつもりなのよって。
ソクラテス　おそらく、それが家族の喜劇の原点なのだ。
クサンチッペ　だって、そうじゃないか。そうでなけりゃ、家族が家族である理由なんかないじゃないか。
ソクラテス　そうだ、ないのだ。家族が家族である理由は、血のつながりがあるというそのことだけであって、ほかに理由なんか、なんにもないのだ。あるのは偶然だけなのだ。だからこそ家族には、常に擬制が必要なのだ。
クサンチッペ　そりゃあ、多かれ少なかれ犠牲は必要でしょうよ、共同生活なんだから。
ソクラテス　僕が言ったのは、「擬制」だ。幻想、ロールプレイのことだよ。
クサンチッペ　なに、ロールプレイ。
ソクラテス　役割演技、父親は父親らしく厳格に、母親は母親らしく優しく、子供らそろって親孝行、そのように、それぞれがその役割を演じることだ。
クサンチッペ　そりゃあ演技じゃないわよ、自然の情よ。自分の子供が可愛《かわい》くない親がいるもんですか。
ソクラテス　とくに母親はそうだろうな。
クサンチッペ　あたりまえです。
ソクラテス　しかし、それなら、可愛がって育てた子供が、ほんとは自分の子でなかったたってわかったら、どうかな。
クサンチッペ　――それは複雑よね。
ソクラテス　だろ？
クサンチッペ　やっぱり可愛いには違いないだろうけど、なんか、すこぅし変わる部分はあるわよね。
ソクラテス　だから、しょせんその程度のことなのだ。親が子を愛するなんてのは、血がつながってるから愛するにすぎないのであって、決して自然というわけじゃない。そして、自然ではないところのものを、僕らは文化と呼ぶ。親子の愛というのは、そもそもが文化的な幻想なのだよ。
クサンチッペ　納得できないわ。
ソクラテス　ふむ。いいかね、母親が自分の子供を愛するのは、それが自分の子供だからなんだろ。
クサンチッペ　そうよ。
ソクラテス　それが自分の子供でなけりゃ、愛するかどうかはわからないんだろ。

クサンチッペ　まあね。

ソクラテス　すると、母親が愛するのは、その子供が自分の子供であるというそのことの方であって、決してその子供そのものの方ではないというわけだ。

クサンチッペ　そうなのかな。

ソクラテス　「自分の子供」から「その子供」を引いたら、何が残るか。

クサンチッペ　自分。

ソクラテス　そうだ、自分だ、自己愛だ。母親の愛というのは、何を隠そう、猛烈な自己愛なのだ。彼女らの無私の愛というのは、恐るべきエゴイズムの裏返しなのだよ。

クサンチッペ　人聞きの悪い。

ソクラテス　いや、これは本当だ。自分の子供を愛する母親は、決してその子を愛しているのでなくて、どこまでも自分を愛しているのだ。いやそんなことはない、私は自分を捨ててもその子を愛しているというのなら、その子が自分の子でなくても愛せるんでなけりゃおかしいじゃないか。

クサンチッペ　なんか、あり得ない、ものすごく無茶なこと言ってるって感じ。

ソクラテス　そうだ、無茶だ、母親というのは、無茶な逆説的な存在なのだ。だって、いいかね、彼女らは、自分を愛するのではなく自分の子供を愛するためには、自分の子供を愛してはならんのだもの。自分の子供を愛すると、自分を愛することになってしまうんだもの。これはもう無茶苦茶な逆説以外じゃないじゃないか。

母親が我が子を愛するのは自然の情だと、お前は言ったね。なるほど、それを自然というなら、これ以上の自然はないだろう。だってそれは、我が子だから愛するという、自然な自己愛なんだから。自分さえよければいいんだから。だからこそやはり、文化という擬制が必要になるわけなのだ。母親はあくまでも母親という役割を演じるべきだという、ロールプレイがね。いや、どう考えても母親ってのは、無茶な、あり得ない役回りだ。よほどの覚悟があるんでなけりゃ、まあ普通にはできんよね。

クサンチッペ　なんかよくわかんないけど、家族って、けっこう危ういものだってことね。

ソクラテス　全くその通りだ。確かなのは、たんに血がつながっているということだけであって、そのことだけのために、わざわざ愛したり憎んだりしなけりゃならんのだからな。血がつながってさえなけりゃ、なんの関係もない人たちなのにな。

クサンチッペ　まさしく御縁ね。

ソクラテス　そう、偶然。

クサンチッペ　でも、だからこそ大事にするんでしょう。

ソクラテス　そう、だからこそ、そこなのだ。プラトンが、生まれた子供を全て母親から取り上げて、一律に国家の所有にするって考えを述べてるのを知ってるね。

クサンチッペ　ああ、あれ、非難ゴーゴー。

ソクラテス　あれ、ヤケッパチのようだけど、ちゃんと筋は通ってるんだぜ。

クサンチッペ　なぜ。

ソクラテス　子供とは誰であり、子供は誰の所有なのかってことさ。生まれた子供は、自分は自分であり親の所有ではないと思う。親は子供は自分の所有であり、子供もそう思うべきだと思う、ここに確執が生じる。親は、自分だってそうやって自分の親から逃れてきたのを忘れて、またぞろ同じことを繰り返すんだから、これは文字通りの因果だね。過《あやま》てる人類史だ。

そこで、この誤謬《ごびゅう》の人類史、不毛な因果の連鎖を断ち切るための、国家だ。我が子だから愛するという度し難い間違いを粉砕するのだ。人は、愛するのである限り、遍《あまね》く愛するのでなければならん。そうでない愛など、自己愛以外ではないと知るべきなのだ。ところで、自己愛以外の愛とは何か。それは、僕らの各々《おのおの》が、遍く精神的存在であると知ることだ。精神においてこそ、僕らは遍く愛し得るのだ。その名を人類愛という。これを教育し得るのは、決して血のつながった親じゃない、精神の教師としての「国家」だけなのだ。

クサンチッペ　そんなことないでしょう。それは親にだって教えられることでしょう。

ソクラテス　たとえば、自分の子とよその子が、ふたり同時に溺《おぼ》れていたとする。人は、どっちを先に助けるだろう。

クサンチッペ　そりゃあ自分の子。

ソクラテス　だろ。かくて、親子の愛と人類愛とは、永遠に相反するのだ。
クサンチッペ　だって、そんなの無理よ。
ソクラテス　だろ、無理だろ。だからこそ「国家」、と彼は考えたわけだ。
クサンチッペ　そりゃあ理屈はそうかもしれないけど、それじゃあ子供の方だって、ちゃんと育たないわよ。生みの親の愛情がないと、絶対に歪《ゆが》むわよ。
ソクラテス　いやそんなことはないだろう。愛情に「生み」と「生みでない」があるというそのことが、その歪みなんだから、そういう歪みのない愛情を受けて育つ子は、きっと歪みのない立派な子に育つと思うな。
クサンチッペ　なんだか、味気ないなあ。
ソクラテス　そうかね。合理的じゃないかね。
クサンチッペ　だってさ、ほら、残留孤児とか人工受精の人とかって、大人になって必ず親探しをするじゃない。あれって、どういう心理だと思う？　やっぱり、自分は誰から生まれたのか、自分の親は誰なのかって、人はどうしても気になるからでしょう。自分がいきなりひとりで存在したとかって思うの、とても耐えられないのよ、普通は。
ソクラテス　ああ、そうだ、いいところに気がついた。人は、自分は誰から生まれたのか、自分の親は誰なのかということを、どうしても知りたい。国家に育てられた子供は、やがて尋ねるだろう、「僕は誰から生まれたの」。そのとき、国家はすかさず答えるのだ、「お前は、天から生まれたのだ。子供は天の授かりものなのだ。お前の親も、天の授かりものだったのだ。したがって、我々は全て、ひとりの母から生まれた兄弟姉妹なのだ」。
かくてここに、天の親探し、すなわち人類の神話と物語とが発生するわけなのだ。僕には、この世の肉親探しなんかより、そういう壮大な親探しの方が、はるかに面白いがなあ。

家族国家はどこにある

クサンチッペ　ねえ、あんた――。
ソクラテス　うん？
クサンチッペ　こないだの話だけどさ――。
ソクラテス　なんだっけ。
クサンチッペ　家族の話よ。母親ってのは損な役回りだってあれ、思ったんだけどさ、じゃあ父親ってのは？　なんか、もっと損なんじゃないかなあ、とくに最近は。家の中でも、ないがしろにされてるらしいし。
ソクラテス　ああ、そうらしいね。
クサンチッペ　子供に馬鹿にされて、挙句にバットで殴られて。
ソクラテス　世も末だな。
クサンチッペ　たぶん母親も悪いのよ。自分の亭主大事にしないから、子供が真似して父親馬鹿にするんだわ。
ソクラテス　たぶんそうだろうな。
クサンチッペ　あたしはあんたのこと、ちゃんと立ててるわよ。
ソクラテス　ああ、わかってるよ。
クサンチッペ　いつか令夫人てことになってやるんだ。
ソクラテス　――。
クサンチッペ　わかってるわよねっ！
ソクラテス　よくわかってます。
クサンチッペ　だいたい、亭主だろうが父親だろうが、男ってのは単純なもんだから、持ち上げておけばその気になってるものを、みんな馬鹿よね。ほら、あんたが言ってたロールプレイってやつ、立派な父親像ってのを、ほんとは彼らも演じたくているのよ。
ソクラテス　ああ、たぶんね。
クサンチッペ　やらせてあげればいいのよ、父親は淋《さび》しいんだから。
ソクラテス　そう、父親は淋しい。淋しいからこそ、照れがあるのだ。立派な父親像を演じることには、猛烈な照れがある。それは、母親が優しい母親像を演じるよりも、ずっと容易ではないはずなのだ。

クサンチッペ　へえ、なぜ。

ソクラテス　うん、いいかね。母親が我が子を愛するのは、度し難い自己愛だと僕は言ったね。母親は、我が子を、我が子だから愛する。我が子でなければ、愛さない。ここにはいかなる疑いもあり得ない。我が子は我が子とわかっとるから、我が子を愛することで、臆面《おくめん》もなく自分を愛することができるわけだね。これは見事に完結した自己愛だ。

ところが、父親は、我が子が我が子かどうか、よくわからない。ひょっとしたら、我が子ではないのかもしれない。母親が、我が子を愛することで自分を愛するようには、我が子を愛することで自己愛することができない。父親の愛は、完結した自己愛ではどうしてもあり得ない。そこには常に、いくばくかの懐疑と隙間《すきま》がある。だからそこに照れが生じるわけだな、臆面もなく自分を愛することができないことの照れがね。我が子なんだが他人であるところの我が子を愛するという、役回りとしては、こっちの方がはるかに難しいと僕は思うな。

クサンチッペ　なるほどねえ。世の父親たちって、どんな立派なふうにやってみせてても、なんかどっかがぎこちないのって、そういうことだったのね。自分の子って感じが、母親と全然違うんだ。

ソクラテス　そう、むしろ他人。他人に接する仕方でしか、自分の子に接する仕方がないわけだから、ぎこちなくもなるだろうな。母親が、自分に接する仕方でしか、自分の子に接する仕方がないのと正反対なわけだ。

クサンチッペ　やっぱり父親って、損な役回りよね。

ソクラテス　そうかな。これでうまくバランスがとれてるんだと僕は思うがね。

クサンチッペ　どうして。

ソクラテス　だって、考えてもごらん。母親が我が子を愛するのと同じ仕方で、父親が我が子を愛してごらん。どちらも子供を愛することで、どこまでも自分を愛してるわけだ。子供にとっては、これはかなわない。ふたりで揃《そろ》って、お前のためと言いながら、臆面もなく自分を押しつけてくるわけだからな。これでは子供に自立する契機がない。

子供にとっての自立の契機とは何か。それは、他人だ。この世の中には他人というものが存在するということを知ることだ。そして、子供にとって、この世で最初の他人というのが、父親なのだ。父親が、自分のことを他人とみる最初の他人だ、第三者なのだ。一人称の自分、二人称の母、この閉じられた関係に、三人称としての父親が登場してくることになるのだ。だから、父親が、その役回りをきちんと演じてみせないことには、子供は決して自立できないわけだね。

クサンチッペ　なるほどね。それで、きょうびの子供たちはダメなわけね。父親がきちんと父親をやってないから、他人のことを考えられない子供になるわけね。母親だって、ベタベタ甘やかすばっかりで、ほんとは自分のことしか考えていないから。

ソクラテス　そう。だからその意味じゃ、家族ってのは、やっぱり意味があるのだね。自分は自分であって親から生まれたのではないということを自覚している人にとっては、家族ってのは役割演技でしかないんだが、人がそのことをきちんと自覚できるようになるためには、やっぱり家族の演技が必要なわけだね。

クサンチッペ　たかが家族、されど家族ね。

ソクラテス　そう。しかしまあ、そこまで自覚して家族やってる人は少ないわな。たいていは、我が子欲しさに我が子を作り、我が子可愛《かわ》いさで我が子を可愛いがっとるな。家族愛だっていったって、お前そりゃ、家族だから愛するってことだからな。滅多にそれ以上のことは考えちゃいないのだ。

クサンチッペ　だけどさ、とくに父親なんかは、外で疲れて帰ってきて、家族がいればホッとするわけでしょう。病気とか何か災難とかあったとき、最後に頼れるのはやっぱり家族だし。いないと心細いわよ、やっぱり家族は必要よ。

ソクラテス　だろ？　だから、しょせんその程度の必要なのだ。家族が必要というのは、生きるのに必要ということなのであって、ひとりっきりだと淋しい、不安だ、心細いという、そのことのための家族なのだ。ひとりでは生きづらいから、ということは、やっぱり自分の必要と都合から欲せられるのが、家族というものなのだ。血がつながっていないのでなく血がつながっているということが、一緒に生きることの理由であると、人は思うらしいのだが、ここの理屈が、僕にはどうもよくわからん。だって、血がつながっていなければ、その人たちでなければならない理由は、なんにもないじゃないか。他の気の合う人だって、別にいいわけじゃないか。

クサンチッペ　あんたって、どうしてそこまでひねくれてるの。

ソクラテス　ひねくれてる？　僕のどこがひねくれてるというのだ。僕は、まこと素直な人間だ。あんまり素直なので、皆が驚かない当たり前のことに、驚いてしまうだけなのだ。だってお前、たまたま血がつながっていたというそれだけの理由で、一生涯その人たちと関係して生きるなんて、これはもう驚くべきことじゃないか。このことがいかに驚くべき偶然か、自覚している人なら、逆に家族だからといって、甘えたり凭《もた》れたりすることはないはずなのだ。なぜって、彼らは、驚くべき他人なんだから。驚くべき他人が、家族をやっているんだから。本当は、このことを最も自覚できるのが、父親という役の人なのだ。そして、それを我が子という他人に教えるべきなのだ、「お前は他人だ、ひとりで生きろ」とね。

これぞ立派な父親だ。理想の家族ってのがあるとするなら、こういうのだと僕は思うね。全員が家族であることの偶然性をはっきりと自覚して、各自が自分の役回りを冷静に演じ、あとはダラダラ関係しない。決して甘えたり凭れたり、押しつけたりしない。家庭は孤独の避難所ではなく、自分の孤独を学ぶところだ。子供は完璧に自立するね。じつに健康な家族像だ。

クサンチッペ　ああ要するに、あんたは、天涯孤独でいたいんだ。家族なんか、いらないっていうんだ。いーわよ、出てってやるから。寝たきりになったって、オムツ換えてなんかやらないから。

ソクラテス　いやお前、決してそういう意味じゃないんだ。天涯孤独の素晴らしさをこそ、まず人は知るべきだと言っただけなんだ。たとえばイエスだがね、あいつはああいうヤツだから、わざわざこういう言い方で言うんだがね、

〈地上に平和をもたらすために、私がきたと思うな。平和ではなく、剣を投げ込むためにきたのである〉

〈私がきたのは、人をその父と、娘をその母と、嫁をその姑《しゅうとめ》と仲違《なかたが》いさせるためである〉

〈そして家の者が、その人の敵となるであろう〉

〈私よりも父または母を愛する者は、私にふさわし

くない。私よりも息子や娘を愛する者は、私にふさわしくない。

〈また自分の十字架をとって私に従ってこない者は私にふさわしくない〉

クサンチッペ　なんかあの人ってさー、こう言っちゃなんだけど、ちょっとガキっぽいとこあるじゃない。どっかプラトンに似てんのよね、理屈が先に立っちゃって。気持はわかるんだけど、ああ言わなきゃいいのにってこと、つい言っちゃう。それでかえって嫌われたりとか。損な性格よね、あのふたり。

ソクラテス　うん、お前、じつにいいとこに気がついた。イエスとプラトンは確かに似ているところがある。どちらもともに、地上に精神の王国を築こうと目論《もくろ》んだわけだ。ちっぽけな家族なんてまとまりでなく、普遍的な広がりの精神の王国をね。まあいくぶん、やり方がガキっぽかったかもしれないけどね。

ところでこの精神の王国、精神の国家という考えだが、やっぱり頭のいい連中が考えただけのことはあって、どう考えてもよく考えられてるんだ。考えるたびに発見があって、僕はそのつど感心するのさ。

たとえば、さっき僕は、父親とは懐疑だと言ったね。我が子を我と認められない母親の自己愛に対立するものだと。ところで、ここでよく考えてごらん。懐疑という父親と、自己愛という母親の間に生まれる子供とは、では何か。それが、他でもない、この自分、自分という精神そのものなのだ。精神とは、懐疑と自己愛すなわち否定と肯定との弁証法、したがって、この両者の間に生まれた自分とは、両者を止揚するところの純粋精神だったのだ。出生とは、なんとまあ、純粋精神の正・反・合、弁証法的統一のことだったのだよ、お前。

クサンチッペ　いったいどこの子供がそんなこと考えてると思う？

ソクラテス　うん、その通りだ。母・父・子という外なる弁証法は、子供には必ずしも未《ま》だ自覚されていない。生まれつき自覚してる僕みたいな妙な子も時にはいるが、たいていは自覚されていない。では、子供が自分は自分である、自分は純粋精神であるということを自覚する契機とは何か。これが内なる弁証法、すなわち、親殺しだ。

クサンチッペ　金属バットね！

ソクラテス　違う、内なる親殺し、自分の内なる懐疑と自己愛とを殺すことだ。じつに面白い逆説だ。完璧なる子育ての結果は、完璧なる親殺しで終わるってわけだ。かくして自立した純粋精神としての子供たちが、血縁を脱して精神の家族としての国家を目指すのは、当然の成行きということになる。いやまあ、じつによく考えられているじゃあないか。

クサンチッペ　だからさあ、あたしが言ってるのは、よく考えられているのはいいんだけど、その考えがみんなに嫌われて、決して実現しそうにないのはどうしてかってこと。なんかきっと、どっかに無理があるのよ、あたしそう思う。どっかが不自然なんだわ。

ソクラテス　ふむ、一理あるな。

クサンチッペ　その点、同じ過激な考えみたいでも、イエスの方が分《ぶ》があったわね。じじつ、あれだけ広まったんだから。みんなに受け容《い》れられたんだから。

ソクラテス　なるほど。あれが宗教だってことを差し引いても、確かに彼の方に分《ぶ》があったな。あれだけ人を引きつけたんだからな。

僕は思うんだが、たぶんそれは、こういうことなんだ。精神の家族としての国家にも、やはり父親役と母親役がいる。父親は教育する人であり、母親は愛する人だ。イエスの国の場合、父親役がイエスなら、母親の役に当たるのが——。

クサンチッペ　あっ、マリア様！

ソクラテス　そう、マリア様。彼の国家には、著しく過激な父親イエスとともに、優しく慈《いつく》しむ母親マリアがいる。おそらく、この聖母マリアの存在が、彼の考えとともに人々に受け容れられた理由じゃないかな。ところが、悔やしいかな、対するプラトンの国家には、この母親の役に当たるものが、ない。母親から取り上げられた子供たちは、父親としての国家から教育を受けるだけなのだ。彼の国家は父親だけ、言わば片親の国家なのだ。おそらくこれが、人々に本能的に嫌われる理由なのだ。

クサンチッペ　ああ、ナットク。どっかが不自然な感じって、やっぱりそういうことなのよ。頭だけで作った国だからよ。だけど、やっぱりちょっと気の毒よね。彼だって、せっかく良かれと思って考えたんだし、もうちょっと理解してあげればいいのにね。

ソクラテス　なあ、そう思うだろ。ところが、まあ物事ってのはよくしたもんで、父親だけのようなプラトンの国家にも、母親の役に似た者は、じつはちゃんと存在するのだ。あの男、あれで案外したたかなのだ。そう、母親の役とは、何を隠そう、この僕なのだ。

クサンチッペ　やだ、なにそれ。

ソクラテス　産婆だ。僕は産婆だ、助産婦だ。産婆術すなわち弁証法の技術を身につけた僕は、精神が自分自身を産もうとするのを、愛をもって助けることができるのだ。向こうさんが聖母マリアなら、こっちは産婆ソクラテスだ。僕がいることで、プラトンの国家は、じつは立派にふた親なのだ。したがって、彼の国家は、彼と僕との間にできた美《うる》わしき子供ってわけだ。

クサンチッペ　おー、気持悪い。

ソクラテス　だめ？　こういうの。

クサンチッペ　全然だめ。できたのできないのって話、美わしい精神の話にふさわしくない。だって、ほら、あんた、だから母親でもマリア様は処女懐胎なんじゃないか。

ソクラテス　おー、そうだったか。すると、こっちはさしずめ、父親の想像妊娠ってとこか。どうもうまく帳尻《ちょうじり》が合わんな、この家族の話ってのは。

患者よ、がんとは闘わずして勝て

登場人物
ソクラテス
がん患者

患者　私は——がんなのです。いや、どうもそのようなのです、医者ははっきりそうとは言いませんが——。

検診は毎年欠かさず受けていたのに、どうしてこういうことになってしまったのか。しばらく不調が続いたときに、早く医者に診せるべきだったんだ。いや、しかし、今さらそれを言っても遅い。いや、しかし、だとしても、まだ初期には違いない、打つ手はあるはずだ。死ぬと限ったわけじゃない。いや、しかし、死ぬだなんて、そんな馬鹿な、この私が死ぬだなんて、とても考えられない。いや、しかし、治らずに死んだ人もたくさんいる。やはり私も死ぬのだろうか。なぜ私が、よりによってこの私が、がんだなんて。うそだ、きっと何かの間違いだ。いや、しかし——。

ソクラテス　そんなに悩んでるんなら、はっきり医者に訊《き》いてみたらどうだね。

患者　訊く？　だって、もし、がんだったら——。

ソクラテス　がんなのだ。

患者　いや、とても訊けない。

ソクラテス　だったら、がんでないと思っていたまえ。

患者　しかし、がんだったら——。

ソクラテス　がんなのだ。

患者　ああ、だめだ。

ソクラテス　悩んでいるのはよくないよ。

患者　私はどうすればいいのでしょう。

ソクラテス　本当のことを知らないことには、どうしようもないんじゃないかな。

患者　いや、本当のことを知ったとしても、やはりどうしようもないかもしれないのです。御存知ですよね、最近白熱しているがん論争。「闘うな」という医者と、「闘え」という医者との応酬のはざまで、患者は混乱するばかりですが、いずれにせよ、がんというのは、闘うか闘わないかを決めなければならないような死病であることは間違いない。ほっておいて治るかどうかも、これはもう賭けのようなのです。がん論争の火付け役、近藤誠さんという人の、『患者よ、がんと闘うな』を読んで、私は目の前が真っ暗になりました。普通、医者がここまで言いますか。

〈がんやがん治療に関して世のなかには、ある種の常識とか社会通念があるように思われます。たとえば、がんは怖い、がんなら手術や抗がん剤、がんで死なない一番の近道は早期発見・早期治療、そのためにはがん検診が必要、などです。／本書では、それら常識ないし通念に徹底した検討を加えました。そして出てきた結論は、手術はほとんど役にたたない、抗がん剤治療に意味があるがんは全体の一割、がん検診は百害あって一利もない、などです。／ですから本書は、こうすればがんが治るだとか、がん治療に明るい未来があるだのと語るものではありません。むしろ、がんは今後も治るようにはならないだろうことを説くものです〉

ソクラテス　随分はっきりものを言う人だね。

患者　本当でしょうか。

ソクラテス　さあ、僕は医者でないからわからない。

患者　治るがんは治るが、治らないがんは治らないんだそうです。

ソクラテス　ああ、それは本当だ。医者でなくても、それならわかる。

患者　「がん」と「がんもどき」があるという？

ソクラテス　いや、そのことじゃない。治るものは治るし、治らないものは治らないということだ。

患者　だって、それじゃあ何を言ったことにもならないじゃないですか。

ソクラテス　うん、だからこの人は、「治らない」と言うのだろう。だって、治らないものを治そうとするから、治らないということになるのだし、治るものが治っても、治ったということにはならないからね。

患者　患者が知りたいのは、自分のがんが治るものなのか、治らないものなのかということなのです。

ソクラテス　そりゃ、医者の方だって同じなんじゃないか。この患者のがんは、治るものなのか、治らないものなのか。

患者 医者にそんなこと言われたら、いったい患者はどうすればいいんです。

ソクラテス 君は、どうしてそんなに医者のことを頼れると思っているのかね。

患者 だって、医者は医者じゃないですか。病気を治すのが彼らの仕事じゃないですか。

ソクラテス 彼らの仕事がそうだって、彼らは僕らと同じ人間じゃないか。わかるものはわかるが、わからないものはわからないのだ。人間には、わかるものしかわからないのだ。それは、とおーい昔からそういうことになっておるのだ。僕はそれを無知の知と言った。

患者 私は、がんの話をしているのですが。

ソクラテス そうだよ、がんの話だよ。治るものは治るし、治らないものは治らない。治るものしか、治らない。こりゃあ万古不易の真理じゃないかね。

患者 がんと闘うことに、意味があるのでしょうか。

ソクラテス 治るものなら、闘うことには意味はないだろうし、治らないものなら、やっぱり闘うことには意味ないだろうね。

患者 要するに、諦めろと――。

ソクラテス いや、僕はそんなことは言ってない。「闘う」とか「諦める」とかいうそのこと自体に、意味がないと言ったのだ。だって、いいかね、がんってのは、治るものは治るし、治らないものは治らないんだろ。

患者 ええ。

ソクラテス 治るものが治るとわかるのは治ったときだし、治らないものが治らないとわかるのは、治らなかったときだ。

患者 ええ。

ソクラテス つまり、治るか治らないかは、そのときにならなければ、誰にもわからないわけだ。

患者 ええ。

ソクラテス それなら、そのときにならなければわからないことを、どうしていま諦めることができるものかね。そのときにならなければわからないことについて、どうしていま闘うか闘わないかを決めることができるものかね。君はいったい、何とどんなふうに闘うつもりでいるのかね。

患者　――――。

ソクラテス　こんなのは、べつにがんに限った話じゃないとは思わんかね。先のことがわからないのは、がんであろうがなかろうが、同じではないのかね。

患者　しかし、がんは死にます。

ソクラテス　がんでなくても、人は死ぬのだ。

患者　私は、がんでは死にたくない。

ソクラテス　それならば是非、がんでなくとも人は死ぬと考えたまえ。そしたら君は、がんでは死なない。ほら、この近藤さんて医者も、同じこと言ってるじゃないか。

〈がん治療の将来にも、たいした夢も希望もありません。しかしそのことを悲観する必要はありません。なぜならば、わたしたちの人生にとって、がんやがん治療だけが大切なものではないからです。わたしたちにとって大切なのは、自由に生きる、なにものにもわずらわされずに生きる、ということではないでしょうか。そのためには死ぬまで、やまいからも解放される必要があるはずです〉

〈やまいは気からというように、やまいは自然現象につけられた名称であって、わたしたちの頭のなかや観念のうちにしか存在しない、とみることも可能です。したがってもしわたしたちが、がんを自然現象としてうけいれることができるなら、がんによる死はふつう自然で平和ですから、がんにおいてこそ、やまいという観念から死ぬまで解放されるのではないでしょうか〉

僕は、医者ってのはウソつきなもんだと思っていたけど、この人はまあーじつに正直な人だね。若干、惻隠《そくいん》の情に欠けるきらいはあるけどね。僕は好きだな、こういう論理的な医者は。話がわかり易くていいや。

患者　患者を絶望に叩《たた》きおとす医者がですか。

ソクラテス　なに言ってんだい、君、これ最高の救済なんだぜ。

患者　とても理解できない。

ソクラテス　いいかね。人は必ず死ぬということを君は認めるね。

患者　ええ。

ソクラテス　必ず死ぬというそのことにおいては、がんであろうがなかろうが同じだね。

患者　ええ。

ソクラテス　ということは、死ぬということと、がんであるということとは、関係がないね。
患者　ええ――。
ソクラテス　それなら、がんで死ぬ、ということも、ないわけじゃないか。がんだからといって絶望する理由なんか、何もないじゃないか。よりによって君ひとりが死ぬわけではないのだよ。だから、これは立派な救済なのだ。こんなこと言ってくれる医者は滅多にいないよ。普通は、こんなこと言っちゃったら、商売にならないんだから。
患者　だって、医者が治療を放棄したら、他に仕事なんかないじゃないですか。
ソクラテス　そうだ、ないのだ、医者に仕事なんか、ほんとはないのだ。医者なんてものは、いてもいなくてもほんとはいいのだ。なんでみんな医者なんてものを、あんなに信じてるのか、僕は以前から不思議なんだがね。あんな詐欺《さぎ》まがいの商売で、しかも尊敬されてるなんて、妙なことだと思わんかね。
患者　わかりません。
ソクラテス　人が死ぬのを恐《こわ》がるところにつけ込んで、人が死ぬことなんか金輪際ないかのように言って金を取るなんぞ、詐欺以外の何ものでもないと僕は思う。
患者　しかし、医学の進歩は事実です。以前なら治らなかった病気が治り、死ななければならなかった人が生きられるようになったのは、明らかに事実です。それはもう、めざましいほどの進歩なのです。あなたは科学の力を知らないだけだ。
ソクラテス　科学だなんてあんなもの、君、哲学に比べりゃ何ほどのものでもないわな。
患者　哲学では病気も治せなけりゃ、人を死からも救えません。
ソクラテス　そうだ、その通りだ。哲学では病気も治せなけりゃ、人を死からも救えもしない。そのかわり、哲学は、人は必ず死ぬということを明らかに認識する。そして、死とは何かを認識する。科学なんてものに、死とは何かが認識できると思うかね。
患者　死とは何かというと、それは脳が死んで、心臓が止まって、瞳孔が開いて、それから――。
ソクラテス　どれが死なのだ。
患者　さあ。
ソクラテス　死とはなんなのだ。

患者　私がいなくなること。
ソクラテス　私とは誰だ。
患者　私です。
ソクラテス　死ぬといなくなるんだね。
患者　そうです。
ソクラテス　それならなぜ死が恐いのだ。
患者　私がいなくなるからです。
ソクラテス　いない私がなぜ恐がるのだ。
患者　いなくなることが、いま恐いのです。
ソクラテス　無になることが、恐いのだね。
患者　そうです。
ソクラテス　無が恐いのだね。
患者　そうです。
ソクラテス　無は、無いじゃないか。ありもしないものが、なぜ恐いのだ。
患者　しかし——。
ソクラテス　人類始まって以来の大錯覚だ。かくなる大錯覚、大錯誤のうえに平然とのさばり、人々の恐怖心をいよいよ煽《あお》ることで、金もうけしてきたような医学なんて科学は、そろそろ自ら滅びるときだ。化けの皮の剝《は》がれるときだ。医学が科学なら、なぜ、ありもしないものを恐れるのだ、ありもしないものと闘おうとするのだ。そんな医者は科学者じゃない、あれらはみんなまじない師なのだ。ありもしないお化けに怯《おび》えるまじない師なのだ。治らないものを治ると言い、死ぬものを死なないと言う、まじないの護符には、「科学」と書いてある。しかし、死とは何かを知らない科学に、人を救うことなどじつはできはしないのだ。科学にできるのは、わけもわからず生き延ばすことだけなのだ。無理矢理でもなんでもかまわないのだ。さてさて、患者は、救われたというべきか、否《いな》か。人間にとって幸福とは、何か。
　ふむ、どうやっても、やっぱり最後は哲学の議論だね。どうかね、君は、いかなる手段によっても、いかなる状態になっても、ただ長く生きることを幸福と、やはり考えるのかね。
患者　——待って下さい。今すぐには、とても——。
ソクラテス　うん、そうだろう。ゆっくり考えたまえ、君自身の問題なんだからね。深く納得できるまで、しっかり考えたまえ。ただし、医者の意見は、話半分がいいと思う。なんにもわかってないってことでは、医者も患者もおんなじだってことが、このがん論争でわかった唯一のことなんだからね。

正義と嫉妬の倫理学

登場人物
ソクラテス
サラリーマン

サラリーマン　あきれ果てましたね、芋蔓《いもづる》式に明るみに出る高級官僚の不祥事。なかでもまあ、あいた口がふさがらないのが、厚生事務次官の収賄《しゅうわい》事件、あなた、これはもう収賄どころか立派な泥棒ですよ。業者と癒着なんて生易しいもんじゃない、自分から業者の側に催促したっていうんだから、はしたないというか、えげつないというか、役人のモラルもここまで落ちたかって感じですね。東大まで出たエリート官僚が、出世街道まっしぐら、その挙句がこの始末なんだから、いったいこの国の役人や政治家たちの倫理観はどうなっているのか。国民として恥ずかしい限りですよ。

しかもですよ、連中がたかったのは、よりにもよって福祉という本来は弱者のために使われるべき金、よほど甘いうまい汁だったんでしょうねえ。六千万円、六千万円ですよ、あなた、新宿区内に高級マンションを買わせ、そのうえ自家用車を二台、海外旅行は秘書つきで、まあホントの秘書かどうかは知れませんがね、はては自宅の改造費まで、こっちは女房ぐるみでおねだりしたっていうんだから、ああ情けない。

ソクラテス　随分詳しいんだね。

サラリーマン　テレビや週刊誌はこの話題でもちきりですからね。

ソクラテス　ほう、そうか。それで？

サラリーマン　それでですよ、上の連中がこのていたらくだから、「上それを行えば下これに倣《なら》う」は自然の理、地方自治体、一般公務員による公費の無駄づかい、これがまたお話にならないくらいひどい。カラ出張、カラ会議なんて日常茶飯事、ハイヤー送迎つきのゴルフ接待に、芸者つきの一流料亭での飲食、一流ホテルでのパーティは必ずコンパニオンつき、やっぱりしょせんは人間、色と欲なんですかねえ。

ソクラテス　また随分と詳しいね。

サラリーマン　そりゃそうですよ、これらの遊興費、全部我々の税金なんですから。けしからんです、許し難いです。公務を忘れた公務員が私利私欲を追求して、日本国中、たかれるところにはたからなきゃソンだってヤツばかり、もう真面目に働いて納税してるのが馬鹿馬鹿しくなってきますよ。全く、「正直者は馬鹿をみる」とは、よく言ったもんですねえ。いったいこの国は、どうなっちゃうんでしょうかねえ。

ソクラテス　すると君は、どうするのがいいと思うのかね。

サラリーマン　綱紀粛正です、倫理観の徹底です。厳しい倫理規程を設けて、公職としての自覚を促し、厳重に取締まるべきです。それこそ、お茶の一杯、コーヒーの一杯の饗応もならんと、それくらい徹底的に取締まるべきでしょうね。

ソクラテス　そりゃまた厳しいね。

サラリーマン　それくらいしなけりゃ、この悪弊は断てませんよ。

ソクラテス　それで変わるかな。
サラリーマン　変わらなくても、するべきです。そうでなけりゃ、我々の腹の虫がおさまりません。
ソクラテス　ああ、つまり君は怒ってるんだ。
サラリーマン　あたりまえじゃないですか。これが怒らずにいられますか。あなたは怒ってないっていうんですか。
ソクラテス　うん、僕はちっとも怒ってない。
サラリーマン　どうして。
ソクラテス　どうしてって、腹が立たないものはしようがないよ。
サラリーマン　どうして腹が立たないんですか。
ソクラテス　どうして腹が立つんだね。
サラリーマン　役人が金品をもらっていいんですか。
ソクラテス　役人が金品をもらったって、僕の金品がなくなるわけじゃない。
サラリーマン　公務員が税金で遊んでいいんですか。
ソクラテス　公務員が税金で遊んだって、僕が遊べなくなるわけじゃない。
サラリーマン　あなただって納税者でしょ。
ソクラテス　むろんだよ。とくに気にしたことはないけどね。
サラリーマン　それじゃ、どうして腹が立たないんですか。
ソクラテス　だって、彼らと僕との間には、なんの関係もないもの。彼らが得をしたって、僕が損をするわけじゃないもの。
サラリーマン　明らかに損してるじゃないですか。連中、我々の税金で得をしてるんですよ。
ソクラテス　税金てのは、そういうもんさ。あれは、くれてやるものだよ。くれてやったら、向こうのものさ。
サラリーマン　私はできませんね、そういういい加減な考え方。彼らは、公務員の倫理に反する行ないをしたのですから。
ソクラテス　ふむ。君が怒っているのは、彼らが得をしたからなのかね。それとも、倫理に反する行ないをしたからなのかね。
サラリーマン　むろん、彼らが倫理に反する行ないをしたからですよ。倫理に反する行ないってのは、倫理に反して得をすることでしょう。だから私は怒っているのです。

ソクラテス　なるほど。ところで、倫理というのは、行ないの善悪のことだよね。
サラリーマン　むろんです。
ソクラテス　人は、自分にとって善いと思うことをするものであって、自分にとって悪いと思うことをする人は、いないよね。
サラリーマン　むろんです。
ソクラテス　そして、善い行ないというのは、自分にとって善い行ないのことだよね。
サラリーマン　そうです。
ソクラテス　すると、善い行ないというのは、自分を利する行ないのことだと言ってもいいね。
サラリーマン　そうですね。
ソクラテス　すると、自分を利する行ないをしないと、その人は損をするということになるわけだ。
サラリーマン　そうですね。
ソクラテス　すると、善い行ないをしない、すなわち倫理に反することをする人は、損をしているのであって、得をしているわけじゃないことになるよね。
サラリーマン　そうなりますかね。
ソクラテス　なら、善い行ないをしないで損をしている人のことなんか、ほっときゃいいんじゃないか、関係ないんだから。哀れみこそすれ、怒る理由はないんじゃないか。善いことを善いことと知っていて、得をしてるのは君の方なんだから、ほんとは君は、喜ぶべきではないのかな。
サラリーマン　そんな妙な理屈はありませんよ。だって、「正直者は馬鹿をみる」って、誰も昔から言ってるじゃありませんか。
ソクラテス　正直であるということは、善い行ないをするということだよね。
サラリーマン　そうですよ。
ソクラテス　正直であることが、悪い行ないをすることなら、それは正直であることではないよね。
サラリーマン　そうですよ。
ソクラテス　それなら、正直であることは悪いことではないんだから、正直者が悪い目をみることなんか、あるわけないじゃないか。なんでこんな大ウソを、昔からみんなで信じ込んでるのか、僕には全く理解しかねる。
サラリーマン　だって、彼らが得をしてるのは明らかじゃないですか。

ソクラテス　ああ、つまり君は羨《うらやま》しいんだ。
サラリーマン　そりゃ、羨しくないって言ったらウソになりますよ。働きもしないで贅沢できるんだから、全く羨しくないってことはないですよ。あなたは羨しくないんですか。
ソクラテス　うん、僕はちっとも羨しくない。
サラリーマン　どうして。
ソクラテス　だって、彼らは善い行ないをしないで損をしてるんだもの。損をしてる人のことを羨む人がいるかしら。
サラリーマン　――――。
ソクラテス　ああ、つまり君は妬《ねた》んでるんだ。妬んで腹を立ててるんだ。彼らが倫理に反したから怒ってるわけじゃ、必ずしもないんだ。
サラリーマン　それなら、彼らの行ないが倫理的だとあなたは言うんですか。
ソクラテス　まさかそんなことはない。善いことを善いことと知らないから善いことをしないでいるあれらの人々が、倫理的であるわけがない。僕が言ってるのは、同じように倫理的であるのでない君が、彼らのことを倫理的でないと責めることができるのかということだ。
サラリーマン　私は、収賄も使い込みも、世間に顔向けできないようなことは、何ひとつしてませんよ。
ソクラテス　君が彼らの立場にあったら、同じことをしないかね。
サラリーマン　絶対にしません。
ソクラテス　なら、倫理的でないと君が責める彼らのことを、どうして君は羨んでいるのかしら。
サラリーマン　――――。
ソクラテス　いや、君でなくとも、人というのはじつによく嫉妬をするものだ。誰か他人の幸福を妬んでは、飽きずに腹を立てている。そんな暇に、自分は自分で自分の幸福を追求すればよさそうなものを、自分に関係のない他人の幸福を妬むのは、やはり自分に関係があると思うからだ。何かが自分に似ていると思うのだ。ひょっとしたら自分もあのようにあることができるのに、こういうときに、人は人を妬むのだ。

　僕のみるところ、人が猛然と嫉妬をするのは、男の場合は、金と出世とセックスだ。女の場合は、容姿、容貌《ようぼう》、よい結婚だ。人はこれを絶対に認めない。

しかし、これが異性同士の場合だと、すんなり認められるところをみると、やっぱり原因はそのあたりにあるのかな。なんか、情けない話だな。
ところが、人間てのは面白いよねえ。この嫉妬という感情、恥ずべきものだということが、誰もがちゃんと、わかっている。なぜなら、それを、隠そうとする。他人に対しても、自分に対しても、それがないかの如く振舞おうとする。それを恥ずべきものだと思ってないなら、隠そうとするはずはないものね。しかし、その恥ずべき感情を自分が抱いているということは、自分にはあまりに明らかだ。おそらくそれは、苦しくなるほどそうなのだ。人はそれを隠しきれない、出してしまいたくなる。しかし、出すのは恥ずかしい。そこで人は、それを擬装して出す。その名が、「正義」だ。あるいは、「倫理」だ。正義と倫理が、嫉妬の別名なのだ。今や人は、堂々と人を責められる、「けしからん」。嫉妬の怒りは、正義の怒りとなって、世に正当な場所を得ることになるわけなのだ。

サラリーマン　全くイヤなこと言いますね。

ソクラテス　だって、その通りだろ。

サラリーマン　認めます、認めますよ。仰《おお》せの通りですよ。

ソクラテス　ふむ、君はまだ正直な方だ。決して認めない人はいるからね。たとえば、ちょっとキレイな女性の書き手が、哲学の文章を書いていたとする。すると、人は言う、「顔を売り物にして」「女を売り物にして」「哲学を売り物にして」。誰も、その内容と本質を売り物にしてとは言わんわけだな。内容と本質についてなら、それが売り物にならん正しいものであることを、認めざるを得ないからだ。しかし、正しいものを正しいと認めることによって、自分の何が正しくなくなるというのか、僕にはよくわからん。

サラリーマン　そりゃ、たんなる嫉妬だ、やきもちやいてるだけですよ。

ソクラテス　なあ。差別はいかん、人を見た目で決めたらいかんと言う人ほど、人を見た目で決めて、こういう差別をするんだから、大した正義じゃないの。

サラリーマン　私も含めて世の大半は、そういう人間なんですよ。正義を嫉妬の口実にしてるだけでね、本当はそんなこと、誰も自分でイヤになるほどよくわかってるんですよ。

ソクラテス　だからみんな、あんなにテレビや週刊誌が好きなんだろ。あれらのゴシップやスキャンダルに、みんなでいっせいに腹を立てると、それが正義のような気になるんだろ。腹が立つなら見なけりゃいいのに、わざわざ見ちゃあ、飽きずに腹を立ててるんだから、嫉妬の口実が欲しいんだろ。

サラリーマン　しかし、官僚叩《たた》きがたんなる嫉妬であるにせよ、だからと言って、国の舵《かじ》取りをするべき官僚たちのあの堕落ぶりを、見逃がすわけにはいかんでしょう。このままでは、この国は滅びますよ。

ソクラテス　おや、君はまだ人のせいにしようとしている。

サラリーマン　だって、私は一介のサラリーマンですよ。

ソクラテス　サラリーマンだろうが官僚だろうが、同じことさ。「上それを行えば下これに倣う」って言ったのは君じゃないか。

サラリーマン　せめて倫理規程を設けるべきです。

ソクラテス　無駄だ。

サラリーマン　ないよりましでしょう。

ソクラテス　金と出世とセックスを羨まないことが、君にできるかね。

サラリーマン　――――。

ソクラテス　ほらごらん。誰も自分にできないことを、お互いに要求し合って、どこに倫理なんてものがあると思うのかね。世の中が悪いのを、いったい誰のせいにするつもりなのかね。

平気で本当を言う人たち

登場人物
ソクラテス
心理学者

心理学者　じっさい、人間の心というのは、おそろしく不思議なものです。深くて曖昧《あいまい》で捉《とら》えどころがないようでいて、しかしそのじつ、いかなる回路によるのか、明らかに一定の傾向やパターンをそれは示す。このときの定数は何か。なにゆえにその定数なのか。我々、通常は、我々と同じこの日常の会話が通じる人間としか接しないわけですよね。しかし、私などは職業柄、それを病気とするべきなのか否《いな》か、じつに風変わりな、ある意味ではこちらの世界の我々にとっては危険であるような人格と接する機会が多いわけです。そういうとき私は、ハタと困惑する。私がいま向かい合っているものは、何なのか。いかにしてもそこに入り込めないと感じる、この壁のようなものは何か。常人には窺い知れない心の内《ない》奥《おう》、そこでは何が起こっているのか。

たとえば幼女連続殺人事件のあの青年、あれは何ですか。あれは病気でしょうか、それとも極端に変わっているだけなのでしょうか。あるいはまた、例の教祖が法廷でやってみせるあれは芝居でしょうか、本気でしょうか。すると、この場合の本気とは何か。

評判のこの本、『平気でうそをつく人たち』、じつにタイムリーでしたな。副題は「虚偽と邪悪の心理学」、じっさい、きわめて厄介な学問ではあるのですよ、この心理学という学問はね。なにしろ相手は、いかなる抽象でもない生きている他人の心なんですからね。うその心理学、哲学者として御興味おありですか。

ソクラテス　ああ、それは面白そうだ。おおいに興味があるね。なにしろ僕は、心理学はよくわからないのだ。

心理学者　そりゃ私だってわかりませんよ。だって、人間の心理それ自体がわからないのに、先に心理学がわかるわけないでしょう。

ソクラテス　なあ、そう思うだろ。僕もそう思う。しかし、そう思ってない人が多いとは思わんかね。

心理学者　由々しきことだが、事実です。ここだけの話ですがね、学者になるほど、それはそうです。わからないということを、わかっていない。

ソクラテス　学者バカってやつだな。ほら、すぐに分類するだろ。何々型、何々型って。あれ、なんだい。

心理学者　わからないことを、わかったことにするための小細工です。分類することで安心するんですよ。

ソクラテス　なら、そういう自分の心をまず分類するべきなんじゃないか、分類型って。

心理学者　強烈ですな。

ソクラテス　わからないことほど面白いことって、僕にはないがな。

心理学者　私の尊敬するある学者は、分裂病を「デルフォイの神託」にたとえました。永久に解けぬ謎《なぞ》だと。しかし、だからこそ人はそれを解こうとするのだと言っていい。

ソクラテス　同感だね。それで、平気でうそをつくってのは、どういう心のからくりなんだって？

心理学者　平気でうそをつく、すなわち、邪悪である。うそと邪悪さとは不可分だとこの著者は言っています。

〈虚偽とは、実際には、他人をあざむくよりも自分自身をあざむくことである。彼らは、自己批判や自責の念といったものに耐えることができないし、また、耐えようともしない。彼らは慎み深さをもって暮らしているが、その慎み深さは、自分自身を正しい者として映すための鏡として維持されているものである。しかし、もし彼らに善悪の感覚がなければ、自己欺瞞《ぎまん》というものも必要ないはずである。われわれがうそをつくのは、正しくないと自分で気づいている何ごとかを隠すためにほかならない。うそをつくという行為の前に、なんらかの良心が基本的なかたちで介在するのである。何かを隠す必要を感じなければ、隠しだてなどする必要はない〉

〈われわれが邪悪になるのは、自分自身にたいして隠しごとをすることによってである。邪悪な人たちの悪行は直接的に行われるものではなく、この隠しごとをする過程の一部として間接的に行われるもの

である。邪悪性とは罪の意識の欠如から生じるものではなく、罪の意識から逃れようとする気持ちから生じるものである〉

ソクラテス　うん、面白いね。じつに面白いことがたくさん言われているね。

心理学者　ええ。ただ私がもうひとつ不安なのは、この本がこれほど評判になったのは、タイトルもさることながら、読者の多くが、ああこれはアイツのことだというふうな読み方をしたのであって、必ずしもこのような心の動きが自分にもあるとは読まなかったのではないか。

ソクラテス　うん、そりゃそうだろう。だって、そういう心の動きが自分にもあると認めないことが、そういう心の動きが自分にもあるというまさにそのことなんだから。

心理学者　最も認めるべき人が、最も認めることができないわけですな。

ソクラテス　そういうこと。

心理学者　著者も、キリストの言葉、「裁くなかれ、汝《なんじ》自身が裁かれざらんがために」を引いて言っています。「汝ら偽善者は、まず初めに自身の目からはりをとり払え。さすれば、物明らかに見え、汝の兄弟の目からちりをとり除くも可なり」。

ソクラテス　ああ馬鹿だな。「汝ら偽善者」と呼びかけられて、どこのどいつが、よその誰かでなく自分のことだと思うと思うかね。だからあの男はやり方が下手だと、いつも言っとるのだ。人間というものをまるでわかっとらん。

心理学者　いや全く、不思議なことです。あらゆる人間は、必ず自分が正しいと思っている。正しいのは常に自分であり、間違っているのは常に他人だ。口に出して言いはしなくても、根底では誰もそう思っている、うそでもそう思おうとする。「ナルシシズム」と著者は呼びますが、これはなぜなのでしょう。

ソクラテス　いや、じつは何を隠そうこの僕も、口に出しては言わないが、常に必ず自分が正しいと思っているのだ。間違っているのは常に他人だと思っているのだ。

心理学者　ほう？

ソクラテス　しかし僕は、うそでそう思っているのではない。自分は正しく他人は間違っていると、うそで思っているのではないのだ。

心理学者　ええ。

ソクラテス　なぜなら、うそでそう思っているのなら、それは本当ではないからだ。自分は正しいと本当に思っているなら、うそで思うということはないからだ。

心理学者　その通りです。

ソクラテス　しかし、なお人は言うだろう。君が自分は正しいと思っているのは、本当はうそでそう思っているかもしれないではないか。自分は正しいと本当に思うことと、うそで思うこととを、どうやって分けるのか。

心理学者　あり得る反論です。

ソクラテス　なら僕はこう答えよう。自分は正しいと思いたいから自分は正しいと思うことは、自分は正しいと本当に思っているのではない。自分は正しいと本当には思ってないから、自分は正しいと思いたいのだ。

心理学者　やはりそこなのです。著者の言う、「うそをつくのは、正しくないと自分で気づいているため」というそこ、その一点なのですよ。

ソクラテス　そう。「気づき」というのは奇妙なことだ。人は、正しい、正しくないと、自分で気がつく。自分で何に気がつくかというと、「正しさ」に気がつくのだ。「良心」とこの人は言うけど、僕はそれを「真理」と呼びたい。人は、自分の内に存在する真理によって、自分がうそをついていると、気づくことができるのだ。

心理学者　そういうことですね。

ソクラテス　ところで、真理がそうだから自分は正しいと思うのと、自分は正しいと思いたいから自分は正しいと思うのと、心理としてはどう違うのかな。

心理学者　まさにそれがナルシシズムでしょう。自分は正しいと思いたいから自分は正しいと思うそこに、自己欺瞞としての邪悪さが現われる。真理がそうだから正しいのなら、自分を欺《あざむ》く必要がない。したがって、邪悪さもないということになる。

ソクラテス　いや、自己欺瞞がないのではなくて、自己がないのだ。なぜなら、自分は正しいと思いたいと思う自分がないというのが、真理がそうだから正しいと思うというそのことだからだ。正しいのは真理であって、自分ではないからだ。

心理学者　心理学と哲学との接点ですね。
ソクラテス　そうかな。
心理学者　うそと邪悪さが不可分なら、真理と善良さも不可分だと、哲学なら言うところですね。
ソクラテス　君、それはうそだよ。
心理学者　は？
ソクラテス　真理と善良さが不可分だなんて、大うそもいいところだよ。
心理学者　私は何か間違えましたかな。
ソクラテス　うん、君は間違えている。つまり、うそを言っている。だって、真理と善良さが不可分だったら、まるで善良な人はうそをつくことなんか、ないみたいじゃないか。
心理学者　しかし、邪悪な人が自己欺瞞によってうそをつくということで、いま我々は一致したところですよ。
ソクラテス　うん、しかし善良な人には自己欺瞞がないからうそをつかないとは、僕は言ってない。
心理学者　それは、必要悪としてのうそのことですか。たとえば、がんの告知に耐えられそうにない人には真実を告げないといったような、うそも方便のことですか。
ソクラテス　いや、いまはそんなことが問題なんじゃないだろう。
心理学者　すると、自己省察の厳しさ、自己欺瞞を許容する程度のことですか。著者はこんなふうに言ってるのですが。
〈最近うそをついたことがない、というほど良心的な人であっても、なんらかのかたちで自分自身にうそをつかなかったかどうか考えてみる必要がある〉
〈自分自身にたいして完全に正直であれば、自分の罪に気づくはずである。その罪に気づかないならば、自分自身にたいして完全に正直ではないということになり、それ自体が罪である。これは避けることのできないことである。われわれはみな罪びとである〉
ソクラテス　ああ、だから心理学者はダメなんだ。あんまり辛気臭いじゃないか。なんで自分に完全に正直であれば、誰もが罪びとであらねばならんのだ。自分に完全に正直であれば、正しさにこそ気づくのであって、罪に気づくのなら、それは完全に正直であるのじゃないだろう。この人がそう言ったはずだよ。

心理学者　確かにそうですね。しかし、すると善良な人がうそをつくということの意味がわかりかねますが。

ソクラテス　いや、君、それはもっとはっきり言うべきだ。善良な人ほど、うそをつく、とね。

心理学者　なんですか、それは。

ソクラテス　僕はうそつきだ。

心理学者　は？

ソクラテス　僕はいまうそを言っているのだ。

心理学者　はあ。

ソクラテス　さて、うそかほんとか。

心理学者　ああ、例の「うそつきのパラドックス」ですね。

ソクラテス　「私はうそつきだ」と言うことは、うそなのかな、本当なのかな。

心理学者　さあ、どっちでしょうね。

ソクラテス　もしも僕がうそつきだったら、「僕はうそつきだ」と言うことは？

心理学者　本当です。

ソクラテス　そして、もしも僕がうそつきでないのだったら、「僕はうそつきだ」と言うことは？

心理学者　うそです。

ソクラテス　ほら、それだけのことじゃないか。

心理学者　なんですか。

ソクラテス　人は、本当のことを言おうとするほど、うそをつくことになり、うそをつこうとするほど、本当のことを言うことになっちゃうじゃないか。善良な人ほど、そういうことになっちゃうじゃないか。

心理学者　しかし、それはあくまで論理のレベルでしょう。人の心理、個人の内面は、そんなきっぱりとした二者択一ではあり得ませんよ。

ソクラテス　ふむ。すると、人はどうすれば、平気でうそをつけることになるのかな。

心理学者　だから邪悪さによってですよ。

ソクラテス　しかし、邪悪さによってうそをつくにも、うそをついていると気づかなければ、うそをつくことはできなかったはずだよね。

心理学者　そうですよ。

ソクラテス　邪悪な人も善良な人も、うそをつくためには、うそをついていると気づかなければならないのだね。

心理学者　そうですよ。
ソクラテス　その限り、うそをつくということと、邪悪であるということとは、やはり関係がないわけだ。心理も内面もないわけだ。うそとはあくまで論理なわけだ。
心理学者　しかし、たとえばあの教祖、彼はその邪悪さによって、明らかに平気でうそをついているじゃないですか。
ソクラテス　どうしてそう思うのかね。
心理学者　そりゃあ明らかじゃないですか。彼は明らかにうそをついているじゃないですか。
ソクラテス　しかし、彼が明らかにうそをついているのでなければ、君は彼が明らかにうそをついているとは思わないよね。
心理学者　なんですって。
ソクラテス　君が彼は明らかにうそをついていると思わなければ、彼は明らかにうそをついていることにはならないよね。
心理学者　そうですか。
ソクラテス　君が彼は明らかにうそをついていると思うことによって、彼は明らかにうそをつくことができるのだね。
心理学者　そうなんですか。
ソクラテス　ということは、人はうそをつくためには、うそをついていると、やはり気づかなければならないわけだ。他人の場合であれ、自分の場合であれ。
心理学者　そうなるんですか。
ソクラテス　だって、そうでなければ、彼は本当を言っていることになってしまうもの。
心理学者　うーむ。
ソクラテス　したがって、人が本当にうそをつくためには、明らかにうそをついているなと気づかれるように、うそをつくべきだということになる。そうすると人は、本当のうそを隠しているなと、そっちの方を詮索《せんさく》することになるわけだ。うそをつくということは、本当を隠すということのはずだからね。これぞ、うそつきの極意、平気でうそをつく仕方だ。本当のことを言わないためには、決してうそをついてはならんのだ。
心理学者　なんだかよくわかりませんが、どこかがうそのような気がします。

ソクラテス　いったいどこがうそだというのだ。デルフォイの神託に従い、真理を愛するソクラテス、僕があんまり本当のことしか言わないもんだから、世間は僕を隠そうとする。僕がうそを言っていると思うらしいのだ。そのうそで、自分のうそがバレると思うらしいのだ。挙句が毒人参てわけなんだが、どっこい、おかげで僕は、永遠に真理の人というわけさ、へへっ。

クサンチッペ、世紀末を語る

世紀末なんだって。

あたし、言われるまで気がつかなかったのよ、これホント。確かに言われてみりゃ、千九百九十何年て数字は、一世紀のおしまいの数字だったんだわ、でもそれがなに？　九がゼロになってケタがひとつ増えるってのは、数字のせいであって、あたしらの側のせいじゃない。それは、これまでだってずっとそうだったことじゃないか。なんでこんな当たり前のことが、なんか特別のことみたいに、みんなで騒いでんの。

「世紀末」って人が言うときの感じってさ、よーく聞いてると、なぁんとなくズルイのよね。あたし、好かないわ。

だいいちに。

世も末なんだから、どんなバカなことやってもかまわないって感じ。なにやっても世紀末のせいにできるって感じ。だけどさ、世紀末のせいにしようったって、あんた、そりゃただの数字じゃないのさ。ただの数字のせいにするって、なにのせいにしてることになるわけ？

だいにに。

そうやって、自分がバカやるのは世紀末のせいだ、世も末なんだって、言ってるわりには、なんか嬉しそうなのよね。あたし、あれ気にくわない。世も末なら世も末らしく、神妙にしてりゃいいじゃないか。なのに、世も末のせいにして、やっぱりこれがハシャいでるんだわ。てことは、やっぱりなんでもいいんだわ、自分のせいにしないでいいから。

だいさんに。

「世も末だ」って、世も末らしく神妙にしてる偉い先生、これもなんかうそっぽい。だってさ、偉い先生って、こう偉そうにお説教するじゃない。偉そうにお説教するだけで、べつになんにもしてないじゃない。だったら、お説教される側と変わらないじゃないか。やっぱり誰かのせいにしようとしてる。

要するに。

誰も彼も誰かのせいにしようとしてるんだわ、えーえ、胸くそ悪い。世も末が世も末なのは、世の中が悪いのは、なんもかんもそうして人のせいにしようとするあんたらのせいなんだよ。ぜんぶ自分のせいなんだよ。なんでこんな当たり前なことに、みんな気づかないわけ？　ほんとに気づいてないわけ？

いーや、気づいてないわけじゃないんだ。気づいても、気づいてないふりしてるだけなんだ、みんな。

あたし？

あたしはどっこも悪くないさ。あたしのどこが悪いってのさ。だって、あたしは誰のせいにしようともしてないもの。あたしは自分が悪くないから、誰のせいにする必要もないもの。悪いところのない人が、なんで人のせいにする必要があるわけ？

じゃあ世の中が悪いのをどうするかって？

あれ、まだそんなこと言ってる。世の中悪いって言えるほど、あんた、自分がいいと思ってんの。世の中悪いって言う前に、自分の悪いとこ見たらどうなの。自分の悪いとこどうするかって、先にそっち考えたらどうなのさ。

そーさ、そりゃあたしだって、決してこんな世の中いいと思ってるわけじゃない。確かにこの頃は、目に余るところはあるわよね。でも、世の中って、そういうもんて言や、そういうもんなんじゃないの。ずっとそういうもんだったんじゃないの。あたしは、自分の身の丈の暮らししかしたいと思わないから、官僚が金儲《かねもう》けしようが女子高生が売春しようが、あきれはするけど、かまわないね。言ってわかる連中じゃないんだから。言ってわかる連中じゃないから、ああいうことするんだから。ああいうのに腹立てて、やいやい言ってるヒマがあんなら、自分をまじめに生きてる方が、あたしはいいね。ほんとはそっちが先でないのか。みんながそれをほっぽらかして、人のことや世間のことばっか気にするから、結局世の中全体が、そういうふうになるんでないのか。人のことや世間のことばっか気にして、自分の中身はカラッポだって、そんな人間ばっかりの世の中さ。だから、世の中いつも浮わっついてて、騒々しい。あたしはそう思うね。

バブルが崩壊して不況なんだって?

あたし、そんなの言われるまで知らなかったのよ、これもホント。だって、世の中が浮わっついてて騒々しいのはいつものことだから、とくにそんな時期があったなんて、ちっとも知らなかったんだ。ま、もとからウチは質素だしさ。あたし、これだけははっきりとソクラテスのせいにする。そりゃあ、あたしだって贅沢は好きだし、ほんとはうんと贅沢したいし、もっと甲斐性のある男と一緒になってりゃ今頃は、と思わないこともないけど、けどさ、ほんのちょっと考えりゃ、すぐわかるもの、「それが、なによ」。

大金持になって大贅沢すること、それがいったいなんなのよ。確かに、それはそれで幸せかもしれないけど、だからって、それが必ず幸せだってわけじゃない。金持だってことが、幸せだってことじゃない。みんな、なんか勘違いしてるんでないか。金持だってことが幸せだってことだったら、金持でなくても幸せな方が、よほど安上がりじゃないか、よほど幸せのはずじゃないか。

みんな、幸せってことが、自分のことでないんだね。他人やら世間やらと比べて、自分の方がどうだとか、あいつの方がどうだとか、そういうふうにしか幸せでないんだ。これは不幸なことだよ。人と比べなきゃ幸せでないなんて、こんな不幸なことって、ないよ。だって、その人自身はいつまでも不幸なんだから。自分は決して幸せでないいんだから。

他人と比べる幸せの物差しってことじゃ、お金がいちばんわかり易いんで、それでお金ってことなんだろうけど、だけど、お金って、しょせんお金でないか。お金は幸せになるための手段かもしれないけど、それが目的になっちゃったら、これはもう不幸だね。ただの欲張り、業突張《ごうつくば》りだ。欲張りは決して幸せになれないよ。これ、負け惜しみでないよ。だって、ズルをする官僚や、売春する女子高生が、あんた、幸せに見える？

まあー人それぞれだから、不幸な人は好きで不幸でいるんだから、あたしはかまわないわ。かまわないけど、確かになんかが狂ってる。狂ってるけど、これはべつに今に始まったことでないんだ。たぶん人間が始まってから、ずーっとそうだったことなんだ、これはソクラテスの口癖だけどね。それであの人は、芸もなく繰り返してきたってわけ、「汝《なんじ》自身を知れ」ってね。

そう、ソクラテス、あの人芸はないけど、よく頑張ってるわ。あたし、傍で見ててそう思う。言ってもわからない連中には言ってもわからないいんだから、言うだけムダなんだから、もうやめればって、あたし何度も言ったのよ。だけど、ぜんぜん懲《こ》りないのよねえ、これが。正しいことは言わないより言う方が正しいじゃないかって。

そりゃそうなんだけど――。

変な人。女房のあたしが言うのも変だけど、あの人、相当変わってる。普通に話してると普通みたいなんだけど、なんかどっかが普通でない。ソクラテスは正義の人だなんて、世間は言ってるけど、そんなの、ウソよ。だからって、不正の人ってことじゃないいんだけど。なんての、正義は正義でも普通の正義じゃないのよね。変な正義っての？　たとえば誰かがソクラテスの正義を真似ようったって、絶対にできないみたいな。あたし、あの人やっぱり、なんかとんでもないウソついてるんじゃないかって気がする。

「僕のどこがウソだというのだ」って、きっとこうくるのよ、わかってんのよ、あたし。あの人の言いそうなことくらい、わかんのよ、ぜんぶ。だけど、ああいう変な正義が、こういう世の中には、ひょっとしたら一番なのかもしれないとも思う。だって、世の中が悪いから今こそ正義を、とかって普通は言うわけでしょ。それでソクラテスのとこなんかにもくるわけでしょ。だけど、あの人の話、よーく聞いてると、なんにも言ってないのよね。一言も答えてないのよね。問いを全部、相手に返してる。それが例の「汝自身を知れ」ってことなのらしい。人に訊《き》いてないで、自分で考えろってさ。

　きっと、それが基本だね。正義でも幸福でも、誰も自分で考えてないから、わからないわけでしょ。幸福て言や他人との比較だし、正義て言や他人の考えの真似、だけど幸福とか正義とかいちばん大事な自分の問題、他人に考えてもらって、なんになるわけ？　なにをわかったことになるわけ？　だから、「自分で考えろ」って言うだけのソクラテスの仕事、あながち無用でないのかもね。むろん、あたしには無用だ。

　まあー、あたしだって、ダテに悪妻の勲章で二千年連れ添ってきたわけじゃないからね。あの人のいいとこも悪いとこも、どーしようもないとこも、それがそれなりにどんな意味なのかってことくらい、わかってなきゃおかしいわ。今さら納得したわけじゃないけど、あの人、世間から憎まれたり祭られたり、いろいろあったわけよ。だけど、そういうふうに変わっていくのはいつも世間の側であって、決してあの人の側じゃない。あの人自身は、ほんの少しも変わってない。二千年前から見事にあのまんま変な人だってこと、あたしが保証するわ。世紀末も世界の終末もないわけよ。いっつも浮わっついてて騒々しいこんな人間の世の中で、これって、けっこう大したことなんじゃないの。ほかにほめるとこないから、ほめるんだけどさ。

「あたり前さ、お前、哲学だもの」。きっとこんなふうに言うんだわ。哲学であろうがなかろうが、あたしはべつにいいんだけど、まっとうなこと、変わらないこと、これはとっても大事なことだね。世紀末だって言ったたって、これで終わるわけでなし、もう何千年あるのか知らないけど、大事なことってのは、いくつもないんでないか、全然変わらないんでないか。

　だから、ソクラテスは不死身なんだ。不屈の女房の方も、ほめてほしい。

ソクラテス、新世紀を語る

新世紀だ。

新しい世紀になる。

僕にとっては、さて、いく度目の新世紀になるのだろう。僕は、二千五百年前、この地上に生を享《う》けた。それから、ずっと、歴史を見ている。変わった。そして、変わらない。人間の為《な》すこと考えることは、めざましく変わったようで、じつは少しも変わっていない。そして、それがそうであろうということは、僕には二千五百年前からわかっていたことなのだ。そうでなければ、どうして二十世紀末のこの現代で、あの頃と全く変わらずに、僕は語っているのだろう。

人は言う、「時代は変わった」。

そう、確かに時代は変わった。アテナイの広場で談笑している僕らの間を、時間はきわめてゆっくりと流れていたね。ちょうど、イリソス川のほとり、プラタナスの樹々《きぎ》を揺らして渡る風のように。やがて、民族の興亡、宗教の勃興、専制支配の長きを経て、民衆の擡頭《たいとう》、そこから近代戦へはまっしぐらだった。そして、来たるべき新世紀は、ボーダーレスの、ハイテク時代、全地球規模の仮想共同体なんだそうだ。たったの二千年で、まあなんという変わりようじゃないか。しかし、たったの二千年だからこそ、なんという変わらなさじゃないか。わかるかね？

何が変わっていないのか、わからないという諸君、そう、まさにそれが変わってないのだ。何が変わって、何が変わらないのか、変わらないものとは何なのか、そのことを考えようとしない人間、そこが少しも変わってないのだ。また逆に、そのことをこそ考えようとする人間、これも少しも変わってないのだ。

いいかね、考えてみてくれたまえ。変わったものを変わったと言うことができる君、それではその君も、変わったものと一緒に変わったのだろうかね。変わったものと一緒に変わった君は、変わったものを変わったと、言うことはできないはずではないのかね。

すると、君は言うかもしれない。それなら、変わらないものを変わらないと言うことができるのも、変わったものがあるからではないか、とね。

まさしく、その通りだ。現象と本質、生成と存在とは、常にそのような関係にある。そして、常にそのような関係にあるということが、まさに、変わらないというそのことなのだ。そう、あの頃から、ヘラクレイトスもやっぱり言ってたよ。

〈同じ河に我々は入っていくのでもあり、入っていかないのでもある、存在するのでもあり、存在しないのでもある〉

万物流転と言う彼が、同時に、万物はひとつ、すなわちロゴスと言うわけさ。ちっとも奇妙なことじゃない。これが奇妙なら、何が奇妙でないのか、是非とも僕は知りたいと思う。

しかし、じじつ変わったものは変わったではないか、なお諸君は言うだろう。着のみ着のままアテナイの広場で、宇宙を想像していた僕らが、いまは現実にロケットを飛ばし、火星探査に行けるではないか。これは明らかに変わったこと、素晴らしい進歩ではないか、とね。

うん、確かにそれは変わったことだ。素晴らしい進歩といっていい。しかし、それは、あの頃僕らが頭の中で考えていたことが、現実になったというだけのことで、とくに何が変わったというわけじゃない。いやむしろ、その意味じゃ、逆に退歩したかもしれないね。頭ひとつで考えることができないから、あれこれテクノロジーの助けが要るわけだ。そして、テクノロジーの助けを借りたって、行けてせいぜい火星なわけだ。しかし、僕らは、自分の頭ひとつで、宇宙の根源と究極とを見てくることができた。存在と無の間に広がる無限の質の全領域を、想像力だけで飛翔《ひしょう》することができたのだ。なあ、こっちの方が、よほど素晴らしい力だとは思わないかね。

そう、科学、確かにそれも素晴らしい。知らないものを知ろうと思い、見えないものを見ようと思う、そこにあるのは、同じ僕らの想像力だ。しかし、本来そういう壮大な気概であったはずの科学が、なんとも姑息《こそく》なものになり下がるのが、それが技術になるときだ。科学技術、あれはじつに姑息なものだ。頭で考えたものを現実に応用してみたい、むろんその気持はわかるよ。しかし、そもそもその現実とはいったい何か、それを知るための一方法として、科学はあったのではなかったかね。当の現実とは何かを知らないのに、その現実に応用してみたい、これでは本末転倒ではないのかね。

たとえば、臓器移植だ。あるいは、クローン、生命操作だ。人は、とにかく生きたい、生きていたい。生きていることはそれだけでよいことなのだと思うことで、このような技術を作り出す。しかし、僕は尋ねたい。それなら、生きているとは、どういうことか。人が、それを失うことをかくまで恐れる生とはいったい何なのか、それを是非僕に教えてほしい。なぜなら、僕は、知らないからだ。知らないからこそ知りたいと希《ねが》い、常に考えているからだ。さあ、科学は生について、また死について、どのように知っているのか、知らない僕に教えてほしい。生と死と人生、すなわち存在と無と生成について、宇宙と魂はなぜかく在るのかについて、さあ、僕を納得させてくれたまえ。

インターネットなんてのも、同じことだ。情報が速くなる、生活が便利になる。うん、それはとてもよいことだ。しかし、生活がよくなると、いったい何がよくなるのかね。生活がよくなると、人生がよくなるのかね。しかし、悪い人間によい人生は、送れないはずだよね。よい人生を送れるのは、よい人間だけのはずだよね。さあ、では、善と悪との意味について、僕に教えてくれたまえ。僕は、知らないのだ。知らないからこそ知りたいと希い、常に常に考えているのだ。さあ、コンピューターは知っているのかな。人生の幸福とは何か、人間が知らないのに機械が知っているのかな。人間の代わりにそれを考えてくれるのかな。

今の地球上を席捲《せっけん》する経済至上主義、生命至上主義は、しかし、決して今に始まったことじゃない。科学技術の発達と人の数の増加とで、加速がついているだけで、これらは全て、こうなるべくしてこうなっているのだ。こうなるべき勘違いの発端は、人類が地上に存在し、自身を意識したそのときのことで、その当然の帰結としての、今なのだ。

で、その決定的な勘違いとは何か。それは、人が自分は存在すると思っている、このことだ。諸君、笑っちゃいけない。笑ってないで、驚きたまえ。

すると僕は、自分は存在するとは思っていないのかって？　まさかそんなことはない。もちろん僕は自分が存在すると思っている。思っているからこそ、考えているわけだ。自分が存在するとはいかなることか、とね。さてでは、そこで笑っている諸君は、むろん考えたことがあるのだろうね。考えたことがあるから、もう知っているのだろうね、自分が存在するとはいかなることかということを。なら、僕に教えてくれないか。一番大事なことなのだ。とても知りたいことなのだ。このことを知らないために僕は、他人の臓器をもらって自分が生きることもできないし、他人を蹴落《けおと》して自分の商売に精出すこともできないでいるのだ。誰か教えてはくれまいか。

たいていの諸君は、自分というのは肉体であり、存在するというのは生きていることだと思っているね。しかし、僕はそうとは思わない。なぜって、自分は肉体だと思っているのは、すると誰だろう。死んだ肉体は存在するのに、生きているとは言わないのは、なぜだろう。

「グノーティ・サウトン、汝《なんじ》自身を知れ」、デルフォイの神殿の問いかけが、本来の、宇宙大の広がりで問われるべき世紀が、ようやく始まるのだ。いいかね、生存が存在なら、宇宙の存在とは何か。宇宙が存在するということと、自分が存在するということは、存在するというこのことにおいて同じなのだ。では、自分とは、何か。

考える人々は、人智を超えたものの存在を、ほのかに予感するだろう。いや、今や人は、はっきりと知るべきなのだ。人智を超えたもの、それは、わからないと。わからないということが、はっきりとわかると。これぞ無知の知、またの名、叡知、明瞭なる神秘の認識だ。

二千年という迂路《うろ》が、長かったか短かかったかといえば、むろん短いに決まっている。たぶんそれは、永劫の時間を鎮座する創造主が、一回まばたきするよりもずっと短いくらいだ。しかし、遍在する彼のまなざしは、その一回のまばたきにおいてさえ、一切を見通し、見落すということはないのだ。一羽の雀さえ、主の意図なしに落ちることはないと、そんな言い方をイエスはしていたね。

そう、ちっぽけな惑星の表面に張りついた、ちっぽけな僕らの善と悪、しかし、そんなものさえ神様は全てお見通しなのさ。何もかも御存知なのさ。なぜって、彼は、彼について考えている僕のここに、明らかにいるのだもの。隠し立てなんて、できるわけがないじゃないか。そして、僕がそうだということは、諸君の全てがそうだということなのだ。心して、生きたまえ。

二千年だからなんなのよって、カミさんの言い草さ。どーせあたしはあんたと永劫のクサレ縁だって。そう、クサレ縁、しかし縁とは異なもの、またの名、運命だ。僕らは、そろそろ僕らの運命を、大いなる運命、宇宙の軌道へ、修正していい頃かもしれないね。ちょうど二千年、キリのいい数字だ。

軌道修正、しかし、人間はちっとも変わらないとさっき言ったではないか、諸君は言うかな。そうだ、おんなじ人間なんだから、変わらないのは当然なのだ。だったら、いいかね、おんなじ人間であることから変わればいいのだ。人間から、人間でないものへと変わるのだ、わかるかね。

人間でないもの、そりゃなんだって?

さて、なんだろうねえ。カミさんがよく言うんだ、僕はどっかが人間でないって。僕は、自分では、人間の中の人間のつもりなんだがなあ。

ソクラテスの弁明

アテナイおよび日本の諸君。

諸君が、僕のこれまでの対話とお喋《しゃべ》りと夫婦喧嘩から、どんな印象を受けられたか、それはわからない。なるほど、僕の対話の相手、あるいは、カミさんとのお喋りで話題にのぼった人々の言ったことは、どれももっともらしかった。しかし、本当のことは、ほとんど何も言わなかったと言っていいだろう。彼らは随分たくさんの嘘と間違いを話したけれども、わけても僕が驚いたのは、諸君に対し、用心しろ、でないと僕に騙《だま》されるぞと、まるで僕が雄弁家ででもあるかのように言うことがあったことだ。僕のような人間の、いったいどこが雄弁家なのか、そんなことは僕が口を開けば忽《たちま》ち反駁《はんばく》されるのは明らかなのだから、それこそ彼らの最も無恥なところだったと、僕は思う。まあ、真実を語る者のことを雄弁家と呼ぶとするなら、別だがね。

とはいえ、彼らは、僕に言わせりゃ決して真実を語りはしなかった。けれども僕は、諸君は僕の口からは、真実以外を聞くことはなかったはずだと思っている。もっとも、それは、ああいった連中の言論のような、美辞麗句や罵詈雑言《ばりぞうごん》ではなかったけどね。それは日常普通の、ありのままの言葉だったけどね。なぜなら僕は、僕の語ることが常に正しいものであることを、知っていたからだ。知っていたから、飾ったり罵《ののし》ったりする必要がなかったのだ。そして、諸君もまた、それ以外の言論を、僕から期待してなどいなかったはずなのだ。

しかしまあ諸君、僕のような齢《とし》の者が、長かったこの連載のお終《しま》いに当たり、青年のような言い訳をするのもふさわしくないということもある。僕だってもう七十、いずれにせよ、どっちでもいいような話ではあるのだ。きっと諸君は、事情を察して、僕を許してくれるだろう。僕の物言いは、例によって甚だ唐突か、あるいは案外老獪《ろうかい》なのかもしれないが、適当に聞き逃がしてくれたまえ。そしてただ、僕の言うことが正しいか否《いな》か、それのみに注意して、よく考えてみてくれたまえ。それこそが、読者の読者たるゆえんであり、またそれに対してこそ、語る者は真実を語り得るのだからだ。

さて諸君、幸か不幸か、連載はこれで終わる。これについて僕が弁明しなければならない理由はない。ただ僕は、諸君が僕を失うことによって、真実を語る者を失うことになりはしないかと、それをのみ恐れているのだ。

諸君も知る通り、現今の言論界には、真実を語る者がとても少ない。決して真実を語らないこれらの論者は、諸君を幼ないうちから丸めこんで、哲学という妙な考え方があるけれど、これは天上や地下のことを思案したり、弱論を強弁したりする現実離れした知恵であって、その元凶がソクラテスというヤツなのだと言ったはずだ。しかし、彼らが諸君にそう教えたときというのは、諸君が最も信じ易かった少年または青年時なのだから、言ってみりゃ僕は欠席裁判にかけられたようなもので、彼らの中傷に弁明できる場所などなかったのだ。それで僕は、そういった連中のひとりひとりを吟味して、真偽を判断することが、諸君のためであり、また僕のためでもあると信じ、この広場でこの仕事をこれまで続けてきたのだが、僕がいなくなったあとに、哲学を守り、真実を語ることのできる者が、果たしてこの国に居るのだろうか。

だから僕は、僕のしてきた仕事の正しさについて弁明しておくという、このことならば、今後のためにしておくべきだと思うわけだ。僕の対話やお喋りを聞いてくれた諸君は、ソクラテスというヤツは、天上や地下のことを吹聴したり、その他いろいろわけのわからないことを言っていたと、こう思う人は、どうぞ名のり出てくれたまえ。あるいは僕が、そういった嘘の事柄を語ることで、大金の報酬を得ていると思う人も、言ってくれたまえ。そして僕の常なるこの貧乏について、反駁してみてくれたまえ。そうは思わない諸君の全てを、僕は僕の証人としよう。

諸君のうちの誰かは、たぶんこう尋ねるだろう。しかしソクラテス、君の仕事とはいったい何だったのか。君と君の仕事に対する世人の警戒と恐れとは、どこから生じるのか。なぜなら君は、他の人と同じ普通の人のようなのに、そういう風評が立つのは、きっとどこかが人とは違うからだ。君のしていたこととは何だったのか、とね。

もっともだと思う。僕はこれから、それを話そう。聞いてくれたまえ。諸君は、僕が冗談を言っていると思うかもしれない。しかし、これは、神にかけて真実なのだ。なぜなら、他でもないその神が、僕に僕の仕事を命じたからなのだ。いったい、神が真実を語らないなんて、そんなことがあり得ることと、諸君は思うかね。

神は、デルフォイの神託によって、僕をこの世で最も知恵のある者と言った。けれども僕にはその意味がわからなかったのだ。なぜって僕は、自分がこの世の大事な事柄について何ひとつ知らないということを、はっきりと知っていたからだ。それで僕は、僕よりも知恵のありそうな、そして彼ら自身でもそう思っている人々に会い、彼らの方が僕よりも知恵があることを示そうとしたけれど、できなかった。なぜって、彼らもやはり、大事な真善美の事柄について、何ひとつ確かなことを知りはしなかったからだ。それで僕は思ったのだ。神は、僕は自分が知らないということを知っているというその一点において、僕は彼らより知恵があると言ったのだとね。けれど、ほんとは自分は何も知らないということを僕によって知らされるそのことで、彼らは僕を憎むようになったというわけさ。

僕は、自分が憎まれていることは、むろんわかっていたけれど、この仕事をやめる気はなかった。そんなことより、神に仕えることの方が、ずっと大事なことだからね。僕を憎み恐れる人は、本当は、僕を恐れているのでなくて、正しさを恐れているのだ。人が正しさを恐れるのは、言うまでもない、自分が正しくないことを知っているからだ。しかし、僕は神によって、人々を正しい人間たらしめるべく任命された人間だ。憎まれ恐れられるのも、まあ仕事のうちってわけなのだ。

たとえば、国の行く末を案じていると言う人が、僕を疎《うと》んじ遠ざける場合を考えてみよう。それなら、まずその人は、国を善くするものとは何か、答えられなければならないね。馬を善くすることができるのが、馬を善くする知識をもった人なら、人を善くすることができるのは、善の知識をもった人のはずだ。それなら善とは何か、答えられなければその人は、国の行く末を案じたことなど本当はなかったということになる。では、真実の言論とは、何だろう。

しかしまあ、こんなことはもうたくさんだろう。僕のこれまでの仕事が正しかったということは、正しいというまさにそのことにおいて、いかなる弁明も必要としないのだよ。すると、おそらくこう言う人がいるだろう。なるほど、正、不正は大事なことだ、しかしそも売れないことには言論などもあり得ないはずではないか、生きるか死ぬかが先ではないか、とね。

諸君、こういう議論にこそ僕は、まっすぐに答えよう。生きるか死ぬかよりも先に、恥を知りたまえ。死を免れることよりも、下劣を免れることの方が、はるかに難しいことなのだ、と。

僕は、いかなる場合であれ、死を恐れたことがない。なぜなら、いいかね、死を恐れるということこそ、人間の無知のうちの最大の無知、すなわち自ら知らないものを知っていると思い為《な》すことに他ならないからだ。死は、ひょっとしたら、最大に善いものかもしれないのに、人はそれを最大の害悪であることを知っているかのように恐れるのだ。けれども僕は、死を知らない。知らないということを、はっきりと知っている。ゆえに僕は、死を恐れることなく、正を知ることを欲するのだ。

親愛なるアテナイおよび日本の諸君よ、僕は諸君に切実な愛情を抱いている。しかし、諸君に従うよりは、僕は神に従うだろう。つまり、僕の息の続く限り、僕にそれができる限り、知を愛し求めることを、決して止《や》めないだろう。僕は、いつどこの場所においても、諸君を説得することを止めはしない。その時の僕の言葉は、いつもと同じこの言葉だ。世にも優れた人々よ、諸君は、知力と伝統において偉大な国の人でありながら、ただ金銭をできるだけ手に入れることばかりを気にかけて、恥ずかしくはないのか。地位や評判は気にかけても、精神をより優れたものにすることなど思いもよらないということなど。もし諸君の誰かが、これに異を唱えるなら、僕はその場で彼を吟味にかけ、決して譲歩しないだろう。精神よりも下らない事柄の方を不相応に大切にしていると、彼を批難するだろう。たとえ何度殺されても、僕はこれ以外のことはしないつもりだ。なぜなら、これが僕が神に任命された仕事だからだ。

どうか騒がずに、諸君。実のところ、誰であれ僕を害することなどできはしないのだ。優れた者が劣った者から害されることはできないからだ。死刑も追放も権利の剥奪も、決して僕を害しはしない。それらのことは僕にとって、少しも害悪ではないからだ。したがって、今僕が語っているのは、僕のためではなく諸君のためということになる。僕は思うのだ、たぶん僕は、一頭の大きくて鈍い馬のようなこの国に付着する、一匹のうるさい虻《あぶ》のようなものだとね。僕は諸君を苛立《いらだ》たせてやろうと、この仕事をしてきたが、こういう人間をもう一人探すのは、諸君、容易ではないはずだよ。もし僕の言うことが理解できるなら、本当は諸君は、僕を大事にしなければならないはずだ。けれどもある者は、眠っているところを起こされる人のように腹を立て、僕を叩《たた》いて殺そうとする。そして、あとの一生を眠り続けることになるわけだ。もしも神が彼のために、もう一人僕のような別の者を遣わされるのでなければね。

ところで、とはいえ、この連載は終わる。よろしい。では、この機に際して僕は、いかなる刑を申出るべきかな。むろん、それは至当のそれでなければならない。確かに僕は、多くの人と違って、政治や時事や金儲《かねもう》けや、あるいは大学の中で教えるとか、徒党を組んで発言するとか、今の世の中で行われているとことには関心がなかったが、それは、そういうところで身を全うするには、実のところ、この自分は善良すぎると考えたからだ。それで僕は、そういうところでではなく、各人が各人でその精神をより善くできるよう、各人に説得を試みたわけだが、このような善い行ないに対する至当の評価とは、さて、何だろう。僕が正義に則《のっと》って、至当の科料を申出るべきならば、これが僕が申出る科料だ。すなわち、「どっこい哲学は金になる」と、正当に言える程度の稿料？

まあしかし、じっさいは、僕は世の何びとに対しても故意に不正を加え、罪を犯したことがないのだから、自ら科料を申出て自分に不正を加えることも、ないわけだ。さてそれでも、生きることそれ自体ではなく善く生きることだけが善なのだ、という僕の説得など聞きたくない、ソクラテスよ、どうか黙っていてはくれまいかと言う者に、なお僕は言う。いくら君が認めたくなくとも、これは僕の言う通り真実なのだ、ただそれを認めさせるのが容易でない、とにかく時間のかかることなのだ、と。

けれども、僕には、そのための時間はなくなったわけだ。したがって僕は、諸君のために予言をしておきたいと思う。なぜなら僕は既に、人間が最もよく予言をする時、つまり今まさに終わらんとする時にあるからだ。僕の言うこととは、すなわち、こういうことだ。諸君よ、なるほど僕はこれで終わるけれど、この国の知と、知を愛する心とは終わりはしない。なぜなら、これまで僕に付き合い、説得に応じてくれた読者諸君は、まさにそのことによって、知と、知を愛する心とを知ってくれたと信じるからだ。知者のソクラテスなくとも、諸君のひとりひとりが知者であると、僕は信じているからだ。だから諸君、もしも諸君が誰か、精神を善くするより金銭を手にしたがる者、知らないのに知っているように言う者、何者でもないのに何者かであるように思っている者に出合ったら、僕がしたような仕方で、うんと彼をいじめてやってくれたまえ。諸君にはいまや、それができるはずなのだからね。僕は、期待している。

しかし、もうこれくらいにしよう。終わりだからね。僕はおいおい死ぬために。諸君はこれから生きるために。しかし、僕らの行く手に待っているものは、どちらがよいのか、ほんとは誰にもわからないのだ、神でなければ。——じゃ、失敬！

（翻案・田中美知太郎訳『ソークラテースの弁明』新潮文庫）

ソクラテス、著者と語る

登場人物
ソクラテス
池田某

ソクラテス　いや、お疲れさまでした。
池田某　こちらこそ、どういたしまして。
ソクラテス　じっさい、そんなに疲れたものかね。
池田某　そうですね、そうといえばそうだし、そうでないといえば、そうでないってとこでしょうか。
ソクラテス　僕は、ちっとも疲れてない。
池田某　そりゃそうでしょうよ。だって、あなたのものの考え方ったら、明快で簡潔で、わかりきってて、疲れる理由なんかあるはずないでしょうよ。
ソクラテス　その通りだ。僕のものの考え方は、明快で簡潔で、わかりきってて、疲れる理由なんかまるでないのだ。だったら、その同じ僕のものの考え方を書いてる君が、なんで疲れる理由があるのかな。

池田某　ほらまた、そういうわかりきったずるいことを言う。あなたは話していればいいけれど、私は書いているのですよ。わかりきったことを書くというのは、わかりきったことを話すというのより、ずっと大変なことなんです。

ソクラテス　だったら、とくに書かなくたっていいんじゃないか。

池田某　ええ、その通り。だけど、そしたらあなたも存在しませんよ。

ソクラテス　ああ、そりゃその通り。

池田某　わかりきったことというのは、書くどころか、ほんとは言わなくたっていいようなことだってこと、あなたが一番よく知ってるはずじゃないですか。

ソクラテス　いや、僕はそんなことは知らない。わかりきったことというのは、最もわからないことであるからこそ、言われ、書かれる必要があることなのだ。

池田某　はいはい、仰《おお》せの通りでございます、よーく存じておりますよ。あなた、私はダテに数十本のソクラテス書いてきたわけじゃありませんからね。

ソクラテス　岩波書店のプラトン全集は全十五巻になるぜ。

池田某　まあ、プラトン、とてもじゃないけど張り合うつもりはございません。あの構成力、あの文章力、そして、それによって示される事柄の完璧な形《けい》而上性《じじょう》、あの人のあれは神々に愛《め》でられし才ですから、どうして若輩の哲学ライターが、タメはることなどできましょう。

ソクラテス　おや、御謙遜《ごけんそん》。タメはるつもりでなけりゃ、そうそう普通は書かんわな。

池田某　無謀さだけが身上でしてね。だって、なんだっていいんだから。わかりきったことほど、わかんないことなんだから。わかんないことほど、書いてみたくなるんだから。

ソクラテス　ほら、けっこう楽しんでたんじゃないか。

池田某　ええ、おかげさまで、随分楽しませていただきました。ソクラテスの憎たらしさに限れば、プラトンの上を行ったかな、とか。私の口からはとても言えないようなこと、あなたのおかげで、随分言わせてもらえましたし。ソクラテスが言うんだから、文句あるまいよ。

ソクラテス　向かうところ敵なしだな。

池田某　ざまあみろ。

ソクラテス　あんた、なんかウチのに似たとこあるね。

池田某　ああ、クサンチッペさん。私もあの人には、ひとかたならぬ親近感を抱いております。だって、彼女のこと書いた人なんかいないから、私が書いた彼女が彼女なんだから、だから彼女は私みたいなもんです。

ソクラテス　すると、君が書いた僕は君なのかね。

池田某　そりゃ違いますよ。あなたは哲学、普遍的人格ですから。

ソクラテス　しかし、僕が哲学、普遍的人格なら、なにも僕を使って対話篇書くこともないんじゃないか。僕についての論文なり、普通の哲学論文書いてもいいんじゃないか。「ソクラテス＝プラトンにおける帰納的推理とイデア認識の可能性について」とかなんとか。

池田某　くそ面白くもない。

ソクラテス　僕もそう思う。

池田某　思うでしょ？

ソクラテス　思うよ。

池田某　いつまでもそんなことやってるから、哲学はバカにされることになるんです。

ソクラテス　おそらくな。

池田某　なんで帰納的推理とイデア認識が、学校の中でだけ通用することなんですか。哲学の始まりは、日常のここでしょう。哲学と日常が別のものだなんて思ってるのは、哲学をわかってないか、日常をわかってない、つまり両方ともわかってないということです。

ソクラテス　厳しいね。しかし、その通りだ。

池田某　アカデミズムの大御所がさ、「どっこい哲学は金になる」なんてタイトルはとんでもないって。プラトン全集かなんか存じませんけど、御本人、そう思われます？

ソクラテス　いや、ちっとも思わない。

池田某　度し難いわからんちん。

ソクラテス　わからなくなったんだな。

池田某　絶交しちゃいましたよ。

ソクラテス　やむをえないな。
池田某　あんまり悔やしいから、「新潮45」の拗《す》ねた編集長に言ってやったんですよ、「おかげさまで」って。そしたら、何て言ったと思います？

ソクラテス　ほお？
池田某　「それで、よろしいのです」。
ソクラテス　わっはっはっ。
池田某　よく考えると、あの人、岩波知識人憎しで汚濁のジャーナリズム渡ってきたみたいなとこあるから、もう最高のツボだったのよね。感涙にむせんでたわ。
ソクラテス　しかし、先生の方は、哲学の名で、いったい何を守ろうとしているのかな。
池田某　純粋であるということと、狭量であるということとは違うことです。哲学の名が、真実を知ることへの愛なら、師は弟子に何を望みますか。真実を知ることにおいて自分を越えろであって、自分を越えることは許さんのはずがない。要するに、彼が守りたいのは哲学ではなくて、自分だったということです。
ソクラテス　学究の道における師弟の愛憎というのは、最も試されるところだろうね。
池田某　私はもの書きですから、学者じゃありませんから、お師匠さんなんか要りません。むろん、お弟子も要りません。人が自分の頭で考えるのに、なんでそんなものが必要なんですか。
ソクラテス　その通りなんだがね、しかし君、優秀な弟子というのは、やはりいいものだよ。
池田某　プラトンがいて、よかったですね。
ソクラテス　いやほんとに。これぱかりは僕は、神様に感謝するよ。彼の文才がなけりゃ、それこそ僕は存在しなかったんだから。君が僕のことを知って書くこともできなかったんだから。
池田某　私があなたのことを知って書くことができたのは、そのわからんちん先生の訳があったからなんですが。
ソクラテス　まあ、そのことはもうよしとしようじゃないか。
池田某　そうですね。我々はさらに先へ進みましょう。探究の道におしまいはありません。
ソクラテス　プラトンの天才はどこにあると君は思うかね。

池田某　真理表現に対話体を用いたことです。これは画期的です。御存知のように、真理そのものというのは、あんまりわかりきったことなので、言語表現が不可能です。わかりきったことを書くのは、わかりきったことを話すのより難しい、黙っているのが一番正確だって、さっき私は言いましたが、それでもプラトンはやはり表現しようとしたんですね。同じようなこと考えて感じてるだけの人なら、世の中いくらだっているわけですよ、だって真理なんだから。真理というのは、誰にも同じだから真理なんだから。だからこそ、その誰にも同じ真理を、いかに上手に表現できるか、そこに才能というものの意味があることになる。

ソクラテス　ふむ、それで？

池田某　真理を書くのが真理を話すのより難しいのは、話すという行為には相手がありますが、書くという行為には相手がない、一方的な行為だからです。真理というのは表現されないことによってのみ表現され得るものだから、まさにあなたがそうしたように、誰かとの対話において、それが真理と思われているることをひっくり返すことによって、示され得るわけですね。ところが、真理を書くという場合、相手なしの一方的な行為だから、読む側には、そこに何か表現され得る真理が表現されていると読まれるおそれが常にある。つまり、真理とはこれこれであるとソクラテスは言った、というふうにね。これは非常に困るわけです。

ソクラテス　ふむ、それで？

池田某　それで、プラトンは、閃《ひらめ》いたわけですよ。それなら、ソクラテスの対話そのもの、話している現場を書けばいい。

ソクラテス　その通り。

池田某　「真理を話す」、と私は言いましたが、これは正確には「真理を語《かた》る」と言った方がいいでしょう。「語る」は「騙る」に通じます。あなたは真理を騙る人、プラトンは語り言葉を書くことで、語り得ない真理を騙ることに成功したわけです。

ソクラテス　正確だね。ところで、時々僕はわけがわからなくなるんだが、僕と誰かとの対話を、僕に「僕」と言わせ、誰かを「君」と言わせることで書いている君、君はすると誰ということになるのかね。

池田某　何ですって？

ソクラテス　書き手としての君の「私」と、君に書かれる僕という「私」とは、どういう関係にあるのかね。

池田某　書き手としての「私」は、あなたの「私」を書くことによって存在せしめるというまさにそのことによって、あなたの「私」とは違うものです。むろん、あなたは哲学、普遍的人格ですから、あなたの「私」も私の「私」も、その内容においては同じものと言ってもいい。でも、書く「私」と書かれる「私」とは、その形式において違うものです。

ソクラテス　うん、それなら、文学の発生、詩の場合で考えてみよう。たとえば、あの偉大なるホメロス、『オディッセイア』は、こんなふうにして始まるんだ。

〈あの男の話をしてくれ、詩の女神《ムーサ》よ、——それらの次第をどこからなりと、ゼウスの御娘なる女神《ムーサ》よ、私らにも語って下さい〉

　とね。「私らにも語って下さい」と語り始める詩人は、そのまま詩神となって、神々の物語を語ってゆくのだね。ということは、このとき語っている詩人の「私」と、語られる神々の「私」とは同じものなわけだろ。

池田某　ああ、それはその通りです。でも、この場合、明らかに違うことがある。つまり、ホメロスの詩は、その発生において書かれたものではなかった。それは、吟遊詩人によって語られていたものだった。これは決定的に違うことです。詩人が、神の言葉として「私は」と語るとき、聞き手は、詩人の「私」を神すなわち「彼」の「私」として聞く。したがって、このときここには、語り手の一人称と聞き手の二人称しか存在していない。三人称は、じつは存在していないのですよ。

ソクラテス　ふむ。

池田某　ところが、誰でもいいけど誰かが、「ホメロスかく語れり」、と書く。すると、ここに忽然《こつぜん》と三人称が存在することになるのです。なぜならそこには、「私は」と語っている神、語り手の詩人ではない未知の他者が書かれているからです。つまり、書くという行為、書き言葉そのものが、三人称を存在せしめることになるわけです。だから、書かれる「私」と書く「私」とは違う「私」だと、私は言うのですよ。

ソクラテス　なるほど。

池田某　じゃ今度は、我が国の物語、『古事記』の場合で考えてみましょう。あれは、稗田阿礼《ひえだのあれ》という人の一人語り、やはり口伝であるわけですね。

〈時に舎人《とねり》有りき。姓は稗田、名は阿礼、年は是《こ》れ廿八《にじゅうはち》。人と為《な》り聡明《そうめい》にして、目に度《わた》れば口に誦《よ》み、耳に払《ふ》るれば心に勒《しる》しき〉

といったふうな。これは序文ですが、太安万侶《おおのやすまろ》という人が、そういうふうに聞きながら筆記したわけですね。するとこの場合、聞き手であり書き手でもあるところの安万侶という人、これは何か。神の物語を語る阿礼が、ときにそれを神の言葉として語ったと書き、またそのように聞いたと書く安万侶の「私」とは何か。

ソクラテス　問題はそれだ。

池田某　それは誰か。

ソクラテス　誰なのだ。

池田某　わからないのだ。

ソクラテス　やはりそうか。

池田某　あなたが自分を「僕」つまり「私」と言い、他の誰かを「君」と言い、何かについて対話しているのを、私がそばで聞いているとしましょう。そのとき、私にとってのあなたは、あくまで「あなた」なのです。ところが、この同じ場面を私が書く、すると、私によって書かれるあなたの「私」は、なんとまあ不思議なことに、「彼」ということになるのですよ。私が書くのに、「彼」なのですよ。書くという行為それ自体が、書かれる事柄を客体化するからです。では、三人称を存在せしめるこの絶対的一人称、「私」とは誰か。

ソクラテス　すると、げんにいまこうして進行しているこの対話の文章において、君が書き手として僕と語っているところの君の「私」と、げんにいまこうして進行しているこの対話の文章を書いているところの書き手としての君の「私」とは、違う「私」ということだ。

池田某　違うんですね、これが。

ソクラテス　すると君は誰だ。

池田某　さて私は誰でしょう。

ソクラテス　あんまり無気味じゃないか。

池田某　さっぱりわかりません。

ソクラテス　だからこそ書けるんだな。

池田某　絶対的一人称とは、裏返し、絶対的三人称なのです。
ソクラテス　ああ、それはきっと、「私は私を考える」というとき、前の「私」にとって、あとの「私」が三人称になってるのと同じだ。永遠につかまえられない第三者だ。
池田某　そう、そこにまたプラトンの天才を私は見るわけですよ。
ソクラテス　ほお？
池田某　ほお、じゃないですよ。なにもかも知ってやってたくせに。
ソクラテス　いや僕は知らないが。
池田某　「私は私を考える」、「考えるから存在する」、一人称と三人称の弁証法なんてのは、あなた、二人称なしで一方的に書くんじゃ、ヘーゲルになっちゃうわけですよ。そー、あの怒濤の大論理学、一人語りの独り言、本人以外には滅多にわからないというヤツね。真理なんだから内容としては同じでも、表現として上手とは決して言えない。理解されない、誤解をされる、あげくに空論と言われて、おしまい。
ソクラテス　確かに。
池田某　弁証法という内容は、形式としては対話体になるんです、これ単純。決して、「対話篇における帰納的推理とイデア認識」とかって、めんどくさい話でなくね。弁証法を「書く」と、対話体になる。だって、いいですか、「私」と「あなた」が話しているのを「書く」、と、「私」も「あなた」も「彼」になる。そして、この「彼」を「彼」たらしめているのが、絶対的一人称としての「私」でしょ。これは明らかに弁証法じゃないですか。
ソクラテス　またの名、これを産婆《さんば》術。
池田某　ほら、やっぱり知ってやってた。
ソクラテス　しかも、対話体を「読む」ことで、三人称を一人称として楽しめるというオマケつき。
池田某　プラトンの天才。あの人、弁証法を書き言葉にしてこの世の言葉に翻訳するってだけじゃ飽き足らなくて、しっかり創作までしてたってわけ。無芸な哲学論文なんぞ書けるかいってとこでしょうね。
ソクラテス　誰、君？
池田某　やだ、プラトンですよ。
ソクラテス　ああ、大した男さ。
池田某　知ってやってたんでしょう。

ソクラテス　誰が。

池田某　あなた、彼が書くと思って、そばに置いといたんでしょう。

ソクラテス　何のことかね。

池田某　コイツは必ず僕のこと書くぞと思って、最後まで計算ずくでやってたんでしょう。裁判から毒杯まで、ぜんぶ。シメシメ、してやったりって。

ソクラテス　いや君、そりゃいくらなんでも邪推だよ。もしもそんなふうに読めるとしたなら、それこそがプラトンの天才さ。しかしまあ、だとすると、大成功ではあるけどどな。

第四章　「対話」はつづく

史上最強の夫婦は騙《かた》る

哲学とは？
それがもっとも難しい質問だ。

クサンチッペ　ねえ、あんた——。
ソクラテス　うん？
クサンチッペ　哲学って、なに？
ソクラテス　なんだ、やぶからぼうに。
クサンチッペ　あたしだって、たまには、そういうこと考えてみたっていいじゃない。
ソクラテス　へえ、こりゃどうした風の吹き回しかね。だって、お前はいつも、そんなことわざわざ考えてるヤツの気が知れないって、言ってるじゃないか。
クサンチッペ　そう、気が知れない。あたしは全然気が知れないんだけど、あんまりみんなが、哲学って何かなんて気にするもんだからさ。あたしがみんなの代わりに、あんたに訊いてあげてもいいかなって。あたしはたまたま、あんたと居るし、あんたはけっこう、その筋ではエライことになってるらしいし。
ソクラテス　まあな。僕はその筋ではけっこうエライことになってるかもしれんが、しかしお前は、僕がほんとはエライかもしれんなんて、思ったことはなかろうに。
クサンチッペ　うん、ない。
ソクラテス　はっきり言うな。
クサンチッペ　そりゃあそうさ。だって、あんた、言うことは変だけど、することは普通だもの。言うことは、ちょっと変なとこあるけど、することはべつにみんなと違わないもの。三度のご飯食べて、寝て起きて、そうやってそこに居るだけだもの。違うのは、まともに仕事しないってことだけでさ。それなら、そんなの、エライことであるわけないでないか。
ソクラテス　まあそうだな。
クサンチッペ　そうよ。
ソクラテス　なら、なんでみんなは、僕のことなんかエライと思ってるのかな。
クサンチッペ　だから、なんかの勘違いでしょうよ。

ソクラテス　そうかなあ。
クサンチッペ　そうよ。
ソクラテス　みんなの代わりに、僕に何を訊くんだって？
クサンチッペ　哲学とは何か。
ソクラテス　つまり、みんなが何を勘違いしてるのかってことだな。
クサンチッペ　そーそー、そのことそのこと。
ソクラテス　そんなの、お前に何の得があるのかね。
クサンチッペ　ギリシャに連れてってくれるってさ。
ソクラテス　なに？
クサンチッペ　哲学入門の案内役をしたら、旅行に連れてってくれるってから。
ソクラテス　なんだ、そういうことか、そういうことがあったのか。道理で、お前にしちゃあ殊勝なことだと思ったよ。
クサンチッペ　えへへ、ばれました。
ソクラテス　お前にしたって、そういうことでもなけりゃ、その手のことはわざわざせんわな。
クサンチッペ　いいじゃない、たまには。こういうの、役得。

ソクラテス　ソクラテスの女房でよかったな。
クサンチッペ　よかったよかった、こういう時だけ。
ソクラテス　いいよ、何でも訊いてごらん。
クサンチッペ　はい、哲学とは何ですか。
ソクラテス　そんなの僕は知りません。
クサンチッペ　訊いてんのよ。
ソクラテス　知らないもの。
クサンチッペ　あたし、ギリシャに行きたいんだけど。
ソクラテス　ああ、そうでした。じゃあ、どう答えたらいいかしら。
クサンチッペ　どう訊いたらいいかしら。
ソクラテス　みんなが、何を知りたがってるのかってことだろうな。
クサンチッペ　だから、哲学だってば。
ソクラテス　そうねえ、哲学ねえ――。
クサンチッペ　あんたが言い出しっぺなんだから、あんたに訊きゃあ知ってるはずだって、みんなが。
ソクラテス　そう、確かに僕が言い出しっぺだ。哲学なんてこと、それとして言い出したのは、僕が最初とされてるようだ。だからこそ僕は、そんなもののことを知らんのだ。わかるかね。
クサンチッペ　わからない。
ソクラテス　ふむ。人が何かを知りたいと思うのは、どうしてかな。
クサンチッペ　知りたいから。
ソクラテス　どうして知りたいのかな。
クサンチッペ　どうしてって――。
ソクラテス　人は、すでに知っていることを、もう知りたいとは思わないはずだよね。
クサンチッペ　そうね。
ソクラテス　人が知りたいと思うのは、まだ知らないことのはずだよね。
クサンチッペ　そうね。
ソクラテス　人はそれを知らないと思うから、それを知りたいと思うことになるのだね。
クサンチッペ　そうね。
ソクラテス　では人は、知らないことを知りたいと思う時、どうするものだろうかね。
クサンチッペ　人に訊く。
ソクラテス　――。
クサンチッペ　本を読む。
ソクラテス　――。
クサンチッペ　それでみんな、知らない哲学のこと知りたくて、あんたに訊いたり、こんな本読んだりしてんじゃない。
ソクラテス　うん、いいよ、みんなは知らない哲学のことを知りたくて、それで僕に訊いたり、こんな本読んだりしてるんだってこと、認めよう。なら、みんなは、僕に訊いたり、こんな本読んだりすれば、哲学とは何かってこと知ることができると思ってるわけだよね。
クサンチッペ　そうね。
ソクラテス　その限り、哲学とは何かってこと、じつはすでに知っていることになるよね。
クサンチッペ　まあそうね。
ソクラテス　だったら、哲学とは何かなんてこと、もう知りたいと思うはずもないじゃないか。
クサンチッペ　あら変だわね。
ソクラテス　みんなは、本当は、何のことを知りたいと思っているのかな。
クサンチッペ　だから、知らないから知りたいこと。
ソクラテス　そう、知らないから知りたいこと。なら、知りたいことを知るためには、人はどうするものだろうかね。
クサンチッペ　考える！
ソクラテス　その通り！　人は、知りたいことを知るためには、考える。考えるということをするものなのだ。その考えるということそのものが哲学なのであって、人に訊いたり本を読んだりするのが哲学なんじゃないのだ。だから僕は哲学なんてものは知らない、知りたいから考えていることを知っているだけだと、こう言っておるのだよ。
クサンチッペ　だけどさ、だったら、なんでみんなあんなに哲学哲学って言うわけ？　なんかそれがエライことかスゴイことみたいに言うわけ？
ソクラテス　だから、それがその勘違いなんだろうよ。
クサンチッペ　逆の勘違いもあんのよ。あんなに無意味で無用のものはないって。
ソクラテス　当たらずとも遠からずだけどな。
クサンチッペ　ほらごらん。あたしがいっつも言ってる通りだ。
ソクラテス　そう。全部お前の仰せの通りだ。
クサンチッペ　それじゃあ、あたしはいよいよ、みんなに教えてあげなきゃね。そんなの勘違いだよって。ギリシャにも行きたいしね。
ソクラテス　つまり、そういうことだろ？
クサンチッペ　むろん、そういうことです。
ソクラテス　いいよ、続けて訊いてごらん。
クサンチッペ　知らないから知りたくて考えてるってわけでしょ？　それが哲学だってわけなんでしょ？　だから、どうすれば考えられるのかってこと、みんなが知りたがってるのはそのことなんだわ。
ソクラテス　さて困ったね。こりゃたいそうな難問だね。
クサンチッペ　どうして難問？　こうすれば考えられるよって、教えてあげればいいじゃない。あんた、どうせそれしかできないんだし。
ソクラテス　そう、どうせ僕はそれしかできない。だからこそ、それを教えるのは大変なことなのだ。人に訊いたり本を読んだりするんでない、考えることそのものを教えるというのは、じつは至難の技なのだ。
クサンチッペ　大げさね。

ソクラテス　ほんとだよ。
クサンチッペ　教えてあげて。
ソクラテス　そうだなあ、こういう譬《たと》えはどうかしら。靴作りの知識を、人に訊いたり本を読んだりで知っていても、じっさいに靴を作れない人のことを、靴職人とは言わない。そういう知識を使って、じっさいに靴を作れる技術をもった人のことを、靴職人と言うんだね。
クサンチッペ　そうよ。
ソクラテス　船を操る知識を、人に訊《き》いたり本を読んだりで知っていても、じっさいに船を操れない人のことを、船乗りとは言わない。そういう知識を使って、じっさいに船を操れる技術をもった人のことを、船乗りと言うんだね。
クサンチッペ　そうよ。
ソクラテス　それなら、哲学の知識を、人に訊いたり本を読んだりでいっぱい知っていても、じっさいに考えられない人のことは、哲学者とは言わない。哲学者とは、そういう知識がたとえなくても、じっさいに考えられる技術をもった人のことを言うんだね。
クサンチッペ　そりゃそうよ。
ソクラテス　だから、じっさいに考えられる技術をもつためには、じっさいに考えるしかないのだ。靴職人や船乗りが、じっさいに靴を作り、じっさいに船を操るしかないのと同じことなのだ。それらの技術を、人が人に教えることは、じつはできないことなのだ。
クサンチッペ　そんなことないでしょう。靴の作り方や船の操り方だって、人が人に教えてるでしょう。それで、教えられた人は教えられたことをできるようになるんだわ。
ソクラテス　うん、そりゃそうだ。しかし、教えられた人が教えられたことをできるようになるには、その人ができるようになるしかないからな。その人がそれをできるようになるしか、それができるようになる仕方はやっぱりないからな。
クサンチッペ　つまり、考えることを教えることはできないってわけ？
ソクラテス　やっぱりそういうことになるかなあ。
クサンチッペ　あたしはギリシャに行きたいんだけどなあ。

ソクラテス　ふむ。どうして人は考えるのかって、さっき言ったんだっけ。
クサンチッペ　知りたいから。
ソクラテス　どうして知りたいのだっけ。
クサンチッペ　知らないから。
ソクラテス　つまり、知らないから知りたくて、人は考えるのだってことだったよね。
クサンチッペ　そうね。
ソクラテス　ということは、知らないということを知らないと、人は考えないってことになるよね。
クサンチッペ　そうね。
ソクラテス　すると、人は考えるためにはどうすればいいということになるかね。
クサンチッペ　知らないということを知っていること。
ソクラテス　その通り！　人は考えるためには、知らないということを知っていればいいのだ。考えるためにはどうすればいいかなんてのは、知らないということを知らないだけなのだ。知らないということを知ってさえいるなら、人はイヤでも自ずから考え出すものなのだ。こんなに易しいことって、他にはないぜ。
クサンチッペ　知らないということを知るためにはどうすればいいのって、訊く人、きっといるよ。
ソクラテス　お前はどこまでもそう難しいことを言うんだね。
クサンチッペ　そういう時代なのよ。それで、あーいうどーしよーもない哲学入門本ばっかが売れるんだわ。あんなもの後生大事に抱えて、どーするつもりかしら。
ソクラテス　『ソフィー』か？
クサンチッペ　そうは言ってない。
ソクラテス　ほっときゃよろし。
クサンチッペ　ほんと懲りないんだから。
ソクラテス　よし、それならこうしよう。知らないということを知るためにはどうすればいいのって訊く人、どーしよーもない哲学入門本を後生大事に抱えている人、そういう人は、そのまんま水の中に突き落としてやるのだ。深い暗い水の中にね。そうすると、その人は、そんな本につかまっていても助けてくれない、沈んでゆく、ああ自分は泳ぎを知らなかったのだと痛切に知るだろう。そして、泳ぐためには泳ぐしかないのだと知り、イヤでも泳げるようになるだろう。知らないということに驚いて考えるようになるとは、つまりこういうことなのだ。それ以外に哲学に入門する方法なんぞ、あるわきゃないのだ。

クサンチッペ　つまり、水の中に跳び込めってことね。

ソクラテス　いや、やっぱり突き落とされなきゃダメだろうなあ。

クサンチッペ　誰か突き落としてってて、頼む人、きっといるよ。

ソクラテス　本当に難しいねえ。

クサンチッペ　なに、哲学が？

ソクラテス　いや、驚くことがさ。

クサンチッペ　ワーッ！　キャーッ！

ソクラテス　なんだっ！　どうしたんだっ！

クサンチッペ　ほら驚いた！　あたしはギリシャに行ってきまーす。あとはよろしくっ。

生ある限り、考えることはやめられない。

ソクラテス　ウチのがギリシャに行けるってんで、すごい舞い上がりようなのだ。

プラトン　ほお、ギリシャ。

ソクラテス　そう、ギリシャ。アテナイ、ミレトス、クレタ島……。僕らの土地だね、哲学の地だ。

プラトン　ヘラクレイトス、パルメニデス、エンペドクレス、デモクリトス、立派な人々ばかりです。

ソクラテス　ああ本当に。不思議なことだね、どうしてだろう。

プラトン　何がですか。

ソクラテス　どうして立派な哲学者は、みんなギリシャから出てきたのか、どうしてギリシャが哲学の始まりなのかってことさ。

プラトン　そのような問いに、何か意味があると思われますか。

ソクラテス　思わない。
プラトン　（小声で）これだから困るんだよな。
ソクラテス　いや、しかしやっぱり不思議なことだよ。なるほど確かに、考えているのはその人でしかないわな。土地柄、民族、関係ないわな。しかし、それらがいきなり、いっせいにそこから出てきたっていうのは、やっぱりちょっと不思議なことだよ。
プラトン　風光明媚にして、滋味豊かな土地ゆえ、生存競争に追われぬ暇人たちが、暇にあかせて考え始めたのだろうと、世間ではそのように申しておるようです。
ソクラテス　通俗的だな。
プラトン　私もそう思います。
ソクラテス　でも一理あるわな。
プラトン　もうこれだからな。
ソクラテス　なるほど確かに、ある種の精神的余裕がなければ、人は考え始めないのかもしれない。精神と生存とはいかなる関係にあるのかってことを考えるのが、精神に余裕があるってそのことなんだからな。しかし、たとえ余裕があっても、考えないヤツのほうがやっぱり多い。いやむしろ、余裕があるほどいよいよ考えなくなるようなのはどうしてなのか。そして逆に、生き死にギリギリのヤツこそが、いきなり考え始めたりするのはどうしてか。哲学にとっては、戦争と平和のどっちがいいのか。
プラトン　要するに、考えるヤツは、どうであれ考え、考えないヤツは、どうであれ考えないってことです。
ソクラテス　なあ、そういうことだろ。
プラトン　では、どうでしょう。考え始めた一人の人間に、別の考える人間が触発される、影響を受けて考え始めるようになるって解釈は。なぜなら、そう、他でもないこの私プラトンは、ソクラテスの影響を受けて哲学を始めたのですからね。ソクラテスあっての、プラトンなのです。考える精神は、考える精神に、必ずや影響を与えましょう。精神の連動、精神の共鳴現象ってわけですね。
ソクラテス　うん、すぐれた解釈だ。おそらくそれが真実だ。僕だって、彼ら立派な先輩たちの考えを受けなければ、それをひっくり返してやろうとは思わなかったわけだからな。するとやっぱり、その精神の共鳴現象は、なぜよりによってギリシャ人たちの間で起こったのかってことだな。一粒の種、考えの種をそこに播いたのは誰なのかってことだ。
プラトン　神です。神々の御意志です。
ソクラテス　神々に愛《め》でられし民族、神々に愛でられしわれわれだからな。
プラトン　その言い方は不正確です。神々に愛でられているのは、愛知者としてのわれわれ哲学者だけだと申せましょう。精神を知らずに生存を知り得るかのような、あれらの無知者はその限りではありません。
ソクラテス　(小声で) プラトン的とはよく言ったもんだよな。
プラトン　なんですかっ。
ソクラテス　あ、いやいや、プラトン哲学二千年の呪縛とは、君、ありゃ勲章だと思っていいぜって。
プラトン　けったくそ悪い、現代哲学愛好者の妄言ですね。もちろんですとも、呪縛されたことがそもそもあるのかと私は問いたい。
ソクラテス　まったくその通りだ。哲学すなわち考えるということに、現代や古代なんてのがあり得ると思っているということが、そもそも僕にも理解できん。
プラトン　なるほど、おっしゃる通り、それぞれの癖みたいのは確かにありますよ。哲学者とはいえ、生身なんですからね。しかし、もしもそいつが本物、本物の哲学者なら、時代や個人やその癖なんてのとは無関係に、いや、まさにその癖によってこそ、同じ事柄をわれわれは考えているんだってこと、知っているはずなんだ。
ソクラテス　なんだ、その同じ事柄ってのは。
プラトン　また、もう……。
ソクラテス　プラトン的に、聞かせてくれよ。
プラトン　よろしいでしょう、プラトン的に申しましょう、「真実在とは何か」。
ソクラテス　よし、ではソクラテス的に言ってみよう、「正しさとは何か」。
プラトン　アリストテレスなら、こう言いましょう、「存在するとはどういうことか」。
ソクラテス　デカルトなら、たぶんこうだな、「考えるとはどういうことか」。
プラトン　スピノザなら、おそらくこうだ、「存在はどうしてこうなのか」。

ソクラテス　よし来た、カントだ、「どうしてこうとしか考えられないのか」。
プラトン　ヘーゲルのヤツ、こうだろう、「考えているのは私じゃない」。
ソクラテス　ニーチェが言うんだ、「考えているのは私だけだ」。
プラトン「考えているのは存在だ」、ハイデガーが言うわけです。
ソクラテス　まあこんなとこかな。
プラトン　もうひとり、ウィトゲンシュタイン、「私であるとはどういうことか」。
ソクラテス　揃《そろ》い踏みだな。
プラトン　揃ってますよ。
ソクラテス　おんなじじゃないか。
プラトン　おんなじですよ。
ソクラテス　面白いねえ。
プラトン　そうですか。
ソクラテス　何が気に入らないかね。
プラトン　考えようとしていることは同じなのに、なんで私ばかりが悪者にならなきゃならんのか。
ソクラテス　近しいものほど憎らしいってことはあるじゃないか。おいおい気がつくさ。
プラトン　そうならいいんですがねえ。
ソクラテス　だいたい君は、文章がうますぎるのさ。他の連中、みてみろよ、まーごちゃごちゃごちゃごちゃ、妙な用語と砂を噛むような悪文で、せっかくわざわざ書いてるんだから、哲学の文章は、もっとわかりやすく書かなくちゃね。
プラトン　わかりやすく書いたって、わからんヤツにはわからんのです。いや、わかりやすく書くほど、わからんヤツはわからなくなると言えましょう。
ソクラテス　その通り。
プラトン　私は真実在を「イデア」と申しました。
ソクラテス　敗因はそれだな。
プラトン　失礼な、絶句してるんでなけりゃ、そうとでも言うほかないでしょう。
ソクラテス　僕は「イデア」なんて言わなかったもの。
プラトン　言わなかっただけでしょう、考えりゃそうなるってことは知ってたくせに。
ソクラテス　難しいところだな。
プラトン　ええ、まさしく。言えないもののことをこそ言おうとして言うと、言えないもののことを言っているかのようになってしまう。

ソクラテス　だからこそ僕は、対話に徹したわけなのだ。言ってるそばから、ひっくり返していくことができるからね。

プラトン　私はその対話の現場を書きました。言えないイデアが、ロゴスで言われるその現場をね。

ソクラテス　僕らのコンビ、けっこういいセン行ってんじゃないか。

プラトン　ねえ、そうでしょう。哲学史上最強のコンビですよ。

ソクラテス　カミさんと僕とは、哲学史上最強の夫婦と言われているのだ。

プラトン　何ですか。

ソクラテス　いや、ちょっと宣伝しただけだ。

プラトン　ねえ、ソクラテス、私は時々ふと立ち止まるのですよ。考えることを書くなんてことをするのは、どうしてなのか。

ソクラテス　おや、君の口からそんなことを聞くとはねえ。

プラトン　考えるのはどうしてなのか、そんなことはわかりきっています。知りたいからです。存在とは何か、私とは何か、いったいどういうことになっているのか、ひたすらそのことをのみ、知りたいのです。より明らかに、より確実に、知りたいために考えるのです。知ろうとして考えている時間の忘我とある種の恍惚は、考える者のみぞ知るところでありましょう。ところで、しかし、ではなぜわざわざそんなことを書くなんてことをするのか。考えるという行為の完璧な完結を、破るようなことをあえてするのか。私は断言できますが、考えるという行為と、書くという行為は、あくまでも別ものです。なぜって、考えるのは頭ひとつでできますが、書くのはペンがなければできませんからね。考えることは書くことを、決して要求してはいないのです。にもかかわらず、なぜわれわれは、あえてペンを執り考えを書くなんてことをするのか。

ソクラテス　僕は一行も書いていない。

プラトン　ほんとずるいんだから。人を唆かして書かしといて。

ソクラテス　他の連中はどうなのかしら。連中、どうして書くかしら。

プラトン　最も普通の動機としては、俺の考えが一番だ、俺が一番考えてるんだってことを示すためでしょうね。他の連中がどうあれ、哲学史がどうあれ、俺様が一番だってね。

ソクラテス　けっこうなことじゃないか。

プラトン　ええむろん、考える精神と考える精神が、互いに影響を与え合う限り、それを示すことはその意味では義務であると言えましょう。また、それくらいの気概があるんでなけりゃ、そもそも哲学史なんてものもあり得ませんよ。

ソクラテス　心意気やよしってとこだな。

プラトン　しかし、考えることを書く、書いて示すということについて、私ほど自覚的だった者は、哲学史上未だに存在していません。

ソクラテス　待ってました、そう来なくっちゃ！

プラトン　なるほど、考えるということは、書くということを、決して要求してはいない。にもかかわらず、なぜわれわれは、あえて書くのか。それは、そこに言葉が在るからだ。連中、このことを必ずしも自覚していません。

ソクラテス　そうだ、言葉が在るからだ。言葉が在るとはどういうことか。

プラトン　言葉が在るとはどういうことか、まさしくそれを考えるのです。考えるとは、ある意味で、そのことをこそ考えることだと言っていい。じっさい、われわれ、考えを言葉で言うということをしているわけですが、いったいこの考えを言葉で言うということは、どういうことなのか。よくよく考えると、これはとんでもないことじゃありませんか。なぜその言葉でその考えが言えていることになっているのか。言えていると、なぜ連中は思っているのか。

ソクラテス　すると君は思わないのか。

プラトン　違います、問いの形はそうではない。私は、その言葉でその考えが言えていると思うのはなぜなのか、そのことをこそ考えている。そこが違う、決定的に違う。考えて、そして遂に到達したんだ、それは、それがイデアであるからだ！　イデアが在るから言えるんだ！　何の文句があるってんだ！

ソクラテス　まあまあ、そう急《せ》きなさんな。考えを言うってことは、イデアを言うってことだってのは、当たり前すぎて、なかなか気がつかないもんさ。ましてや君は、それをそれとして書いてるんだからな。

やっぱりこりゃあ大抵じゃないよ。

プラトン　だって、ソクラテス、愛知者たるもの、考える、考えを言う、なおそれを書く、この一連がどういうことになっているのか、それを完全に自覚していることなく愛知者たり得るとは、私には思えないのですよ。

ソクラテス　君は真面目な人だねえ。

プラトン　私が書くのは、そこに言葉が在るからです。言葉とは何ですか。それは、われわれによって語られていることを待っている存在です。言葉が存在する限り、われわれは、語らざるを得ない。言葉によっては語り得ないもののことをこそ語らざるを得ないのですよ、ああ困ったことに。もしも言葉が存在しなければ私は——いや、こんな想定は無意味だ——言葉が存在する限り、私は書く。言わずに書くのは、残せるからです。なぜ？　何のために？

　論敵のため、読者のため、哲学史のため、本当はそんなことのためなんかじゃないんだ。ねえ、ソクラテス、われわれ、この不可解な大宇宙に、不可解にも存在し、存在するとはどういうことかなんて必死で考えてるなんてのは、ああ、何と言いましょうかねえ、可笑しいような哀しいような、いじらしいじゃありませんか。われわれの考えは、存在の謎を巡るわれわれのさまざまな考えは、いったいどこまで達しているやら、もしも謎が口をきけたら、何と言うものでしょうかねえ。

　謎を巡るわれわれのすべての考えは、われわれから謎への捧げ物なのだ。そんなふうに私は思うのです。考えるという行為に、必ずや伴っている畏怖と憧憬の感覚が、そのことを証しましょう。私は、われわれは、ここまで考えたのだ、こんなふうにも考えてみたのだ、しかしなおこんなふうにも考えられるのかもしれない、力の限り考えた考えを、書いて捧げるのです、謎の神殿の御前にね。書かれた考えは——存在する。存在が——それを読む。全永劫の時間の果てのような瞬間に、捧げられたその書物を存在が読む、そのためにこそわれわれは書くのです。愛知者として書く限り、そこまで自覚されているのでなければウソでしょう。

ソクラテス　いやこれは大変なことだねえ。ほんとに読んでもらえるのかしら。

プラトン　また、もー。

ソクラテス　つくづく僕は書かなくてよかったよ。その方が全然ラクチンだもの。

プラトン　あったりまえじゃないですか。いったいどこまでこの人はずるいんだか。

愛してやまない人、それは、師・ソクラテスです——。

プラトン　ギリシャへ行かれるんですってね。

クサンチッペ　あら、聞いた？

プラトン　素晴らしい土地、哲学の地です。

クサンチッペ　景色はきれい、料理はうまい、お買物はあんまりないみたいだけど、リゾートとしてなら最高よ！

プラトン　——哲学の地です。

クサンチッペ　いいでないの、たまには。哲学なんざ、どこに居たってできるでないの。だけど、人生を楽しむのはその時がすべてだからね。

プラトン　ある意味ではそうですがね——。

クサンチッペ　あたしだって、たまにはソクラテスから解放されて、人生を楽しみたい。

プラトン　いや、じっさい、奥さんはよく尽くされてますよ。人生そのものが哲学そのものであるようなあの方にね。
クサンチッペ　ねえ、そうでしょう。そりゃあたしだって、いちおうは女だから、女の人生、あんなデクノボーとでなくて、こうバリッとした実業家の夫人みたいのになりたかったなって、思わないでもないのよね。こう、リッチでゴージャスな暮らしさせてくれる男とさ。でも、しょうがないじゃない、ないものねだりはそれこそ人生の損だもの、なんかの縁だから、あたしはソクラテスの妻なのさ。だから、まああたしのできるようなことなら、してあげてもいいかなって。
プラトン　立派な心がけです。
クサンチッペ　それで出世してくれりゃ、あたしは哲学者の令夫人。
プラトン　――――。
クサンチッペ　やっぱりあたし、羨《うら》やましいのよ。
プラトン　はあ、何でしょう。
クサンチッペ　おんなじソクラテスでも、ずいぶんな違いでないの。
プラトン　はあ。
クサンチッペ　ケネディ大統領の未亡人、ジャクリーンの再婚相手さ、知ってる？
プラトン　ああ、なんでもギリシャの海運王だとか。
クサンチッペ　そう、オナシスさん。アリストテレス＝ソクラテス＝オナシスっていうのよね。
プラトン　――――。
クサンチッペ　あたしも、ああいうソクラテス夫人になりたかったの。ジャッキーが羨やましい。大富豪夫人。
プラトン　しかし奥さん、それだけの名前を付けたがるなんざ、相当の俗物ですぜ。羨やましがるには及びませんよ。なにせあなたは、史上に名だたる大哲学者の夫人なんですからね。
クサンチッペ　そーお？　皆さんそう言って慰さめてくださるんだけど、あたしはなんだか、もうひとつ……。
プラトン　いやいや、それでいいんですよ、内助の功。お金には代えられない貢献を、あなたはなさっているのです。あのジャッキーだって、大統領のずいぶんな智恵袋だったそうじゃないですか。偉大な男の傍らには、必ず偉大な女がいるものですよ。
クサンチッペ　なら、なんであんたの傍らには女がいないのよ。
プラトン　なんです、やぶからぼうに。
クサンチッペ　あんただってもういい歳なのに、なんでいつまでも独りでいるのか、あたし以前から心配してんのよ。偉大な女はいないの？　高望みしすぎなんでないの？
プラトン　ああ、高望み、なるほどその通りかもしれません。私の恋心《エロース》は、遥か高く、輝ける彼方の真実在のみを、焦がれてやまないのですからね。愛知者の魂は翼をもち、地上の何ものもこれをつなぎ留めることはできないのですよ。
クサンチッペ　いい加減、眼を覚ますのもいいんでない？
プラトン　眼を覚ます？　とんでもない、眠りこけているのは連中の方だ。洞窟の壁のはかない影を、実在であると思い為し、あっちの女こっちの女、右往左往してるのはあいつらじゃないか。なるほど、美しい女は美しいが、美しさそのものに比べて美しいわけじゃない。
クサンチッペ　あたしは美しさそのものなんて見たことがない。あたしよりかちょっとは美しい女は、見たことあるけど。
プラトン　当然です。美しさそのものは、眼に見えるものではない。眼に見える美しいものを、美しいものたらしめているところのものが、眼には見えない美しさそのものなのですから。だからこそ、われわれ愛知者の魂は、眼に見える美しいものの向こうに、それがよって来たる美しさそのものを想起して、それをこそ焦がれて追いかけてゆくのですよ。
クサンチッペ　要するにあんたは、美人を口説くだけの勇気がないんだ。
プラトン　もー、そういうことじゃないですったら。
クサンチッペ　だって、そうでないか。美人は美人で美しいんだから、手に入れたいと思うのは当然でないか。だから富豪の男たちは、大枚はたいて美人を口説くのさ。オナシスがジャッキー口説いたみたいにね。そうでなけりゃ、なんであんたら、そんなにややこしい考え方するんだか、あたしはさっぱり理解できない。
プラトン　はいはい、認めますよ。確かに私は富豪じゃないから、美人を口説くのは容易じゃないよ。しかし、わかって頂けるかどうか、美しい人を口説くよりも、口説きたくなるような美しい魂を見出すことの方が、はるかに容易じゃないってことをね。われわれ愛知者は、精神の富豪ですからね、見てくればかりで中身は貧寒、そんな美人を口説く気になんか、とてもじゃないがなれんのですわ。

クサンチッペ　やっぱり負け惜しみに聞こえるけどなー。

プラトン　それなら申しましょう。いいですか、奥さん、この私、愛知者としてのプラトンが、焦がれてやまない美しい人、その人の愛を得るためにならば、全知力を狂気に変えても美しくありたいと希う人、その人の名前とは、他でもない、ソクラテス、ソクラテスその人なのですよ。

クサンチッペ　あたしにはとても理解できません。

プラトン　致し方ありません。

クサンチッペ　やっぱりあんたたち、普通でないわ。

プラトン　甘んじて受けましょう。

クサンチッペ　一緒に哲学の勉強してるってことだけなら、まだ理解できるんだわ。お弟子が先生を尊敬してるってことならね。だけど、あんた、あのソクラテスが美しいとか、そんなこと言われたって、正直、あたし困るわ。

プラトン　ごもっともです。確かにソクラテスの見てくれは、お世辞にも美しいとは言い難い。しかし、見える者には見えるのです、あの人の魂が、神々のそれにも等しい英知の光で、美わしく満たされているのがね。愛知者としてのわれわれは、神の跡を追うごとくその人の跡を追う。これ以上の歓喜と熱狂が、この地上にて他にあり得ましょうか。

クサンチッペ　あたし、あんたあの人になんか騙《だま》されてるんだと思うわ。そうでなきゃ、あんたがあの人のことなんか勘違いしてるんだわ。だって、あの人こないだ自分で言ってたもの、ソクラテスをエライとか思ってるのなんか勘違いだよって。

プラトン　いやいや、奥さん、それはね、あなたこそが騙されてるんですよ。あの人の言うことを、字義通りになんか受け取っちゃいけません。あの人の言うことは、ある意味で、常にすべてが嘘なのです。あの人は、嘘を言うしかできない人だ。いや、それが真実であることを言うためにこそ、彼はことごとく嘘を言う。それほどまでに深く、彼は真実の人なのだ。

クサンチッペ　嘘つきが、なんで真実であるわけなのさ。
プラトン　ええ、まさにそこなのです。真実を認識しようとするわれわれが、落ち込んで気づかない陥穽がそこ、たとえばね、奥さん、今度クレタ島行かれる？　是非行ってらっしゃい、いい所です、そのクレタ島人がですね、「すべてのクレタ島人は嘘つきである」と言ったとします。さて、これは、嘘でしょうかね、真実でしょうかね。
クサンチッペ　さあ、どっちかしらね。
プラトン　よろしい、じゃあ、あのソクラテスがですね、「ソクラテスは真実の人である」とこう言ったとします。さて、これは、真実でしょうか、嘘でしょうか。
クサンチッペ　あっはっは、そんなの嘘に決まってる！
プラトン　ほお、嘘、どうして嘘だと思われますか。
クサンチッペ　だって、真実の人だなんて御大層なもんじゃないって、いつも自分でそう言ってるもの。じっさい、あたしだってそう思うもの、だらしなくて、いい加減で、変なことばっか言うあの人が、なんで真実の人のわけ？
プラトン　ええ、その通り、あの人はだらしなくて、いい加減で、変なことばっか言いますよね。その限り、決して御大層な人じゃない。だけどもそれなら、あの人が、「ソクラテスは真実の人ではない」と言ったとしたら、それは真実でしょうか、嘘でしょうか。
クサンチッペ　それなら真実なんでないか。
プラトン　ほお、真実、しかし、自分のことを真実の人ではないと言う人の言うことが、どうして真実なんでしょうかね。
クサンチッペ　あら、変ね。それなら嘘なのかな。
プラトン　ふむ、嘘、すると、「ソクラテスは真実の人である」と言うのが真実であるというわけですね。
クサンチッペ　そう。
プラトン　しかし、あなたはさっき、そんなのは嘘に決まってると言いましたよ。
クサンチッペ　そう、変ね。
プラトン　ね、つまり、こういうことなのです。あの人の言うことは、万事がこういうことになっている。信じたりしちゃいけません。あの人の言うことは嘘ばっかりなんですから。真実とは何かなんてことは、一言だって言っちゃいない、言わないまさにそのことによって、あの人こそが真実の人なのだ。みんながあの真実の人に騙されて、あの人は真実の人だなんて思い込んでいる、じっさいこれは驚くべき光景ですよ。

クサンチッペ　やっぱりあの人は嘘つきなのね！

プラトン　そう、嘘つき、大嘘つき、とにかく始末に負えない嘘つきなのです。この嘘つきめ、真実を言えと問い詰められりゃ、僕は知らない、知らないことしか知らないんだなんて、平気で吹いてみせるんですからね。こんなのって、ありますか。しかも、その真実の嘘をつき通すためなら、毒杯くらいは屁でもないんだ。後の世は残らずあれに騙されてるんだから、あの人は人類史上最大の嘘つきだと言っていい。

クサンチッペ　なんだかよくわからないけど、要するに、騙されないよう気をつけろってことね。

プラトン　そうですそうです。

クサンチッペ　わかったわ。もともとあたしは、騙されたつもりでしか聞いてなかったけど、あんたはどうなの。どうしてそれでもソクラテスがいいの。嘘つかれて騙されるのが、どうしてそんなに嬉しいの？

プラトン　いや、まさにそこなんだなあ、奥さん、嘘つかれて騙されて、引きずり回されて放り出されて、くたくたになるこの快感、この快感と悦びは、この魅力に憑かれたことのある者にしか、たぶんわからんでしょうなあ。なぜってね、くたくたに放心してそこに座り込んで、痛切に思い知るわけですよ、自分がいかに知らないかって、このことをね。自分がいかに知らないで、真実でないものを真実であると思い込んでいたかってことを、はっきりと知ることになるわけですよ。さあ、自分は真実を全然知らないと騙されてしまった限り、では真実とは何なのかと、どうして考えずにおられましょうか。座り込んでいるそこから再び身を起こし、考える。力の限り考えるのですよ、真実とは何かを知るためにね。知ることを愛するわれわれ哲学者は、そのことにのみ全生涯を賭けて、少しの悔いもないのです。

クサンチッペ　それがソクラテスに騙されて嬉しい

理由ってわけね。

プラトン　そうです。そして私は、ソクラテスに騙されることがいかに嬉しいかということ、この悦びを一人占めしてるのには忍びないので、それを書く。やはりこの悦びを知り得るだろう、ごく少数の者たちのためにのみ、それを教えてあげるのですよ。どうだい君にはわかるかい、これ、いいだろう、一度知ったらやめられないよねって感じでね。

クサンチッペ　やっぱりあんたたち、倒錯してるわ。

プラトン　世人にはわかるまい。

クサンチッペ　ソクラテスなんかに騙されてるより、大富豪に口説かれてる方が、よっぽどいい。

プラトン　まあそうでしょうね。

クサンチッペ　あたしがギリシャで大富豪に口説かれたら、あの人、妬《や》くわよね。

プラトン　さあどうでしょうね。

クサンチッペ　よーし、見てらっしゃい、帰って来る時には、あたしは、アリストテレス＝ソクラテス＝クサンチッペよ！

あたしは悪妻クサンチッペだ

クサンチッペ　ねぇ、あんたー。

ソクラテス　うん？

クサンチッペ　哲学ってなに？

ソクラテス　なんだ、またその話か。

クサンチッペ　そう、またこの話。

ソクラテス　お前には決して興味のないその話だよな。

クサンチッペ　そうなの、やっぱりあたしは興味がない。あたしは興味がないんだけど、頼まれるとどうしても断れなくてさ。

ソクラテス　今度は誰に頼まれたんだ。

クサンチッペ　新しい雑誌。なんでも哲学を生活でいかそうということらしい。

ソクラテス　ほほう、哲学を生活でー。けっこうなことじゃないの。もともと生活でいかせないようなものは、哲学でないんだからな。

クサンチッペ　だからその、生活でいかす哲学というのを教えて欲しいということらしい。
ソクラテス　難しいな。
クサンチッペ　そうなの？
ソクラテス　だってお前、僕みたいなのにとっちゃ、生活するということは、哲学するということでしかないんだけどな。たいていの人にとっちゃ、生活するということは、哲学しないことでしかないからな。
クサンチッペ　当たり前じゃない。
ソクラテス　なあ、当たり前だと思うだろ？　だから、普通の人に、哲学を生活でいかすということを教えるのは、たいへん難しいと言っとるのだ。
クサンチッペ　普通の人には、難しくても、なんであんたには難しくないのか、それを教えてあげればいいんでないの？　なんかみんな、この頃けっこう熱心だしさ。わかんなくてもわかった気になったりしててさ、そんなくらいでいいんでないの？
ソクラテス　本当に、そんなくらいでいいのだろうか。
クサンチッペ　さあ、どうなのかな。
ソクラテス　お前はどうだ。わかんなくてもわかった気になるくらいでいいのか。
クサンチッペ　あたしは最初から、わかろうとする気なんかない。
ソクラテス　だよな。
クサンチッペ　哲学をわかろうとするなんて、最初からなんか間違ってるわ。普通に生活してることの何が間違ってるってのよ。みんななんか間違ってるわ。あたしそう思う。
ソクラテス　お前が正しいよ。
クサンチッペ　あたしは間違ってない。
ソクラテス　なんでみんな哲学をわかろうとするのかな。
クサンチッペ　なんかいいことあると思うんでないか。
ソクラテス　ほう、いいことねぇー。
クサンチッペ　いいことあると思うんでなけりゃ、わざわざわかろうとするはずなんかないもの。悪いことあると思ってるんなら、なんでわざわざわかろうとなんかするもんかね。
ソクラテス　うん、まったくお前の言う通りだ。人というのは、いいことあると思ってることをするものであって、悪いことあると思ってることはしないものだ。しかし、それなら、なんでたいていの人は、生活するということは哲学しないことだと思ってるのかな。もし、哲学することが、いいことだと思うんなら、なんで生活するということは、哲学しないことだと思うのかな。人はいったい、生活することと哲学することのどっちのほうがいいことだと思っているのかな。

クサンチッペ　生活すること？

ソクラテス　だとしたら、哲学なんかわかろうとする必要はないわな。いいことなんかないはずだからな。

クサンチッペ　哲学すること？

ソクラテス　だとしたら、生活することが哲学することのはずだよな。それがいいことのはずなんだからな。

クサンチッペ　あれ、どっちなんだろ。

ソクラテス　なあ、おかしいよな。

クサンチッペ　わかった。哲学することで、生活することを、もっといいことにしたいんだ。

ソクラテス　ああ、欲張りなもんだよな。

クサンチッペ　だから、それがおかしいって、あたしさっきから言ってんのよ。ちゃんと生活してるんなら、それで十分いいことのはずでないか。そのうえ、なんのいいことが欲しいってのよ。そういうのが欲張りだって、なんかおかしいって、あたし感じるんだわ。

ソクラテス　うん、そうすると、おそらくは、ちゃんと生活してるんでない人ほど、哲学をわかろうとするってことになるね。生活がいいことでないから、哲学がなんかよくしてくれるんでないかと思うんだろうな。

クサンチッペ　そうよ、だからあんたが教えてあげればいいのはそれだわ。哲学すれば、こんなに生活がよくなるよって。みんなが知りたがっているのはそれなんだから。

ソクラテス　お前、ほんとにそう思うのか。

クサンチッペ　なに？

ソクラテス　哲学すれば生活がよくなるって。ほんとにそう思うのか。

クサンチッペ　まさか。

ソクラテス　だよな。

クサンチッペ　あんたが哲学してるおかげで、あたしの生活がどれだけよくなっていると思うのよ。
ソクラテス　仰せの通りでございます。
クサンチッペ　だからあたしは、哲学をわかろうとする気なんかないって言ってんのよ。
ソクラテス　なんでみんな、哲学すれば生活がよくなると思っているのだろう。
クサンチッペ　少なくとも、哲学すればお金になるとは、誰も思っちゃいないわよ。
ソクラテス　うん、お前、いいことに気がついた。哲学すれば、生活がよくなるとは思っていても、哲学すればお金になるとは思っていないということは、つまり、生活するということと、お金になるということは違うことだということだ。みんな、生活するということとお金になるということは違うことだというそのことなら、わかっているというわけだ。
クサンチッペ　それはそうよ。
ソクラテス　すると、生活するということはお金になるということではないとすると、生活するということは、どういうことだと、みんなは思っているんだろう。
クサンチッペ　生活するってのは、生きるってことさ。決まってるじゃないか。そもそも生きてるんでなけりゃ、生活することだってできないからね。
ソクラテス　いや、まったくその通りだ。生きてるんでなけりゃ、生活できないってことは、つまり生存してるんでなけりゃ、生活できないってことだな。生活するってことは、生存することだって、みんなそのこともわかっているわけだ。
クサンチッペ　そうよ。
ソクラテス　すると、哲学すれば生活がよくなると思うということは、哲学すれば生存がよくなると思うと、こういうことのわけだ。
クサンチッペ　そうよ。
ソクラテス　お前、本当にそう思うか。
クサンチッペ　なに？
ソクラテス　哲学すれば生存がよくなるって、本当にそう思うのか。
クサンチッペ　生存がよくなるって、いったいどういうことのわけ？
ソクラテス　そうだ、お前、よく気がついたな。そもそも哲学すれば生存がよくなると思うためには、そもそも生存するとはどういうことか、わかっていなけりゃならないわけだ。そうでなけりゃ、生存がよくなるとは、どういうことか、わからないことのはずだからな。

クサンチッペ それはそうよ。

ソクラテス では、生存するとはどういうことだ。

クサンチッペ 生きていること。

ソクラテス 生きているとはどういうことだ。

クサンチッペ 死んでいるんでないこと。

ソクラテス 死んでいるとはどういうことだ。

クサンチッペ 生きているんでないこと。

ソクラテス 生きているんでないとはどういうことだ。

クサンチッペ 死んでいること。

ソクラテス だから、その、死んでいるとはいったいどういうことなのだ。

クサンチッペ そんなの、わかりっこないじゃないか。死んでるんでないんだから。

ソクラテス なあ、わかりっこないだろ。死んでるんでないんだから、死んでるんでないところの生きているとはどういうことか、わかりっこないのは当然だろ。わかりっこないから、わかろうとして、生存するとはどういうことかと、僕は日々哲学しているんだがね。そんなことは、皆にはもう、わかっていることらしいのだ。それで、哲学すれば生存がよくなると、こう思うらしいのだ。しかし、生存するとはどういうことかわからないのに、どうすればそれをよくすることができるのか、やっぱり僕にはわからんねえ。

クサンチッペ たんに、うまく生きられるとか、楽に生きられるとか、それくらいのことでないのか。みんな、哲学すれば楽に生きられるかもしれないとか、そんなふうに思ってるみたいよ。

ソクラテス ほほう、楽にねぇー。まあ、確かに楽に生きられないことはないわな。生きるということが、哲学するということでしかない僕みたいなのにとってはな。しかし、哲学することで楽に生きられるかもしれないと思うような人にとっちゃ、哲学することで楽に生きるようになるのは、やっぱり難しいことだろうな。

クサンチッペ もったいぶらずに、教えてあげれば？　せっかく哲学を生活でいかそうって新雑誌なんだから。

ソクラテス　そうだなあ、決してもったいぶってるわけじゃないんだがなあ。哲学を生活でいかすことを教えるというのは、やっぱりどうしたってたいへん難しいことなのだよ。

クサンチッペ　難しくない人だって、中にはいるかもよ。

ソクラテス　うん、そうだな。それはお前の言う通りだ。なら、そういう人のために、少しだけ教えてあげるのもいいかもしれないな。

クサンチッペ　そうよ。

ソクラテス　生きているとはどういうことかを考えるのが哲学することだと、さっき僕は言ったよね。わからないから、わかろうとして考えながら生活すると。

クサンチッペ　うん。

ソクラテス　そして生きているとはどういうことかをわかるためには、死ぬとはどういうことかがわからなければならないはずだと。

クサンチッペ　うん。

ソクラテス　しかし、死ぬとはいったいどういうことなのか。やっぱり決してわからないのだった。

クサンチッペ　うん。

ソクラテス　だから僕は死刑でもかまわなかったのだ。

クサンチッペ　なになに？　もう一回言って。

ソクラテス　死ぬとはどういうことなのかわからないから、僕は哲学しているのであって、哲学すれば楽に生きられるかもしれないと思うから哲学しているのではない。もしそうなら、死ぬことよりも生きることのほうがよいことだとわかっていることになってしまうからな。しかし、もしそうなら、僕は生きることよりも死ぬことのほうを選んだはずがないではないかと言っとるのだ。

クサンチッペ　変な理屈。

ソクラテス　なあ、変な理屈だと思うだろ。だから、哲学を生活でいかすということを人に教えるのは並大抵のことじゃないと、僕は言っとるのだ。じっさい、教えて教えられる理屈じゃないからな。哲学すれば何がよくなるって、死ぬことなんてどうでもよくなるなんて理屈はな。

クサンチッペ　新雑誌にふさわしく、ひと言で言ってよ。

ソクラテス　ふむ。ひと言でか。ひと言で言うなら、こういうことだ。「死んでないなら、哲学するより生きてみろ」。

池田晶子・選

大人のための哲学書案内

哲学書を読むコツは、表わされた言葉は、表わされた言葉にすぎないということを忘れないこと。言葉の側から考えに入ろうとするのは、むしろ逆。言葉を表わした彼らが何に驚いたのかということに、まず気づくことが大切です。

『ソクラテス以前哲学者断片集』

「哲学者」というより「哲人」というのがふさわしい人々による「学」以前の謎の呟《つぶや》き。宇宙もしくは存在とは何であるのか、考えざるを得ないその絶句にも似た息遣いが生々しい。ヘラクレイトスの「魂」（プシュケー）についての断片など、存在の底抜け性を詩的に語り、遥かな心地にさせられる。

プラトン『ソクラテスの弁明』

古典中の古典にして哲学の原点。

専門用語なしで読めるという意味で、万人に開かれている哲学の基本。人が生死について考えると、みんな同じことになる。2500年来、人は同じと納得できる。

真実とは何かを自分は知らない、知らないから考えるのだ。どうだ君は知っているのか。人々に問い質《ただ》して彼は死刑になった。哲学と世間とが対立することの極端な例。しかし、彼は真実に殉じて死んだわけではない。後世の誤読を周到に計算しているこの芝居にダマされないように。

プラトン『パイドロス』

プラトン哲学が詩的に昇華した作品として絶品。すべての人は真実とは何かを本当は知っている。しかしこの世に落ちてくる際に忘れてしまったのだ。「知りたい」というこの渇望は、だから神々への愛なのだ、哲学者とは神々に愛でられし人なのだというこの対話編は、論理（ロゴス）と神話（ミュトス）の見事な合体。

デカルト『方法序説』

考えることは疑うことだ。人が当たり前と思い込んでいることを、本当なのかと疑うこと、それは本当を知って力強く生きるためだ。この人もまた全人生を賭けてそれを遂行した。そして遂に発見した。絶対確実の真実、それは「私が存在することだ！」。考えると当たり前に戻ることの好例。

ヘーゲル『小論理学』

哲学は難解だと思わせたのは、この人のせいである。専門用語の大洪水の文章はとても読めない。しかし難解なのは、じつは世に行なわれている思考というものについて思考しているせいで、人はなぜAをAと思うのか。この人もまた恐るべき当たり前を徹底的に追及した人である。存在と意識について、壮大かつ緻密な宇宙が拡がる。

ハイデガー『存在と時間』

生きるということは死に向かって流れる時間のようだが、よく考えるとそうではない。生きているのだから今ここに死は存在していない。しかし、私は死んでいるのではなく生きている。これはどういうことなのか。生死という当たり前に気がつくことが、思索すなわち謎への開けである。

アラン『幸福論』

アカデミズムを嫌う市井の哲人として、文章が素晴らしい。「考える」ことと「書く」こと、すなわち形式と内容との完璧な一致。新聞に毎日書き続けられた「プロポ（哲学断章）」は三千にのぼるという。時事から入って本質もしくは人生を開示するそのスタイルは、後進として遥か高く仰ぐところ。

小林秀雄『考えるヒント』

日本における「考える文章」の最高峰。

思索の深さは同時代の学者や評論家の及ぶところではない。これまた「考える」と「書く」との見事な一致。それは他でもない人生の覚悟である。文体とは肉体である。ゆえに文体の所有とは覚悟の所有なのである。「本物の人間」の味わいがたまらない。惚《ほ》れる。

西田幾多郎『善の研究』

この人もまた文才のなさで損をしている。しかし、哲学的概念に相当する言葉は、そもそもこの世には存在していないということで大目に見たい。考えの側、西洋哲学の盲点を突き、東洋的無すなわち「空」で包摂するそれは、やはりこの国のオリジナルのものだ。講演録のほうがわかりやすいかもしれない。

大森荘蔵『時間と存在』

戦後日本の哲学界を、説教くさい人生論から解放した人。物理学からきた人なので、考えが清潔である。しかも文章がうまい。

永井均『〈子ども〉のための哲学』

大学にいる日本の哲学者としては、最も優れているんじゃないかと思っている人。自分が子どもの頃から持っている問いについて、50歳過ぎまでずっと考え続けている。必ずしもアカデミズムと子どもの問いが、相反しないことをやってみせている。

『老子』『荘子』

これを「哲学」と呼ぶべきか、しかし考える人間が考える限り、いずれはそこへと到り着く境地である。

老子は、万物分化以前の始原的混沌を語り、懐しく、荘子はその論理性により存在の逆説的構造を指摘して、刺激的である。どちらも、「やっぱりそうだったか」というこの感じが、いいですね。

＊『考えるヒント』は文藝春秋、『時間と存在』は青土社、『〈子ども〉のための哲学』は講談社、その他は岩波書店より刊行。

あとがき集

あとがき（『帰ってきたソクラテス』）

プラトンが書いたおかげで、僕が残ったって、皆は言ってる。

うん、じじつ、そうなのだ。僕自身は一行たりとも書き残さなかった。なぜって、この「考え」ってヤツは、ひとたび書き言葉にされてしまうと、それを理解する人のところであろうと、全然不適当な人のところであろうと、お構いなしに転々と巡り歩くものだろう？　そうして、誤って取り扱われたり、不当に罵《ののし》られたりしたときにも、自分で自分を守ることが決してできない。書き言葉とは、そういうか弱い言葉であるということを、僕はよくよく知っていたからね。

それでは、書き言葉より優れ、かつ力強い言葉とは何か。それは、語るべき人には語り、黙すべき人には口を噤《つぐ》むすべを知っている言葉、すなわち、語り言葉だ。「考え《ロゴス》」が最も生き生きと、かつ正確に、自分を現わすことができるのは、僕らの対話の言葉なのだ。

なるほど、それで君は書かずに語りに徹したってわけなのか、と諸君は言うかな？　違うのだ、じつは、単に僕には文才がなかっただけなのだ。それで僕は、あの文章家のプラトンに言いつけて、僕の語りをしっかりと書き取らせておいたのだ。だって、考えてもごらんよ。語るべき人には語り、黙すべき人には黙すことのできる語り言葉、それがそのまま書き言葉になって、世の中広く歩き回れるようになりゃ、この言葉こそは天下無敵のはずじゃあないか。

じつのところ僕は、「帰ってきた」わけじゃない。僕は、ずっとずっと、ここに居たのだ。今も居るのだ、これからも居るのだ。諸君がものを考える、そのとき、そこに、僕は居る。

本書の全対話は、「新潮45」一九九二年八月号より九四年三月号まで連載したものです。当初は、巻末（現・p9～30）の「遺言」三部作のみの予定でしたが、『パイドン』を書いて以後のプラトンよろしく、一度は死んだはずのソクラテスが生き返って、おしゃべりを始めてしまいました。

現代の対話篇のための広場《アゴラ》を提供して下さった編集長・亀井龍夫氏に、深く感謝いたします。

著者

九四年　盛夏

＊＊＊

文庫版へのあとがき
（『帰ってきたソクラテス』）


十年前の作品です。

じっさいに、よく「生き残って」きたものだと思います。

改めて読み返してみると、私的な状況も、時代的な状況も、大なり小なり動いてきていることが、今さらながら実感されて、奇妙な気分になりました。

私は、「総合誌」（『新潮45』というあのクセの強い雑誌をそう呼ぶならば）に書くのはそれが初めてで、非常な緊張を強いられました。それは、言ってみれば、天空の彼方《かなた》からやってきて地上に着陸するに際し、着陸地点や着陸態勢などについて、上空を旋回しつつ思案を重ねるのに似ていました。計算を誤れば、まったく見当違いのところに突込んで玉砕するか、あるいは首尾よく着陸しても、そこは誰もいない無人島だったとか、そういうことになりかねないからです。

そういう言わば宇宙からの訪問者的な書き手の着陸作業を、当時の編集長・亀井龍夫氏は、地上から上手に誘導してくれました。眼鏡の奥でキラリと光る意地の悪い眼、何も注文していないようで、しっかり注文しているといったペースにすっかりはめられて、喧嘩《けんか》の仕方などは結局この人に教わったようなものです。「酒がうまくなるような悪口はいいものです」の一言は、その後の私の文章道の、深いところで効いているようです。

おかげでその後、週刊誌等で連載をもつようになっても、さほどの違和感は覚えず（周囲がどうかは別の話で）、形而上《けいじ》によって形而下を語るというスタイルを、独自のものとして立てることができました。

扱われている内容、つまり題材や人物については、いかにも古いと感じられるものもいくつかあります。この間の時代的な状況が変わってきているからです。しかし、それら移ろい変わる時代的な現象を扱う哲学の手続き、これはまったく変わりません。現象と本質、もしくは通念と哲学との対立と対決という基本的構図は、プラトンの全作品においても変わらずに貫かれているものです。まさかプラトンのそれと比べるべくもありませんけれども、気持の構えとしては、常にそのようでありました。

もともと私は、世間的な事柄に積極的に興味をもつ方ではないので、毎回のテーマとして編集部から送ってもらう資料を読んで、起こっていること言われていることを把握するのは、なかなか難儀なことでした。その種の頭の使い方をしたことがない。十年たって読んでみれば、書いた本人すら忘れ果てているのだから、やはり移ろい変わるものはそれだけのものだということになるでしょうか。

とはいえ、書いた本人もまた、移ろい変わる生身でもあるわけですから、そのときそのときで若干の気分的な傾向や偏《かたよ》りがあることもまた、認められた事実です。手を入れた部分もありますが、あえてそのまま残した部分もあります。それもまた一興と、形而上下あわせて味読いただければ幸いです。

ただし、巻末（現・p9～30）の「遺言」三部作に関しては、若書きとはいえいかにも拙《つたな》いと、本人には感じられましたので、文庫化に際し大幅に改稿しました。なにしろ、着陸直後の第一歩の作だったため、足許《もと》おぼつかず、意余って言葉《ロゴス》足らず。あのウイウイしさこそがイイと、言って下さる方もいますけれども、とくに大事な問題でもあるため、今一度整理しておくべきかと思った次第です。なお、目次の全体は単行本のまま、順不同の並びになっています。

タイトル『帰ってきたソクラテス』は、雑誌連載開始にあたり、亀井編集長がつけて下さったものです。このヤボッたさこそがイイと、これはそのまま踏襲しております。

二〇〇二年　二月

著　者

あとがき（『悪妻に訊け』）

なんだかんだと、けっこうしゃべっちゃった。

違うか、しゃべらされちゃったのか。だって、ソクラテスのやつ、ずるいんだもの。あたし無駄なおしゃべりペチャクチャするの、決して好きな方でないんだけど、ソクラテス相手だと、これが案外、面白くなくもないんだわ。なんての、わかっちゃいるんだけど、よくはわかっちゃいないことって、あるでしょ。それが、あ、やっぱりね、ナットクって感じ。哲学なんて、あたしはどーでもいいんだ。だけどさ、こういうのが哲学だっていうんなら、こんなの、ぜんぜん当たり前のことでないの。

だいたいね、みんなあの人のこと、哲学者だの偉いの立派のって言うけどね、こんな当たり前のことが偉くて立派なんだったら、当たり前のことなんか偉くも立派でもないと思ってるあたしの方が、よっぽど偉くて立派な道理じゃないのさ。だいいち、ソクラテスだって、あたしが居なけりゃひとりでしゃべってるわけにいかないんだし、偉くて立派な亭主たててやってる女房の方こそ大したもんだって、言われてもいいはずよね。あたしのこと悪妻だなんて言ったの、だれよ。

本書の全対話は、『新潮45』九四年四月号から九五年十一月号まで連載したものです。

前書とは趣向を変え、伝説の悪妻クサンチッペを、全編通してソクラテスの対話相手に選びました。なにしろ、伝説のみあって資料が皆無なものですから、創作は自在、楽しい仕事でした。クサンチッペとソクラテス、すなわち常識と哲学、この両者の間で交わされる対話に向かうところ敵なし、これぞ史上最強の夫婦、と、ひそかに自負しています。

一九九六年　冬

著　者

なお、本書中プラトン関係の引用文は、新潮文庫、岩波文庫、ならびに岩波書店『プラトン全集』に負うところが多く、これらの訳者の方々に、厚く御礼申しあげます。また、ヘーゲル『哲学史序論』（岩波文庫）、『世界の名著・スピノザ』（中央公論社）、『ウィトゲンシュタイン全集』（大修館書店）の訳者の方々にも併せて御礼申し上げます。

＊＊＊

文庫版のためのあとがき
（『ソクラテスよ、哲学は悪妻に訊け』）

『新潮45』の元編集長・亀井龍夫氏は、とにかく意地の悪い人である。

小林秀雄好きという点では大変気が合ったのだけれども、まあとにかく意地が悪い。

前作『帰ってきたソクラテス』の連載も調子が出てきた頃、文章は様々なる意匠ですから、そろそろ衣装替えを致しましょうとおっしゃる。

むろん私はやる気に満ちていたので、それはそれで嬉《うれ》しく、ええでは次はどう致しましょうと尋ねると、「カミさんを出して下さい。ソクラテスの悪妻クサンチッペ、タイトルは『女はつらいよクサンチッペ』でいきましょう」

氏特有の（大時代な）センスに、内心で吹き出しつつ、あっそれいいですね、いけます、私できますよ。

すると言うには、「ついては、ひとつ、お願いがございます」

うへっ、来た！　氏はいつもこうなのである。絵に画《か》いたような慇懃《いんぎん》無礼によって、自分が本当にやりたいことを、頑として譲らない。著者はそのために存在しているのである。

はあ、なんでしょう。おそるおそる聞き返したら、「これからは実名でやっていただきたい」

ええ？　実名ですかあ？

そんな下品なことはできません。そこらへんの評論家じゃあるまいし。いやですと言ったら、氏は意地の悪い眼を細めて一言、「大丈夫、あなたなら、絶対にできます」。二の句の継げない殺し文句である。

なるほどしかし、編集者としての氏の眼に狂いはなく、やってみれば確かにできたのでもある。扱われた「実名」は、相談して決めたものもありますが、一人で選んだものもあります。しかし、その実名の方々から反論その他を頂戴《ちょうだい》したことは、なぜか一度としてなく、したり顔の亀井氏いわく、「スッパリ切るなら血は出ないのですよ」

それはさておき、「怖くて可《か》愛《わい》い」クサンチッペのキャラクターが思わず好評で、「女の鑑《かがみ》」と称《たた》えている人もいると伝え聞きます。

単行本のタイトル『悪妻に訊け』を、文庫化に際し、『ソクラテスよ、哲学は悪妻に訊け』と改題しました。目次は単行本のまま、順不同の並びになっています。

二〇〇二年　七月

著者

あとがき（『さよならソクラテス』）

というわけで、『帰ってきたソクラテス』『悪妻に訊《き》け』に続く「ソクラテスシリーズ」三部作、とりあえずこれで完結です。

本書、Ⅰ章は書き下ろし分、Ⅱ章は雑誌連載分、Ⅲ章のうち「弁明」は連載最終回のもの、このような体裁になっています。

ソクラテスという人は、哲学なのですから、死にません。死んだと思っても、じつは生きていたり、すぐに生き返ってまた生き始めたりします。決して、死にません。人の世もしくはこの宇宙が存在する限り、彼には死ぬということがない。それでキリがないので、著者としては、「とりあえず完結」ということにした次第です。要請と必然とが合致したとき、彼はまたどこかに現われることでしょう。

「新潮45」連載中（九六年四月号〜九七年四月号）は、「どっこい哲学は金になる」というステキなタイトルのもと、場所《アゴラ》を用意して下さった前編集長の亀井龍夫氏に、あらためて御礼申します。

一九九七年　初秋

著　者

なお、本書中、プラトン関係の引用文は、新潮文庫、岩波文庫、ならびに岩波書店「プラトン全集」に負うところが多く、これらの訳者の方々に、厚く御礼申しあげます。

＊＊＊

文庫版あとがき（『さよならソクラテス』）

「どっこい哲学は金になる」とは、つくづくステキなタイトルだと、今さらながら、そう思う。

もう八年も前になるけれど、連載新シリーズはこれでゆきたいと、亀井編集長から聞いた時、お願いだから変えてほしいと、私は何度も懇願した。が、氏は、頑として譲らない。「このタイトルによって、あなたは一段と成長します」。

私はそこに編集者のサディズムを見たが、「金になる哲学」とは、じつは氏自身の積年の信念であったのに違いない。市井《しせい》のソクラテスが、ポン引きだってするよと語ったという、あの逸話が示すところの、その「哲人」のありようである。

じっさい、ソクラテスという人物は、描いてゆくほどに、奥が深くて底が知れない。単純な正義漢などでは、間違ってもないのである。そのへんのところ、このタイトルによって引出せているとしたなら、まさしく氏の目論んだところでありましょう。

ちなみに、本書で随所に登場する「アカデミズムの大御所」、この憎らしいタイトルのせいで絶交を余儀なくされた件《くだん》の先生とは、その後無事に仲直り致しました。その間の詳しい事情は、『２００１年哲学の旅』（新潮社）中の、哲人対談を御笑覧下さい。

二〇〇四年　一月

著　者

あとがきのあとがき

亀井龍夫

「ソクラテスの弁明」という章があるのにひかれて、半世紀ぶりに岩波文庫の『ソクラテスの弁明・クリトン』を手にした。まず雑然たる書庫に入って格闘してみたが、当然のことながら見つからず、新たに書店で求めたのである。奥付を見ると1927年第1刷発行とあり、いま私の手中にあるそれは2003年第87刷である。文字どおりのロングセラー。

ついでながら、正確に計算すると、あれは忘れもしない私の十六歳のときだったから、「半世紀ぶり」ではなく、五十七年ぶりということになる。中学校で「必読書」なるものが十冊ほど指定され、感想文を書かされたのである。無智《むち》な市民によってソクラテスが死罪をいいわたされ、それに甘んじるソクラテスの弁明に十六歳の少年は凄《すご》い感動をおぼえ、そのことを古稀《こき》を過ぎたいまも忘れられないでいるのである。「ゆとり教育」とやらで学力低下についてかまびすしい昨今の日本だが、このような「必読書」――他に何が「必読書」に指定されたか忘れたが――といった教育はいまもあるのだろうか？

岩波文庫を手にしたのは、むろん十六歳のときの感動を反芻《はんすう》したい老人らしい気持ちがあってのことだったが、残念ながらそれは空振りに終った。なぜだろう？　ほかでもない、プラトンの描くソクラテスより池田晶子さんの描くソクラテスの方が断然面白いのである。だいいち、プラトンの書いた本にはクサンチッペが出てこない。したがって、クサンチッペの次のような悪態、岩波文庫のどこを探してもありえないのである。

「そーさ、そりゃあたしだって、決してこんな世の中いいと思ってるわけじゃない。確かにこの頃は、目に余るところはあるわよね。でも、世の中って、そういうもんて言や、そういうもんなんじゃないの。（中略）あたしは、自分の身の丈の暮らししかしたいと思わないから、官僚が金儲《かねもう》けしようが女子高生が売春しようが、あきれはするけど、かまわないね。言ってわかる連中じゃないんだから。（中略）ああいうのに腹立てて、やいやい言ってるヒマがあんなら、自分をまじめに生きてる方が、あたしはいいね。ほんとはそっちが先でないのか。みんながそれをほっぽらかして、人のことや世間のことばっか気にするから、結局世の中全体が、そういうふうになるんでないのか。……」

正直に告白しよう。私は池田さんのソクラテス三部作（『帰ってきたソクラテス』『ソクラテスよ、哲学は悪妻に訊《き》け』にこの本）を読んで、ソクラテスなどはそっちのけの、大のクサンチッペファンになってしまっているのである。彼女の胸のすくタンカはこの『さよならソクラテス』にも随所に出てくるが、一例をあげるなら、なんてったって『悪妻に訊け』で読んだ「フェミニスト」とのやりとり。

「**フェミニスト**　女の能力は生殖や家事に尽きるものではないと私は言ってるのです。女の隠れた能力を存分に発揮できる場所を、社会は用意するべきだと言ってるのです。

クサンチッペ　馬鹿《ばか》だねえ。女の能力って言うんなら、そりゃ男を動かすことに尽きるでないの。社会動かしてるのが男なら、その男を動かすことこそ女の技量ってもんよ。せっかく女やってるんなら、断然その方が面白いね。

フェミニスト　全然甘いわね。男たちは女の言うことなんか、そんなに簡単に聞きゃしませんよ。

クサンチッペ　そりゃ、あんたがそれほどのタマじゃないからさ。それだけのことだよ。

フェミニスト　失礼ね！　自分の食いぶちも稼げないくせに！

クサンチッペ　やれやれ、食うことばっかりこの人は言うんだ。なに、あたしが稼がないのは、ソクラテスがあたしに惚《ほ》れてるからだよ。ソクラテスがあたしにぞっこんだからだよ。男ひとりに惚れられなくって、何で女の能力なのさ。」

もちろん、クサンチッペは池田晶子さんである。この本では、ソクラテスも池田さんに違いないのだけれど、それ以上にクサンチッペは池田さんなのである。クサンチッペの台詞《せりふ》を書きながら、池田さんがニヤリとほくそえんでいる姿が彷彿《ほうふつ》とするくらいだ。池田さんもまたクサンチッペが大好きに違いない。いわずもがなのことかもしれないが、池田晶子さんは絶世の美女であり、クサンチッペのためなら血二の足を踏む男だって、池田晶子さんのためなら血眼になって働くに違いない。

それはともかく、クサンチッペもそうだったに違いないと想像するのだが、池田晶子さんは大の酒好きである。日本酒が最高。それも昨今ご婦人方が愛飲なさっているジューシーな冷酒向きの新しい日本酒じゃなく、昔ながらの灘《なだ》の生一本がお好きではなかったか。なぜそんな私生活上のことを書くかというと、絶世の美女といえば何となくとりつくしまもないといった感じがするけれども、池田晶子さんはそんな人ではないことをいいたかったのである。

私は何度か池田さんと酒を酌《く》み交わした記憶があるが、何というか、実に「いい酒」とでもいおうか、クサンチッペと違ってみだりに饒舌《じょうぜつ》ではなく、酒そのものを楽しむふうに、どちらかというと無口になり、おしまいには、トロンとした眼の絶世の美女におなりになるのである。

それはそうと、いうまでもなくこの一文は「解説」なのである。クサンチッペ同様「自分の身の丈」主義の私にとって解説は柄でもないのだが、絶世の美女の酒の話ではなく、解説らしい文章も綴《つづ》らねばなるまい。それにもってこいの章「愛国心は誰のため」があるので、そこから解説にぴったりの部分を紹介することにしたい。「登場人物」は「ソクラテス」と「新保守主義者」。


「主義者　じっさい、私は世界に対して恥ずかしいですよ、こんな国、こんな国民。国民が自国に誇りをもてないなどあり得べからざることなのに、連中それを当然と思っている。国とは愛すべきものではなく恥ずべきものであると、戦後教育が熱心に教え込んできたのですからな。国民が国家に誇りをもたない国家が滅びるのは理の当然、私も正直なところ半分は諦《あきら》めの境地ではありますが、しかし、見捨てるにはまだ忍びない。なぜなら私は、それでもこの国を愛しているからです。この国の伝統と文化、歴史的共同体としての日本国を愛しているからです。（中略）

ソクラテス　心中お察しするよ。ま、じっさい相当変な国ではあるよね、君たちの日本て国はね。民主制の弊害は、僕らのアテナイでも散々だったけど、そのうえそれを民主主義という何かの主義みたいに信じ込んじゃった日には、もう目も当てられないはずだよね。（筆者注・「デモクラシー」

の訳は「民主制」。「民主主義」は「デモクラティズム」で、世界では「民主制」すなわち「デモクラシー」がふつうで、「民主主義」という言葉は滅多に使われない。）

主義者　いや全く。衆愚どころか、立派に畜群ですよ。生命《いのち》さえ無事なら、いかなる下劣愚劣な品行も、自他ともに社会ぐるみで認めてしまうんですからな。

ソクラテス　うん。確かに僕らのときもそんなふうだった。『国家』の中で、僕は言ったもんだ。〈このような状態のなかでは、先生は生徒を恐れて御機嫌をとり、生徒は先生を軽蔑《けいべつ》し、（中略）若者たちは年長者と対等に振舞って、（中略）年長者たちは若者たちに自分を合わせて、面白くない人間だとか権威主義者だとか思われないために、若者たちを真似《まね》て機智《きち》や冗談でいっぱいの人間となる〉」

そして、二人はこう合点し合う。

「**主義者**　ああ、全然変わらないもんですね、二千年前も今も。

ソクラテス　うん、全然変わらない、二千年前も今も。」

もとよりソクラテスは「二千年前」のアテナイの哲人である。しかし、そんな昔の人を引っ張り出してきて、古くさいという批判は当らない。端的にいって、いまの日本にこそソクラテスはいなければならない人なのである。

この本に登場する事件だけでも、渡辺淳一の恋愛小説『失楽園』の大当り、厚生省高級官僚の収賄《しゅうわい》事件、香港《ホンコン》の中国への返還、ＩＴブーム、国政選挙の低投票率エトセトラ……。それらについて、ソクラテス（実は池田晶子さん）の明晰《めいせき》な知性は、快刀乱麻を断つといったあんばい（読んでいるだけで快感をおぼえるほど）だが、おそらくいまの日本の醜状は「二千年前」のアテナイどころじゃないのではなかろうか。ソクラテス一人じゃ手がまわりかねない有様ではないかと思うがどうだろう。

「二千年前」のアテナイの不幸は、アテナイ市民の手によってソクラテスが亡《な》き者にされたことである。さいわいなことに、現代の日本では池田晶子さんを亡き者にしようと企てる不届者はいまい。奇跡的に現代日本に生きているソクラテスの今後のさらなる活躍を念じてやまない次第である。

（平成十六年二月、元『新潮45』編集長）

＊『さよならソクラテス』（新潮文庫）に解説として収録。

文庫本

『考える人 口伝（オラクル）西洋哲学史』中公文庫／1998.6
『帰ってきたソクラテス』新潮文庫／2002.4
『ソクラテスよ、哲学は悪妻に訊け』新潮文庫／2002.9
『さよならソクラテス』新潮文庫／2004.4
『メタフィジカル・パンチ 形而上より愛をこめて』文春文庫／2005.2

その他 書き下ろしを収載

『テロ以降を生きるための私たちのニューテキスト』角川書店／2001.11
『伝え合う言葉 中学国語3』（教科書）教育出版／2005.3

to be continued…

【池田晶子著作一覧】

単行本

『事象そのものへ！』（絶版）法藏館／1991.7・（新装復刊）トランスビュー／2010.2
『メタフィジカ！』（絶版）法藏館／1992.4
『考える人　口伝（オラクル）西洋哲学史』中央公論新社／1994.9
『帰ってきたソクラテス』新潮社／1994.10
『オン！　埴谷雄高との形而上対話』講談社／1995.7
『悪妻に訊け　帰ってきたソクラテス』新潮社／1996.4
『メタフィジカル・パンチ　形而上より愛をこめて』文藝春秋／1996.11
『睥睨するヘーゲル』講談社／1997.1
『さよならソクラテス』新潮社／1997.12
『残酷人生論』情報センター出版局／1998.3
『考える日々』毎日新聞社／1998.12
『死と生きる　獄中哲学対話』（共著 陸田真志）新潮社／1999.2
『魂を考える』（絶版）法藏館／1999.4
『考える日々Ⅱ』毎日新聞社／1999.12
『考える日々Ⅲ』毎日新聞社／2000.12
『REMARK』（絶版）双葉社／2001.2
『2001年哲学の旅』新潮社／2001.3
『ロゴスに訊け』角川書店／2002.6
『14歳からの哲学　考えるための教科書』トランスビュー／2003.3
『あたりまえなことばかり』トランスビュー／2003.3
『新・考えるヒント』講談社／2004.2
『41歳からの哲学』新潮社／2004.7
『勝っても負けても　41歳からの哲学』新潮社／2005.8
『人生のほんとう』トランスビュー／2006.6
『知ることより考えること』新潮社／2006.10
『14歳の君へ　どう考えどう生きるか』毎日新聞社／2006.12
『君自身に還れ　知と信を巡る対話』（共著 大峯顯）本願寺出版社／2007.3
『人間自身　考えることに終わりなく』新潮社／2007.4
『暮らしの哲学』毎日新聞社／2007.6
『リマーク 1997―2007』トランスビュー／2007.7
『人生は愉快だ』毎日新聞社／2008.11
『魂とは何か　さて死んだのは誰なのか』トランスビュー／2009.2
『私とは何か　さて死んだのは誰なのか』講談社／2009.4
『死とは何か　さて死んだのは誰なのか』毎日新聞社／2009.4
『無敵のソクラテス』新潮社／2010.1

池田晶子
いけだあきこ

1960年（昭和35年）8月21日、東京の一隅に生を得る。

1983年（昭和58年）3月、慶應義塾大学文学部哲学科倫理学専攻を卒業。

文筆家と自称する。池田某とも。

専門用語による「哲学」から哲学を解放する一方で、驚き、そして知りたいと欲してただひたすら考える、その無私の精神の軌跡をできるだけ正確に表わすこと、すなわち考えるとは一体どういうことであるかを、そこに現われてくる果てしない自由の味わいとともに、日常の言葉で美しく語る「哲学エッセイ」を確立して、多くの読者を得る。

とくに若い人々に、本質を考えることの面白さ、形而上の切実さを、存在の謎としての生死の大切を語り続ける。

新宿御苑と神宮外苑の四季風景を執筆の伴とし、
富士山麓の季節の巡りの中に憩いを得て遊ぶ。

山を好み、先哲とコリー犬、そして美酒佳肴を生涯の友とする。

2007年（平成19年）2月23日、夜、
大風の止まない東京に、癌により没す（46年6ヶ月）。
著作多数。
さいごまで原稿用紙とボールペンを手放すことなし。
いながらにして宇宙旅行。出発にあたり、自らたって銘を記す。
「さて死んだのは誰なのか」。

その業績と意思を記念し、精神のリレーに捧ぐ
「わたくし、つまりNobody賞」が創設された。
本書は、同賞の運営団体である
特定非営利活動法人わたくし、つまりNobodyの編纂による。

◎池田晶子公式ページ　http://www.nobody.or.jp/

無《む》敵《てき》のソクラテス

二〇一〇年 一 月三十日 発 行
二〇二四年 九 月二十五日 九 刷

著 者／池田《いけだ》晶子《あきこ》
編 者／NPO法人わたくし、つまり Nobody
発行者／佐藤隆信
発行所／株式会社新潮社
東京都新宿区矢来町七一
電話 編集部(〇三)三二六六―五六一一
読者係(〇三)三二六六―五一一一
http://www.shinchosha.co.jp
郵便番号一六二―八七一一
印刷所／株式会社三秀舎
製本所／大口製本印刷株式会社
乱丁・落丁本は、ご面倒ですが小社読者係宛お送り下さい。送料小社負担にてお取替えいたします。

ISBN978-4-10-400110-1 C0095
価格はカバーに表示してあります。

言葉と物〈新装版〉
人文科学の考古学
ミシェル・フーコー
渡辺一民
佐々木明 訳

近代になって登場した「人間」は、いずれ終焉を迎えることになるだろう――二十世紀の文化人に大きな衝撃をもたらし、いまなお人々を魅了しつづける革命的思想書。

狂気の歴史〈新装版〉
古典主義時代における
ミシェル・フーコー
田村俶 訳

長きにわたって社会から排除され、沈黙に押しこめられてきた狂気の探求を通じて、ヨーロッパ文明の隠された闇に新たな光をあてるフーコー思想の根幹をなす書。

監獄の誕生〈新装版〉
監視と処罰
ミシェル・フーコー
田村俶 訳

肉体の刑から魂を罰する刑へ――国家権力の集中機構としての監獄は、いかなる歴史的背景のもとに生まれたのか。独得の考古学的手法で捉え、その本質を解明する。

性の歴史Ⅰ 知への意志
M・フーコー
渡辺守章 訳

一つの社会は、権力、快楽、知の関係をいかに構成し、成立させているか。古代ギリシャ・ローマから現代まで、性の諸相を社会的、医学的、宗教的に論述する。全三巻。

性の歴史Ⅱ 快楽の活用
M・フーコー
田村俶 訳

古代ギリシアにおける〝性〟は、哲学者や医者にどのように認識され、問題とされたか。一夫一婦制、同性愛、近親相姦、生殖、愛欲術、純潔性、道徳の実際を詳述する。

性の歴史Ⅲ 自己への配慮
M・フーコー
田村俶 訳

性行為の実践には、危険で抑制しがたい代償が伴う。愛が精神的価値を保ちうるために、社会は如何に対応してきたか。快楽の活用から節制へ、その変容の歴史を辿る。